天狗文庫

忍者風太郎

【日】万城目学 著
王博 译

重庆出版集团 重庆出版社

版贸核渝字（2014）第127号

图书在版编目(CIP)数据
忍者风太郎 /（日）万城目学著；王博译.
—重庆：重庆出版社，2017.10
ISBN 978-7-229-12054-2

Ⅰ.①忍… Ⅱ.①万… ②王… Ⅲ.①长篇小说－日本－现代 Ⅳ.①I313.45
中国版本图书馆CIP数据核字(2017)第041198号

忍者风太郎
RENZHE FENG TAILANG
【日】万城目学 著 王 博 译
责任编辑：邹禾 许宁 魏雯
装帧设计：谢颖工作室
封面图案设计：龟苓膏
责任校对：郑 葱

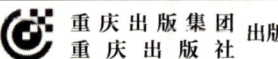

重庆出版集团
重庆出版社 出版
重庆市南岸区南滨路162号1幢 邮政编码：400061 http://www.cqph.com
重庆出版集团艺术设计有限公司 制版
重庆俊蒲印务有限公司 印刷
重庆出版集团图书发行有限责任公司 发行
E-mail:fxchu@cqph.com 邮购电话：023-61520646
全国新华书店经销

开本：890mm×1230mm 1/32 印张：19.5 字数：451千
2017年10月第1版 2017年10月第1次印刷
ISBN 978-7-229-12054-2
定价：79.80元

如有印装问题，请向本集团图书发行有限公司调换：023-61520678

目录

第一章

原本，不该是这样。

到底在哪儿出了错，才落得这般进退两难啊。面对眼前一筹莫展的困境，我只得苦笑。微微翘起几乎失去触感的嘴角，勉强摆出笑脸，虽然并没有丝毫可笑的事情。

真是的，我到底在哪儿搞砸了？感觉身体快要被吸入地表一般，一股沉重的力量越过腰际往上蹿动，眼皮自然而然地往下耷拉，是困了吧。我边想着边轻轻闭上眼睛，该回忆起来的事明明一大堆，然而偏偏我的脑海中却骤然浮现出一颗大蒜的画面。

不错，一颗大蒜。

万恶之源，就是这颗大蒜。

那天，我吩咐黑弓去集市买藠头，可那家伙却买了些大蒜回到驿站。

“没见过这么大个儿的，就忍不住买下了。”黑弓脸上洋溢着得意的神采，还把粘着泥土的大蒜置于手心向我炫耀。

“这么大个儿的很少见哦，你看，差不多拳头一样大。”

“但我没要你买这个。”

“藠头啊大蒜啊不都一样嘛，赶紧准备，完了把剩下的煎了吃，这么大个儿别浪费了。”

“确实个儿大啊。”对这家伙漫不经心的提议，我也不禁心生感慨。如今回想起来，当时真该给他屁股一脚，再打发他回集市重新把藠头买回来。过去修行中的教诲可不是随随便便定下的。叫你使用藠头照办就好。那时候如果老老实实照着做了，如今怎么也不会惹上这麻烦事儿。

从前的忍者十分注意自己身上的气味，平日就不会吃什么大蒜，更何况眼下还有这么重要的任务。可那个终日以血洗血、纷争不休的天正时代成为过往，如今已进入了太平之世庆长。记得在柘植屋苦心修行期间，村中一位已鲐背之年的长老会时不时来露上一脸，当他听闻我是文禄年间生人时，说道：“生于永禄年之前的忍者还像点样子，之后全是些无可救药的歪瓜裂枣。天正年间出生的技艺差，文禄年间出生的不光技艺差，脑袋还不好使。”看他嘴里仅剩的一颗牙齿坚强挺立着，我认为这评论虽刺耳辛辣，但也不失为慧眼独具。

时光荏苒，万物流转，随着旧貌换新颜，古往的教诲渐渐被遗忘。藠头不知何时换成了大蒜，而忍者也变得迟钝而愚笨，但这些无可奈何又都源自长久且平稳的和平时光。

黑弓下到驿站的厨房，飞快地把煎好的大蒜盛在碗里拿了回来。屋里弥漫着特有的香味，我们三下五除二吃得干干净净。其间我还背着黑弓，多吃了一口。

“你刚刚去集市的空儿，常世来了一趟。”

我从怀中取出折成三角形的纸片，放在地板上。

“哦，今天也来了啊，在下还想见见呢，因为之前都没怎么聊。”

黑弓从行李里取出玻璃容器，小声说道。

“那家伙和往常一样，可怜巴巴的。”我向黑弓投去怜悯的目光。

我将纸片中的粉末倒入容器底部，接着黑弓缓缓地将水注入容器，于是砌成小山形状的粉末渐渐溶化，水慢慢变浑浊，最后我将之前准备好的大蒜沉入容器中。

“常世大人有没有提到在下？”

“没，什么都没说，她只是来送药而已，已经回大坂了。”

“已经回去了啊。”黑弓无聊地嘟囔道，顺势横卧在地板上。

接下来我也躺下，两人休息了约莫一刻。

驿站外不知何处传来钟鸣，我缓缓睁开眼，伸伸腿，拨开竹帘，时辰正值傍晚，西边天色暗红，半空挂着一轮新月。

“药应该已经浸透了吧？”

黑弓起身，观察着玻璃容器底部。

“藠头的话早浸透了，大蒜就不知道了。”

面对我的调侃，黑弓不为所动，从容器里取出大蒜，熟练地切成两等份嗅了嗅。

“哇，这味儿厉害。”

黑弓紧锁眉头，慌张地放下大蒜。

我用怀纸[1]把大蒜包起来，在上面插入二十根左右的短针。

所有准备完成后已入夜，我和黑弓早已换上深蓝色忍者服，脸上也涂满黑炭。为避免被驿站内的人察觉，我们将住宿费置于

---

①怀纸：放入怀中随身携带的小张和纸。

地板上，从天窗离开了驿站。夜半，我们映着月光屈身在房顶上飞快地移动，掠过一轩轩房顶，出现在街道尽头的寺庙前，纵身一跃跳入院内。眼前数棵高耸的松树的倒影映在正殿前方，我们穿过内庭，到达松树树根前，紧接着一口气朝树顶爬去。

虽然我攀爬在前，但黑弓却先于我登顶，这家伙的身法还是一如既往的好，自身勤于修行自不必说，在海上练就的一身迅敏更是让我自叹弗如。

“在下不太喜欢这里的风景。”

本殿的屋顶远远地落在我们脚下，黑弓于松树顶端环视四周，小声嘟囔道。

天空一片漆黑，稀稀落落的繁星点缀其上，我向四周眺望，眼底远山的乌黑倒影围绕盆地四周。

“你不就是想看这个才会来的吗？”

“在下想看的并不只是山，最好从这里还能看到大海。”

“大海就那么好吗？”

“面对着大海，烦心事可以全部抛开。只有山的话，我就会莫名其妙地胡思乱想。”

打出生以来，我从没看过大海。和从海的另一边远道而来的黑弓相比，我所认知的世界只有狭小的伊贺一国而已。

“我话先说在前面，千万别引起火灾。”

“在下明白。”

“你装了几个？”

“五个。”

“五个？太夸张了吧，两个都嫌多了。”

“因为这次要战斗嘛。”

“战斗？你等一下，忍者是不需要战斗的，好吗！所谓忍者，顾名思义，静静地来悄悄地去。我说黑弓啊，现在我给你讲讲从柘植屋听来的关于伊贺最强忍者的传说。主人公唤作上野彦，他终其忍者生涯，不持刀不配手里剑，手无寸铁游走于敌阵中，却每每又能成功地执行任务。所以说造成骚动而导致自己不得不拔刀战斗的忍者，是不称职的。像上野彦一样，神不知鬼不觉地潜入敌营，完成任务后再悄无声息全身而退的忍者才算个中高手，你懂了吗？”

听完我义正词严的训诫，黑弓满脸不以为然，无聊地取出腰间的打火石敲得啪啪啪作响。

“哎，这次任务我怎么非得跟你组队啊。”

“没办法啊，在下原本还想和常世大人组队呢。”

突然，远处传来的敲击太鼓的巨大声响打断了我们的谈话。远方城门处的篝火将夜晚点亮，白天在城内上工的苦力们仿佛受到震耳欲聋的太鼓声的驱赶一般，络绎不绝地从城门蜂拥而出。

“忘记告诉你了，城里不光百，蝉那家伙也在。”

接下来一瞬，黑弓向我投来惊愕的目光。

“难不成你早就知道，才故意选择今天行动？”

黑弓低声问道。

“嗯，也可以这么说吧。”

太鼓的敲击声突然中断，巨大的城门缓缓关闭。两名门卫表情严肃地在城门两侧站定，城门下传来结束一天工作的苦力们聒噪的寒暄。

“开始吧。”

“Boa Sorte，风太郎。”

黑弓忽然念叨起奇怪的话语。

“你那是什么啊？”

“大海的另一边使用的语言，意思是‘祝好运’。”原来如此，我嘟囔道。

我背对后方的大山站起身来，死死盯着巨大天守阁[①]的倒影，随即脚蹬树干跃起，飞翔于半空，风声在耳边呼啸。我一口气从树顶直落而下，在寺庙本殿的屋顶上着地，紧接着再次迈开步伐，向那漆黑的巨大倒影飞奔而去。

*

远方响起犬吠。

听到第三声时，我从落脚的屋顶跃下，护城河随即映入眼帘。听到第四声时，我无声潜入护城河架桥下方。接下来连续听到第五、第六、第七声犬吠，其间，我不停在桥墩之间穿梭，当最后第八声犬吠响起时，我越过足有三间[②]大小的护城土木堡，进入了二之丸。

与城门正门不同，护城河架桥处只有一人看守。对方当然不会察觉到我的存在，不要说注意桥下的动静了，那看守甚至还晃晃悠悠步履蹒跚。因为我早就向他射出一根吹针，那吹针正是之前扎在用麻药浸过的大蒜上的短针。如果药效过猛，把那看守扎晕，行动便会顷刻失败，所以常世准备的是仅会让意识瞬间恍惚的麻药。就因为这药的调配需要精确掌握分量，先前常世还跟我漫天要价，但考虑到任务完成后的报酬，这药钱不过九牛一毛而已。

“大坂怎么样？”白天我问来送药的常世。

“没什么特别的。”她轻描淡写回答道。

然而常世离开后，驿站老板在地炉边凝视着常世离去的背

---

①天守阁：城楼，即设在城中心的高大瞭望楼。

②间：日本长度单位，约等于1.818米。

影，相当不满地嘀咕道："你和那小美人儿认识啊？"

我故意不搭理，但他却像误会了什么似的，手肘杵在盘着的膝盖上，不高兴地说道：

"这年头是咋了，怎么受欢迎的都是像你这种长得像豆芽菜的男人。"

常世的药出乎意料的奏效，这钱花得也算物有所值。向架桥看守射出吹针后，片刻间那男人的眼神便涣散起来，趁此良机我毫不费力地潜入二之丸城墙，再穿过权贵们居住的宅邸，最后沿工坊小屋的屋顶来到护城河前。

一落地我便俯下身去，匍匐爬向护城河河岸，身体呈"く"字形头朝下滑入护城河内。浑浊的河水扑面而来，我从水面探出头，前方出现如磐石般巨大城墙的倒影，那城墙高度足足有十五间，据说其规模在伊贺首屈一指，不过我个人认为实在与这穷乡僻壤格格不入。虽然这城墙超越一般人常识，可既然是那位大人的所作所为，也就不以为怪了。

突然，远处传来脚步声，我机警地潜下水去，只留鼻子以上留意声响。少顷，脚步声越来越近，我无奈地咂嘴，顺势藏身在砌石背后，消除了自己的气息。

草鞋与泥土的摩擦声越发清晰，应该是看守吧。

"这样肚子不会着凉吧？"我心里不禁犯嘀咕。

凝视着黑色的水面，不由得脑海里回想起过去在柘植屋修行时竹子说过的话。

竹子是我以前一起修行的伙伴。他个子高，讲话时上身总是奇怪地前后摇摆，加之体态纤瘦，所以大家都叫他竹子。相比忍术，他认为自己在记账方面更具才能，总之是个十足的怪人。

竹子曾问过我，完全消除自身气息的时候人会呈现什么状态。但是当时我甚至分不清消除气息同打盹儿之间的区别，就摇摇头随便糊弄了他一句“我怎么知道”。现在回想起来，那时竹子已经在研究所谓“隐身术”了吧。

竹子说过他想要钻研消除气息的忍术，而且传说有个唤作果心居士的人曾完美修得此忍术，其效果惊人。传说中果心居士在任务中曾经从守卫面前走过，守卫根本没有意识到他的存在，居士就这样穿过城门，大摇大摆进入城内。

“又是果心居士。都跟你说了，那人压根不存在。”

每当他提起这个什么居士的时候，我都付之一笑。

果心居士活跃的时期差不多在三十年前，此人是否存在过都很可疑。退一百步讲即便真有此人，就我看来也绝对是个不折不扣的冒牌货。如果他真会这些高超忍术，别人是根本无从得知的，我心目中的最强忍者，那绝对是无人知其名，赚得一大票后便悄然隐居的类型。反过来光从果心居士名声大噪这点看来，他的那些传说也只能是瞎编乱造而已。然而即便如此，竹子还是认为那个冒牌居士货真价实。不！他应该是暗示自己去相信，为了从栖植屋逃离。

说起来那是发生在两个月之后的事了。

那天黎明前，起床集合后，我们在赶往母屋的途中经过走廊时，在内庭发现竹子被砍死后遭遗弃的尸体，尸体没了左腕根部以下和右脚膝盖以下的部分。据说竹子想要脱离栖植屋，并企图逃往近江，但计划暴露后惨死于乱刀之下。

杀害竹子的密探矗立尸体一旁凝视着我们。

“可怜的家伙。被我追上了也不拔刀，半闭着眼睛闲庭信步，砍掉手腕也不见他消停，没办法只好砍断他的腿。”密探不耐烦地说道。

大家在走廊上无言地定睛望着竹子的尸体，面对眼前司空见惯的场景，只得诅咒这冷酷的现实。我从柱子的阴影处凝视着被殴打变形的竹子紫黑的脸，心想他生前大概被折磨得不成人样了吧。从密探的话中不难推算，死前他一定以为自己是果心居士附体，这多么滑稽可笑啊！当然我丝毫没想取笑竹子的死，只是对于给予弱者无望期许的那个名为果心居士的幻影，心中升起一股无以名状的恨意。

自竹子的死，已经过去三年。

看守从我头顶通过，等脚步声渐渐远去，我看准时机猛吸一口气，潜入水中。

在柘植屋，比我厉害的角色比比皆是，竹子的实力也在我之上。然而我能够在柘植屋的残酷修行中化险为夷，归根结底就一点——肺活量比谁都好。

没错，柘植屋培养的忍者中，只有我具备长时间闭气的能力。所以过去被塞进麻袋丢河里也好，被推下毒雾弥漫的山谷也好，我都奇迹般地生还。相比各种忍术，鼓起腮帮闭气的能力不知拯救过我多少次。虽然作为忍者这样说脸上有点挂不住，但这确实是不争的事实。

护城河底不留空隙地打满了锋利的桩子，果然是藩主大人的做派。如果身穿铠甲的话，要穿过这里就太难了，不过我身着轻便的忍者服，反而能够轻松快捷地到达对岸。顺带一提，整个过程中我一口气都没换。

未作片刻休息，我便将手指插入石墙的缝隙，身体探出水面。从正下方看，高大的石墙如垂直地耸立着一般。我虽想擦干湿润的脸庞，但由于之前涂了黑炭，只好就此作罢。接下来我在石墙表面胡乱擦了擦湿透的忍者服，便向上方攀登而去。这里没有安排专门的人手对石墙进行盯防，只是在深夜及拂晓各有一次，有看守装模作样地巡视一番。此事，我和黑弓交替观察三晚后才得以确认。多亏了这除了高度便一无是处的石墙，即便从驿站的屋顶处，也能轻而易举地察看这里的布防状况。

登上石墙的最高层之后，我慢慢地抬起头来。我终于来到这次任务的目标建筑——五层高的天守阁面前。

自去年大兴土木以来，如今这天守阁仍在建造中，用料为藩主大人颇为喜爱的白色石灰岩。从地面至第三层边缘的四角都固定在脚手架上，刚完工的第四和第五层在帐幕背后稍稍露出其轮廓。

霎时，我眼球不知被什么吸引，视线停住。我就这样凝视起天守阁最上层，发现其两端各设有一座虾背形兽头瓦。奇怪的是不知为何，远端的兽头瓦反而比眼前的看起来更大。

我定睛一瞅，不由得咂起舌来。

原来是蝉！

那家伙的位置与兽头瓦重叠在一起，正懒洋洋地坐在兽头瓦头上，身体靠着兽头瓦的躯干，还跷着二郎腿，看起来像是在打盹儿，样子十分优雅。

我转过头，回望背后那西边的天空，黑夜里只有那轮新月依然皎洁。相比和黑弓从驿站出来那会儿，新月的位置稍稍下沉，差点就要碰到远山边缘的影子。

接下来开始潜入行动。我先从石墙处跳出，悄无声息地飞奔至第一层石壁背后。接着骗过天守阁入口两名看守的眼睛，躲进画有藤堂茑[①]图案的帷幔后方，最后通过纵横交错的踏板一溜烟向

①藤堂茑：藤堂氏的家纹，其图案背景为蔓藤类植物常春藤的叶子。

上层攀登。

我料定了蝉必定会在某处现身，因为以这样的形式登场一直都是那家伙的嗜好，所以不管怎样，我跟他都会有一场对决。我一登上第四层屋顶，立刻向侧壁发出一枚手里剑①，接着脚下一蹬顺势跃起，跳到斜上方房檐边缘，然后一鼓作气地登上了第五层。

我仰望着第五层屋顶，四处搜索蝉的气息，却没能感知其动向。时间紧迫，我脚蹬白色侧壁起跳，落在最上层屋檐边缘后再次跃起，一口气跳上顶层屋顶。

“你来晚了，风太郎。”

还没起身，就听到蝉用他带鼻音的特殊嗓音向我招呼。

我抬起头，看见蝉还几乎是刚刚在平层望见他时的姿势，只是跨在兽头瓦上坐起身来。

“是你啊，蝉左右卫门。”面对他那张阴险且可笑的泥鳅脸，我回敬道。

接着我顺势抬起右手缓缓绕向身后，握住刀柄时刻准备拔刀。

“哎呀呀，好不容易久别重逢，你好吓人啊，风太郎。”

“不好意思，蝉。我有要事在身，有什么话下次再说。”

“你还是老样子，一点都不淡定。”蝉也穿着一身柘植屋忍者服，跷着二郎腿，脚尖对着我冷笑道，“说起来，你以前不管干啥事儿都那么笨拙，本来早就可以登上本丸了吧。刚才你进入护城河的时候，我从这里可是一览无遗哦，你该不会真以为自己藏得很好？我等了你好久，无聊到都睡醒一觉了。”

蝉把头托在呈虾背状的兽头瓦的脊骨上，夸张地打了个哈欠。

一股怒气直冲脑门，我差点就扑了过去，在节骨眼上又忍住

①手里剑：忍者常用暗器。

了。我明白，激怒对手，进而让其自投罗网，是蝉一贯的手法。我迅速向斜下方瞥了一眼。果然不出所料，从这里根本就看不到我潜入护城河的地方。

蝉大概是看到我湿漉漉的忍者服后猜到我是从护城河爬上来的吧。我对此只字不提，只是哼了一声，冷笑道："你这说谎的混蛋。"蝉却丝毫不以为意。

"你着急个什么劲儿？今天在这里等你是有话跟你说。至于你接下来要潜入天守阁什么的，倒不关我的事。"蝉话锋一转，故作神秘地说道，"我是说来了工作啦，工作。百接到个大活儿，是尾张商人的委托。那些家伙好像不懂行，准备了远远超出通常情况的佣金。这活儿需要三个人。我想要不拉你入伙也行。如何，有兴趣没？"

蝉站在兽头瓦上，俯视着站在屋顶边缘的我，声调平稳。

从刚才起，蝉的身上就感觉不到一丁点儿杀气。自五月末离开柘植屋以来，我已经大概有三个月没见到他了，以前的他绝不是给人如此温和感觉的男人。离开柘植屋时间虽短，莫非因为混迹市井，他也渐渐学会了最起码的待人接物的态度了么。蝉比我年长两岁，今年刚满二十。他面相寒酸，留着软软的胡须。这胡须只长在嘴角两边，各自捻作一股，像极了泥鳅嘴边那对长长的肉须。于是理所当然，蝉在柘植屋的外号就叫作"泥鳅"，但这事儿没人当面告诉过他。为什么呢？之前有个当面取笑蝉的男人，第二天在山中修炼时，被落石压在底下，悲惨地丢掉了小命。没有证据能表明是蝉做的，然而从此以后，再也没人敢当面管他叫"泥鳅"。

"喂，风太郎。我说你也该把刀收起来了吧，乖乖听话，我就告诉你活儿的内容。"

面对蝉沉着的话语，我依然将刀尖指向他，警惕地观察着。

趁着夜色，我看到蝉的脸上也涂着黑炭，并且从刚才起就不停地用手指捋着一边的泥鳅须子。

他的脸被手遮住，难以看出表情。他究竟是给我设了个圈套，还是真想拉我入伙？至少他好像没想彻底破坏我的行动。因为从我上屋顶开始，蝉就一直在用忍者间的语言与我对话。对于普通人来说，这对话就像微风拂动的声音一般，根本无法理解其中内容。如果蝉的目的是阻止我，只需向下面的卫兵招呼一声就可以了。

我把朝向正面的刀刃稍稍倾斜，通过刀身的反射确认了一下背后月亮的位置。

还有一点点时间。

我放松手腕，慢慢放下了刀。

“我明白了，你说吧。”

“那好，坐下来吧。”

蝉指了指自己对面的兽头瓦说道。

我脚踩屋顶，站在兽头瓦旁边。我看着那大小约莫九尺的弯曲的尾巴前端，用手触摸镶着兽鳞的躯干，不形于色地用刀背抚过兽头瓦的头部。

刀背顺着突起的眉宇，向左右两边扩展的鼻子往下滑动时，忽然遇到了阻力。此处乍看并无出奇之处，但刀刃就是无法滑动自如。我弯下身子，向对面那个刚够蝉端坐，犹如压扁了的馒头一般的鼻子，凑过脸去。

我突然发现，兽头瓦鼻子的表面装有好几根涂成黑色的短针。同时，我用眼角的余光瞅见蝉那原本把弄着泥鳅胡须的右手上，出现了竹筒一样的东西。

蝉刚用嘴贴住竹筒，我立时俯下身去，胸贴着屋脊瓦。虾背形兽头瓦的后背发出微弱的撞击声，我顺势放出三根棒手里剑，沿着屋脊瓦闪身钻进鼻子处装有短针的兽头瓦背后。

这时蝉坐着的兽头瓦后背处发出三声金属响动。我意识到自己射空了，小心翼翼地探出头去，发现蝉已不在原来的位置。此时的他正悠然地站在兽头瓦的尾巴上，与我四目相对。

“原来如此，我还是大意了啊，刚才应该让你把刀收起来的。”

蝉脸上浮现出轻蔑的笑容，反手抽出背后的忍者刀。

蝉到底是蝉。我自从上到屋顶，就身处他布下的陷阱中。要是刚才轻信了这家伙的话，老老实实地坐上那兽头瓦，早就被涂满毒液的短针扎中屁股，这会儿怕是已经昏死过去。

虽然对蝉充满愤怒，但更气愤的是自己的疏忽大意。蝉的手段正是在柘植屋练就的正规忍术。依靠武力使对方屈服，靠三寸不烂之舌诱使对方坐在毒针之上，轻而易举地夺取其战斗力，这些行为都指向同一个目的。为达目的不择手段，这才是忍者的唯一使命——即我们在柘植屋拼命修炼习得的本领之精髓。

“喂，风太郎。你是要在这里和我交手吗？”

面对依然使用忍语的蝉，我躲在兽头瓦背后问道：“你为什么不叫人来？”

“这不明摆着吗。在其他人发现你之前抓住你，才能提高我的声誉。”

“我死也不会被你抓住的。”

“喂喂，你难道忘了在柘植屋一次都没赢过我吗？”

这家伙依旧只会说些惹人厌的话，我不由一瞬间眉头一皱，随即强忍怒气，忽略他的挑衅，从兽头瓦背后现出身来。

“我说，蝉，可以问一下吗？”

“干吗?”

“月亮在哪里?”

“什么?”

“你看得见我背后的新月吧。快落到山的边缘了么?”

依然高高站在兽头瓦尾巴上的蝉显出诧异的表情，受我话语的影响，稍稍移动了一下视线。

“还有一点点就重合了。”

“这样的话，时间就差不多了。”

“时间?”

蝉的嘴微张正要说“什么”的时候，空气忽然产生震动，远方响起了巨大的爆炸声。

那迫力就连原本知道会爆炸的我也不由得往后退了一步，毫不知情的蝉自然被声音吸引，转头向爆炸的方向望去。我抓住这个空隙，一脚蹬向面前兽头瓦的头部，向正上方跳起，掠过尾巴，挥刀平砍。

不愧是蝉，虽然反应慢了一拍，还是在起跳的同时躲开了攻击。但我不会放过他仓促起跳的时机，一摁尾巴高高跃起，靠着往上的冲劲儿，对正在下落的蝉的胸部猛地一脚踢去。一声钝响，蝉的身体侧面飞出，堕入漆黑的夜里，转眼之间消失在了视线中。

当然，蝉不会就此丧命。我回到刚才藏身的兽头瓦前，用刀的柄头铲掉蝉设下的短针。房顶的边缘忽然出现一个黑影。蝉无言地拔出刀，沿着屋顶的倾斜面攀登上来。他的脸毫无表情，应该是动了真格。

“蝉啊，你着急个什么劲儿啊?咦，这句话你刚才好像说过。”

“我要杀了你。”

他没用忍语，发出低沉的声音。这声音和再次发生的爆炸声重叠在了一起。对此丝毫没有预料的蝉不由得问道：“这是怎么回事?”

“是黑弓。本来是想用那个吸引下面守卫的注意，一口气登上这天守阁的。”

“和那个从南蛮归来的废物组队，倒像是你的风格。”蝉面显鄙夷，鼻子冷哼一声。

“我可不喜欢你这样说他，确实黑弓也有这样那样的不足，但在使用火药上，恐怕整个伊贺无人能出其右。他的身法也相当了得。”

我把手中的刀收回背后，坐在刚才还装有毒针的兽头瓦的鼻子上。

“我们做个交易吧，蝉左右卫门。”面对依然杀气腾腾地站立着的蝉，我用平稳的口吻说道，“今天你暂且放过我。我也不打算和你在这里动真格，相反，等我完成这次任务，就把从采女大人那里得到的报酬分给你一半。怎样，你不吃亏吧。”

“这样的话，不就等于让你蒙混过关，眼睁睁地看你潜入这天守阁了吗?”

“你斤斤计较这些小事干吗，就这一次，有啥关系。”

“五次吧。”

“什么?”

“接下来你所接的五次活儿，报酬全都要分给我一半。”

“这……我说，你也太贪心了吧。”

蝉晃动着刀锋，狠狠地盯着我，满脸杀气。

“我说……两次行不?”

“就要五次。”

蝉拿着刀摆好姿势，往前踏了一步。

“我，我明白了。蝉左右卫门——总之，我们先坐下来谈谈。”

我轻轻咳了一声，指向面前的兽头瓦。

在片刻的沉默之后，蝉把刀收到背后，依然一边死死地盯着我，一边移动到我面前的兽头瓦旁，朝像刚捣好的年糕似的兽头瓦鼻子上重重地坐了下去。

“啊！”

一瞬间，蝉发出短促的惊呼。

“咦，你怎么啦？”

蝉脸上呈现出僵硬的表情，瞪圆了眼睛凝视着我。他想起身，身体却不听使唤，手也奇怪地颤抖起来。

我慢慢地站起身，解开缠在腰间的粗绳。

“不好意思，忘记告诉你了。在你刚刚回来之前，我把短针装在你那边的兽头瓦上了，难不成你刚才一不小心就坐下去了？”

蝉的嘴里发出难以言状的悲鸣。从他刚刚坐下去的样子来看，恐怕五根毒针全都刺进了屁股。常世准备的药起效方式也挺特别的。蝉早已摇晃着脑袋开始画圆圈了。

“在柘植屋不知被教诲过多少次——武力为末，攻心为上。”

我手拿粗绳站在蝉的面前，这家伙的眼神已经迷离了。

“托你的福，黑弓好不容易做好的准备都白费了，混蛋泥鳅！”

说完，我朝他面门正中就是一拳，一下子将他引入了睡梦的世界。

如果你说我预想得太乐观，或许确实如此，我无以辩驳。

首先要反省的是，明知百和蝉就潜伏在这里，而我和黑弓仍然把新月和远山重叠的时机作为爆破的讯号。哪怕稍稍延后一下，比如说等月亮完全被远山遮住以后再行动，到那时即便算上蝉的登场，也应该有足够的时间潜入天守阁。就是因为没能趁炸弹爆炸的那一刻给蝉致命一击，才在这家伙身上浪费了不少时间。

我把蝉牢牢实实地绑在兽头瓦上，同时还不忘拿一块破布塞住他的嘴。由于我和他曾同在柘植屋修行，那里的修炼异常艰苦，死伤者频出。所以经历过那地狱一般严酷修行的我们，耐毒能力自不待言，考虑到这一点，为保险起见我又在蝉后颈处补了一针。

我趴在屋顶边缘，查看着下方的动静。

如果最上层屋顶为观赏用伞形构造，那么从下一层潜入应该不难。但无奈其构造并非如此，墙面上只有格子窗，墙面同样为白色石灰岩铺设而成，格子上厚厚地涂满土和灰泥加以紧固，内侧则用木板钉死。换言之，必须要通过第一层唐破风[1]屋顶的玄关，才能进入天守阁。

可问题是那入口实在太小，在不惊动守卫的前提下潜入实在困难。原本之前的爆炸就是为了引开这里的守卫，但由于蝉的出现，计划全被打乱。

但命运之神向我微笑了。

诚如之前在寺庙拜神时占卜说我会走大运一般，我原以为爆炸只有两次，不料第三次爆炸却响彻了整片地域。

第一次和第二次爆炸发生在东南方向，而第三次则来自后山。在这么短的时间内就能改变爆炸方位并点火实施爆破，可见黑弓的身法果然神速。

第二次爆炸造成的骚动已然传至天守阁最上层，第三次爆炸更是让城内乱成一锅粥。远远望去，四处人声鼎沸，守卫们举着

①唐破风：东亚传统建筑中常见的正门屋顶装饰部件，为两侧凹陷，中央凸出成弓形，类似遮雨棚的建筑。

火把赶往城外护城河，聚集在第一次爆炸发生的东大门方向。

接着天守阁正下方闪出四个黑色人影冲向爆炸地点。按理说，天守阁仍在修建之中，守卫人数不会太多，也就是说如今防守薄弱，正是潜入的好时机。

“干得漂亮，黑弓！”

我岂能错过这千载难逢的机会，便迅速从屋顶纵身跃下，发现只有一个年轻男子把守着玄关，并且他还心不在焉地从用作地基的石墙上探出身子，眺望着发生骚动的方位。

我悄悄闪到男子身后，一拳将其击晕，毫无声响地把他放倒在地。接着我来到玄关，从入口窥视天守阁的内部，里面漆黑一片，也没有人气，只有空旷的黑暗向内部无限延伸。

为不暴露行踪，我将晕过去的守卫绑结实了，扛在肩上踏入天守阁。崭新木材的气息扑鼻而来，我仰望陡急的阶梯，因为玄关敞开着，借着夜色第一层还多少有点光亮，但第二层却黑压压的让人窒息。我把守卫搬到角落放下，向着上层进发，上到二层后我一跃跳上顶棚，藏身于横梁回望来路。很好，没人跟来，接着上到三层，三层也没人，不出意料上到四层也没半个人影。到达四层后，我飞快移至墙壁边缘弯腰蹲下，顶棚处有一方形入口连接着最上层，入口有微弱光线透出。一瞬间我猜想会不会是到现在一直没露脸的百，但我又立刻想到百毕竟还是不会随心所欲地登上天守阁的顶端，而且以她奸诈狡猾百密无疏的性格，应该不会让我这么容易就登顶，很难想象那女人会老老实实地守株待兔。

我从怀里取出烟玉，迅速点燃向最上层扔了过去。心中一边默数一、二、三，一边从背后抽出刀来。伴着烟玉咻咻地生出烟雾，我听到顶棚木板发出嘎吱嘎吱的声响。

对方只有一人!

烟玉叫黑弓帮我改良过，冒完烟后会自爆。心中默数到十后，我猛然蹲下蓄力起跳，烟玉在头顶上方发出超出预料的爆炸声，与此同时我跳上了最上层。

我果然太天真了，还期待烟玉的爆炸声会分散对手的注意力，可一着地就感觉到正面猛烈的杀气。在浓烟中，惊人的巨大黑影向我迅速靠拢。

是因为烛光将黑影拖长了吗，不！那确实是与身体同等大小的影子，突然间从斜面方向一刀向我劈将过来。

虽说在柘植屋不知挡过多少高手的刀，但这一击却让我感到空前的压力。我出刀格挡的瞬间便被震开向后方飞起，最上层空间本来就狭小，我立刻重重地摔在墙上。可刚重整旗鼓，从浓烟中又袭来第二波突刺攻击。于是我稍稍后退数步，接着横向闪出，当听到对手的刀尖插入墙壁发出的钝响时，我早已纵身跳上了顶棚横梁。接下来借着夜晚微弱的光亮，我在左右横梁交叉的某处，摸到了事先贴在那里的符牌。同时就在那一瞬，我看见对方握刀的手皮糙肉厚。是谁？我拼命搜寻着过去的记忆。

突然间我发现那只手只有三根手指，而那人身高足足超过六尺!

袭击我的到底是谁？对此我倒不是完全没头绪，但却让我心下更是骇然。

还好刚刚在顶棚横梁那里看到了符牌，我便停止了猜测，猛地扑了过去，拿起了柱子上的白色符牌。

正在这时，从房间的角落传来低沉的命令声。“到此为止!”

这个人的出现完全在我意料之外，我不由得吃惊地杵在原地，无法动弹。

“你下来，风太郎。”

第二声从我正下方传来。果然，完全无法感知这人的气息。

我收刀入鞘，从横梁上跳下，立即靠近角落，跪在地上将头埋下。

格子窗被拉开，发出嘎吱嘎吱的声响。

“万般无礼，请勿见怪，我立刻打开窗户。”这次命令我的那个声音较为低沉。

随着第二扇窗户开启，屋外空气流入，烟雾也终于开始慢慢消散。烛台的光芒照亮稀薄的烟雾，雾里渐渐浮现出两个男人的身影。

其中一个是采女大人。

采女大人离开拉窗，取下插在墙上的刀，接着两手捧着跪了下去。

他们嘟哝着说了些什么后，另一个人像是被说服了，将刀收入刀鞘。我迅速望向那人的脚下，虽然埋着头，但要看清对方其实并不困难，然而我却不禁面朝顶棚抬起头来。

那人身材着实魁梧，矗立在房间中央，身高超过六尺，体重应该不下三十贯[①]。

在烟雾散去，能够认清对方表情之前，我又慌忙地埋下头去。借着视线的余光，我快速确认了对方的双手，他的右手缺少无名指和小指，放在刀柄上的左手中指也短了一寸。在摇曳烛光下，缺少的部分生成黑影，酝酿出异样的压迫感。

眼前到底是谁，已经不用再费思量，不，即便去思考脑袋也不听话了。原来刚才我是向这位不得了的人物投掷了烟玉，并格

①贯：计数单位，一贯=3.75千克。

挡下一刀，现在回想起来仍旧脑袋一片空白。

“玄关的守卫呢？”采女大人的询问将我拉回现实。

“都出动了。”

“被爆炸声吸引过去了吗？”

“应该是吧。”

“全都是你布的局？”

“对，是我和黑弓共同完成的。”

“你们阵仗搞得挺大啊，那样一来，大批人都会认为这不是训练而倾巢而出。”

“实，实在抱歉。”

“明知我和藩主大人在这里，居然还是彻底上钩了，这些人都是白痴吗？”

听到“藩主”这个字眼，我不由得心头一紧，呆望着地板上长长的烛影。严苛的斥责早已让我恐惧得腋下汗流不止，汗水甚至流淌到了肋骨之上。我的脑海里不禁回想起还在柘植屋时那个令人毛骨悚然的采女大人。四年前，修炼中途有人骨折，躺在木板上被抬回柘植屋。面对伤者，这个柘植屋的主人只一句话“不需要这种废物”，便当场挥刀将其斩杀。被杀害的忍者是个比我尚且年幼许多的十岁都不到的孩子，当时这孩子蹲伏在地上手捂着患处求饶，而采女大人没有一丝犹豫便手起刀落，完事后又若无其事地和其他人接着商讨柘植屋的修缮事宜。

“总之，你能够到达这里已经出乎我意料了。话说其他人呢，蝉左右卫门和百市应该在城内吧。”

我正准备回答的时候，突然那个“藩主”发出嘶哑的叫骂：“你这家伙真臭！”

我忍不住抬起头来。

“说你真臭啊，你这家伙。”“藩主”伸出缺了两个指头的右手指着我喊道。

我慌忙地闻了闻自己的袖子，确实有些许护城河水的味道。

采女大人立刻压低了声音说道：“够了，明天我会再派人来，你回义左卫门那里等着。”

还是第一次听到采女大人这么焦急的语气。我把符牌置于地板上，像逃命一般奔向阶梯，一口气下到了第一层，如释重负地喘着粗气。全身被汗水浸湿，就像再次潜入了护城河一样。等我回到刚刚放置守卫的角落时，却发现地板上多了个人，而且那人穿着忍者服。我用脚尖捅了捅，把那人翻过来一看，竟然是黑弓，只见他嘴里塞着破布，拼命发出“呜呜”的呻吟，像是想向我说点儿什么。

“我说你在干吗啊?”

我不由得吃惊地问道，霎时，一把冷冰冰的刀刃突然架在我脖子上。

“如果来真的，这一下你就已经死了。”百在我耳边轻语道。

“已经结束了。”我没好气地说道。

“确实如此。”百稍显失望地回应道，把小刀收了起来。

我轻叹了一口气，回过身看见百已然步向玄关，她竟然没穿忍者服，就随意地一件窄袖便服裹身而已。

“我把蝉绑在兽头瓦上了。”

“那又怎样? 那家伙还豪言壮语说什么阿风就交给我了，真是个不中用的废物。”

说完，百头也不回就出了玄关。

要是其他守卫回来就麻烦了，我迅速给那年轻守卫和黑弓松了绑。重获自由的黑弓开口第一句话就是“对不起哟”，我斥责他道“等会儿再说”，紧接着我们就匆匆离开了天守阁。

城里骚动依旧，我们乘乱奔向西面的高大石墙。把潜入时用作安置的绳子收紧，绳子正好呈笔直一条线横跨护城河，对面那一头连接着二之丸石墙。黑弓将我们这一头的绳子穿过一旁的巨石，再绕上几圈拴紧，接着便飞快地沿着绳子向对面滑行。

等黑弓到达后，我也取下头巾吊在绳子上，握住头巾两头，顺着绳子，越过漆黑的护城河往对面滑行。快到二之丸石墙时，我跳至空中翻了个跟斗，在护城河畔处着地。一落地黑弓便将绳子砍断，绳子无力地掉入护城河里，我们继续赶路。

大部分守卫都聚集在爆炸事发地，我们在不见半个人影的二之丸狂奔着。

“唉，在下今后怕是没法生孩子了。”身旁的黑弓意味不明地嘀咕。

我们顺着来时的路往回赶，到达京口桥，不知为何不见守卫的身影。吹箭应该早就失去效力了，我百思不得其解，紧跟着黑弓过了桥，不过很快将此事抛诸脑后。

一口气穿过城镇到达河滩后，我们终于停下了脚步。我脱下忍者服，正用河水洗净涂满黑炭的脸的时候，黑弓便手中拿着之前放在寺庙的行李出现在我的面前。

深夜，我们在河畔冲凉。

“差不多该给我说说了吧，发生了什么?”我问道。

刚刚黑弓解下围腰布后就一直看着自己胯下，听到我问话，他回过神来又一次给我赔礼道歉，接下来才断断续续将今晚的遭遇和盘托出。

事情发生在黑弓为引发第四次爆炸赶往二之丸的途中，他刚到隐藏火药的树丛便与百不期而遇。

黑弓摆好迎战姿态，但百丝毫不为所动。

“喂，你听阿风说过没？”

“啊，听说什么？”

可以说那时的对话已然决定了黑弓的悲惨命运。

不知叮嘱过他多少次，千万小心这女人的阴谋诡计，这笨蛋还是不长记性。

“刚才在天守阁碰到阿风，他说给我钱叫我放过他，并且如果我来协助你的话，还多付给我五成。这么一来，你说我能不帮你吗？”

“我说，你等一下。”实在忍不住，我打断黑弓的话。

“你该不会被这么蹩脚的谎言给骗了吧？”

“但是，你当时确实身在天守阁啊，而且百也没穿忍者服，再加上用钱引诱对方听起来就像你的办事风格。所以呢，就相信她了啊。”

黑弓将自己的失误漠然置之，听这口气，反倒还要怪我。

“你不觉得她的话里漏洞百出吗？没穿忍者服？你不认为她窄袖便服的装束反而更可疑吗？那个时间一个女人在城里散步，怎么想都很奇怪吧。”

“但百平时不就身为女官在城里活动吗？所以穿成那样也没啥奇怪啊。”

继续跟这家伙纠缠下去只能是浪费时间，我干脆单刀直入地问：“接着呢？”这时黑弓无奈地向自己的胯下望去。

“在下没问题吧？”他突然沮丧着脸说道。

“你从刚才起就一直在担心什么啊？”

“你慢慢听在下说。”黑弓接下来用悲痛的声调控诉百对他的所作所为。

当时百用极其自然的步伐靠近他，突然黑弓感觉头顶异样。他抬起头小声嘟囔道："啊，下雨了。"

操纵火药时，最怕遇到的就是湿气及雨水。察觉到有雨的黑弓不禁抬起头来仰望天空，就那个当口一枚箭标向他袭来。

黑弓瞧见火花飞溅，便下意识地弯下腰去，但紧接着喉咙被一掌击中。发不出声，身体也因受力弯曲，最后膝盖紧紧贴上了胸口。

黑弓一时间呼吸困难，面朝下倒了下去。百冲着黑弓的后颈，毫不留情地用力踩踏，就这样黑弓脸上沾满了泥土，还留下不少擦伤，怪不得刚刚洗脸时他一个劲儿叫疼。

"接下来就被绑住，送到了天守阁。"

"我当时脑袋昏昏沉沉的，等回过神来已经到了天守阁，这是在下有生以来第一次休克。痛感从下方直达心脏，甚至感觉下半身都不再是自己的了。"

我眉头紧锁登上岸去，虽然犯不上同情黑弓，但也不想再继续责怪他。

"明天去万屋，到时候记得要点软膏，伤应该没啥大碍。"

我从行李中取出衣服穿上，回首望见黑弓还呆站在河里。不知为何他张开腿，焦急地对着河面蹲下腰去。

片刻之后。

"好冷！感觉终于回来了！"

欢喜的叫喊声在川原回荡。

我不去管他，顺势便躺在河堤的草丛中。

"终于完成了。"心中的充实感与肉体的疲惫同时从身体深处涌出，我将双手背在脑后仰望无云的星空，数着星星，我沉沉地睡去。

*

次日，我和黑弓拜访了万屋。

采女大人的使者到来之前，为消遣时间我在后院帮忙劈柴。而黑弓找店里的人拿到软膏，嘀咕道：“嗯，为以防万一。”然后就进了厕所，好久没出来。

万屋的老板叫作义左卫门，一个快六十岁的老头。别看他平日满脸堆笑、和蔼可亲，过去也是忍者出身。

义左卫门算是忍者中罕见的例子，他秉性刚正，记得初见时，得知我出身柘植屋，便一脸认真地对我说道：“果然没错，柘植屋的忍者都一个表情。听着，在这里你要学会笑，不然没人买你的东西。”

当时他的要求还真难倒我了，因为这实在不是我擅长的。

自从四年前藤堂家入主伊贺，忍者全由采女大人统管。忍者们平日里全都伪装成万屋的人，行商至周边诸国，在当地执行任务。正因为店里全都是柘植屋的人，所以昨晚采女大人才吩咐让我们到万屋的义左卫门这里来等待的吧。

说来昨夜的天守阁行动，其实就是对我是否够格在万屋工作的一场考验。

根据采女大人的命令，我们的目标是在深夜潜入天守阁，探明城内守卫配置的弱点。可在我看来，这些事根本无关紧要，对我而言，最重要的是证明自身价值，为今后接大活做好铺垫。正因如此，我才刻意选了在蝉和百都当班的日子行动，因为越是在千难万险的状况下成功完成任务，才越能体现自身价值。只是没想到昨晚藩主大人也在场，但幸运的是我成功在采女大人跟前证明了自己，离开柘植屋三个月，终于先于其他人迈出了重要的一步。

快到晌午时，采女大人的使者终于到达。

听闻消息后，我和黑弓快速赶往玄关，正好义左卫门也在那里做登城的准备，大概他也被召见了。

“刚听店里的人说，你们昨天可是搞得鸡犬不宁啊，真是胡闹。”

进城途中，义左卫门用使者无法听见的忍语问道。

“居然还使用了火药，要是毁了天守阁，你们小命难保。”

我露出不置可否的微笑，使劲儿戳了戳一旁黑弓的腋下。

“干吗?”

这家伙的修炼地不在伊贺，不会使用忍语。我靠近黑弓，在他耳边压低声音问道。

“忘记确认了，昨天你的炸药没伤着城里的建筑吧。”

“当然，在下都是扔到半空中才引爆的，不用担心，你问这个干吗?”

“干吗?你不知道那位大人对建筑的热爱吗?要是得知我们毁了什么东西，那就完了。”

“那位大人真是可怕啊。”黑弓事不关己地嘀咕道，我气愤地再次狠戳他的腋下。

“说起来，昨晚城里一个值夜班的守卫死掉了。好像是急病发作。”义左卫门貌似无心地开口道。这次他没有使用忍语。

“真是个不幸的意外啊。”我随口回应。

“据说是京口桥的一个守卫，正值盛年。”接着使者慢慢道出详情。

“真是可怜啊，南无阿弥陀佛，南无阿弥陀佛。”义左卫门念叨着，双手合十。一旁的我顿时脸色苍白，一股不祥的预感油然而生。

“义左卫门大人，有点事想确认一下。”我不动声色地用忍语问道。

“你说。”

“有一种麻药叫柘植毒对吧？”

“嗯，对。”

“制作方法是将麻药溶于水，再浸进藠头里对吧？”

“嗯，没错。”

“但要是把藠头换成大蒜的话，可行吗？”

“大蒜？”义左卫门惊道，“不行，使不得！”

义左卫门猛摆着手大叫，甚至忘记使用忍语。声音吸引了来来往往的行人驻足观望，他这才回过神来重新用回忍语：“柘植毒只是使对方失去意识的麻药，绝不可把藠头换成大蒜。大蒜的成分会使血脉循环变快，加速毒性扩散，而使用藠头就是为了规避大蒜的这个特性。你问这个干吗？”

“啊，没，没什么。”

听闻义左卫门的话，我拼命让自己镇定，装作若无其事地回答道。

突然黑弓指着前方十字路口处说道：“啊，风太郎。你看前面那个铺着凉席的卖菜大娘，在下昨日就是在她那里买的大蒜。”

黑弓神采飞扬，没心没肺地炫耀起自己昨日买大蒜的经过。我充满绝望，为让这个笨蛋闭嘴，我赶紧使劲地戳他腋下。

一旁的义左卫门一句话也没说，轻轻瞥了我一眼，抱着胳膊尾随使者穿过西大门。

“我奉命将你们带到天守阁前。”

据使者说，采女大人一大早就在天守阁指挥武器搬运。一进西大门，便可见鳞次栉比的权贵们的宅邸，木匠们气势十足的吆喝声与拉锯声不间断地回荡着。干道上苦力们往来匆忙，女官们将装满食材的竹篮顶在头上，排成一列慢慢行进，与来往的男人擦身而过，突然有女人大叫一声，原来是被摸了屁股，男人跑开后回过头来鄙俗地大笑，旁观者则各得其乐。看着这些人快乐的样子，总觉得气不打一处来。接下来我离开宅邸区域穿过前门，看见眼前木材堆成小山模样，一旁的苦力们正各自端坐着吃饭。空气中充斥着木料特有的气味，穿过连接本丸①的正门后，我们终于到达了目的地。

“刚才那事儿，还有其他人知道没？”

仰望正门顶檐，义左卫门用忍语打破沉默。

“没有。”我表情僵硬地摇头回复。

“真是的，多此一举。”

义左卫门向我瞟了一眼，用普通的音调低声道。

看上去他早就没了从前身为忍者时的体魄，跟前的坡道并不算陡急，义左卫门天庭已微微出汗。我虽然看上去仿佛状态还好，但全身也早已被冷汗浸湿。通往天守阁的坡道左右两边，放置着修筑石墙时备用的巨石，现已被丢弃，我望着那些弃石，感觉像极了自己现在的处境。往后，这些石头会被再度起用还是束之高阁，或者干脆无人问津被埋于地下，又或者被沉入护城河，都无人知晓。

再看看黑弓，这家伙像第一次进城似的东瞧瞧西望望，天真无邪地抒发着感叹。第一次听说他这个人是在十天前，听说他是一个月以前自南蛮之地来到伊贺的怪人，忍术确实有两下子，特别是操纵火药的能力在柘植屋可谓一枝独秀。

---

①本丸：城堡的中心部分。在守城战中为最后据点。

当我得知采女大人命令我和他组队时，一开始也感觉挺幸运的，还觉得自己的未来一片光明。万屋的忍者们通常两人一组进行任务，因为同样出身柘植屋，我还曾提心吊胆地猜想自己会不会和那个可怕的蝉组队。可到了现在我才深深地后悔自己抽了根下下签，与其与这个笨蛋组队，还不如和百组队。

我是在万屋的内庭里第一次见到黑弓的，鉴于之前的传闻，我毕恭毕敬地和他寒暄，可他平凡无奇的外表却多少让我有点扫兴。话说在内庭初见之前我就曾和他在厕所擦身而过，当时还误以为他是万屋的勤杂工。

我曾问过他来自南蛮哪里，他说在一个叫天川的地方。又问他那是什么地方，他回答说比吕宋岛和暹罗要近。

"比方说这里是明国大陆，天川就在它的下面，这里曾经是明朝的土地，如今住着很多葡萄牙人，当然日本人也不少。对了，有不少葡萄牙人把那里叫作'MACAU'。"

黑弓兴趣盎然地边在地上画着简单的地图边给我讲解。对于从小就没出过伊贺的我来说那简直是无法理解的另一个世界。

黑弓的父亲是伊贺土生土长的忍者，被堺[①]的行商人雇作保镖，三十多年都巡游在南洋上，两年前死在了天川。而那里就是黑弓的出生地，他一身本领全承自其父，且十岁就在商船上当水手，那商船专门运输制造火药用的硝石，黑弓的火药知识大概就是在当时储备下的。更不可思议的是，黑弓的父亲和采女大人居然是旧交，估摸着也是因着这层关系，他才在父亲死后来到了伊贺，以上就是我所听闻关于黑弓的全部。

然而，我曾问过他，为何在广阔南洋大展身手之后，却又千

①堺：当时著名的贸易城市。

里迢迢来到伊贺。

“因为想亲眼看看养育父亲的地方。”黑弓简洁地回答道。

只因心中难以割舍的乡愁，就不远万里从大海对面来到这狭小的盆地，听着他的故事，我当时甚至不禁对他产生了敬佩之情。如今回想起来，只想说对于这种笨蛋，当初就该把他老老实实地摁在那个叫天川的鬼地方。

登上最后的石阶，天守阁映入眼帘。

“昨天都没靠近了仔细瞅瞅，这天守阁果然宏伟啊。”

黑弓又开始兴奋得没心没肺地叫唤着。不知情的使者满脸吃惊地回身望着我们，我正准备找点不关紧要的事搪塞过去时，黑弓突然轻声道：“你们有闻到火药的味道吗？”

在我确认气味的同时，忽然伴随着火绳炮的发炮声，使者只留下一声惨叫便倒了下去。

“就是你们这些家伙吗？”

就在这时，上方突然传来嘶哑的叫骂声。

“啊，是藩主大人。”

循着义左卫门的声音抬头望去，我看见一个身材高大的男人正站在天守阁第四层的帷幕之处，端着火绳枪指着我们大叫。

“竟敢伤了我的天守阁。”

接着，又一发枪弹向我们招呼过来，划过身旁陷进背后的地面。

“这就是你们干的好事。”

即使距离较远，也仍能清晰地感受到对方的愤怒，那位藩主大人放下火绳枪，指着背后的泥灰墙大声叫道。

“那不是手里剑么？”

凭着过去在海上扎实修炼而锻炼出的眼力，黑弓一眼便认出远处白色墙面上插着的黑点，而我这才想起，昨夜赶往蝉所在的屋顶时，我曾把射入墙面的手里剑当作跳跃的立足点。

“你们俩快逃!”义左卫门压低声音回身对我们说道，“现在说什么都没用，快逃！不然会被藩主大人杀掉的。”

“但，但往哪儿逃啊?”

“护城河，跳进去，变成石头!”

我立刻明白了接下来该干什么。

“黑弓，快跑!”

第三发枪声响起，使者捂着胳膊呻吟起来，他的身旁随即泥土飞溅。

“往哪儿逃啊?”

“跳进护城河里，快!”

我揪住黑弓的衣襟，指着昨天往返多次的高高石墙。

紧接着第四发枪声响起，弹丸擦过我的大腿呼啸而去，随时可能被下一发枪弹打中的恐惧，驱使着我们拼了命地向前逃跑。越过横断护城河的二之丸，到达石墙后，伊贺镇上的远景渐渐出现在视线之中。

我突然察觉不对劲，大喊道：“护城河底插着桩子，照这种高度跳下去，就成穿丸子了。”

“停下，黑弓!”

无奈第五发枪声淹没了我的警告，黑弓发出高亢的怪叫声，从石墙边缘纵身跳下。

而我则没有像黑弓那样向斜上方猛然跳起，而是径直向下坠落。我脚踩石墙表面，身体倚着墙面向斜下方滑行。

被狙击了五次都全身而退，看看这次滑行又如何呢。

果然，幸运之神没有抛弃我。

昨夜撤退时用的绳子居然还搭在下滑途中的石墙旁，这时刚刚从上面起跳呈抛物线落下的黑弓为保持头部朝下入水，在空中吃力地改变姿势。我看准时机抓牢绳子，用尽全力脚蹬石墙。

“黑弓！”

在那家伙快要落水的千钧一发之际，我单手抓住了他的脚踝。不，黑弓的头部已经掉入水里，“哇”的一声呛了口水，接着像钟摆一样摆动了几下，又回到了石墙之上。

“你干吗啊？”

“河底插满了桩子。”

黑弓立刻明白了我们现在的处境，倒吊着从怀里取出火烟玉迅速引燃，接着在我们接触水面的同时火烟玉爆炸，溅起差不多两人同时落水时才能产生的水花。

我们潜入河底，从西面往最远的北面游去，在这期间，我们一次都没有抬起头来，只顾着沿护城河拼命往前游。上岸前我们在水中脱去忍者服，只留围腰布爬上了北岸，接着我们伪装成搬运木材的苦力，几番周折终于从城中安全撤离。

*

半夜，我和黑弓去见了义左卫门。

所谓“变成石头”是指装死，是忍者们常用的行话，当时义左卫门叫我们“变成石头”，言下之意就是叫我们活下去。如今这样偷偷回到万屋可是冒了杀身之险，但除了这里我们也无处可去。

刚迈进万屋，便见义左卫门端坐于玄关前的账房，借着烛光查阅账本。

“你们终于来了，吃过饭没？”抬头一看是我们，他叹着气低声道。我们沉默地摇摇头。

“事情可真闹大了，你们逃走后，藩主也一直没消气。”义左卫门苦笑着，叫人给我们准备了饭菜。

我和黑弓全身就穿着一件围腰布在外面游荡了半日，早已是饥肠辘辘，一见饭菜便贪婪地大快朵颐起来。

“这次你们真是不走运，连这种小事都要受罚的话，伊贺的忍者早死光了。不过话说回来，最不走运的还是那个使者，幸好性命无碍，只是手腕受了点轻伤。”

义左卫门挪了挪浑圆的躯干，低声笑道。

我和黑弓转眼间就把饭菜吃得一干二净，接着侍女便不声不响地将餐具收拾了。

“和你们分开后，我和采女大人谈了谈。”

听到义左卫门的这句话，我紧张地端正了坐姿，黑弓也一反常态，从刚才开始一句废话也没有，只是在一旁静静地聆听着。

“据说已经跟藩主大人说你们死了，你们跳下护城河时落水的声音，不光我，连藩主也听到了。按常理推测，这么高跳下去必定插在河底的桩子上，尸体不会立刻浮上来，总之你们干得不错。”

果然让藩主大人信以为真的还是黑弓引爆的火烟玉，没想到他还随身带着这么危险的东西，但不得不佩服这家伙的瞬间反应力。

“要是这次不让你们装死，估计藩主也不会善罢甘休。对了，采女大人托我传话给你们，暂时老老实实待着。”

“遵命。”我跪在地板上一动不动。我以为义左卫门会叫我暂时在万屋打打下手，但他仿佛全无此意。

“那，那个，我们接下来的工作是什么呢？”我诚惶诚恐地抬起头来，怯生生地问道。要是没工作，每天能否吃饱都成问题。

“工作，什么工作？”

义左卫门诧异地反问。

一时间我不知该怎么接话，但义左卫门立刻看出了我的窘迫，厉声道：“你们还不清楚自己的处境吗？采女大人的意思就是叫你们离开伊贺，远走高飞。”

“啊？”

我不由得一下子提高了声调。

“之前京口桥守卫猝死事件闹大了，传闻那守卫的家里人好像察觉到了麻药的事，说要求彻查死因。而且最近你们也应该听说了吧，伊贺有言论主张今后要废除忍者体制。”

藩主大人旗下的藤堂家族是四年前从伊予转封至伊贺的，理所当然地带来了一大堆对忍者不感冒的亲信。而采女大人是土生土长的伊贺人，藩主自然把笼络伊贺之辈及统管忍者的任务交给他，采女大人也就是在那个时候入主柘植屋。

“虽然你觉得采女大人能说得上话，可在我看来，这些大人物们之间也并非那么融洽，这事采女大人已经不想过问了。”听完义左卫门的话，我失望地垂下头。自己本是奉采女大人之命进入城中，且成功完成了此次任务，最后却落得个如此下场，好不容易才获得了采女大人的信任，却这么轻易地打了水漂，想到这些，我不由得把头垂得更低了。

义左卫门从怀中取出一个小袋子扔给我。

“打开看看。”

从袋子掉落地板发出的声响看，不难猜到里面是什么。我像被吸引一般，保持跪姿往前挪动，将蓝色袋子捧在手里。袋子出乎意料地沉甸，我疑惑地打开袋子，看见里面包裹着细长且发黑的东西，即便没有光亮，从形状上看也可得知是丁银。

“这次任务的酬劳。”

我吃惊地抬起头，昨夜天守阁潜入行动并非正式的工作委托，而是决定今后工作分配的能力测试，所以应该没有酬劳才对。

“这是我的钱别礼，反正出了伊贺没人认识你们，到其他地方安定下来之前，总是需要用钱的。可别一出去就被骗子骗去就好。”

言语中带着一丝戏谑，义左卫门准备叫人送客。

“为，为什么给这么多？”

“你们在那个地狱一般的柘植屋修行多年，今后脱离伊贺，不就可以过自己想过的人生了吗？你们可能还没听说，由于从昨晚爆炸引发的火灾中成功生还，你们如今在伊贺忍者中已经出了名了。”

我毕恭毕敬地将袋子收入怀中，这时从屋内走出几个男佣，将我们白天登城时寄放的行李交给我们。

“事出紧急，采女大人命你们今夜即刻动身。”

我根本没料到事情会发展到这个地步，一时间还未搞清状况便急匆匆地开始准备启程。其间我将自己今晚访问万屋途中想破脑袋也不得其解的问题一股脑地抛给了义左卫门。

为什么当时藩主的火枪会冲着我们？我充其量是个见习忍者，为什么像我这样的小人物的一举一动，阁下都能了如指掌？他是如何得知是我破坏了天守阁，又是如何知晓采女大人命令我们登城的时间的？而最想不通的是我们逃进护城河之前，阁下一共放出五枪，且用的都是装填极其费时的火绳枪，当时在那么短的时间内放两枪都很勉强，居然能打出五枪？

对于我的疑问，义左卫门报以苦笑，他张嘴时双下巴的赘肉随之抖动着：“对于这一点采女大人也大为光火，似乎有人想借阁下之手向你们泄恨。话说蝉这个人你们都清楚吧。”

泥鳅男的名字突然登场，我才想起今天果然忘记了什么重要的事。我拼命回想白天天守阁前的光景，屋顶两座雄壮的金色兽头瓦矗立的位置没有任何人影，也就是说蝉还活着！

“就是那个蝉，他从前是阁下身边的侍童，你们的事应该都是由他透露给阁下的。而不出所料，藩主得知事情经过后暴跳如雷，为干掉你们，蝉借机当场多准备了三口火绳枪，依次交到阁下手上。看来他对你们是恨之入骨啊，搞不好京口桥猝死事件也是他告的密。”

我握紧置于双膝上的拳头，心想那个混蛋泥鳅，昨晚真该一口气把毒针全打脖子里结果了他才好。

“保重！”告别了义左卫门，我和黑弓从后门离开万屋。天色已暗，家家户户熄灯闭户，全然没了白天的热闹气氛。

“我们被逐出师门了啊。”

来到城镇的尽头，黑弓突然嘟囔了一句。

“你接下来有什么打算？”我淡淡问道。

如今回想起来，黑弓不远万里从天川来到伊贺，还不到一个月就被扫地出门，也挺可怜的。但一切都因为这笨蛋不听我的话，叫他买藠头却买了大蒜回来，我们被赶出来全都要怪这家伙。

“回天川吗？”

“下次定期联络船一年以后才到，暂时只有待在这里了，你呢？”

“我吗，对啊，该咋办呢。”

就在我不知如何是好的时候，黑弓突然一下子靠过来躲到我身后，我向正面望去，看见键屋一旁有一个女人的身影，敌情是断定我们会经过这里。

“我讨厌那个女人，明明貌美如花却做出那么过分的事，简直难以置信。”

黑弓露出警惕的表情低声道。

出现在街道正中的不是别人，正是百。

“你要干吗?”我同她保持一定的距离问道。

“没什么，只是来送行而已。”

百嘴角坏笑着，一身窄袖便装的打扮。

“你消息倒挺灵通。”

“接下来打算去哪儿?”

“跟你没关系。”

“真羡慕你们，自由了。”

“羡慕？你没搞错吧，我们是被逐出师门了。”

自己亲口说出这句话时，才深深感到如今真是无家可归了，想到使用卑鄙伎俩得手的蝉，我心中再一次燃起怒火。

“能活着离开柘植屋，走出伊贺，不是死去的竹子和其他伙伴们的梦想吗?”

听着百的话，我脑海中又浮现出竹子的脸，没想到她在这里提起竹子的事。

“回去告诉蝉那个混蛋把脖子洗干净了，下次碰面我决不会手软。”我冷哼一声道。

言毕我发出手势叫百让道，她也很识相地转身回城去了。

我告诉黑弓接下来想去近江，那个竹子曾想去却没去成的地方。

“再之后呢?”

“大概是京城吧。”没有多加考虑，我便脱口而出。

说完我蹲了下去，重新系紧草鞋带后便起身往近江进发。

第二章

我托着腮坐在鸭川河畔，目光茫然地追逐着鸢的动向。

从刚才起，一只鸢始终对一只白鹭纠缠不休。那只白鹭伫立在河流中，抬起长长的脖子，鸢则在白鹭头顶保持低空盘旋的姿态。白鹭对此很厌烦，优雅地拍动白色翅膀往别处移动，可这样却让鸢更加放肆，甚至低空掠过白鹭的头顶。不胜其扰的白鹭终于发出悲鸣一般的叫声，不过鸢却对此熟视无睹，依然我行我素地在半空盘旋，并且绕了几圈后又毫不厌倦地再次恐吓白鹭。我看见那只白鹭周围还有两只同类，但它们却袖手旁观，连看都懒得看一眼，似乎很讨厌被鸢欺负的那只白鹭。

夕阳西下，腰间挂着鱼篓的老者扛着鱼竿从河边上来，当他察觉到我的视线后扭头望着那只鸢说道："这家伙真是坏心眼啊。"说完，他从鱼篓中取出一条小鱼，扔向河流中央搁浅的小沙滩。

"来，拿去吃。"

老者的这一声吆喝，大概是对正应付鸢骚扰的白鹭发出的。扔出的小鱼落在与白鹭相隔只一间的位置，白鹭却没注意到，最终小鱼迅速被鸢抢了去。

就这样，鸢飞进了覆盖对岸河堤的竹林中不见踪影，“傻蛋。”老人气愤地责骂。到处都有这样的慢性子啊，我凝望着神经过敏一般左右摆动着喙的白鹭，站起身来。

仰望着半空渐渐染红的夕阳，我踏上了归途。

我沿着鸭川河前进，侧方其他分支河流慢慢汇合过来。当要进入合流地点呈三角形的纠之河滩时，我忽然停下了脚步。

砂石路正中，出现了一个细长的黑色物体。

不知是谁把腰带掉这里了，我向前迈出一步欲一探究竟，可那腰带的前端却蓦地抬起头来。

原来是条蛇。

蛇身虽细，但很长，它像是难以处理长长的身子，将身体交错着缠作一团，不过那复杂的、呈弧状的缠绕实在让人感到恶心。虽说近来几日一直都是好天气，但也只是刚进入二月而已。这蛇总让人觉得醒得早了些，看上去它刚从冬眠中苏醒过来，还有点迷糊，抬起镰刀一样的头部，杵在原地一动不动。

我用脚掌跺了地面一脚。

就像收到某种信号一般，蛇突然动了起来，一开始还蜿蜒起伏地蠕动着，确定方向后便呈直线在地表上快速滑动，转眼就消失在一旁草丛深处。

自进京以来我还是头一次看到蛇，心中不由得思虑这到底是凶还是吉。我踏过河面上露出的飞石，回到吉田山山脚的废屋，在吉田山西北方位边缘，我居住的废屋孤零零地坐落在四周树丛之中。入口处没有大门只挂着一面席子，我刚伸手掀开席子，突然响起迎接我回家的招呼声。“你回来了，风太郎。”

我心中怀着不祥预感，掀开席子往里瞧。

“嘿，好久不见。”

黑弓在狭窄的地板上盘膝而坐，就像在自家一般毫不拘束地向我打招呼。

我只向屋内探入半个身子。

“你怎么知道我在这儿?”我低声问道。

“在下许久未拜访这附近了，话说昨天去给公家[1]宅邸送货时，恰巧在玄关处偶遇万屋的商人，对方好像认得在下，还告知说你就住在这里。不过话说回来，这屋子好小。”

我极力抑制内心突如其来的激动，不露声色地冷静追问道："然后呢?"

“然后?”

“之后对方没给你说什么?”

“没，对方只是说你一个人孤零零地住在这狭窄的破屋，叫在下有空来看看你。难得久别重逢，今晚在下就住下了啊?话说只要想想办法，这里还是能睡得下两人。”

这家伙完全不等我答复，便自顾自地解起行李来。

果不其然，刚才那条蛇不是吉兆，我叹了一口气踏入了土间[2]。刚刚有一瞬间，我满心雀跃地以为先前的事件伊贺那边风头已过，黑弓这次来是叫我回归的，但却事与愿违，我不由得倍感遗憾。

---

①公家：泛指朝廷官家。

②土间：在日本传统民家或仓库的室内空间里，人们生活起居的空间被柱子区分为高于地面并铺设板材的地板以及与地面同高的土间这两个部分。在土间制作上，通常使用三合土（涂敷灰泥的地板）、硅藻土、混凝土及瓷砖等几种工法。

“不愧是万屋，居然能探明你住在这里。”

我舀出水缸里的水胡乱地漱了漱口，之前在大街上追上偶然遇见的万屋商人，托那人捎话给义左卫门说我就住在这里的，其实正是我自己。当然，为的是有朝一日对方需要联系我的时候，能够找到我。

“话说我们都分开多久了啊，自大津入京是九月末，快一年半没见面了吧。”

听闻黑弓的话我抬起头来，停住了正在解鞋带的手，黑弓的口吻就像才分别三天一般，居然与他分开都这么久了。回想我离开伊贺时只有十八岁，如今在外已经历过两个冬天，现在也满二十岁了。

黑弓取出一份行李放在我面前，他解开包裹，里面出现了一个用旧了的套盒。打开盖子，盒子里盛的是炖鱼、蛤蜊、山菜和膏状点心，还有软乎乎香喷喷的米饭，不留间隙地塞满了整个套盒。

“这，这是怎么个意思？”

面对眼前美食的光景，我不由得咽了口唾沫，喉咙发出不争气的吞咽声。

“今天高价卖出了不少物件，这顿在下请客。”

“你今年多大？”

“十九。”

“没人十九岁能吃到这般美味的。”

“这有什么关系，在下自己赚来的，你要不？不要的话，在下一个人解决了。”

“你可别这么说啊，难得久别重逢，咱正好叙叙旧。”

“你最近如何？”

“我就无所谓了，说说你的事。”

我飞快地伸手抓起一块鱼塞进嘴里。

“真美味啊。”

我忍不住深深感叹道，手早已伸向下一个目标。说起来，最近入口的东西都是些什么白水煮山菜，面对这正经八百的正餐，我兴奋得只感到头皮发麻。

“不过你怎么混得这么好？”

我不停把菜往嘴里塞，匆忙地咀嚼着，并坦率地向黑弓抛出了疑问。据黑弓的说法，他利用自己会说南蛮语的特长，近来一直在做着倒腾舶来品的买卖。黑弓这人本来就能说会道，在公家宅邸贩卖舶来品时，他借机回收人家想要处理的有插画的扇子等物件，然后把这些东西带回大坂或者堺，当作从京城权贵手中偶然入手的珍品，倒卖给喜好公家物件的好事者们。如此一来，赚得的资金又可以反过来收购公家们喜爱的舶来品，再次返京四处贩售。周而复始，不知不觉间，以黑弓的信誉，只要在宅邸门前通报一声，对方便会立刻放行。就拿眼前这个套盒来说，也是黑弓委托某公家宅邸里的熟人，拜托厨房给准备的。

“你真厉害啊。”

真心话忍不住脱口而出。

“这些都没什么大不了的，葡萄牙和大陆那边的商人们都这样做买卖，正所谓来来去去都是行商，商船空着不装货才是傻蛋呢。”

黑弓顺手抓起一只蛤蜊，若无其事地高谈阔论。

“有灯吗？话说周围暗下来连吃的啥都不知道。”

“我怎么可能有那么奢侈的东西。”

“那就没办法了。”只见黑弓扭过身子，从放在房间角落的行李里取出蜡烛。我从来没见过这么粗的蜡烛，看来这家伙如今日子过得滋润是一点都不假。

“话说你在靠什么过活，离开万屋时入手的钱应该早就见底了吧。”

我舔了舔粘在套盒角落的味噌，接着把一口米饭塞进嘴里。我鼓起脸颊，拿着筷子指了指幽幽烛影下周围破旧的家具。言下之意是，这不一目了然吗。

“对了，你知道吗？关于伊贺城的天守阁。”

黑弓突然话锋一转，让我感到些许蹊跷。

“果然，你不知道啊。”

黑弓很是意味深长地接着说道。

“别卖关子，快告诉我到底怎么了。”

“已经没了。”

“没了？什么没了？”

“不是说了嘛，天守阁啊。倒了，啥也没剩。”

我甚至忘记了咀嚼，惊讶地张开嘴。

“后续嘛，还是等你告诉在下你的近况之后再说吧。”

黑弓伸手抓起一块鱼，张开大嘴扔了进去。

*

被伊贺放逐后，我们在近江无所事事游荡了半个月。我至今仍然忘不了当时初次自山中越遥望京城时的奇妙感触。

那一瞬，整个京城市街看上去就像浮在竹子上一般。

京城市街被称作“御土居”，被高两间的野战工事紧紧环绕。不知为何，沿鸭川河而建的御土居的顶点栽有竹子，自右及左放眼远望，竹海以无穷无尽之势延伸开去。起风时整个御土居的竹子一齐随风鸣动，竹流彼端的京城看上去就像飘浮在空中一般缓缓地蔓延扩展，远方高大的佛塔浮现出淡淡的轮廓，市街的边缘呈现在雾影之中。如此景致，就连早先扬言自己到访过大坂和堺的黑弓，也不禁停下脚步感慨道“真厉害啊”。

我和黑弓自然而然地加快脚步赶往京城，来到山中越的终点荒神口，走过架在鸭川河上的架桥。话说用“口”来形容“荒神口”实在是恰如其分，这地方像极了御土居左右两边张开的嘴巴，我们就像被这张嘴吸入一般，迈步踏入了京城。

眼前出现的热闹景象远超乎我的想象。

汹涌的人潮着实吓了我一跳，我甚至想问黑弓今天是不是什么节日。街上人人都衣着光鲜，在伊贺衣服仅仅只用作裹身，而这里的人们毫不在意地在衣物上采用明显会受人责难的明亮色调。街道两边开满了各式各样的店铺，有布袜店、玩具店、棉花店、丝绸服饰店、腰挂饰物店、伞店、皮带店、扇子店、纸店、货币兑换店等等。这些店铺出售各式各样的商品，叫卖声不绝于耳，运送货物的牛马络绎不绝地擦身而过。其中最为醒目的是烟草贩子，在伊贺城下只有两人贩售烟草，而在这里每经过两个十字路口，必定有人在路边铺着草席卖烟。烟贩拿刀将烟叶剁碎，扯开嗓子叫卖道：“快来啊，卖烟啦，快来啊，卖烟啦！”

相比街市拥挤的人潮和琳琅满目的货物，更让我瞠目结舌的是街上女子们的美貌。她们个个双眼水灵，皮肤白皙，不禁让我感叹世间竟有此等肤白如雪的女子。与她们擦身而过时，淡淡香粉袭鼻，惹人眩晕，我发自内心地感叹这街市真是个好地方。

在旅店安置好行装，我和黑弓争先恐后一般再次上街。黑弓很快给自己新置了一套萌葱色调的鲜艳和服，我也把像破布一样的外衣连同腰带一起都换掉了。不过艳丽的色彩实在让人不太习惯，所以和服我选了件素色的，只是配了一条色彩较为明亮的腰带。虽然价格比在伊贺翻了一倍，但不管花纹还是色彩，就连简简单单的一条腰带，品质都与伊贺物件之间有着截然不同。

然而我和黑弓同在京城度过的日子也只有半个月而已。

与黑弓分道扬镳的理由非常简单。

我主张留在京城，而黑弓还想去其他城镇游历一番，诚然，他是从天川远道而来的，想要周游四方也在情理之中。但换作我，如果四处乱跑，对方将难以得知我的下落，话说这里的“对方”，自然指的是伊贺方面。

“在下只是想看看父亲生长的这片土地而已，如今伊贺已经去过了，风太郎要回去的话就自己回去吧。在下呢，接下来要去伏见[①]，然后是奈良[②]。”

看着黑弓一脸幸福地畅谈着今后的计划，我将从义左卫门处得到的丁银分了一半给他，与之道别后，我与他便在三条大桥上分手了。

“Chau[③]，风太郎。”

也许是心理作用，我发觉黑弓的眼眶湿润了，他向我挥着手。

“什么不对?”

“Chau在葡萄牙语中是再会的意思哦。”

不知道是否由于黑弓长在异国，在我印象中他一直是个怪人。因为这家伙买了大蒜，才害我遭受这般罪，早先这事每两日我必定回想起一次，怨恨也从未消解。不过回首与黑弓这差不多

---

①伏见：位于京都府伏见区。

②奈良：古称大和，位于日本纪伊半岛中央，近畿地区的中南部。东邻三重县，西接大坂府，南接和歌山县，北连京都府。为内陆县，是日本历史和文化的发祥地之一。

③Chau：这句葡萄牙语与日语的“不对”这个单词同音，所以风太郎紧接着才会那样问黑弓。

一个月时间的旅程，我的情绪也变得多少有点感伤，“再会吧。”我同样挥手回应黑弓。

就这样，我在京城的新生活拉开了帷幕。

我自懂事起便一直在柘植屋里成长，独自生活这还是头一回。话虽如此，可我并没有找什么活儿来干，义左卫门给的丁银还有些许，我靠这些钱住在便宜小旅店里，终日无所事事打发着时光。

等我回过神来，自出走伊贺已经过去半年。

我再次对京城感到了惊叹。

在这座城市，不管你是谁从哪里来，或者即便你终日无所事事，都不会有人过问。只要有钱就能不问世事随心所欲地过活。以前还在伊贺时我根本想不到世上竟有这样的地方。

比如说像我这样来历不明的人，如果在伊贺城下旅店无所事事地住上个三日，周围必定风言风语，待上五日，武士检察官便会上门来盘问。也因为如此，当时和黑弓为潜入城内做准备的时候，才故意装扮成商人的模样投宿旅店。

就这样，我迅速融入了京城酝酿的舒适氛围之中，不，应该是深陷其中。我没想到无人干涉的生活会如此轻松惬意，对于在浑浑噩噩中流逝的每一天，我不再抱有疑问，整个人完全被京城释放的毒气所侵蚀，一转眼便荒废了半年时光。

然而有一日，我看见旅店的老京城们和两个刚入京的年轻男子围坐在旅店入口旁的大厅里，老京城们扬扬得意地给两个初来乍到的年轻人教授京城的规矩时，那景象着实让我感到扫兴。

就在半年前，我也像两个年轻人一样，请这些老京城喝酒，并且向他们请教旅店附近能买到便宜物件的地方。当时，我对这群京城商人精打细算的本领及学识赞叹不已，将之奉为导师推崇备至。他们穿着合身的宽松和服，再加上还进出赌场，这一点甚至让我深感其气质伟岸阳刚。

然而，如今这群人在免费的酒菜前笑逐颜开，还原封不动地把过去教授给我的内容当作久居京城的心得，看着他们煞有介事地向那两个年轻人口若悬河的样子，我只闻到一股难以名状的腐臭气息。年轻人满脸感慨的表情，谈话途中多次单纯质朴地点头示意，那样子与过去无知的我如出一辙。

当晚，我潜入附近寺庙，尝试对着寺内角落里的杉树乔木练习起跳。自离开伊贺以来，这还是头一次温习忍术，结果不出意料地糟糕透顶。我感到身体笨重不堪，用石子儿代替手里剑练习投掷也全部脱靶，最终一脚踩空，差点从乔木顶端摔下来。

我心想必须尽快离开这里。

次日清晨，我离开了旅店。细算手里的财产，义左卫门给的钱已快要见底。当我考虑接下来咋办时，突然想起自近江入京时，沿山中越途中有一个村落，位于御土居之外，也就是京城的郊外。要除去一身在京城沾染上的毒气，远离尘嚣的地方最合适不过。那个村子坐落在吉田山山脚，这一点对我来说也相当有利，要找回已经退化的本领，闭关山中更便于修行。

我沿着半年前的来路折返，自荒神口离开了京城，在吉田山山脚找到一处长久无人居住的废屋，然后与土地管理者进行了交涉。刚开始对方绷着一张脸面色不悦，但当我将身上仅剩的丁银尽数交付后，那人终于允许我在这里住上一年。

由于身无分文，我接下来的日子过得很是拮据，不过当时真是做梦也没想到会在这里住上一整年。我曾盼着等自己功力恢复了，伊贺便会派使者前来。当时义左卫门在万屋告诉我："暂时不要轻举妄动，老老实实待着。"我对这句采女大人的命令笃信不疑。

然而我并没有等到任何消息，相反，来拜访我的却是最近渐渐被我遗忘的黑弓。

吃完饭，二人小口啜着开水，“哦，原来如此。”大致上听完我的叙述后黑弓开口说道。

“生活开销你怎么解决？”黑弓放下茶碗问道，此时套盒里的饭菜早已被消灭干净。

“找活干啊，还能干吗，山里的雾霭可填不饱肚子。”

“找活？在哪里？”

“现在京城里建筑活儿挺多，官家和武家[①]的宅邸，还有神社佛阁，力气活要多少有多少，至今干过多少地方我都已经不记得了。你可以试着在拂晓时去三条大桥西端河滩瞧瞧，会有好几百像我这样的人聚集在那里，众多工头会领着工人们前往各处上工。对了，眼下方广寺大佛殿能接到活，虽然累点，听说酬劳不错。”

说完，我一口喝光碗里的水。

“我就到此为止吧，对了，你快给我说说天守阁的事。”

我挪了挪下巴催促道。

“哦，你说那事啊？”

黑弓盖上套盒的盖子说道，只见他摊开布把套盒置于中央，然后将其小心翼翼地包好。

“还记得吗？在下和风太郎离开伊贺之后，我们前往近江去看了濑田桥对吧，事情大概就发生在次日。话说当时下着瓢泼大雨，我们只能宅在旅店里，天守阁就是被那时的台风给毁了的，

①武家：武士门第家族。

那暴风雨可是吓死人啊，据说第三层以上的部分顿时被吹得不见踪影，剩下的部分也因倒塌，造成了不少死伤。”

饭已经吃完，为杜绝浪费黑弓吹熄了蜡烛，视线边角烛光的残影化为黄色及红色的纹样飘荡着，我茫然地凝望昏暗中黑弓的脸。

损坏天守阁，受到藩主大人的责罚，加之还害死了京口桥守卫，这些都是导致我出走伊贺的原因。但如今天守阁已不存于世，守卫的死也不能断言就跟我的吹箭有直接关系，搞不好是那人运气差，正好急病发作瞬间猝死也难说。

虽然将我逐出伊贺的理由如今都已经无关紧要，可我却还在这里，为什么？

我感到迄今为止一直刻意逃避的答案渐渐向自己悄然逼近，事到如今再也不能自欺欺人了。也就是说，自出走伊贺以来，一年半的岁月已经过去，现今我必须直面自己早已被采女大人抛弃的事实。

*

我垂着头盘膝而坐，凝视着胯间漆黑的地板。

也不知道黑弓是否察觉到了我的心情，“啊，吃饱了，吃饱了。”只见他随意地躺下身子。

“不过话说回来，幸好风太郎还在京城附近，要是你回去伊贺，怕是就再也见不到了。”

听了这句漫不经心的话，我终于忍无可忍发作起来。

“出去！”

我猛然抓起眼前包着套盒的包裹站起身来，顺势一脚踢开席子，用尽全力将套盒扔出屋外。

“你，你干吗啊？”

黑弓惊慌失措，光着脚飞奔出去捡套盒，我毫不在意地又将他剩下的行李一并扔了出去。

“出、出去，别再接近我！你这个瘟神！跟你一起就从来没有过好事。啊！可恶，那条蛇果然是凶兆。”

“什，什么啊，什么蛇？”

“吵死了，全都是你的错，就是因为你这家伙当初自作主张去买了那没用的东西，我才遇上这——哎，如今都已经无所谓了，总之我再也不想见到你。话说你为啥还在这里？当时不是说坐一年后的联络船回去吗？”

“哦，那事啊。实际上在下去年夏天从长崎坐船回了趟天川，向母亲报告了伊贺的事，两个月前又乘其他的南蛮船只回来了。”

“为什么？你又没事找事回来干吗？你这种烦人的家伙就该蹲在那个天川，出来添什么乱！”

“你，你冷不防地说些什么啊。刚才我们不还一起吃了饭吗，其间你还不停地说‘黑弓你真厉害’，怎么突然就翻脸不认人啊？”

“烦死了，快给我消失，这辈子别让我再见到你！”

留下黑弓在屋外收拾散乱的行李，我飞快地回到了废屋。

“绝对不准再进来！”

我怒吼道，随即呈大字形躺在地板上。

随后许久，我听到屋外传来嘎吱嘎吱的声音，是黑弓在收拾行李吗？隔着墙壁我能清清楚楚地察觉到他在偷偷窥视屋内。但我始终保持沉默，最后终于听到屋外踩踏野草的脚步声渐渐远去。

如往常一般，四周一片死寂笼罩着废屋。

许久，我呆然凝视屋内顶棚。

黑弓走后，我感到胸口周围一股凄凉的悲伤聚集而来，那股悲伤伴随着没有实感的疼痛渐渐从喉咙往上蹿。失去了重要之物的同时，我顿感自己什么都不是，整个人像被打垮了一样。闭上眼睛，眼帘浮现出暴风雨中被刮飞的天守阁在狂风中分解四散的画面，我所知的伊贺已经不存于世，而伊贺也再无我的容身之处。我已无力起身，就这样保持着原有的姿势睡到了天亮。

在一片莺啭鸟啼声中，我醒了过来。

外面还比较暗，我翻身时感觉脚背碰到了什么东西，于是向那边看去，发现是黑弓的蜡烛立在地板上。我一脚将之踢倒，蜡烛毫无抵抗地滚落至土间。

接着我再一次闭上了眼睛。

一直睡至午后，我才睁开了眼睛。

我在地板上支起上身，发了四分之一个时辰的呆，心想不妨就这么呆坐到日落，可尿意实在难忍，这才勉勉强强起身出了屋子。

绕到屋后方便回来，我忽然在门口席子前停住了脚步。

我发现面前掉落一个溜圆的东西。于是弯下腰捡了起来。

我把东西放在手心，确认其表面触感，与此同时我环视四周，可周围并没有发现掉落其他相同的东西。难道是黑弓的行李里掉出来的？我凝望着鼓起部位正好捧于两手手心的葫芦，这个葫芦的重量远比看上去轻，腰部缠着麦草绳，口部用木制塞子塞着。我若无其事地随手摇了一摇，里面好像还有种子，能听到葫芦发出哗啦哗啦的微弱碰撞声。

我把土间的蜡烛和这个葫芦并排置于地板上，由于葫芦底部溜圆，刚一放直了又马上倒了下去。该怎么还给黑弓呢？突然想起我昨夜才对他说过再也不准出现在我面前。我将葫芦和蜡烛贴近腋下，这才觉得自己肚子饿了，于是我嚼着晒干的萝卜又再次躺回地板上。

傍晚，正当我思前想后之时，黑弓来了。

我昨天对他那般怒吼发作种种，他却都像没发生过一样。

“呀，风太郎，在下忘了拿蜡烛，回来取一下。”

黑弓满脸坦然，掀开席子把头探进屋子。

“在那边角落放着。”我躺在地板上，一动不动地说道，接着转过身去背对着他。以为他拿了东西就走，不想背后传来踩踏地板的嘎吱嘎吱声，我吃惊地回头望去，发现黑弓弓着身子，屁股朝着我。

“喂喂，你要干吗，把鞋脱了是啥意思？”

“没啥，稍微有点事。”

“我没事，你赶紧拿上蜡烛和葫芦走人。”

“啊，葫芦也掉在这里啦，在下都没注意到。”

黑弓脱掉鞋喊出一声号子，随即把背上的大布袋放在地板上。

“这个，是风太郎的。”

黑弓盘腿坐下，将蜡烛与手中的葫芦置于正面，但葫芦还是自己倒了下去。

“给我的？”

“是的，从义左卫门大人那儿得来的。”

黑弓言出意外，我不由得支起上身。

“怎么回事？”

“这些也都是。”

黑弓解开布袋，里面出现一堆溜圆的葫芦，身长八寸上下，个个外形都不错。粗略数了一下，大概有三十来个。

“之前在下不是说过见过万屋的人嘛，那天在下刚好踏进公家宅邸，对方事谈完了正走出来，当时就简单打了下招呼，但等在下事情办完出宅邸时，那人还在外面等着，然后就给了在下这些葫芦。”黑弓指着堆得像小山一样的葫芦说道。

我默默地拿起一只葫芦放在手里，这东西和刚才捡到的那个葫芦一样，腰部缠着麦草绳，摇一摇，也会发出轻轻的声音。

“对方就是在那个时候告诉在下风太郎住在这里的，接着顺便将葫芦也托付给了在下，说正好减轻自己的工作量。”

“为什么要给我葫芦？这东西我根本用不着。”

“谁也没说要给风太郎啊。”

“啥?”

我顿时停下抚摸着葫芦表面的手，望向黑弓的脸。

“就是说需要你送到另外的地方去。”

“送？送到哪儿去?”

“前往清水寺沿途开有一家葫芦店，那人传义左卫门大人的话，要你把葫芦送到店里去，总之需要你跑一趟。”

我又拿了一只葫芦放在手里，碰了碰两只葫芦的肚子，发出干燥的声响。

“我为什么必须那么做?”

“在下也不知道啊。”

“我说，这种事应该问清楚对方吧，这可是葫芦哦。”

“对方说只要把葫芦带给风太郎，就给在下一粒丁银，在下自然就乐意接受了，原本跟风太郎也好久不见了嘛。”

“那么，昨天你就带着这行李了?”

“当然。”

“你为啥昨天不说?”

“你还说啊，在下还没开口不就突然被你赶出去了嘛。”黑弓语气激烈地反驳道。

啊，说来确实是这么回事儿，我尴尬地陷入了沉默。

“难道说，葫芦是指什么忍者的行话吗？”黑弓低声询问道。

“不清楚，以前从没听说过。”

“那么，这可能是义左卫门大人的工作委托。”

“工作？什么工作？会有什么工作需要送葫芦吗？再说得到丁银的是你又不是我好不好。”

“不管怎么说，把葫芦送到店里不就明白了吗。”

“店名是？”

“瓢六，听说位置在产宁坂①，去吗，风太郎？”

“总之，这任务我接了，反正有时间，去去也无妨。”

从听到义左卫门的名字起，我就极力地掩饰自己内心的雀跃，拼命压低声音回答道。

“在下也一起去。”

“不，我一个人去就好，你不用担心。”

“话说昨晚在下也请风太郎吃了饭，原本今天也想请的，奈何风太郎对在下的态度实在太冷淡了。”

“今天也请？什么意思？”

“你看那个布袋，在下在大街上遇到走街串巷的商贩，听他说这个鲜笋可是本季刚上市，于是在下便买了一些，顺便还买了米。听公家宅邸厨房的师傅说，它们煮在一起相当好吃哦。”

“啊，还有这种吃法啊。”

仅仅只是想想，从早上起只投入了半根萝卜干的肚子便开始咕咕叫，我慌忙调整坐姿来掩饰声音的出处。

“想吃吗？”

“你有什么要求？如果是葫芦店的事，我是务必要与你同

①产宁坂：是京都市东山著名的观光地，又名三年坂。

去的。”

“当然啦，这葫芦本来也是在下运来的嘛。对了，另外有个事情需要你作陪。”

黑弓把地板上的葫芦收进布袋，同时告诉了我需要帮忙的内容。

“我拒绝，那种事。为什么我必须得做那种事啊。”

听我这样说，黑弓迅速拴紧布袋口，站起身来。

“哦，这样啊，那么，今天在下就先回去了，打扰。”

“你，你等等。我去，去不就结了。”

“今天在下就住这里了，饭食就麻烦你准备。话说你是不是该去洗个澡，刚刚就时不时地觉得你身上味儿不对劲。”

黑弓提出的要求我接二连三地照单全收了。接下来我先把鲜笋切碎，然后一股脑地把米和切好的鲜笋放进锅里。我观察了灶上的火候，算好饭煮熟的时间，飞快去了趟井口。在那里洗了个久违的澡之后，我和黑弓品尝了在公家也被奉为美味的鲜笋饭，最后忍受着久违了一年半的黑弓夸张的磨牙声，终于迎来了次日清晨。

*

黑弓所谓要我作陪的事是“游历京城”，且并非在京城内随便逛逛，而是沿着围绕京城的御土居巡视一圈。

“算了吧，做这样的事有什么意义？”

我想要推翻黑弓的想法，可他就一句“有益健康”，执拗地不听劝告。简直让人摸不着头脑。

“健康？这样只会使身体劳累，反而不利于健康吧。”

面对我的责问，黑弓摆出一副“你还不明白啊”的表情摇摇头。

“从天川来到这里，最让人吃惊的，要数外面没什么人散步这一点了，京城这边还有人沿着河滩散步，而伊贺那边一个人都看不见。在天川，每当黄昏时分，葡萄牙人都会出来散步，他们有的人登上山丘，有的则反其道行之，下到海边嬉戏，如此这般身体自然会变得健康。所以呢，我认为那些公家人都最好散散步，常听说他们年纪轻轻就体弱多病，就是因为老宅在家里，从早到晚身子都不动一下。”

我心想公家人算是被这个奇怪的男人操了一把心了。

“那么，我们出发吧。”

黑弓突然站起身。

“现在？”

由于我们彻底地睡了个懒觉，又正好刚吃完早饭，我很想反驳说天川的人不都是晚上才出去散步的吗？而黑弓却早早准备完毕，丢下我走出屋子，没办法我也极不情愿地起身出门。

我们顺着通往鸭川河的道路而下，为驱赶残留的睡意，我打着哈欠仰望天空。的确，今天晴空万里，这种天气宅在那间破屋里也着实可惜了。转身回望过去，在蔚蓝天空的映衬下，大山表面未被草木覆盖的地方鲜明地浮现出“大文字”的模样。

“逛逛外围吧。”当荒神口渐渐出现在视线里时，黑弓说道。于是我们没有进入京城，而是隔着御土居的河流沿河滩前进。

“我们需要充分理解京城这座城市。”

黑弓这句话说得振奋人心，但实际上我们也只是走个不停，没干别的。

我用脚踢着小石子，沿着河滩前行，三条大桥渐渐从正面映入眼帘。只见在大桥一旁，一只白鹭呆立在河流中，还把尖嘴插进水里寻找着鱼。河边并排放着大桶，洗衣服的女人们突然发出让人大吃一惊的聒噪笑声，彼此拍打着对方不胖不瘦的肩头；草丛中，一副浪人打扮的老者抱着刀睡得正香；河流对面小孩子们拖着竹席，往御土居河堤上方跑去。他们这是要干什么？我抱着疑问远望过去，只见孩子们把竹席垫在屁股下，从被草丛覆盖的斜坡顶端一口气滑了下来。途中有人的竹席先滑了下去，屁股却被结结实实地蹭破了，滑完下来，剧烈的哭声压过川流声，响彻周边河畔。

“我再问你一次，为什么要绕京城一周呢？虽说散步有益健康，可要锻炼的话还有很多办法啊，再说要充分理解京城买地图不就得了。”

“对于想要了解的城镇，在下从来都会游历其周边，如此会产生感情，进而有助于快速记忆。在吕宋岛[①]、暹罗和南越我都做过同样的事，因为不论身处如何巨大的港口，行动范围总是意外地受局限。风太郎应该还没去过京城西端吧。”

“我怎么会去，本来就没啥事儿。”

确如黑弓所言，在京城居住了一年半，我的行走范围惊人的狭小。算得上名胜的地方几乎就没去过，比如说清水寺，我从来只是从远方眺望那一望无际的山上的建筑物，至于怎么到达那里我一概不知。

“话说你确实去过不少地方啊，什么？你在吕宋岛和暹罗都住过?”

“说是住，一般都是在船出航前停留一个月左右。在下做水手那阵，大部分地方都去过。”

“又是开始想念大海了吗？这里和伊贺一样，都是盆地。嗯，

①吕宋岛：位于菲律宾境内的岛屿。

也正是因为如此，我现在心情很平静，周围有山的话，我便能安下心来。”

“是嘛，在下只要能看到海就会心情舒畅，话说在下已经决定暂住这里了。”

“住？住哪儿？”

“当然是京城啊，所以说呢，我们现在不正在这里散步嘛。”

“喂，丑话先说在前头，我那里可不行。”

在事情变麻烦之前，我采取了先发制人。

“真是的，就这些地方，风太郎还真是沾染上了伊贺心胸狭隘的风气呢。”

黑弓向我投来责难的目光。

“别把话说得这么夸张，我只是讨厌你这个人而已，只要跟你扯上关系，运气就会溜走，仅此而已。”

“难道说，你的意思是采女大人那边还没下达让你回归的命令吗？”

四条的河滩上，有杂耍剧团和歌舞伎团共计三个戏棚在演出，那边时不时会向半空中高高飞出毛枪[①]和长刀。我一边仰望盖着染有家徽帘幕的戏剧舞台，一边低声告之。

“你如果要我作陪散步，就不要多嘴。”

“以前在下就想不通，迄今为止采女大人有为风太郎做过什么吗？”

“什么？”

“为什么你对伊贺那么执着？还记得吗，我们离开伊贺去近江的途中，顺道经过柘植的时候，在被火灾烧成废墟的柘植屋前风

---

①毛枪：在枪头上装饰动物毛发的长柄武器。

太郎不是说过‘差点就死在这里’吗？就连义左卫门大人也说过，万屋和柘植屋的修行极为残酷。”

黑弓语调稍作停顿，像演戏一般歪起了脑袋，摆出一副“你还不明白啊”的样子。

“你想说什么？”

“不管怎么想，相比在伊贺，现在我们的境况好了太多。风太郎从来没受过采女大人任何恩惠，虽说是修行，你在柘植屋不是差点连命都丢了吗？后来一出柘植屋马上又轻易被抛弃。在下实在不能理解，风太郎为什么这么想回到那个薄情寡义的地方。”

黑弓自始至终用毫不迟疑的爽快语调叙述道。

我睁圆了眼睛盯着黑弓，但这家伙丝毫没有半点发怵，对我报以一脸憨相。

“你是不会明白的。”我转开视线吐露道。

接下来我们彼此无言地沿着河滩前进，笛子与太鼓的乐音，宣告傍晚公演开始的杂耍师的吆喝声，混杂在不息川流中，向着我们的身后消失而去。刚刚黑弓所说的“恩惠”这个词深深地映在我的脑海里，我从来不曾用这种方式思考过与采女大人的关系，我被培养为一个忍者，再按照忍者理所应当的方式生存至今，我只是这样的一个人而已。实际上曾是弃婴的我之所以能活到现在，全都仰仗柘植屋的收留，要不然不光我，柘植屋的所有人，恐怕早就饿死街头了。

要是在两天前听到黑弓这样说，我必定会怒不可遏地上前揪住他，但如今我却一脸赌气闹别扭的表情走在这家伙身旁。对于黑弓的信口开河，我自然很是气愤，他的话直接伤害到了我最根本的东西。但另一方面，我已经没法再为伊贺辩护了，即便我有心争辩，那个地方也不再需要。

我带着沮丧的心情，沿着向西边骤然弯折的御土居，经过了七条大桥。离开河川后，周围的风景顿时变得冷寂，路上行人一下子少了起来，道路前方耸立着一座巨塔。我终于打破沉默开口问黑弓那是什么，黑弓说那个是著名的东寺五重塔。

右手面是护城河，护城河外是不断往前延伸的，左手边时不时能看到田园，其余的都是空旷的荒地，终于我开始怀疑到底为什么这样一直走个不停。虽然我并没有向黑弓问起，但这家伙还是自顾自地指向远处并排着的民居周围，说顺着那条道走可以通向伏见，再往前便是大坂。说着说着，我们抵达了伏见城镇，黑弓讲解完当前所处方位后，话题又接着转向大坂方面。

“就专业领域上来看，大陆范围内应该再没有那么大的城堡了吧。”

在诸多建筑中，黑弓兴奋地谈论着雄伟壮观的天守阁。然而毫无疑问，我对天守阁这个词没有丝毫美好回忆，大坂城的天守阁不管多么雄伟壮丽，我都没有丁点兴趣。

“西侧整体面朝大海，所以大坂的夕阳相当美哦。”

只是在听到黑弓这么说的时候，我才有些想去大坂看看。

刚过东寺寺前，御土居折而向北，我们顺之北上。竹林对面五重塔渐渐远去，我转头远眺。

“不知常世大人现在是否还在大坂城当差。”

黑弓嘀咕道。

“应该在吧，要请辞的话，她还太年轻。”

“这话怎么说?”

“在藩主大人入主伊贺之前，时常会派遣忍者至大坂城内部。传说有一个当了近二十年差的中年女忍者，由于伤了腰部无法再胜任工作，于是推荐自己在故乡的孙女为继承人，就这样常世便作为继任被送入大坂城。”

“这个是风太郎还在柘植屋时的事吗?”

“对。”

常世开始在大坂当差后，每半年便会回一次伊贺，虽表面上是回乡探望祖母，但实际上是为了报告城中的动态。所以一年半之前，我正好逮住常世回乡的机会，拜托她给准备了毒药。说到毒药配制，常世的能力可谓是出类拔萃，甚至连成年人也无法匹敌，从柘植屋时代起便无人不知其名。

“那之后有跟常世大人见过面吗?”

“没有，也并不想见。”

“在下倒是还想见见，在伊贺的客栈里虽然有过一次交谈，话说那么美丽的人可真少见。”

我再次回想起常世娇小且苗条的身材，她说话时总爱低头朝下，且侧脸不知为何总带着点阴冷的气息。如今她多半没什么变化，应该还在大坂城内部继续干着忍者的工作。不光常世，蝉和百也应该在伊贺勤勉地继续着忍者生涯。相反再看看现在的自己，却在流淌着污水的护城河畔漫无目的地闲逛，身旁是漫无边际的竹子。

我捡起脚边的石子，如挥刀一般朝御土居的护城河投去。石子在宽度近七间的护城河水面蹿动，切水八次之后，在水面激起星点水沫沉了下去。

我自然而然地想，今后应该不会与其他在伊贺的人再会了。

“那个，风太郎。”

我正摆好了架势，想再往护城河投一块石子，听到黑弓唤我，便停下动作转过身去。

“从刚才起，你在想什么呐?”

眼前的黑弓表情异常严肃地说道。我沉默不语，手指尖夹着石子确认其触感。

“我们俩可能都在考虑同样的事，你若是在跟在下客气的话，尽管直接说出来就好。”

黑弓的话让人感到不悦。

“话说你又在考虑什么?”我问道。

黑弓表情犹豫，转头回望我们来时的路。说来经过东寺南面，开始一路向北以来，我们走了好长一段缓缓的长上坡道。周围景象依旧煞风景，途中基本上没遇见其他路人，现在就只有一个扛着扁担搬运货物的老头儿向我们这边走来。

黑弓头转回原位，不可思议地眯着眼睛。

“在下厌倦了呢。”黑弓低声道。

“什么?”

“因为一直都是同样的景色，在下在想是不是该有些变化了，这实在是一种煎熬啊，风太郎也这么想吧。”

我完全不知道该说些什么才好，这家伙硬带着我来到这个不知是何处的地方，事到如今又胡诌个什么劲儿。

“你这家伙，适可而止吧!”

“风太郎还想就这样围着御土居走完一圈吗?”

“我怎么会？在这周围闲逛到底有啥乐趣啊，我只是陪你来而已好不好。”

“那就从那边回去吧。”黑弓指向护城河上的架桥。我自然没有反对的道理，只是怀着愕然到极点的心情过了桥。

一进入京城内部，就看见了一片茂密的森林。

“这里是北野社呢。”

黑弓指着树木对面丝柏树皮的巨大屋顶说道，我点点头回应他。虽然从来没到访过这里，但说起北野的天满宫，是连我都知道的名胜中的名胜。

正值赏梅时节，境内[1]红白色的花儿争相怒放，四处都能见到饮酒赏花的男人们。我们汇入汹涌的人潮，横穿境内走出门去，等待我们的是街道左右铺着席子的成列商贩们。有将蕨菜并排摆放在席子上，自己却在打盹儿的妇女；手持四角刀刃正切割着烟草的烟贩；烟贩身旁还有一位用茶釜[2]烧开水的老头。

“一碗一文钱，一碗一文钱。”

老头扯开嘶哑的嗓子吆喝道。

“口渴了呢。”我小声嘟囔道。

“那么在下也来一碗吧。”黑弓点头道。

“刚才匆忙出门，我可啥也没带。”

“在下知道。”

黑弓脸色看似不悦，从怀中取出钱包。

老头收取两文钱后，用小勺从茶叶罐里舀起绿色茶粉放入茶碗，然后他用手拿起挂在茶釜上的长柄杓子，舀了开水往茶碗里倒，接着再用圆筒竹刷[3]伸进碗里一阵豪爽地搅拌，最后爱搭不理地将茶碗递给我们。

“你先吧。”

黑弓让我先喝，于是我便接过了头一杯冲好的茶。由于不愿被黑弓知道，我没说这是自己有生以来第一次喝茶，也不知道这茶一文钱就能喝到一碗。说来茶也有上等和劣等之分，眼前这茶无疑是劣等茶吧，这样想着我含了一口茶水在嘴里。

---

①境内：这里的境内指的是神社院落以内。

②茶釜：用于茶道的口部有缘的烧水锅。

③圆筒竹刷：茶道用具。

简直难喝到极致！

我甚至想向周围确认这东西到底能喝不，接下来我假装喝茶的样子，等待茶碗交到黑弓手上。只见黑弓拿着和我一样的白色茶碗往嘴边送去，斜着眼瞟瞟他，这家伙居然静静地品着茶，照这么看，貌似这才是正儿八经茶的味道。

为什么？这苦涩的东西难道很好喝吗？果然这世间还有不少我无法理解的事，我一面心里嘀咕着，一面转过身背朝黑弓。旁边有一个百无聊赖地等待客人上门的算命大叔，他手执算木①摇得叮啷当啷响，于是我蹲在算木散乱的算命台前装作正在看他的样子，并趁机偷偷把茶倒在了脚下。

黑弓喝完茶后，我拽着他的袖子前去其他地方换换口味，正好看见一个背着吃奶娃的女人，她头顶着桶，桶里并排摆放着包子，于是我们从她那里买了包子。这次还真买对了，我们一边称赞着好吃好吃，一边将包子塞了个满嘴。我们一路上都只是随口问问价，什么也没买，走着走着就来到了鸟居②。鸟居前的广场搭建有歌舞伎高台，貌似马上就要开演的样子，不少人排成长队等待舞台开场。

鸟居一旁的火炉上并排摆放着扦子，年轻商贩高声吆喝着“卖年糕啊，卖年糕了！”我和黑弓吃得兴高采烈，接着又从年轻商贩处再各购得两串烤年糕。

“都是在下付账，这可不行，从这个年糕的费用起要开始记账了。”黑弓终于发起了牢骚。

“这点小事有啥好在意的。”我安慰他道，然后双手接过年糕。我背靠鸟居柱子，用牙从扦子上扯下香甜且正好带点锅巴的

---

①算木：占卜用具。

②鸟居：神社入口的牌坊。

年糕。

转眼间第一串年糕下肚，我正准备解决第二串时，歌舞伎高台处突然传来女人们悲鸣，其中还混杂着一个男人嗓门粗大的怒骂声。

“你这家伙，大摇大摆地横穿出来干吗，小心我宰了你！”

我不禁朝那边望去，只见一个胸襟敞开的大汉满脸通红地大声嚷嚷着。

大汉面前站着一个身着黑色长外褂的纤弱男子，那男子衣服背后绣着一只飞翔的金鹤。他立着一动不动，右手握着一根粗大的梅枝，每当大汉怒吼时，就像在嘲弄男子一般，红色梅花不停地晃动着。

等待观赏歌舞伎的队列已经四散开来，远远围住这两个男人。大汉越发亢奋，其音调也越发聒噪起来，那个长外褂像是回敬了一句什么话，接着大汉便发出一声怪叫，拔出腰间的刀。

人群一齐惊得尖叫起来，围观两人的圆阵一下子散开。

就在那时，长外褂慢慢抬起右腕，枝头梅花随之静静摇曳。

下一个瞬间，大汉握着刀的手飞到了半空中！

顿了一下，大汉一脸不可思议地凝望着自己的右腕，当他意识到自己本应握着刀的手连同手肘已一并消失之际，仿佛久候多时一般，创口剧烈地喷出鲜血。

*

“刚才你看到了吗？”我对同样在身旁手握年糕的黑弓低声耳语。

“相当粗暴啊。”黑弓点点头低声道。

那速度实在太快，在场应该没人能察觉到吧，可一切都是长外褂男子所为。他在与耳朵齐平的高度松开手中的梅枝，直到于胸口位置再次抓住，还不到眨眼的工夫，便使刀将大汉的手腕砍了下来。

周围的人群应该只能感觉到一阵风吹来，梅花微微迎风招展而已，这人的拔刀术确实炉火纯青到了这种程度。长外褂放开右手梅枝的同时拔出刀，斩断骨肉后收刀入鞘，梅枝再次回到手里。

握着刀的手腕胡乱掉落在地，看着那毛发浓密的手腕，我不禁皱起眉头。“好可怕，太可怕了。”我一边说着，一边用牙扯下扦子上最后一片年糕。

广场上如今已顾不得什么歌舞伎表演了。

等待入场的队列早已无影无踪，女人们都大声叫喊着逃开了。抬着门板赶来的几个男人，好不容易才把仍然压着手腕伤处大声叫唤的大汉抬上木板，留在地面上的手腕则被赶来的大汉同伴捡了起来。那个同伴就快要哭出来的样子，拼命把紧扣在刀柄上不放的手指掰下来，末了他向长外褂叫喊了几声后，便追赶着门板队伍一溜烟跑掉了。

长外褂始终只是站在原地一动不动，摆弄着梅花冷眼旁观。他发现一个男人正从歌舞伎舞台内侧掀开帷幕窥视外部，便向其搭了一两句话。对方应该还不知道长外褂就是骚动的始作俑者，只将脸从二楼的位置探出摇了好几次头，长外褂见状后，摇晃着梅枝慢慢转身往回走。

在对方将视线投向我之前，我低下了头。

我把已经啥都不剩的扦子插在嘴里，背靠着鸟居柱子，无聊地动了动下巴。男子开始向我这边走来，他的步伐悠然自得，难以想象这人刚刚才砍下他人的手臂。我依然没能看真切对方的脸，虽然男子低着头，但我能感觉出此人大概是倾奇者[1]，他一身着流[2]，面色苍白。

对方摆弄着梅枝慢慢靠近，我算准他穿过鸟居的时间，若无其事地抬起头来。

在红梅花的映衬之下，男子那张端端正正的侧脸缓缓从我身前经过。难怪这人很白，因为他涂了薄薄的香粉，嘴唇多半也抹了口红，年纪约莫比我年长两三岁，其脸部的妆，正好与在京城街上时不时能瞅见的令人厌恶的倾奇者一模一样。不过长外褂与他们有一处不同，倾奇者们为了配合自己长长的着流扮相，通常会佩戴一把大长刀，但与长长的外褂重叠时，刀会把衣服的下摆抬起来，看起来就像鸟尾巴一样。而面前这男子的侧腰位置只有一把小型刀具的刀柄而不见尾巴，也就是说他只随身带着一把小太刀，且本该插在腰间左侧的刀，他却反过来插在右侧。

黑弓也和我一样倚靠着鸟居柱子，一边用吃完年糕的扦子剔着牙，一边若无其事地盯着纤弱男子看。不光如此，这家伙似乎还想上去搭讪，我急忙用手肘捅捅他的侧腹。“干吗?”他不耐烦地转过脸瞅了我一眼。“不再来一串吗?”我随口问道。

“还想吃啊，在下已经可以了，还想吃风太郎自己掏钱。”

岂有此理！这家伙竟然将我的名字说了出来。

循着黑弓的声音，男子突然把脸转了过来。

我内心开始动摇，在视线游走的当头竟然与男子四目相交。那双单眼皮眼睛的深处放射出冰冷的光芒，我嘴里叼着扦子，不禁咬紧了门牙。我熟知这样的眼神，因为迄今为止已经见过太多

①倾奇者：意指穿着、行为、言语、性情奇怪的人，也指经常做出不同于常人的奇怪举动的人。这一说法据说起于南北朝时期，在日本战国时期以出云阿国为首。

②着流：穿和服不穿裙裤，只穿着外衣。

太多，甚至让人感到有一丝怀念。此刻我的脑海中，不由得浮现出那耸立于崇山峻岭间的柘植屋的稻草屋顶。

男子没有任何反应，转过脸径直向神社境内走去，参道[①]上的路人们谁见了他都慌忙地退到路旁，我目送长外褂的下摆在风中摇曳，渐渐远离。

“这家伙还是这么爱胡闹。”

卖年糕的小贩低声自言自语。问他是否知道此人，他回答说长外褂是这一带出了名横行无忌的倾奇组织——月次组的头目。

“他的名字叫作残菊。”小贩往火炉里扔进一块木炭说道。

这名字倒是相当风雅，我的视线再次捕捉到长外褂的后背，他手里的梅枝正好越过鸟居大门。在红梅摇曳的下方，长外褂后背上的金鹤刺绣正展开巨大的翅膀。

记不得是谁先提议的了，我和黑弓决定就此打道回府。歌舞伎舞台前，戏棚的人拿出一个收集满落叶的竹筐，用里面的落叶覆盖在仍然泛着红黑色的地面上。

我们穿过北野森林，来到大街上，“风太郎察觉到了吗？”一路上一直抱着胳膊陷入沉思的黑弓开口问道。

“察觉到？察觉到什么？”

“刚刚那个男子，是忍者对吧。”

我站在街道正中不知该走哪一边，我确认了下左右方向，左道远处耸立着如意岳[②]，山上有一个显眼的“大”字[③]。我朝着东边，再次迈出步伐。

---

①参道：参拜时通往神社的道路。

②如意岳：位于日本京都、东山的一座山峰。

③日本盂兰盆节时，会在山上点燃火把，烧成巨型的“大”字，被人们称为“大文字烧”。

片刻无言，我只是配合黑弓的步调前进着。

“你为什么这么认为?”我低声问道。

“从其使刀的速度、准度以及握刀的手法上来看，那个男子，不仅仅只是个粗暴之徒，他接受过斩人的修炼。”

黑弓条理清晰言之凿凿，不断地提出其根据。

“年纪轻轻便身怀如此刀技，除了忍者没其他可能。”黑弓下了结论。

我大吃一惊地看着黑弓的脸，没想到他方才像猴子一样露出牙齿，漫不经心地用扦子前端剔牙的时候，实际上却是在冷静地观察对方。

确实如黑弓所说，残菊使用的是刀尖朝下的反手式握刀，并且刀柄插在身体右侧，以右手架在刀柄上的势头，从正下方往上方猛然一挥，将对手的手腕斩断。在追求拔刀的速度上，此法实在是切实有效，绝非区区一介倾奇者就能使出的招数。

“风太郎怎么看?”

“不知道，能怎么看。”

我完全不感兴趣，随口附和，黑弓也没再继续这个话题。走着走着我们在一个贩售南蛮壶的店铺前停下脚步，黑弓脸凑得老近注视着商品，接二连三地向店主询问价格，“哇，太贵了吧!”只听见黑弓发出抱怨。

听店主说，所有货物都是从吕宋岛带来的南蛮物件。话虽如此，我也毫无实感，看着那些色泽土里土气的壶，我暗想恐怕黑弓的观点是正确的。话说关于方才残菊使刀手法一事，让我印象最为深刻的莫过于那双眼睛，那样的眼睛我在柘植屋不知见过多少，那眼睛昏暗且空洞，容易使人陷入不安的情绪。当然我并不是说那个长外褂曾在柘植屋待过，光从他握刀手法这一点看，伊贺也没有那样使刀如杂耍的忍者。

“老板，我要这个了。”

本以为黑弓只是问问而已，不想他狠狠地杀完对方的价后，在众多陈列中挑了个最小的壶买下了。拒绝了老板的装箱和送货服务后，黑弓飞快结了账，把大小恰好能尽收两手的小壶塞进怀里，扔出一句“走吧!”便迈开了脚步。

不一会，我察觉到身旁的黑弓身体微微抖动，接着他发出奇怪的笑声。

“干吗，你独自傻笑什么?”

“那家店早晚倒闭，因为它给最上乘的物件定了最便宜的价格。”

黑弓从怀里取出壶，“快跑，风太郎!”黑弓依然强忍着难以抑制的笑声，加快了脚步。

“最上等？那个难看的壶？喂，你开玩笑吧，即便有人说这玩意儿是吕宋的痰盂，我也不会怀疑。”

“搞不好还真如你所说哦。”

搞不清黑弓到底是认真的还是开玩笑，于是我询问他这个痰盂值多少。只见黑弓的鼻孔微微抽动，“这个大小，当作茶道用具能卖得出去。”接着我从黑弓嘴里听到了个不得了的价格。

“你、你骗人，那个，不是方才买价的数十倍吗?”

“我说的是真的。”

我再次俯视黑弓小心翼翼爱抚着的那个色彩暗淡的土疙瘩。

“刚才的年糕，你请了，没问题吧。”

黑弓摆摆手，“当然没问题。”他点头道。方才看着黑弓将那样苦涩难咽的茶煞有介事地喝下，如今又在这个痰盂上花费了不少的银子，终于，我断定嗜茶的家伙没一个正常的。

最终，我们穿过御所[1]背面回到了吉田山。

当晚，黑弓在我的废屋那儿住下，因为他坚持要在我这里待到送完义左卫门的葫芦为止，“我明白了，明天就去送葫芦。”于是，我们便约定只让他住在这里一晚。

我虽力争今晚比黑弓先行入睡，但还是失败了。越在意黑弓越让我精神亢奋，反而睡不着，不久那让人害怕的磨牙声便自身旁响彻整间废屋。我挠破脑袋，起身走出废屋准备去上厕所。我出屋绕道后方山坡小解完毕，发现自己的倒影清晰地映在地上，抬头一看原来今晚半空飘浮着满月。撒尿时，听见头顶枯叶沙沙作响，不出所料一块白布一样的东西从树干右边跳到左边。应该是鼯鼠，似乎这鼯鼠一家正好住在废屋顶上，每晚夜幕降临它们就会出来活动。接着视线里出现白色的腹部，这次我看到的好像是身如四角形的幼鼠以出人意料的速度穿过树丛。

“你这泡尿好长。”

突然背后传来人声，吓得我往前跳了出去，接着我迅速绕到刚刚鼯鼠飞走的那棵树的树干后，伺机弯腰捡起落在脚边较粗的树枝或石子。

“真是个冒失的家伙。”

我听到对方略感惊奇的声音。

我一动不动地等待时机，可对方却仿佛一直都站在同一位置，于是我小心翼翼探出头观察。

在月光照射下，我发现刚才小便所在的正后方站着一个老者。被对方逼近至如此距离，我却浑然不觉，我竟疏忽大意到了如此地步，简直让人难以想象。

---

①御所：亲王或大臣或将军其住所的敬称。

“我什么都不会做的，你快出来吧，不过在那之前还是先把裤子穿好吧。”

老者皱起眉头，手指指着股间周围示意，只见他做了一个提裤子的动作。淡淡的月光洒下，照在他满是皱纹的脸上，表情很是狰狞。

“你是什么人？”

藏身树干后的我赶紧系好束带，低声询问道。

“我吗？”老者用指尖摆弄着像圆筒竹刷一般长且稀疏的胡子。

“对啊。”

“我叫作因心居士。”老者回答道。

明明没啥好笑的，他却独自发出奇怪的笑声。

我依然躲在树干后，正犹豫接下来咋办，突然听见老者不耐烦地问我到底要躲到什么时候。

“我啥也没带，只是一个糟老头子而已。”

大概为了自证没有想加害于我的意思，老者抬起两只像是一碰即断的瘦弱胳膊。

虽然对方自称因心居士，但那身打扮怎么看也不像居士。他没穿居士服，只身着一件简陋农服，后背弯曲着，体形也很小。他秃着顶，感觉不到杀气，怎么看都只是个普通老头而已，然而，我却动弹不得。冬季沉积的落叶早已毫无遗漏地覆盖着地面，但方才老者接近我身后时却没发出任何声响，如此这般漂亮地被他人从背后靠近，就连在柘植屋时代都没有过。

我依然没有轻举妄动，只是轻轻咂了一下舌。

“算了，你在那里听好了。”

老者似是放弃了对我的劝诱，甩开嗓子喊道。

“明天你去葫芦店，顺便把这个东西送去。”

老者取下绑在腰间的腰包，喊出一声“拿着！”便将之投到我脚边。

“里面有个盒子，把盒子——对，交给葫芦店主。”

随着一记干瘪的落地声，我低头看见落叶堆上一个腰包的影子。

“为什么？你怎么知道我要去葫芦店？”

我越发警惕地追问道。

“直至刚才，你不是和另一个冒失鬼一直在谈论这事儿吗？”

“但那时四下没有其他人啊！”

“只是你们没发觉而已。”

“胡说八道！”

我和黑弓即便再笨，本领也没有退化到连门外有人偷听都察觉不出来。

“我并没有胡说，话说一个浑然不知我站在正后方，还悠闲地撒着尿的家伙还有什么好说的？”

听闻此话，我不由得咬了咬嘴唇。作为忍者，我从未受过此等侮辱，虽说现在自己可能已不再是忍者，但直至如今，我心有不甘的想法从未改变。

“怎样？去葫芦店时顺带把那个腰包交给店主，仅此而已，你没必要拒绝吧。”

“为什么委托我？这点东西你自己送去不就好了。”

“就是因为不行才拜托你。”

“你腰腿还没弱到从这里到清水寺都走不动吧。”

“谁都有单单一两句话说不清楚的事，这种事儿你应该也经历过吧。”老者眯着眼睛说道。“对了。”接着他用左手拇指与食指夹着胡子又道，“比如说，那里不是长着一棵高大的槐树吗。”

老者的脸突然转向斜坡处繁茂的树林。

“在那棵槐树的树根下，你是不是小心翼翼地把什么东西埋在那里了？我问你是什么你敢回答吗？”

不等老者讲完，我迅速捡起地上早已看在眼里的石子，一边向老者连续射出，一边从树后翻滚出来。只是葫芦的事还好，但如果连我埋在槐树下的忍具都被知晓的话，绝不能就这么默然放他离开。趁老者为躲避石子用手臂挡住面部的当头，我脚蹬地面一口气拉近与他的距离。

即便对手是老人，我也不会手软，冲着衣服里露出的如牛蒡一般纤细的小腿，我使出一记踢腿。

但是，我这一脚却意外地踢空了。

就在我快要踢到对方时，本该在那里的孱弱的细腿突然消失了，只留下枯叶虚无地随风飘动。

“在这里哦。”

当我转向身后声音传来的方向时，屁股上方一下子撞上了什么东西。

一切就这样结束了。

我微微弯腰，下半身突然没了劲儿。即便如此，我仍然拼命转过头去，淡淡月光下，老者站在我后方，一只脚正好放在我的腰部。仅仅如此而已，可不知为什么我就是使不上劲儿。

“小子你还差得远啊。”

老人放下脚，在我面前摊开手掌，刚刚我扔出的三颗石子从他手中悄然滑落。

“只要帮我把那个布袋交给店主就好，如此便不会把你怎么样。”

那嘶哑的声音听上去很遥远，紧接着我的脑袋被柔软的触感所包裹，枯叶及泥土的味道钻进鼻腔。啊，原来我头朝下栽在了枯叶堆上，意识到这一点时，我已坠入深深的睡梦之中。

*

太阳完全升起后我才醒过来。

“喂，风太郎，你睡这里干吗，快起来。”

肩膀被强行摇晃着，睁开沉重的眼皮，眼前黑弓一脸惊奇地俯视着我。

“你没事吧？”

肩膀再次被摇晃个不停，我发现这家伙的草鞋放在我的胸口上，“走开！”我伸手将之掸开。

全身无力，连起身的力气都没有，我扭头左右观察，正想着自己为什么睡在枯叶堆上，一下子就回忆起昨夜发生的事。

“你要还睡在那里，在下的小便可要流下来咯。”

听闻这话，我一下子挺起上半身。

“起床发现你不在，还以为你出门去什么地方了，谁知却睡在这儿，吓死在下了。难道说你昨晚一夜都在这里？话说你为什么拿着那个东西。”

“拿着？”

不知道这家伙在说些什么，我略感诧异地向黑弓看去，“哇！”我不禁大叫一声。不知为何，我的左手抓着一个葫芦。

我慌忙将葫芦扔在地上，葫芦在落叶堆上发出轻微声响，翻滚了一下。

“你该不会被狐狸迷惑了吧？这附近本来就挺阴森的。”黑弓笑道。

只见他伸手探向束带，走向一棵距离稍远的树根处，很快便听到气势十足的小便之声。在奇怪的东西流过来之前，我赶紧站起身。

“什么啊，那个是?”

黑弓保持背对着我的姿势，只将脸转过来问道。我的视线无意识地游走，发现落叶堆上躺着一个泛紫色的腰包。

粘在屁股和背上的枯叶及断枝变为碎屑悄然掉落，但我丝毫不在意，只是像着了魔一般迈开脚步走向腰包。撒完尿的黑弓的脚步声从背后响起，我拾起腰包，抚摸着很是昂贵的厚厚布料，感觉内侧有方形硬物。证明昨晚我所经历的一切都不是梦的东西如今就在眼前，我感到手心湿淋淋地浸出汗水，接着将腰包放入怀中。

“掉了什么东西吗?”

“只是一个腰包而已，可能是来附近采野菜的老太婆掉落的。”

“这腰包颜色看起来倒是挺好的啊，让在下看看呗。”

“你先回去，我想安稳地上个大号。”我对纠缠不休的黑弓说道，假装找地方方便。抛下一脸不满的黑弓，我绕到矗立在斜面山坡稍微上方的槐树背后，等黑弓回去废屋后，我飞快地将遮盖地表的落叶用手拂去。我把脸凑近地面，仔仔细细地确认土壤的状态，一年前，我将大中小三块石头作为标记物嵌入地表，可如今在相同位置上呈三角形的三块石头却并没有任何变化。

在这下面，藏有我从伊贺带来的忍具。为什么那个老者知道这里埋有东西，并且听他口气甚至连里面埋的是什么都知道。记得掩埋忍具是我在决定定居废屋的当晚悄悄进行的，在那之后连我自己都没再看过一眼，当然也没有跟任何人说起过。除我之外，要说这个世界上还有谁知道当晚的事，恐怕只有在我头上筑巢的鼯鼠一家了。

正如黑弓所言，如果把一切都归咎于狐狸之流的作祟，便能简单地自圆其说。原本也是我自己心急火燎地想要让对方吐露其诡计，不想却被倒打一耙，落得这般下场。我的双手紧紧抓住大把枯叶，又突然停下了手，心想是不是该换个地方埋。但不是再也不会使用了吗？于是我苦笑着将地面重新洒满枯叶。

捡起刚刚睡在地上时握在手里的葫芦回到废屋，黑弓已经烧好了开水，为让自己冷静下来，我倒了一碗水慢慢啜饮。

“啊，刚才那个，你给带回来了。”

黑弓发现躺在地板上的葫芦，立刻拿起来左瞅瞅右看看。

“这个，是风太郎的？”

“怎么可能。”

“貌似和在下带来的稍显不同。”

黑弓带来的葫芦都给人清洁且光滑的印象，但他手中的那一个不光通体漆黑，还小了一圈。腰部不是麦草绳而是用陈旧的红色丝绢缠绕着。

“啊，里面还有种子。”

在耳边摇一摇，能听到沙沙的撞击声。接着黑弓把这个葫芦放在地板上，不知是否因为底部的形状较好，葫芦直立着，并没有倒下去。

忽然，我发现腰包还在怀中没拿出来，于是将腰包取出，黑弓立刻凑了上来问道：“是刚才那个？”

我无视黑弓，把腰包口部解开往里瞧了瞧，接着把腰包倒一个个儿，里面哗啦一下掉出来一个盒子。盒子大小正好可纳入单手手掌，诚如老者所言，这是一个陈旧的木盒。

我抱着胳膊，俯视盒子。

“不打开看看？”

老者并没有说过能不能打开看，只是要求把盒子转交给葫芦店店主。我默默地凝视着木盒表面的纹理，“那么，就由在下——”一旁黑弓伸出手说道，见状我立刻将他的手打落，慢慢伸手把盒子拿在手里。

一开始挺费劲，于是我稍稍用了点儿劲，接着便听见空气流入的声音，盒盖打开了。

“哇！”

正向盒子里窥视的黑弓身子夸张地往后一仰。

“什，什么啊，这是——”

盒子底部满满地铺垫了一层黄色木棉，一只特别肥大的蛾子躺在里面，那感觉就像快把整个木盒都覆盖了一般。而且翅膀的纹样看似有毒。

“太恶心了，太恶心了。”

黑弓坐在地板上一点一点往后蹭。确实这蛾子翅膀上的眼球状花纹看上去就让人觉得有毒，且左右张开的长长触角也令人发怵，就连两只翅膀之间覆盖整个肥硕躯干的细毛，也让人无法直视。

“这个，绝对不是上山摘野菜的大娘会带着的东西吧。”

黑弓所说的不无道理，我用盒盖捅了捅蛾子的翅膀。盒子中的蛾子散发出的鲜活存在感，让人忍不住想去确认一番。

“死了？”

黑弓一副提心吊胆的样子，坐在地板上蹭回来问道。

“嗯，死了，但水分蒸发后没有干瘪。”我低声回应道。

干燥并没有使翅膀脱落，我注视着那浑圆的躯干。

“阿——嚏！”

黑弓突然打了个极为夸张的喷嚏，我被他吓了一跳，手下意识地一抖，盒子从手里掉落。“啊！”在我叫喊的同时，落地的木盒复又弹起，把蛾子的尸骸弹了出来。

蛾子的肚子朝天着地，其形状明显有些不自然。

死蛾的躯体折断了！

蛾子从腰部较细的地方断开，躯干断成两截。圈状的胴体内侧出现黑暗的空旷。从断面处掉出粉末状物，不知道到底是不是包在里面的东西，在发黑的地板上显得格外洁白。

“你，你干吗啊!”我抬起头发出抗议。

不知为何我发现面前的黑弓身体大幅度后仰，露出脖颈处寒酸的喉结，手放到嘴巴前摇晃，眼睛朝向屋顶，并开始发出疲懒的喘息声。

当我意识到他正在酝酿第二个喷嚏时，便听到了巨大的声响，接着黑弓的上半身又恢复了正常。

一瞬间，像是配合这个喷嚏一般，一阵大风刮起，带着轰隆巨响包围了废屋。

狂暴的大风刮过楼顶，脆弱的废屋框架咔嗒咔嗒地摇晃着。这震动绝非寻常，我不由得抬起了屁股。正在这时，一股剧烈的旋风向屋内涌入，差点把入口处的席子都掀了下来。

“哇！什，什么啊——”

我正想用手腕遮住脸，可眼前蛾子却迅速被大风吹起。从蛾子躯干处掉出的白色粉末化为飞烟四散开去，从正下方钻进我的鼻腔，我没忍住打了个喷嚏，奇怪的是空中却出现了闪闪发光的东西。由于连续不断地打着喷嚏，我不由得大口地吸起气来，于是，那些闪闪发光的东西就像拥有自身意识一般，一口气飞进我的喉咙。大风毫不留情地往屋里灌，空气中充满尘埃，让人咳嗽难止，实在难以忍受，于是我从土间下来，掀开门口飘荡的席子跑了出去。

可接下来，刚才还轰声如雷鸣一般响彻废屋的旋风却突然停了。

我一面擦拭眼角那因咳嗽和喷嚏渗出的泪水，一面抬头仰望天空，刚刚唰唰作响的树木枝叶也像什么都没发生过一样，回归无风无浪的平静。

我嘴里难受，随即聚了一口唾沫，吐在落叶上。

“什，什么啊，刚才的是?”

黑弓手里拿着盛满水的水瓢，从废屋走出来。

“怎么，嘴里一股怪味儿。”

黑弓皱着眉头，用水瓢里的水漱漱口，“要么?”他问着，将剩下的递给我，我没有客气，接过水瓢就开始漱口。

“这里偶尔大风会往屋里灌吗?”

“不，这是第一次。”

我抬起头来注视天空，却发现这下情况大相径庭，此时甚至连微风都没有。我们左思右想仍不知其缘由，只得回到废屋，屋里完全是一幅被暴风肆虐过的景象，我堆好倒塌的柴火，再捡起掉在土间的茶碗放回桶里，最后把酱缸周围散落一地的萝卜干挂回墙上。地板上紫色的腰包连同盒子和盒盖都被风刮到墙角，我的一只草鞋也被吹翻在地板上。

没料到我们很快就收拾完毕，但唯一不可思议的是，那只蛾子的尸骸却不见了踪影。虽然亲眼目睹它被吹走，但不论是地板还是土间都没找到。蛾子看上去挺肥硕，想不到这么容易躯干就断裂开了，难道说已被卷入旋风化为粉尘了吗？我半开玩笑地推测。

“那样的话，有可能尸体被我们吸进去了哦？所以才会感到嘴里有不舒服的味道，哇，糟透了。”

黑弓发出一记干呕，想到那蛾子身上貌似有毒的体毛已经吸进自己体内，连提出这个话题的我也心情不快了起来。

我把腰包和盒子放在面前，抱着胳膊考虑接下来咋办。我被要求把这些东西交给葫芦店店主，也就是说对方的目的是把那只恶心的蛾子送去。但现在最要紧的蛾子却被大风吹走了，盒子里只有一层木棉，光送个空盒子过去没有意义吧。于是我抓起盒子扔到柴火堆上，决定把它当作柴火烧掉，这就是我对本件事所做的了结。

我从房间角落里拿起葫芦，站起身将之扛在肩上。袋子里的空葫芦都很轻，虽然塞了不少，可相对于鼓起的外观，实际上却轻得让人扫兴。

“出发吧，我嘴里还是不舒服，晚点再吃饭。”

“你知道位置吗？就在产宁坂，应该在去清水寺的参道途中。”

“地方去了不就知道了，店名叫什么？”

“瓢六。”

“是嘛，真是让人讨厌的名字啊。”

“嗯？什么？”黑弓追问道。我无视黑弓的追问，走出了废屋。在柘植屋，大人们轻蔑地把技艺差的忍者叫作“表六”[①]，意思就是派不上用场的傻蛋。诚如此语，后来被叫作“表六”的忍者大都没能从修行中生还。

我也曾被大人们唤作“表六”。

但我活了下来，本以为迟早会在修行中死去，但在那之前，柘植屋却因一场火灾毁于一旦。

所以，至今我也讨厌“瓢六”这个名字。

---

①表六：日文中瓢六和表六两字同音。

第三章

到底是清水寺的门前町[①]，产宁坂两侧店铺林立，参道中男女老少来来往往，好不热闹。面朝坡道的茶屋响起悠闲的太鼓敲击声，贩售佛经的店里看店大爷轻闭双眼，端坐于榻榻米对面，那份平静甚至让人怀疑他是不是远赴极乐了。旁边一家瓷器店门口摆满各种盘子和壶，很快黑弓便差点被这店吸引而去，“之后再说。”我拽着他的衣领，登上缓坡石阶。

行进途中我一一确认沿途的店铺，我原以为像葫芦店铺什么的，应该马上就能找到，但棘手的是途中有好几家店都是卖葫芦的。

那些葫芦店铺全都不光只卖葫芦，店头处都摆着一排葫芦。

他们都打着“音羽长命水”的名号，在葫芦里装满水来做买卖。

①门前町：在神社、寺院的门前附近形成的市区。

“快来看清水[1]名产，音羽的长命水咯！只要喝上一口便可多活三年，喝两口多活六年，喝三口多活九年，快来买这世间难得的旷世奇水啊——”

店头传来气势十足的女性叫卖声，说起清水寺的音羽瀑布，连从没去过寺庙的我都有些耳熟。据说音羽的水可治病、延年益寿等等，总之其功效之灵验闻名于世。商人们将音羽之水灌入葫芦中，顾客可当场润嗓解渴，或者连同葫芦一并带走当作土特产，商家们的贩售手段大多不出此类。不光葫芦店，卖茶的店铺也声称自己的茶是使用闻名天下的音羽长命水冲泡的。在攀登石阶的途中，我们也好几次和从坡上下来肩挑扁担运水的男人们擦肩而过，这些人多半是给下面某家店铺送水的。

目标“瓢六”位于自坂下[2]往前第四家店铺。与前三家店相同，店前也并排摆放着葫芦，门口屋檐下挂着一张招牌，上面写着“名产瓢六的长命水”。店里没人看店，板间靠里的地方设有货架，和眼前只是装满水毫不起眼的葫芦不同，货架上并排摆放着表面装饰过的华丽葫芦。葫芦大小形状各异，有的涂黑漆有的涂红漆，更有甚者表面覆盖着金箔。榻榻米的角落专门垫有坐垫，上面放着一个差不多能装下一个婴儿的巨大葫芦。用这个来卖水的话，想必能装进不少水吧，我遥望巨大葫芦心里想着。

“要水吗?”突然侧方传来问话。

我不禁转过头，只见面前出现一个桶。

桶里盛满了水，水面在我的视线位置摇荡。

这是什么！我不由得往后退了一步，此时桶下面出现一张女人的脸。

---

①清水：位于静冈县中部，面朝骏河湾的城市。

②坂下：地名。

“要水吗？”她头顶一块布匹，布匹上放着水桶，再次开口问道。

这个女人皮肤黝黑，眼神特别锐利。

她白色眼仁的部分不大也不小，颜色鲜明得让人吃惊。

不经意间我像被吸引一般往深处窥视，她那带着一点蓝色的白眼仁的正中，黑色的瞳孔放射出强烈的光彩。看她身高，一瞬间还以为是个孩童，但听声音却是成年人。我又猜想她可能是个有成年人嗓音的孩子，但她头顶着满满一桶水，支撑着桶的脖颈已渗出汗水，且颈部浮现出肌肉的阴影。果然，她不可能只是个孩子。

“你是这店里的人？”

对于黑弓的问询，女人只眨了一下眼睛。

因为头顶着桶，不便做出点头的动作，但她似乎连应一声“是”都懒得开口，故而才用眨眼代替的吧。不可思议的是，这女人仅靠动一下眼皮就将意图传达给了我，不知道是否也传达给了黑弓。

“我们并不是顾客，到这里只是来转交这个东西的。”

黑弓拍拍我背上的布袋解释道。

“嗯。”

女人语调含糊不清，声音像是在鼻腔深处被卡住一般，她从我和黑弓之间径直穿过，头也不回地走进店里。

这店还真是雇了个冷淡的女店员，我在气势上便败下阵来，接着我伸手从并排摆放在面前的葫芦中拿起一个装满水的葫芦。这葫芦长约八寸，外形相当美观，我把它放在手中，其触感让我突然回想起布袋里所有的葫芦也差不多都是如此大小。

“让你们久等了。”此时店深处传来人声。

我正将葫芦放回原处的手霎时间停住，不知为何，这声音我似曾相识，而且就在最近！

到底是在哪里呢？我还没来得及思考，声音的主人便从土间走上榻榻米，在我们眼前并膝而坐。

是因心居士！

就在昨夜，在废屋背后遇见过的老人，如今却端坐在横排成列的葫芦面前。

“嗯。”因心居士微微颔首。

这次他倒是没有穿农服，而是身着一件正规和服，但不管是少发的头顶还是被皱纹填满的脸，抑或是让我印象特别深刻的茶刷一样的稀疏胡须，所有的一切都和昨晚他伫立在月光下的样子并无二致。

我将手中的葫芦放回原处，后退了一步，而黑弓与我不同，他径直走上前去。

“我们受万屋所托，把这个带来这里。”黑弓指了指我背着的布袋。

“从万屋吗，话说，是什么东西？”

老者表情诧异，黑弓见状用手肘捅了捅我的腋下，在我耳边轻声道：“那个，放下来。”答应一声后，我便把布袋置于店中走廊。

黑弓解开拴在袋口的绳子，将袋口里面朝向老者，老者保持跪坐姿势往前挪了挪往袋口里面窥视，然后顿了一顿。

“哦，是那件事儿啊——”老者吐露道。

仿佛理解了当前的状况，他点点头，抬起头来。

“那么，是有人委托你把这些东西送来的？”老者的视线转向黑弓的脸，问道。

“不，在下只是跟着来而已，受托的是这……”黑弓从我身旁走开半步，指着我道。

“嗯，不过和这个从刚才起就沉默寡言的木头人相比，你办事倒挺周到的，老夫对此不胜感激。”

不知道他要感激什么，但老者接下来毫无顾忌地将视线投向我，“嗯，不管怎么说，这可帮大忙了。”说着，老者将布袋拉到跟前，捋着胡须发出“咔、咔、咔”的笑声。

对这已熟知的笑声，我狠狠地咬紧臼齿。“沉默寡言的木头人”？那不是理所当然的事吗。老者的举止和笑声无不让我昨夜的记忆复苏，将我轻而易举击倒的人如今就在我面前，这种状况下难道我还能傻不拉叽地和对方闲聊吗？

“去年葫芦的培育很不好，今年开年后收成实在太少，让老夫很是担心。把苦水向万屋吐露之后，对方表示找到葫芦便帮忙收集，所以才叫你们给送过来的吧。”

老者把布袋倒过来，只听见“咯噔咯噔”气势十足的碰撞之声，葫芦从布袋里掉落到榻榻米上。

“您跟万屋有往来吗？”黑弓问道。

“你瞧，老夫身后的架子上不是摆了一堆涂漆的东西吗，你们年轻人可能不太清楚，这些东西作为赠予隐居武家和官家的礼物，可是相当受欢迎的。拥有一个葫芦叫作一瓢消灾，拥有六个叫六瓢消灾，可谓是象征着吉祥如意的稀有难得之物。”

老者熟练地鉴定从布袋里倒出来的葫芦，末了又把它们放回布袋里。

“六瓢消灾，‘瓢六’店名也来源于此，决不是什么笨蛋的意思。”

说着，老者再次如往常一样“咔咔咔”地笑道，同时轻轻敲击手中葫芦的表面。此时我内心开始焦急起来，心想这戏你装傻充愣到底要演到什么时候。他一副昨晚的事完全与自己无关的样子，不仅如此，还一脸初次见面一般的表情和我们寒暄，其待人的态度及说话的语调甚至让我的自信急速动摇。真的不是同一个人吗？

但毫无疑问，我面前的老者就是昨晚遇见的因心居士。他袖口处像枯枝一样纤细的右手无名指缺了一半，在月光照射下，将腰包扔给我的因心居士手指也映出了同样的阴影。

“万屋那边时不时地会从弊店采购一些葫芦，据说是因为弊店的葫芦作为吉祥物件在周边地区的大名圈子里评价挺高。对了，记得年初万屋那边来人问候过……聊完关于葫芦收成的事，老夫顺便说了说店里男性劳动力不足，那时对方就提出有机会会帮忙收集葫芦，并且会让派得上用场的人送来，届时雇不雇那人全凭老夫定夺——原本老夫直到方才都把这事儿忘得干干净净，也就是说，是你们没错吧？”

说完，因心居士把方才拿在手中的葫芦的口部伸到我跟前。

“啊？”

话题向着完全预想不到的方向展开，我不由得失声惊呼。

“你怎么了，这事儿完全没听说过吗？”

老者停下往布袋里装葫芦的手，满脸吃惊的表情。

“你现在做什么工作？”

我心想着连我住在哪里，甚至用什么姿势撒尿他都一清二楚，这家伙到底要装到什么时候。

“并没有，什么都没做。”我语气生硬地回答道。

“那你和万屋的义左卫门大人是什么关系呢？”

“义左卫门大人？”

“新年伊始万屋那边来人，和老夫聊完刚才的话题才回去的就是义左卫门大人。”

对话中突然出现义左卫门的名字，我一时不知所措。

“不知道，我不认识。”

我立刻摇头否认，想不到义左卫门居然会亲自到这家店里行商。在搞清楚义左卫门是以何种身份展开行动之前，多言无益。

因心居士凝视我的脸片刻。

“嗯，这也倒没啥。”他嘟囔着，顺势拿起最后一个葫芦，“话说，我又想起一件事。听义左卫门大人说过，有那么一个实在倒霉的男人现在正好处于失业状态，送葫芦的任务可能会交给他，吩咐老夫届时多加关照。”

听闻这句话，我突然感觉气血上涌。终于弄明白义左卫门把葫芦托付给我的理由了，一开始就跟忍者没有任何关系，帮我仅仅只是出于义左卫门对我十足的怜悯而已。

“这个你当作是来自义左卫门大人的报酬就好，他说过把钱交给送葫芦来的人。虽然数量上还需要更多，总之这次帮了老夫大忙了。你送来的葫芦形状都很好，稍稍上点色我就买下。”

老者从怀里取出钱包，抓了一撮铜钱，“拿着。”说着，他伸出手来。我一声不吭，低头凝视着那手心里的铜钱和少了半截的纤细无名指，“喂，风太郎。”就算听到黑弓的催促声，我也没有伸出手去接。方才那么一瞬间，我以为自己等来了回归伊贺的机会，如今才深感到自己的想法实在是太天真。不管经历多长时间，我仍然没有改变，还是那个“表六”。

我往后退一步，转身跑出了葫芦店。

就这样顺石阶向上飞奔，听见身后黑弓的呼喊声，但我一次都没有回头，飞快地穿过参拜的人群。我不能停下脚步，要问为什么一下子跑了起来，连我自己也不知道。

跟随参拜人群不断往上，不知不觉进入了清水寺内。在人多喧闹的本寺主堂的栏杆前，我终于停下脚步，此时几位琵琶演奏者在回廊柱子脚下，开始弹奏悲伤的乐曲。

仿佛在等候乐曲奏响一般，背靠栏杆静坐不动的两个老太婆敲响钲鼓[1]，开始诵经。阴沉且嘶哑的唱腔从正侧面传过来，使我的心情更加失落。栏杆下方有一小片梅树林蔓延开去，原本是相当舒畅的景致，可为什么非得被这阴郁的乐音所包围啊。我重重地叹了一口气。

“你果然在这里。”黑弓出现在我身旁。

“前次你说没来过清水寺，在下猜想你必定跑这儿来了，果不其然。”

我把脸转回正面，将手肘杵在栏杆上。黑弓对我坚决无视他的态度不以为然，他靠在栏杆上探出上半身，感叹道：“哇，这真厉害。”

“这里就是清水寺的舞台吗，哎呀，绝景，真是绝景啊！”

黑弓摊开手掌置于眉间，眺望远端雾霭迷蒙覆盖下的京城。

“刚才那人真是失礼。”黑弓小声嘀咕道。

“被说成那样，是人都会受伤。风太郎没收下钱是正确的。”

黑弓说出意想不到的话，我吃惊地看着他的脸。黑弓眯着眼睛，指着远方道：“啊，这里能看到御土居的边缘呢。”

“那个老头……生气了没？”

“瓢六大人要在下捎个话给你。”

“瓢六大人？”

---

①钲鼓：钲和鼓，古代行军或歌舞时用以指挥进退、动静的两种乐器。

“那个店主，名字听说叫瓢六。”

“是假名吧，那种名字。”

黑弓没有反驳，“可能吧。”他笑道。

“他说，随时都可以去——”

“随时都可以去？啥意思？”

“在店里的后续谈话内容啊，应该是那里愿意雇你吧。对方说‘看上去是个麻烦的男人啊，心情好转后你叫他来店里一趟’。还有，他似乎觉得你挺有意思的，如果方便随时欢迎你再去，对了，这个我帮你收下了。”

我放低视线，应该是刚才买下葫芦的酬劳吧，黑弓手掌中放着一叠铜钱。原本生活就拮据，这些钱正是我渴望得到的，但一想到这是出于对我的同情，心里又会执拗地闹别扭，所以刚刚才没有伸手接受。

黑弓用好像责备，又像惊奇的目光凝视着我的脸。

“哦，这样啊，你不要啊。那么，在下去全投进赛钱箱①里。”

说着，黑弓离开栏杆，开始快步走向大堂。

“等，等一下。”我慌忙抓住黑弓的手腕，“嗯，总之今天我就先收下，日后再来这里放进赛钱箱也不迟。”

黑弓故意作叹气道：“真是个麻烦的男人啊。”然后将手掌中铜钱递到我面前。我避开他的视线，把钱拿过来，心中再次纳闷那个老者究竟想干什么。明明知道我会与他相见，却故意在我小便的当头冒出来，还拿出腰包要我送去店里。什么送不送的，总之不就是把自己的东西送还给自己吗？可关键是盒子里的东西因为黑弓的喷嚏，不知道消失到哪儿去了。真是的，再怎么白费力

①赛钱箱：寺庙里接收香火钱的箱子。

气也要有个限度好不好。

越推敲这些事越觉得不合逻辑，我完全搞不清楚状况。是不是该干脆去店里直接弄明白他的意图呢？但凭因心居士的身手，却只是悠闲地做着葫芦买卖，一看就不寻常。跟他扯上关系必定没啥好事。我好不容易才专门从京城搬出来，我决不愿惹上这些麻烦事。

当老太婆们阴郁地开始新一轮诵经的时候，我离开了栏杆。回去的路上我们来到鸭川河沿岸，黑弓提出：“干脆，在下还是在风太郎那里再待上一阵好了。”但我主张之前有言在先，便在三条河河滩将他赶走。

在离去之前，黑弓问道：“瓢六大人那边你打算怎么办？”

“不怎么办，我没打算在那里工作。”

“瓢六大人其实并没有恶意，再说他并不知道风太郎的事。”

“是吗？天晓得。”

“啊？什么意思？”

“没，没什么意思。”

“那家店从商品备货种类上来看就似乎挺能赚的，待遇肯定差不了吧，瓢六大人今天并没有生气，等你有空了再去那边看看？啊，风太郎是随时都有空的。”

“你吵死了，我是不会去的，而且有啥事儿对方自个儿会来找我。”

对方会来找你？为什么？黑弓再次向我投来询问的目光。“好了，你赶快走吧。”我催促他赶紧离开，黑弓这才勉勉强强地过了三条大桥。

“过段时间在下会再去玩的。”

临别时黑弓挥手向我喊道，我无言地目送他离开，然后回到了吉田山。

回到废屋，也不知道是不是黑弓干的好事，在终于回归宽敞的地板正中立着一个葫芦。是今早才捡到的，原本也可以放入送给瓢六的布袋里，但因为实在破旧，便没有装进去。既然跟那个什么因心居士有着奇怪的因缘，干脆把这个葫芦和那个装死蛾的盒子一起扔火里烧掉算了。如此想着，我抓住葫芦的塞子想把它提起，可这一提正好把塞子给拔了出来。正想重新塞回去，却无意发现这个葫芦口看起来就像一张噘起的嘴。我往说不出哪里滑稽的葫芦口部窥视过去。

突然，周围变得一片漆黑。

仿佛黑夜突然降临一般，一切都被黑暗笼罩。是太阳被云彩遮住了吗？不对，这也太黑了。即使过了一段时间，眼睛也仍无法习惯，我甚至怀疑自己是不是失明了，试着用手触摸地板，却感到一种柔软的触感。

我用手指肚儿摸了摸，像是摸到了榻榻米的边缘。为什么坐在地板上的我会在榻榻米上？我轻轻地抬起屁股，脚踩榻榻米将全身体重置于其上，脚趾尖便沉入了榻榻米。不知何时，用旧的榻榻米散发出的味道将我包围。在黑暗中依然什么都看不到，我屏住呼吸探寻周围的气息，小心翼翼向前踏出一步。

紧接着，在我身前三尺突然有了光亮。

我并没发现蜡烛，可榻榻米就像自身在发光似的，被明亮地照耀着，正中央放着一个葫芦。

那葫芦与我手中这个完全不同，表面涂上了古雅的金黄色。不知为何，葫芦口插着一根木棒，看上去就像中途被遗弃一般，漫不经心地躺在榻榻米上。

我小心翼翼地保持跪姿一点点往前蹭，这葫芦比我的脸还大两圈，我伸出手去触碰到葫芦那散发出暗淡金色光芒的表面，正在这时，一个嘶哑的声音突然从耳后窃窃私语道：

“风太郎——可不要把我给丢了。”

那感觉就像昨天在屋外小便时，被因心居士从背后靠近一样，我不由得大吃一惊回头看去。

我竟又回到了原来的废屋。

我跪在一成不变的地板上，视线的前方只有一堵破旧的墙壁。我重新坐正后，战战兢兢地往仍然立在地板上的葫芦里看了看，但里面只有一片漆黑的虚空。

我塞好塞子，把葫芦举过头顶，准备扔到屋内角落堆积柴火的小山上，但此姿势维持了片刻后，我放下手来。刚刚的遭遇是一场梦吗，简直就像中了葫芦的法术一样，倦怠感侵袭我全身。

总之我放弃了丢弃葫芦的念头，但若始终放在视线可及的地方又让我感到不适，于是我将葫芦藏匿于吊在墙上晒好的萝卜干的内侧。

收拾完葫芦，我随意地躺在地板上。窗外黄莺发出短促的啼叫声，仿佛在对我说“这样就好”。

这还是入春后听到的第一声莺啼。

*

土佐那边樱花渐渐满开，将这遥远的地方传来的消息告知我的，是住在下坡的大娘。

她住在我居住的废屋的斜下坡位置，虽然我把她叫作下坡的大娘，实际上我们彼此的住处只隔了一口井，距离也只有半町[1]。我去那口井打水的时候，正好与大娘遇见。她像往常一样边聊一

①町：在这里指的是面积单位。

些天气未曾变好的话题，边不紧不慢地打着水。在她打完水之前我只能等待，于是我默默地找了一处树桩坐下。这时，大娘说起昨日女儿告诉她的事情，开始讲述土佐樱花的事。我不解地问道：“为什么大娘的女儿能得知在遥远的土佐发生的事情？”对方回答说因为女儿去六角的鱼市办事，在店铺前选鱼的时候，偶然听到今早刚从土佐来的武家人正在和店主闲聊。那人口音较重，从头到尾基本上没听懂他在说什么，但就两天前从土佐出发时樱花盛开的程度来看，再过几天这里的樱花应该便会盛开。

京城周围没有海，但市场上供挑选的鱼倒很多，那个武家人对此十分惊讶。“真是的，这些乡下武士。”大娘出乎意料地留下句刁难的话语，两手提着打满水的木桶摇摇晃晃地回去了。

我打好水，在回废屋的斜坡途中偶然瞧见一棵小小的樱花树。我不由得停下脚步查看树枝，发现上面刚长出坚硬的花蕾，盛开的话还为时尚早。不知道土佐那边的天气究竟有多好，对于只知道如伊贺和京城这种盆地的我来说，南海的土地基本上跟国外没什么两样，我预计还需要十天左右樱花才会完全盛开。我回到废屋将水倒进水缸，叹了一口气转回头去，就在这个时候，我的视线死死地固定在正前方。

地板上竟坐着一个女人！

我立马查看了一下入口，席子静静地垂着一动不动，也没有随风飘荡。

“怎么进来的？”

我压低声线，迅速移动至入口前。废屋本来就狭小，穿过门口席子的瞬间，整个屋子便完全进入视野，我回来的时候并没有发现任何女人的踪迹。

“我一直在这里，只是你没有发觉而已。”

即便唯一的退路被我封死，她神情也没有丝毫动摇，始终用冷静的语调答复。

“你说谎。”

我立即反驳她，突然觉得对方的声音似曾相识。

“你，是在瓢六的那个女人吗?”

此前见她时她头顶着桶，没能马上认出来，但在瓢六我确实和这个黑脸女人交谈过。

只见穿着一身朴素窄袖便装的女人，眉间挤出了一丝皱纹。

“也是，也不是。”

女人冒出一句莫名其妙的话。

“你有什么事？擅自进入他人住处，你很了不起啊。”

女人表情稍显吃惊。

“了不起?”

前日由于她头顶的桶遮挡着，完全看不出其发型，再加上本来就娇小的体格，看上去简直跟一个孩童一样。今天她面前的刘海向两边分开，感觉稍显成熟。

女人盯着我的脸注视了片刻。

“嗯，如你所说，就是了不起，没办法。”

说完，她肩部微微颤动，“嘿嘿嘿”地发出奇怪的笑声。

不知道是哪里不对劲，这女人开始让我感到害怕。

“你不知道我是谁吗?”女人指着自己下巴问道。

“所以说啊，那天你不是在店头顶着个桶嘛——”

“不对，你总是被眼前所见迷惑，不懂用心去面对他人。是我——因心居士哦。”

女人依然指着自己笑道。

“什么?”

“你忘了吗？之前在那个满月之夜，我们在这背后不是打过照面吗？”

那晚的事我当然不可能忘记，但因心居士是个老人，然而如今在我眼前的可是个女人啊。随随便便自称“我是因心居士”，谁会相信？但为什么这个女人会知道那晚的事？思考片刻我终于了解到其中奥妙，仔细想想，这女人的主人不就是因心居士吗？从主人那里得知那晚的事一点都不奇怪。

但对方似乎读出了我的心思。

“你在葫芦屋见到的店主并不是我，那晚我只是稍微借了一下他的装扮而已。为什么天下闻名的因心居士就一定得是个老头子？”

说完，她朝我伸出下巴，再把背部驼起，丝毫不感到害臊，像一个老头一样在面部挤出皱纹，将老人的脸忠实地重现。

初来京城的首春，我有一个发现。

这个城市随着春天到来，气温逐渐变暖，大街上独自面带微笑行走和嘴里念念有词之辈会突然增多。在伊贺从来没有这样的人，大家都嘴角下垂呈“へ”字形，不论何时都面带不悦的表情。果然在远离世俗生活的地方，有人就这么入乡随俗了，想必这女人也是在春之气息的影响下忘乎所以了吧。

“抱歉，我想起来还有其他事要办。”

“你要去哪儿，我话还没说完。”

对方不依不饶地立刻开口道，但我顺势掀开席子走出屋外。一出来我便沿着刚刚提桶回来的路往斜坡下飞奔，跑到那口井前我终于停下脚步回头望去，没察觉到对方有追过来。刚安心松一口气，一转回头便惊呆得杵在原地不动。

“我不是说话还没说完吗。”

女人坐在井口边缘，抱着胳膊一脸不悦。

她穿着窄袖便服，并不适合跑动。对这根本不可能发生的事，正当我准备开口问“为，为什么”之前，女人便冷冷道：“回去!”

“你，到底是什么人?”

“不都说了吗，我是因心居士。”

女人不耐烦地回答道，就在此时，我转过身，使出吃奶的力气再次沿着刚来时的路往回跑。到达废屋之前，我将身后的动静听得一清二楚，这次我可以确信自己已经完全甩掉了对方，于是在废屋门前回头观望。

“叫你回来也不用这么着急啊。”

女人背靠着我刚跑过的大树树干，看着气喘吁吁的我，她表情镇静自若，“嘻嘻嘻”地笑道。

“为，为什么缠着我?”

“我叫你将那个布袋里的东西交给葫芦店的店主，就这点要求，你却没有做到。”

“那，那是因为要交出的东西不见了。”

我完全忘记眼前的对方并不是先前的老人，慌忙反驳道。

女人鼻子冷哼一声。

“对，所以呢，我才会来找你。”

她一脸不满地死死盯着我。

“听好，我不说第二遍。”我往前迈一步道。

“我跟你没什么好说的，那个店主老头也是。所以，你赶紧给我离开，我可是很忙的。”

“很忙？这一年里你不是啥都没干，每天只是躺在这废屋吗?哦不，这十来天你还是去干了点什么……要是没钱你也到底过不安逸嘛，说来最近晚上没怎么看你修炼呢，冬天的时候你还经常在树上精神饱满地练习弹跳来着。”

我转过身去，为了不让她看出自己突然被击中了痛处而内心动摇，且更不能再让她随心所欲地口无遮拦。

废屋一旁有一个当作劈柴台用的树桩，上面立着一把斧子，斧子正好深深地插在年轮上，我卸下斧头头部带铁刃的部分，只将柄部抽出。

“哎呀哎呀，真是个吃不够苦头的男人。”

我抄起斧柄转身直面对方，可女人却露出了从容的微笑，后背轻巧地离开树干。

“之前不是被我轻而易举击倒吗，像你这样的半吊子，连碰都碰不到我一下。”

“尽说些莫名其妙的话，不要再缠着我了，马上回去，即便是女人我也不会手下留情。”

“我不会回去的，因为我的住处就在这里。”

女人鼻子里冷笑道，一瞬间当视线捕捉到大山全景时，我猛然拉近与对方的距离，将木棒径直刺过去。

眼看我突刺的力道已足够将对方胸口削下一块，但形势却突然一变，我的手腕似乎抵住了硬物。

女人身后的树皮被削下来，白色的树干呈现在我眼前。

女人从我视线中消失了，我的眼睛一直没能追踪到她的动作。但我立刻断定对方必定占据了背后的位置，于是毫不犹豫地掉头一击。

果不其然，女人绕到了我身后约一间的地方。

“嚯。”对方发出吃惊的声音，敏捷地后退一步。“稍微会动点脑子了。”

不等对方喘息，我接连使出第二和第三招。

但是，攻击都落空了，我明明时机掌握得很好，却连擦都擦不到对方。女人只是脚下轻轻擦地，且时不时跳动差不多一尺的距离，便将我的攻击悉数闪避。

我已然忘记对方是个手无寸铁的女人，拼命地挥舞起斧柄来。终于攻击奏效，随着我一记横扫，女人使出杂耍一般的动作，向后一仰试图闪躲，可正好她的落脚处有个洼坑，她踩进去便乱了姿态，我不会放过如此良机，使出浑身力气突刺出去。

如此近的攻击距离，按理说不可能失手，但我还是刺空了。

我吃惊地张开嘴，往上望去。

女人站立在上面。

女人站在我刺出的细细斧柄的前端，我的手腕明明应该承受着对方的体重，然而不可思议的是我丝毫感觉不到任何负重。

视线相交的瞬间，女人呵呵一笑。

接着，女人踩着我的头，在我身后落地就像在大街上行走一般惬意。

我没有回头。

面对如此这般实力差距，我已经丧失了斗志。

女人轻轻抚摸我的后颈。

仅此而已，我却已感到全身使不上劲，身体快要往前倾倒的那一刻，我单膝跪地才好不容易站稳。

“你还差得远呐。”

女人清澈的声音从头顶传来，从她口中听到了因心居士在满月之夜说出的相同的话。

“风太郎，你种种葫芦吧，并且，把我带过去。”

“带过去……去哪里？”

我感觉连说话的力气都从喉咙深处消失了，最后反问的话语似乎是用呼吸带出的声音。

“大坂果心居士那里。”

我拼命忍住往下垂的眼皮，转身回望。

那女人眼神冷峻地俯视着我，白色眼仁明亮而鲜明。

原来如此，话说因心居士，不就是单纯地与果心居士分为“因果”两部分吗。当我意识朦胧地察觉到这一点时，已经姿态扭曲地倒在地上。

*

醒来时，周围已然变暗。

我撑起上身，拂去贴在脸上的树叶，感觉口中钻入难闻的碎屑，我吐了好几口唾沫，终于站起身。

回到废屋，我发现黑暗的地板正中放着个什么东西。

应该是那女人留下的东西，我凑近一看，果不其然是个葫芦。葫芦有些发黑，从它立在原地不倒以及呈现在地板上的倒影大小来看，应该就是我藏在萝卜干背面的那个葫芦。上次没有丢掉，被我放在一边的这个葫芦，被那个女人给找出来了吗？

我将葫芦甩开，呈大字形躺在地板上。

落在土间的葫芦发出清脆的声响滚落到墙边，听到这声音我突然回想起，那女人要我种植葫芦。

然而比起葫芦，站在斧柄的前端，面露从容微笑的女人的身姿深深刻印在我的脑海中挥之不去。对于完败的愤怒与不甘，这会儿慢慢涌上心头，我猛然一脚踢在墙板上，此时远离墙板的房顶横梁发出令人担忧的嘎吱嘎吱声。这间废屋搞不好会有崩塌的可能，于是我决定接下来还是别拿屋子撒气了。

两天后，那女人又来了。

和上次一样，在我打水回来时，就发现她站在废屋前。不一样的是这次她在废屋外面等着，并且手里拿着一根不知什么树的树枝。

当我们四目相视的时候，我吃惊地发现那女人居然微微低下了头。

“怎么了，今天你的态度倒是一本正经嘛。”

女人眼神诧异地抬头看着我。

“我奉瓢六之命前来。”

她语气生硬，声音含混不清。

我冷哼一声便进入废屋，把桶中的水倒进水缸，顺手拿起水瓢舀一口水喝。其间，并没有看见女人现身，我掀开挂帘往外一瞧，她还站在原地。

“你咋不进来？”

“在这里也可以说。”

让进的时候不进，不请又擅自进，真是的，奇怪的女人。

我按照女人所说走出屋子，站在插在树桩上的劈柴斧子旁。

“你来干吗？还要继续吗？”

“继续？”

“你还要站在这上面吗？”

我把斧柄前端置于手掌中。

女人没有回话，皱着眉头，向我投来疑惑的眼神。

我们就这样沉默了片刻。

两天之前即便不加理会，女人也会说个不停，可今天对方一反常态，显得特别寡言少语。

“你怎么了，有啥事快说，赶紧的。”

我不耐烦地催促道，一瞬间女人眼中闪现不快的神色。

“给你带活儿来了。”

她也用不耐烦的口气予以还击。

“活儿？我并没有拜托你做这种事情。啊——是你主人那天说的事吗？话先说在前头，我完全没有丁点儿兴趣在你的店里工作。”

“我也不想和你一起工作。”

对于她的迅速还击，我很是败兴。

“那么，到底是什么活儿？你该不会又来叫我种植什么葫芦吧。真是烦人的女人，如果是的话绝对免谈。”

我语气强硬地拒绝道。

“又来?”

不明白我的话到底哪里让人吃惊，但女人却露出了吃惊的表情，提高音量不解道。

“刚才的事，有谁给你说过吗?”

“有谁……只有你好不好。”

这女人要戏弄我到什么时候才满意啊，我不由得怒火中烧，瞪了女人一眼。

“我不知道。”

女人毫不客气地摇头道。

“我今天才得知这个地方，上次和你一起来的那个态度好的人，留话说你住在这——”

“你够了!”我终于忍不住高声叫道。

“你这戏要演到什么时候才罢休？就是你，你两天前来到这里，踩在这斧柄上面喋喋不休，叫我种葫芦，而且还叫我去大坂。然后又是什么？说什么果心居士怎么怎么样，随随便便说了一大堆才离开。你这样叫哪门子才得知这个地方?”

我唾沫横飞，一口气把话讲完。

然而对方却毫不慌乱。

“你，是不是喝了酒？”

女人一本正经地询问。

“谁喝醉了，我？开什么玩笑。”

“哦，那你平日里一直都是这样么？”

“吵死了，你要装傻到什么时候？”

女人皱起眉头，凝视我的脸，然后把手上刚好一尺长的树枝递到我跟前。

“这是什么？”

“樱花，开花时记得把这个撒下去。”

她强行将树枝塞到我手里，接着取下绑在腰间的布袋，张开袋口靠过来，提示我往里瞧。

“这个是葫芦的种子。”她摇了摇布袋道。

确实，袋底有白色且单薄的东西相互重叠摇晃着。

“你是叫我撒这个吗？”

“对。”

搞半天这女人果然是来叫我种葫芦的，从心底对她无话可说。

“我怎么可能干这个，再说我为什么非得种葫芦不可？”

我不耐烦地反问道。

“因为能赚钱。”

听闻这句话我的耳朵抽搐了一下，对方像是看透了我的表现一样，拴紧袋口将整个袋子向我扔过来。

“种下种子，收获了果实我来收购。”

女人依次看向右手的布袋和左手的樱花枝，开口说道。这树枝前端的花蕾比井口打水途中樱花树上的花蕾稍稍鼓起一些，但开花似乎还需几日。

“种下后不结果咋办，我不是吃亏了吗?”

“会付给你工钱的。”

“多少?”

女人简短地说出几个数字，最后还补充说是按月发放。话说这十多天我一直在官家宅邸做力气活，每天就干些搬筐运木材之类的工作，相比力气活，种葫芦相当划算。

嗯，我故意装作没兴趣的样子。

“种葫芦么，但是为什么找我? 学庄稼人干农活，我从来没干过。”

我不作声色地将话题引向种植的细节。

“种植葫芦还是挺费事的，从下种到收获要四个月，即便收获了，外形难看也卖不出去。所以说要收成好的话，需要有大量空闲的人来精心照料，你不正好就有大量空闲吗?”

我鼻子冷哼一声，脸望向其他方向。虽说早已明白，看来这次也是因为我很闲，所以才会被选中。

“麻烦你顺便说明一下，为什么这事儿两天前你不早说? 那场跑步竞赛又是咋回事儿? 你是在试探我吗?”

“从刚才我就完全弄不懂你在说些什么。”

“我才弄不懂你为什么要装傻?”

“我今天见你，还是半月前在瓢六店里以来的首次。”

“很好，那么我就来让你看看证据。”

我走向劈柴台，当我伸手拿斧头之时，女人往后退了一步。她这是要事先留出距离吗? 见状我飞快地将斧柄卸下来。

与对方眼神相交时，女人却转过身去往回走。

“喂，你等等。”

不管我怎样大声地叫喊，女人一次都没有回头，只是顺着来时的斜坡往山下走去。不一会小小的背影便消失在我眼前，而我始终只是远远目送着对方离去，脚步声完全消失后，我无聊地将拆下来的斧柄又装了回去。黄莺在半空中发出悠闲的鸣叫，似乎嘲笑我随随便便就摆出盛气凌人的态度一般。

*

去井口打水的时候，我又碰上了大娘。“都已经进入弥生[①]了，真是快啊。”一见面，大娘便招呼我道，我这才反应过来不知不觉又过了一个月。

返回废屋后，我在窗外悬挂的竹筒里加足了水，竹筒里插着瓢六女人给的樱花树枝，葫芦也挂在竹筒上。树枝也好、葫芦也好，好多次想丢掉都没丢成，于是我便随意地放在门外没去打理，不想树枝自己却开出花来。自从女人那里得到樱花树枝已经过了约莫十日，如今只开了三四成的样子，那之后女人也再没出现过。当然，樱花刚刚开放，我还用不着马上就撒下葫芦种子。

也因为进入了三月，屋外的空气骤然转暖，我实在没有心情继续宅在令人烦躁的废屋里，于是便走出屋子劈柴。此时，一个在这周围没怎么见过的光头小孩儿沿着山坡爬了上来。

“你，是风太郎吗？”一打照面，小孩儿就开口问道。

“什么事？你是谁？”

“我是黑弓派来的，刚才在三条大桥他叫住我，说是帮忙传话给你就给我酬劳。”

我问小孩儿拿了多少，他回答的数字比我想象的三倍还高，黑弓这家伙最近像是过得挺滋润。

---

①弥生：阴历三月。

“哼，他拜托你来干吗?”

“他约你今日申时到糺之河滩赏花，并且会准备好套盒等你。”

小孩儿说完，把手伸进衣冠不整的胸前，抓了抓腋下就离开了。

自上次送葫芦去产宁坂瓢六店铺以来，差不多一个月没见到黑弓了，那小孩儿口中的套盒应该就是以前黑弓委托公家宅邸的熟人准备的那个。虽说我暂时并不想见他，但如果随随便便地拒绝他又显得我气量狭小，不管怎么说，之前那套盒里的料理实在太过美味。

劈完柴后，我决定去赴黑弓的约，于是出门前往鸭川方向。

不知何时，位于两股川流交汇处的糺之河原建了个杂耍场。此时正在跳蜘蛛舞，从河堤能看到戏院班子的小屋中间插着杉树乔木，地面直至乔木顶端斜向布置的网上，一个身着色彩鲜艳的红白相间和服的男子正娴熟地向上攀登。然而，正要靠近顶端的时候男子突然改变姿态，戏棚的观众也随之响起一片悲鸣。男子紧接着拍打双臂，竟然头朝下掉落下来——可哪承想他途中却把脚挂在网上，轻松一个转身便又回到了原来的位置。看到这里，不光戏棚的观众，就连在河堤上围观的人群都同时报以激烈的掌声和欢呼声。

我下至河堤，踩着河面上露出的一块块飞石到达了对岸。

至于黑弓在哪儿，根本不用专门去寻找，围绕杂耍场的竹栅栏前，有一个身着南蛮风格鲜红斗篷且情绪高涨地观赏蜘蛛舞的男人。我怀着不祥的预感靠近，不出所料这人果然是黑弓。

“喂，风太郎。”察觉到身旁的我，黑弓轻快地抬手示意。

“你这身打扮是怎么回事?”我皱着眉头，抓住黑弓斗篷的下摆问道。“你这也太显眼了吧，话说你要开始走倾奇者的路线吗?”

“最近，在下在推销南蛮商品的时候，总是穿着这一身访问官家宅邸。只要在下利用这一身装扮强调自己来自天川的身份，客人自然而然会把在下当成独具慧眼的老练商人，进而高价采购在下的商品。”

黑弓得意地“嘿嘿嘿”傻笑起来，同时还甩了甩斗篷。这家伙做起生意来还是跟以前一样滴水不漏，我对他这一点是又吃惊又佩服。

“话说你终于还是来了啊，风太郎一向腿脚懒到极致，在下还怀疑你不会来。”黑弓迈开脚步走在前面。

“怎么会，你别看平时懒，我可是个重视友谊的人，难得你盛情邀请，我怎么好意思拒绝。话说那个传话小孩儿所说的套盒在哪里啊，看上去你好像没有随身携带。”

听完我的话，黑弓转过身来，只见他眼睛眯成一条缝笑了笑。

“果然如此。”

“嗯？什么果然如此？”

“你的目的果然是在下的套盒啊，要是不这么说你是绝对不会来的吧。”

黑弓一副志得意满的表情，昂着头两个鼻孔张得老大。

“没带吗？”

“没带。”

“你算计我啊，黑弓。”

“风太郎是个重视友谊的男人对吧？你问有没有套盒什么的，不是对在下鸡蛋里挑骨头吗？”

彼此白眼相对，气氛尴尬片刻之后：

“抱歉，黑弓，我突然想起有件重要的事，先回去了。”

我转身往回走。“等一下，你难得来一趟。”黑弓马上靠上来拽住我的胳膊说道。“放手，放手。”我不为所动地拒绝。这时戏院班子小屋方向再次响起盛大的欢呼声，我不明就里地抬头仰望，只见杉树乔木顶端站着一位身着红白和服的男子，他高举扇子，露出得意的笑容，看姿势应该是刚完成了规定动作。

“那种程度的话，风太郎也能胜任吧，干脆你让戏班子雇你得了。”

与我仰望同一个男子的黑弓说道。真是的，你们这些人都觉得我很闲吗。

“不好意思，我已经有工作了，再说我并不是为了当街头艺人而磨炼技艺的。”

我没好气地回答道。此时，突然紧拽手臂的力量消失了。

“唉？是吗？”

面对黑弓目不转睛的视线，我稍感不适。

“嗯，嗯。”

既然已经说出了口，我只得硬着头皮点点头。

“工作是指那些力气活吗？”

“不，不是。”

“那是什么工作？”

“就是……种植葫芦的工作。”

“啊，难不成那之后你去瓢六的店里了？”

“怎么可能去，是对方自己来找我的。”

事到如今不好再瞒下去，我便把瓢六女人来废屋提议种植葫芦以及对方承诺承担劳务费等等事宜向黑弓说明了。当然，那女人第一次到访时和我交手，并不费吹灰之力将我击倒的事我只字未提。总之我坚持自己是在对方的请求之下，才勉强接受的。

“哎呀，这不是喜事一桩嘛。虽然没套盒料理那么好，这个就当作为你庆祝。”

黑弓说着，从袖子里掏出纸包着的包子，我非常尴尬地接了过来。

我们沿鸭川河往北方前行，来到不久前看到蛇的地方后，坐下休息了片刻。和废屋门前插在竹筒里的樱花不同，这里因为日照好，两岸并排的樱花已经开了八成，有不少人已经等不及，他们在树下铺好布幕，围坐一团赏着花。瓢六女人曾要我配合开花的时间撒下葫芦种子，我一边在心中计算，一边大口啃着包子。

“最近在下发现不少葡萄牙的语言传入了日本，感到挺吃惊的。话说这个斗篷，是由葡萄牙语‘Capa’音译而来的，大家使用这个词的时候并不知道其中缘由吧？另外，轻装和汗衫两个词也是这样，对了，还有‘吃了很多’里的‘很多’这个词，在下认为搞不好也是源于葡萄牙语‘Tant’的音译，因为在葡萄牙语中‘Tant’就是很多的意思。”

黑弓开始长篇大论，我敷衍地左耳进右耳出。“话说你现在住哪里？”我向黑弓询问起之前就有点在意的问题，对此，黑弓轻描淡写地回答说住在一家位于六条的旅店，那家旅店价格昂贵，且相当有名。

“黑弓啊，我问你件事。”

“啥事？”

“一直以来你都过度地操心我的工作，为什么你不干脆要我帮着你经商呢？不，其实我这么说并不是为自己作打算，因为见你混得好，想贴着你享福。只是单纯想问问理由而已。”

黑弓一口把剩下的馒头全放进嘴里，一边鼓着腮帮子一边转眼瞅了瞅我，然而他视线一跟我对上就急忙把头转回正面。

“怎么了，你实话实说就好。”我催促道。

“这事儿不是明摆着嘛，商人所必需的，第一是亲切，第二是和蔼。像风太郎这样每天绷着一张脸，即便带着也派不上用场啊。”

出乎意料，黑弓对我的批评相当尖锐。

虽然一开始并没有和他一起行商的打算，但听他说出这话多少还是有点失落。接着我转头凝望起眼前的河流，川流正中央站着一只呆立着的白鹭，像极了现在的自己，此景让我心中升起一股无明业火。从白鹭身上转移视线仰望天空，突然间觉得自己就这样试着种种葫芦也挺好。既然早已接受自己不再是忍者的现实，接下来就该在全新的现实之下想想该怎么过日子。

在落日前，我与黑弓道别。

接下来，我去拜访了当初租用废屋时打过交道的吉田山土地官，告知对方我想申请可租赁的耕地。

“你想种什么？”对方问道。

我老实回答说要种葫芦。

“那种东西又不能吃，种来干吗？”

对方大笑道，接着问我有没有干过农活，我说没有。

“山脚斜坡附近的不要租金，但那里的地不开垦是用不了的。”

土地官说那片农田在大山南侧附近，并问我有没有农具，我还是摇了摇头。对方见状便让我把一些旧农具拿去用，只是农具的费用却分文没少收。虽然我觉得被人借机推销了一堆破烂，但还是道完谢离开了。

之后我用了三天来开垦荒地，不收租金虽然让人宽慰，但划给我的地与其说是平地的起始，不如说是大山的终点。虽然日照充足，可土质却相当坚硬，稍稍挖一锄头就会碰到树根，最终实际上可入锄及耕种的面积只有整体的一半而已。

在我艰苦奋斗的土地前方，隔着一条小径的农田延伸至远处。我试着对肆意生长的枯草下了下锄，那柔软的感觉跟我这块土地完全不同。虽然有点后悔是不是该花钱租这里的地，可我本来就没钱，怎么后悔也不顶用。

第三日过晌，我终于将这片狭小的土地开垦完毕。擦拭着如雨滴而下的汗水，我坐在小径上休息，心想明天再来播种吧。话说两只手居然一共起了五个水泡，这让我稍感汗颜，抚摸着水泡，我听见身后传来了脚步声。

不经意间我转过头，不由愣住。

只见一个男人慢慢走近，身后斗篷翻飞。我拇指无意识地摁上一个大水泡，却不觉得疼痛。

“呀，风太郎，在下也决定种植葫芦了。咦，风太郎的地在那边啊，在下租了这边的地，哇，杂草好大一片呢。”

黑弓自顾自地说完后，下到小径对面的田地里。对无言呆站在原地的我，黑弓高举手中崭新的铁锹说道：“这可是我特意买来的。”很快，他高喊耕作的号子，气势十足地松起土来。

*

“哎呀，今天真是累死了。”黑弓坐在地板上，拿着水瓢津津有味地喝着水，我从刚才就抱着胳膊板起脸注视着他。

虽说黑弓那边土质较软更适合作耕地，但他仅仅用一天的时间便完成了我花了整整三天才开垦完的面积。工作效率被他比下去本来就不爽了，这家伙干完农活后还直接跑到废屋来，厚着脸皮提出要我把种子分给他。

“我凭什么要帮你这个忙啊，自己去瓢六店里要去。”我气愤地回话。

“去店里要不就成了在瓢六大人手下工作了吗，在下并不需要劳务费，只是想种葫芦而已。”

黑弓用莫名其妙的理由拒绝我道。

“只是想种葫芦？不惜自己花钱租地也想种葫芦？你脑子不正常吗？”

“之前去葫芦店时，瓢六大人不是说葫芦是颇受欢迎的吉祥物吗？其实在下当时就觉得挺不错的，只是南蛮商品的话，上年纪的官家那里销路并不太理想。所以呢，也许种植葫芦是条不错的路子，当然前提是能培育得好。”

黑弓讲述着自己想要做大生意的动机，不过自始至终都尽是些跟我没有任何关系的事。

“我才不管，你可能只是利用空闲时间而已，我可是靠这个吃饭，要种子自己去准备。”

我严词拒绝道，接着打开从瓢六女人那里得到的基本上感觉不到重量的布袋，将内里翻开置于地板上。

“啊，这个就是种子，看起来挺单薄、挺小的。”

黑弓凑过脸来窥探，我把所有种子每十粒分成一小堆，正好四小堆。当然，我从来没有把种子种植成功的经验，也没有将葫芦培育到最后的信心，再说即便把这些种子全都种下去，也无法保证每一颗都能发芽，所以我并没有富余到可以分给他人。

“你也都看到了，只有我一个人的份。不好意思了，黑弓，你就种点萝卜什么的吧。”我冷冷地总结道。

“话说风太郎的葫芦呢？”黑弓开始说些奇怪的话。

“我的葫芦？什么意思？”

“就是你睡在外面那次手里拿着的那个葫芦，那东西一摇还会出声音对吧，你不会已经扔了吧？”

“那个葫芦我挂在门外竹筒上了，不过已经分不清是什么时候的了。”

“稍微旧一点也没关系，话说那个葫芦的种子总没问题了吧?”

“那个没问题，你随意。”

听我这样说，黑弓立刻跑到门外，拿着葫芦回到屋里。“你看。”他在我面前摇了摇，确实，能听到里面多多少少装着什么东西的声音。

黑弓拔下塞子，口朝下摇了摇，可什么都没倒出来。接着他下到土间，把水缸里的水转移到桶里，我注视着他心想这家伙到底想干什么，只见黑弓将葫芦沉入了桶中。

“原来如此，你是想让葫芦把水和种子一起吐出来么。”

被沉到水桶底部的葫芦口部不断冒出气泡，“这个借一下。”黑弓取下墙上挂着的草笠，倒了个个儿放在土间上，接着在草笠正上方气势十足地摇晃葫芦。果然不出所料，水跃动着喷涌而出，里面的种子也一个个跟着跑了出来。这个葫芦在屋外风吹雨淋多日，看上去比先前更黑，但草笠上散乱的种子却都保持着漂亮的色泽，大小也和我得到的种子相差无几。可无奈的是葫芦本身比较旧了，大费周章费取出的种子到底能不能发芽也难说。

“总之，你加油吧。”

我鼓励黑弓道，接着出去小便，等我回来在门外劈柴的时候，黑弓手里捧着草笠跑出来说道：“你看取出来这么多。”

只见他手里抓着摆放在草笠中央的种子。

“一共只有二十颗，比预想的少。”

越过黑弓肩膀，我远望窗边挂着的竹筒处探出头来的樱花，目测还需要两三天才能满开。话说瓢六女人要我在樱花满开之时撒种，如今期限将至。

当晚，黑弓再次住在了废屋，“明天我要去撒种了。”我这样告诉他。“在下也是。”黑弓立刻接受了提议，然后就这样住了下来。

“我说黑弓啊，你就老老实实地种萝卜吧，现在你的种子只有我的一半，对于那块田来说太大材小用了。你放心吧，等你萝卜种成了，我会帮你吃掉的。”我戏弄他道。

结果黑弓那家伙哼了一声转过身去赌气不理我了，如此一来我也落得清静。由于没听到磨牙声，我一夜睡得很舒坦，心情绝好。

第二天，我和黑弓结伴前往田地。

途中我向黑弓问起了自己在意的事，虽说田一直放着没用，但黑弓确实相当出色地在一天之内完成了开垦工作。不管在农具的使用上，还是在农田耕作的顺序上，黑弓都表现得非常熟练，难道他有过这类经验吗？“什么经验不经验的，如今在天川我也有地哦。”对于我的疑问，黑弓露出一脸无聊的表情。

“葡萄牙人在那边可谓是趾高气扬，其他人都抬不起头来，当地虽然日本人也不少，但被认同的并不多。能做的工作只有修建教会或城堡之类的力气活，还有就是务农种地了，如果这些都不想做，就只有像在下这样出来找活。”

黑弓用少有的忧郁语调解释道。

说到天川这个地方，由于位于南方四面环海，以前我先入为主地以为天川与这里不同，生活悠闲且富足，但似乎现实并非如此。平时问黑弓一句他能回你十句，但今天他就像已无话可说一样，只是埋着头自顾自地走着。看他的侧脸感觉好像有点生气，一直以来都漫不经心的黑弓自出走天川以来，心中大概也有些许纠葛，事到如今我终于察觉到了这一点。

原本对黑弓来说，京城就是异国他乡。由于黑弓的母亲出生于堺，且语言上我与他之间沟通没有任何障碍，所以平日不太会注意到黑弓的这些细节。打个比方说，就像我在吕宋的城镇独自一人行商是同一个道理。想到这里，我开始反省起来，自己对待这个远离故乡、坚强活着的男人是不是太冷淡了？我暗自在心中决定今后要尽可能对黑弓宽容，正当我将改变思绪之时，我们到达了田地。

“那么，我就在这边撒种了。”我向黑弓告别道。

“等等，在下的那份种子不给在下吗？”黑弓叫住了我。

“说什么呐，你不是有昨天自己取出来的吗，就撒那个啊。”

“所以说嘛，在下的种子就在风太郎的袋子里啊。”

正准备下到田里的我停下脚步。

“你说啥？”我转身问道。

“为什么我的布袋里会装有你的种子？”

“嗯？在下没说过吗？因为找不到能包种子的东西，就一起放你袋子里了。”

“啥？”

我慌张地打开布袋确认，确实，袋里种子的数量比昨天多。

“开、开什么玩笑，你的种子能不能发芽都不好说，居然还混在我的布袋里，简直令人无法忍受！”

我伸出手指插入布袋，由于昨天刚和水一起吐出来，黑弓的种子应该还没干才对。为确认能不能区别开，我用指尖探了探种子，但感觉所有的种子都被弄湿了。我把手抽出来再往袋口里一瞧，情况一目了然，昨天又白又干燥的种子已经全都染上了湿湿的颜色。

“黑弓——看你干的好事。你把种子全部弄湿，就是故意想搞得难以区分吧，你这家伙。”

我提高音量，摊开袋子放到他面前。

“哎呀，到底怎么回事啊?”

黑弓的声音听上去就不自然，我不依不饶，狠狠地盯着他。

我仍然清楚地记得，今天起床后布袋一直在我身边，到出发前为止黑弓一次都没有靠近过布袋。这么一来，他究竟是啥时候把种子混进去的？是半夜！他趁我熟睡后悄悄把种子混了进去，甚至还精心地将所有的种子都弄湿。原本还庆幸自己没被磨牙声骚扰睡了个好觉，我真是太天真了！对啊，听得到磨牙声才怪，这家伙一直假装在赌气，同时耐心地等待我睡着。

“你这招相当阴险呐。”

“在下也是个男人，被人当成傻子念叨着种萝卜什么的，也是不能忍受的。”

黑弓将错就错地抱着胳膊，一副高傲的态度回敬我道。

“再说，都是一样的葫芦，你也不用这么生气吧，我们的种子都是一样的。”

我倒想追问他要是一样，还有必要全部弄湿吗？但现在已经没法恢复原样，再争下去也没意义。眼前的黑弓丝毫没有发怵的表情，话说方才有那么一瞬间还在心中决定今后要对这家伙宽容，我实在是太傻了，开始极度地后悔起来。接下来我从布袋中准确地数了二十粒种子交给黑弓，把他从眼前赶走。“好的，开始撒种咯。”黑弓精气十足地下到自己的田里，看着他的背影，我再一次回想起这男人果然是我的瘟神，不过一切都为时已晚。

*

有些事要到二十岁成年才会明白。

那就是，我意外地发现自己其实挺勤勉的。

自从在吉田山南边山脚的田地撒下葫芦种子后，我每天都会去田里劳作。我给种子浇水，并且为了让其得到充分的日照，还把斜坡处遮住阳光树木的枝叶剪去。虽说两三天之内是不可能发芽的，但我仍坚持每天浇水后，再在田里东转西转待上个四半时[①]。

然而黑弓呢，他却基本上不怎么照看田地。

“即便放着不管，种子也会发芽的。”那家伙如是说，差不多十天才浇一次水。

撒种大约半个月之后，我们的种子都平安无事地发芽了。不仅如此，黑弓的还比我的早一天发芽，这让我懊恼得不得了，话说那家伙明明没有怎么照料过，却轻易地超越了我，我只能感叹自己果然还是敌不过对方肥沃的土壤啊。不过现在放弃还为时尚早，毕竟要许久以后才会知道结果。

接下来两三日，小指尖大小的幼芽接连从土里冒出来。我数了数，四十颗种子里有三十七颗都发了芽，虽说刚开始的时候还有点担心，不过混入的种子没对发芽有太多影响，黑弓那边二十颗里面也有十八颗发了芽。不久进入四月，撒种已经过去了一个月，可瓢六女人都没有再露面，也就是说，瓢六的人还不知道我已经接下了种植葫芦的工作。

这个就有点头疼了。

这样下去，我不就成了个单纯的喜爱葫芦成痴的小老头儿了嘛。

因为如果只是一味地等着女人前来，根本解决不了问题，所以自上次送葫芦以来大约两个月后，我不得不再次前往产宁坂。最近天气明显转暖，清水寺的参道一路上人山人海。途中，我瞅

①四半时：相当于现代时间的三十分钟。

见有武家人在葫芦店头拿着装满水的葫芦饮水解渴，此时我突然想到自己终归是托义左卫门的关照才得到现在的工作，心中顿时五味杂陈，感觉自己没出息、丢人。我的心情与周围热闹的气氛形成鲜明反差，连攀登石阶的腿都感到沉重。

在人群彼端，瓢六的店铺越来越近。

不过我却没进去，打算径直路过店门。

要问为什么，就是因为那个黑色的女人一个人在看店。

然而，对方在我靠近店门时就认出了我，我感受着女人投在我脸上的视线，准备就此路过店门。

“你，来干吗？”她向我搭话道。

事到如今我实在没办法停下脚步，便假装没听到她的话继续往前走，但接下来后脑勺被什么东西敲了一下。

“嗯？”

我不禁回过头，女人在人流对面摆出一副刚投掷过东西的姿势，手举在半空中盯着我看。于是我向脚的方向看去，发现地上有一个单手刚好能握住的小葫芦，这个东西应该是女人扔过来的，事已至此就不好再往下装了。

“咦，原来店铺是在这里啊，我没注意到。”

我捡起葫芦，故意提高音量夸张地说道。

“喂，好久不见。”

在店铺前，我把空葫芦递给她，对方并没有正面看我一眼便把葫芦收了回去。

“你来干吗？”

她低着头简短地问道，那种懒得跟我搭话的厌恶感十分强烈。这让我总觉得不自在。我一边望着装饰在店铺内部的葫芦，一边客气地说道：“我想见瓢六大人。”

女人稍稍抬起头。用生硬的口吻问道："有什么事?"

"那个……就是那个事儿。之前你带来的种子我已经撒了下去，并且都平安无事地发芽了，今天呢——"

"钱吗?"女人打断我的话，冷淡地问道。

"嗯，嗯……就是这么回事儿吧。"

女人默默站起身，轻瞥了我一眼之后便下了土间消失在店铺的里屋。

我终于大大地呼出了一口气。

我再一次感到与这女人交流真累，之前擅自跑来废屋，可没让我少吃苦头，到头来怎么我还必须对她毕恭毕敬的?我越想越气，"终于来了啊。"突然听到里屋传出声音，一个人影走了出来。

我所在店铺的走廊一旁，挂有一张长长的深绿色布帘，一直延伸到土间。宛如象征着"瓢六"这个店名一般，布帘上绣有六只葫芦，全部用白线做了拨染[①]。布帘被拨开至两端，瓢六走了出来。

老人动作非常僵硬地出现在通道处，他杵着根拐棍与我视线相交。

"老夫前日搬东西时不慎倒地碰着膝盖，不管睡多久都不见疼痛减轻。"他抚摸着膝盖苦笑道，"上了年纪啦!"

老者缠着布的膝盖下方，那小腿像树枝一样纤细，看着那腿肚子，我又回想起那晚在废屋背后我对他下腿之时的光景。这个老者到底是不是因心居士我并不清楚，之后自称是因心居士的女人也曾愤慨地表示因心居士为什么就一定得是老头子。不过在我看来，曾是老人的因心居士在半月之后毫无缘由地变身年轻女子

①拨染：某种染色工艺，仅纹样的部分保留染地的颜色，其余部分染成别的颜色。

才是最不可思议的。

老人将走廊边并排着的装有延命水的葫芦推到身后，然后很费力似的坐在了原地。他弯曲膝盖的时候有意屏住呼吸来减轻疼痛，看样子膝盖的状况不好应该是真的。如果是那个因心居士，搬东西的时候应该不会摔倒吧，不过，怎么都无所谓了。我省去问候直接切入主题，告诉老者自己已经撒下了种子，总之赶紧办完正事，拿到钱才是我此行的唯一要务。

“话说葫芦现在长势如何?”

“已经冒出来两片嫩叶，嫩叶之间的主叶也稍稍探出头来了。”

“那还没费多少功夫嘛，只要稍微洒点水，之后自己就会发芽吧。”

老者说着与黑弓同样的话，明明没啥好笑的，他却也发出了“咔咔咔”的笑声。难道说接下来会推说由于没费多少功夫，劳务费不发了?我不由得警惕了起来。

“不用担心，钱我照付。”

老者像是读出了我心所想，再次发出奇怪的笑声。

“本来因为男丁不足，老夫才请求万屋义左卫门大人在收集葫芦的同时，介绍能用的人过来的。不过你也看到了，老夫现在这个样子，接下来只有靠一个女孩子看店了。怎样，店里的工作不考虑一下吗?当然，帮工的钱也不会少了你的。”

“看店的话，我可做不来。”

“那是当然，让你这样连微笑都不会的男人坐在这里接待客人，本来能卖的东西都卖不出去了。”

老者又一次和黑弓说出同样的话。

“你看上去挺瘦弱的，不过既然是义左卫门大人派来的，力气活应该没问题吧?主要就是想雇你做这方面的工作。”

说完，老者从怀中取出钱袋，拿出之前和女人约好的金额递到我跟前。我低下头正准备接受时，老者又将手收了回去。

“只是撒种，拿这些就太多了，人啊，干多少拿多少才是正道。你看怎么样？这次不足的份儿你帮我个忙如何，不用担心，只是很简单的跑腿工作。”

我沉默地俯视老者的脸。

“我需要你去取些东西回来，因为实在不能叫一个女孩子代替老夫做力气活，会被顾客笑话的。”

接着，老者把要前往的寺庙名称告诉了我。

“从后门进，只要报一声是瓢六派来的就好，要做的也只是将对方给的东西带回来而已，你看怎么样？”

老者虽然在问询我的意见，但瞧他那架势，拒绝的话明显是不会给钱了。我无奈地点头答应后，老者才微微一笑，把右手又伸到我跟前。

“你叫啥名？”

“风太郎。”

“可千万别出差错，拜托了，风太郎。”

我尽量不去在意老者缺了半截的无名指，接过了铜钱。

“就在坡道前方不远处的寺庙，很容易找到。”出门时老人说道，接着我就出了瓢六。原本只是来拿钱的，不想却摊上跑腿的活儿，我一边想着一边顺着坡道石阶下行。很快，我就发现瓢六所说的寺庙，其实就修建在产宁坂入口处，刚刚来时还路过了这里。

“这里就是高台寺吗？”

为保险起见，我逮着个小孩儿问道。“是的。”小孩一脸理所当然的表情回复。正门紧闭，我又问小孩儿后门在哪里，“那边。”小孩儿伸手指了指方向就跑开了。

从前门的构造大小来看，这个寺院挺大的，我沿筑地围墙往上爬坡，走了很长一段距离，才终于看到后门。

后门开着，我刚踏进去一步，便听到身旁传来尖利的叫喊声：“什么人!”

扭头一看，只见有三个武家人正在搬运货物，其中一个死死地盯着我看，我告诉他自己是瓢六派来的。“瓢六?”对方却在眉间挤出皱纹，“就是那家葫芦店，在产宁坂的。”我慌忙地补充说明。

“啊，是那个大爷那里啊。”对方严厉的表情终于缓和下来。

“那个瓢六有什么事?”

“说是有些东西要回收，才派在下前来此处——”

男人毫不客气地将我从头到脚打量了一番。

“在这里等一下。”对方丢下这句话后，转身消失在建筑物深处。

接下来我闲得无聊，只得呆呆地站在后门一旁注视着眼前两个运货的武家人。在我与建屋①之间，有四个全都打开了盖子的长方形箱子，两个武家人一声不吭地把搬来的东西往箱子里装。

“差不多该动身了，你们加快速度。”突然响起轻柔的话语声，我吃惊地转移视线望去，正好四个女人身着色彩鲜艳的窄袖便服，从远处走廊排成一列走来。

“这个也能一起装进去吗?”走在最前面的女人手拿包裹，转过身询问身后人的意见，这时我不由得屏住呼吸，迅速低下了头。

只一瞬间，我察觉到队列第三个女人的脸十分面熟。自离开

①建屋：建筑物，尤其指不同于居民楼的工场等的建筑。

伊贺，差不多有一年半都没见过面了，但我不会认不出来，因为对方和我曾一起在柘植屋待过十年之久。

话说回来——为什么常世会在这里?

第四章

当我沿产宁坂回到瓢六店铺时，只剩女人一个人在看店。

迎上前来的女人还是一如既往地面无表情，我叫她去通报一下瓢六，可女人说瓢六因街道集会出门了。

“总之，放这里可以吧。”我举起手中的包向女人示意，她无言地点了点头，然后我将双手的包连同背上的大袋子一起放在走廊边，长长地出了口气。

女人麻利地解开包，右边的包里出现一个三重木盒，趁着她解开另一个包的空当，我轻轻地掀开那个三重木盒瞧了瞧。盒子虽然大，但却意外的轻，果不其然，里面是葫芦。到底是被特意收进盒子的葫芦，表面施有精致的装饰，从盖口缝隙处刚好能看到金箔纸绘出的一片鹤羽。

话说在高台寺，那个武家人是和男佣一起把这些东西拿过来的。

“这次选了两个，钱月底的时候再来取。”

回想起对方曾如此吩咐过，趁还没忘记，我把这事儿告诉了女人。“嗯。”女人含糊地回答道，轻轻一推将重叠的盒子滑入榻榻米里侧。

“两个是怎么回事?”

“上个月带去寺里的十四个葫芦里，对方要了两个分别绘有桔梗和女郎花[①]花纹的葫芦。”女人背对着我回答道。

“为什么你连对方买了哪两个都知道?”

“那些葫芦全部都是我送去的，只有桔梗和女郎花没回来。”

“你明明没打开盒盖，这样也知道里面是什么吗?”

“我每天都在看，自然明白。”

女人说得轻描淡写，可不管哪个盒子，上面都没有任何标注。不同的只有盒子的大小和外观纹理，仅仅靠这些线索就能知道盒子里面的东西，不服不行。

“瓢六要我捎话给你。”女人坐回柜台说道，“十天后再来一趟，有跑腿的活儿。”

此事我明明还没有回复，这瓢六真是心急。“嗯。”我故作沉思地在走廊边坐了下来。

“为什么坐下?”女人折叠盒子包裹布的手停了下来，向我投来责备的目光。

“那个高台寺是怎么回事啊?话说里面全是些武家人，明明是个寺院却不见一个和尚。”

“你是不是傻?”

“你，你说谁傻?”

“你不知道宁宁夫人?”

---

①女郎花：苦菜花。

“宁宁夫人？”

“太阁殿下的妻子宁宁夫人，那里是宁宁夫人的寺院。”

过了一会儿，我才理解到女人想要表达的意思。虽然不清楚宁宁夫人，但太阁殿下我是知道的。太阁秀吉——过去曾君临本国的男人，虽说他已死了十六年，可在京城一带太阁的名号可谓无人不知，六岁孩童也不例外。

原本并不太关注时事的我能清晰地记得“十六年”是有理由的。

秀吉死后不久，柘植屋来了一大批新人忍者，我那年四岁，距离现在正好十六年。后来听说是由于上面预见到秀吉的死会让乱世再起，所以增加了忍者的数量。那时新进柘植屋与我年纪相仿的有百和蝉，当然还有很多其他孩子，不过我已记不得他们了，要问为什么，因为除了百和蝉，他们全都死了。

原来如此，没想到太阁殿下的妻子就住在京城，如果是这样，寺内有再多武家人也不奇怪，因为那寺院的本来面目就是武家。

“你——叫啥名儿？”我顺口一问。

女人十分谨慎地盯着我的脸张望了好一会儿。

“芥下。”她含混不清地说道。

“芥下？”

芥下这个词是鞋的意思，这名字真是奇怪。

“我说芥下啊，还有件事想问问你。”我顺势追问道。

“什么事？”

“目前为止你一共去过我住的废屋几次？”

“当然只有一次。”女人眉间挤出明显的皱纹，立刻回答道。

“那么，你听说过因心居士这个名字没？”

芥下默默地摇摇头，坐在原地盯着我看。她的白眼仁显得更加鲜明，像是对我更加怀疑了。

“我明白了。”我点点头，站起身来，芥下像是还想说些什么，但不巧的是此时店外三个大娘与我擦身而过进入店内。“啊，口渴了呀!”三人异口同声道，不得已芥下只好去接客。

我走出瓢六店铺，穿过参拜的人群，然后迅速顺坡道离开了产宁坂。

那个叫芥下的女人不是因心居士。

同样，老板瓢六也不是因心居士。

我并没有确切的理由。

芥下说她只来过一次废屋，我认为她的话可信——仅此而已。这样一来那个满月之夜出现的老人和踩在斧柄上的女人又是谁呢？我一头雾水，唯一可以肯定的是在那个女人身上应该问不出什么东西。

坡道下方，高台寺驻地围墙渐渐映入眼帘。

话说那时常世到底有没有察觉到我的存在？虽说只是几个女人从走廊出来的一瞬间，彼此的视线并没有交集，但常世毕竟是常世，她也应该精明地察觉到了我。

看上去常世如今仍然在大坂继续着忍者的工作，我之所以如此判断，也是因为当时女人们离开后，一个寺内的男佣与之前的武家人一同拿着装葫芦的行李走了出来。

“刚、刚刚经过这里的美人儿们都是谁啊，像天女下凡一样。”我装作没见过世面的乡巴佬的样子向男佣耳语道。

“她们都是侍奉丰臣家族的人。”男佣扬扬得意地向我说道，我也紧跟着装出一脸佩服的样子，附和说的确如此，丰臣家的女孩子资质就是不一样。

“那么她们是专程从大坂那边过来的咯?”我装作随便问问的样子道。

“那是当然。”男佣坦率地点点头道。“老在那儿废什么话，还不快来帮忙!”突然一旁响起那个武家人嘶哑的叫喊声，男佣便慌张地离去了，看来常世如今依然在大坂当差是错不了了。

现今大坂城丰臣家的主人，不用说自然是太阁秀吉的儿子。另一方面，高台寺的主人是太阁秀吉的妻子宁宁夫人。如此一来，那个寺院和大坂城便为丰臣家母子掌控。从走廊出现的女子所说的话来看，那些长方形的箱子接下来应该会运往大坂吧，里面全用上等布料包裹着的行李是母亲送给儿子的礼物吗?常世也是为了互赠礼品才被大坂方面派来的吗?

与身着连京城市街都难得一见的鲜艳窄袖便服的女孩子擦肩而过，只一瞬，我便认出了常世标致的脸庞，但不可思议的是我并不感到怀念。

虽然与她的距离只有数间，可常世看上去就像伫立在远方一样，我心里丝毫未涌现不甘以及羡慕的想法，因为早已找不到可对比参照之物。

想起来真是彻头彻尾的凄惨，明明心中早就明白自己回归的路已然封死，可如今我的内心深处仍期许着能再次回到那个世界。就因为如此，自从被那个一副女人打扮的因心居士踩在斧柄上，将我彻底击败之后，夜里我都会悄悄地重新开始修炼忍术，但那又是为什么呢?

本来回去时还想顺道去田里看看，但现在即便去看葫芦，只怕心情会更加郁闷，所以我直接返回了废屋。

我钻过席帘往屋里瞧，一个倒在地板上的葫芦映入我的眼帘。我察看了一下门外的情况，不出所料，在窗边和竹筒挂在一起的葫芦不见了。我不在的时候黑弓来过吗？我在地板上坐下，拾起在屋外饱受风吹雨淋，表面已经污浊不堪的葫芦。

“风太郎！”

我大吃一惊，葫芦从手中脱落。

葫芦居然说话了！葫芦落地时发出沙沙声音，口部正对着我，塞子也不知何时被拔了下来。我把脸贴在地板上，小心翼翼地往葫芦口部瞧去。

“好极了，好极了——风太郎！”

葫芦确确实实说话了！

而且语调听起来还挺欢喜。

*

还将脸贴在地板上的我顿时僵住了。

“知道我是谁吗，风太郎？”葫芦再次开口道。

错不了，声音果然是从葫芦内部传来的，我的脸缓缓地向葫芦口靠近。在正好距离一寸的位置，我小心翼翼地往深处窥视。

“你还不明白吗，是我啊，因心居士。”葫芦笑道。

一瞬间，周围的光亮消失了，葫芦内部的黑暗空间仿佛一口气涌出，突然间黑夜降临了。

前方完全看不见了。

我向先前葫芦所在位置伸手探去，却只抓到一片虚空，不仅如此，跪在地板上的触感也消失了。我已然弄不清楚现在自己是坐着还是站着。说起来之前我也遭过这样的罪。

“好久不见啊，风太郎。”正当我的记忆开始慢慢复苏之时，头顶有人声响起。

对，我只能用“响起”这个词来形容，因为声音不是从一点传来，我的头顶上就像挂着一口巨大的梵钟[1]，钟声敲响时人声随之响起。

“你，你是谁？”

“都说了啊，我是因心居士。”

“你在哪里，快现身！”

“这个不行，因为你现在就在我肚子里，必然不知道我长什么样子。”

“你肚子里……？”

我不禁口中默念。

“就是说你在葫芦里。”

就像在捉弄我一般，在一片漆黑的黑暗中，我听到“嚯嚯嚯”的笑声。

我摸摸怀里，指尖探到一个袋子，里面装有从瓢六那里得来的铜钱。我怀着不舍的心情，从袋子里取出一枚铜钱向前方用力投出，但许久都没有听到铜钱落地的反弹声。接着我又取出一枚铜钱朝自己脚下猛然扔出，令人吃惊的是仍然没听到任何声响。我弯下腰往脚下伸出手去，到底怎么回事？我居然摸不到地面，可我的手又能在脚下四处移动，那么我现在是站在什么东西上的呢？我甚至连天和地都分不清了。

“所以都说了嘛，你现在在我肚子里，不要到处乱扔奇怪的东西好不好？”

对方声音响起的同时，我突然感觉脑门儿碰到了什么，慌忙伸手摸了摸，摸到额头上贴着两枚形状又圆又薄的东西。

“这个是刚刚你扔的东西，自己收好。”

---

①梵钟：寺院的钟。

四周依旧没有光，眼睛还不能适应环境。到底是不是我投出的铜钱也无从知晓，不过我还是按吩咐将薄薄的东西放回了袋子里。

“喂——那个什么因心居士！”

“干吗？”

“这等无聊法术还是趁早作罢吧，我已经知道你深谙此道。一开始是老头，接着又扮女人，这次竟然是葫芦吗。我认栽了，我承认自己完全不清楚何时中了你的法术，你也是时候该现身了吧，这样拐弯抹角的，你究竟有什么目的？有啥话要说你赶紧现身说清楚！”

“你说法术？”

声音中满是惊讶，接着，一阵苦笑从覆盖四面八方的黑暗中传来。

“你真是个爱胡思乱想的家伙，确实如你所言，你感到自己仿佛被施了幻术。但是，风太郎啊，如果被施了幻术，等你清醒过来是能够回到原来世界的。而我的这个可不一样，你可以试试在这里站上一两天，就算你在这里站上一年，也只是每日在黑暗中呼吸而已，不会有任何变化。”

过去我也受到过奇怪的恐吓，这家伙看来怎么都不愿承认这是法术了，相反，还执拗地想让我深信自己的确身处葫芦之中。

“大概一开始就有什么误解，其实我对你并没有恶意，这一点你应该是最清楚的。”

“没有恶意？你每次出现都把我收拾得落花流水，这叫哪门子没有恶意？”

“真是个夸张的男人，我不就轻抚了你两次吗。要认起真来，你早没命了。”

被人说中不太愿触及的话题，我只得沉默以对，紧接着我突然察觉到从刚才起，我竟对黑暗中对方的声音没有丝毫印象。那声音不老不嫩、不高亢也不低沉，没有任何特征，难道这才是因心居士原本的声音吗？

“好啊，那你倒是赶紧把我送回原来的地方啊！你又把我困在这里，又说没有恶意，谁信啊？”

“这个你不用着急，话说完自然会让你回去，我本来就没想把你这样令人郁闷的家伙一直关在我肚子里。”

我冷哼一声，抱着胳膊做出一副“随便你”的样子重重地坐了下去，明明没有地面，也不知道为啥我还是能原地打坐。我感觉自己的身体就像在水中打转一样，在这种奇妙的体验下，我等待着对方接下来的话语。

“我曾将希望寄托在你身上——风太郎。”

“希望？怎么回事？”

“我曾在这里苦等好久，直到你和那个叫黑弓的人终于出现。听你们说将造访产宁坂的葫芦店时，我内心感觉到了许久不曾体验的澎湃，心想离开吉田山的时刻终于到来了——然而，我的希望还未踏出第一步就破灭了。还记得我要你送的东西吗？你却差一点就使其灰飞烟灭。”

一瞬间，我在黑暗中歪着脑袋想对方到底所指何事，啊！紧接着我便回忆起之前装在盒子里的那只恶心的死蛾。

“话先说在前头，那件事不是我的责任。因为跟前有个家伙打出下作的喷嚏，并且忽然间大风刮进屋里，蛾子是被吹走的，我啥都没做。”

“笨蛋，那阵风是我刮起的。”

“你刮起的——风吗？”

“我想送去葫芦店的不是那只死蛾，而是它肚子里装的粉末，那种粉末最大限度地封印了我的力量。然而你却无端打开盒盖，致使蛾子掉落，光这样你还不满足，还让死蛾肚子里的粉末暴露了出来。那个时候可真是吓了我一跳，所以才立刻刮起一阵大风，尽全力防止死蛾化成飞灰。”

“恰恰相反吧，死蛾四散分离不就是因为那阵风吗？”

“你说得对，我别无选择。因为不那样做，就没办法让你吸入粉末。”

啥？黑暗中我的声音突然凝固。

“到，到底什么意思啊？”

“只有让你吸入粉末，我的力量才能控制你，才能像现在一样，在适当的时刻将你拉入这葫芦的世界。”

这一席话，令我目瞪口呆。

“我本来是想让葫芦店的老板吸入那粉末的，让你送葫芦到产宁坂，再让他打开盒子。你到那家葫芦店时不是看到有很多葫芦吗，虽然距离有点远，我的力量还是勉强能覆盖到那里。死蛾的身体裂开后，我有办法刮起一阵风，强行让老板吸入粉末。但是，你将计划全盘打乱，所以我只好选择你做宿主了。”

“你，你等一下——选择我是什么意思？”

我完全搞不懂对方在说些什么，但可以肯定，事情在往不好的方向发展。我伸手摸摸自己后颈，那里已沁出冷汗，感觉很不舒服。

“你不用担心，我会逐一说明，不过这事儿说来话长，今天就到此为止。总之，今天把你带到这儿来，就是想告诉你最近你表现得相当不错。”

确实，这葫芦一开始就对我说什么“好极了”。那话听上去像是在慰劳我。当然，不管他怎么夸我，我都没有感到丝毫的喜悦，只是将嘴里积存的唾沫咽了下去。

“你……你到底是什么人?”我低声问道。

“风太郎啊，你终于认出我了，不错，我绝不是什么幻术师，不要一味地胡思乱想，一开始你就这样问，我也会如实相告。”

“嚯嚯嚯。”黑暗中传来愉快的笑声。

“其实我啊——”

我不由得被接下来的话语所吸引，对着半空传来的声音侧耳倾听。

“我就是葫芦啊。”

“开，开什么玩笑!”

“我没开玩笑，既然寄宿在葫芦之中，就只能自称葫芦啊。再说我原本就没有名字，所以才就近自称因心居士，所以今后你叫我因心居士就可以了。话说——差不多也该送你回去原来的世界了，风太郎啊，我对你的表现很满意，今后也要继续坚持下去哦。”

看这样子，因心居士是想要结束谈话了。

“话，话还没说完呐!”我高声呼喊道，这人莫名其妙地说了一大堆，但为什么选择我——这个最核心的话题却丝毫没有提及。

“你的路还很长，下次再见吧，风太郎。”

当黑暗中传来对方单方面的道别之时，突然间，我回到了废屋。

我把脸靠近地板，以屁股抬起老高的滑稽姿态窥视着葫芦的口部。

“喂——”

我向躺着的葫芦大声叫喊道。

葫芦没有任何回应，我仔细往葫芦内部注视了许久，可里面并没有跑出一个蚂蚁大小的老头。

“喂，因心居士，话还没讲完呐，你出来!”我傻傻地敲打着葫芦的表面，胡乱地摇晃葫芦，甚至还往墙面扔了过去，可即便如此，葫芦还是一言不发。

“啊，毕竟葫芦是不会说话的啊。”

我将葫芦放在地板上，开始准备晚饭。我在炉灶处点燃柴火，坐在灶前，将一根根干柴加进去，呆呆凝望着火势渐渐变大。当木柴燃烧发出“啪啪”的爆音，我便飞快地起身扑向葫芦，抓在手里往火势正旺的火堆里投去。

“没用的，风太郎。”忽然头顶传来因心居士强忍住笑意的声音。

“你的心思我早就猜透了，诚然，如果烧了葫芦，我多半会消失吧，但不论你的行动有多快，我都能抢先一步把你困在葫芦中。”

我鼻子冷哼一声，板着脸抱着胳膊。

葫芦已经消失在了视线之中，当然，干柴火堆和废屋的家具也不见了踪影。我被再次拖入一片黑暗之中，只听见因心居士“嚯嚯嚯”的笑声四起地回响。

*

与其听对方唠叨一大堆废话，还不如主动出击，一口气解决麻烦事，所以我才出此下策，使用了稍微强硬的手段，不过完全失败了。

“听好了，风太郎，如果你被关在葫芦里，且此刻葫芦着火了，我也是帮不上你的。不光我，连你也会被烧死，那样你也不在乎吗？不可能吧，既然如此，我劝你还是不要做什么傻事。”

和刚才一样，从全然无法确认的黑暗之中传来清晰的说教声。回过神来我发现自己就像被从葫芦里放出来一样，回到了废屋。

打这以后，我再也没动过敲打或灼烧葫芦的念头，以平静的心态过着每一天。不过我越来越不愿看见那个脏兮兮的葫芦，索性将其埋进了柴火堆里。将葫芦埋在柴火堆最底层时，本以为周围会再次变黑，不过却什么事都没发生，看来因心居士认为掩埋葫芦的行为在其可接受范围内。

然而最让我生气的是自己竟渐渐认可了因心居士的存在，话说过去自己还十分讨厌那个假货果心居士来着，不想如今却被这个因心居士给治得服服帖帖。

还有一点让我不爽的是，我竟然开始在瓢六的店里帮工了。

每五日一次，我必定会前往瓢六。

最初是每十日一次，但事情起了变化。

我遵从店主的要求，作为跑腿伙计前往京城大道各处的店铺。有时去取东西回来，有时会扛着装有葫芦的袋子，去交付给负责为葫芦彩绘上色的工房。在那之后也去高台寺送过一次东西。当然，我并没有再次遇到常世，与男仆闲聊的时候，我委婉地打探了一番，据说如今每两个月大坂那边便会派人过来一趟。

瓢六店主受伤的膝盖一直不见好转，相反慢慢开始恶化。当我问他自己不在时谁在做这些跑腿工作时，老板回答说全交给芥下在做，有时她会一连跑好几家店，背上背着手里拿着一大堆货物，这些力气活全交给那个小身板女子，连我也于心不忍。我明白瓢六店主是因为在乎体面才想雇个男人来跑腿，“真是辛苦啊。”当我不禁表现出对女人的同情时，“那你就代替她多干点活儿呗。”瓢六回复道。最终，我开始每五天一次去店里干些跑腿的活，虽然在这里帮工并非我的本意，但好歹报酬还算丰厚，所以我没能拒绝。

真是的，做葫芦真的这么能赚么？

进入五月，梅雨如期而至，田里的葫芦都长出了胡须。

葫芦的茎部分叉的位置冒出像胡须一样细细的东西，我不禁纳闷这到底是什么。“不是胡须，那叫作藤蔓。”黑弓说道。听黑弓说这个藤蔓会向四处伸展交错，将葫芦支撑起来，最后结出果实。

天空布满厚厚的乌云，梅雨长时间不知疲倦地敲打废屋的屋檐。我仍然和黑弓比赛着种葫芦，谁先长出三片主叶，或者谁的又先长到一尺高，但凡有点动静我们都会竞争一番。不过很遗憾，因为土地肥沃，黑弓那边的葫芦长势更好一些。因此每当我发现田里有瓜叶虫[①]时，并不会杀死它们，而是活捉了放进隔壁的田里。这种体色呈橙色的甲虫虽小，但十分爱啃噬葫芦的茎部和枝叶，是庄稼田里可恨的仇敌。对于借助金钱之力得意忘形之辈，必须让其吃点苦头才行，所以我通常是发现了瓜叶虫就往他田里放，完事儿后再回到废屋。

连续下了五天雨后，覆盖天空的乌云终于散开了。

我走出废屋，眺望眼前一片杉树林，头顶迎来了五月晴天。沐浴着久违的阳光，我去到田里一看，发现葫芦一下子长大了不少，最下方茎部的叶子比手掌还大上一圈。之前只有小指指甲长的藤蔓，如今已超过两寸，一圈一圈地缠绕在我砍断竹子制成的支撑杆上，迄今为止看上去还稚气十足的葫芦突然变得可靠又男子气概十足。

---

①瓜叶虫：一种危害庄稼的小甲虫。

我从田里上到小径，正准备拿桶去打水，却忽然听见有人叫我的名字。回过头一看，小径对面一个红点向我走来。

不出所料，是黑弓。

这家伙是刚从公家行商归来吗？只见他身披先前那件斗篷，那一身行头简直醒目到让人害臊。

“果然还是在下的葫芦长得快啊，你看，这样将左右田地一同收入视野里便一目了然了。在下的葫芦明显要大个儿些，叶子也更绿，风太郎也这样认为吧。”

刚一打照面这家伙就冒出一句让人不爽的话。

“你烦死了，你田里的那些葫芦就全让瓜叶虫给啃光吧。”

撂下这句话，我立刻准备启程去打水。突然间，一个疑问掠过我脑海——这家伙身上会不会也发生了什么？

据因心居士所言，我之所以被困在葫芦里是因为吸了死蛾肚子里的粉末。那样的话，当时粉末布满了整间废屋，这男人不也一样吸了吗？

“喂，黑弓。”我叫住正要下地里去的黑弓。

“最近你身边有发生过什么奇怪的事没？”

“奇怪的事，比如说？”

“对哦……比如说葫芦自己会说话什么的。”

“葫芦说话？你说些什么呀风太郎，葫芦是不会说话的。”

这确确实实是句大实话。

“那么，你知道因心居士吗？”

“什么？谁啊？”

“因心居士，你没听说过这名字吗？”我没有绕圈子，而是单刀直入地将话题抛给对方，为不错过这家伙表情上可能会出现的动摇，我目光锐利地盯着他。“没有……”黑弓歪着脑袋一脸茫然地回答道，那呆傻的表情根本谈不上动不动摇。

“哦，那算了。”我咂舌道，终止了谈话。

那么，为什么只有我？

再次回想起这事儿，让我的心情很是不畅，气更是不打一处来，说来起因就是眼前这个身着红色斗篷的混蛋。就因为这家伙突然打出喷嚏，我才会受惊失手将盒子摔在地上，所以死蛾粉末的处理才被迫落到我一人头上。但当时我确实听到，后于我从废屋出来的黑弓说闻到了奇怪的味道，那么他也应该吸入了粉末才对，但为什么如今只有我一人必须承担这麻烦事？

“对了，差点忘了。这个是在三条河滩买的，吃不？”

黑弓从袖子里取出两个粽子，我毫不客气将他手中用线吊着的粽子抓了过来。我们并排坐在小径一旁，摊开用线包着的粽叶，我此时突然回想起在高台寺遇见常世的事还没告诉黑弓，于是边啃着粽子，边将之前的事告诉了他。

“在下也想见见常世大人啊，”黑弓发自内心地感叹道。“那么美丽的人即便你走遍南海也遇不到的。”他不停地对常世交口称赞，我在一旁注视着黑弓的侧脸，这家伙明明只是在伊贺的客栈里见过一面而已，居然能对常世这么上心，我不禁感到他又滑稽又可怜。

“那个，不是瓢六的人吗？”黑弓突然抬手示意。

听他这样说，我扭头瞧了瞧。沿着黑弓来时的路，只见一个身着橙色窄袖便服的女人向这边走来。黑发配上橙衣，像极了我转嫁给黑弓田里的瓜叶虫的头部和躯体，那个女人就是芥下。

她来干吗？芥下丝毫不在意我惊讶的目光，表情比以往还要冷淡，最终在我与黑弓面前停下脚步。

“怎么了，去瓢六帮工应该是明天吧？”

芥下就像没听到我的话一样，眼神只顾游走在眼前左右两块葫芦田。

“这全部都是你的?”芥下问道。

“不，我的在这边，对面是这家伙的田。”

“嗯。”女人发出含混的鼻音，下到我的田里。在离自己最近的葫芦面前停下，开始扳起指头数叶子。

她伸出食指从下方往上数，在茎部的前端停了下来，那里有一片将会长大的叶子被包裹在胎毛内，其形状轻微弯折，正好像“叶蕾”一般盘踞着。

接下来没有任何预兆，芥下竟然将叶蕾扯了下来!

“哇！你干吗啊?”

她无视我的抗议，又跑到隔壁田里，扯下叶蕾并随意扔在地上。

我慌忙地沿斜坡跑进田里，拾起被残酷摘除的两片叶蕾，被同时扯下来的还有长势喜人的三两根藤蔓。叶蕾放在手中就像刚羽化的蝴蝶一般，柔软的触感不容分辩地告知生命的终结，简直令人扼腕叹息。

“喂，你到底要干吗?”我提高嗓门，正准备伸手搭在芥下的肩膀上。

“没事的，风太郎。”背后传来黑弓的声音。

“啥?”

接着黑弓上前向芥下提出了一些问题，对此，芥下也作出了简短的回答。二人的对话中，“子藤蔓”和“孙藤蔓”这两个词出现的频率很高。

“就是这么回事，风太郎。”黑弓在小径上对我面带微笑。

“啥叫这么回事，给我说清楚。”

“这么做是为了让葫芦多多开花，最开始长出的根茎上不易开花，所以干脆就把它摘掉，让周边新生的茎充分吸收养分，如此一来新生的茎上就会开出比平常更多的花。”

“为什么呢？有必要这么拘泥于花开的数量吗？”

“因为只有开了花才能结出果实吧？风太郎种植葫芦的目的难道不是为了多结果吗？”

啊，原来如此，我终于明白了个中缘由。就在这时，我的记忆深处突然回响起了因心居士的声音，在那伸手不见五指的黑暗中，因心居士曾宣称对我的行动很满意。事到如今，我才终于明白了因心居士所说的“今后也要继续坚持下去”这句话的含义。

因心居士所指的就是葫芦。

要说我日复一日都在坚持做的事情，不外乎就是每天浇浇水。这片田地上培育着从因心居士的葫芦里取出的种子，换言之那家伙的目的就是要我不出差错地好好培育这些葫芦。

*

措施很快显现出效果。

葫芦出人意料地开始迅速变大，将我的担忧彻底消除，接下来六天后，葫芦上竟然开出花来。

当天白天我在瓢六帮工，晚上回来的途中经过田地，昏暗中看见蔓藤上冒出来白色的东西，像是一只停着的蝴蝶，可走近一看却发现原来是葫芦开出的花。

听说葫芦花通常在夜晚盛开，当我触碰那柔弱的花瓣，花朵会像受惊一样颤抖。我轻轻抓住一扯，花朵竟轻易地被撕裂了，“不好！”我不禁叫出声来将手缩了回来。我看了一下黑弓的田里，好像还没开花，怀着领先黑弓的欢喜心情，我忍不住窃笑着去打水浇田了。可是，我的优势也只维持了一天而已，第二天黑弓那边也开出三朵花来。

接下来该做什么呢，在瓢六帮工的空闲时间，我问了问看店的芥下。

“雌花已经开了吗?”芥下仍低着头反问。

“什么，雌花是啥?”我不解。

桌面上芥下正在给葫芦腰部系绳线，她停下动作，不耐烦地抬起头。

“你居然连葫芦上有雄花和雌花都不知道?”

“那个白色小花还有这些区别吗?”

芥下露出连给我解释都感到费劲的表情，又重新将视线转回葫芦上，将系到一半的结子完成后，她随意将葫芦扔回箱子里。

“扯下花瓣立刻就能分辨出来，涌出黄色粉末的是雄花，而雌花的根部会像小葫芦一样鼓起，一般都能看出来吧。”

“原来如此，那么雌花开了该怎么做呢?”

这事儿只能依靠芥下，我谦虚地向她请教今后的培育方法，这时瓢六从里屋出来，告诉了我接下来要前往的地方。

“你去一趟宁宁夫人那里，不过今天要去的不是高台寺而是宅邸。”

我搞不清楚宁宁夫人的宅邸到底是哪里，瓢六解释说高台寺是宁宁夫人祭奠亡夫太阁大人的场所，但平时她都是住在宫殿附近的宅邸里。

接着我背上好几大口袋，双手也提满了东西，从瓢六出发了。

为什么宁宁夫人这么需要葫芦?我曾问过瓢六这个问题。

“怎么，你这个年纪的年轻人都不知道吗?”瓢六的表情夹杂着意外与惊讶。

“葫芦是太阁家族的马标[1]。”

老人直截了当地向我说明了其中缘由，在如今的祭祀中，为祭奠太阁的月忌辰，一般都会对外采购两到三个葫芦。瓢六说因为宁宁夫人特别中意富含民间创意的葫芦，为投大主顾所好，所以才会在葫芦上做彩绘。

我渡过鸭川河，自荒神口进入了京城。

我跟随人潮向前移动，如瓢六所说，很快便到达宅邸外墙。接着沿着外墙慢步前行，走了好一阵才到达胜手门[2]，高台寺那边的地盘已经相当了得，而这边的宅邸基本上均是城堡级别的大小。不愧是太阁的妻室，不禁让人回想起往昔权极一时的太阁家族。

胜手门的外观远比贫穷公家宅邸的正门都气派。我叫了下门，不一会儿一个武家男子从胜手门一旁的小门里探出头来。我告知对方自己是瓢六派来的，对方先退回去了片刻，很快，从小门伸出一只手将我招呼了进去。

穿过小门，经过类似哨岗的建屋，便看到一片广阔的地带，如果身在尘土飞扬的宅地外，则完全难以想象里面竟是这样一番天地。建屋之间架着桥，对面有池塘、山丘和树林。池塘旁边建有东屋[3]，屋旁甚至还拴着小舟。怎么回事？这里到底是什么地方啊？

“喂，你看什么呐！”引路的武家男子呵斥道，我慌忙地转向正前方。最终我在面朝中庭的走廊处卸下了一身行李，对方吩咐

---

①马标：束立在将军马匹旁的外形似灭火棒的东西，其功能是用来夸大自军的威势以及表示自军总大将所在的位置。

②胜手门：后门。

③东屋：设在庭院或公园中的凉亭。

说十天之后再来取，接着我就像被驱赶一般，沿来路返回离开了宅邸。

翌日，我正好在田里遇见了黑弓。为搭棚子，我们准备了一些竹子和木材放在田地一边。搭好地基后，黑弓有惊无险地用粗绳在只有骨架的顶棚部分做出细小的网眼，如此一来，不管藤蔓延伸多长都能支撑得住。这家伙居然拥有这样的特技，我打心眼里感到佩服，黑弓则得意地说起自己在南蛮商船上时，会沿着这种网眼攀登上设立在支撑船帆柱子上的瞭望台。话说要在柱子之间移动，是通过在张挂的网上跑动来实现的，当我问他这一身过人的身法是在哪儿习得的时候，黑弓满脸理所当然的表情回答道“在船上干活就自然而然学会了啊”，事到如今我也渐渐理解他话语中的一部分含义了。搭棚子作业的同时，我告诉了黑弓自己最近去荒神口宁宁夫人宅邸的事。

“你行商的时候也去过那里吗?”我问道。

“怎么可能。”黑弓笑着摇手道。

“那种地方，没有相当的人脉关系，人家根本不会理你的。与在下有来往的都是些住在小型宅邸里的公家，高台寺宅邸的占地，差不多相当于其他一般宅邸三十到四十个的总和。”

“果然，到了大坂城主人的母亲这个级别，确实不一样。”

“但那位大人并不是生母哦。”

“是吗?”

“城主的生母如今应该住在大坂城，与宁宁夫人的关系有说好，也有说坏。”

我们在彼此的田里搭好棚子后，黑弓说和人约好谈生意，便匆匆离去了。我一个人坐在小径一旁，啃着黑弓留下的馒头。自开花以来，葫芦以一日三寸的速度茁壮成长着。照这个势头，估计很快就会顺着插在地面的支撑杆到达顶棚网格，正当我沉浸在憧憬之中的时候，身后静静地传来踩踏土地的脚步声。

我嚼着馒头，不经意地扭过头。

对方慢慢地走近黑弓葫芦田的田埂，我不由得站起身来，将剩下的馒头一口气塞进嘴里。

“好久不见，风太郎。”

“常，常世——”

常世从田埂上到小径，停住了脚步。

“风太郎，我来这里是有话要说。”常世声调平稳，毫无抑扬顿挫。

“但这里好像不方便。”沿常世视线前方看去，三个大汉扛着锄头大声交谈着，慢慢往这边靠近。

“来我的废屋吗？很近。”

“好的。”

三个大汉都是吉田村的旧识，擦身而过时我还以为会被调侃几句，但却意外地毫无语言交流，因为三人全都目不转睛盯着常世。和在高台寺见着她时不同，现在常世身着朴素的蓝色窄袖便服，但其美貌还是轻而易举夺去了三个大汉的魂魄。三人中其中一人睁圆了眼睛，另外两人则张着嘴巴。和他们擦身而过时，领头的大汉扛在肩上的铁锹居然掉了下来，直接砸到紧跟在后的另一个人的脚，引起了一阵小骚动。

我和常世进入吉田山，人烟渐渐稀少。

“话说回来，居然能这样与你在京城再会，你应该还在大坂城当差吧。不远辛劳特意上京，今天也是因公被大坂那边派来的吗？对了，你听说我的事了吗？肯定听说了吧。”

我回过头去，突然发现常世右手执小刀，刀刃寒光四射。

“你要干什——”不等我说完，常世的突刺已向我招呼过来。

我下意识向一旁跃起，逃进树林里。

“等、等等，告诉我理由！”

常世并未回复我。

当我屏住气息从树干背后探出头时，一枚手里剑划着树皮朝我汹涌袭来。

看来她没有要与我交谈的意思，我左顾右盼寻找能用得上的东西，虽说村里人会经常到这里来砍树，但可恨的是周围啥都没有，此时也无暇慢悠悠地去折树枝，否则必定会变成手里剑的靶子。

对方一口气拉近了距离，脚步声越逼越近，我已无心去打探对方攻击我的理由，猛地从树干背后跳了出来，我一现身小刀便从侧方砍将过来，我放低腰身躲闪，盯着对方的膝盖踢出一脚。

一声闷响，常世翻倒在地，她的衣服下摆凌乱散开，露出了洁白的腿。不顾对方摔倒，我正欲乘胜追击，不料倒地的常世突然使出一记扫堂腿，我打了个转后背摔倒在地。

我没功夫顾及伤痛，一个后空翻拉开了与对方的距离。大意了，我不禁心中咋舌，因为对方身着窄袖便服，我自认为常世倒下之后不会再张开腿，所以才大胆地拉近距离，可我早该知道常世根本不会在意那种事。

常世重整旗鼓后，摆好姿势握着刀置于苍白脸庞之前，嘴角浮现妖艳的微笑。对了，常世只有在抽刀时才会露出笑容！

“等等。”常世放下小刀，伸手搭在头顶支出的一根树枝上，然后整个人悬挂在上面，随着一声脆响，一寸半左右的树枝被折断。我弄不明白这家伙到底想干什么，可她却将树枝扔到我面前。

“你很好心嘛。”

常世没理会我的话。

“快捡起来!”常世冰冷的声音催促着我。

那条断枝不管粗细长短都和常世的小刀相当，我捡起断枝，将上面的细小分枝扯掉。

“也该是时候告诉我你的目的了吧，你不是有话要讲才到这里来的吗。”我盯着常世道。

“这就是我想说的话。”常世反手持刀，把身体重心沉了下去。

下一瞬，常世后背扎成马尾的黑色长发随风飘动，突然整个人贴在地上向我急速靠近，她从正下方瞄准我的喉咙，往上使出一记提斩。在快要刺中的时候我用断枝将其挡回，很快，常世又以柔软的身法再次挥刀袭来。我只将视线集中于对方右手拇指而不去理会刀尖，因为我知道刀尖的动向只是障眼法，对方就等着我仓促出招从而露出破绽。我时而闪躲、时而格挡、时而反踢一脚来牵制常世那散发暗光且划出圆弧轨迹的小刀。如此沉默无语地与常世交手，简直与曾经在柘植屋时的光景如出一辙，那时我们也会像现在一样日复一日地切磋武艺。离柘植屋遭遇火灾，已过去正好两年，虽然我心中那段记忆渐渐变得淡漠，但每当我格挡对方攻击时，说不出的感觉却又鲜活地复苏。上一次与常世切磋武艺差不多是四五年以前的事了。那时她已确定会去大坂当差，比同龄的伙伴都更早地离开了柘植屋。可即便如此，我们彼此的身体都还记得对方的特点以及躲闪攻击的时机。不管怎么说，自从我被带入柘植屋时起，就与常世相识了。

因胜负迟迟未决，常世似乎开始焦虑起来，动作幅度也变得越来越大，她嘴边的微笑早已消失，额头上也微微浸出汗珠。

常世使出今日首次的大力横向劈斩之后，我便祭出了胜负手。

她表情吃惊地重新握住小刀，径直向快速拉近距离的我刺了过来，与此同时我也将断枝刺出，正面接住了常世的攻击。在刀刃深深插进更粗的断枝前端之时，我向下方一绕，钻过自己的手腕后转过身子。

小刀被回旋的断枝吸走，离开了常世的手。“啊！”涂着薄薄口红的朱唇微启之时，我连同小刀将断枝扔到一边，按住常世的手腕将其擒住。

我渐渐发力，在快要折断对方手腕关节的时候。却听到常世静静地耳语道。“你输了，风太郎。”

常世左手拿着手里剑抵在我的后颈，我感到冰冷触感的同时，手里剑已陷入皮肤里。

“暗器上我已涂了毒，不想死就收手。”

常世配的毒，即便暗器只削到一点皮肉也必死无疑。原来刚刚她用力发招是为了诱我上钩，原以为抓住了对方的破绽，殊不知却彻底落入了圈套。

我长叹一口气，松开了常世的手腕。

常世也收起手里剑甩甩右手，接着往后退了两三步。

“涂毒是骗你的。”

听到这句话的同时，我再次踏出一步欲握拳攻击。

“等一下，风太郎，已经结束了。”常世忽然举起双手，指缝间攥着的手里剑滑落地面，我虽感惊讶，却也放下了拳头。

“你什么意思，给我说清楚！你该不会是因心居士吧?”

“因心居士?”对方端正的眉宇间浮现疑惑的阴影。“没，没什么。”我立马否认道。

常世踩住地上的断枝，将插在断枝前端的小刀抽出。

“刚才我在试探你，就是这么回事，看来你仍然在修炼啊。”收刀入鞘后，常世整理好衣服凌乱的下摆。

“试探？为，为什么？”

接着，从常世口中突然发出如风鸣一般的声音，那是只有在伊贺修炼过的忍者才会使用的忍语。

“风太郎，我们都是柘植屋的人。”

常世鲜明的双眼皮之下是一对淡茶色的瞳孔，那双瞳孔径直将我捕捉，我实在受不了这目光，不由得将视线移开。

“那已经是过去了，如今不一样了。”

我没有用忍语回应她，但我的话常世像完全没听进去一样，她把耳朵上搭下来的头发重新捋回耳后，接着，又把视线全集中在我的手上。“出血了。”

“那么，回去吧。”

“喂，等等，话还没说完呐。”

“我还会来的，不过说不定你会来找我，到时你自然会明白。在那之前好好锻炼你自己，跟我不相上下的话成何体统。你要记住，我只是在大坂城当差的一介女流而已。”

常世转过身，沿回田里的路匆匆下行，途中她没有回过一次头。常世走后，好一会儿我坐在原地一动不动，虽然对她要我继续修炼的话感到不悦，但我也的确筋疲力尽了。

摘了些许艾草①后，我回到了废屋，接着在手臂伤口处涂上艾草，呈大字形躺在地板上，这时屋外开始下起雨来。雨水淅淅沥沥敲击着屋檐，我想要是告诉黑弓他走后常世来过，不知道他会作何表情，可要是被问到常世为何而来，我也答不上来吧。我并不认为她真是来杀我的，但方才交手中，对方的攻击招招都瞄准我的要害，被击中的话，很可能会一命呜呼。

---

①艾草：一种草药，可消炎止血。

不过，对常世本人我没有丝毫愤恨，虽然我尚不知其缘由，但她定是有攻击我的理由的。如果互换立场，我也会毫不犹豫地做同样的事吧，因为对于在柘植屋修行的人来说，这是最正常不过的行为。

雨水敲击屋檐的声音突然急促起来，我在漏雨的位置放好水桶后，又躺回地板上。用手把玩着从打斗现场捡回的常世的手里剑，不一会儿我便觉得疲惫起来，不经意间便沉沉地睡去了。

*

我从芥下那里学来了一点：不管雌花雄花，花瓣都要全部扯下来。

然后，再将雄花花瓣的前端涂在雌花花心位置。

这样一来，花粉就会转移到雌花上。

据说被花香招来的飞蛾等昆虫，会在花丛间来往飞行中自然而然地完成授粉，但种植葫芦不能使用这种不可靠的方式，所以我将雄花从根部扯下，再将其花粉均匀地涂在雌花的花心上。

接下来的日子我一直扮演飞蛾的角色，重复着授粉工作，直到五月结束。接着六月来临了，梅雨季节也告一段落，可怕的酷暑继而降临盆地。虽说没有比每天下雨更让人烦躁的事，但至少雨水还能带来凉意，如今面对每日强烈的日照，我甚至有点怀念之前的梅雨季节了。

也多亏如今的天气，最近葫芦长势更加看好，蔓藤在与黑弓一起修建的棚子顶端的网格间纵横游走。如今，在蔓藤之上又穿插着其他根茎上的蔓藤，你中有我我中有你，根本没法分辨彼此。雌花的根部已经开始微微隆起，虽说其中也有一些隆起后又急速黑化萎缩的雌花，但棚子里四处都能见到慢慢呈现葫芦的形状且自重而开始下垂的东西，也就是说葫芦终于开始结果了。

我在瓢六店里报告了成果。

“嗯。”芥下发出兴味索然的声音，摇着扇子往脖颈送风。由于走廊处的日照太强烈，她把桌子搬到了后方，自己则坐在屋檐阴影刚好能遮住的位置。

“今天你来得正好，这样的大热天，要是在外面跑还不给热死。”

芥下拿起一个装着延命水的葫芦，打开塞子往嘴边送去。

“老板还是不能搬东西吗？看他走路的样子伤应该早就好了吧。”

“还是没法出远门，毕竟这么大年纪了。不管怎么说，重物还是不要让他动手的好。”

“那我不来的时候，如果需要出远门都是谁在搬东西呢？”

“除了我还有谁？”芥下的嘴离开葫芦，恶狠狠地盯着我，我慌忙走到布帘跟前，告诉里面的店主自己来帮工了。

瓢六吩咐说今天需要去一趟高台院宅邸，说是去取之前寄放在那里的东西。上一次访问已过去十日，我一边扳着手指数天数，一边沿着因天气炎热而行人稀少的产宁坂下行。相比以往荒神口今天更是尘土弥漫，每当与人擦身而过时，我都用布匹掩住口鼻。到达高台院宅邸后，我在胜手门前叫了门，向伸出头来的男子表明来意后，我在毫无遮阳处的胜手门前等了足足四半时。日光灼热得厉害，我甚至怀疑是不是自己的影子都粘在了地上时，男子终于再次伸出头来。

一进入宅邸，引路的武家男子便一言不发地往前走。我开始打量起此人，他个子虽然不高，但后背及肩膀的肌肉隆起，看上去十足一个使刀好手，我紧跟其后往宅邸内部前进。

不知为何，男子没去建屋而是来到了庭院。我们一面踩着长满苔藓的踏脚石一面往深处进发，走过架在池塘的石桥，最后在池塘河畔岸边的东屋前停了下来。“进去！”男子拉开拉门，低声命令道。

“那、那个，我只是来取葫芦的。”

“进去！”男人单单重复着这一句，紧接着将手置于腰间佩刀的刀柄之上。

于是我脱去草鞋，进入了东屋，不过只是呆站在榻榻米上，因为我并不知接下来该如何应对。

“先在那里坐下。”男子从拉门处伸进来半边身子，手指墙边命令道，我便在他指示的地方坐了下去。

“等着。”男子冷冷地吩咐道，接着从门外关上了拉门。

一个人被留在东屋后，我不镇定地左顾右盼起来。屋内哪儿都不见我要取回的葫芦，并且我的前方连墙壁都没有。从来时的路上还看不出来，不知为何，这个建筑物面向池塘的部分完全被拆空了。我的正前方是一片广阔的浑浊水面，水面在阳光的照射下波光粼粼，我一边眺望着它，一边不安地回想自己到底是哪里出了错，才会被带到这里来的。我在不经意之间把什么搞砸了吗？还是之前送来的葫芦出了什么问题吗？可要是那样的话，只要把葫芦还给我，打发我走人不就行了嘛，完全没必要特意带我来这里啊。

这个东屋和我在吉田山居住的废屋差不多大小，池塘水面反射的阳光映在东屋顶部，形成晃悠悠的光影。我用衣领擦了擦脖颈处因为紧张而迟迟未能滑下的汗水，正在这时映在屋顶的光波开始无声地剧烈震动起来。

我听到木制船桨划动时发出的吱吱嘎嘎的声音，同时眼前突然出现一叶小舟。

东屋面向池塘的部分，设有像是走廊一样的木板，左端呈钩状向外突出，小舟从右手面驶来，它渐渐放缓了速度，直到与走廊边缘的形状恰好紧紧贴合的时候，便停了下来。

扁舟上有两人，船尾的人将手中的竹子插在水面上，让船完全停住。我屏住呼吸目不转睛地注视着整个过程。确实，那人曾说过“我还会来的，说不定你也会来找我”，但是，谁能想到我居然会以这样的形式与常世再会。

常世在探出水面的木桩上捆好绳子固定住扁舟，提起刚插在水里当船桨用的竹子。接着她在走廊上双膝跪地，右手抓住船边缘，伸出左手。

一直不发一言，只是坐在船上的那个人终于喊出一声“嘿呀”，站起身来。此人一身尼姑装扮，身材短小，体态却挺丰满。不过她的动作出乎意料的轻快，只见她搭着常世的手一下子就从扁舟下到了走廊。

尼姑看上去六十前后，头巾下露出一张溜圆且白皙的脸。从走廊进入榻榻米时尼姑停下了脚步，她似乎视力不太好，一直眯着眼睛盯着我的脸看。

“你，叫什么名字?”尼姑掷地有声地问道。

“在，在下风太郎。”对方突然提问，我不由得在气势上被压倒，于是俯下身回答道。

“常世啊，就是这个男人?”

“是的。”

“跟你的描述相比，看上去相当不靠谱啊。”

“十分抱歉。”

我依然垂着脑袋一动不动，不懂常世为什么要道歉，我的鼻梁悄然一皱。

“风太郎，抬起头来。”尼姑命令道。

此时，尼姑已在我左手面坐下，整理着和服膝盖周围的褶皱。

“你果然到我的宅邸来了。”对方的语调依然高亢。

需要过上好一会儿，我才能理解她话中的含义。

“啊!”我张开嘴，不知该怎么接话。

“真是个浅显易懂的男人。”尼姑开口大笑道，张开的嘴里已经没剩几颗牙了，缺掉的地方形成黑色的缝隙，这人的年龄可能比我推测的还要大。

“敢，敢问您可是高台院当主——”我鼓起勇气吐出一句话。

“嗯。”尼姑用鼻音回应道。

“常世，你去准备热水。”尼姑的视线转向东屋的角落。

“是。”常世无声地走上榻榻米，向东屋角落移动。她在放有炉子和柴火的地方跪了下去，接着动作熟练地从墙边的火盆里移出木炭放入炉子里，我这下才注意到这个构造奇妙的东屋曾经是个茶室。

“机会难得，我们来品茶吧，你喜欢茶吗?”

听闻尼姑的提议，我哑口无言。就我看来，所谓爱喝茶的人都是些会花费大价钱买个吕宋痰盂的，还会兴高采烈地喝下苦涩玩意儿的世间罕有的傻蛋表六。

“这、这个、这个嘛……”

“如此品茶还是头一回吧。”

“正、正是。”

“嗯，甚好。”

虽然完全不理解她所说的“甚好”是什么意思，不过直到水烧开为止两个女人一直相谈甚欢。尼姑像是个罕见的快言快语之人，每当一个话题告一段落，她都会发出爽朗的笑声。由于常世只是简短地作出回复，所以基本上尼姑都是对自己所说的话傻笑个不停。她笑得前仰后合，有时甚至连她的喉咙都看得到。而这个大笑着的尼姑就是那个太阁的妻室，这样一位大人物如今与我只相隔五尺之遥而坐，对此我的脑袋仍一片茫然。不过从其从容的气场上，我能自然而然地感觉出此人是货真价实的高台院当主。话说如果我认错人，将别人唤作“高台院当主”则为大不敬，常世必定会立刻纠正我。

宁宁夫人是日本最了不起的女性——不知何时听黑弓这样说过，据说天皇给予她的地位与如今江户的大将军相当。然而让我感到奇怪的是，如此位高权重之人居然会招待我一个葫芦店的伙计饮茶！如果可以我现在就想把常世拖出东屋，问问她们到底想干吗，不过见水烧开后，常世便迅速起身退到走廊位置。

尼姑坐的位置离水壶稍微有段距离，她似乎嫌站起来麻烦，便手撑榻榻米喊了一声“嘿哟”，用膝盖慢慢往前蹭，将浑圆的身体移了过去。

“我还真是懒啊。”尼姑说完，再次哈哈大笑了起来。

“原来如此，这就是宁宁夫人啊！”不经意间我这样想道。

不知为何，这个生活在豪宅大院的当主身上的轻率之处却让我倍感亲切，虽然其举止甚至可以说有些失礼，但作为太阁的妻子又让我觉得是那么的恰如其分。

然而，愉快的心情只持续了一小会儿，我的表情便开始变得僵硬。要问为何，是因为我看到不知何时宁宁夫人的面前已经摆好了茶碗。从前听黑弓说过，大人物们之间品茶有着非常麻烦的讲究，当然我对其中的细节一概不知。可既然来到了这里，我根本就不可能拒绝宁宁夫人的茶，因为不管怎么说对方都是这个国度地位最崇高的女性。我后背已经浸出冷汗，腹部也开始奇怪地抽搐，从刚才起我就一直向常世使眼色，可那家伙一定是故意的，一直目不转睛地凝视着池塘，完全没有要看这边的意思。

我就这样动弹不得，只有时间在流逝着，然后我就听到了像是什么东西起泡的咕咚咕咚声。

“来，喝茶。”

茶碗终于还是被推到我的跟前。

这样不行，我完全不知道接下来自己会不会失了礼数，形势明显对我不利。我感觉自己就像被迫用一件从未用过的兵器来一决胜负一般。可能的话我想逃离，如果在屋外比试，我真的会逃掉，然而身处这东屋我无路可逃，榻榻米上那孤零零的红色光泽的小小茶碗就是我现在的劲敌。我感觉自己终于明白了为什么在乱世终结之际，霸道的大名们全都开始热衷于茶道了，这就是博弈！双方屏住气息，在榻榻米上用看不见的刀展开的博弈。

一直与茶碗大眼瞪小眼也不是个办法，可我也不敢抬头看宁宁夫人和常世的表情。事到如今我不想再让常世认为我在向她求助，并且从刚才起我就感到宁宁夫人的视线集中在我的身上，这让我如坐针毡。

“那我就不客气了。”我好歹从腹部发出声音，单手取了茶碗，双手端茶让我感觉过于拘泥礼数，于是就这样将茶碗送到嘴边。我尽量不弯腰，也不去在意茶道的讲究，一口气把茶倒进了肚子里，话说这茶比之前在北野社喝过的一个铜钱一碗的茶还要苦涩难喝。

“难喝吗？”我的表情貌似都写在了脸上，宁宁夫人立刻询问道。

“不，不会，没有的事。”

“你不用勉强。”宁宁夫人笑道。

“喝完把茶碗放回跟前即可。”

照她的吩咐，我将茶碗放回原先的位置再行了个礼。

“我请你饮茶，其实是在模仿殿下。”

宁宁夫人静静地收回我的茶碗。

“殿下以往很喜欢事先瞒着对方，把对茶道一窍不通的人招呼到茶室。他会观察对方在喝茶时的行为举动。一开始谁都不知道方法，有人会率直地表现出自己的无知；有的会不懂装懂硬撑场面；也有人害怕无知受到责罚而态度谦卑；还有人竟然不知道无知为何物；更有甚者性格好强不服输，明明自己无知却反过来恼羞成怒还发起脾气——总之各种各样的人都有。”

殿下应该指的就是亡夫了吧，居然有人敢在执掌天下的太阁面前因为不懂茶道而发脾气，这让我一时间难以置信。不过在那个时代，像伊贺藩主大人那样脾气暴躁的武者有很多，那种事也不是没可能。

“你的喝茶方式非常直率，让殿下来看的话，他一定会说你无聊，像那种会搞出点什么花样的人才有意思，所以他不太会喜欢你啊。”说完，宁宁夫人再次毫不掩饰地张开大嘴，发出爽朗的笑声。

“常世。”

“在。”常世立刻答复道。

“这男人还不错，这次的话，像他这样直率得有点愚钝的人正合适，关键是他确实有真本事吧？”

“是的，没有问题。”

宁宁夫人轻轻地点点头，转过身来正对着我，她两手置于膝盖上，双下巴的赘肉稍许下垂。我正思索着她们所说的“真本事”到底是什么含义。

“风太郎。”宁宁夫人的语调突然变得严肃。

“是!”我大吃一惊，低下头双手搭在榻榻米上。

宁宁夫人压低声音接着说道，有那么一位名门公子，从前就体弱多病，没机会走出宅邸，到现在为止只见过一次京城的市街。公子对长时间的宅邸生活感到厌倦，希望到外面走走看看，但身边的人都担心公子的身体，所以百般阻挠。

“由于公子很少外出，听说他手下还有人暗地里把他叫作‘斋戒君’。”宁宁夫人敲打膝盖，重重地咂舌道，“哼，这群只会说三道四之辈简直岂有此理!”

她看上去像是真生气了，原本语速就很快的她更是如连珠炮一般滔滔不绝。“男子汉大丈夫，理所当然会对外面的世界感兴趣，不管怎么强行阻挠，都是有百害而无一利的。今次我私下从公子那里得到亲笔手信，他说即便只是片刻也好，想前去游历即将到来的祇园祭，还想逛逛那热闹非凡的京城大街。他的信中通篇都充满了对于参加祭典的热切渴望，我务必要帮助那位公子实现这个心愿，所以呢，想委托你做向导，带着他去逛逛祇园祭。”

听上去完全是遥不可及，与我相距甚远的世界所发生的事，此刻却突然间降临到我头上，我不由得吃惊地抬起头来。

“逛祇园祭？是由我……不，是由在下给公子带路吗?”

“对。你接受吗?”

斋戒君——我的脑海里浮现出一张像坏掉的青菜一样的脸。此时庭院里刮过一阵过堂风，东屋四周的树木发出唰唰的声响，经由池塘水面反射至屋顶的光波无声地晃动着。

风声中，夹杂着常世微弱的声音。

我慢慢将视线转向走廊，正好与常世的眼神撞上，她的表情比那天在吉田山交手时更加严肃。霎时，我终于听清了常世的话。

“拒绝的话，就别想活着走出这宅邸。”常世使用宁宁夫人听不出来的忍语对我说道。

果然，如果只是葫芦店的伙计的话，是不可能毫无缘由地被请入这个茶室的。

*

“剩下的事你问常世就好。”留下这句话，宁宁夫人站起身来。

“左门。”拉门唰的一下被拉开，门外跪着带我进来的男子，他蹲坐在外等候，常世也立即从小舟上取来宁宁夫人的鞋。

“你们慢慢谈。”宁宁夫人走出东屋的同时，武家男站起身，一瞬间，我与伸手搭在拉门上的男人视线相交。对方的神色自进入宅邸时就没有变过，从那张脸上读不出任何表情，随后男人便无言地从拉门的另一端消失了。

待宁宁夫人与男子的脚步声完全消失后，我终于打开了话匣子。

“回去没有划船走呢。”

“如果那样的话，便是杀你的信号。”常世站在走廊上拿着烧水锅，淡淡地低语道。

“你真是过分啊。”我冷哼一声，接着将双脚脚掌贴合，两手按住拇指周边，摇晃了一下身子。我确信如果方才宁宁夫人划船离开的话，那个武家男子就会进来要了我的命。

“这一切，宁宁夫人是知道的吗?”

面对我的质问，常世只是无言地将烧水锅里的热水倒进了池塘中，既不肯定也不否认的话，应该就是默认了。

“真是的，这世界真是可怕啊。”

自始至终看上去都那么开朗爽快的人，暗地里却能毫不在意地置他人于死地，并且还是一副以慈悲为怀的僧家人姿态。面对如此可怕的恶意我哑口无言，身前的常世从走廊走回，小心翼翼将烧水壶放在炉灶上。我把头靠在身后的墙壁上，不经意地环顾室内，突然我发现壁龛[1]的挂画下方有一个葫芦。刚才一直都没有注意到这个葫芦，其上半身的圆弧部分被斜着切下了一大块，内部的空洞中插着一根细竹，被当作插花容器使用。

“风太郎，你先别生气，因为我们这次谈话内容决计不能泄露出去。”

“我并没生气。”

我注视着竹筒中插着的瞿麦花[2]，无精打采地摇摇头。

“我觉得你们太夸张了，顶多只是去保护一个小孩子而已吧？话说我只是听到些只言片语而已吧，至于吗？”

“你为什么认为对方是个小孩子？”

“宁宁夫人不也这么说吗，那人从小到大只去过一次京城市街，就因为体弱多病，不还被人戏弄吗？叫什么来着——对了，斋戒君。”

“今后不要再用那个词！”

常世的语调深处带着锐利如斩击一般的残响，我不禁转过头去看她，只见那张苍白的脸上散发出强烈的目光，如针刺一般将我牢牢锁定。

“二十了。”常世的目光安静沉着，嘴唇微启道。

“二十？你突然说些什么啊？”

“那位公子的年龄。”

我睁圆了眼睛凝视着常世。

“你，你开玩笑吧，这不和我们同岁吗？二十岁了就只去过一

①壁龛：和式房间客厅里，为在墙上挂画和陈设装饰物品而略将地板加高的地方。

②瞿麦花：石竹科多年生草本，多自生于山野，尤其多生于河滩。

次京城市街?”

“是的。”常世始终满脸严肃地点头道。

“你别逗了，这世上怎么可能有这种人，要真的有，那得是个怎样的病汉啊，我可不想去照顾一个病人。”

“风太郎，这事是早已定下的了，这次你将会带那位公子游历祇园祭，但要注意在外面的时候千万不可走漏了风声。你要彻底地隐秘行动，最后再安全将其送回。当然，高台院与此事的关系也是绝密。”

“话说到底是谁啊，这位公子哥儿?”

“你没必要知道他的名字，只要做好向导即可。”

我冷冷地哼了一声，单膝立起从墙边起身。

“你该不会要我一个人做向导吧，祇园祭我可是一窍不通的，听说人多得不得了，那种烦人的地方打死我也不会去，话说去年我就在吉田山待了一晚上。”

“当然不会只交给你一人，我也会同行。”

“你也去?怎么了?你不是在为大坂城当差吗?”

“我并不是为大坂城，而是为丰臣家当差，这次行动是高台院大人亲自下的命令。”

“即便不从大坂把你叫来，这宅邸里闲着的人要多少有多少吧。”

“我刚才说过，高台院与此事的关系决不能泄露了风声。”

“所以在大坂当差的你正合适是吗?”

“丰臣家的名号更是提都不能提!”

“你的话根本就毫无条理吧。”我正准备开口抗议，却突然间感觉到这家伙的话语中有不对劲的地方。我总觉得她在推进话题的同时，有意绕开什么东西。这时不知道是否是鱼跳出了水面，池塘那边发出一声水响，常世随即将视线转向池塘。我注视着她长长的睫毛时而张开时而闭合，在心中推测常世避之不谈之物的真面目。

“常世。”我换作忍语招呼她。

“在吉田山，你突然袭击我就是为了试探我能否接下本次委托吗？”

沉默片刻，常世头转回正面，“不错。”她也用忍语答复道。

“那也是奉宁宁夫人之命？”

“宁宁夫人吩咐我带一个不从属于任何势力、有真本事且信得过的人。”

“为什么？宁宁夫人为什么会委托你干这事儿？你不就是个在大坂城内当差的柔弱女官吗？”

“风太郎。”我听到常世用如吐息一般细微的忍语唤我的名字，“高台院大人清楚我的身份。”

我吞下一口唾沫，凝望着常世淡茶色的瞳孔。常世稍稍歪了歪嘴，避开我的视线，抬头仰望水面反射在屋顶而描绘出的摇曳光纹。

“你、你……难道，你已经招了吗？”

“作为大坂的使者，初见高台院大人之时我就被识破了。‘对你来说很简单吧，因为你可以随心所欲地改换装束。’命令我参与本次行动时，高台院大人如是说道。”

我无言地凝望着仰望天井的常世那细细的雪白脖颈，单单那句话便足以证明宁宁夫人已将常世完完全全看穿。诚然，如果巧妙地利用常世的技能，宁宁夫人及丰臣家与此事的关联必定不会被怀疑，也就是说对于本次行动而言，没有比常世更加合适的人选了。那尼姑无邪的笑声，以及头巾下那张不胖不瘦的脸庞再次浮现在我的脑海，心里不由得感叹世间竟有此等奇人，一股寒气无声地游走后颈，我只得强自忍下。

“宁宁夫人，她知道你和伊贺那边的事?”

“这个倒是没和她谈过。”

那个尼姑将如此重大的事托付给一介身份不明的女官，而对于仅仅只听到一点内幕的我，如若不从便会毫不犹豫地痛下杀手，如此矛盾的行事风格完全不符合常理。虽然常世并没有道出全部实情，但我也放弃了步步紧逼，常世在这座宅邸中如何行事，跟我都没有任何关系。

“我回去了。”我起身说道，没有使用忍语。

我拉开拉门，不知何时门口已经放着装有葫芦木箱的口袋和一个包裹。穿鞋的时候我询问了本次委托的酬劳，不想却从常世嘴里听到了一个惊人的数字。末了，常世从小舟上取了鞋来，穿在脚上。

“风太郎，行动时间我之后会通知你。”

“嗯。”

“虽然我刚才在高台院大人面前保证说你确有真本事，但那不是我的真心话。”

“你啰唆死了，这我知道。”

常世将我带到胜手门前，我不愉快地与之道了别，接着便扛着东西去往产宁坂。走在路上，我觉得天气仍旧炎热，只是比之前凉爽了些许而已。一回到店里，看店的瓢六就责备说我回来得太迟，而我则老实回答因为宁宁夫人招待喝茶了。“你这家伙真是有趣。”瓢六发出“咔咔咔”的笑声，当他查看了我带回的东西，发现宁宁夫人这回买了五个葫芦的时候，便非常高兴地说：“今天你可以回去了。”说完，他自己也开始准备早点打烊。

三日后，常世那边传来了消息。

我本来是准备去小便的，可一出废屋就看见一个白点从视线中划过。走近一看，发现杉树树干上钉着纸捻[①]，里面用久违的柘植文字记录了来自常世的消息。所谓柘植文字，顾名思义是只在柘植屋内流传的特有文字。

此事定在了十三日，消息里还说除了我和常世，还需要一个熟知京城地理的带路人。有没有本事无所谓，关键要信得过，非常遗憾的是当时我的脑海中立刻浮现出某人的面孔。如果说是常世的委托，黑弓这家伙估计会二话不说立刻入伙吧，想着想着，我回到了废屋。当我准备烧点热水，将手伸向堆成小山的柴火时，正好透过柴火间的缝隙瞅见了因心居士的葫芦。我把手插进柴火堆底部提起葫芦，算了算差不多已经两个月不见因心居士现身了。过去这么久时间，我甚至怀疑围绕因心居士发生的一切会不会是一场梦。

我将葫芦放在地板上，接着往炉灶里扔了三根柴火。

此时，突然废屋外传来脚步声，但奇怪的是脚步声并不是由远及近，而是在稍远的位置突然响起的。脚步声在席子对面戛然而止，我随即悄然从炉灶里抽出一根最粗的柴火。

“谁？”

“是我。”

我对这声音完全没有印象，便将柴火藏在身后，站在席子前。

“你是谁？”

“是我，因心居士。”

“说什么呐，那家伙不就在那边吗？”我转过头去，可地板上

---

①纸捻：又称纸煤或纸媒。指用表芯纸搓成的细纸卷儿，用以点火或吸水烟。

的葫芦已经不见踪影。

我气势十足地掀开席子，门口出现一个陌生的年轻男子。

“好久不见啊，风太郎，背后藏着什么呀？不管你使用什么东西，都是伤不了我分毫的，你去吧，赶紧烧水去。”

原来如此，果然是因心居士，我叹了口气，把身后的柴火投入炉灶中。

*

水烧开后，我用茶碗舀起，一点点地喝着，而此时因心居士正盘腿坐在地板上沉默不语。

由于因心居士这家伙近在咫尺，我理所当然心神不宁起来，比起这个，更让我在意的是“这个”男子到底是谁。

我侧目瞟了瞟这男子，脑袋里突然闪过一个念头。虽然因心居士曾化身成瓢六和芥下把我耍得团团转，可该不会如今的样子才是这家伙如假包换的真面目吧？因为这男子看上去正好长得就像个葫芦，并非指脸，而是说他的体形像葫芦。首先那膨胀的屁股像极了葫芦的底部；接着像圆柱形一样的腰部就像葫芦的腰；再往上到胖瘦适中的胸部则像葫芦的上部；最后小小的脑袋正好就是葫芦的口部。由于因心居士身着较薄的窄袖便服，其身体的线条被鲜明地衬托出来，看上去就像一个竖立着的被加工过的葫芦。

“这就是你的本来面目？”我试探道。

“不是。”因心居士立刻摇头否认。

“那么，这人到底是谁？”

“是谁都无所谓吧，又没有规定我一定要以你相识的人的样子现身。不过话说回来，这男人也太胖了，热得我受不了。”

因心居士敞开前胸，缓缓地摇晃着手掌扇风。

“话说风太郎啊，最近半夜的修炼，你热情相当高嘛。”

“哼，这个不关你的事。”

“大白天和人刀刃相向，还那样激烈地打斗，是为了什么呀？”

“为，为什么你会知道这事儿？你不是一直被塞在柴火堆下面吗？”

“这里可是吉田山的神域，所有的事就跟发生在我眼前一样。真是的，你们在神域舞刀弄枪可是会遭天谴的。”

我对一只葫芦的说教实在提不起兴趣，于是将热水喝光。

“你是武士吗？”虽然没有佩刀，但我抬头看见对方头上绑着发髻[①]便问道。

“不，恐怕不是？”

“啥意思？啥叫恐怕不是？”

男人无视我的提问，挪了挪下巴，向席子方向示意道。“差不多该走了。”

“什么该走？要去哪儿？”

“是哪儿呢？要说的话，应该是我的住处吧。”

“喂，你就是为了这种事情才从葫芦里出来的吗？不好意思，我工作可是很忙的，田里可劲儿成长的葫芦还等着我呢，如果不及时疏苗[②]，蔓藤和叶子很快就会把棚子撑满。”

“葫芦即便放着不管，只要好好施肥浇水就没啥问题。”

“那么，谢谢你的忠告，我这就要去浇水了。”

“你现在只要跟着我来，今后我再也不会出现在你面前。”

“很好，那么我们动身吧，你倒是早点说啊。”

---

①发髻：也称月代头，日本武士特有发型。

②疏苗：亦称间苗。地里通常播种量都大大超过留苗量，造成幼苗拥挤，为保证幼苗有足够的生长空间和营养面积，会定期疏苗，使苗间空气流通、日照充足。

我先走出废屋，男子重新系好腰带，跟着走出门外。我再一次从正面仰望这男子，他巨大的躯体实在让人感到惊奇，身高足足超过六尺，活像一个肥硕的巨童，由于体态不紧凑，整个人看上去十分邋遢。我越来越搞不懂他为什么要以这个男子的形态现身，心中充满了疑问。

“走这边。”因心居士绕到废屋背后，顺势沿着山道斜坡向上攀登，我紧跟在他身后。诚如他所言，我确实加强了半夜的修炼，要问缘由的话，就是因为在与因心居士的交手中，我每次都毫无还手之力地败下阵来，如此才让我又重新燃起了修炼的斗志。不幸中的万幸是常世是在那之后才上门跟我比试的，如果还是以前那个懒惰的我，搞不好早已死在常世手里了吧。是否有修炼技艺所造成的差距就是如此巨大，一旦怠慢，技艺便会立刻退步，如果要再想重拾以往的身手则需要花三倍以上的时间。所以说每天坚持修炼才是最轻松的方法，但即便明白这个道理，要坚持下去也不容易。

正因为如此，我才对常世的忍术没有任何退步这一点感到万般钦佩，在大坂城当差的同时，还能保持如此身手可不是轻而易举的事。不过，如果说这就是忍者的生存方式，确实任谁都无可辩驳。如今要是有机会和还在伊贺的蝉左右卫门交手的话，我又有几成胜算呢？还在柘植屋修行时，我就是身处劣势的那方，如今和蝉的差距是不是更大了呢？不过今后怕是不会再遇上那张泥鳅脸了，再怎么胡思乱想也是白搭——想着想着，我抓住树干继续往陡峭的斜坡上攀登。

“到了。”走在前面的因心居士突然停下脚步。

前方已经没了道路，在这个草木郁郁葱葱却日照不透的地方，有一个刚好可以用手腕搂住的小祠堂，孤零零地矗立在组合石[1]之上。祠堂的骨架部分像是曾上过色，可如今却彻底枯朽，整个祠堂向左倾斜。陡峭的斜坡下方能稍稍瞅见对面吉田社朱漆鲜明的本殿，这个地方我在修炼时肯定来过，但当时竟完全没察觉到其存在，是因为这个小小的祠堂很大程度上已经与周围的树木合为一体了。

“这里就是你住的地方？还真是破旧啊。”

“对，简直糟透了，神官们早已忘记吉田山的神域中还有这个地方。”

“你从什么时候开始住在这里的？”

“已经是四十多年前了吧，当时这里有个神官为了祭祀我而建造了这个祠堂。那个男人嗅觉相当灵敏，他极力讨好右府，结果我被当作奖赏赐给了他。那个男人从右府那里得到我之后，第二天就早早地在这里将我祭祀了起来。然而，幸福的时光并不长久，还没过十年右府就不在了，之后那男人连看都懒得看我一眼，而这里很快就变成了这副狼狈模样，你看，连条道都看不到。”

“你所说的‘右府’是什么啊？”

“是个叫作织田信长的男人，名字你至少还是听过的吧？”

出乎意料的人名突然登场，我不由得咽了口唾沫，这名字可不只是听说过而已，凡是住在伊贺的人要是没听说过这名字，反倒会被当作别处潜入的密探吧。如今要是听到这个名字，原住伊贺民众都会颜面抽搐吧，话说我的脸已经在抽搐了。要问为什么，因为那个织田信长就是让柘植屋诞生的罪魁祸首。

那是在三十多年前，在天正之世所发生的事情，如今那家伙

①组合石：自然形成的石头组合。

造成的伤害还清晰地残留在那片大地上。当时织田军从伊贺与外界相连的一个叫六口的地方大举入侵，军队以怒涛之势蹂躏伊贺大地，整个伊贺转眼间化为一片灰烬。织田军对伊贺忍者的剿杀也让人目不忍睹，不管是女人还是小孩，只要认为可疑便会毫不留情地痛下杀手，当时伊贺每三人中就有一人丧命。

我长久居住于伊贺，感受颇深的一点是，伊贺这个国度可以说什么都没有。整个国度被群山包围，平原地带也很狭窄，农业作物种植极度受限制，且交通相当不便，也不适合行商，因此忍者才被培养了起来。由于没什么可贩售的东西，自己的一身本领便成为了行商的道具。但就是这些忍者，在经过与织田的那一战之后，十人中有九人死去，伊贺曾经濒临毁灭的边缘。

织田这股暴风刮过之后，幸存下来的人们着手重建伊贺。全国大多数宅邸或被烧毁或被破坏，偶有少数地方由于被织田军阵用来驻军所以得以残留，从那时起，幸存下来的忍者们就在这些宅邸中开始培养新的忍者。话说这些都是发生在我出生十几年以前的事了，因为宅邸位于距离近江较近的一处叫作柘植的地方，慢慢地人们开始把这里称作柘植屋。

“把这里打开。”因心居士在祠堂前弯下腰，指着正面的小门道。

“我摸不到。”

我正准备说“你自己打开不就好了吗?”因心居士的声音却抢先响起。没办法，我只得照他所说打开了左右两边手掌大小的小门，里面空空如也，只有枯叶和蜘蛛的巢穴毫不客气地寄宿在内。

“平时就是在这里祭祀那个葫芦的吗?”

“正是。”

“那么，你在来这儿之前一直在织田信长那里?”

“不，我一开始作为宝物在京城的某町众[1]宅邸里被供奉了三百余年。后来右府进驻京城，他命令所有町众必须献上自家最值钱的宝物，我家主人被告知如果不照做，自家房子就会被烧掉，于是慌忙中就将我献了出去。遗憾的是右府并未看清我的价值，当我只是个普通葫芦，便随随便便转送给了其他人。明明所有征集而来的宝物里就只有我通神性，但右府却对那些如同破烂的茶碗和花瓶着了迷，轻率地将我转让。说到底虽然右府对新奇物件和南蛮舶来品颇感兴趣，也不过只是一个有眼无珠的乡下武士而已。要是把我留下来，之后右府的天下应该还能延续，他自己必然也不会命丧本能寺。”

“哦——你相当有自信嘛。”

“别以为看着不起眼，我可是真正拥有力量的。那个町众将我交出后便在生意上栽了跟头，很快就家道中落，当然右府也不例外，就连这里的神官，在右府死后直到他开始不再祭祀这个祠堂为止，我都多多少少关照过他。”

“你等一下，我可是啥好处也没有啊。”

“废话，我如今是被这个祠堂所祭祀的，如果你自愿请求吉田祠堂将我授予你，我自然也会关照你。当然前提是需要你朝夕参拜我，原本像这样和我闲聊都多少对你是一种关照，其证据就是自从遇见我以来，你的腰包不是一天比一天充实了吗？话说就在不久前，你又接手了一桩报酬相当可观的工作吧。”

隔了一会儿，我才意识到对方所言的是那天在高台院宅邸发生的事。

“为，为什么你会知道那件事？”我不由得脱口问道。

---

①町众：都市工商业者。

“因为葫芦啊。你忘记了吗，风太郎，那个房间里放着一只葫芦。这个神域以内发生的事都会通过葫芦传达给我，所有的葫芦也都是我的耳目。话虽如此，可这世上的葫芦实在太多，平时我并不会去刻意探听葫芦周遭的人们的谈话。右府死后三十年，我一直都静静地待在这个祠堂里，直到某一天有人扛着大袋的葫芦来到了吉田山。此事很少见，我想知道到底发生了什么事，便追了上去，而那人却进入了你的废屋。在那里听见你和那个大大咧咧的男人的谈话之后，我终于明白了，自从被献给右府以来，我狼狈不堪的日子终于等来了最后的机会。”因心居士竖起右手的食指，放在敞开的胸前说道。

“风太郎，你可千万别让这男人死了，我的时运全倚仗这个男人了。”居士抿嘴一笑，低声说道。

*

一切都是因为黑弓那家伙扛着那袋葫芦来废屋，我才会倒霉地被这个妖怪盯上！已经数不清这是第几次了，我的胸口瞬间涌上来一股无明业火，然而我却将这满腔的愤怒发泄到了眼前这个男人身上。

“喂，因心居士！时运是啥意思，不，应该说你的目的到底是什么？不要老是拐弯抹角的。”我唾沫横飞，高声向对方施压。

“是吗？”但因心居士完全无动于衷地说道，然后不慌不忙地坐在一棵树桩上。

“风太郎啊，我心中自有计划，如果告诉你，你却打乱了我的安排，那就太愚蠢了。”

从刚才起我就感觉这男人时不时会以夸张的声色讲话，但不管他如何摆正姿态，表情怎么严肃，单凭他那脖子下方像重叠的馒头一样的双下巴，就丝毫没有威严的感觉。原本一开始我还以为他是有意为之，可当事人的神色看上去非常严肃，如此反而更加滑稽。

“我管你什么安排，刚才你说过今后不会再出现在我面前了。这样我不就成了个被诱吸恶心的死蛾粉，然后又被关进伸手不见五指的地方，最终还被蒙在鼓里的大傻蛋了吗?！你消失之前至少把你的目的告诉我，要不然今后我觉都睡不安稳。”

“原来如此，你也稍稍变得能说会道了，是得益于帮工的时候四处送货吗?”

“不要岔开话题，你若是老老实实回答——嗯，我可以考虑帮你把这个台座弄干净。”

“喔，不错嘛。”因心居士伸长脖子，将视线转向祠堂刚才被打开的小门内部。

“你会帮我把那里的蜘蛛丝清理干净吗?”

“看你如何应对了。”

“那就没办法了。”因心居士转回头，摆出个夸张的将身子挺直的招牌动作，轻轻咳了一声。

“我想回去啊，风太郎。”

“这个我知道，所以你才会回到这里不是吗。”

“不是那个意思，我不是指的这个破祠堂，我是想回到自己原来待的地方。说来我自己都不清楚究竟在葫芦里寄宿了多久，感觉不下一两千年了，如今也该和这个世界说再见了。”

我完全听不懂这人在说些什么，只是不解地注视着他。

“居然是这种事——想回去你自便不就得了，跟我有啥关系?”

“可是这样子我回不去。”男子突然变得愁眉苦脸的，身体也瘫软了下来，鼻子里发出深深的叹息声。或许是因为后背缩成一团，腹部周围的赘肉在往下坠，他伸手探了探腰带的位置。

“有另一个人在。”居士含混不清地低声道。

“另一个人？谁啊？”

“当然是我咯。”因心居士松了松腰带，“我们和你们不一样，并非一个简简单单的个体。有时是一个，有时又会分开，不过即便如此，也并不是分成了两个个体，也就是说终究只是一个。要回去的话，必须和来时一样，回归到最初的样子——你明白了吗？”因心居士语调十分深沉地说道。

说来我每次都被他的这些模棱两可的禅学问答牵着鼻子走，最终由于不得要领，还是被他给蒙混过关，所以这次我决定对他的话一概不予理会。

“最初你让我吸入死蛾粉，接着又扮成瓢六和芥下，这次居然化身一个我从未见过的男人，你到底有什么目的？”我只向对方抛出自己想知道的问题。

“当然，是为了让你带我回去。”

“不是说了吗，不要这样回答我！我想知道的是——”

刹那间，记忆深处有什么在蠢蠢欲动，我不由得闭上了嘴。记得因心居士变成芥下出现那次，在我快要失去意识之际，对方留下的话语在记忆中渐渐复苏了。

“你，是不是说过大坂的什么果心居士……”

“嚯——你竟然还记得。”因心居士眯起眼睛，用手捋了捋下巴周围丰满的赘肉，“既然如此，就不需我多言了吧，总之，就是这么回事儿。”

我盯着因心居士，沉默不语。

“你果真是个迟钝的男人啊，说到这里都还不明白吗？”因心居士夸张地挥挥手，叹了口气。

“我就这样关上门回去了哦，凭你自己没办法打开吧。”我伸手搭在祠堂的小门上说道。

“是的，我甚至连自己脚边的石头都触碰不到，所谓被祭祀其实跟被软禁没什么区别。”

“既然打不开的话，你又是怎么出来的?”

“我让在这周围玩耍的小猴子给我打开的，我说要是你给我打开我就陪你玩，不过当我把它吸进肚子里再放出来的时候，那猴子就像发疯一样飞快逃掉了。”

“嚯嚯嚯。”因心居士突然发出轻浮的笑声，摇晃着他的巨大躯体，“这男人的笑声，怎么都感觉挺俗气的。”紧接着他又皱起眉头说道，“我知道，知道了啦——别摆出这副可怕的表情。我说风太郎啊，猴子虽然还算聪明，但实在也不可能帮忙做清洁，而且我不在的时候还擅自把小门关了，今后还是不能靠这些家伙。”

因心居士费劲地弯下腰，捡起脚边两颗石子儿，托在大大的手掌上。

“这就是我。”居士小声嘟囔道，“过去，我曾是由两只葫芦组成的一对葫芦。因为右府的命令，町众将两只葫芦都献了出去，但右府那家伙却把成对的葫芦拆散给了不同的人。那家伙果然只是个无可救药的乡下武士，不光感知不到我的力量，反而还将之削减折半。后来两个葫芦的其中之一，也就是我便被赐给了吉田山的神官。”

他将掌中的石子轻轻抛出，石子掉落在祠堂跟前的石台上，发出干燥的声响。

“问题是我的另一半。”居士表情阴沉，将另一颗石子儿朝正上方扔出，那石子儿居然分毫不差地落回到他静候在膝盖上的手掌中央。

“一旦分享同一个自我，却又寄宿在不同的葫芦中，另一半可以说也是我也不是我。和我相比，他更爱干涉人间俗世，尤其爱过分恶作剧。自从离开我，并且从右府那里得到自由后，他那才叫一个肆意妄为。每换一次主人，他都会变本加厉，也不知从何时起，他给自己取了个奇怪的名字，混世至今。”

“难、难道说，他是？”

“对，就是那个过去曾被唤作果心居士的男人，那个男人就是我。”

情况转换太快，我竟吃惊得说不出话来。我终于明白了为何从来没见对方以居士的外形出现过，其名号却叫作因心居士。因为如果“因果”的其中一半自称果心居士，剩下的另一半只能是因心居士。

“那、那么，果心居士如今也？”

“没错，那家伙就在大坂。”

“他、他难道还活着吗？”

“那当然，那家伙就是我，他要是死了，我也不会在这里。”

居士又将手中的石子向上扔出刚才两倍的高度，但结果还是分毫不差地又落回到他手里。

“风太郎啊，怎么样，这下你全都清楚了吧？我必须要去大坂果心居士那里，恢复到原来的模样。你既然都明白了，就赶紧帮我把那些蜘蛛丝处理了吧，枯叶也顺带一起清理干净。”

我将手伸进小门里边，按因心居士所言将蜘蛛网和枯叶摘走。

“但、但是——是那个果心居士吧？要是我过去知道的关于他的传言都是真的，即便你不去找他他也会来找你的吧。”

“他的事跟你无关，多言无益，你再打扫干净一些。”

“等一下，这样不会很奇怪吗？你又叫我带你去大坂，又说不会再出现在我面前，到底啥意思？”

当我转过身去的时候，突然一颗石子儿向我面门飞过来，在快要击中我额头之前被我伸手弹开了。

“你、你干吗？”

我尖声大喊道，但不知何时，周围已不见因心居士的身影。

只见刚才在他所坐的树桩上，立着一个黑褐色的葫芦。

“喂，你什么意思，话还没说完呐，究竟接下来要把你怎么办啊？”

不管我怎么搭话，那个葫芦都毫无反应。束手无策的我只得捡起葫芦，放置在打扫完毕的祠堂台座上。虽说有些凄凉，但破烂的祠堂再加上这个寒酸的葫芦，看上去还挺合拍的。我关上祠堂小门，稍稍观察了下，从小门对面听不到任何动静。虽说这样的离别有点败兴，但我也完全没有把这个答应今后不再出现的人叫回来的想法。在祠堂前微微低头鞠一躬后，我便下了山。

*

两天后，我与黑弓一起去田里看完葫芦之后，顺便把他叫到了废屋。

“马上就是祇园祭了呢，虽说是祭典，但还不知道在哪儿有什么活动，届时整条大街上必定到处都飘荡着笛声和伴奏音，欢闹的节日气氛会很棒吧。今年是在下第一次参加祇园祭，期待得不得了，话说风太郎去年已经见识过了吧？”

我告诉黑弓当时听说人太多，庙会的时间段基本就没出去，“简直难以置信。”坐在地板上的黑弓貌似有点生气地瞪着眼睛。

“不过呢，我决定参加今年的庙会，你十三日有空吗？”

“那个时候大家都热衷于庙会，谁会理睬在下这个不起眼的小商人啊。”

“如此甚好，常世托我让你帮个忙。”

一听见常世的名字，黑弓双眼放出异样的光彩。我告诉他常世介绍我去，带某位未亮明身份的贵人游历祇园祭，接着我还提起常世委托我推荐一名对京城了如指掌的人。虽然一听完我的话，黑弓便发起了牢骚，嘴里嘟囔着问我在何时见的常世，但内心的喜悦都在他那张色眯眯的脸上显现无疑，连我都感到很是肉麻。

"怎样？有时间的话你也来吧。"

"这个，常世大人会同行吧？"

"那是当然！"

见我点点头，不出所料黑弓立即就同意了。

"但为什么这件事会牵扯到常世大人？她平时不是在大坂城当差吗？"

"谁知道，这事儿我啥都没听说，我只是觉得报酬不错，就接下了委托。"因为决不能透露宁宁夫人与此事的关联，于是我生硬地回答道。

"还有多少天啊？哎呀，这下工作有干劲儿了。常世大人还记不记得在下啊？风太郎，常世大人喜欢南蛮物件吗？要不然在下送她点南蛮香酒吧，你觉得怎么样？"

黑弓丝毫不掩饰自己的喜悦神色，我一边听着他的唠叨，一边躺在地板上眺望屋顶。虽然我也想提醒他一句，但这次的任务如果有黑弓，想必会进展得相当顺利，所以我暗下决定啥都不说。

次日，写有柘植文字的信再一次被钉在上次同样的位置，上面说在十三日清晨六时去御幸街第三大道的道意碰头。所谓道意，指的是城内数一数二价格昂贵的著名驿站，从这点也可以判断，本次任务对象果然极其尊贵。在落魄的祠堂跟前，因心居士曾说起正是因为他的出现，才让我的腰包越来越充实的，他当时摆出一副施恩于我的态度。这话是真是假，不过自出走伊贺以来，这次我的确是时来运转了，绝不能放过如此良机，将其圆满完成才是重中之重。我难掩内心的亢奋，终于迎来任务当日的清晨。

碰头的地方在三条大桥西边尽头，黑弓迈着轻快的步伐出现了，我与他并肩走在早早就有行人来来往往的三条大道。

“话说最近你不是给我讲过公家的传闻嘛。”我不动声色地问道。

“嗯？你指哪件事？”

“就是那个什么斋戒君啦，那个，是哪个公家的传闻？”

“唉？在下有说过吗？不记得了。”

“告诉我的不就是你吗？好好想想，那个斋戒君。”

“不知道，那个不是在下说的。”

“哦，那我可能记错了，算了，也可能是在瓢六听说的。”

我早早结束了对话，一路上家家户户门前左右都吊着稻草绳，上面还系着剪纸。“喔，真有祭典的气氛啊。”我手指着剪纸边走边说道。

之前黑弓造访废屋，时不时会留下一些公家圈子的传闻。通过行商，黑弓和不少公家宅邸的人都挺脸熟的，他跟我说的都是些平时根本听不到的趣事。其中有一段我还挺感兴趣的，话说有一上了年纪的公家人，吃饭的时候自己不握筷子而是叫人喂他吃，因为他打小就娇生惯养，从来就没有摸过筷子。而且他的父母到死也跟他一副德行，由于这人没有子嗣，“那个惯例就要绝代了啊，真可惜。”明明是跟自己无关的事，黑弓还觉得十分惋惜。老百姓难以理解的习惯在公家生活圈里还有很多很多，黑弓常常会把这些传闻讲给我听。

由于黑弓就是这么一个喜爱八卦的人，所以刚才我才故意试探，看他有没有关于斋戒君的线索，结果白忙了。对方能与宁宁夫人直接对话，其家世必定是名门中的名门，按理说应该少不了流言蜚语，难道其存在被隐藏得如此之深吗？

三条大道与御幸町大道交会的转角处，便是目的地驿站——道意。

“确实预定了个好地方啊，巡游的祭典彩车会经过这里，届时二楼将会视野绝佳。”

黑弓手指面前的三条大道，突然开始神情慌张地整理自己的发髻。

“黑弓，即便见着面你也要淡定。”

在驿站门口的布帘前我向他忠告，但貌似这家伙完全理解成了另一层意思。

“在下早就习惯了和公家打交道，风太郎才是，可不能失了礼数。”黑弓一脸得意地对我说教。

穿过布帘刚进入驿站，还没自报家门，就立刻出现一个貌似驿站老板的老人。

“两位早啊，欢迎光临敝店，请问可是风先生吗？”老板弯腰行礼道。

“正是。”我点点头。看上去老板平时并不怎么出入驿站，一对小眼睛在面部皱纹深处咕噜咕噜直转，视线迅速在我和黑弓身上游走。“这边请。”老板示意我们往走廊前方走，也不知道他有没有相信我们的身份，总之完全读不懂他的表情。

“请在此处稍候片刻。”

老板将我们带到走廊尽头的房间里，一声不响地关上屏风离去了。原本客栈玄关和走廊上就摆放着相当高级的家具，而这个房间更是毫不逊色，眼前的屏风上绘有一条飞翔天际的大龙，与之相对的另一侧屏风上则是一只咆哮的猛虎。我的脚下铺着榻榻米垫子，应该是刚换过的，一进房间就闻到一股扑鼻的灯芯草香气。房间顶棚装有格子窗，窗架周围四个角的位置绘有鲜艳的图案，光看着就感觉头晕，壁龛处放着一副相当高级的铠甲，一旁棚子上则摆放着我从来没见过的方形物件。

“哇，这是时钟啊。”

半蹲着的黑弓抬起屁股，往棚子处爬过去。

“风太郎，这个是葡萄牙制的时钟，并且还是十足的上等品。原来如此，还可以委托驿站采购这些东西啊。”黑弓自顾自地哼哼道。

“我说你老实点。”

当我提醒黑弓自重之时，屏风被拉开，背对着来者的黑弓还没来得及坐回原位，对方就开口了。

“有吩咐让二位先穿好这些东西，做好准备后会来叫二位。”刚才的老板双手端着一个大大的像盆子一样的东西，恭恭敬敬地放在榻榻米上。

我皱皱眉头，用手指夹了夹放在眼前的东西。

“这是什么？”

“来，请选择自己喜欢的。”

“你开玩笑吧，这个我从来没穿过。”

我慌忙地将手缩了回来。

“我只是奉命行事而已。”老板冷淡地回复道，接着他拍了拍手，很快敞开着的屏风的另一端出现了一个动作迟钝的女人。她身材矮小，体格像岩石一般，手里拿着一个上了漆的盒子。

“换好后她会给二位润饰。”

“润饰？润什么饰？”

老板正面盯着我的脸，他的面部突然揉成了一团，我顿时吃了一惊，等我反应过来这人原来在笑的时候，对方已经起身离开了房间。留下来的女人腋下夹着盒子，在房间角落面无表情地呆站着。

“这是啥啊？”身边的黑弓凑近窥探道。

老人放在榻榻米上的盆子里，并排盛放着两件我从未见过的色彩华丽的和服。我试着拿起一件白色领子的，这件和服相当长，我好不容易匀到左手上才终于摸到下摆。布料白色打底，上面色彩鲜艳、生动地绘有山鸡、猴子和狐狸的图案，腰部至后背，有一团我从未见过的灰色东西。

“这个是啥？鼻子长长的。”

“啊，这个是大象。”

“大象？还真有这种生物啊。”

“有的，在下还在吕宋岛见过。”黑弓扬扬得意地回答道，接着从盆子里取出另一件红色领子的和服。

“在下就穿这件了。”黑弓站起身早早宣称道。

“哇，这个真长啊。”黑弓摊开袖子，那和服的长度足足到黑弓的脚脖子，如果说我的那件白色和服引人注目的是上面的彩绘图案，黑弓这件打眼的则是覆盖全身的刺眼鲜红色。翻过和服的后背，一只色彩鲜艳的白鹭正摊开翅膀。

“要我们穿这个吗？我才不要，根本不合适好不好，你穿上这个走上街试试，还不被路上行人笑掉大牙啊。”

“是吗，在下倒是无所谓。”

我和黑弓各自手拿一件和服争论起来，这个时候，一直在房间角落一声不吭，连其存在都快被遗忘的女人突然开口了：

“快穿上！为了你们俩，我老早就做好准备，在这里等待了！”女人意想不到地大喊道，接着她又对着一动不动的我和黑弓充满怨愤地催促道，“没啥合不合适的，今天可是祭典啊，真是的，你们要磨蹭到什么时候?”

和黑弓对视片刻后，我们都不自觉地站起身来，匆忙地开始宽衣解带。给我们准备的和服实在太长，从上往下看去，只有脚指甲还留在外面，接着，我还把与和服配套的一条染得鲜红刺眼的腰带缠在了腰间。

“这完全就是倾奇者嘛。”看着黑弓一身深红色和服配纯白色腰带，我不禁嘀咕道。

“这样还算不上倾奇者。”不知什么时候，女人已经移至我身后。

“喂，坐到我前面来。”女人用下巴向先与之视线对上的我示意道。

女人满脸香粉，难道我也要这样吗？迫于莫名的压力，我按女人的吩咐在她面前坐了下去，女人把方才夹在腋下的盒子盖子打开，里面装着笔、刷子、玻璃制容器等等，我这才发现原来这是个化妆盒，但我想不通为什么这里需要这个东西。

女人取出玻璃容器，滴了几滴水将白色粉状物溶化。

“喂，下巴抬起来。”女人手拿刷子草草命令道。

“等、等一下，这是要干什么?”

“这不一目了然吗。”

“要、要搽粉吗？喂，我根本就没准备要化妆啊。”

“吵死了，安静！”女人突然把手绕到我后脑勺，一下子把脸凑过来，看着她涂得血红的嘴唇向我袭来，我发出了一声惨叫，谁知我刚把脸背过去，对方却用刷子攻击我毫无防备的脖子。

“哼。”女人鼻子冷笑一声，用刷子在我脖子上狠挠。就这样，我过于简单地着了女人的道，无力地放弃了抵抗，接下来我像人偶一样坐着一动不动，任凭对方给我搽粉、画眉，最后连嘴唇也被画笔涂红。

“呜哇!”

画完之后我无言地与弯着脑袋俯视我的黑弓交换了位置，这次轮到我俯视他，确认刚才自己是怎样一副表情了。

“呜哇!”黑弓也同样发出一声呻吟。

“你们穿的和服面料相当昂贵，再怎么热也绝不能用袖子擦汗。”

女人拿出一把手纸，递给我们：“我去叫人来，你们在这里等着。”说完，她收拾好东西离开了屋子。

拿着手纸，黑弓站起身来与我面面相觑。

我不由得想道：面前站着个傻蛋。

“风太郎，倾奇者都会化这么厚的妆吗?”

“不，不一样，应该更淡一些。”

如今在城里时不时会与一些倾奇者擦身而过，但像这样无可救药地画着半老徐娘浓妆的，我还没见过。

“风太郎的衣服是白色的，胸前也是白色，看起来真像个纵向拉伸的年糕在说话一样。”

“别闹，不要再把想到的事说出来。”

为避开黑弓的视线，我转过身去，此时正面的拉门打开了。对面站着一个男子，与之视线相交的瞬间，对方脸上浮现出鲜明的吃惊表情。

“你终于来了，风太郎。”此人立刻恢复了冷静，走进屋子里。

“喂，把我们弄成这样你想干吗？再说为什么只有你化着淡妆。”

这人和我们一样，扮着一身奇装，但应该说是自身条件实在太好吧，身材虽娇小，可浑身都散发出一股令人不甘的美色。

“好久不见啊，黑弓。”隔着我的肩膀，这人向黑弓点头致意。

“嗯？我们在哪里……见过吗？”我听见身后黑弓发出困惑的声音。

“这是常世。”我尽量装作不露声色地向黑弓传达道。

“常世大人怎么了？”

“不说了嘛，他就站在你眼前。”

“说什么呐，风太郎？这位是——”

“抱歉，黑弓，这事儿我一直都想告诉你，可都没能说出口。”

我扭过头，断然不与黑弓视线相交，语速飞快地告诉了他真相。

“常世，是个男人。”

*

黑弓表情呆滞，满是香粉的脸上只有涂着口红的嘴像鱼儿一样无声地一开一合，实在令人不忍直视。

“常世，一大早的你这是唱哪出啊，赶紧说清楚。”我的目光从黑弓转至常世身上。

“骗人……”

不一会儿，背后传来黑弓失魂落魄的细微呢喃声。

“这不是真的吧，常世大人！”

黑弓的控诉撕心裂肺，但常世的表情始终没有丝毫变化。

“我是男的哦。”

常世的回答没有任何犹豫。

“言归正题，风太郎，接下来我说一下今天的安排。”

常世坐了下来，立刻开始谈正事。

我支起单腿的膝盖坐在常世面前，同时不露痕迹地察看身后黑弓的状态。也不知道是什么时候开始，黑弓背朝着我蹲在棚子前，手里拿着南蛮舶来品的时钟，嘴里叽叽咕咕不停地低语着，那样子实在太可怜。

“等等，相比安排什么的，首先是这身打扮好不好？”

把黑弓的事先放一边，我抬起手腕摇了摇，示意常世看我袖子上鲤鱼精神百倍跃出水面的图案。

“我应该说过的，风太郎，这次任务不能让任何人知道。”

“你这恰恰相反好吗？！穿这身上街，反而更显眼吧，我说你穿的什么自己不知道吗？”

话说常世的和服是单调的淡紫色，全身上下绣有信箱的图案，连接信箱的细绳难以置信地仿佛在布料上跃动。仔细一看，他的腰带上甚至还缠着绦子[1]。虽然风格跟我和黑弓不同，但穿出去应该也少不了围观。

“没办法，这是委托人的要求。”

“要求这样？谁要求的？”

“瓢公子。”

“瓢公子？”

“就是今天我们需要为之做向导的人，瓢公子之前就想穿着传言中倾奇者的装束逛一次京城大道。同行的人也必须和他穿一样的和服，所以才将你们打扮成这个样子。为了分不清谁是谁，让大家在脸上涂满香粉是我出的主意。你就当戴了个假面吧，只有今天这一天，忍忍就过去了。”

---

①绦子：把几十根丝线按照一定的方式互相交叉变成的带子，用于和服外卦绦带、女和服腰带上绦带等。

我抱着胳膊听常世解释。

“那么，为什么就你一个人妆这么淡啊？”我把最不满意的一点最先抛了出来，常世的妆比起平时扮女人的时候要淡，看上去就像河原歌舞伎的演员一样。

“那是当然，我扮回女人自然会再化浓妆，要不然不就跟平时一样了吗。”

这说法听起来挺狡猾的，但我实在找不出话反驳他。

“出这屋子后，我们不能再用彼此的名字称呼对方，我已经为你们准备了假名。”

“这也是瓢公子的要求？”

“是的，我叫作十成，风太郎叫百成，黑弓叫千成。今天一整天，我们都要如此称呼对方。”常世站起身道。

“一会儿我给你们介绍瓢公子，千万不可失了礼数。”常世手搭在拉门上，眼神中满是威严。

“喂。”我敲敲黑弓的肩膀，自己也站起身来。刚才起就一直呆坐不动的黑弓也一声不响地站了起来，我不经意地发现不管在脸上涂多少香粉，人的表情还是能看得出来，现在这家伙就是一副垂头丧气的表情。仅凭寥寥数语是无法使黑弓振作的，我再次拍了拍黑弓的肩，接着跟随常世出了屋子。

我们上到二楼，在走廊拐角的位置，常世跪了下去。

“在下十成。”常世很快用上了新名字，将拉门拉开。

与常世一起进入屋子，我立刻作跪拜状。

“瓢公子，他们是今日为公子引路的人。”常世说道。

而对方却迟迟没有回应。

我缓缓将眼珠往上转动，偷瞄整间屋子。这个房间正好在拐角位置，门槛倚着两面墙，且完全敞开，一个男子坐在门槛上将身子探出作眺望状。

男子穿着黑色的和服，不知为何其后背上金色的葫芦正跃动着。正中间那只尤其大的葫芦口部朝下，周围填满了小葫芦，就像涌出的热水滴似的，从后背上涌出的小葫芦经过臀部，延伸到大腿周围。

“瓢公子，这是百成以及千成——都是值得信赖的伙伴，他们对京城的构造了如指掌，有什么尽管吩咐他们就好。”常世使眼色催促着我和黑弓。

“在下百成。”

“在下千成。”

话音刚落，男子动作缓慢地将倚在栏杆上的身子收回，终于转过头看着我们。

果然，我的预感没有错。

“瓢”自然是指葫芦的意思，并且十成、百成、千成也是指葫芦的种类，而最决定性的证据是和服上充斥着的金色葫芦。如此这般喜爱葫芦，又能够伺机而动出现在我面前的，除了那个人再无其他可能。

“是嘛。”熟悉话语声响起的同时，男子离开窗户，转身坐在其正面的厚被褥上，这么厚的被褥我还是头一次见到。

常世抬起头来，我也随之挺起上身。

因心居士就在我前方！

这个前几天访问废屋，将我带到那个破烂祠堂的男人，如今正伸直了腰板，姿态夸张地盘腿坐在被褥上。产宁坂的瓢六店铺的客厅角落里，也有一个高约两尺半的巨大葫芦放在被褥上，兼有招揽客人的目的，眼前的因心居士看上去就像是在重现那个葫芦的姿态。因心居士和我与黑弓一样，脸上涂满厚厚的香粉，确实如常世所言，如果只见过这张涂白了的脸，即便之后与卸了妆的本人擦肩而过，也不会露馅。我之所以能确信眼前之人就是因心居士，也只是因为见识过他那极具特征的像葫芦一样的体形以及听过他的声音罢了。

在我们面前的被褥上坐下之后，瓢公子一言不发，也不看我们，即便给他介绍行程，也只是视线游走不定，简短地点头回复“是嘛”之类的话。

这男子是因心居士吗，还是说是因心居士用来变身的原形？根本不必仔细分辨，便可得知此人并不是因心居士。之前因心居士在我面前出现时，都是单方面把自己想说的说个痛快，事情办完后就不见了踪影，他的视线和言语时常都是有明确意图的。根本不会悠闲地坐在被褥上一言不发，傻呆着浪费时间、无所事事，最关键的是因心居士才不会化这么恶心的浓妆。

“已经准备完成了，我们随时都可以出发。”

“你们先下去等着。”常世对我耳语道，于是我和黑弓退出了房间。行至玄关门前，那个驿站老板和一名男佣已在等候。

“上面吩咐说请带上这个。”老板递给我一把刀鞘鲜红，长度竟有五尺的长刀。看来这是要彻底扮演倾奇者，我半愣半惊地接过刀，一到手才发觉这刀轻得让人沮丧，想察看一下刀身却发现这刀根本拔不出来。

老板见了，脸上又变回到方才绽放出笑容的表情。

“这个只是装饰而已。”男佣拿起一把长刀，用细细的胳膊轻轻松松将刀上下挥动了几下，然后交给了黑弓。

把刀插在腰间，我和黑弓走下玄关，不想从自己身后冒出来的长刀鞘却不小心碰上了黑弓的刀鞘，发出清脆的撞击声。

“街边转角时请小心一点，今天是祭典，外出的人必定不少。”

诚如老板所忠告，对方要是血气方刚之辈，磕磕碰碰足以造成口角。虽说印象中倾奇者总少不了与他人争吵，但配上这装饰刀上街，即便啥也不做，争执也会自动找上门来吧。

玄关处整齐地摆放着崭新的草鞋，一走出驿站眼前就映入一片热火朝天准备祭典的光景。一群男子扛着成捆的细竹从我们面前小跑经过，他们见着我和黑弓后都笑了起来，有人甚至对我们指指点点。此时三个女人向我们走过来，她们为掩饰笑意，伸出袖口挡在嘴边。原本倾奇者通常都面容凶悍地行走于世，但我们只是粉涂得厚些而已，有必要这么大反应吗？

“你们从哪里来的？”四五个化着童妆的小鬼满脸滑稽表情向我们问询道。因为化了同样的妆，对方误认为我们是祭典演出者，如果常世事先连这一步都考虑到了那确实厉害。我随便说了个市镇的名字将小鬼们打发走，这时常世和瓢公子终于从驿站里出来了。

瓢公子和我们配着同样的红鞘长刀，只见他眯着眼睛环视四周，和刚才一样，他丝毫不顾我和黑弓的存在，我甚至怀疑他是否明白我们是同行者。

“那么，我们先去逛逛方广寺吧。”常世言毕，瓢公子慢慢迈出步子开始往前走，常世则在他身旁并排前行，我和黑弓紧紧跟随在他们身后数步之遥的地方。自从方才被告知常世的真面目之后，我身旁的黑弓就一直保持着沉默。

“你要明白，黑弓，常世作为女人离开柘植屋的那天起，上面就规定不可泄露其真实性别。”我侧眼瞟了瞟黑弓，压低声音告之，不过黑弓涂满香粉的脸上却向我投来锐利的目光。

“为什么是常世大人啊？”

“什么？”

“栢植屋也有其他女人吧，为什么要选择男儿身的常世大人？”

“看脸不就明白了，谁都没把常世当作男人，再说了，在大坂城当差，长得不好谁雇你。”

“那样的话，百不也行吗？”

“我咋知道，确实我也这么想过，但这都是采女大人决定的。”

“那么，这次任务你为什么要叫在下来？风太郎事前邀请在下时，说是常世大人的邀请，因为风太郎知道只要抛出这个名字，在下便会轻而易举地答应对吧？这事儿过去被当作机密确实是没办法的事，但你这样利用常世大人欺骗在下的纯情，在下决不答应！”

“这件事确实是我对不起你，虽然常世吩咐说要我推荐一个熟悉京城的人，但遗憾的是除了你，平时我并不认识什么其他人。”

黑弓鼻子哼了一声，留下对我轻蔑的眼神后，便转过脸去不再搭理我。我注视着他涂成雪白色的耳孔周围，心想要等他消气还得花点时间。

“十分抱歉，请在此处稍等片刻。”走在前方的常世突然停住脚步，向路旁刚开张的鞋店老板搭话。大概是草鞋的鞋带断了，常世坐在店门口，把崭新的草鞋脱去一只递给了老板。

其间，常世身边的瓢公子仰头打量着挂在店门口的色彩各异的短布袜。此时，从我们身后赶过来一个行色匆匆的女行商，瓢公子又把视线转向了她，直到她越过我们，身影消失在前方弯道。

“那是什么？”当我听到像风吹野草一般细小的声音时，我没有立刻反应过来那是发自瓢公子。

“百成、千成，那是什么？”那颗肥硕的脑袋转过来问道，我第一次听到瓢公子呼喊我和黑弓的名字，这才明白对方是直接在向我们搭话。“是的。”我身子一下弹起来，与黑弓异口同声道，只见瓢公子伸出手指向前方。

要理解瓢公子所问何事，需要些许时间，我与黑弓面面相觑，两人视线相交。

“嗯，那个是……”

我先开了口，但实在没有勇气把反问的话讲完，这时黑弓却果敢地接过了话茬。

“回公子，那东西叫作牛。”

在刚刚女行商消失的街角处，正好出现了一头背驮草袋的牛，只见牛摇着尾巴停了下来，瓢公子的视线死死地盯在牛屁股上。

“牛吗？”瓢公子语气郑重地回应道。

就在此时，集我们视线于一身的牛突然拉屎了！“吧唧”一声，大大的块状物掉了下来，紧接着，牛后腿之间不断落下黑色的阴影，此时瓢公子突然笑了起来。

“呼哈哈哈。”他一边笑着，身体一边微微地抽动。

“牛吗？”公子再一次低声道。

接着他又低声笑了好一阵，只见他一边换气一边调整腰带的位置，如吐息一般细语道：“还是头一次看到——”这句话我的耳朵没有听漏。

*

在到达五条大桥之前，擦肩而过的行人们毫不顾虑地向我们投来好奇的眼神。对此，我时而埋头时而狠狠地盯回去，时而装作熟视无睹——在厚厚的面妆下展开着独角戏。不过抵达方广寺的大佛殿时，我已经渐渐放弃了逞强。

既然打扮成这个样子，不引人注目根本就不可能，最重要的是，瓢公子的态度让我深受鼓舞。

我会这样想，是因为瓢公子完完全全无所顾忌地行走着。

道路正中央有四个倾奇者正在结队前进，对面过来的行人必然会避开我们往两边分流。那时，我们之中最先映入路人眼帘的是打头阵的瓢公子。

毕竟他身材魁梧。身高超过六尺。

并且，瓢公子身材酷似葫芦，满脸厚厚地涂满了香粉。只是和服的花纹和那柄红色的装饰长刀就够引人注目的了，这几个原因加在一起，即便只是一条横穿道路的狗怕也会停下来，呆站一旁凝视瓢公子吧。

然而，不管吸引多少人围观，瓢公子一概不在意他人的眼神。不论是老太婆擦身而过瞪圆眼睛，还是小鬼们叽叽喳喳个不停；抑或是女人们投来恶作剧般嘲笑的目光，还是老汉们发出直白的调侃，瓢公子毫无反应只是一心向前，那样子让我甚至怀疑他是不是把耳朵塞住、眼睛蒙住了。不过他并不是什么都没看到，恰恰相反，那巨大身躯上的小小的脑袋在高耸的双肩左右来回地转动，一个劲儿地忙着观察感兴趣的东西，并不觉得自己已成为被瞩目的焦点。

瓢公子挺胸抬头，悠然信步在京城大街上，看着他泰然自若的举止，我突然感到过于在意周遭眼光的自己实在是太渺小了。托他的福，大佛殿的鸱尾[1]在视线中变得越来越清晰之际，不知何时，对于集中在自己身上的视线，我也能付之一笑泰然处之了。

既然选择了这身打扮，被围观便无可避免，常世也像是下定了决心，即便对于发出挑衅奚落声的路人，也是一副事不关己的态度。我们的第一要务是保护瓢公子的安全，理所当然不能出现争执，毕竟我们即便想拔刀也无刀可拔。

---

①鸱尾：古代宫殿屋脊正脊两端的装饰性构件，外形略如鸱尾，故而得名。

出驿站后经过了四半时的光景，我们终于到达了方广寺。寺院境内人声鼎沸，庙门外人力轿排成一长排，马也拴着好几头。身份高贵的妇人们排成一列，一个接着一个往大佛殿方向移动，回廊处聚集着一些年轻武士们，他们背靠着柱子，色眯眯地眺望着妇人们的背影，商人们呼啦呼啦地扇着扇子，一身农服装扮的田里人将衣服下摆卷至臀部，在祠堂门外一个劲儿地将买来的团子往嘴里塞。因为现在正处于祭典之中，全城男女老幼不分贵贱，人人都陆陆续续赶往寺院境内。

瓢公子越过寺门向大佛殿进发。他比普通人要高出一个头，不，高出两三个头，在人群中格外显眼。

“这里就是大佛殿了。”常世在正面再次抬手示意道。

“是嘛。”瓢公子将手纸贴在肥胖的脖子上吸汗。

之前听说过这里如何雄伟，如今身临其境则更加让我吃惊。有生以来，要说我近距离见识过的规模最大的建筑物，不用说必然首推伊贺城，可相比浸在护城河中抬头望见的高高石墙，大佛殿的屋檐明显更高，说不定那高高的石墙再加上伊贺城天守阁的高度都无法与之匹敌。

我张开嘴，仰望大佛殿的屋檐。

“难不成，你迄今为止都没见过吗?”

自四条的十字路口看见牛以来，一直一言不发的黑弓打破沉默说道。

“嗯，本来我对寺庙什么的就没啥兴趣，以前在施工现场干活的时候就听说大佛殿不怎么样，待遇虽然不错，但工头太过粗暴，所以我一直对这里避而远之。不过要建成这么大个的殿堂，不管多少人手都不够啊。”

黑弓皱起眉头，正当他准备说点什么回应我的时候。

“闭嘴！百成。”常世尖声训斥道。

“怎、怎么了，这么突然。”

“总之你不要说话。”

常世将细细的脖子转了过来，眼神凶恶地盯着我，我不得已闭上了嘴。一旁的瓢公子对我们之间的对话一概不知晓，踏着悠然的脚步随着人潮进入大佛殿。接下来我们花了差不多半刻的时间，绕整个大佛殿参观了一圈，大佛确实大得让人难以想象，且全身都涂满了金黄色的彩漆。我再次惊讶地张开嘴，只顾仰望大佛光彩照人的伟岸容貌，如果不像周围的人那般跪在佛前叩拜，确实也花不了半刻这么长的时间。但是，瓢公子看完大佛之后对殿柱、殿墙、天顶，甚至连散发着新木味道的内堂都仔仔细细地参观学习了一番。这里的游历迟迟不见结束，不知是不是我略感无聊的气氛传染了常世，终于在离开大佛殿的时候，“你应该明白，今天你的任务就是保护瓢公子的安全。”常世靠近我身边，压低声音叮嘱我道。

“嗯，这个我当然知道。”

我郑重地点点头回应他，但我实在抑制不住从刚才起就呼之欲出的哈欠。

“但是，常世——不对，十成啊，既然如此为什么要准备这些玩具刀？要真出了什么乱子该怎么应对？”

我拍拍装饰长刀的刀柄向他示意，顺道抛出一直抱有的疑问。

“哪会有店卖这种莫名其妙的刀具，就是因为没时间打造刀刃，才只准备了外壳，仅此而已。再说即便有真家伙也太重了，实在不便携带。”常世的视线微微游走在前方瓢公子的后背，刀毕竟是由钢打造而成，诚如常世所言，如此长度势必会相当重。

“话说百成啊，今天你有带什么来吗？”

常世将音线压低，用指甲弹了弹红色刀鞘。

“你说刀具吗？没有，啥都没带。”

常世迅速伸出手，插进我的袖口内侧放下了个什么东西，我用拳头探进袖子里确认，像是一把小刀。

“有点短，但刀刃我已涂了毒。”

“你真是小题大做啊，这毒最多也就是让找碴的家伙醉倒而已吧。”

“说白了，只是以防万一。”

“明白了。”我点点头，从袖子里把手抽出来。

“那个，我只有一个问题，是关于瓢公子的。”我看着常世一言不发、不作答复的侧脸说道。

“瓢公子真的和我们同岁？”我不管三七二十一地询问道。

“是的。”

“完全看不出来。”

“注意你的口气，公子是如假包换的二十岁。”

不知为何常世似乎有些生气，说完立刻回到瓢公子身旁。

回想起前日一同攀登吉田山时的那张苍白的脸，感觉瓢公子二十五六岁的话才比较正常。果然是因为身体被疾病侵蚀着吗，我独自思考着。此时，刚才我和常世说话时，为填补常世的位置走在瓢公子身旁的黑弓回到我这里。

黑弓嘴角浮现出笑意，我问他怎么了。

“瓢公子很有趣呢。”黑弓呵呵一笑回答道。

“哪里有趣了，脸的话你不也一样吗？”

“刚刚和瓢公子稍微聊了聊。”

“聊了聊？那人除了一句‘是嘛’还会说其他的？”

“那是当然，你干吗这么说？”

“你可能不知道，直到今天，这位公子有生以来就只出过一次宅邸，我们在四条的十字路口看到牛的时候，他小声嘀咕说自己头一次看见牛。”

“啊，真的吗?”就连黑弓也吃惊地提高了音量，“那么，果然是真的吗……”黑弓歪着头嘟囔道。

“怎么了?”

“可能因为有了牛的那件事，瓢公子刚才问我有生以来看到过最大的动物是什么。”

“嚯，你怎么回答的?”

“在下当然回答了大象。”

“哦，是嘛。可恶，总感觉挺火大的。”

“在下也问了瓢公子相同的问题，你猜他怎么回答的?”

“怎么说的?再怎么着，马至少还是见过的吧。”

“是老虎啦。”

“老虎?他没有误会成屏风上的画或者什么其他东西吗?”

“他说小时候在宅邸里养过老虎。”

“怎么会?不，从之前你那儿听来的公家传闻来看，即便有那种离奇古怪的人也不奇怪。”

“在下确实听说过有公家购买老虎皮毛制成的药材，但总不至于养老虎吧。再说了，这个国度本来就没有老虎，可方才瓢公子的表情没有半点玩笑的意思，你怎么看，风太郎?”

“什么怎么看，这种事我怎么知道。”我随意敷衍道。当我们越过方广寺南门之时，“你们在这里等着。”常世回头吩咐。“为什么啊?”我询问道。在门外成排小贩们气势十足的叫卖声中，常世用眼神示意矗立在一旁宅地的丰国神社。

“这身打扮，四人同时进入神域实在不妥。”为不让瓢公子听到，常世凑到我耳边低语，但我认为即便只有两人也相当不妥吧，当然我并没有说出口来。目送葫芦形状的巨大身躯和纤细如女子的两个背影并排前往鸟居后，我和黑弓在出寺门的钟楼石台上坐下，仰望悬挂在这里的与巨大佛殿相得益彰的宏伟吊钟。

“黑弓，常世的事我很抱歉。”我再一次向坐在一旁的黑弓道歉。

“那件事已经无所谓了，虽然名不见经传，在下好歹也是一介忍者，没能察觉出来只能怪自己了。但在下暂时不会和常世大人说话了，要是常世大人察觉此事并问起来的话，风太郎就随便找个理由瞒过去。”

黑弓向我吐露了极其复杂的内心世界，我也没什么其他话好说，便隔着袖子的面料抚摸从常世那里得来的小刀。这时寺里一个和尚走了过来，那人一边对我们怒目而视，一边登上钟楼石台。不一会儿，从头顶上传来了报时的钟声，和尚气势汹汹地敲了好几下钟便离去了，最后钟声的余响消去时，黑弓如唉声叹气一般长长地出了一大口气。

常世和瓢公子比我们预想要早，不到四半时便回来了。

“预定的行程已经告一段落了，接下来需要你们带公子游览其他的地方。”

不知是否因为刚刚的钟声洗净了心中的沉淀，常世刚一说完，黑弓便精神可嘉地往前迈出一步，“如果，以下有什么公子感兴趣的东西，请尽管吩咐。”接着黑弓便开始一个接着一个介绍京城的名胜，而瓢公子只是无言地仰望着那口吊钟。

“刚才。”瓢公子突然打断黑弓，“刚才那地方，你说可以干什么？”

瓢公子口齿清晰地问道，他这次说得比以往哪一次都要更清楚明白。黑弓则神情慌张地将刚说过的话又重复了一遍。

“蹴鞠——吗？”

“正是。”

注视着吊钟的瓢公子缓缓将视线转回。

“蹴鞠吗？”

厚厚的面妆上的红色嘴角向两边延伸，瓢公子微微笑道。

*

据黑弓所说，祇园社松林建有“竹坊”和“梅坊”两个坊舍，虽然两个地方都可以踢蹴鞠，但风格略有不同。

“梅坊那边不光能踢球，还可以和美丽的女子们那个……饮酒嬉戏，另外还可以干各式各样有趣的事——”黑弓自己也不知道要介绍到哪儿才好，以试探性的口吻透露着细节。

“那就去竹坊。”常世毫不客气地插话道，瓢公子对此也没有异议，接下来大家便决定去竹坊。

这次我和黑弓在前方带路，一行四人向着祇园社所在的北方前行。一路上，为尽量不让身后两人听见，“梅坊那边要好得多嘛。”我低声嘀咕道，“早知道一开始就说只有梅坊一处了。”黑弓也遗憾地自认失策。

“话说黑弓啊，迄今为止你去过那种地方吗？”

“在下怎么可能去过，风太郎呢？”

“这个嘛，作为男人的嗜好，我也多少有点那啥，你懂的。”

“唉？”黑弓奇怪地把眼睛眯起来，向我投来怀疑的目光。

“怎么了？”

“风太郎一直都是穿同一件衣服吧？你那衣衫褴褛的样子，不管去什么店人家都不会让进才对吧。啊，难道说你在废屋藏了什么在关键时刻才穿的好衣服吗？”

“哼，你小子倒是完全学会了惹人讨厌的京城腔调了啊。”

“而且风太郎还很少洗澡吧？这一点应该是最让人讨厌的，人家没说你什么吗？”

抵达祇园社之前我都没再搭理黑弓，随太阳渐渐升起，气温也开始变得越发闷热，道路前方能见到地气在摇晃。今天瓢六店里的延命水会大卖特卖吧，我这般想着，跟着一行人进入了祇园社的松林。

竹坊与梅坊面对面地建在祇园社本殿的西南方，哪边是竹哪边是梅，简直是一目了然。建在南面的房舍流淌着优雅的三味线的旋律，旋律里掺杂着女人们的欢笑声。我们到达的时候，正好见着几个女人目送三个醉酒的武士离开。“啊哈。”我和黑弓盯着门口几个身着妖艳和服的女人看入了迷。

“走这边。”我身后传来常世冷冷的声音。

“喂，我们是不是太死板了，今天可是祭典哦。”我抗议道。

“想去今后你自己去。”常世一副让人无所适从的态度，迅速钻进了竹坊。

与梅坊那边不同，从入口出来迎接我们的是一个和尚。常世告诉和尚我们想玩蹴鞠，可对方从玄关处一见我们的衣着打扮便毫不掩饰地面露鄙夷之色，但常世早已看穿了对方的态度。

“不多，你先拿着吧。”常世飞快地往对方手中塞了一些东西，接下来和尚的态度突然发生有趣的一百八十度大转弯。

“鞠场就在里面。”和尚带头领路道。

一路上和尚满脸堆笑地向我们说明这里不只蹴鞠，还能玩围棋和杨柳弓[1]，总之要啥啥都有。一行人沿走廊前进，到达庭院尽

①杨柳弓：江户时代用作游戏的小弓，使用约27厘米的箭搭在长约85厘米的弓上，坐着发射。

头，高高的围墙渐渐进入视野。

在一个用竹栅栏将四方围起来的鞠场内，已有四个先来的客人在玩蹴鞠。和尚气势汹汹地想把人家赶走，“没关系，我们等。”常世赶紧阻止了他。

“百成、千成，你们看好了。”不知为何，常世向我和黑弓使眼色。

“看好？看什么？”

“当然是蹴鞠啊，你们也要参加。”

“唉！”我与黑弓同时发出吃惊的声音，常世坐在走廊边上无视我和黑弓。瓢公子在他身旁盘腿而坐，频繁地拿出手纸在擦汗，可即便如此也没见他脸上的粉有掉落，看来涂粉的时候相当用心。

走廊边四个倾奇者横着坐成一排，四人都画着奇怪的妆，一言不发地凝视着鞠场，如此光景让人感到不快也是理所当然的。我本打算弄清楚蹴鞠到底是怎么回事，便仔细看人家玩了片刻，谁知道先玩着的四位客人像逃命一般匆匆离开了鞠场。让我感到意外的是四人中一人是和尚，另外三人则是城里街上随处可见的老汉。我原以为蹴鞠是公家人的游戏，如此看来也不尽然。

鞠场如今空无一人，瓢公子慢慢站起了身。

走廊下方摆了好几双蹴鞠用的鞋子，瓢公子选一双穿上便进入了鞠场，他从角落的鞠台上取下一个素色的鞠往头上一抛，在快要落地之前以右脚接住，接着又轻轻地把鞠往上颠起，鞠再次飞至半空。再次落下时瓢公子用肩膀接住，然后他再让鞠自胸、腹部、大腿的顺序滑下，最后又回到右脚将之停住。

体态看上去甚至有些笨重的瓢公子，却展现出难以想象的优美动作，我和黑弓在一旁张大着嘴看得入了神。

“你们也快穿上。”常世把我和黑弓的皮质球鞋扔过来道。

在我们穿鞋的空当，瓢公子一个人仍然在玩着鞠。他时不时会出现失误，但任凭鞠怎么乱动，他都会跳起来伸长腿，集中注意力“嚯”地喊出一嗓子，同时漂亮地把鞠捞起来。直到我们穿好鞋，瓢公子的鞠一次也没有落地，很明显他是个受过训练的老手。

“瓢公子真是快乐啊。”常世很少见的欣喜地把眼睛眯起来低声细语道，他一边系着脚踝的皮绳一边讲解蹴鞠大概的情况。总之一句话，不可以用手而只能用右脚，只要鞠不落地一个人踢多少脚也没关系，不过踢上三脚再传回给对方被公认最具观赏性。

“你踢过吗？”

“没有，但看过很多次了。你别想复杂了，人家踢过来的鞠再给他踢回去就好，对我们来说这并非难事。”常世轻描淡写地总结完毕后，便进入了鞠场。多半是因为同样出身于柘植屋，所以他才使用“我们”这个词，不知怎么的，我的胸口突然感觉像针扎一样疼。

有生以来第一次穿上蹴鞠鞋，其触感令我略有不适，隔着鞠场中央，我站在瓢公子的正前方，黑弓和常世则对面而站。不知道黑弓是否也穿不惯这鞋子，只见他多次脚踏地面，貌似是要把鞋子踩得更紧。

“先踢一脚试试，这鞋是用鹿皮缝合制成的。”

常世说着，把鞠踢给了我，我急忙伸出右脚接住，不想发出一记闷响，鞠不但没被踢起来，反而掉落在地。

“这个要特别用力才行。”

我拾起鞠踢向黑弓，黑弓轻快跃起的同时，将右脚伸出轻轻接住鞠，踢了两三脚后轻而易举地踢还给我。我想起来了，这家伙看上去不灵光，但身法特别灵巧，接下来我好容易踢了两下后再将鞠传给了常世。

“要玩数鞠吗?”

瓢公子两手夹住常世恭恭敬敬递出的鞠。“保持球不落地，持续颠球并计数。”等待常世说明完毕，瓢公子将停在胸前的鞠轻快地放下。

“喝!”吆喝声响起的同时，瓢公子用右脚颠了两下鞠，第三下正好把鞠传给了我。

毕竟刚刚开始，我没能好好地接住鞠，每次最多十下、二十下的时候，稍不注意鞠还是会到处乱飞。即便我们四人中只有一人有着丰富的蹴鞠功底，但因为剩下的三人全是忍者出身，所以经过大概一柱香的工夫，忍者组三人已经完全掌握了要领，大家数着号子，不管连接多少次鞠都不会掉地。

察觉到周遭的变化之时，鞠场已被大批观众包围，由于竹栅栏的另一端是祇园社内，参拜的人群有很多都会在此驻足停留。原本就外形奇特的四人还能够无限次数鞠，想不惹人注目都难吧。走廊边以及在里屋下棋的老者们都从屋里出来，扯开嘶哑的嗓音给我们助威。并且带我们进来的和尚也不知何时起就站在鞠场角落里，把从常世那里听到的接鞠次数声音洪亮地接着数了下去。于是，每接十次，和尚都会“一百八十，一百九十”大声地向周围报数，当超越两百的时候，全场涌现出喝彩声；超越三百时，更加激烈的鼓掌声与欢呼声将鞠场层层包围；破四百时，兴奋的观众哗啦哗啦地抓着竹栅栏摇个不停，引得和尚大声呵斥。

“迄今为止竹坊数鞠的纪录是多少啊?”围墙外传来议论声。

“内部纪录是六百一十，自应仁之乱[①]以来就从没被打破过。”和尚大声回答道。

因为这句话周围的气氛更加热烈了，“快五百了，谨慎点。”连常世也奇怪地用力将鞠踢给我。但是，只有黑弓对接鞠次数毫不在意，明明没有必要，他还用肩部停鞠。每次接球都背朝着鞠场中央，故意使用难度较高的踢法将鞠往身后踢。这家伙明显是意识到周围人的目光，此举重复了多次，他每踢出一次都会博取轻微的喝彩。

平安无事地接到了五百次时，我伸出袖子擦擦汗。

香粉虽然会弄脏袖口，可如今已经顾不上取出手纸擦汗了。由于头顶上方有高高的松树作遮挡，阳光无法直接射进来，但被如此规模的人群包围，闷热难耐是可以想见的。平常几乎不出汗的我全身的汗水喷涌而出，瓢公子更是满脸大颗大颗的汗珠，不过他断然没有示弱，只顾驱使巨大的身躯，时而发出比任何人都有魄力的吆喝声接着数鞠。看着如此精神百倍的瓢公子，难以想象他迄今一直因病闭门不出。

然而，五百之后，瓢公子的身法渐渐变得迟钝，踢到五百五十左右时，右脚的动作也开始迟缓起来。但即便是这样，瓢公子还是尽全力接着鞠，每当他成功一次，观众们都会发出如释重负的叹息。

其中有人大喊：“别趴下，大个子。”还有人眼见他和服上的花纹便大叫道：“加油，葫芦。”

各种各样的声援从四面八方涌来，对此，瓢公子丝毫没有生气，反而为了答谢捧场鼓起腮帮子，全神贯注地蹴鞠。不知何时

①应仁之乱：1467—1477年，日本室町幕府八代将军足利义政任期内，幕府管领细川胜元和山名持丰等守护大名之间的争斗。

起，不管黑弓怎么耍花腔，瓢公子仅仅只需踢一脚鞠，便会带动全场的欢呼声。

终于，接鞠数超过了六百。

接下来的每一次接鞠不管小孩、女人、大汉、老者还是和尚，全都一齐高声喊着计数。第六百一十回轮到瓢公子，我将鞠稳妥地传给了他，只见他伸出右腿之时，突然左脚膝盖无力地下沉，巨大的身躯向前倾倒下去！

围观人群一齐惊呼。

瓢公子勉强重整态势，伸出了右腿，这一下确实把鞠颠了起来，但由于用力过猛，踢出的鞠向意想不到的方向高高飞起。

就这样，鞠越过了竹栅栏。在将要飞出围墙外之时——

“抱歉。”

话语响起的同时，我感到有什么东西在我肩膀上搭了一下。

我吃惊地抬起头，看到黑弓的束带出现在我眼前。他高高跃起，在半空中扭动身躯转了一圈，顺势一脚将鞠踢回场内。

常世迅速跑动至落点处，伸出右脚平安无事地将鞠接下，黑弓在半空中巧妙地翻转红色的和服，最终无声地落地。

瞬间的寂静之后。

“翻跟斗啦！”不知是谁喊了一嗓子，鞠场沉浸在一片狂热的欢呼声中。

*

最终我们的接鞠数达到了六百八十次。

而且并非有人接鞠失败。

而是由于踢得太多，鞠自己吃不消，针脚缝线处绽开，瘪了下去。

当时我右脚两次轻轻地颠起鞠来，第三脚想将其踢高的时候，鞠便突然瘪了下来，往空中飞去，常世见状双手将鞠抓住。

“这鹿皮蹴鞠先于我们吃不消，破了啊。”我咂舌道，瓢公子也差不多到极限了，如此告一段落也许正好。

接鞠结束了，可观众们还意犹未尽，吵嚷声在人群中扩散，不过很快就被赞许的声音掩盖。此时和尚站了出来，宣布数鞠就此结束，我们则沐浴在满场的喝彩声中离开了鞠场。

黑弓走在最前方，一回到走廊便被一大波老者与武士包围，“干得漂亮！”大家毫不客气地拍打黑弓的肩膀，“痛，痛死了。”黑弓不断发出惨叫。

瓢公子脱去鞋子，弓着巨大的身躯登上走廊，看到瓢公子背后那金色的葫芦后，“哟，葫芦！”话语声从四面八方涌来，瓢公子在走廊上回过头来，轻轻抬手向人群示意，只这一个动作便又引来一阵欢呼声。那时，我看到了瓢公子的满脸笑容，那是一张和我一样二十岁年轻人的脸。察觉到我的视线后，瓢公子一瞬间露出羞涩的神情。

“辛苦了。”瓢公子稍显客套地伸出大大的手掌搭在我的肩膀上。

“您的球技真棒。”

“嗯。”瓢公子点点头道。

接下来，一行人前往和尚已经准备好的房间。一进房间，累垮了的我们一屁股坐在榻榻米上，瓢公子背靠柱子，张开嘴发了好一会儿呆。

“您身体如何？”常世担心地问道。

“没啥大问题。”瓢公子立刻回答了常世，看起来并不像是假话，因为当常世叫的便当套盒送到后，四人中瓢公子比谁都先吃完。不管怎么说刚才一刻都没有休息，一直在蹴鞠，于是善解人意的常世又多点了两人份的料理。

“吃太多会发胖的。”瓢公子将其中一份推到我和黑弓跟前，自己则转眼间解决了剩下的一份，末了他还将吃完的料理盒细心地收拾好。

“你们都是头一次蹴鞠吗?”餐后喝着热水，瓢公子语调轻松地向我们询问道。

“回公子，正是如此。”放下瓢公子分给我们的料理盒，我恭敬地答道。

“你们果然了不起啊。”瓢公子说着，微微瞅了瞅常世。

“喂，你要一个人全吃完吗？分一半给在下啊。”这个时候，一直无言地坐在一旁的黑弓用手肘捅了捅我，压低声音说道。

“知道了，知道了。”我飞快将烤鱼塞进嘴里，再将料理盒递给了黑弓。

“哈哈哈。”

瓢公子突然低声笑了出来，是在吉田山因心居士也提过的俗气笑声，这笑声与瓢公子的尊贵身份并不相称。然而，我却认为造成这样的原因不就是因为他没怎么笑过么？我猜测由于瓢公子平时没有机会放声欢笑，所以才不擅长笑。

“百成和千成一直都是这样争来争去吗?”耳边传来瓢公子的提问，但我搞不清楚他提问的意图。

“嗯……我和这个男人，应该算是冤家或者孽缘吧，和他在一起就从来没啥好事儿。可也不知为何，我总是这样和他一起行动，不过呢基本上都是这家伙在捅娄子……”我不禁说走了嘴，讲话毫无条理。

“真好啊。”瓢公子低声嘟囔道。

我不由得将视线转向瓢公子，可在那之前瓢公子站起身来，一边抚摸着隆起的肚子一边拿起立在角落的长刀。接着常世起身，我也跟着站起来，黑弓见状则慌乱地三扒两扒把剩下的料理塞进嘴里。结果不出所料，这家伙把自己噎着了，相当丢人地引起了一阵骚动。

“今天剩下的时间怕是只能看看祭典彩车了。”从竹坊出来后，我对常世说道。

“你说什么啊，游览彩车是明天，我在驿站讲解行程的时候你啥都没听吗？”常世冷淡地责问道。为缓和场面的尴尬，我故意清了清嗓子。

“那么，今晚瓢公子是住在道意吗？”我避开常世的视线询问道。

“大概是吧。”

“没问题吗？离开了宅邸，那边不会引起骚动吗？”

“明天彩车巡回结束后马上就回去，公子不在期间已经做好了安排，此事你不用操心。”

我敏感地察觉出常世的话语里带着一丝强硬，便不再深入打探。此时，从梅坊那边传出的三味线的旋律更让我不禁转身顾盼，可一回头不知为何，两个留着娃娃头的女童站在我眼前。

“你们两个怎么了？”

“那边有好玩的东西。”

“好玩的？什么好玩的？”

“不知道，据说是京城最有意思的东西，不去看看是一辈子的损失。”两女童同时伸手指向松林深处，相视而笑之后就跑开了。

从竹坊中出来的黑弓走到我旁边，一边目送着女童的背影，一边向我询问怎么了。

“不清楚，说是那边有什么京城最有意思的东西。”

"是吗，是什么啊，我们去看看呗。"

"咋办?"我转头问常世。

"难得来这里一趟，去参拜了祇园社之后再回旅店吧。"常世像是对女童的话产生了些许兴趣。

"您看如此可好?"常世向瓢公子确认道，公子无言地点点头。

黑弓受好奇心的驱使，兴冲冲地跑在最前面，一行人向女童们所指的方向前进。细细的林道向松林深处延伸，我虽然感觉这条道慢慢地远离本殿，但心想之后在某处必定会出现连接本殿的路，便没太在意，只顾沉浸在饭后倦怠的满足感中，直到打头阵的黑弓突然停下脚步。

"怎么了? 发现京城最有意思的东西了吗——"之后的话我没能说出来，因为我也在黑弓身旁停下了脚步。

林道前方两侧的石灯笼各自排成一列，从石灯笼的阴影处，五名身着鲜艳和服的人施施然走了出来。

"你们几个，穿成这个样子在这里走来走去是想干吗啊?"

最前面那名嗓音尖锐的男子向我们大吼，同时还抬脚踢飞地面的沙砾。这动作就像发出了什么暗号似的，身后的人有的准备拔刀，有的往地上吐唾沫，有的粗鲁地把脚搭在石灯笼上，还有人把手中并不算粗的树枝掰断。

"居然不问我们同不同意，玩个蹴鞠就搞出那么大动静，你们是不是太旁若无人了啊!"

男子发髻朝天，前端像爆炸一般四散着发丝晃动着，他脸上也涂着薄薄的香粉，眼睛周围勾着红色脸谱。看来我们是碰上真正的倾奇者了，并且一开始就摆明想找碴斗殴。

"喂，常世，事态变复杂之前我们赶紧开溜吧。"我不由得转头用真名称呼常世。

当我的视线穿过常世，就那样定格在后方时，刚刚我们来时的林道后方，一下子出现了差不多十来个家伙，他们全都身着红色、黑色、白色等色彩醒目的和服向我们走来。

常世察觉到我的视线，也扭过头观察了一下。

“原来如此，是这么一回事啊。”常世低声喃喃自语。

“嗯？怎么回事？”

“京城最有意思的东西指的就是这个，我们中圈套了，刚刚的女童是收了这些人的好处，故意向我们搭话的。”

“等，等等，他们有必要这样……”我大吃一惊，把剩下的话咽回去，视线飞快地转向常世身旁的瓢公子，只见他表情茫然地凝望着正前方，也不知道有没有搞清楚状况。

“风太郎——”我听见常世发出忍语。

“还不知道他们的目标是不是瓢公子，但不管发生什么，你们都要保护公子的安全。”

“不好意思，我没理由那么做，如果要动刀的话，我马上开溜。”

我也用忍语回复了他，我和瓢公子不是主仆或者什么其他的关系，我仅仅是他花钱雇来的一日引路人而已。要是半路出现个什么醉汉来找碴，我倒是可以挺身而出，但如果对手是差不多十五个倾奇者，那就另当别论了。一旦拔刀产生争执，受伤是难免的，而且搞不好还有性命之虞。

“如果你逃跑了，要是瓢公子有什么万一，风太郎，你会被追杀至天涯海角！”

“你少故弄玄虚威胁人，你要是在我的立场上，毫无疑问会做出相同的选择。”

“我没有威胁你，高台院大人必定会找到并杀死你。”

我不禁瞅了瞅常世的那张化着淡妆的脸庞，他向我投来彻底冰冷的目光，那眼神丝毫不像在说谎。

“可恶。”我咂了一下舌，伸手探向刀柄，可下一秒我立刻回想起那东西只是装饰，于是我再一次用力地咂舌，接着确认了一下前后的态势。对方前有五人后有十来人，从石灯笼处现身的五人像是配合着身后同伙的步调一般慢慢向我们靠近。事到如今也没法逃了，毕竟我们这边有瓢公子，本来踢完蹴鞠身体就疲惫不堪，即便全力奔跑，也无法彻底摆脱。

离我们还有两间距离时，前方的五人停下了脚步，后方的十来人也在相同距离处停了下来。

“出动这么多人，你们想要把我们怎么样?”常世静静地问道。

“穿着那副装束随随便便到处乱走，你叫我们的脸往哪儿搁，必须得有个了断——”那个勾红色脸谱的男人煞有介事地大叫道。

“不知道你为啥生这么大气，要是让你不痛快，我们道歉就是了，抱歉。”不等他说完，我插嘴道。

“用你那张滑稽的脸给我道歉，只会让我更不舒坦，再说道歉有用的话，还要所司代[①]干吗?”

男人冷笑道，从腰间拔出跟我们的相比有过之而无不及的长刀，不过他拔刀的动作似乎并不熟练，中途刀刃卡着刀鞘，完全不像那回事儿。

“这个男人似乎是首领，只把他干掉吗?其他的说不定会作鸟兽散。”我在常世耳边低语道，而常世的视线则敏捷地前后扫了扫敌人。

“别弄出人命。”瞬间沉默之后，常世嘱咐道。

①所司代：政府暴力机关，职能与警察类似。

“那是当然。”我把刀连同刀鞘一起从腰带间抽出。

“喂，你要干吗?”红眼圈男人立刻反应道。

“我没有要交手的意思，你看，我这就把刀扔了。”说完，我把长刀放在地上。

男人脸上浮现出冷笑。

“你们想不想打无所谓，我们的怒气可没消。对了，要不然就把这位蹴鞠能手的脚留一条在这里吧。”

男人将拔出的刀搭在肩上时，我一脚猛踩放在地上的长刀，将刀柄头摁住，同时以刀锋为支点，将红色刀鞘前端往上方弹起，最后用右脚脚背接住柄头，然后猛然踢向半空。

男人还没来得及摆好姿势，我踢出的玩具刀便犹如箭矢一般直击对方眉间，男人一声不吭，仰天倒了下去。

“看！你们的首领已经倒下了，还要来吗?”常世间不容发大喝一声。

“包围他们!”突然响起一个冷静的声音。

这个冷静的语调甚至有点不合场合，我不由得转头望去。占据后方的十来个人开始散开，原本隐藏在人影中只露出个头顶的男人终于现身了。

我倒吸一口凉气，凝视对方。

那人居然是上次在北野神社将大汉的手砍下来的男子。天气虽热，可他却和那天一样，身着一件黑色的长外褂。

月次组的残菊！这个名字在我脑海中复苏的同时，对方仿佛就在等待此刻到来一般，涂红的薄薄嘴唇浮现出一丝笑意。

*

“风太郎，那个男人——”黑弓低语道，再三拉扯我的袖子。

“嗯，不错。那家伙是在北野见过，拜托你，不要把我的名字喊出来。”我甩开黑弓的手让他闭嘴。

“认识吗?”常世投来锐利的眼神。

“在北野神社见过一次，是一个叫作月次组的倾奇者团伙的头领。”我回应道。

“他，多半是个忍者。”听完我的补充说明，常世的表情一瞬间凝固了。

“这下可麻烦了。”常世咬咬嘴唇道。

“嗯，刚才我就这么说过。”一人倒了下去，剩下的十五人围成一个圆将我们包围。这里虽远离本殿，可毕竟是境内参道，应该有零星人影才对。可照现在看来，行人们多半是不想卷入麻烦，不知何时起，这里一个过路人也不见出现。只有一个大概是在祇园社当差的杂役，背着一捆收割后的枝叶，从对面向这边靠近。

不知为何，那个男子走起路来外八字相当显眼，一瞬间我的视线锁定在了他的身上。

“你们之中谁是老大?”这回发话的是站在残菊身旁的一个男子，他身着甚至让人替他害臊的窄袖便服，只见他上前一步，粗鲁地询问。

“是我。”

“你叫啥?”

常世盯着对方左右位置观察了许久。

“十成。”常世报上名字。

对方男子正要开口说什么的时候，“不，不对。”一直抱着胳膊，以锐利的眼神观察我们的残菊终于开口了。

“你们的老大——是那个大个子吧。”残菊抽出腰间的扇子，指着瓢公子断言道，“只要把他留下，我可以放你们走。”

“如果我拒绝呢?”

“拒绝?”残菊微微笑道。

“拔刀!”残菊将手中的扇子举向半空喝道。话音刚落，除他以外的其他人一齐拔出了刀。

“这样你还是要拒绝吗?”

至此一直目不斜视、一动不动的瓢公子缓缓扭过头来，赘肉都挤到脖子处了。

“十成、百成、千成，该回去了。”他注视了残菊片刻，无聊地嘟囔道。

如今的状况可谓不言自明，不是说走就走得了的，可让人惊奇的是瓢公子却突然迈开了脚步。明明对方全都持刀摆好了架势，但瓢公子一动，对方反而手忙脚乱了起来。

瓢公子行进前方的一个男子突然往后退一步，向残菊表露出困惑的眼神。

“站住!”残菊命令道，发声明显比刚才更有劲道。

即便如此，瓢公子还是没有停步，常世紧跟在他身边戒备着周围的敌人，我放弃了躺在地上的长刀，拽着黑弓的后背跟在两人身后。

包围圈整体配合着瓢公子的步伐移动。

“站住!”残菊追到我们的侧面再次命令道，这次他的语调中明显带着焦躁。

不过，这套果然对瓢公子行不通。

残菊的表情第一次浮现出扭曲的阴影。

糟了，残菊可是那日于北野神社在毫无警告的情况下，就断人手腕的刽子手啊，我打算告诉瓢公子对方的话并不只是威胁。

“动手，一个不留!”

我还没开口，残菊的命令声已然响起。

常世快速闪到瓢公子身前，使其停下了脚步，此时常世已经双手往自己的袖子里探去。既然玩具刀无法拔出应战，想必常世还准备了其他东西，虽然用方才常世给的小刀应战让人感到荒唐无比，但我还是慌张地将手伸入袖子里。

“喂，你们干吗呐——”

突然，包围圈外围传来呼喊声。

“这么多人聚在一起干吗？居然还拔了刀出来，这里可是神域！”

有力的呼喊声慢慢靠近，越过瓢公子的肩膀，我瞧见声音的主人就是刚才望见的那个外八字杂役。不知是否是“神域”这个词起了作用，还是被严厉责备的语调所震慑，杂役的呼喊可以说是在最绝妙的当头，给了刚拔出刀的倾奇者们当头一棒。持刀喽啰们不论谁都一动不动地愣在原地，注视着杂役接下来的动作。

杂役戴着草帽，不知在何处的山林刚砍完柴，背上还背着个大大的竹筐，筐里令人意外地插满带有叶子的树枝。虽然手无寸铁，他却毫不犹豫地推开外围的倾奇者，走到常世面前停下脚步。忽然，他抬起头来。

“啊！”

个子虽不高，但我还记得这个体态魁梧的男子，他就是领我前往东屋与宁宁夫人会面的人，宁宁夫人好像把他叫作“左门”。原来如此，我这才明白原来左门这人是个外八字。此时，我突然察觉到正面投来的强烈视线，大吃一惊。抬头一看，发现对面的残菊一脸像能面[①]一样的表情死死地盯着我。

---

①能面：能乐中使用的面具。

不好，被他识破了！当我反应过来为时已晚。

“杀了他们，那个男人是他们一伙的。”残菊的声音干巴巴的。

残菊一说完，包围我们的那些明晃晃的刀便一齐摇晃起来。

“你们这群该遭报应的家伙!”

矮小的身躯发出难以想象的震耳欲聋的怒吼，在其吼声的威慑之下，敌人的包围圈再次愣在了原地，趁此当头左门迅速转过身去背朝我们。

“用这个!”

我还来不及思考是怎么回事，常世已经向竹筐里探出的成捆树枝伸出手去。

“好了。”常世说道。

与此同时，竹筐从左门后背滑落，扑通一声掉在地上。从倒下的竹筐里一下子掉落出大堆树枝，不知何时常世已手握四把刀。

对方见状，左右各有一人大叫着扑了过来。

左门迅速从常世手中接过刀使出一记拔刀术，随着刀光一闪，右边的喽啰胸部被纵向劈开。左边的喽啰被从常世袖口里射出的手里剑一剑封喉，倒了下去。

从胸部中刀的喽啰身上，有鲜血猛烈地喷涌而出，毫不留情地从头顶落下，血雨中左门握着刀纹丝不动。感受着滴在脸上的血雨，我从常世手中接过两把刀，虽然一旁的黑弓还在躲避血雨，不过我还是将其中一把刀塞给了他，自己则时刻准备迎战。

“喂，千成。”

我语速极快地招呼黑弓。

“就算开溜也没关系哦，毕竟这跟你没有任何关系，即便留下来，也没有任何好处。”

“风太郎为什么这么说呢?”

接下来黑弓的反应让我稍感意外，他擦了擦沾在脸上的血迹，盯着我语气强硬地责备道。

“怎么可能把瓢公子丢在这里自己逃掉，你说些什么啊？”

我本来还想说“要是你要开溜，我也没办法只好陪你一起”之类的话，但在黑弓坚定的眼神面前，我只能把准备好的台词往肚里咽。

“可恶！”

说着，我拔出了刀，当然迄今为止我从来没有同时遇上过这么多对手。本来忍者就不是武士，忍者的信条是武力为末、智取为上，在现在的状况下拔刀简直就是别无选择时的选择。

左门如今可视作友方，如此一来，不算瓢公子的话我方四人。对方现在三人倒地，余下十三人。

这群人很明显并不是普通的倾奇者，先不说身手怎么样，眼前就算同伴喷血而亡，其余的人也都没有示弱，不知道是已经习惯了死人的场面，还是即便想示弱也无法为之。

我移了移身体，视线的一角刚好捕捉到位于左门正前方的残菊，他的表情没有起伏，依旧单手执扇。对于同伴被斩杀，他丝毫没有感到愤怒。

真是个让人不爽的家伙，我正转回头去，正面的一个身材纤瘦的家伙大喝一声，举刀向我冲了过来。

但比我先动起来的却是黑弓。

他并没有拔出手中的刀，而是毫无防备地冲到敌人面前，一个后仰，十分轻松地将对方从斜上方使出的一击躲了过去，那敏捷身法不禁让人看得出神。对方的身体被自己挥刀的势头带动，黑弓趁机用力一击，刀鞘前端嵌入此人侧腹。

那个纤瘦的家伙呻吟着倒地，接着下一个男人又从对面攻了过来。

“千成，小心！”

我大喊一声是有理由的。

要问为何，是因为包围我们的喽啰中有数人明显不适合倾奇者的打扮，与我和黑弓一样，至少有五人都长着一张与花里胡哨的和服格格不入的脸。他们混在包围着我们的喽啰之中，而向黑弓冲过来的那个人就是其中之一。

也不知道黑弓有没有听到我的声音，他冲着对方挥舞的刀又冲了过去。对方是否有真本事，只此一击便可知晓。黑弓灵活地躲过了对方的劈斩，然而，对方早料到黑弓的反应，又使出一记踢腿。不知黑弓是大意了还是没有察觉到，那一脚结结实实踹在正腹部。“呜哇！”黑弓惨叫一声，被弹出老远，紧接着，对方这五人中的一个家伙屈身慢慢向黑弓靠近。

如果我不出手相助，黑弓恐怕早就没命了，对于我使出的侧身突刺，对方的应对只能用一句完美来形容。在他判断我刀尖快要碰到身体的时候，脚下一蹬一口气往前方一跳，到了刀够不到的位置。对方顺带着还向我和黑弓射出了什么东西，其中一枚被我用刀身挡下，紧接着我狠狠一脚踢在了黑弓的肩膀上。

“你，你干吗啊？”

我无视黑弓的抗议，立刻察看脚下，不出所料发现了一枚十字手里剑。我站在黑弓身前，用脚后跟往身后捅了捅他说道：“快起来！”

黑弓揉揉肚子站起身来。

“小心点，这两人都是忍者。”我在黑弓耳边轻声道。

此时，传来什么东西被折断的钝响。我不由得转头望去，只见常世手执那玩具刀敲打在一个喽啰的脑袋上，那一声钝响是刀鞘折断的声音，喽啰抱着头就倒了下去。而常世的刀，正被瓢公子拿在手上，只是他丝毫没有要参战的意思，右手提着收入鞘中的刀，对眼前的乱斗袖手旁观。

倒在左门脚下的尸体增加了两具，变成了三具。记得高台院宅邸初见他时，虽然感觉其沉默寡言，不过却是个十足的使刀好手，可实际上左门的实力远远超乎我想象，如此对方再减员四人只剩九人了，说不定局势还有转机。我拉上黑弓与瓢公子回到方才的背靠背站位，一扭头，便看见了身后的残菊。

“你们，是什么人?”

残菊皱起细细的眉毛问道。

左门没有理会他。

“我留下，你们赶紧走，南门已经备好轿子，那里有不少行人，这些家伙不敢随意动刀的。”

隔着瓢公子，左门压低声线对我们说道。

“这男人真是碍事啊!”

残菊长外褂的下摆随风晃动，他脚踏沙砾发出声音的同时，将扇子折好收回腰带内，残菊没有丝毫怠慢的样子，开始与左门对峙。

当我瞅见藏在长外褂中右侧的那把小太刀之时，在北野社的记忆突然苏醒了。

“反手!”

我不由得喊了出来，就在这时，左门出手了。正好残菊位于他的正面，我看不见残菊隐藏在衣服里的动作，接着我听见刀刃碰撞发出“啪”的坚硬高音。

“快走!”

我听见左门沙哑的声音，在他对面出现的是残菊的脸，也就是说，左门慢慢倒了下去。

*

残菊笑了。

他笑着俯视着左门，左门则勉强单膝跪地，好容易才没让自己倒地。

“快……走。”从左门蜷曲着的后背传来眼看就要中断的声音。

常世使劲拉扯我的袖子。

等我转过头去，常世已经拽着瓢公子的胳膊开始飞奔，黑弓紧随其后。

残菊两侧的喽啰立刻慌张地对我们展开追击，可就在此时左门展开双臂站了起来。其中一个喽啰见状停下了脚步，可左门右手挥刀便斩了过去。

这一刀漂亮地贯穿了对手的胸膛。

左门突然弯下腰，我只能看见他的后背，只见他身体微微颤抖，接着我的视线中出现一把握着小太刀的右手。

当我发现残菊刺穿左门的小太刀是由左门自己拔出来时，左门手上的小太刀消失了。一个正准备追赶常世的喽啰突然惨叫一声，整个人翻倒在地，左门投出的小太刀插在他的大腿上，刀身发着寒光。

“这该死的家伙。”残菊气愤地低声自语道，从刚刚胸膛被刺穿的同伴身上拔出刀来。

左门缓缓地转过头，草帽下露出满脸血斑的凄惨表情，眼角的视线定定直视向我。

“快走——”

左门无声地诉说着，我脚蹬地面奔跑起来，跑出数间距离。

“嘭！”

我听到奇怪的声音响起，忍不住回头张望。

残菊手起刀落，左门的头颅连同那顶草帽滚落地面。那失去头部的身体还不可思议地维持着原来的站姿，片刻之后，突然血高高地喷出，左门的身体咕咚一声倒了下去。

残菊擦去满脸血渍，看上去有点无精打采，只见他执刀在倒地的左门的侧腹又捅了一刀，然后转向我这边。

“为什么你知道我是反手？”

眼神与残菊相交的瞬间，我立马转过脸去，只管加速追赶常世和瓢公子。我确信自己是敌不过这个男人的，明明刚杀完人，但残菊的眼神中没有任何表情，跟他交手我不可能有胜算。

我一边告诉自己一定要保持冷静，一边数了数对方还剩下的人。左门临死前又解决了两人，对方应该只剩七人，左门仅凭一己之力便解决了五人，其实力是何等之强。但残菊只一击，且只用了一把小太刀便将左门这般强者打倒。

刚追上步伐缓慢的瓢公子，我便转身察看身后。一群衣服下摆乱颤，凶神恶煞的家伙正向我们追赶过来。残菊从大腿被扎倒地的喽啰身上拔出自己的小太刀，用对方的和服把沾在刀上的血擦干净。他并没有加入追击，可如果就此安心的话就太愚蠢了，因为领头的四人其奔跑及迈步方式都像是在地面上摩擦，跟忍者如出一辙。

“千成，瓢公子就交给你了。”

常世语速飞快地向黑弓吩咐道。

“这里我和百成会顶住，你赶紧带着瓢公子前往南门！”

黑弓点点头，跟随在瓢公子身旁，也不知道瓢公子清不清楚如今危险正从我们身后逼近，到这时候他奔跑时还相当注重仪容仪表，始终保持目不斜视。然而，照他的速度是不可能摆脱追兵的，必须有人留下来争取时间才行，可常世却偏偏指名我留下，真是让我烦透了。

“我们两个人与对方全员对抗？开什么玩笑，你没看出来吗？打头阵的四个人可都是忍者。”我用忍语抗议道。

“我一个人肯定抵挡不住，没有你我会丧命，我死了瓢公子也活不成。”常世同样用忍语答复道，接着他从怀中取出吹箭。

“十倍。”

“啥？”

“如果我们能活下来，你要给我那天在高台院承诺报酬的十倍，一开始就没听你说要豁出命去作护卫，你拒绝的话我马上闪人。”

我正好撞上了常世那恶狠狠的眼神。

“我明白了。”常世的回答并不痛快。

“从左边的目标开始一个一个来，不要放过对手的漏洞。”

为不让身后的追兵看见，常世边跑边把吹箭咬在嘴里。居然还准备有这种东西，我甚至想讽刺一下他是不是早就料到事态会变成这样。

“开始，百成！”

常世喊出一声，那时，我脑中所有的杂念都消失了。

常世转过头，放出吹箭。与此同时，我突然转身，向离我们只数间距离的追兵冲了过去。我的突袭战术果然奏效了，最前方的四人中靠边的一人在与我白刃相见的前一秒突然按着自己的脖子倒了下去。接着我假装朝正面的另一个对手挥刀砍去，身体却突然下蹲，那人被从我头上掠过的吹箭击中，捂着脸身体扭曲着倒了下去。吹箭上多半被常世下了剧毒，倒下去的两人发出非同寻常的惨叫，在地上痛苦地翻滚着。

“你这混蛋！”

随着一声充满愤怒的吼叫，剩下的两人举刀砍了过来，从踏地的力道上便能轻易感受到对方是十足的高手。两人中一人骨瘦如柴且颧骨异常高突，而另一个则是个光头。那光头长着一张像稻草包的脸，身体壮硕。两人都化着淡妆，虽然都勾了红色脸谱，但从其凶狠的眼神中便能知晓其残忍的性格，因为在柘植屋我遇到过的大多数人都有着同样的眼神，而带有这种眼神的忍者通常都拥有灵巧的刀法，在不给对手任何机会的情况下会如毒蛇一般顽固地发起猛攻。这两人果真如我所料，他们绝不冒进，且在我无从反击的绝妙距离挥刀砍了过来。

一旦被拉近距离，常世的吹箭就不管用了，对方总是与常世保持将我夹在中间的态势。只跟二人交锋数招，我的大腿及上胳膊便已擦到对方的刀刃，由于精神亢奋，我感觉不到疼痛，但一瞅白色的衣料，一道道红色的纹路渗透出来。

这和服到底还是派不上用场，一瞬间我突然回想起早上在道意给我们化妆的那个女人的脸。此时，常世在倒地的男人身上捡起刀，从我身后跃出向二人使出一记劈斩。

那个高颧骨的家伙突然姿态一乱，虽然躲过了常世这一击，无奈左手擦到了刀刃，顿时几根手指的指尖飞向半空，但他表情没有丝毫变化。

“你们，是伊贺的人吧？”高颧骨执刀重新摆好姿势，向我们问道。

“不，我们只是倾奇者而已。”常世回复道。

听闻常世的回复，我怀着不祥的预感将视线转向他，此时的他手握着刀，脸上浮现出有些可怖的平静笑容。此时，两个没追上忍者步伐的喽啰终于赶到，对方一下子又变成四人。我立刻探查残菊的位置，但那家伙已不在方才死伤众多的地方，不知到底去了哪里，我的视线四处游走。

“柳竹、琵琶，这两人不用管，目标是跑在前面的大个儿。”突然传来残菊的叫喊声。

我大吃一惊，他到底什么时候追上来的？很快，残菊在光头忍者的对面现身了。

他全身沾满左门喷出的血，眼神中放出越发冰冷的杀气。

“那个大个儿是什么人？”残菊开启红唇问道，“只要说出来，我不会为难你们。”

我一点一点往后退，迅速在视线的一角捕捉到常世的脸。此时，我提醒常世如今是不是应该出卖瓢公子的身份，以换取活命的可能性。但当瞅见常世嘴角浮现出妖艳无比的笑容时，我立刻就放弃了这个念头。

“闭嘴，混蛋！”

如我所预想，常世发出无情的咒骂，同时从袖子里投出了什么东西。残菊见状于电光火石间反手拔出小太刀，接着一个被劈成两半的吹箭筒掉落在地。当我意识到常世是为了诱发残菊使出拔刀术而设下的圈套之时，常世已经沉下身子，逼近到残菊跟前。

常世跃起一个跳劈砍向残菊，对方用小太刀反手招架住，虽然两个被残菊唤作“柳竹”和“琵琶”的忍者慌忙将常世包围，但交手的两人其剑刃以意想不到的速度交会，旁人根本无法靠近。为给瓢公子争取逃走的时间，常世明显使出了浑身解数。此时我回头望了望，瞧见了瓢公子的身影，远方的两人仍然在我的视线以内，黑弓频繁地对缓慢奔跑着的瓢公子大声搭话，提醒并鼓励快喘不过气来的瓢公子加快速度。然而那点距离，以忍者的速度，要追上简直易如反掌。

此时，我的内心深处静静地响起一个声音——要逃的话，只有现在！

此刻常世正好将残菊拖住，现在可以说是最佳时机。如果另选一条道逃走，必定不会有人来追我。

“柳竹、琵琶，愣着干吗？赶紧去追大个子，一定要结果他。”

残菊利用与常世交锋的当头出现的些许空闲，向举棋不定的两名忍者厉声吩咐道。

常世转过头，刀尖指着残菊。

只有一瞬，我的视线与常世相交了，对方的眼神强烈地催促着我必须拿出相应的行动。

要问为何，那时我已经转身过去背对常世了。

我并非瓢公子的家臣，不管是为他还是为常世，我都没有任何理由在这里拼上性命。说再多也没用，活命才是根本，常世也不会因为这事就恨我，就在我正要开溜的时候，“快跑，十成、百成！”突然我的侧面传来叫喊声。

我大吃一惊，转头一看，视线前方不知为何飞来黑弓的身影。只见他大大地翻起和服下摆，以跃起的速度向我们赶来，且左右手都拿着黑色物体。

那是火药弹——

反应过来的时候，我立刻扔掉刀，把手插进袖子里。

“火药弹来了，快离开那家伙，常世！”

我使用忍语呼喊着，抽出之前常世给我的小刀瞄准残菊的眼睛投出。

残菊轻易地将小刀打落。

但当他重新举刀摆好姿势的时候，常世已然不在眼前。

两颗黑色弹丸从他头顶悄然落下。

为尽可能远离现场，我拔腿拼命奔跑，即便如此，我还是用视线的余光继续监视着残菊。察觉到飞过来的是火药弹时，残菊行动了。有一个喽啰面对常世的斩击无所适从，残菊趁机将呆站着的喽啰的腰带往自己身边一拉，把人家当护盾使，自己的身体则往后退去。

连续响起爆炸声的同时，我的身体受到冲击浮了起来，听力也变得迟钝。

“喂——风太——，常——大人。”

对面传来细微的呼喊声。

周围一下子浓烟弥漫，视线完全受阻，我循着声音的来路在黑烟中穿梭。前方不远处，我发现了正奔跑着的常世，我们穿过烟幕，看见黑弓就站在我们面前。这烟雾应该是烟玉，因为黑弓手上拿着已经冒出白色烟雾的小球。

“这是最后的了。”

黑弓把烟玉往地面一扔，我们转身便离开了现场。

那家伙果然逃得快，脚力比常世还快的人我还是头一次见到。

在竹坊附近，我们追上基本上算是在步行的瓢公子，常世就此前往左门所说的安排有轿子接应的南门，带回五个身强力壮的武士。

在渐渐能看到南门的位置，将善后的事全部托付给常世后，我和黑弓便离开了祇园社。我们早早地把被污血弄脏的和服丢弃在松林，然后就分头撤离了。最后我全身只系着一根束带逃进东山，小心翼翼地沿着山峰攀爬，耐心等待太阳下山后，才终于回到了吉田山的废屋。

第五章

在祇园社大腿所受的伤出乎意料的严重，缝合伤口后，我每日都将草药涂至创处养伤，接下来不知不觉便迎来了七月。

渐渐地，我终于可以不用拖着腿正常走路了，于是我准备前往田地查看一下葫芦。

祇园祭事件以来，我就再没见过黑弓。

看样子他也完全没有到田里来，话说明明只是拜托黑弓做引路人，却让他遇上那种倒霉事，我心里多少也有些愧疚。让精心培育至此的葫芦枯死掉实在于心不忍，于是我也顺便帮黑弓那边的地浇了水。与黑弓一样，事件之后常世也杳无音讯，由于我没有办法联系对方，所以直到现在任务的酬劳也未能拿到。

给黑弓的田浇完水后，我在棚子下稍作歇息，头顶上蔓藤尽情地在棚内延伸，形成了一个巨大的绿色屋顶。花开时节早已过去，棚里四处耷拉着成熟的葫芦。

表面密密麻麻布满茸毛的葫芦虽然仍然残留着青涩的色调，

可其果实却出人意外的坚硬，我试着用手指使劲儿挤压，但完全按不动。

直到现在，我心中仍然不可思议地残留着左门临死前的光景。

一个在宁宁夫人宅邸中当差的男人，为何会舍命保护瓢公子的安全？记得左门当时虽然满脸血污，却仍然不忘多次提醒我们逃离现场，那张坚毅的侧脸会时不时地在我的脑海中重现。记忆中自己从未这般思念过一个死者，这根本不是我的行事作风。

从片刻思绪中回到现实，我放下手里的葫芦走出棚下。

登上通往小径的斜坡，四周聒噪的蝉鸣将我包围，正准备迈步返回废屋之时，后方传来女人呼喊我名字的声音。

我转过身去，发现一个人影正从小径前方慢慢往这边走来，于是我停在原地等待。

“我说，你还活着啊。”芥下的话语中带着不满的情绪，她走近后停下脚步抬起头看着我的脸。

貌似她来到这里的一路上都暴露在烈日之下，鼻尖冒着细细的汗珠。有段时间不见，感觉她皮肤越发黝黑，也因为这样，她抬头瞪我的时候，眼白比以往更加突出。

“瓢六叫我来看看你的情况。”芥下毫不掩饰极其不耐烦的态度，用缠在脖子上的布手巾边缘擦了擦鼻子下方的汗珠。

“你为啥不来帮工？”

“嗯，这个嘛。因为我在山里拾柴火时不小心碰到斧头，这里受了很深的伤，身体暂时动不了。”

祇园祭事件之后，我已经完全停下了在瓢六的工作。我指着大腿创伤处，含糊地说明缘由，不过芥下看我的眼神却充满了狐疑。

“就因为你没来，这么热的天一直都是我在搬运货物。”芥下发出懒洋洋的鼻音，原来如此，所以她才变得更黑了啊。

“无故缺勤确实是我不对，但我实在没办法通知你们。”我微微低下头道。

“那么，现在能回来帮工了吧？”

“嗯，这个嘛……”其实我的真实想法是暂时避免上街，清水与祇园社近在咫尺，难保不会在产宁坂与残菊等人撞上。我丝毫不期待那家伙会被黑弓放出的火药弹炸死，他必定还活着，如果再碰面，他一定不会放过我。

“我说，芥下啊，最近你有没有听到什么传闻？”

“传闻？什么传闻？”

“嗯……比如说之前祇园祭的传闻。”

“不清楚，我对祭典并不感冒，人多的地方我是不会去的。”芥下说着直到最近我也在说的话，同时又不经我允许下到田里。

“今年祇园祭期间都没下过雨，所以逛街参加祭典的人应该很多，没有发生什么有趣的事儿吗？”

“不都说了嘛，我不知道。”

对于芥下冷淡的回复，我稍微犹豫了片刻。

“那么，你有没听说什么斗殴事件？”

我上前一步扔出疑问，可下到田里的芥下却一脸不解地抬头望着我。

“这个，你也知道祭典期间斗殴是常有的事儿对吧，这么多人聚在一起，就没发生过一两起打斗事件吗？”我慌张地陈述释疑，但芥下却突然转过身去。

“这个，我拿去扔了。”芥下指了指从蔓藤上垂下的葫芦。

我还没来得及弄明白芥下所指何物，她便已经用手中的小刀将葫芦切下，随意地扔在地上。

“哇！你，你想干吗？”我大喊着匆匆下到田里，可芥下却一脸毫不在意的表情，接着她迅速切下一旁的另外两只葫芦，扔在脚下。

“住、住手，我说你住手！”

即便在祇园社被大群倾奇者包围的时候，我都没有如此高声疾呼过，我迅速飞奔至芥下身旁，毫不犹豫地抓住正准备伸向第四只葫芦的纤细胳膊。

“喂，这是我好不容易培育的葫芦好不好，你到底要干什么？”

“这不一目了然吗，摘葫芦啊，随后还会结出许多葫芦来，你让我赶紧把活儿干完。”

“把活儿干完？”

“我不是说过瓢六叫我过来的吗，外形差卖不掉的要赶紧摘掉，这样外形好的葫芦才会长得更大。”

我低头瞅了瞅脚下的葫芦，要么就是形状变形了的，与两头大中间窄的正常葫芦相去甚远的葫芦，要么就是明显个子太小的。刚才芥下正准备处理的葫芦则完全没有中间的腰部，就像鸟儿的嘴一样前端细细的。诚然，在瓢六店里我从来没见过如此外形丑陋的葫芦。

“你也来帮忙，还不知道要摘多少。”芥下一眼扫过棚子说道。

接下来我们便开始摘取葫芦，话说把好不容易培育的葫芦一个个扔在地上实在让我心痛。一些我认为可以留下的葫芦都被从身后钻出的芥下毫不犹豫地摘掉，为此，我还与她产生了激烈的争论，我生起气来，当即决定不再跟这家伙说话。

“这个葫芦不错啊。”

芥下对一个正好一尺左右大小且外形较好的葫芦称赞不已。“对吧，对吧，那个我也觉得好！”我立刻附和道，但同时也感到自己这么快就笑逐颜开，确实挺没出息的。

根据芥下的说法，所谓形状美观的葫芦，是指上部鼓起、中间腰部以及下部鼓起这三部分呈五、三、七的比例，她所称赞的那个葫芦外形差不多正好符合这个比例。说不定有朝一日这个葫芦会被上了漆装在箱子里，成为上好的货色送往宁宁夫人宅邸，光想象就感觉兴奋不已。

筛选完毕后，散落在地上的青涩果实轻而易举地便超过了两百。眼见自己一手拉扯大的葫芦被无情地丢弃，实在让我十分沮丧，不过芥下却安慰说头一次种植葫芦，只丢这么点算好的了。

“你干这一行多少年了？”

“四年。”

“你多大？”

“十八。”

“一直在京城长大？”

“对。”芥下说着，登上通往小径的斜坡。

“那边咋办？”我指了指黑弓那边的田，话说那家伙种植葫芦的目的也是为了拿去卖，于是我们便决定也帮黑弓摘一摘他田里的葫芦。在自己的田里我认为还可以留下的葫芦，到了他人田里便能毫不犹豫地切除，最终摘完后，在黑弓田里还剩余七十来个。

“月底应该就能收获了。”芥下推测道。所谓收获，指的是葫芦表面的茸毛慢慢脱落，等到表面变得光溜溜的时候便是收获之时了。

“你啥时候来瓢六帮工？”芥下离开前问道。

对此我并没有给出明确的答复，对方也没有再强求，芥下的鼻尖浮起与来时一样的汗珠，沿来时的路回去了。

最终，直到七月结束，我都没有去瓢六店里。其间葫芦叶子由绿转黄，茎部变细，先前奔放纵横的蔓藤也都干枯成了茶色，唯有外形美观的果实在棚子里令人欣慰地摇晃着。

进入八月，正如芥下所预言，葫芦表面的茸毛都脱落干净了，于是我挑了个好日子完成了收获工作。

我背着装满葫芦的箱笼，来回废屋与田间好几次，黑弓在七月里也一直没有露面，他田里的葫芦我也一并摘下带回了废屋。

果实消失后，棚子失去了以往的光彩，突然变得空荡荡的。我把这连同黑弓那边的棚子一并拆掉，为我们差不多为期五个月的葫芦种植生涯画上了句号。

*

祇园祭过去两个月，正当我无所事事地猜想黑弓是不是该现身的时候，那家伙却悄然来访。

“喂，风太郎，好久不见，你还好吧。”我正在废屋一角劈柴的时候，黑弓一副若无其事的样子出现了。

“京城从上到下可是一片大乱哦。”黑弓一边放下背上的货物，一边语气激动地说道。

“一片大乱？怎么回事？”

“唉？”黑弓突然夸张地停下了动作。

“难道你不知道吗？”黑弓故意在眉宇间挤出皱纹。

“怎么，要打仗了吗？”

“你这不是知道嘛。”

“啊？”这次是我停下了砍柴的动作，“你开玩笑吧。”

“什么嘛，你是真不知道啊。”黑弓从袖子里掏出粽子问道，“吃吗？”我一声不吭地夺过粽子，立刻解开粽叶大快朵颐起来。

“突然是怎么了？你说战争，是暴动吗？”我满脸严肃地询问道。

“风太郎还是一如既往的悠闲啊。”黑弓一脸吃惊地回复，只见他走近劈柴台坐了下去，小心翼翼地剥开粽叶小口咬粽子。

“我们先前不是和瓢公子和常世大人去过方广寺嘛。”我以为黑弓要提起那件事，但他说的却是另外的事。

“还记得那口钟吗?”

“钟？在我们所坐位置的正上方，当时和尚敲响的那口钟?”

“对，我们离开后，为了纪念大佛竣工，寺里换上了一口更大的新铸的钟，但其铭文似乎不太合适。”

“啥叫铭文?”

“就是刻在大钟表面的文字啦，由于其内容出了问题，本该在十日前举行的大佛祭典被突然叫停了，这事儿你不知道?”

记得那个时候我正好在一心一意地收获葫芦，根本就没听说大佛祭典的事。

“大佛祭典的规模比祇园祭还大，好多人都会在祭奠之日汇聚到街上，不管哪个旅店驿站都住满了和尚，可谁料祭典突然中止，造成了不小的骚动。”

“我完全听不懂你在说些什么，为什么先说起那口钟的铭文，一下子又说到要开战？再说如今的太平盛世还有谁会挑起战争。”

“当然是江户和大坂咯。”

“什么?”我正往嘴里塞着粽子，听到这话顿时僵住了。江户与大坂之间，也就是说是德川家与丰臣家。

“不会吧。”

“所以说啊，都引起巨大骚动了。”

据黑弓所说，骏府[1]的大御所[2]对大钟的铭文内容大为光火，

①骏府：位于日本静冈县静冈市葵区骏河国安倍郡的一座城堡。

②大御所：隐退的将军的住所，亦用于对将军父亲的住所及其本人的尊称，多指德川家康。

不容分说就中止了大佛祭典，貌似即便发动战争也在所不惜。

“不会的。”我笑着摇摇头。

“仅仅因为大钟上的铭文就要打仗也太荒唐了吧，小孩都不会为那种事吵架，再说不管大钟上刻了什么，乌漆麻黑的啥也看不见啊。”

“就因为这个，才会引起巨大骚乱。”

“到底怎么回事?”

“据说是一句玩笑话捅了娄子，此事大御所把它当了真。传言说大坂那边丰臣家的家老[①]已急忙赶往骏府谢罪去了。”

我一言不发地咀嚼着粽子，眼前自然而然浮现出宁宁夫人尼姑头巾下那张不胖不瘦的脸。如果黑弓所言不虚，如今那间宅邸应该是一片混乱吧，在大坂的常世恐怕也不得安宁。众所周知，伊贺的藩主大人与骏府大御所关系亲近，在这场争执当中，忍者所扮演的角色也突然间具有了某种意义。

“在那之后，你和常世大人——”

“还没见过，他当前应该没有空闲来找我吧，所以报酬只有再等等。”

“那个倒也不急。”

黑弓吃完粽子将粽叶扔掉，然后从怀中徐徐抽出一根细长的东西。

“怎么？你开始抽烟了吗，你这家伙还是一如既往地爱臭美。”

“这个，是瓢公子给的。”黑弓指尖熟练地转着烟管。

“瓢公子？什么时候?”

“祇园社那件事当晚，风太郎和常世大人负责断后，在下不是

---

①家老：家臣中的首席。

带着瓢公子逃命嘛。那时，瓢公子把这个给了我，他遗憾地说本想在观看祇园祭彩车的时候抽，不过应该不行了。”黑弓解开一撮烟草装在烟管前端说道。

“你知道吗，‘tabaco’这个词是葡萄牙语哦。”

黑弓得意地把烟点燃，嘴里咬着烟管，只见他轻轻吸一口再优雅地从鼻子里喷出烟雾，不想紧接着却突然开始咳个不停。

“不行，在下总是习惯不了。”

接下来黑弓又咳了片刻，连眼泪都呛出来了，不停地擦拭着眼角。

“怎么就只给了你啊，那天挺身而出为你们断后的可是我和常世吧。”我把当时差点就丢下常世一个人逃跑的想法按下不表，愤然抗议道。

“是瓢公子拜托在下的。”

“他拜托的?”

“他说自己一个人能跑到南门，叫在下来帮你和常世大人，但在下表示必须保护他就拒绝了，结果瓢公子突然就给了这个，并坚持叫在下赶紧来帮你们。”黑弓举起烟管，薄薄的紫色烟雾从烟管前端飘出。

“在下并非是因为得到了烟管才回来助阵的，而是确实有所触动，在下感觉他是真的担心你和常世大人的安危，其实那时在下还说实在不能只留他一个人，可那巨大的身躯抓住在下的脖子硬是强行往回推。”

我依稀还记得他们两人逃向南门时，老远看见黑弓向瓢公子喊了些什么，也许那时正好在交涉吧。

“所以，你才会突然出现?”

“嗯，就是这么回事。”

“但是，那个火药弹和烟玉是怎么回事？那东西你从哪儿带来的？”

“一直带着的啊，现在也是，就在这儿。”

黑弓抬起左手，摇了摇袖子，我伸手摸了摸，发现在他袖兜底部有两个圆圆的东西。

“是火药弹吗？”

“对。”

“我说你身上带着这些东西就别吸烟啊。”我语气生硬地提醒道。

“啊，你说得对。”

黑弓慌忙将烟管前端燃烧着的块状烟叶敲落在地，“在下只是想让风太郎看看用这个东西抽烟而已。”黑弓低声嘀咕道。

“你有必要随时随身带着这么危险的东西到处走动吗？”我无视对方的借口，眼神严厉地质问。

“你说什么啊，在下本来就是做这个生意的，难道在下没告诉过你以前在运输硝石的南蛮商船上干过活儿的事吗？”

烧煳的块状烟叶掉落在地，黑弓见状，抬脚用草鞋鞋底踩住后将火星熄灭。

“那你卖扇子和茶碗什么的又怎么说？”

“你根本不明白啊，风太郎。如今这个太平盛世之下，在人们无聊时用作消遣的话，那种小东西是能赚的。不过接下来就不一样了，在下今后准备靠其他货物赚钱。据说不久后，火药会在各大名之间畅销起来。因为不管宅邸中备有多少支火绳枪，由于多年不使用，火药全都已经失效了。话说这买卖动用的资金不是扇子茶碗之类能比的，在下这下可要认真筹备一番了。”

我注视着黑弓手里的烟管，心想该说这家伙是内心强大呢还是没节操呢。这烟管确实是尊贵之人的随身之物，前端铁器部分还施加了精细的装饰。

“你认为接下来会打起来吗？”

“这种事在下怎么会知道。”

“但是，打起来的话你才能赚钱吧？”

“要真打起来，哪还管得上行商呀，大战之前一触即发的时候才是最适合做买卖的。”

黑弓自以为是地口若悬河，说完便离开劈柴台站起身来。

“打扰你了，风太郎。”

“怎么，你要走了？”

“接下来在下准备回大坂，大佛祭典取消后在下就转移到大坂了，那边便于行商，暂时会待上一阵子。啊，差点忘了！”黑弓弯下腰去捡地上的行李。

“忘记告诉你重要的事了，近期还是小心行事为好。”黑弓扭过头，异常严肃地说。

“小心行事？对什么？”

“在下也不知道。”

“啊？你啥意思？”

“祇园祭之后，风太郎都怎么过的？”

“就一直宅在这里啊，瓢六店铺也一次都没去过。”

“那之后有没有听到过什么祇园祭的传闻？”

我想起之前问过芥下，但情况仍然不明了。“没有，什么都没听到。”我摇头道。

“事件之后的一段时间，在下也一直待在驿站闭门不出，估摸着风头已过才重新开始外出，后来在下四处问了许多人，可谁都不知道那晚的骚乱。”

“什么?”我不禁提高声音。

“仅在下所见就死了五个人，那晚的事态根本不可能简单用斗殴二字来了结。可尽管如此，居然谁都不知道那件事，明明罪魁祸首就是月次组，并且事件正好发生在祇园祭期间，可是连一点传闻都听不到。”

祇园社事件，不光死了人，伤者也不少，并且这个男人还华丽地引爆了火药弹，左门甚至连头都被砍了下来。相比什么大钟铭文，那次事件应该更能引起轰动才对。

“到底是……怎么回事?”

“不知道，所以在下才说很危险，事件明显被刻意掩盖了。”

“被掩盖了? 就是说残菊那个家伙背后有人撑腰?”

黑弓没有回答我的问题，只见他喊出一声号子，扛着货物站起身来，手指抚摸着手中烟管的表面。

“可以问一个关于瓢公子的问题吗?”黑弓突然转换话题。

“那天早上，我们赶往道意的途中，你突然问起斋戒君的事对吧，斋戒君是指瓢公子吗?”

我稍稍确认一下黑弓的表情，事到如今确实没必要再隐瞒此事了。

“嗯……确实如此。”我点点头道。

“事到如今，你突然问这个干吗?”

“在五条的驿站，在下曾不露声色地向同在公家行商的同行问过此事，但谁都没听说过斋戒君，就连在京城做了三十年买卖的前辈大爷也没有头绪。那么，风太郎是从谁那里听说这个名号的呢?”

“是从常世那里。”毕竟不能说出宁宁夫人的名字，我随口回答道。

“除这个名号之外，常世大人还说过什么没？”

“对啊……他还说这个斋戒君因体弱多病不能走出宅邸，是个从小到大就只逛过一次京城的公子哥儿——差不多就这些吧？没出过街我认为是真的，不管怎么说，他不是连牛都没见过嘛。不过是不是体弱多病倒还值得商榷，一起蹴鞠的时候，虽然看他累得精疲力竭，可终归还是坚持了那么久。我就只知道这么多了，跟他应该也不会再见面了吧。怎么了？难道说你已经探明斋戒君的所在了吗？”

黑弓依然抚摸着烟管，他一脸愁容，貌似在思考什么。

“难道说……应该不会吧。”黑弓将烟管插入腰间，含混不清地嘟囔道。

“你突然怎么回事啊？”我询问道，可黑弓却没再继续这个话题。

“总之，风太郎也小心点，在下不久还会过来的。”留下这句话，黑弓便离开了。

等黑弓完全从视线里消失之后，我才想起自己完全忘记告诉他葫芦的事了。如今废屋俨然一座葫芦城堡，堆得像小山一样的葫芦把屋子塞得满满的。

*

黑弓离开四日后，且正好祇园祭事件过去足足两个月，我终于上街了。话虽如此，可我并没有进城，只是去了一趟产宁坂的瓢六店铺而已。

为避免横穿祇园社，我选择沿鸭川河步行至高台寺。路过高台寺时正门紧闭着，门对面感觉不到丝毫人气，此时我不禁想起了左门，也不知宁宁夫人是否收到了左门的死讯。如果真如黑弓所说，祇园社的骚动被掩盖了的话，左门的死多半也被抹消了。

首先左门必定不会留下任何有关自己身份的线索，并且很难想象已经身首异处的他会得以安葬。最后，我在内心短暂地双手合十祷告后，便从高台寺前经过往产宁坂赶去。

如黑弓所说，街上变得相当嘈杂，但就我观察前去清水的路人来看，其喧嚣程度并没有特别的差异。我跟在步伐悠闲地攀登石阶的大娘们身后，边走边听她们议论哪家店铺的绸缎更物美价廉，谁又因为喝了三条大桥旁贩卖的蚬贝汁而拉肚子等等。耳旁充斥着这些市井闲话，怎么都难以想象接下来会发生什么战争。

我到达瓢六店铺前，发现芥下坐在店头。

“喂。”我在店前给她打招呼，但芥下只瞅了我一眼，便立刻回到手头的工作上。

“你是谁啊?”片刻后，芥下用极其刁难的声音回复道，“你现在来干吗，今天的货我全都运完了。”

刚一见面，芥下便吐露怨言，这让我感到很不自在，我决定不顺着她的话说。

“田里的葫芦已经收获了，我数了一下将近三百个，全都放在我的废屋里，这样占着地方也不是办法，接下来咋办?”我迅速说起了自己想问的事。

多亏芥下多次来到田里指点，我才终于能够成功培育葫芦，可自上次她来做完筛选之后，差不多一个半月都没再露面。如果可以的话，我还想继续宅在吉田山，但终究还是敌不过那满屋葫芦的压迫感，于是才决定亲自跑一趟问个清楚。

芥下明明听到了我的问话，却没有任何反应，只顾在抹布上沾上像山茶油一样的东西，专心致志地擦拭葫芦表面，完全没有要抬头的意思。我心想这样下去事情也不会有什么进展，便穿过布帘往店里瞧，不巧瓢六并不在店里，实在没办法我又回到店铺前在房檐下坐下，时间就这样过去了四半时。

“该出种了。”芥下终于开口道。

“什么出种？”我扭过脑袋问道，芥下一下子站起身，一言不发地消失在里屋。看来我是相当招人厌啊，今天干脆就回去了吧，我叹了口气站起身，此时芥下手里提着个桶回来了。

“进来。”芥下简单命令道。于是我钻过了布帘，看见土间放着一个装满水的桶，桶里浮着一个表面呈青绿色的葫芦。

芥下从墙角的架子上取出一把小刀和一根差不多长一尺半的细铁棒，她单手握住葫芦，一刀切掉还残留在前端的根茎部分，然后对准切口一使劲儿，便将铁棒插了进去。

“就像这样，在葫芦肚子里搅动，将内侧壁肉捣碎。”

多次插拔铁棒之后，芥下将手中的葫芦沉入桶中，很快葫芦口部便不再往上冒泡。“拿着。”芥下从水中取出葫芦交给我后，伸手去取置于房间另一边的小盒子。盒里放满了木栓，她取出一个递给我，然后我便用木栓堵住还时不时冒出泡泡的口部。

“先将内壁捣碎，再灌满水，再在水中泡五十日，如此内部便会全部腐烂，表面的薄膜也会脱落。之后将种子和内部腐烂物一起倒出，干燥以后就完工了。”

“五十日？”我以为自己听错了，又再问了一次。“不错。”芥下轻描淡写地点点头。从现在起五十日之后，不就跳过九月，进入十月了吗。

“等、等等，你该不会是要我把收获的葫芦都用这种相当麻烦的方式来处理吧？”

“那当然。”芥下丝毫不掩饰一脸理所当然的表情。

“瓢六只收购出完种的葫芦，之后的工作才由我们接手，外形美观的葫芦会拿去涂漆和雕刻，最终还要花上差不多半年的时间才能完工。”芥下指着房间靠里的架子说道。

我之前曾打听过装饰在架子上的光彩夺目的葫芦价格，不管哪一个都价值不菲惹人惊叹。原来如此，我这才恍然大悟，原来做葫芦生意如此耗时费功夫。

“太乱来了，难道要我一个人把那三百个葫芦一一开孔浸水吗，我绝对办不到的。”

“那我不管。”芥下只瞥了我一眼说道，“之前去田里，一摘葫芦你就唠唠叨叨说不要摘不要摘，这次出种又嫌数量太多，真是个无可救药的男人。”

芥下一下子戳到我的痛处，一席话说得我哑口无言，于是我绷着脸转换了话题。

“这个，我听说有可能会打仗，是真的吗？”

“谁知道。”芥下冷淡地嘟囔道，同时接过我递给她的葫芦放回桶里，那个肚子里装满水的葫芦就这样缓缓地沉到了桶底。

“瓢六店主有没有说什么？”

芥下目光锐利地抬头瞪我一眼，“他有东西要给你。”她提起桶退到了房间深处，不一会，芥下手里拿着一个纸包走了出来。

“种植葫芦的手工费就付清了。”

从手里的重量来看，应该是铜钱，“非常感谢。”我双手捧着纸包，举至头前道谢后将钱塞进了怀里。“这个你也拿去用。”仔细一看，芥下是要将刚刚用来扎葫芦的，前端犹如锥子一样尖锐的铁棒交给我。这东西到底有多珍贵我并不清楚，总之道过谢后收下了。

“代我向瓢六店主问个好。”事情已经办完，我轻松地抬起手，正准备钻过布帘。

“我，讨厌那个。”

我听到细微的声音。

不知为何，我回过头去。

“我，最讨厌战争了。”

在微暗之中，芥下的面部浮现出格外鲜明的眼白，看起来简直就像散发着光亮一般。突然间我不知该怎么接话，不过芥下也很快走出里屋，背对着我继续自己刚才的工作。我凝望那小小的背影片刻，最终什么也没说出来，默默地离开了瓢六店铺。

第二天，我早早便开始出种。

一个人对付这三百多个葫芦，负担实在太重，我一狠心雇了住在坡道下方的大娘。雇她的时候我承诺会多给工钱，对方便兴高采烈地带上曾孙子前来助阵。作业中最让我头疼的是用来泡葫芦的容器，不过这事儿在和大娘商量后很快迎刃而解。大娘想起在山脚村子的水车小屋里有一个布满灰尘的水瓮，在与那里的负责人交涉后，对方允许我们在小屋一旁开展作业。

我需要将废屋的葫芦运送到水车小屋，刚满五岁还流着鼻涕的大娘的曾孙负责切除葫芦的口部，而大娘则用铁棒将葫芦内部捣碎。把所有葫芦运到小屋后，“这东西还真方便啊。”大娘说着，将铁棒插入葫芦之后再孜孜不倦地往水瓮里注水。

耳畔水车吱嘎作响，我从大娘手里接过搅拌完毕的葫芦往水瓮里沉下去，接着正当我注视着水面上浮起的形成一列的气泡时，“过惯了这祥和的日子，打仗什么的简直就像天方夜谭一样。”大娘令人意外地低声细语道。我问她这传言是哪儿听来的，她说现在到处都在谈论这个话题。大娘手腕看上去虽然纤细，可用铁棒进行作业的动作很是豪迈，“拿着。”很快地，她又完成一只葫芦并扔给了我。“大佛的钟！大佛的钟！”大娘身旁流着鼻涕的曾孙兴高采烈地接连大声喊叫。看来此事整个京城已经无人不晓了。

“大娘，你认为会打起来吗?”我将葫芦吐完泡的口部塞上木栓，放入水中，葫芦自己无声地沉入水瓮底部。

“这个嘛。”大娘突然陷入沉思，用那双暴露在太阳下满是皱纹的手从曾孙手里接过葫芦。

“直至昨天这日子都还算圆满太平，却突然间一下子崩塌下来，这就是所谓战争啊。”

大娘将附在葫芦表面的泥土撣去。她的声音不可思议地严肃起来。

“大娘你怎么突然说出这么深刻的话？这不像平时的你啊。”

“你说什么啊。”大娘停下手上的动作，耷拉着的眼皮一下子睁开。

“你别看我这样，自打出生以来，我在京城已经住上了七十五载，这些可都是我在亲身经历中学到的啊。生活越是安稳平静，越是要小心提防，战争往往会在你意识到之前就已经发生。人这种东西，天生有一种一旦无聊便会唤来战争的坏毛病，说不定这次他们已经太过无聊，开始等得不耐烦了呢。”

“如果打起来，你认为谁会赢?”

“对哦。”大娘噘着嘴，歪着脑袋想了想，“这个嘛，一定是丰臣家吧。”

大娘的话饱含着自信，同时咧开只剩一颗门牙的嘴哈哈大笑。

结果，当天没能完工。一共花了两天才把所有葫芦都沉入水瓮中，事后我付了酬劳给大娘和她的曾孙。

“下次是十月吧，需要帮忙到时候再叫我。”大娘说完便高兴地回去了。

堆积在屋内四周的葫芦不见了，在突然变得空落落的废屋内，我迎来了九月。月份过半时，距离祇园祭已经过去了三个月，差不多也该重新开始帮忙运货了。于是我终于行动起来，走出了吉田山。

“这啥啊?”当我造访一个月不见的瓢六，从房间直到土间甚至里屋，目光所及之处全都堆满了装有葫芦的口袋，让我大吃了一惊。

“你来得正好。”一见我前来，瓢六店主直接省去了寒暄，指着旁边两大袋葫芦说道，并且很快给我安排好了工作。我询问他发生了什么事，“事不宜迟。”瓢六面露奇怪的表情，发出“咔咔咔”的笑声道。

打这天起，我几乎每天都到瓢六帮工运货，那些袋子里全都是未经加工的普通葫芦，订货的买家无一例外都是武家宅邸。

此前黑弓说过茶具和扇子一类的东西，是这个太平天下供人们茶余饭后用来消遣的玩物，不过确切地说，摆在店内架子上光彩夺目的葫芦也应该可以归为此类。可事到如今，葫芦却变为战场上携带水的容器，将发挥其本来的用途，也就是说，如今的葫芦成为了火药的伙伴。

四条有个叫粪小路的地方，那里有许多联排店铺在销售刀剑及铠甲，听说最近那里的铠甲价格相比八月上涨了一倍。仗会不会真的打起来我不知道，但却不容辩驳地切身感受到战争的气氛已日渐临近。

*

我扛着装满葫芦的袋子，往返在瓢六店铺和京城各处。城里的情况完全变了。

斜坡下的大娘说过，战争往往会在你意识到之前悄然而至。诚然，不知何时京城街道已身处浓浓的战争氛围之中。

大坂人即将打进城里的流言如同沙尘一般，席卷了京城大道，城里百姓都竞相将自家财物打包寄放至公家宅邸的庭院。听说过去战争临近时，将财物托管给公家是旧有的习俗，可我认为一旦被放了火，公家照样保证不了财产的安全，然而不知为何，人们与公家之间貌似形成了一种奇妙的信任关系，认为打仗是武家人的事，与公家无关。

送货途中，我与行李堆得像小山一样的台车擦身而过，将葫芦送到武家宅邸后，便回到了产宁坂。当我回到店铺时，老板瓢六已将店门口的布帘卸下。所司代发布了夜晚不许外出的宵禁令，进出京城也变得很严，传言还说将军冢在半夜高声鸣动，大批军队已进驻北野神社。按照街上人们所说，所有的征兆都预示着战争正在临近，如今街上的气氛已经变得让人难以相信差不多三个月前这里还举办过祇园祭。瓢六将现有存货一并清仓出售之后便停止了进货，并决定一直休业到时局稳定下来为止。

“可能半年，也可能一年，总之必须等战争结束。毕竟对手是太阁倾尽全力打造的大坂城啊，关东这边想必免不了一番苦战。”

瓢六虽然如是说，但实际上民间对在京城的公家以及大御所的风评相当不好。因为大家都知道那个大佛殿大钟事件是怎么一回事。只是对这种吹毛求疵的行为，大家都心怀胆怯在观望。另外，太阁的人气到现在也不见衰落，毕竟丰臣家坐拥传说中易守难攻的大坂城。相比遥远的江户，大家在人情上更愿意支援就近的大坂。传言形势对丰臣家的呼声仍然根深蒂固。在我送葫芦时造访的那些武家宅邸中，很多人都认为既然身在京城就断然应该站在关东这一边，不过也有不少武士面露愁容，态度摇摆不定。

瓢六十分高兴地接过我收回的货款，并慰劳我辛苦了，接着手法熟练地将布匹卷在布帘棒子上。

“在这里开了二十年的店，从来没有这么赚过。这些天你也很辛苦，接下来一段时间没活儿了，工钱我多给你算了点，你拿好。”老板拿起放在房间一角的小荷包向我扔过来，我慌忙接过荷包，荷包比我想象中更沉。

回废屋的途中，我在山脚被一个擦身而过的小鬼叫住，转过头一看，才发现是上次帮忙出种的大娘的曾孙。

“差不多快五十日了，还不把水倒掉吗？再给大奶奶和我劳务费！”

小鬼随意地摊开手伸到我面前，这时我才发觉在瓢六干活期间，把沉在水瓮里的葫芦忘得一干二净。可如今即便把那三百多个葫芦捞起来，瓢六也不会收购了。

“下次什么时候啊？”小鬼拉着我的衣服下摆纠缠不休，最终我敲了敲他的小光头，将他赶走了。

第二天，我去了趟水车小屋。

小屋角落并排摆放着四口水瓮，但每口瓮的盖子上都压着我记忆中不曾有的石块。到底是谁干的？我充满狐疑，于是挪走其中一块再揭开盖子。

水瓮里立刻窜出一股无法言喻的恶臭。

我不禁转过脸，怯生生地远远往瓮中望去，发现水面浮起一层奇怪的膜。我皱皱眉头将身旁一块破木板拾起投进瓮里，只见脏兮兮的膜一下子裂开，葫芦一个接着一个浮出水面。我拿起一个浮在水面的长约八寸的葫芦，凑近闻了闻，那气味简直就像阴沟的臭味一般，甚至让我差点呕吐。

我如逃难一般跑出小屋，大口地呼吸新鲜空气，并顺带把那个葫芦拿了出来，浸入一旁的小河里。我洗了洗黏滑的表面，用手指使劲摩擦，葫芦薄薄的表皮便轻易地脱落了，我捏住一端小心翼翼地一扯，一口气将表皮揭下。然后我扒开塞在口部的木栓，将内里倒了出来，白色的种子与不明其真面目的黏稠状物一起被倒入小河。由于只倒一次倒不干净，于是我又将葫芦沉入小河灌满水，再气势十足地挥动让种子飞出，整个过程重复了三四次。

诚如字面所言，只是给这一个葫芦出种就花了足足四半时。要弄完这近三百多个葫芦，到底得花多少时间啊！我实在不想再取第二个来弄了，剩下的就等到瓢六重新开店的时候再说吧。我早早决定好今后的对策，然后又回到了充满恶臭的小屋，先屏住呼吸给水瓮盖好盖子，再将石块压在盖子上，我想必定是因为实在太臭，有人路过时用这些石块把水瓮盖子盖住的。我在小屋入口处一旁的架子上发现了用来捣碎葫芦内部的细铁棒，于是带着棒子走出了小屋。出门绕到屋后，我找了一处日照良好的地方将铁棒插在地上，接着把刚出完种的葫芦倒插在上面。

揭下薄薄的表皮后，葫芦表面发出耀眼的光泽，这一只外形相当好，正好符合以前芥下说过葫芦鼓起部分和腰部的最佳比例。等这个干燥完成后，就终于能完成第一只葫芦了。我再一次回顾了至今为止自己所付出的难以想象的劳力和时间，闻了闻手指上的臭味，尽管后来我在小河里仔细地冲洗过，但臭水沟的味道仍然充分地残留在手上。

我没有再回废屋，而是准备就此前往京城，因为受瓢六所托，之前有一家店由于老板外出，货款还未收回。

一从荒神口进入京城，我便感到今天的气氛跟昨天完全不同，路上行人的步伐看上去总感觉有什么地方不稳。我看见前方街道聚集了大批人群，便不经意向人群对面望去，接着我不由得停下了脚步。

眼前的光景犹如天正时代的画面重现一般，我看见身披铠甲的士兵络绎不绝行走于大道上。有路人指着杂兵扛着的长方形箱子小声议论着，箱子上印有家徽，人们的低声细语传进了我的耳朵，那是一个我从来没听说过的大名的名字，据说是来自遥远的东方之国。

终于，战争真的开始了。

我伸出手指贴近鼻子，猛然地吸了一口气，丝毫未变的臭水沟味道让我很快冷静了下来，然后我离开了人群，继续前往粪小路尽头的店铺。在我身前，不知为何一个驼着背、衣衫褴褛的老太婆左摇右晃地慢慢踱步。接着她拐入前方的一处小路，那正好是通往目的地店铺的捷径，犹如追随着对方的脚步一般，我也在相同转角处转了弯。

我的正面是一条无人小路，笔直延伸至前方约十间的距离，可奇怪的是四处都不见老太婆的身影。

我的内心随之产生了一股不祥的预感，当我的视线迅速往左右的墙上游走时，听见身后传来话语声。

“阿风还是一如既往的迟钝呢。”

根本无须转身确认，我知道这声音的主人。

“有什么事？”我转过身面对着对方，语气生硬地问道。

“你不回来吗？”

“什么？”

“不是说了嘛，人家问你不回来吗？”

“回去哪里？”我不由得转过头去。

“这事儿不明摆着嘛。”与刚才老太婆的样子完全不同，一个身着华丽的窄袖便服，衣服上绣着一片巨大枫叶的女子站在我面前。

“你不回伊贺做忍者了吗，风太郎？”百的嘴角浮现出妖艳的笑容，伸出雪白的手指轻轻地戳了戳我的胸口。

*

自伊贺上野键屋路旁的送别以来，这次再会虽然已差不多过去了两年，可百的语气仿佛就像在确认昨天拜托我的事一样随意。

“怎么样?”她又用手指戳了戳我，催促道。

我后退一步。

“为什么你会在这里?”为防止对方察觉到自己内心的动摇，我极力压低声音问道。

“当然是有工作才会来啊。”

“忍者的工作?”

“不是啦，是女官的工作。再过些时日，藩主大人会带兵进京，为事先做好准备，要先守候在宅邸里。人家一大早就打扫卫生到现在，吸了一肚子灰，简直干不下去了啦。”百故意皱起眉头娇嗔道。如此看来我还挺走运的，藤堂家的宅邸位于二条城[1]的南面，由于那里没有订购过葫芦，所以我一次也没去拜访过。

“什么时候开始跟踪我的?”

“这个嘛。”百嫣然一笑，避开了我的问题。

“刚听说你在葫芦店里帮工的时候，我还想阿风怎么可能会做那种事，不过意外的是阿风好像还干得挺不错的嘛。”

“你吵死了。”我打断了对方的话。

“为什么事到如今还要我回去?”我语气故作生硬地问道，实际上，这是我心中最想确认的问题。

“那种事，人家怎么知道，人家只是奉命前来这里的。”

“奉命?奉谁的命?”

①二条城：又名二条御所，位于日本京都，是室町幕府将军在京都的行辕。

"采女大人啊。"

听到这个名字，我突然紧张起来。片刻沉默后我盯着百的脸，不愧是身处高级女官之列，在她身上没有一点伊贺女人的影子。岂止如此，即便跟京城的女子相比，百的装扮也更加优雅。不过，我实在太清楚这个奸滑女人的底细了，那副美丽的外表只会让我对她更加戒备。

"采女大人在宅邸里吗？"

"两天前刚到。"

"再问一次，为什么是我！"

百摇了摇头，长长的睫毛深处向我投来厌倦的目光。

"阿风为什么要这么问呢？"

"为什么？这不明摆着吗，至今一直把我晾在一旁，现在又突然要我做回忍者，你以为我会乖乖地任你们摆布吗？"

"但是，阿风只是离开了柘植屋而已，不管什么时候忍者的工作再找上门来也不奇怪啊，对吧？"

"不，这个……"

离开伊贺的这两年里，忍者二字不知多少次从我内心深处浮现，又徒劳地掉落。这些痛苦、悲惨犹如淤泥一般的思绪一点一点地苏醒了过来。自己好不容易摆脱了对"忍者"的眷念，可如今这一身份就在我眼前，在我伸手便可触及的地方被随意放置着。事情的原委实在让人感到没劲，我的脑袋现在还没能完全跟上，不过这份在心底聚集已久的郁愤心情，如今即便告诉百也没有任何用处。

"我已经，不是忍者了。"等我回过神来，曾在心中默念过不知多少次的台词，如今终于说了出来。

"啥？"百涂得鲜红的嘴角，清清楚楚地扭曲了。

“阿风变得了不起了呢。”百发出低沉的，就像在嘲笑我似的声音。

“这个，可不是你擅自就能决定的事。”百定睛直视着我，冷冷地断言道。

那一瞬间，遗忘许久的忍者的感觉惊人地在我内心深处鲜活地跃动起来，无意识间我握紧了拳头。这时一阵风刮过小路，将脚下的淡淡尘埃卷起，不知道是否是云朵遮蔽了太阳，百雪白的脸一下子浮现出阴影。记得她应该大我两岁，看着百左眼下方背阴处露出的淡淡暗纹，我不禁感慨百也成长了。

“接下来，真的会打起来吗？”

“阿风你在悠闲地说些什么啊，仗不是老早就打起来了吗？”百的嘴角露出略带嘲弄的微笑。

“那么人家就先走了，阿风，怎么答复你先考虑一下吧，不过也没有多少时间让你慢慢考虑了。”百说完便转身离去。

百途中没有回头，从来时路的转角转出后，就立刻消失了。我在原地呆站片刻之后，再次缓慢地迈开脚步，周围一片喧嚣，而我却对此充耳不闻，我的头顶上有成群的红蜻蜓在轻盈地飞舞着。我感到自己的身体就像中了幻术一般，脚下没有鲜明的踏地感觉，接着我穿过小路，进入下一条通往目的地的近道。

收回货款后，我回到产宁坂的瓢六店铺。房间的一部分已经塞上了护窗板[1]，只有直至昨天还垂着布帘的侧面入口开着个口子，原本店头就没有看板，再加上布帘也被撤去，整个店铺就像一间空房。在我登上石阶顶端的时候，正好芥下从店里弓着背走了出来，她察觉到我的存在时露出满脸吃惊的表情，转身向由于

①护窗板：以防风雨、防寒以及防盗为目的，装在走廊及窗户外侧的板窗。

光线的原因而看不到的土间方向望去。

“瓢六店主在吗？最后一家的货款我收回来了。”我向她搭话道，但对方却毫无反应。

“喂，怎么了？”

“他现在不在。”芥下缓缓转过头，用奇怪而生硬的语气低声嘟囔道。不知为何，她的表情看上去非常紧张。

“里面有谁在吗？”

芥下嘴角紧闭着，什么也没回答。与嘴唇涂抹娇艳口红的百完全不同，芥下嘴角有点脱皮。“不知道。”芥下有点生气的样子，瞬间开口道，那双仰望着我的眼白映射出与往常不同的光芒。就这样，芥下快步从我身边走过，下了石阶。直至刚才她都在里面待着，即便如此还坚持自己不知道，到底是什么意思？

“喂，有谁在吗？”我压抑着自己愤慨的情绪踏入土间，朝里屋招呼道。

“在啊，在这里。”声音忽然从侧方传来。

我大吃一惊，循着声音望去，由于护窗板的遮挡，在完全被黑暗笼罩的房间角落，浮现一个盘腿而坐的男人的身影。

“真是好久不见啊，风太郎，还记得老夫吗？”

男人溜圆的体形不由得让我想起瓢公子，不过当我眯起眼睛仔细一看才发现对方比瓢公子还是要小上两圈。

“啊！”我不禁冲口而出。

“义、义左卫门大人——”

我的眼睛渐渐习惯前方的黑暗，看见男人露齿一笑。

“不知道你过得如何，还有点担心，可你看上去挺精神的嘛，如此老夫也放心了。”

“您为、为什么会在这里？”

“为什么?”义左卫门缓缓站起身来。

“对哦，你还不知道啊。”

义左卫门走到护窗板前，将一块窗板稍稍横向拉开，淡淡的光线从星点间隙之间射入了房间内，此时义左卫门的身影才鲜明地浮现出来。

“没有什么为什么，这里本就是老夫的店，硬要说的话，这里是京城的万屋。”

义左卫门俯视着一脸茫然的我，“嚯嚯，这两年不见，你的面容也变得些许精壮了呢——”义左卫门笑道。

“二条宅邸那边太引人注目，因此万屋的人在京城聚集时都会使用这个地方。老夫每两个月也会拜访这里一次，只是每次集会时都是打烊之后才过来的，所以我们才一次也没打过照面。关于你的事老夫从瓢六那里也听说过了，他夸你说虽然态度冷淡，但干活儿还不坏。”

义左卫门再次回到原来的地方坐下，与两年前相比，他的腰变得更加肥胖，坐下时看得出挺发拘的。

“瓢六店主过去在上野的万屋工作过，二十年前决定在京城开店时，是老夫将他带到这边来的。当初将这个店铺托付给他时，就约定他可以做自己想做的事，结果那人却说什么想卖葫芦。当时老夫还认为这种东西根本没赚头，可现在不同了，还真是不能小看了这葫芦，他告诉我这个月的利润时，老夫也吓了一跳啊。”

正好说到葫芦，趁还记得，我从怀里取出今天回收的货款，放在榻榻米上。“这个是要交给瓢六店主的。”我说完这一句的同时，突然察觉到一个重要的事实——话说万屋的人不全都是忍者出身吗?

“那、那么，瓢六店主也是……”

“对。”义左卫门微微一笑点头道。

“虽然现在完全变成了个糟老头子，但老夫刚成为忍者时，瓢六就已经在伊贺境内小有名气了。话说有一次他在任务中伤了膝盖，自那时起便开始在万屋从事处理账目的工作。最近听他哀叹自己在送货的时候又伤到了同样的地方，想想真是岁月不饶人啊。”

义左卫门的话，让我又想起瓢六无名指只剩一半的干枯右手，只是老老实实地做葫芦，是不可能折断手指的。

我问起今天瓢六会不会来店里，义左卫门摇晃着身子笑道：“他已经不会再来这里了。”

“那家伙昨日已返回伊贺，从此将在那边做一个无忧无虑的隐居老头吧。”

“但是，他上次还说战争结束后店铺会再开的——”

“瓢六那样说过吗？不，恐怕没可能了，这里会就此关闭，你明白了吗？就是因为大坂还有丰臣家，这个店才有存在意义，如果接下来丰臣家没了，也没必要再在此处开店。接下来店铺可能会转移到江户去，对了，刚才老夫把这事儿告诉芥下时，她可是很生气呢，还叫我不要擅自把店关了，想不到那孩子这么在意这家店。”

瓢六已经不在京城这件事实在让我感到事出突然，但更让我吃惊的是义左卫门早已预见到战争走向且已经提前行动，不过接下来还有更厉害的。

“你发现了吗？芥下也是忍者哦。”义左卫门换了个话题。

“啊！”这意想不到的话让我一时语塞，不知如何把话接下去。

“你没发现吗，当然她并不是柘植屋出身，可直到十四岁为止一直都在伊贺修行，记得大概最后两年的时间，她还在万屋待过。”

之前芥下来田里摘葫芦时，我问过她是不是生长在京城，可我记得那时候她是给出了肯定答复的。此刻，我脑海中模糊地回忆起她那张黑色的侧脸。

“那、那么，我的事她……”

“你流落到这里的经过，老夫以前给她讲过一次。”

如此看来，在这店里一无所知，老老实实只顾搬运葫芦的只有我一人而已。

说来我在这里帮工的契机始于那次黑弓扛着一大袋葫芦造访废屋。那家伙说是在行商途中偶然从万屋的人手里得到葫芦的。收到葫芦之后，我遵照从黑弓口中得知的义左卫门的口令来到瓢六，接着对瓢六店主口中的需要男丁帮工的话信以为真，开始孜孜不倦地搬运货物，甚至在那期间还种了葫芦。看上去每走一步都是我自身意志的选择，可实际上所有的一切都是义左卫门事先留下线索，我需要做的只是寻着线索行动而已。

*

“您为什么，把我安排到这儿?”

“是啊。”义左卫门抱起胳膊，深深叹一口气。

“应该是觉得你可怜吧。”义左卫门避开我的视线，脸转向护窗板光线照射进来的缝隙，由于光线刺眼，他眯起了眼睛。

“你以前在大街上叫住万屋的年轻伙计，告诉过他你住在吉田山吧。老夫听说后便觉得你挺可怜的，感觉你并没有找个活儿认真干，于是便考虑在瓢六雇你帮工，当时瓢六不正好嚷嚷着人手不足嘛。至于没告诉你这里和万屋的关系是因为——那个，没办法啊，让你抱有无望的期许反而会更残酷吧。你啊，不是想做回忍者吗？你不用否认，要没那层意思的话，也不会特意自报住处了吧。”

义左卫门的话告了一段落，视线缓缓地回到我脸上，那视线仿佛看穿了一切，我愣得说不出话来。

“是老夫多管闲事了吧。”

“不，不，岂敢岂敢。”

我慌张地摇摇头，既不是讽刺也不是什么其他情绪，这是我发自内心的话。

“你接下来准备怎么办，有什么其他门路吗？”

不久前才得知瓢六店就此关店，我并没有什么其他门路。一瞬间，百的脸突然在我脑海里闪过，我连忙摇摇脑袋不让自己胡思乱想。

“这个是饯别礼，虽然不多，你还是拿着吧。”

义左卫门从袖口处拿出一个荷包扔了过来，那荷包随即落在我眼前的榻榻米上，当视线滑落至荷包上时，我回想起两年前在万屋也有过同样的光景。

“我们真是有授受饯别礼的缘分啊。”义左卫门像是唤起了和我相同的回忆，低声笑了笑道。

“如果生计为难，就去找搬运的活儿吧。战争期间，用作攻打大坂的军粮只能经由京城运送过去，所以搬运工暂时会比较能赚。”

我深深地低下头，收下了荷包。

义左卫门站起身，就像在暗示谈话已然结束一般，将护窗板的缝隙关上了。

“义左卫门大人，我有一事，不知可问否？”我将荷包塞入怀中，大胆地向对方抛出疑问。

“什么事？”

“您能告诉我，关于月次组这个倾奇者组织的事吗?”瞬间，站在黑暗中的义左卫门的眼中闪过一道光。

“月次组吗，嗯。”义左卫门发出低沉的哼哼声。“确切的信息我也不清楚，但他们似乎并不只是单纯的倾奇者组织。毕竟，那些家伙的后台是所司代。”义左卫门以小心谨慎的口吻回答道。

“所司代?”

“所谓以毒攻毒吧，最近两三年，所司代利用月次组将其他性质恶劣的倾奇者组织一个接一个击溃，传闻连火烧天主教教堂的事件月次组都有参与，只要是所司代不方便自己动手的脏活都暗中交由这个月次组代为行事。”

就是由于得知义左卫门与瓢六店铺之间的关系，我期待着他可能会知道些什么，才大胆进行询问。可这一问却冒出来一个不得了的对象。话说所司代可是统掌这个京城的官方派驻机构。换言之他们是京城之主。

“你问这个干吗?在哪儿被他们缠上了吗?”

“不是的，我之前在北野神社赏花时，碰巧遇上他们和一个醉鬼发生口角，有点在意而已。”

原本我还想问问关于忍者的事，但既然不能随意触及关于祇园祭的事件，能开口问的内容也仅此而已。接下来我表示瓢六店主于我有恩，希望今后义左卫门遇到他时帮我道一声谢，末了，我再次低头行礼。

“今后我们还会在某处碰面吧，你多保重，赚钱灵光点哦。”

说完，义左卫门支起肥胖的身躯摇摇晃晃地慢慢走到我面前，拍了拍我的肩膀。

“对了，记得我在上野就告诉过你的吧，要多笑笑。今天我们好不容易久别重逢，你还是绷着一张苦瓜脸，真是的，你这石头脑袋在这里都学了些什么啊。”

义左卫门轻轻地敲敲我的头，就此走下土间，大笑着消失在里屋深处。

一见到义左卫门，我的内心会不可思议地感到舒畅，我一边回味着怀中荷包的分量，一边离开了瓢六店铺。回吉田山途中我去了一趟水车小屋，将之前放在这里干燥的葫芦肚子里的细铁棒拔出，连同葫芦一起带回了废屋。我把铁棒插在废屋南面的地面上，再一次将葫芦倒插上去，因为葫芦已经顶着太阳晒了半日，所以水汽都被蒸发掉了，只是中间腰部还有点凉飕飕的，因为只有湿润部位的颜色明显浓淡不均，所以一眼就能看清整个葫芦的干燥程度。看来只能等色差消失，整个葫芦都呈现出清一色的白色之时，才能算最终干燥完成。

接下来数日，我都是躺着度过的。

下雨天把葫芦撤进屋里避难，出太阳的时候则把葫芦拿出去晒，晒了四日之后湿润部位的色差完全消失了，葫芦拿在手里轻得可怕。瓢六店里的葫芦外形都是这个样子，由于我还记得手感沉甸时的葫芦，所以现在如纸糊一样的轻微重量实在让我难以拭去心中的困惑。

由于腰包充裕，我买了些米回来，配上从山里现采的大量蘑菇，做了一锅杂烩粥。我把锅架在灶上，直到粥煮好为止，我都躺在地板上鉴赏葫芦。虽然这个葫芦只是我从水瓮里随意捞起来的，但连我自己都认为这个漂亮的葫芦简直让人着迷。以前听芥下说过大部分的葫芦都很贱价，只有外形特别出众的店里才会出高价收购，再施以装饰方能作为成品出售。我心想这个葫芦必定属于能卖出高价的那一类了，于是独自一人兴奋起来，正在这时锅里传出了粥煮开溢出的声响，我慌张地站起身。

“风太郎。”我听到有个声音从某处呼喊我的名字。

“风太郎。”

我还以为是自己幻听了，但夹杂着锅盖的声音，第二声确确实实传到了我耳朵里，只是不知为何，声音是从我的下方传来的。

我循着声音，低头看去。

在我视线的前方，声音正好从我左手中葫芦的口部传出。

“好久不见啊，风太郎。”

又一次听到话语声的同时，我连滚带爬地将葫芦扔进灶火之中。

但是，这个尝试却以失败告终。在扔投出葫芦之前，手中的触感消失了，接着灶火也消失不见，接踵而至的是将周围完全笼罩的无尽黑暗。

“你还是一如既往地沉不住气。”头顶响起的声音语气略带惊奇。

“因心居士吗？”

“多此一问，除了我还有谁？”

对方语调随意，我故意对着黑暗咂了咂舌，然后对着无所依靠的脚下空间抱着胳膊盘腿坐下。

“这里是葫芦的里面吗？”

“那是当然。”

“喂，你不带这样的吧，上次不是约定好了今后绝不出现在我面前吗？再者，我已经将你供奉在祠堂了。”

“我并没有食言啊。”居士满不在乎地断言道，明明没啥可笑的，他却发出“嚯嚯嚯”的笑声。

“什么？你没食言？”我一面用拳头击打漆黑的地面一面说道，但因为没有触感，整个人差点朝前方倒了下去，我慌忙摆正姿势。

“我并没有违反约定，那时你放的葫芦如今仍然存放在祠堂，并没有出现在你面前，不是吗?”

“哼，你少强词夺理，不再出现在我面前的意思，就是说你不会再来骚扰我好不好。”

“这个就是你自己随意决定的事了，我可没答应。”

头顶上传来因心居士据理力争的话语声，跟他再逞口舌之争只会让自己看上去更傻，于是我闭上了嘴，凝望眼前的虚空。

“我说过的，我有必须要完成的事，我必须到大坂去见另一半，所以才耗费这么多时间将自己的身体焕然一新。”

“啥?”我本想保持沉默，可实在忍不住又开了口。

“风太郎啊，你竟能把我培育得如此出色，实在值得褒奖。”

“等一下，我根本就没有想要培育你——”

“你忘了吗，风太郎。你撒在田里的种子，那里面混入了来自我肚子里的东西，这个葫芦就是那时的其中之一长成的。”

我想起来了，芥下给我的那袋种子里，被黑弓那家伙擅自掺入了放回祠堂的旧葫芦的种子。最终，两拨种子没能区别开来，就这样撒在了田里。

“果然，这才是你的目的吗?”

对于我的严厉质问，因心居士毫不在意地以快活的笑声将之掩盖。

“不，风太郎，接下来终于可以开始了。”因心居士丝毫不掩饰满心的喜悦，“风太郎，你可要好好地给我打扮打扮，大坂的果心居士正伸长脖子等着我前去呢!”

*

“如果当时黑弓不准备种葫芦你打算怎么办?你的种子不就一

直遗留在葫芦里吗？”

“那样的话，直接叫你出种不就好了。”

“别开玩笑了，谁会听你的命令。”

“是吗？那如果我威胁你要是不听我的就不放你出去，你会怎样？”

我哑口无言，不禁紧咬嘴唇。对，就因为如此，我才会对这个葫芦妖怪唯命是从。对于那时在废屋连打好几个喷嚏的黑弓，我深深地感到怨恨。要是没有那个喷嚏，我根本不会吸入死蛾粉，也不会被关在这个着实让人不快的地方。

“为什么只有我？”

“什么？”

“那时吸入死蛾粉的不只我一个，黑弓也被迫吸了，你为啥不去找他，就只缠着我？为什么就只有我这么倒霉？”

“哦，你说这事儿啊。”

头顶上的黑暗中传来因心居士略带叹息的声音，那语气仿佛就像在反问：“事到如今你还在意这个？”

“我的力量只能影响到你一个人，其实如果可以，我也不想把一切都寄托在你这样磨磨蹭蹭的男人身上。毕竟相比一人，两人共同行动的话，事情能进展得更快。但对于那个叫作黑弓的男人，我的力量实在是鞭长莫及。”

“鞭长莫及？你什么意思？”

“应该说是我与他语言不通吧，比方说当你和那男人相对而坐的时候，在葫芦中的我不管怎样提升音量，那个男人无论如何也听不见，能听见我的话的就只有你而已，所以对他我毫无办法。”

“为什么？为什么那家伙听不见？因为他吸入的量比我少吗？”

“和吸入量没关系。”

"那、那么，到底为什么？"

"不清楚，我也不明白。"

"你的力量不管用是因为不喜欢他吗？"

"是那个男人使用的语言不对，没啥特别的，总之就是这么一回事儿。"

接下来不管我怎么询问黑弓的事，因心居士却擅自结束了话题，没再做出反应。

这简直太不公平了，我感到自己从未如此羡慕过黑弓。语言不通是啥意思？因为是天川出身使用南蛮语吗？这样的话我明天就去大坂找他，拜他为师学习南蛮语算了。

"喂，因心居士，再告诉我一件事。"

"我是有事才叫你来的，并不是来回答你的问题的。"

"你吵死了，就因为你我差点送命，好好听我说！"

我本以为不会与这家伙再碰面，关于瓢公子的事也无从确认，但既然这次见着了，就必须让他给说清楚。毕竟那时死了不少人，左门也被砍去了头颅，甚至我还得知了月次组的背后有所司代撑腰。

诚然，如果是所司代，隐瞒祇园祭那晚的事件并非难事，但那样的话，一个重大的事实便会浮出水面。那就是——那晚月次组是奉所司代之命，在祇园社伏击我们的！虽然月次组至今击溃了多个同为倾奇者的团体，但对方并非因眼见我们四人身着奇装才上前寻衅的，因为当时残菊明显将瓢公子锁定为目标，并命令手下展开过追击。瓢公子只是一个因有生以来第一次看见牛而感到吃惊的公子哥儿，所司代有什么理由要做到这种地步？

"你最后一次化身成的那个男子到底是谁？"

"喔，那件事啊。"

“少啰唆，你早就知道我接下来会在祇园祭的任务中负责给他引路，所以才以那个样子出现的吧？不仅如此，搞不好你甚至知道我们会被伏击，所以才忠告我‘不要让这个男人死掉’，不是吗？”

“即便我是，也没有能力预知未来好不好，我只是认为那个男人掌管着我的命运，所以才给你忠告的。”

“掌管命运？他只是个不懂世故的公子哥儿好不好，为什么甚至所司代都会出面干预？你少藏着掖着，一五一十全告诉我！那个男人到底是何方神圣？”

“嗯——”黑暗中响起因心居士左右思量后发出的鼻音。

“这件事我还不能告诉你。”因心居士语调缓慢地说道，“但你也不用担心，那男人自会逢凶化吉。”

“你怎么会知道？”

“没有理由，我就是知道啊。”因心居士再次“嚯嚯嚯”地笑道，“听好了，风太郎，凡事都有个顺序，我如今正按步骤一步一步推进着计划。并且接下来，你的协助将变得越发重要，所以，该告诉你的时候我自然会告诉你，你可急不得。”

“啥？说到底对你不利的信息你一概不会告诉我吧。”

“我如今能说的就只有这些，但是与你相遇时，我连想都没想到的严峻事态即将在大坂上演。”

“战争吗？”

“我决不能再在这里优哉游哉了，搞不好计划会因此全部泡汤。”

“喂，我要问一下。”

“什么？”

“每次见你，你都说什么要恢复原来的姿态啊，要我带你去大坂啊之类的。如果你确定那什么果心居士真在大坂，明天我就带你过去，在战事变得错综复杂之前，尽快把这事儿给了结不就好了，如此我也能从你这里得到解脱，大家皆大欢喜，不好吗？”

整片黑暗犹如在颤动一般，发出一声叹息。

“你完全不明白啊。”因心居士轻蔑的话语声自虚空降下。

“如果有重要的事必须去见某人，你会不穿衣服不缠根腰带就前去吗？”

“你突然说些什么啊？”

“回答我，风太郎，你会裸着去见对方吗？”

“怎么可能。”我搞不懂因心居士提问的意图，但受迫于其气势，我只得摇摇头道。

“那么，为啥我就必须要以这样没任何装饰的一副穷酸样去大坂？那样的话还不如就拿祠堂里的旧葫芦去得了。你听好了风太郎，我与果心居士这次是足足久别了四十年，要是以这副裸着的姿态去跟他再会，还不被那家伙给笑掉大牙吗？”

尽管因心居士的语调充满了愤慨，可擅自选择这个没任何装饰的葫芦的就是他自己，虽然稍感困惑，但我还是向他指出了这一点。

“对啊，我就是中意这个葫芦漂亮的外形，所以才决定等你将其干燥完毕之后作为我接下来的住处。风太郎，这个葫芦相当不错，难得你能从水瓮中把它捞起来。”

我越来越听不懂因心居士的话。

“只是……仅靠这个崭新的葫芦还不能前往会面？”

“对，所以我才来拜托你的。”

“拜托我？干吗？”

“风太郎，我要你帮我打扮打扮。”因心居士用听上去与拜托他人相去甚远的口吻说道。

“你在那家葫芦店铺里见过不少华丽的葫芦吧，既然我已经移住到这个新的身体里，接下来就等施加最完美的装饰后，方能前往大坂会见果心居士。”

我开始慢慢看出端倪了，这个葫芦妖怪为与久别的另一半再会时能撑足面子，不光让我种了葫芦，甚至还要给葫芦做装扮。

“你这，这到底算个什么事儿啊。”我惊呆道。

我被关在这个倒霉的地方，且又莫名其妙地被提出一大堆无理的要求，我从内心深处感到厌倦，实在想大声喊叫：“你不过是个葫芦，胡诌个鬼啊！”

“那么，你要我怎么做呢？”

我尽可能用平静的声音反问，因为我决定与其事事与他相争，倒不如赶紧听他说完正事好从这里出去。

“我见果心居士时，打扮必不能落其下风。不！应该说要让那家伙相形见绌才行。这样一来，有资格碰我的只限当世的顶级名匠。”

“当世的顶级名匠？喂喂，你别给我出难题，那种人我一个都不认识。”

“不认识找人介绍一下不就好了。”

“找谁啊？瓢六店主的话，他已经返回伊贺了。”

“不行不行，只是能放在那种店铺架子上的程度还不够，我们要加工的是世间最最华丽的葫芦，你去找人介绍一下京城内能力最强的名匠。”

“如此期望只是你的一厢情愿好不好，不好意思我人脉还没有这么广。”

“我真觉得你的脑袋是不是太健忘了，不是有一个人可以利用吗？”

对方虽然如是说道，但我完全没有头绪。

“谁?”我皱皱眉头，仰望黑暗问道。

“高台院。”因心居士轻松地断言，同时发出“嚯嚯嚯”的笑声。

“你——你说啥?”

“去求求那个人，她毫无疑问会把京城首屈一指的名匠介绍给你，不是吗?”

“我说你开玩笑还是适可而止一点好不好!”

“没开玩笑，我始终都很认真的。”

因心居士的声音自信满满，我明白与之就此问题进行纠缠并没有什么意义。

“我说你在罗列自己的美梦之前，有先确认一下腰包是否充实吗? 连你不屑一顾的店铺架子上的葫芦都个个价值不菲，要找宁宁夫人介绍名匠，还不知道人家得收你多少钱。话说在前头，我是一个子儿都不会出的。”

“不必担心，高台院会承担所有费用的。”因心居士的口气好像已经跟人家商量好了一样，“你只需按照我的吩咐行动便可，先去拜访高台院，说你要加工葫芦，拜托她给介绍能力最强的工匠。然后，你只需再加上一句话对方便会一切照办。”

黑暗中传来的话明显没有说完，接着我与对方迎来片刻沉寂。

“加上一句话? 加上什么话?”我一直仰视着黑暗，渐渐感到脖子酸痛，但仍然保持这样的姿势问道。

“加工完成的葫芦，会送到瓢公子那里。如此说便可。”

因心居士郑重地告知道，说完他发出“嚯嚯嚯”的笑声。那笑声越来越大，渐渐变为发自丹田的大笑，笑声聒噪地在我头顶降临，进而覆盖整个黑暗空间。

第六章

在一个新月之夜，我从吉田山出发了。

我趁夜幕快降临之际进了京城，潜入林立在河边的联排寺庙境内。我隐藏在竹林中，直至丑时才终于起身准备行动。

头顶上传来晚风吹打竹叶的声音，我解开包裹，从里面取出忍者装束。由于这些装备是刚从废屋背后的槐树下挖出来的，不出所料地散发出一股霉味儿。我手握木炭，细心地涂抹在面罩没法遮住的鼻子和眼睛周围。末了，浑身被木炭香味所包裹的我站起身，登上了填筑地[1]的围墙。

由于夜间已经禁止外出，围墙另一端的小巷没有任何人气，我沿着墙瓦上部快速移动，一口气跑过寺庙林立的区域。

四处已经开始坍塌，让我感到很是不安，在墙瓦的前方，高台院宅邸隔着大道形成一个巨大阴影出现在我面前。在潜入寺庙

①填筑地：埋入湖泊或者池塘而建的土地。

之前，我已经围绕宅邸勘察了一圈，不出所料，正面大门和胜手门都有非同寻常的人数把守着。不知是宁宁夫人安排的，还是守在这里的关东方面的人，其森严的气氛如实地反映了此宅邸的主人与这场战争的关系。

我脚蹬墙瓦，一下子加快了移动速度。

我用尽全身力气高高弹起，腾空跃至大道半空。

风呼呼地刮过耳边，上胳膊的衣服袖口受风的影响膨胀开来。

我在高台院宅邸的墙瓦上无声地安全着地后，立即又再次跳起，话说即使彼此的距离相当近，要想在新月下的暗夜中看清忍者装束也是极为困难的。纵使大道上的守备能察觉到上空有黑影窜动，但当他再次凝眸查看时，我早已成功潜入宅邸，穿过了庭院的树丛。

途中我一步不停，一口气穿过庭院爬上屋顶，干净利索地藏身于阁楼之中。在彻底的黑暗之中，我心无杂念地沿着横梁攀爬，宅邸的布局图已刻在我的脑袋里，这些信息全都是因心居士告诉我的。虽然没有任何证据证明那张布局图的真实性，但那家伙曾夸下海口说院内的葫芦皆为其眼线。可即便如此，要是一个不小心误闯满是护卫的房间，我必定会被大卸八块。

真是的，我到底要被因心居士毒害到什么程度啊。

在废屋做准备的时候，我的心情平静到让人害怕，并且如今我也惊人冷静地在阁楼的横梁间前进着。因心居士使用新的葫芦现身以来的十日间，我修炼的强度是平时的数倍，其效果如今也显现出来了。不，应该说不知何时起，我清楚地知道自己是有理由相信因心居士的力量的。

这不是个好的势头，我皱起眉头，在因心居士指示的屋顶位置倒挂起身子。接着我将顶棚木板移开了一点点。仅此一举，我便自然而然地得知宁宁夫人就在下方的房间里，要问为何，因为非常好闻的熏香从跟前传来。

我卸下木板，落至屋内榻榻米之上。

在向屋内主人打招呼之前，我环顾了四周，壁龛里浮现出从瓢六店铺采购的葫芦的影子。原来如此，难怪因心居士能自信满满地告知我宁宁夫人寝室的所在。

我在榻榻米前单膝跪地。

“十分抱歉。”我低声细语地开口道。

被子动了一下，但不见对方起身。

“高台院大人。”这次我稍稍提高声量再一次招呼道。

正如我所预见的那般，我感到自己弯曲的后背已经湿淋淋浸出了汗水，这时要是沉不住气引起骚动，那一切都完了。

被子再一次微微蠕动了一下，我似乎听到对方发出低沉的细语。

“怎么，原来不是梦啊。”从被褥里终于传出清晰的话语声。

“高台院大人，深夜拜访，实在抱歉。”

“你是谁?”

对方没有从被褥里起身，就这样发问道。

“在下风太郎，祇园祭之前经常世的介绍，有幸在东屋与高台院大人饮过茶——”

“啊，我想起来了，确实是你的声音。”不等我说完，宁宁夫人便打断我道。

“风太郎你有什么事吗?”宁宁夫人声色不悦地问道。

“实不相瞒，在下是奉‘鼠须’之命前来拜访的。”

“什么?”

片刻沉默之后。

“你，你说什么？”宁宁夫人的声音低沉，从其声音中根本无法洞察其情绪。

“在下说——自己奉了‘鼠须’之命前来贵寺。”

这次，双方都陷入了更加长久的沉默。

“你是知道这话的含义，才这样说的吗？”宁宁夫人的声音越发低沉。

“啊——”

“不知道吗？”

离开废屋出发前，因心居士告诉过我，即便我出现在宁宁夫人跟前，她多半也不会声张。因为她是个不服输的女人，必定会单独应对我的到访。当被问及身份时就老老实实回答自己的名字，但如果被询问深夜拜访所为何事时，就这么回答——

“‘鼠须’是啥意思啊？”

后来不管我怎么追问，因心居士都只是“嚯嚯嚯”地笑。

“你只说这一句便好。”他如是说明道。

这样说到底管不管用，我完全没有头绪。

“那么，你奉命前来所为何事呢？”

过了一会儿，宁宁夫人只撑起上半身，在昏暗中整理了一下领口，我则把久憋着的一口气缓缓吐出。

“是的，今次在下深夜造访，实为有事相求。”我按照一开始就准备好的台词说道。

虽然我十分清楚不应该在如此深夜潜入，并将对方强行叫醒来说这件事，可我还是老老实实告诉宁宁夫人，因为自己想要给刚收获且出完种的葫芦做一个豪华的装扮，所以希望她介绍得力工匠为葫芦加工。

布团那边久久不见回复。

即便隔着昏暗的空间，我也能感受到对方的强烈视线，我的手依然撑在榻榻米上静静等待着。此时，不知从阁楼的横梁何处，传来嘎吱嘎吱的摩擦音。

“你专程跑一趟就只是为了说这事?”宁宁夫人一字一句掷地有声地问道。

“是的。”

“如果我在这里高声喊叫，你可就没命了!”

我不知该如何与之对答，只得一言不发继续等待着。

“真是个奇怪的男人。”宁宁夫人“呼呼呼”地笑道。

“你需要加工几个葫芦?”

“一个。”

“只一个吗?”宁宁夫人再一次“呼呼呼”笑道。

“真是搞不懂你啊。”宁宁夫人手伸向天庭，挠了挠发际周围说道。昏暗中，我看见她的头发里混入了不少白色。上次在东屋初见时，由于她戴着头巾，所以我没能察觉到——宁宁夫人虽身为出家人，但貌似并未剃度。

“你要加工葫芦，到底有什么目的?”

宁宁夫人所问非常合情合理，我按之前因心居士所嘱咐，回答说葫芦加工完成后，会送到某位大人那里。

“某位大人?”

“是的，葫芦会送到瓢公子那里。”

不出所料，宁宁夫人突然停住了置于发际上的食指。

“你——你是知道那位大人的所在才这样说的吗?”

宁宁夫人的语调虽平静，但话语中却暗藏锋利若刀刃的紧张气氛，我顿时全身僵硬。

为什么?从想要去见另一半的因心居士那里，突然会冒出瓢公子的名字？不管我怎么询问，因心居士都只字不提其中缘由。我甚至猜想过果心居士的真面目会不会就是瓢公子，但很快我便否认了这个假设。如果果心居士真的存在，不可能连牛都没见过，而且关键的是，亲身与其接触过的我最为清楚，瓢公子是一个相当不谙世故且活生生的普通人。

“你究竟要如何把加工好的葫芦送给不知其所在的对方？”

对于宁宁夫人接连的提问，我始终保持沉默。因心居士指示过，不知道的就不要开口，我只能照他说的办。

“这些都是刚才你所说的那个‘鼠须’告诉你的？”

“正是。”

“风太郎啊。”

“是。”

“那个‘鼠须’是人吗？”

宁宁夫人的提问完全出乎意料，我没有立刻出声。我慌忙地拼命回想今晚至此的对话中，自己是否有露出什么马脚让她逮住，从而提出这种问题？不过任凭我挠破脑袋都没有任何头绪。汗水从裹着鬓角的头巾处无声地落下，我再一次体会到自己是在与一个多么可怕的女人对峙。

“在、在下不知。”我摇头道。

“哼。”昏暗中浮现出的短小的上半身冷笑道。

“也罢。”宁宁夫人简短低语道。

“嗯？”

“我说罢了，最近已不曾见过像你这样的傻瓜，介绍信我帮你写。”

“谢、谢过高台院大人。”我不由得大声喊了出来，可到一半发觉不妙又立刻放低了音量。接下来宁宁夫人接连不断地发出指示，要我先点上灯，接着把书桌移至近处，再把书箱打开。只见她扭着上半身趴在被褥一旁的书桌上，流利地挥笔行文。

“你去本阿弥那里，他会帮你加工葫芦。”

宁宁夫人将写好的介绍信递至我面前。

“话说，风太郎啊。”

“是。”

“左门死得其所吗?”

我接过介绍信，正往怀里塞的手突然停住，惊讶地抬起头。

烛台的火光晃动着，摇曳出宁宁夫人上半身的身影。今晚自进入这个房间，直到现在我才第一次正面目睹她的面容，上次见宁宁夫人时她的脸看上去有些发福，可此时却很是消瘦。

“是的，很壮烈。”

即便只能传达一点点也好，我气发丹田，有力地回复道。

“是吗。”宁宁夫人嘟囔道。

“我要睡了，你赶紧走吧。”

说完，宁宁夫人钻进被褥里躺了下去。

事已至此，我已不便再询问给瓢公子引路的酬劳，我熄灭了烛火，将小书桌挪回原来的位置，最后对着从被子里稍稍露出的宁宁夫人的后脑勺行了个礼，便从屋顶跳了出去。当我将屋顶木板移回原位之时，下面的房间已然传来熟睡的平稳呼吸。

*

我再次回到寺庙的小竹林中，一直等到清晨时分，自荒神口回到了吉田山。

我一边喝着水缸里的水，一边将情况作了汇报。

“她推荐了光悦吗，还不错嘛。”立在地板上的葫芦发出了十分满意的声音。

宁宁夫人所说的那个本阿弥，名字应该就叫作光悦。当然，我并没听说过此人，不过因心居士既然说不错，我自然没意见。

“事不宜迟，我马上去一趟那个什么光悦那里。”

“好的，他应该就住在飞鸟井家的对面。”

“我没有谈关于钱的事。”

“不用担心，记在高台院的账上就好。”

“这样擅自决定怕行不通吧？”

“没关系，你去给光悦说钱不是问题，一定要做出最高品质。”说完，葫芦妖怪便再没开口。

于是，我把装着葫芦的腰包拴在腰间，在快到午时的时候，从废屋出发了。

京城已然一幅战时景象。

我走在大道上，前方两个和尚边走边闲聊着。两人像是都挺爱向对方说教似的，彼此高声议论着德川与丰臣两方的势力关系，而至于战争胜利的归属，两人各执一词。

“总之需要一年。”

偏向丰臣家获胜的和尚竖起手指说道，他极力主张丰臣家只要关门守城一年，对方便不会放着家里不管专程围攻遥远的大坂。因为很快军费便会花光，而且在满是芦苇的土地上待久了也会使人意志消沉，接下来丰臣家便会顺理成章地获胜。

“你这叫作白费力气。”主张德川家得胜的和尚对对方所言付之一笑道。

据他所说，不断入主大坂的浪人到底为了什么聚集在一起呢，就是为了大闹一场干一架。如此的话，他们绝不会在一年内都老老实实待着，甚至能不能坚持一个月都难说。如果放任不管，他们自己就会出城主动寻战，这样一来守城之策便不攻自破。末了，他还列举事实表示——三日前大御所已经离开骏府抵达二条城。

“不管怎么说，德川这边拥有身经百战的弓箭队，这支队伍连那位太阁大人都没能战胜过。归根结底，受太阁恩惠的大名们也没有一人前去大坂助阵，集聚大坂城的都是些散兵游勇的浪人，那些乌合之众，只会被大御所轻而易举地击溃吧。”简直就像不战已知胜负一般，主张德川家获胜的和尚自信地挺起胸膛说道。

在下一个十字路口，我便与两个和尚分道扬镳了。

我还不知道大御所已经进驻京城了，只是听说德川方面来了一位总大将[1]。但尽管如此，左右街道突然就像积蓄着力量一样，看上去异样地牢靠，这很让人不可思议。我再一次不得不承认德川家康这个名字所拥有的分量，这个名字的主人终结了战国时代，只有这个名字才能让人们涌现对生存的坚定信心。相同地，伊贺的藩主大人也是如此，很难想象那位大人会在战争中阵亡，他会让你自然而然感受到其散发出的力量。虽然至今我都没有想过这场战争谁会赢，可我理所当然地认为至少德川是不会输的。

不经意间，我脑海里闪过烛光映照下宁宁夫人的脸。如果德川方面得胜就意味着在大坂城内的宁宁夫人儿子的败亡。当然，宁宁夫人应该知道大御所已经入驻京城了，回想在宁宁夫人极度心力操劳的那晚，潜入高台寺的我居然还能全身而退，当时她到底是怎么考虑的，又为何会为一个打搅自己睡眠的无礼忍者行方便，这着实让我百思不得其解。

我沿着面朝大道的飞鸟井宅邸围墙进入一处小道，道路一旁并排着与宅邸面对面而建的一列小门。我与头顶木盆的女人擦肩

①总大将：全军统帅。

而过时，向她打听本阿弥家的所在，对方却说这周围全都住着本阿弥一族，其语气听上去就像在嘲笑我为何连常识都不知道一般。

“那光悦阁下呢?”

“在那边。”女人扭过头，抬起下巴向我示意前方的宅院大门，接着便转身离去了。

我往敞开着的大门里面望去，还算宽敞的宅邸里有一座主屋和一间小屋，庭院里还有三只鸡在嬉戏。主屋旁有一棵高大的枫树，枫叶差不多已掉光，只有星点残叶还挂在树上。

“有人吗?”没有任何人在，自然无人作答，我来到主屋房门前。

“有人吗?”我再一次高声道。

“什么事?”屋内传来低沉的应答声。

“请问本阿弥光悦大人在吗?”我向前一步，往主屋内望去。

“我就是光悦。”

我往前踏出一步，向母屋内窥探。

只见昏暗的地板上坐着一个男人，他在地炉边吃着像乌冬面一样的东西。

“你有什么事?”

“有活儿找你。”

“陌生人的委托我从来不接。”

“我有高台院大人的介绍信。”

片刻沉默之后。

“我正在吃饭，你先出去等一下。”男人低头喝了一口手中器皿里的面汤。

照男人所说，我走出了屋子在枫树下等候，不一会儿，一个身材极其枯瘦的男子一边整理着腰带，一边从屋子里走出来。

“你说你有高台院大人的介绍信?”

我一言不发地从怀里掏出介绍信递至男人跟前。

男人瞟了我一眼之后便接过了信，那双细长的眼睛快速地在信件上上下移动着，我则在一旁毫不客气地观察他的样子。这男人的容貌让人感到不可思议，从侧脸完全看不出其职业，他年纪约莫五十刚过，并非武家中人，这一点从其单薄且微驼的背部和白净的皮肤上便可一目了然。他也不像是商人，我好歹也在瓢六帮了半年工，练就了自己独到的眼光，商人所散发出的死缠烂打的气息只需交谈数语便可察觉出来，但眼前这个男人的话语中丝毫听不出那种感觉。同时他也不太像是工匠，要问为何，因为那拿信的手指相当干净，指甲里也没有污垢。

因心居士只听到光悦这个名字就给予了认可，而且，宁宁夫人的推荐就是对这人实力的最好证明。但我还不知道这人到底拥有哪方面的实力，于是只得一边心里嘀咕要是能多问问因心居士关于这男人的细节就好了，一边耐心地等待男人把信读完。光悦时不时眯起眼睛，脸往信纸上凑。

“这封信当真出自高台院大人之手?”直到看完，光悦终于开口了。

“当然。”

“可这字迹太不像啊。”

“应该是因为写得比较急吧，你不信大可去高台院宅邸那边确认。”

我尽可能冷淡地答复道，为避免让对方提起自己夜闯高台院的事，除了这样回答我别无他法。

男人注视我的脸片刻之后，突然移开视线。

“那么，你到底要我干什么呢?这上面并没有写明。”光悦将手中的信轻轻抬起示意道。

我解开腰包，露出内里展示在光悦面前。

“什么啊，这是？”

“葫芦。”

“这不一目了然吗，你该不会要我帮你加工吧？”

“是的，这个葫芦就拜托您了。”

光悦一言不发，目光落在我手中的葫芦上。他漫不经心地拽起葫芦，放在眼前慢慢地转动，不一会儿他又把葫芦托在手掌上，远远地拿着看。最后不知为何，他还将葫芦凑近鼻子闻了闻，才将葫芦放回腰包。

“现在不行。”光悦冷冷道。

“为什么？”

“马上就要开战了，战事会让我心神不宁，以至于难以判断葫芦的最佳状态，所以这个工作我不接受。但是，高台院大人的直接委托是没法断然拒绝的，战争结束后你再来找我。”

光悦自顾自地说完后，把折好的信塞进怀里。

“要是这仗持续打一年咋办？”

“那你就等一年后再来。”光悦用眼珠子瞪着我，其潜台词仿佛在说：这不是理所当然吗？

“话说，还不知道你叫什么。”

“风太郎。”

“风太郎，你们忍者也挺苦命的啊。”光悦低声道，嘴角泛起一丝笑意。

不等脑袋反应过来，我的身体已经先动了起来。

我往后一跃与光悦拉开距离，接着弯下腰，伸手绕到背后。

“你确定要动手？”光悦站在原地一动不动，厉声问道。

为以防万一，我通常都会在腰里隐藏一把小刀，现在我的手已经触碰到刀柄，我瞪圆了眼睛怒视着光悦。

“我可是京城，不，本土首屈一指的鉴定师。人也好物件也好，其真面目都逃不过我的眼睛。”光悦伸出瘦骨嶙峋的食指指着自己修长的眼睛冷笑道，“就是用这个。”

“战争结束后你再来吧。”光悦猫着背回到了主屋，我只得呆站在原地，目送着那冷峭的背影离去。

*

进入十一月，吉田山迎来了冬天。

我小口吃着温暖的杂烩粥，心想在清晨如此寒风凛冽的天气下，那些被迫赶往战场的家伙们真是可怜啊。这时，废屋外传来脚步声，我竖起耳朵聆听踩踏落叶的声音，猜想对方是否是村里的孩童，很快脚步声在门口席子前戛然而止。

“在吗?”对方生硬地招呼道。

“啊，在。”

听我回答后，席子摇了摇，一张黑色的脸探了进来。挺稀罕的，来者居然是芥下。

“瓢六店铺收到送给你的信，我带过来了。”

芥下并没有与我视线相对，她身体仍站在席子另一端，只伸手把信扔在了地板边缘。

“信吗? 谁送来的?”

“听从大坂来的人说是黑弓委托送来的。”

芥下仍然没有进屋，冷淡地回复道。

“你刚刚说信是送到瓢六的? 怎么回事啊，店现在还开着吗?”

芥下摇摇头，不耐烦地解释说如今店铺仍然被义左卫门等人用作集会，由于平常都由她看店，所以才收到了信。

“原来如此，有劳你了。”

我邀请芥下说，由于机会难得，要不要进屋吃碗粥，但我话还没说完，芥下已消失在席子的那一端。

“喂，等等。”

我飞快穿好草鞋追出门外之时，望见正走下斜坡的芥下回过头来。

“干吗?”

“叫你等一下，我有事想问你。”

“我并没有什么要和你说的。”

“我听说，你是忍者?”

芥下扭着头不动，眼睛稍微眯了起来。

“听义左卫门大人说的。”

“是又怎么样?”

“不，这个，瓢六店铺不是关门了嘛，你接下来咋办? 回伊贺吗?”

寒风从身后猛地往斜坡下吹去，将脚下的落叶吹得四处散落，芥下把围在脖子周围的布匹往上扯了扯，拉到嘴唇下方。

“不知道，我只是奉命行事而已。”芥下冷冷地放声道，我看见她的嘴角少有地歪了一下，“你会去参战吗?”

“我? 怎么可能。”

“瓢六参加集会的大人们都在谈论战争的话题。”

我脑海里自然而然浮现出在被护窗板封死的昏暗地板间，义左卫门等人猫着背，头贴着头秘密会谈的画面。

“你别去参战好吗?”

“什么参不参战? 这跟我无关好不好。”

“但是，你不是想做回忍者吗?”芥下毫不客气地质问道，这次轮到我歪着嘴角说不出话了。

“你为什么要当忍者?”

“什么?”

“你父辈也是忍者吗?”

“不，我是弃婴。”

我不知为何自己会对芥下说这些话，在感到不可思议的同时，我简短地告诉芥下自己三岁时被柘植屋收留，并在那儿成长。

“你若是在伊贺长大，柘植屋的名号总听说过吧?”

芥下微微点点头。

“不过，看不太出来啊。”芥下嘟囔道，目不转睛地将我从头打量到脚，“我听说那里出来的忍者都是一等一的高手，但你并不是什么高手吧。”

“啊。”没出息的声音不由得从我的喉咙深处迸出，我抱起胳膊，把还留在嘴里的杂烩粥材料的树木果实碎片吐在一旁。

“正在培养那些所谓一等一高手的时候，柘植屋发生了火灾，当时有本事的正经忍者全都死了。活下来的加我就三人，不，算上先前离开的有四人吧，都是些无可救药的家伙。”

包括成人监察官，从将近四十人的柘植屋里生还的，加上已经去大坂的常世，只有我、百以及蝉左右卫门四人。官方对外宣称是火灾，但实际上起火的原因是主屋一旁的小堆房内发生了爆炸，那里存放的火药被引燃，火势一发不可收拾地吞噬了柘植屋。一切都发生在后半夜，爆炸产生的冲击甚至让被窝摇晃起来，我一睁眼就看见屋顶火苗猛烈地蹿动着，正要撑起上半身的时候，屋顶已经塌了下来，就这样大部分人都被砸死，而我则在被屋顶砸碎之前，从地面的裂缝中滚入地板下方。接着我匍匐在充满浓烟，什么也看不见的地板下方爬行，至今我仍然认为自己之所以得救，完全是因为肺活量的强大。在黑暗中我不停地爬行着，就在感到极限的时候，被赶来救火的村人拖出了火场。

我呆呆地望着被熊熊烈火吞噬的柘植屋，片刻后蝉也来了。他的头发被烧焦卷成一团，连束带都没系上，全身赤裸着坐在我身旁摆弄他的泥鳅须子，烧伤的痕迹从肩膀延伸至后背，在火光照射之下发着光亮。虽然大部分人都参与了救火，但除我与蝉之外得以生还的就只有百一人了，她似乎吸入不少浓烟，接下来神志不清地整整卧床了三天三夜。听人说她后背也有一块面积与蝉差不多大小的烧伤痕迹，当然这不是我能够确认的事了。

“好不容易活了下来，你又要去参战吗？”芥下仍然扭着头，略带责备地看着我。

“我说，我也没提这事儿好不好。”我摆手否认道。

“我也是孤儿。”芥下突然用沉重的声音说道。

“我的父母都在关原之战[1]中被杀了。”芥下缓缓地转过身，与我相对而视。

“仅仅因为我家阻挡了战场的视线，房子就被烧了。父母二人像狗崽子一样被杀死，我虽然也差点被杀，不过被一直在远处观察的忍者救了出来。”

芥下连眼睛都没眨地淡淡地诉说着过去，刺骨的寒风吹动我的发髻，摇曳着芥下的长发。任凭遮住半边脸的头发被风吹乱，芥下也没有去整理，每当乱发下露出那黑色的表情时，她的眼白都异常鲜明。

“那是你几岁时发生的事？”

“四岁。”

---

①关原之战：是日本战国时代末期发生于美浓国关原地区的一场战役，交战双方为德川家康领下的东军以及石田三成等组成的西军。

在比自己年轻的人之中，我甚至连想都没想象过，居然还有人如此沉重地背负着战争的灾祸。

“我最讨厌战争。”

上次我在瓢六提出这次的战争话题时，也曾在昏暗的土间听到同一句话，当我察觉到这一点时，芥下已经转过身去。

“不，不，所以我才——”

我润了润嗓子后喊道，可芥下头也不回地沿斜坡往下走去，她小小的背影不一会儿便消失在树丛之中，再也看不见。

在寒风中被吹打了好一会儿，才想起芥下是来送信的，于是我回到废屋捡起被扔在地板上的信，确认了其中内容。

信上用墨较重，通篇潦草的字迹跃然纸上。虽然前日宁宁夫人写的介绍信字也挺难看的，但那毕竟是在支起上半身的状态下疾书写出的字。黑弓这字我还是初见，其字迹完全没有形状可言，非常难以辨认。信里一开始从他身边基本没人知道吉田山的所在，为保证信不送丢，便把信送到瓢六店铺的地方说起。接着他又说如今人滞留在堺，火药生意兴旺但人手不足，叫我过去帮忙，并且承诺了丰厚的报酬，信中还记录着位于堺的旅笼町的某处旅馆的名字。最后还细心周到地附上了路标地图，说是由于沿淀川道前往大坂的路上有大量士兵驻守，要我记得经由奈良前往会少去很多麻烦。

我记得以前那家伙说过像我这样的面相根本没法行商，可事到如今又自说自话胡扯一通，我怀着愤慨的心情终于把信看完。出乎意料的是看完信后，我的心中却涌现出一种鲜明的感觉，那是一种对未知世界的向往。就连我也知道，堺是一个著名的港口城市，去那里能看到大海。

回过神来之时，我早已整理好锅碗，做好了出远门的准备。继续宅在废屋抱怨无聊也无可奈何，我戴上草帽，将旅费塞进怀里。

“我去一趟堺。”我向挂在窗框上的葫芦打了声招呼，不出所料，因心居士并没有回应我。自从委托被本阿弥光悦拒绝以来，因心居士就像消失一样，完全保持着沉默。既然他没有要求找其他工匠，我便认定他已经同意了光悦的提案。如此一来，战争结束之前，我想去哪儿都不是问题。

话说回来，近来我对那个妖怪也过于百依百顺了，此时趁机远离京城，接触外界增长些见识对自己也有好处。另外，还因为有百，自上次她叫我做回忍者以来，已过去二十余日也不见音讯。为不再受其花言巧语的蛊惑，我也要离开京城。

我在门前系紧草鞋的带子，气势十足地掀开了席子。

我走近鸭川河岸，沿着河道与川流一直下行，途中进入伏见街道。

此刻天色开始转暗，虽说在夜里赶路还不赖，但也因此错过了周围的景色，当晚我便在奈良住下了。黑弓信中说过奈良兵马较少，不过就我向驿站大爷打听的消息来看，奈良这边也丝毫不逊色，每天都有大量士兵聚集后赶往西边。听说天亮后道路拥挤，所以我趁天还微微亮着便从驿站出发，结果最终也没搞明白奈良究竟是个什么地方，就越过龙田进入了河内。

我沿着河内一路向西，途中没有遇到一兵一卒，我甚至怀疑战争是不是真的开始了。而直到晌午时分，我才在道路前方看见了堺的街道，在护城河的包围下延伸至远方。

我刚从中央的入口处进入街市，便看见了宽广似寺庙用地的火灾遗址。在前往黑弓信里提到的旅笼町途中，我也发现多处这样的火灾遗址，不过街上行人就像没发生任何事一样，在遗址前来往行走着。

驿站名叫作戎屋，一开始我还以为是一处与黑弓滋润生活相匹配的地方，可眼前这稍显败兴的客栈却粗制简陋地建在远离大道的角落。我在玄关一报上黑弓的名字，“啊，那个年轻人吗，刚才在厕所还碰见过他，应该在吧。”客栈大爷便告诉了我二楼黑弓的房间位置。

那家伙的房间在走廊尽头。

“是我，我来了。”我在拉门前招呼道，但屋里什么声音都没有。

“喂，黑弓你在睡觉吗？”不等那家伙回答，我气势十足地拉开拉门。

“什么啊，这不是在嘛。”我看见正前方的窗边桌子旁有一个背影，不由得抱怨地咂舌道。

“哎呀呀，真是稀客啊。”

我听见对方忍着笑意怪嗔道。

不等对方起身，我立刻关上了拉门转身往回走，但从狭窄走廊的两侧房间，无声无息走出了两个男人。

我实在不愿从两个手里攥着手里剑和小刀的男人面前徒手通过，且男人用眼神催促着我，于是我转过身，再次拉开了拉门。

不出所料，那张我不想见到的脸上浮现着淡淡笑意。

“哼，原来如此。”

“不错，就是这么回事，风太郎。”

“进来吧。”蝉一如既往地手指捋着泥鳅须子，接着他抬了抬下巴，优雅大方地邀我进屋。我上一次见到他还是在伊贺天守阁的时候。

*

“黑弓在哪儿？”对于我的质问，蝉语气粗鲁地回答说那家伙人在大坂，战争结束前都出不了城。

“大坂城？难道那家伙参战了？”

“不，他在街市。”

“街市？”

蝉一屁股重重地坐在地板上，“不知道吗？你这乡巴佬。”蝉冷笑道，接下来听他说所谓大坂街市，绝大部分都被城墙所包围，热闹程度比之京城有过之而无不及。不过我怎么都难以想象街市被城墙内侧完全容纳的光景。

“就像整个御土居都变为城墙，京城变成一个完整的城池那样吗？”我问道。

“御土居是啥？”蝉反问道。我以轻蔑的眼神注视了他片刻，“不知道吗？你这乡巴佬。”我冷笑道。突然，一个扫堂腿向我袭来，我无从闪避，摔在了地板上。

“你这家伙，还是跟从前一样没教养。”

听到这句台词，我从地板上一跃而起，正想向对方扑去，却不料有人从背后一把拽住我，不知何时，刚才在走廊下见过的一个男人满脸可怖表情站在我身后。

我无言地整了整衣领，盘腿坐在蝉面前。

“那封字迹潦草的信是你写的？为什么你知道黑弓的去向？”我刻意避开蝉的目光质问道。

“直至上个月，黑弓还在堺这里。不过他后来前往大坂了，与我们正好错过，我模仿他留在驿站登记簿上的字迹写了那信，然后才发给了你。”

“就专门为了写那种东西你才跟踪黑弓的吗？哼！真是有劳你了。”

“跟踪？开什么玩笑，我还没无聊到去跟一个南蛮子扯上关系。我们到达堺当日，正好看到一个身着深红色斗篷的奇怪男人招摇过市。我早就不记得那家伙是谁，但一个在万屋帮忙，后来又在京城行商的人记得黑弓，所以说我只是利用他把你叫出来罢了。”

背后传来拉动拉门的声响，我回头发现刚才在走廊的另一个男人也进到屋里，只见他堵在拉门门口，差点就坐了下去。

“你知道吗，从吉田山开始他们就一直跟着你了。”

我的视线再一次游走在那两人眼睛细小的面部，他们看上去年纪三十左右，接着我无言地把头转回正面，拼命掩饰自己根本没发现跟踪的不安情绪。

“为什么叫我来？”为避免声音出现嘶哑，我丹田发力问道。

“你听百说过了吧。”

“她叫我考虑要不要做回忍者，仅此而已。”

蝉脸上明显浮现出蔑视的笑意。

“风太郎，与你不见这段时间，你脑子更加不好使了吗，难道你以为自己还有选择的余地？”

“如果我拒绝会怎样？”

“明日，你的尸体必定会漂浮在港口。我丑话说在前头，这个驿站的原形就是万屋，且现在只有我们入住，也就是说这里即便搞出点什么动静，也不会有人察觉。”

我环视房间四周，发现蝉身后的窗虽然开着，但与相邻建筑的墙壁差不多已经接在了一起。身后的拉门前一人，右手面拽着我的衣领一人，逃不掉的，根本不用蝉提醒，我自己也不会有想逃的意思。

“我发信给你，是因为上面下达了强制命令，必须要把你叫来。”

“命令？谁的？”

“采女大人。”

此刻，我第一次与蝉四目相对，接着彼此都沉默不语。

“你到底做了什么？”蝉搓着泥鳅须问道，“告诉我采女大人要你来的理由！”

“谁知道，两年前因为你我被赶出伊贺以来就再没瓜葛。”

“因为我？你说什么？”

“你忘了吗，我把手里剑射在天守阁白色墙壁上的事，不是你给藩主大人告的密吗？”

“哦，那事儿啊。”蝉发出呆傻的声音，手指捋了捋泥鳅须子。“看来你什么都不知道，那时是我救了你的命。”

“救了我？你胡诌也适可而止一点好不好，我全都看见了，当时你还给藩主大人递了火枪。”

虽然已经是两年前的事了，并且最近我甚至都很少回忆起来，但听到蝉如此胡诌，我心头的愤怒不禁又死灰复燃。

“诚然，手里剑的事确实是我告知藩主大人的，但没想到他居然说要射死你们，还叫我去拿种子岛[①]。我也知道实在做得过火了，所以把武器交给藩主大人之前我特意调整了下准心。你还记得吗？藩主大人射出的五枪全部打偏，你认为以他的射技这可能吗？”

诚如蝉所言，藩主大人的枪弹只有一发刚刚擦过我的大腿，不过当时我也拼死在逃命，所以没有任何证据能证明蝉的话是真的。

“那么，京桥口的守卫死亡事件又怎么说？我并没有犯下疏忽

---

①种子岛：种子岛位于日本鹿儿岛县南部、大隈半岛以南海面上，十六世纪枪炮最早由该岛传入日本。这里指“种子鸟火枪”。

把针留在对方身上，不是你唆使把这事儿栽在我头上的吗？”

“守卫？怎么回事？我可不知道。”

“你装什么傻！”我不由得高声喊道。

“你们够了吧。”坐在我右手面的男人大着嗓门喊道。

“孙兵卫他们已经在楼下大厅集合了，你们要让他们等到什么时候？”

听闻此话，蝉站起身来。他挪了挪下巴示意要我同去，我无可奈何地站起身来。这时，我的腰带突然被蝉揪住。

“多余的东西全交出来。”

“喂喂，你不相信同伴吗？”刚才阻止我们的男人抗议道。

“这种话，等你能够单独完成任务的时候再说吧。”

不知蝉是否是因为知道我还没有正式接受过忍者的工作，才这样说，他的话让我不禁感到畏缩。趁这个当头，蝉飞快地抽出我藏在腰间的小刀，紧接着又一脚踢在我小腿肚子的内侧。

“这个也是。”话音刚落，我藏在小腿内侧的手里剑也被收缴。

被三人挟持着下到一楼时，玄关已经关闭，一进入驿站的大厅，看见八个正坐着待命的男人。

“蝉左右卫门，谈完了吗？”位于上座打着盘腿的男人问道。

“是的。”蝉回复道。

我突然想起来盘腿男人的声音似曾相识，结果居然是刚刚才打过照面的驿站大爷。

“这个男人就是柘植屋的风太郎。”蝉对我做了简短介绍。

“嚯——”不知是否是对柘植屋三个字起了反应，我听到对方发出像叹息一样的声音的同时，自己也动作僵硬地低下了头。

加上从二楼下来的四人，大厅里一共十二人。

“人都到齐了啊。”驿站大爷低声自语道。

“我叫作贝野孙兵卫。”驿站大爷看着我自我介绍道。

正如蝉所说，这个驿站的原形是万屋，孙兵卫看上去也像是忍者。戎屋这个驿站的名字一定是来源于这个男人吧，我之所以有这种想法，是因为这男人虽然年纪五十前后，但胖乎乎的面部两边生着一对大耳朵，他眼睛的外眼角往下垂着，眼神中饱含柔和，可以说本就长着一副十足的戎颜。

“藩主大人今日率军一举北上，现行军至住吉神社。我们的任务则是在日落前出发，探察敌方动态。”

孙兵卫简单说明了下任务内容，然后摊开了地图。

众人坐成一圈，把地图围在中间，我在后方也伸长脖子窥探，看见地图一侧的边缘是大坂城的势力范围，原来如此，经常听人说大坂城难以攻陷，是因为该城三方临川，只南侧一面为延伸的平原，而藩主大人向着城南率军北上，所以部队才会经由奈良进入河内。

“这里是堺，藩主大人所在的住吉则在此处。”

孙兵卫取笔蘸墨，在地图上标出圆圈记号。堺位于大坂城南侧远端，住吉则位于堺稍偏北的位置，难怪我赶来堺这一路上完全感觉不到战争的气息，因为前线早已转移至北方大坂城方向了。

“我们要在天王寺周围查探敌方动态。”

孙兵卫在地图上自住吉划画一道直线，在靠近大坂城的位置打了个圈。接着他将出发时间告知众人，冷静地提醒大家出发前养精蓄锐。周围众人一副相当老手的做派，没有提出任何疑问，各自从大厅散去。

“风太郎。”

我和蝉并排呆站着，孙兵卫一边折卷地图一边向我搭话。

“你和蝉组队。”

话音刚落，身旁立刻传来一声咂舌，我也毫不示弱地以咂舌回应。

“这次战争，我们有幸被藩主大人授予先锋的荣誉，前去探察敌情的动向，这会直接给藩主大人的行军带来影响，你们切不可大意。”

听孙兵卫这样说，我突然感到胸口发热。

我与蝉回到二楼房间，激动的心情久久不能平静。我躺在地板上观察顶棚瓦砾接缝处的纹样，心里一遍又一遍地告诉自己真的做回忍者了。不过我感觉不到喜悦，也没有不安，只是静静地养神，并回忆以前执行任务时的感觉，以便妥善处理接下来要面对的工作。意识在更为狭小的空间渐渐集中，那感觉在我的脑海内纠缠不休，我轻闭双眼，不知为何竟无意识地吹起了口哨，连自己也感到惊讶。

虽说离出发还有近两刻的时间，但我和蝉没有任何交谈。这个房间里只有我和他两人，那家伙就像赌气一样，一个劲儿地磨着手里剑。我们没有彼此询问与蝉不见这两年都干了些什么。附近像是有家茶屋，我欣赏着时不时乘着风传来的三味线的旋律，打起了盹儿。不知何时，突然楼下踩踏地板的声音变得频繁，震动透过地板传至我后背。看来时辰到了，我一站起身，躺在窗边的蝉也忽地抬起头。

“穿上这个。”

蝉一站起身，便将放在房间角落的箱笼踢到我身边。打开盖子一看，里面放着一套颜色暗淡的衣服和忍者头巾。

“这个是你的。”蝉还把手里的东西扔给我道。我慌忙伸手抓住一看，原来是刚刚被他夺去的小刀。

“可别拖我的后腿。”

不等我还击，先准备完毕的蝉已经走出房间。

一楼大厅，身着农服的男人们再次齐聚一堂。

“如果听到笛声，不管有什么事情，都必须放下立刻撤离！笛子我会吹三次，没问题吧。”

孙兵卫把脖子上挂着的木笛放进嘴里，鼓起腮帮子用力一吹，那声音简直震耳欲聋，响彻整个广间。

“另外，如果不小心落到敌人手里，靠自己的本事脱身，没人会来救你。”

听到这话，保持坐姿的我感到膀胱周围一下子收紧了起来。

“出发！”孙兵卫命令道，众人一齐默默站起身。

每两人一组，大家错开时间分别从驿站后门出发。大道上天色逐渐变暗，我紧跟在蝉的身后，路上我向他打听起火灾遗址的事，蝉回答说是上月大坂方面军攻打过来时留下的。约莫十日前，堺这里还是大坂的阵地，但一听说藩主大人要率军攻过来便夹着尾巴逃回大坂城了。

走出街市后，我们沿熊野街道北上，在住吉前等待夜幕降临。天黑后，我们混进暗夜中，从以藩主大人为首的友军军阵旁穿梭而过，一口气赶到天王寺。

目的地是一个叫茶臼山的地方，虽然名字里有山，但实际上就是一个小小的丘陵。十二个人再度在此处聚首，大伙儿不约而同从怀里取出忍者头巾带上遮住面部，孙兵卫则指着天王山东侧联排民舍的影子向众人示意。

“恐怕藩主大人的军队会从这南北的道路上经过，采女大人已下达了命令：为了让视线畅通，每人负责烧毁十间民舍，如有人引起骚动，当场处置即可，总之给我烧！”孙兵卫用忍语命令道。

“啊！”我的喉咙深处不由得迸出一声，不过那声音却被孙兵卫左右两旁的男人将蓝色口袋放在地面上时发出的声音掩盖。口袋里装满了成捆的麦秆，蝉从中拔出一捆扔给我。我清清楚楚感到自己头巾下的脸已经变得苍白，然后我吞了一口唾沫，接过了麦秆。

*

男人们一起下了茶臼山，孙兵卫在前打头阵，他每发出一次忍语，便有一组无声地离去。当孙兵卫发出第三次忍语时，我和蝉便脱离主道，潜伏在村落一旁的草丛中。

黑暗的另一端，我们目送着孙兵卫等人的背影渐渐消失。

“我们不是来探察敌情的吗?”并非询问，我只是低声嘀咕道。

“只是探察敌情不需要十二个人吧?”蝉回答完，立刻开始准备打火石，这下我才明白，事实的确如他所言。

“不过，说探察也算是探察吧。附近如果有敌人，发现起火必定会赶过来，如此反倒能省去找他们的功夫，可谓一石二鸟。”

“哼，你语气听起来知道不少嘛。”

“自奈良进入河内以来，我已经干过多次了。”蝉若无其事地回答道。

“最近没有下雨，今晚火会烧得很旺。”蝉的话中渗透出一丝愉快的回响。

“要在上风位置点火，从那边开始。”蝉右手指着右面一处民舍的影子道。

树木对面，沉浸在黑暗中的民舍群就像摆设一样，毫无生气地矗立着。不知道是否被察觉到了，远方传来几声犬吠，但立刻又恢复了平静，大概是谁放倒了那条狗。

我与已做完准备的蝉并排匍匐在落叶上，周围一切的声响都消失了，我感到刺骨的冷气从头巾没包住的皮肤部分往里钻。我凝视着左手握着的麦秆，从刚才在茶臼山自孙兵卫那里得令后，我耳畔动辄便会传来芥下的声音，芥下说过自己的家只是因为挡住了战场的视线就被烧毁了，芥下还说她最讨厌战争。虽然那时我多次还嘴说不会参战，可如今我所在的地方就是正儿八经的战场，接下来我还必须把民舍烧毁，让行军视线畅通。

“喂，蝉。”

“干吗?”

“放完火我们干什么?”

“没有什么这呀那的，你只管点燃十间房就逃，仅此而已。”

“不会引起骚动吗?”

“哼。”蝉只是冷冷地笑道。

“自己的家烧起来了哦，肯定是会发生骚动的，但在那之前我们就撤离了，跟这里的人又不会打照面。哦不，记得只有一次出了麻烦，那次我刚点完火，突然一个老头发出像鹤一样的鸣叫声从屋里冲了出来，果然一旦上了年纪，睡眠都比较浅。”

“那么……然后呢?”

“杀了。”蝉满不在乎地低语道，“干吗，你怕了吗，风太郎?”

蝉的语调能让人轻易地联想到这家伙此时必定满脸坏笑，他还踢了踢我的大腿周围。

突然，一阵微弱而尖锐的声响乘着冷空气如悲鸣一般传来，是孙兵卫的木笛!

“行动!”蝉飞快起身，将沾在身上的落叶拍掉。

蝉率先化为一道黑影贴在了茅舍的外墙上，耳朵紧贴墙面聆听屋内动静，只见他微微点一下头对我说：“你绕到背面去等着。”留下这句话后，蝉便消失在了附近的草丛中。

我弯下腰，沿着墙壁慢慢地向屋后移动，为尽可能地隐秘行动，我蹲了下去。寒冷而清澈的天空飘浮着满天繁星，周围静如死寂，很难想象只有一墙之隔的数尺开外就有人就寝。一瞬间，从蝉藏身的树丛处传来硬物碰撞声，是打火石的声音！我无意识地把握在两手中的捆状麦秆攥得更紧。

蝉的右手从草丛中伸出来，柔弱的火焰在黑暗中摇动着，就像一个小小的生物一样。蝉将火焰传至左手的捆状麦秆上，我站起身像迎接他一般，无言地伸出手中的捆状麦秆接过了火。

火光摇曳出蝉没有表情的脸，泥鳅须就像附着物一样，粘在他的脸上。

“去吧！”

蝉压低声线发出命令的瞬间，时不时还在我脑海里浮现的芥下的声影蓦然消失。

蝉把右手的捆状麦秆往屋顶扔出，火焰无声飞舞着，在头顶上不见了踪影，接着他又用左手的麦秆引燃板壁，为扩大着火面积，蝉还特意将接缝处的木板翻开。我靠近相邻的民舍，模仿蝉把一捆麦秆扔上屋顶，然后用剩下的一捆将挂在屋后墙上的草帽和墙边的空桶引燃。由于确实没有什么水分，火焰就像被吸收一般，迅速传至草帽上。我将麦秆扔进桶里，从怀里又抽出另外两捆，靠近桶口早已探出头来的火焰，跃动的火焰立即舔上新的麦秆，麦秆前端立刻就变黑萎缩，接着一下子就被火焰笼罩。

我听见板壁发出沉闷的嘎吱音，于是回头一看，发现最初放出的火已经转到茅舍的一角，高度也与我的身高持平。火焰从屋顶上也探出头来，这时已不见蝉的踪影。出乎我意料，至此并没有花费多长时间，这样一来，即便此刻发生骚乱也不奇怪。我边跑动边将麦秆扔向下一个屋顶，屋后也放下了一支，也等不及察看是否已经着起火来，紧接着又将火移到新的两捆麦秆上。离此处前方差不多十间的位置，有三家民舍并肩而建，我俯身疾行至其上风位置，往其中之一的屋顶扔出一捆麦秆。

霎时，身后突然传来一个女人高亢的悲鸣。

“失火了！失火了！”一个男人的怒吼声接踵而至。

我迅速将手中摇晃着明亮火光的麦秆扔向邻近屋顶，然后紧贴在正下方的板壁上。即便隔着墙，我也能清清楚楚地感觉到睡在屋内的人犹如跳跃一般起身，踩踏着地板往外飞奔而出。另外两家民舍貌似也有人逃出来，正好从我所在位置后方的三家民舍中央，传来男人们呼喊彼此的声音。刚开始的时候每个人都大喊着“着火了，着火了”，接着又用撕心裂肺一般的呐喊声呼唤着小孩名字。现在轻举妄动反而危险，于是我继续猫着腰蹲在当场。

“是德川军，德川军打过来了，大家快逃啊！”

从最初放火的地方突然响起老人嘶哑的吼叫声，我保持蹲姿远远望去，看见那间房屋完全被火焰所吞噬，其火势与周围的建筑连成一片，烈火就像要将黑夜吞噬一般熊熊燃烧着，可就是不见声音主人。

“大家快逃，他们马上就打过来了！”

听到这急迫的呼喊声后，聚集在屋后的男人们发出阵阵吼叫，接着我便听到了他们一齐拔腿开跑的脚步声。一个女人抱着个号啕大哭的孩子，从我身旁跑过，她甚至根本没注意到我的存在。

这周遭的人的动静渐渐消停之后，我咂了一下舌站起身来。欠蝉一个人情让我非常不爽，德川军什么的也根本不会来，因为就连身为先锋的藩主大人都还在住吉。模仿老人的声音是蝉的拿手好戏，虽然不知道他在哪里发出的喊叫，但应该是见我无法动弹才出手相助的吧。

我从茅舍的一角悄悄探出头，发现人们都对蝉的话信以为真，全都逃走了。相邻屋顶的大半都被火焰吞没，激烈地喷射着火星，我头上的屋顶也发出“噼噼啪啪”的声音。虽然还有一家民舍丝毫无损，不过即便放着不管烈火也会蔓延至此吧，因为一开始并没有决定在哪里与蝉会合，我决定回到之前藏身的草丛。当我从民舍的阴影中跑出的时候，突然毫无征兆地从那间还毫无损伤的茅舍里走出一个男子。男子胸前像是抱着什么东西，他很快察觉到一旁的民舍开始倒塌，男子大吃一惊，呆站在原地一动不动。

这个时候，我已全身暴露在外，凝视着仅数间距离开外的男子的后背，他并没有察觉我的存在。是否应该就这样逃离现场呢？不等我思考，头顶忽然响起爆裂声。

男子吓得跳起来，他一转身便与我四目相交。

对方是一个浓眉大眼、满脸耿直之气的年轻男子。他胸前端着一把刀，当他察觉到我时，火焰照射下的眼角立马竖了起来。

“住手——”我抬手正准备制止对方，可刀鞘已从男人手中落地，他没有把刀举起，而是向我突刺过来，我向后跳起，伸手探向插在身后腰带上的小刀。

“你、你这个家伙，居、居然把我们的家——”

在此处与这素不相识之人交手没有任何意义，“抱歉，我先走一步。”就在我转身准备快速离去时，感觉有什么东西乘着风从耳边划过。

往前踏出一步正准备追赶我的男子手中的刀掉在了地上，人也摁住脖颈向前倒下了去。他倒在地上的瞬间，我清晰地看见一枚手里剑正好插在他的脖子上，映射出周围的火光。

我转身向手里剑飞来的方向望去，在一间间倒塌的民舍前，一个被火焰环绕的人影缓缓向我靠近。原来如此，原来这家伙走路是这么个外八字脚，我一边回想着，一边吐出一口唾沫。

“不要多管闲事。”

“我应该告诉过你别拖我后腿。”

蝉的声音冷酷无比，接着他命令我赶紧撤离。我冷哼一声，准备跟在这家伙身后撤离之时，视线再一次回落到倒地的男人身上。他的喉咙被开了个洞，“嗖嗖”地发出令人不悦的声响，男子的身体扭曲呈“く”字形。那湿润的声响貌似是血喷出来了，男子不停地咳嗽，而且咳得越来越厉害。我停下脚步，注视男人片刻后，拔出背后的小刀。

“你要干吗？”蝉已经敏锐地察觉出了我的意图，可我对他毫不理会，靠近了男人。

“要杀，就要瞄准位置一击毙命！”听我如是说，蝉只咂下舌便没再开口。

三家民舍中，最先放火的那间屋顶气势十足地倒塌下来，轰隆一声火焰像莲花一样膨胀开来，往上空喷出，男人藏身的房子也燃起火来，火焰舔上板壁后向四处扩散。男人脸蹭在地面上剧烈地咳嗽，我迅速绕至其后背把刀尖贴在他身上，说了一句“抱歉”便一刀深深插入了对方的心脏。

蝉看着拔刀起身的我，没有说一句话，然后转身，迈着外八字脚飞奔离去。我用男人的衣服擦干净小刀，正准备随蝉离开之时，突然间眼前房屋的板壁上倒映出了一个影子。我没有时间判断那是什么，只是下意识地察觉到一个大汉正抡起刀向我的正后方逼近。

我立马手执小刀向身后使出一记横扫，紧接着往前方跳出。不过这并不顶用，一瞬间我感到对方的刀向我的后背刺了过来，可奇怪的是接下来什么事也没发生。我体态笨拙地倒在地上，手上确有触感，像是刺到了什么东西。此刻小刀已不在手上，我迅速重整姿态，确认对手的所在。

不知为何，我刚才所在的位置站着一个四五岁的女童，她手里拿着刚才那个男人拔出的刀鞘，精神恍惚地俯视着自己的腋下周围，那里深深地插着我撂下的小刀！

女童身后的火焰熊熊燃烧着，其正面的板壁上，倒映出一个膨胀的巨大暗影。我注视着那摇曳的暗影，摇摇晃晃地站起身。此时，不知从何处乘风传来了三声木笛的声音。

“该走了，风太郎。”不知何时，蝉走了回来，他的声音在身后响起。

“不对啊蝉，我、我只是想将对方扫倒而已——”

“该走了！”蝉使劲拉扯我的肩膀。

“不对啊。”我刚一开口，就被蝉扇了一巴掌。

“快跑！”

“我、我。”话没说完，我又吃了一巴掌。

蝉架住我的胳膊，与女童擦身而过，对方的瞳孔无力地追逐着我，她那橙黄色和服在火光照射下，绽放出奇妙的明亮色彩。女童的头发像是没剪好，厚厚的刘海参差不齐。

“爹爹。”女童用嘶哑的声音低语道，最终，她在先前倒地男子的跟前栽倒了下去。

*

我一次也没在堺看到过大海。

原本出戎屋稍稍走过几条街道，立刻就能到达港口，但我选择一直闷在驿站闭门不出。火攻行动三日后，我离开了堺。

孙兵卫将大家召集到大厅，说明了一下接下来去哪儿以及干什么，可我啥都没听进去，只是跟着周围的人离开了驿站。当我回过神来时，发现自己已经加入了住吉藩主大人的阵中。我头戴阵笠[①]、身穿皮革护甲，成为了一名杂兵。

我混入阵中之后，仍然得以什么都不思考地浑浑噩噩地过着日子，这是因为我被调到了军阵后方，每天的工作就是日复一日地制作竹盾。兵营一旁的作业现场，时常有近百人被召集而来。因为若只是白天作业的话人手不够，所以夜晚也会点着灯安排人轮换切竹子。切好的竹子会被组装成宽八尺、高四尺的竹盾，竹子表面易于错开枪弹，听说士兵们通常将竹盾置于身体正面，一边抵挡着对方的射击，一边保持着下蹲的姿势逐步往敌方阵地挺进。

可说到底这竹盾只是把竹子重叠起来而已，人被射中还是没得救。我在作坊担当白班，大坂城方向传来的枪声从未停息过，每天都有死人被放在门板上从战场抬回来，多的时候一天就有十几个。有人不知道被枪打中到底是怎么一回事，最初每当有死者被送回时，好事者们都上去围观。吵吵嚷嚷地议论着什么手臂断了、胸口开了个孔之类的。不过三日后大家都已习以为常，五日后即便门板被送到作业现场，也再没有人去理睬。

编织竹盾告一段落之后，接下来的工作是挖仕寄道，所谓仕寄道指的就是可纵横穿越战场的沟道。虽说是沟道，同样也拥有相当的高度与宽度，足够两个成年人并排前行。简单点说，我就是在同伴们抵御着敌人的枪弹，排架着竹盾和竹束[②]慢慢推进并夺取的阵地上不停地挖沟，并且挖出的土全部都要运往前方做填土用。不愧是以痴迷城堡建筑而闻名的藩主大人所想出的办法，他

①阵笠：草笠型头盔。

②竹束：将一根根竹子绑成板状物，其功能与竹盾类似。

不但从伊贺将筑城的工人们招来，还命令除了需要举枪射击的前列士兵，后排士兵都必须扛着土筐。仅仅十日，藤堂家阵前便堆砌起高五间、宽三十间的巨大土坡。

相比制作竹盾，我更快地习惯了挖土的工作，因为整天除了铲土就是搬运，完全不需要动脑子。在聚集着冰冷空气的仕寄道里，一群人扛着装满填土的沉重草袋，排成一列移动。我听见身后同样扛着草袋的人说从今天起就进入师走[1]了，我不禁抬头仰望多云的天空感叹时光飞逝。我从仕寄道的终点登上土坡，攀爬到一半时匍匐在斜坡上将草袋往上推，同样匍匐在土堆顶端的男人与另一人一起抓住草袋往上提。提上去的草袋犹如砌墙一般，都堆积在土堆的边缘。

刚才谈论师走话题的男人正好在我后方一个身位的位置，他声线虽粗但人比较瘦小，这人匍匐着将草袋往上顶，不过上面接应的同伴拼命伸出胳膊也够不到。“谁来帮我一把！”上方传来求助声，后方排着队的同伴见状正准备施以援手。

“不要多管闲事！”男人开始怒斥道。

“我说根本不需要用这么麻烦的方法往上搬，这样不就好了嘛。”男人突然站起身道。

“看我的。”只见男人将草袋举至两腿之间，摇摇晃晃地沿土堆斜面往上攀登。

这时，只听见一声枪响，男人的身体飞了起来头朝下地径直向下滑落，我看见有什么东西从他的身体上撒落出去。他滑落至我的脚下停了下来，那时我正准备回到仕寄道去，他左眼中弹，一半脸已经不在。在那之后的一段时间，无论谁都把自己像埋在

①师走：腊月。

地面里一样，保持着匍匐的姿势往假山上传递草袋了。我把尸体移到门板上，搬到了营地，担着后方门板的就是刚才准备帮死者把草袋往上抬的男人。

“你这家伙，你老婆孩子和你娘该怎么办啊？”男人对着一动不动的尸身嘟囔道，“我和这家伙来自同一个村子，他家有四个孩子，年纪都还小。”

在营地等待检视现场的武士前来的时候，男人频繁地向我搭话，但我都没理他，因为不知道该怎么回他的话。男人向我投来焦急的目光，用沾满泥土的拇指擦拭充血发红的眼睛，躺在门板上的男人大大地张着嘴巴，只剩下了半边脸。“亏你还能这么满不在乎地凝视着尸体啊。”男人用颤抖的声音说道，我一抬头，正好与男人四目相视，不过对方却立刻移开了视线。果然我跟这人没什么好说的，我如今不管看到什么、听到什么，都不会有任何感觉。

眼见土坡大体上完成，武士头领命令我值夜警备至天明。到了交班的时间，我登上假山，毕竟已经进入师走，夜晚也来得更早。草袋堆积如山的土堆顶端已经有人先到，“今晚拜托了。”我刚打一声招呼，在幡旗脚下盘腿而坐的人影便夸张地咂了下舌。

“怎么，原来是你。”对于蝉在此处，以及只听咂舌声便得知对方是谁这两点，着实让人感到非常失望，我不由得发出沮丧的声音。

“这话应该由我来说才对，你负责的区域在那边，还不快去。”

蝉头也不抬，伸手随意地指向侧面。只见五间开外的地方，有一面藏青色打底，上面印着三个白丸子的藤堂家的旗帜，插在堆积的草袋之间。我弓着腰走过去，发现旗帜下放着一个铁盔，应该是瞭望用的。

说来惭愧，假山对面的风景我还一无所知。这期间我只是编竹挖土，然后扛着草袋在只看得见头顶细长天空的仕寄道中往复作业，不知不觉之间才完成了这座土堆。

我戴上像锅一样深的铁盔，静静地从草袋处往对面窥探。

我注视正前方风景片刻后，再察看了一下左右的情况。

“喂。”我一时弯下腰向蝉搭话。

“一直都是这样吗？”

“什么这样？”

“灯笼。”

“嗯，一直到清晨都是这样。”蝉兴味索然地回答道，我再一次从草袋处探出头。

眼前的光景实在让人感到不可思议！

黑暗中，灯笼散发出柔和的光线，隐约地映出周遭的光景。不光藤堂家阵前，位于藤堂家两翼的其他大名同样修筑着土堆，他们排成一字长阵缓缓地走下坡道，阵前也有成排的灯笼。光亮沿着坡道缓缓地呈现出倾斜的状态，其数量足足超过百个。从土堆至灯笼的距离大概五十间，灯笼上的贴纸各有不一，有红色和白色，时而还会出现蓝色和绿色，色彩斑斓的光源在风中摇曳，我远远地看着这景象，不由得发出了一声感叹，真是的，这哪里是战场的景色啊。

城墙与城防设施的木栅栏之间拉着草绳，灯笼则悬挂在草绳上。虽然自从我加入住吉之阵以来，已经随军北上了相当的距离，可确实没想到如今已到了如此近的位置。与城墙枪眼背后的枪手仅仅只相距五十间的距离，如果是使枪的好手，狙杀对方并非难事。恐怕也因为存在这样的风险，所以才需要大量的竹盾。

我认为即便夜色再暗，还是小心为妙，于是便早早地缩回脑袋坐下，将铁盔放在股间。我把头靠在冰冷的草袋上仰望星空，瞅见一轮新月飘浮于西边低空，我心想听说大坂西侧临海，笼罩在那轮月亮周围的云朵下方应该也是海吧。被冒名黑弓所写的信骗出吉田山来到这里已过去一个月，话说我明明是想看海才离开了京城，而如今自己到底在这满是草袋的土堆顶端干什么呢？

我向着发出清澈光亮的繁星吐出白色的雾气，听到身旁传来轻微的鼻鼾声。在这寒冷彻骨的鬼地方，真亏这家伙还能睡得着，当我向蝉投去惊奇的视线之时，我察觉到了一件事。我记得这家伙应该是侍童[①]，可他为什么会在这个尽是地位低下的人的地方？有规定让侍童轮流在这里守夜瞭望吗？不可能，就算是那样，他也必定不会和我一样穿皮革护甲，而是应该发一套像样的铠甲才对。

柘植屋被烧毁之后，蝉、百和我三个幸存者无家可归，其中最先确定新职务的就是蝉。记得遭遇火灾之后，我一直没和蝉打过照面，可这家伙却专程跑来我寄宿的平民家中，扬扬得意地炫耀了一番才满意而归。他当时脸上浮现着猥琐的笑容，说什么接下来藩主大人会器重自己，那张恶心的泥鳅脸我至今仍然记得。可话说回来，在高手云集的柘植屋，蝉也是数一数二的使刀好手，被任命为侍童无可厚非。后来，没什么特别突出能力的我被调往了万屋，这同样也不是什么奇怪的事。只是，在柘植屋的时候，百与所有女人都合不来，可后来她却居然加入了女官阵营，这实在让当时的我百思不得其解。

丑时，宵夜送了过来，我把两个饭团递给蝉。

“从刚才开始，对面就很吵啊。”

---

①侍童：旧时侍候在贵人身边的做各种杂役的人，多为少年，也成为男色的对象。

“对面?”

“对方士兵正在集结。”

我一边把饭团塞满嘴，一边望着东边天际，仍然什么都没能察觉到，可就在我把饭团吃完的时候，突然整片漆黑的夜都发出轰隆作响的枪炮声。这巨大的迫力让我不由自主地抬起了屁股，枪炮声巨大无比，与此前听到的截然不同。几百，不，如果不是上千把火枪同时开火，天空是不会产生如此震动的。

山坡下一下子变得吵闹起来，不少人慌张地登上斜坡，但不管怎样远望东面，能够看见的只是沿着黑暗的城墙静静散发着暗淡光芒的灯笼而已。

枪声持续片刻后戛然而止，接下来半刻听不到任何声音，山坡顶上只剩下我与蝉二人。“动起来了。”蝉只轻声说出这一句，便聚精会神地凝望着东方。

又过了一刻，生驹山的边缘终于开始被染成淡红色，渐渐转白的天空下，灯笼的光芒很快便消失不见。我戴上铁盔，从正面看见了已显露全貌的城池。原以为其城墙呈直线延伸到底，可在到达东边之后，一下子往正前方又伸了出来。

“为什么，只有那个地方往外伸了出来?”

“那边是真田丸[①]。真田家的人把守在那里，所以才叫作真田丸。”

我点了点头，仔仔细细远眺了下真田丸。城墙和望楼[②]上有不少红色的旗帜随风飘荡着，我心想固守在这出丸[③]之内的一群人是得多爱出风头啊。

①真田丸：大坂城城塞外侧，围有栅栏以及加挖深沟的防御性建筑。

②望楼：制造在城门或者城墙上的较高建筑物，用来侦察敌情以及射击。

③出丸：即是指真田丸这样建造在从主城突出来一部分位置的小城。

突然我的视线移回到什么正在移动的东西上，正面城墙跟前，灯笼无声地移动着。虽然大战说不定立刻就一触即发，可对方还在拂晓时分淡定地回收灯笼，这实在让人感到不可思议。枪声连绵不绝地响起，从真田丸方向传来清清楚楚的呐喊声。对方看上去就像对胜败毫不关心一般，灯笼一个又一个地开始沿着草绳移动，最终消失在城墙上一个四角形的洞口中。

*

战斗突如其来，随着海螺号[①]声的吹响，真田丸前方出现一个如芥菜子般大小的人影，人影数量紧接着开始增多，当我意识到那是攻城军队时，数千士兵就像聚集在巨大红色瓢虫尸体上的小蚂蚁一样，向着飘荡着红色旗帜的出丸方向，一齐向木栅栏挺进。

更让人惊奇的是在真田丸跟前，差不多横跨九町的布开军阵的其他大名的士兵就像收到什么讯号一般，高声呐喊着以攻击态势向前方城墙进发。

我和蝉移动至土堆右侧，为能够更加清楚地观察，我们拽下了角落里的一个草袋，极不情愿地挤着脑袋，开始远眺战场的动态。

“这群家伙，已经商量好了啊。”

蝉的话是让人信服的，在这样的黎明时分是根本不可能在短时间内纠集起如此大量的兵力的，应当看作是事前有所约定，并且早已做好了准备。

“你是说藩主大人并未参与这次行动?”

“应该是这样。”蝉点了点头，往身后瞟了一眼，一些藤堂家的武士们正好一脸刚睡醒的表情，高声交谈着。对于他们来说，

---

①海螺号：用海螺壳制作的号角。

如今的状况就好像晴天霹雳一般，一个个都慌张地跑来土堆顶，注视着真田丸方向的战局。

虽然我与蝉只是负责守夜至清晨，但得知我们拥有远超常人的视力之后，我和蝉便被命令留在原地逐一传达战场的动向。然而根本说不上什么传达，就像被针对真田丸的攻城行动所牵引一般，稍远的各路大名的军队依次行动起来，在临近位置布阵的松平军军队也不甘落后地吹响了法螺号。源源不断的携枪士兵从一处比藤堂家的矮得多的土堆旁涌出，攻城的阵鼓敲得震天响，松平军的先锋争先恐后以雪崩之势开始向敌城发起冲锋。

士兵们一边嘴里怪叫着，一边毫不犹豫往城墙方向突进，可由于身上穿着结结实实的重甲，看上去就不方便行动，在跨越木栅栏之时，他们的刀枪都被挂在栅栏上，简直迟钝得惊人。

然而，让人感到奇怪的是敌城的动向。以真田丸为首，对方所有的枪炮都保持着沉默，即便被松平军突破了最初的栅栏，空战壕也被接连不断地入侵，但对方仍然不开一枪。

蝉终于将头完全伸出草袋，聚精会神地远眺前方。诚然，如果对方连眼皮底下挺进空战壕的松平军都置若罔闻，还瞄准远在五十间开外的我们也未免太不公平了。我也横下一条心站在了蝉的身旁，不过和那家伙一样，铁盔还是没有摘下来。

此时朝雾已经散去，远景中的真田丸渐渐变得清晰，出丸周围已经挤满了人。第一道栅栏被推倒，空战壕也被突破，城墙最后一道屏障的木栅栏前全是攻城的士兵。

“这是个圈套。”

蝉摆弄着泥鳅须子，远眺真田丸方向低声自语道。就在我大吃一惊的同时，突然感觉理解到了蝉话中的含义，不错，这就是个圈套！真田丸方面正布下陷阱，引诱敌人深信自己即便把手伸进火里也不会被烧伤，从而想把成千上万的敌人引入圈套。

接下来，真田丸那边开始行动了。只见格外高耸的旗帜从外墙内侧林立而起，那旗帜像在传递某种信号似的左右摇晃了一下。

“来了。”真田丸放出一记信号枪弹，蝉的低语被枪声淹没。

至此没有一点动静的外墙上，突然同时出现火枪队的身影。

眼见那细长的枪管冷静地瞄准正下方蠢动的敌兵，我深感人类真是愚蠢的生物。任谁都应该清楚这一刻必定会到来，可是自己却把对方无声的隐忍当作自身的优势，深信现状对己方有利。老实说就连刚才在一边旁观的我也在脑海中划过一丝过于乐观的想法，心想会不会是敌方所有人都去支援真田丸了，所以城墙这头真的无人，又或者说不定，对方察觉到我方总攻，是不是早已弃城而逃等等。

攻城部队的漫不经心比我所想象的更甚，让人难以置信的是他们不光铁盾，甚至连竹束、竹盾都没携带。当从敌人的圈套中回过神来的时候，已经深入敌阵以至于无从折回，一切都为时已晚了。

真田丸城墙上成排的火枪开枪了，其轰鸣声甚至让我感到眩晕，不由得藏身在草袋后面。毕竟经过瞄准的枪弹是不会射偏的，城墙跟前为了挂灯笼，都在木栅栏上绑了粗绳，而攻城士兵们正好紧贴在那木栅栏之上，他们就像故意将自己的腹部暴露在枪口下一般。

我从草袋探出头去，看见就像晨雾重现一般，城墙被硝烟所笼罩。不久，烟雾乘风消散之时，木栅栏处已完全不见有人的身影，四处只留下抓住栅栏的断臂。枪声再次响起，一个越过倒在栅栏脚下的尸体，正准备逃往空战壕的男人的头随着头盔一起飞向了半空。同时，我还发现沿着通往空战壕斜坡下行的男人的鲜红铠甲上，突然裂开一个近一尺的洞，从空战壕底部传出的悲鸣已非人声。在如鸡犬鸣啼的叫喊声中，我多次听到有年轻的声音在呼喊“妈妈”，对于不知母爱为何物的我来说，实在难以想象在这样的场合下，竟有人会喊出这句话。就在我悄然回味这份惊奇之时，一发枪弹毫不留情地射入空战壕，哭爹喊娘的叫声便再没响起。

太鼓敲响了，法螺号也被吹响。在充满火药味的城墙外五十间范围之内，到处都是逃命的士兵、以铁炮反击的士兵、吓破胆只顾哭喊的士兵、搬运伤者的士兵，以及失去一条手臂后从空战壕中爬出的士兵。所有的一切都乱成一片，一个失去膝盖以下部分的男人在地上边爬边逃命，有枪弹朝着这个刚从空战壕中生还的男人不停袭来。不过一发也没打中，只是在地面无谓地弹起尘土。“真田的人出来迎击了！”身旁的蝉手指真田丸，发出嘶哑的叫喊，可我还是无法将视线从那个男人身上抽离。枪弹在男人周围再次弹起，可就像被什么东西附体了一般，一发也没打中。只见男人用手肘支起上半身，一点点往前蹭，这时男人的两个同伴发现了他，跑过去想要帮助他。

不知何时，我慢慢攥紧了拳头。

周围所有的一切都浸淫在喧嚣之中，数以百计的士兵东逃西窜，在这里面有一幅特别安静的画面。最初向男人跑过去的一名同伴的脖子被箭矢无声刺穿，见状正准备逃跑的另一人后背以及腿部连续中了三箭，男人仍用手肘支撑着上半身，茫然地凝望着倒在左右两边的同伴。

男人又开始爬起来，他一面哭泣，不顾在地上痛苦翻滚的同伴，一面用手肘支起上半身继续往前蹭。我心想这家伙会不会就这样逃过一劫，不，我是希望他能够活下去！可是接下来男人的身体哆嗦了一下，他回过头去，发现仅存的大腿上插着一根箭矢。男人将箭矢拔出，又不停有箭矢在他周围落下，有好几根落在男人的背上又被弹回，却有一根射进了护甲的间隙。

敌人似乎无论如何都不打算让这个孱弱的可怜人活着回去，即便箭插在背上，男人仍然移动手肘继续前进，但势头明显有所衰减。不知是敌是友，接连几发枪声响起，其中一发终于命中了男人。一瞬间，男人的身体激烈地蜷曲，我看不出来他哪里中弹，只见男人的手肘一下子没了劲，面部贴在地上不再动弹。男人跟前有数名士兵连滚带爬地逃窜，随着扬起的阵阵尘土，很快便再也看不见男人的所在。

土堆上已经聚集了大量武士，即便眼前上演着凄惨的光景，他们仍然固守阵地，谁也没有前去助阵的意思。因为松平军并不是应该帮助的对象，其他大名说白了就是外人，跟固守城中的敌人一样都只是外人而已。本家一个武士还兴奋地对我说，各部队这次一齐发起进攻，是因为听信了敌城某将领所说的会在拂晓时分与攻城一方里应外合的谎言。一说穿内幕，这次攻城行动更显得愚蠢可笑，各路大名居然被骗小孩子的伎俩所蛊惑，动用了几千兵力，最终招来如此惨剧。

我脱去铁盔放在脚边，不等见到来接班的人便下了土堆，谁都没有察觉到我，只有蝉用视线的一角目送我离开。回到兵营，大营背面的烟草贩子仍在地上铺开席子勤勉地做着生意。藤堂家的士兵排成长列等候着，一些付过钱的士兵借来一根烟管蹲在地上，吞云吐雾一番直到将装在里面的烟草吸个干净。四处传来的枪声一直都没有间断过，战场虽然只在一两町开外，但那咆哮却只沦落为来自另一个世界的回响。

“最终，我们该不会一枪不发，一刀也不拔，就这样回领国吧?”一个男人鼻子喷着烟说道。

“来这里我就只学会了穿护甲和这个。”

身旁另一个男人干巴巴地笑道，举起手里的烟管向对方示意。那烟管整体涂着黑漆，样子没有什么特别的地方，管身上标记着白色的“イ”字，表明这东西是店家的。我的目光瞬间停留在了烟管上，到底自己在在意什么东西呢，无奈现在脑袋不灵光，实在没想起来。进入兵营之后，虽然不时会被连绵的枪声吵醒，可我还是身穿着护甲一直睡到了晌午。

日落前回到土堆上时，我发现一切都已结束。虽然我再次被安排在假山上守夜，可另一个当班的并不是蝉，而是换成了另一个男人。我戴上铁盔往外窥探，就像什么事情都没发生过一般，灯笼沿着城墙静静地放着光。太阳完全落山后，临近的松平军阵中有人影出现，那些人都带着门板，我看着他们将暴露在荒野的尸体运上了门板。新月的微光倒映出他们的影子，但敌城那边并没有人发动阻击。

一夜无事迎来清晨，我回到兵营接着一觉睡到晌午，想着同样的夜晚会不会继续，便怀着忧郁的心情前往土堆。奇怪的是四周飘荡着凝重的空气，去领头的那里露了一面，“会使刀不?”对方突然问我，“哎，算了，你去那组。”我还没来得及回答，对方连理由都没告诉便将我强行送入聚集在假山前的近五十人的团队中。

蝉也在那里，不光他，在堺的戎屋遇到过的那些人也都到齐了，众人中唯不见孙兵卫，此时一股不祥的预感忽然涌上心头。

“怎么回事，这是?”我站在蝉身旁，用忍语询问道。

“日落后，将从正面夜袭敌方。”

“你、你开玩笑吧，去的话只会被铁炮射成蜂窝好吧。”

我面部僵硬地冷笑着，而蝉却报以一张毫无表情的脸。“拿去。”蝉躲开了周围的目光，将三枚手里剑递了过来。

“涂了毒的。”

我想收回冷笑的表情，无奈寒冷却让肌肉变得更为僵硬，我几乎哭丧着脸，默默地接过了手里剑。

*

毕竟藩主大人的士兵都不是傻子，大家准备了成排的竹束，背上都背着铁盾，而我则领到一把刀，并且换上了贴有铁板的胸铠。不过不管怎样强化装备，依然改变不了本次攻城行动的疯狂本质，就算护得住前胸，可脑袋上只戴着阵笠，一旦被射中也是一命呜呼。由于大家都清楚昨日的惨剧，在做准备的时候，阵中飘荡着异样的死寂。我在小腿内侧藏了一枚手里剑，顺便帮身旁一个护腿绳套脱落的男子重新将绳子系好。

“不，不好意思。”

头顶传来沙哑的声音，我站起身，看见一张稚气未脱的脸，我问对方多大，他回答说十六岁了。他薄薄的嘴唇微微颤抖着，我并没能鼓励他或者说些让他安心的话。这孩子满脸稚气未脱的表情，好像有什么触手可及的东西，在他双瞳深处晃动。最终，我只是隔着盔甲拍了拍对方的肩膀。男子脸上浮现出孱弱的笑容，朝我动作僵硬地点了点头。

士兵们暴露在寒风中，蜷曲着身体等待信号的到来。蝉和其他忍者则待在角落，用绝不会被偷听到的微小音量交谈着。当我发现蝉一干人等时，本以为是不是又被派去要执行什么任务，甚至都做好了准备，但貌似我跟他们只是在同一组而已。我仰望完全被夜晚笼罩的天空，思索着从脚底往上窜动的战栗感是源自恐惧还是寒冷的，可最终仍是没有想明白，之所以想要对这种事做出判断，大概是因为自己过于浸淫在战争的气氛中了吧。以我曾在柘植屋待过的经验来看，我清楚地明白自己即便能理解这个十六岁孩子不得已必须舍身拼命的想法，也已经不可能抱有与他同样的感情。

夜幕降临半刻之后，站在最前列的武士举起了手。夜袭在前，既没阵鼓也没有法螺号，众人吐着白气，默默地开始移动起来。我穿过从土堆各处凿开的通道，视野一下子豁然开朗。城墙跟前，一列灯笼正散发着暗淡的光芒。我的脚踩在由于吸入夜晚的冷气变得异常坚硬的土地上，众人渐渐靠近了木栅栏。敌城方向响起数发枪声，但听上去只不过是零星发射而已。先锋部队已经砍倒了栅栏的根部，众人陆陆续续从这块空出的地方闯入空战壕。我回头望去，发现在连绵的土堆脚下，滚滚人潮趁着黑夜涌现而出，无论谁都一言不发，只听见护甲发出的声音抑压着黑暗渐渐逼近。

众人沿着通往空战壕的陡急斜坡滑下，在设有逆茂木①以及胡乱插着木桩的战壕底部小心翼翼地前行。虽然从城墙处传来嘈杂声，但不可思议的是关键的枪声却基本上听不到。

我跨过木桩之间露出的刀刃，沿斜面往上爬至顶端，眼前随即出现了最后的一道栅栏。栅栏与城墙之间的灯笼早已被砍落，烟玉也被引爆，四处充满灰蒙蒙的烟雾，梯子也被搬了过来。对方似是已经察觉到即将被突破，从城墙发出的枪击终于变得激烈，黑暗与烟雾将视线遮盖，胡乱放出的枪弹时而陷入地表，时而削去栅栏，时而也将人击倒。突然我察觉到身旁传来急促的喘息声，便转过头去，只见先前的那个十六岁的孩子手搭在栅栏

①逆茂木：指在野战时为了防止敌军的突击，把木头复杂地放置的临时性栅栏。

上，喘着粗气，肩膀激烈地上下起伏。对方像是也察觉到了我，正准备向我搭话的当头，从正上方传来一阵轰鸣声，那一瞬间我什么都听不见了，紧接着我感到有温热的东西洒落到脸上，于是一下子抓住往后倾倒的那孩子的胸口。然而，我跟前出现的是一张血肉模糊的脸，下巴以下已经不见踪影。“可恶！”说完我放开了铠甲，随着一声钝响，男子滑落至空战壕。

“可恶！可恶！可恶！”

我向着浓烟笼罩的城墙投出了两枚手里剑，接着取出小腿内侧的第三枚手里剑，正当我将它高高举过头顶时，手臂一下子被拽住。

“不要浪费。”

耳旁传来蝉冷静到让人感到可恨的劝诫。“你吵死了！”我想要甩开他，但那家伙手上的力量越来越大，我手腕的关节被勒得够呛。

“我明白了，我明白了。”

就像说服自己一样，我松开了手腕的力量，蝉也放开了手。我一脚狠狠地蹬在栅栏上，把带着血腥味的液体从脸上擦拭掉。我回过头，从战壕只能看见那孩子的脚，片刻间，我呆呆凝望着他腿部护腿上松开的绳子，然后登上了木栅栏。

城墙跟前四处散落着被践踏过的灯笼的残骸。忍者们在白色墙面上打入三枚手里剑，依次往上攀登。更多的烟雾被点燃了，忍者的身影连本方同伴也无从寻觅，左右两边梯子架上城墙，攻城行动终于正式拉开帷幕。城墙彼端早已响起怒吼一般的回应，我伸手抓住蝉用来搭脚的手里剑。

翻过城墙之后，我立刻发现跟前躺着三名守兵的尸体，他们手里抱着火枪倒在地上，每个人都死于咽喉部位的致命一击。蝉飞快扒下尸身上的火枪往城外扔去，眼下城外不断登入城内的同伴与守兵之间的冲突已经开始，蝉混进浓烟中，镇静地从绑在腰间的布袋里取出火药弹。

“我们去完成自己的任务，你别白白送命，反正这次行动只是场闹剧而已。如今敌方虽然乱作一团，但援军很快会到，要是见势不妙，切记走为上。”

“闹剧?”

到底怎么回事？不等我继续追问，蝉已将引燃的火药弹往密集的敌人正上方投出，然后往下跳去。悲鸣与爆炸声同时涌起之时，蝉已与其他忍者一同切入敌阵之中。

蝉等人进入敌阵之后，敌方阵营一下子陷入了一片混乱之中，高高井楼[①]脚下燃烧着的篝火火光，将男人们的身影拉长延伸到各个方向。事到如今，士兵们早已将带头武士的命令抛诸脑后，被兴奋的快感驱使着拔出刀来，在人群中蠢动的大部分人都是第一次在战场上使刀，第一次斩人。血腥味很快弥漫开来，男人们的影子在篝火火光的倒映中浮现，他们只顾着互相砍杀，我听到战场上传来各种各样的声音，有护甲碰撞的声音，刀刃相击的声音，还有不规则的喘息声与时不时让人大吃一惊的尖叫，以及“手不见啦！手不见啦!”这样发疯似的连续呐喊，那些分不清是敌是友的年幼声线，很快便消失了再也听不见。

这场不见前后的混战什么时候出现自相残杀都不足为奇，所以在打斗中我都极力避免与敌人面对面缠斗。不料前方突然出现一群人，来到我的侧面，人群正面空出来的地方站着一个男子，我就像被他吸引一般与之撞了个正着。

---

①井楼：战场上为侦察敌阵，用木材搭成的井字形箭楼。

“月！”

男子大叫一声，手中长枪往身前一挺。当然，我并不知道该怎么回答他。男人的口型保持着不知是发的“啊”音还是“哇”音的形状，不管三七二十一便向我冲过来。在枪头接近之前，我首先看了一眼对方的脸。这人看上去十八九岁，不，应该更年轻。总之这个小鬼像个笨蛋一样，长着一张天真无邪的脸。他步法凌乱，使枪动作慢得连枪头都可以停住苍蝇，对方凭借这点能耐便走上战场的愚傻只让我感到气愤。我空手随意地弹开攻过来的长枪，趁对方乱了态势的当头一拳招呼在他鼻头上。随着一声惨叫，男子放开长枪翻倒在地，不过他立刻又站起身来，不顾喷涌的鼻血拔出刀，发出不知所谓的叫喊声。

“住手吧。”

他的眼神深处已经满是愤怒，我的话没起到任何作用。可更不巧的是此时对方有两个人举着长枪前来援助，他们在男子将刀高高举过头顶时，自左右两边向我冲了过来。

我迅速下蹲，手伸向小腿，用最后一枚手里剑先射穿左侧男子的眼睛，接着一脚踢飞从右侧攻过来的长枪，然后一口气拉近距离，气势十足地摆刀使出一记横扫。左边的男子中了毒躺在地上翻滚，右边的脖子喷血倒地，正中间的男子虽然刀举过了头顶，但动作一下子僵住了。这家伙是失禁了吗，一股尿臊味儿从脚下冒起，他声音绵软无力地好像在说些什么，但眼神并没和我对上。在对方的刀往下劈斩之前，我迅速闪现到他面前，从腋下护甲的间隙一刀斜插入其腑脏。

在城外传来收兵的法螺号声之前，我又解决了两名敌兵，那两人都是连拿枪姿势及握刀手法都没学会的可怜虫，夺去两人的性命就像劈砍倒掉的树一样简单。当刺穿第五人的喉咙时，我清楚地感到自己不管再杀死谁都不会再有任何感觉。听闻法螺号声后，我率先从原地往上攀登，继而越过了城墙。越过空战壕回到土堆的途中，我发现前方出现一个腰间挂着重物，迈着八字步奔跑着的男人，察觉到我追上来与之齐头并进时，蝉咂了下舌。

“这啥啊?”

蝉无视我的提问。

“人头。”片刻后，蝉简短地回答道。

“你为什么要特意把这么重的东西带回去，你杀了有名号的家伙吗?”

“不。”蝉用格外低沉的声音嘟哝道。

“这是战争开始之前，潜入城中的同伴的人头。因为他们率先制造了混乱，敌方的铁炮才那么老实的。”

“那为什么要把同伴的头……难道，是你下的手?”

“不错。”

“为、为什么? 他们倒戈了吗?”

“不知道，杀他们是采女大人的命令。”

原来方才蝉登上城墙时所说的“任务”指的就是此事，我片刻间哑口无言。

“但、但是，对方应该认为你是去迎接他们的，所以，你才会……”

“吵死了，我不是说不知道理由吗，要是不按命令行事，死的就是我们，我可不想像孙兵卫那样死得莫名其妙。”

“死了? 孙兵卫吗?”

“嗯，他切腹了。”

“为、为什么?”

“为什么为什么，你这人很烦呐!”蝉说完这句话后便没再开口，记忆里的孙兵卫的音容在我的脑海中重现，但那张容颜的主人已经不在这世上了。

“这也是——采女大人吗？”

果然，蝉还是没有回答。

号角应该是在假山负责守夜瞭望的人吹响的，法螺号的音色在清澈的空气中响彻四方。平安归来的士兵们都如释重负地迎接了号角声，然而我的内心深处，一股难以名状的不安却与寒风一同刮过。

*

接下来的日子都无所事事。

由于没事儿可干，只好躺在冰冷的地面上打发时间。其他人和我一样躺着，也有人用长枪抑或刀支撑住身体，盘腿而坐打着瞌睡。风刮了许久才终于停了下来，阳光温和地普照大地，听身旁的人说大御所已将本阵从住吉转移至茶臼山。

我换了个姿势，背对着闲聊的士兵们。如今大御所的所在之地，正是一个月前，孙兵卫曾率众攀登过的被沟渠包围的小丘陵，这总让我感到不对劲。当然茶臼山的总大将应该不知道，孙兵卫是被大御所杀的。关于那晚天王寺的火攻行动，事后大御所斥责藩主大人说那是没有意义的野蛮行为，之后孙兵卫便受到了牵连，以好好照顾远在伊贺的家人作为交换条件，孙兵卫切腹自杀了。自夜袭行动回来后，我始终执拗地向蝉追问孙兵卫事件的内容，虽然蝉最终还是开了口，但也只透露了以上信息而已。

“孙兵卫亲口说过是采女大人要我们清理障碍的吧，他只是奉命行事而已，为什么必须切腹啊？”

蝉什么话也没说，只是带着绑在腰间的同伴头颅，紧咬着嘴唇，面色阴沉地前去采女大人所在的兵营复命。

那之后，我没再见到蝉。

夜袭行动结束后，我没有回守夜瞭望的岗位，而是被领头的武士告知留在足轻[1]队伍里。我所在的队伍位于远离土堆的军阵中央，虽说那里除了午睡就没啥别的了，但也并不是完全没事可做。

比如说，每日三次高声呼喊，然后塞住耳朵。

太阳落山后，在酉刻、亥刻以及寅刻三个时段，阵中士兵会配合阵鼓声全员高声呐喊。即便在黎明到来之前，还睡着的人也会从睡梦中被叫起，加入到呐喊队伍里。不光藩主大人的军阵，城南排成一列的包抄军阵全员也同时配合呐喊行动，并且喊完之后还会放枪。虽然使用的是没有实弹的空枪，但毕竟是好几万把种子岛同时开火，其产生的压迫力简直超乎想象，不论谁都不得不用布头塞住耳朵以保护鼓膜。可即便如此，开火的那一瞬间，仍会感到一种猛烈的冲击感，像是身体被什么东西击穿一般。枪声停下来之后，残响留在体内四半时之内都不会消去，大坂的天空中也再没鸟儿飞过。

或许是因为太闲了吧，一天突然从队伍里抽调了十个人，我也身在其中，我们就这样被带到了仕寄道，接着又接到命令要求我们立刻进行挖土作业。话虽如此，可并不是沿着仕寄道挖，而是在地面最下部挖一个新的洞，然后在地下修筑通道。

领头的武士透露说，这样做是为了挖到大坂城天守正下方，在那里引爆大量火药把整座大坂城炸飞。挖到天守嘴上说倒轻巧，可大家都不知道到底该挖到哪儿。虽说对手不会发现我们攻过去，但我还是认为藩主大人是不是脑袋坏掉了。他竟然为了挖坑，早已从不知道哪个矿山上叫来了人手。我窥探了一下已经挖

①足轻：走卒，最下级武士。

了数间的坑道，其宽度与高度大约各为九尺，左右立有支柱，顶棚也打入了横梁来加固，其构造相当牢靠，看来藩主大人是当真要挖下去了。

从第二天起，不睡觉的时间我一直闷在地洞里，时而手持用来敲碎地壳的槌子，时而担着装满石块和泥土的土筐，向着天守的方向不停地挖坑。虽然坑道中只有蜡烛照射着地层表面，作业场所阴暗且潮湿，但也稍稍好过在地表无所事事地过活。

藩主大人的下一步对策已经展开，他在其中一座土堆上配备了一门大炮，不分昼夜地向敌城发射炮弹。一旦我像鼹鼠一样潜入地表以下凿土挖墙，便能感受到大炮发射时所产生的巨大震动。每发射一炮，头顶上的横梁便开始震动，土砂便令人生厌地掉落下来，此时大家都会停下手中的活儿，不安地仰望着头顶。可即便如此，这里还是比暴露在寒风中，不得不持续忍受近距离的炮声冲击要好。

尽管晚上换班的人会进入坑道，目不斜视地继续挖坑，可我们这鼹鼠般的作业却在第六日时就此结束了。

当然，我们并不是已经挖到天守下方了，而是战争突然结束了。

听领头的武士说谈判取得了一致意见，其证据就是那门大炮已不见踪影，并且傍晚也不再听到有呐喊声。战争结束了，虽然能早日离开这片极寒之地本应该高兴才对，但阵中并没有丝毫欢喜的气氛，因为大家都无法消除心中的疑惑。不管怎么说，我根本找不到对方同意议和的理由，虽说我方每日在城外像发疯似的大喊大叫，再加上昼夜不间断的空炮伺候，实在让人烦躁至极，可这条件双方都是对等的。不！应该说相比之下我们比对方还要承受更多才对。再说在真田丸攻城战的两天战斗中，与攻城一方大量士兵暴尸荒野相比，大炮造成的实际损害根本不值一提。

不过，议和到底还是真的，我终于明白了如果说未觉先行的是战争，未觉而终的同样是战争。我实在不知道经过了怎样的谈判，才让对方接受了如此不利的议和条件，据说我之前能从土堆远眺的城墙会被完全拆除，空战壕也会被掩埋。回想之前我们还迫不得已地去挖地道以及放空炮，攻城上遇到麻烦的明明是我方，这道理上根本就说不通，所以我才会深深地怀疑对方凭什么接受完全对我方有利的议和条件。然而当我看到敌城中一面又一面的旗帜被降下，井楼被解体，最终连谷町口的大门也被打开时，才不得不又重新思量了一番。

话说我在战争中也好，休战后也罢，所干的事都相同地让人感到滑稽。从地下转到地表，手里的工具也没变，众人开始着手将堆得高高的土堆铲平，再把土埋回仕寄道中。议和正式成立的次日，城墙的解体施工便早早拉开帷幕。就在昨日，攻城士兵们都还是一脸凶狠的表情，端着枪紧盯着城墙，而如今他们都走出阵来，拆除了所有的木栅栏、石墙以及白色城壁，然后扔进了空战壕中。

藤堂军也全体出动，着手拆除正面的总构[①]，我还拿着大槌将白色城壁敲破。仅仅三日，包括真田丸在内的城墙就被处理得干干净净，完全不留任何痕迹。空战壕也被细致地填平，变成只有土壤颜色与周围相异的坡道。

午前时分奉行[②]前来宣告工事完成，告知士兵们可以休养一日。听周围的士兵说下次应该会去掩埋二之丸，我站在之前空战壕的上方，环视周围想找出上次夜袭任务时走过的地方，然而如

①总构：城堡及城寨的外围，另外还包括围在内部的建筑。

②奉行：平安时代至江户时代中授予武家的官职名称之一。

今风景已经完全变化，毫无线索可循。我不由得沿着缓缓的坡道前行，看见了一处石阶，接着我沿石阶爬到了顶端，看见这里栽有一棵槐树。由于这树与吉田山废屋背后我隐藏忍具的树相同，即便没有树叶，我还是一眼就认了出来。我记得在土堆上守夜瞭望的时候，曾看见这棵孤零零的树顶部从远处城墙的彼端探了出来。接着我站在位置稍高的槐树脚下回望军阵南侧，原来如此，我终于明白自己看见的就是这个东西。

周围的树木都被战争消耗了，石阶一旁的坡道上四处可见光秃秃的树桩，这棵槐树是唯一的生还者。为什么只留下这一棵？我百思不得其解，于是绕到树后，不由得吃惊地叫出声来。槐树的根部有一个小小的祠堂，祠堂前供奉着小镜子和白色杯子。定睛细看，树干缠着细细的稻草绳，原来这是棵老树。

正在这时，侧方传来了人语声，于是我转头望去，发现稍远位置聚集了差不多二十来个居民，他们在往下方观看。

“小哥，你是从空战壕那边上来的吧，我们可以下来吗？”人群中最靠前的一个大爷与我四目相视后，向我询问道。

“哎呀，听说德川阵中有贩售烟草的商人，最近城中烟草价格暴涨，根本买不起，这东西时间长了不抽一口还真受不了，你懂的吧。”

大爷做了个吸烟管的动作，原来如此，这时我才回想起大坂城市街是被主城内侧完全包围了的。我告诉对方工事已经结束后，大爷一行便兴高采烈地沿石阶下行了。他们全都是冲着买烟来的吗？我看着其他人络绎不绝地跟在大爷身后，突然发现队伍后方有一个身披鲜红斗篷的熟悉身影，不禁大吃一惊，赶紧仔细打量这人的容貌。

“咦？咦？”

对方也差不多同时认出了我。

“你怎么在这里啊，风太郎？”

“你才是，在这儿干吗啊？”

黑弓仍披着根本没必要如此显眼的红色斗篷，片刻间我们相视无语。

“在下接下来准备前往堺，听说这里布有藩主大人的军阵，便顺道来看看到底是什么情况，这个巳[1]的前方正好就是通往堺的熊野街道。”

“巳？”

“对，就是这个祠堂哦，相传过去这里住着白蛇，你看，那面镜子，有白蛇在支撑着对吧。”

我方才没注意到，镜面确实被嵌在涂成白色的木刻品里，做工虽然粗糙，但看上去是有几分像蛇的雕刻品。

“话说回来，在下真是吃了一惊啊，居然在这里遇见风太郎。难道说你在你藩主大人阵中吗？”

“嗯。”我点点头，稍显做作地整理了一下胸前的皮革护甲。由于护甲表面绘有藤堂常春藤的图案，所以一眼便能看出穿戴者属于哪个大名。虽说已没必要穿着防具，但为了抵御寒冷，士兵们都没有将它脱下，就这样投入了工事作业。

“话说，风太郎在藩主大人阵中都干了些什么呢？”

“我吗？是啊，大半时间都在挖坑。”

我向黑弓说明了把坑挖到天守阁附近，再用火药进行爆破的战术步骤。

“如果目标是天守的话，即便引爆大坂城中所有的火药也没用

①巳：地支第六位，即是指蛇。

吧，那么挖到哪儿了呢？”

黑弓笑着问道。

“进展比想象更快，挖了差不多四十间。”

“那么，议和后又专门把坑填平了？”

“上面说只把入口封住就好，话说回来，你来大坂干吗？老老实实待在堺的话，根本就不会被卷入战争。”

“就是啊，这简直是一场灾难。在下只是来大坂办点小事，突然就下令不许出城了。钱全部寄存在堺的驿站里，害得我在这里的旅店欠了不少账，所以呢，在下准备回堺去拿钱。咦？风太郎怎么知道在下之前在堺？”

“我是被在堺的蝉叫来的，听他说早先你也在那边。”

“这样啊，所以你才在藩主大人的阵中，那么也就是说你做回忍者了？不挺好的嘛，风太郎。”

“挺好？哪里好了？”

“你不是一直都想做回忍者吗？”

对于黑弓过于坦率的反问，我不禁哑口无言地垂下双眼。脑海中突然重现被火焰吞噬的天王寺村落中，自己被蝉拽着胳膊逃离时的画面。我的视线落在被泥土沾满的右手上，握紧了又松开，我已经回忆不起那晚刺中女童时的感觉，并且对于其他数条被我夺去的生命，那触感我也回想不起来了。

“战争结束了，接下来茶碗又会畅销起来吧，风太郎不回京城吗？”

我缓缓抬起头，视线与黑弓相交，他的眼神与战争前没有任何改变，依然纯真如故。啊！我终于发现自己已经彻彻底底变了。

第七章

拂晓时分，众人从军营出发了，我与其他足轻并肩行走于晨雾弥漫的小道，陆陆续续前往二之丸掩埋场。从雾道前方传来阵阵犬吠，不知谁在后方打着哈欠，还有人在短促地放屁。我们久久未能抵达护城河，这一路上，我的脑海里每日都会浮现一个念头，那就是这里竟然能建成如此规模宏大的城堡，与其说是赞赏，这种念头更接近于惊讶。太阁这个货真价实的城堡狂过去曾君临于世，藩主大人之流根本无法望其项背，不管怎么说，我们行走了这么久都还没到达护城河，只有如此规模的城堡建筑才能将大坂的市街完全容纳在内。同样，超过十万人以上的浪人也能轻松地固守在城中，难怪被数倍于自己的敌人包围也能安然如故。

然而，输的却是大坂城一方。

虽然只是以议和的形式，但如果连护城河都被掩埋的话，今后便无法进行守城战，实际上还是败了。听说相比大坂城主的那位太阁秀吉的遗子，和他住在一起的母亲淀夫人地位更高。这位城主的生母完全被昼夜不间断的炮击吓傻，慌忙下令实现了议和。虽然我认为大炮之流只不过是吵闹的虚张声势而已，如今看来倒也没白放。

大部分杂兵都肆意嘲笑着敌城大将，也就是太阁秀吉的儿子，把他叫作“窝囊废”或者“赔钱货”。虽然我也认为确实如此，但同时，宁宁夫人的身影却在我的脑海里挥之不去。对于达成议和，且“赔钱货”性命得以保全这一结果，宁宁夫人一定会感到安心吧。不管其他人骂得怎么难听，两位母亲为儿子着想的心情必定更胜一筹。

在正月期间，护城河的掩埋工事仍无休止地进行着。领头的武士推测本月内必定能完工，我听着他的话，心中预感该来的终于还是出其不意地到来了。当时我正扛着土筐在护城河畔运土，蝉信步走近我身旁。

“采女大人要见你，立刻去一趟兵营。”

蝉用忍语说完后，便离去了。

把土运到护城河的路上，我肩上完全感觉不到土筐的重量。我仔细地打量了蝉的表情，想从他那瞬间的表情中探寻些什么，然而我却只看到他那一如既往的目中无人，以及完全没必要紧贴在脸上的泥鳅须子。

之前在京城遇见百时她说过，前去找我是采女大人的命令，并且在堺的戎屋中，蝉也吐露过同样的信息。如此看来，把我叫来大坂的是采女大人错不了，可我却完全不知其理由。战时我一次也没有见过采女大人，不过掩埋护城河作业开始后我却见到了他三次。每次他都如影随形一般跟在视察现场的藩主大人的身后，相比工事的进度，他更关注石墙上的箭楼。采女大人看上去比三年前苍老了很多，每次他来的时候，我都深深埋下头尽量避免与之视线相对。相比不分场合高声训斥现场进度太慢的藩主大人，一言不发地静候在其身后的采女大人看上去更让人恐惧。

回到兵营后，我奉命前往平常杂兵不允许进入的区域，在堺遇见过的忍者充当哨兵守在入口处。

“往那边走上二楼。”对方一看我来了，让开道路手指身后道。

兵营角落建有一处两层结构的望台，屋顶上几面藤堂家旗帜在风中飘动。似乎要人们都出去了，路上十分清静，我沿着道路前行，在一处陡急的斜梯前停下脚步。

“风太郎吗？”楼上立刻响起问话声。

“是。”

“上来。”

我吞下一口唾沫，朝眼前的阶梯木板迈出脚步。登上望楼，随即看见重叠堆砌的铠甲箱上放了木盾而搭成的桌子，采女大人身着护胸及黑色无袖外罩站在桌子另一端。

“你的身手并未退步啊，木头发出的嘎吱声比其他人都小，所以我立刻明白来者必为忍者。”采女大人道。他胡楂稀疏的嘴角泛起淡淡笑意，快速将我从头到脚打量了一番。

“虽说不至于送命，但为以防万一，早先我吩咐过把你调至不必动刀动枪的闲职岗位，怎么样，感到无聊了吗？”

从对方嘴里得知这个事实，我内心为之一震。“没、没有的事。”我摇头道。

寒暄到此为止，采女大人说明为何如此安排，视线直接落在展开于桌面的地图上。

“你知道这个吗？”采女大人用低沉沙哑的声音问道。

“是大坂城吗？”

“对，你之前掩埋护城河的地方在这一带。”采女大人指着围绕二之丸的西南位置说道。

记得采女大人跟随藩主大人来现场视察之时，我并未曾暴露在他的视线以内，可果然还是被发现了，我的后背不知不觉已经浸出了汗水。

“这里是主城，此处小小的四角形就是天守阁了。”我看见采女大人的手指慢慢移向地图中心位置。

“此图绘于七年前，一个深入主城内部的女人花了十年时间将之完成，不过时隔七年之久，有些地方应该已经出现了改动。护城河被掩埋，现今主城则变为大坂最后的堡垒，接下来大坂城应该会重新修缮。你明白吗？风太郎，我想要最新的地图。”

“是。”

“如果今次丰臣家就此覆灭，大坂城被烧毁的话也就没必要了，可对方终究还是保住了性命，藩主大人也希望能早日准备好本丸的地图，所以我才将你叫来。”

这里本该口齿清晰地回复一声“是”，但我没能发出声来，因为我不知道城中地图跟我有什么关系。恐怕花十年绘制地图的女人就是被常世所替代的那个忍者，既然如此，应该被叫来的不是我而是常世才对。

“最近你见到常世是在何时？”就像彻底看穿了我心中逐渐扩散的疑惑一般，采女大人突然发问。

“这个——”

我深知自己的迟疑会招致不必要的误解和不信任，可还是没能立刻回答上来。既然我已经被伊贺所放逐，那么此前与常世接触过的事应该说出来吗？并且，此时如果追本溯源的话，还会牵扯到宁宁夫人。

“最后是在祇园祭吗？”

我周身一震，窥探着采女大人的眼睛，早已打湿后背的汗水就像被一口气吸回去一样，当我碰上那冰冷且锐利的眼神时，终于明白对方早已知晓一切。

“确，确实如此。”

“我们也是。”

“啊?”

“不过那家伙貌似将你们被袭的事件归罪于我，后来便断绝了所有音信。真是的，这误会也太大了吧，他完全不知道那件事让我多么胆战心惊。”

在采女大人越发低沉的话语声中，我察觉到了他潜藏的怒气，身体不由得变得僵硬。果然，我只能用“恐怖”二字来形容采女大人，我深深地知道在柘植屋的修行中有多少同伴死于非命，问题并不在于是否由采女大人亲自下手，而是采女大人并没有把柘植屋的人当人看，这才是我对其产生恐惧的根源。对于采女大人来说，柘植屋的忍者只有两种——派得上用场的和派不上用场的。

“风太郎，你把这地图送去给常世。”

采女大人威严地命令道，我身体立即作出反应，当场单膝跪地。

“再过十日，掩埋作业就将完结，届时藩主大人将返回伊贺，你命令常世在那之前必须完成最新的地图。在议和达成之后我曾派忍者入过城，可那家伙甚至连话都懒得听，所以这次你带我的话去。只要能在藩主大人回伊贺前拿到最新地图，这次的事我一概不予追究。你就这样传达给他，可好?”

采女大人的话说完了，他并没有提到地图回不来会怎么样。当然，不遵从采女大人命令的忍者，剩下的也只有一条路而已。

我叠好地图收入怀中，感觉就像背着个重重的秤砣一般，离开了兵营。采女大人没有告诉我如何才能见到常世，言下之意就是要我凭自己的本事潜入大坂城，再想办法与常世会面。不过如今战争结束还不到一个月，此时潜入大坂主城实在是过于危险。并且不管我选择在怎样的深夜行动，就算成功潜入，却无从得知常世的所在。

我没有心情返回掩埋现场，出了兵营便前往了黑弓下榻的旅店。大坂城西侧有一处大型街区叫作上町，黑弓就住在上町繁华街的附近。战时这周边虽被纳入大坂主城以内，但茶屋和妓馆就像没发生任何事一样照常营业，也不知道这里的商家从哪里进的货，据说还能吃到鲑鱼刺身。并且，这里还建有气派的南蛮寺庙，虽然在京城曾下达过禁教的告示，寺庙也被全部拆除，不过听黑弓说由于大坂方面盘算着想要拉拢天主教势力，所以这里完全不会追究。

恢复行商的黑弓最近似乎非常忙碌，两天前拜访他时还说次日要去一趟堺，不知道现在是否已经回来了。我去他的房间瞧了瞧，拉门敞开着，黑弓就躺在地板上。

“喂，这次我可头疼了。”我关上拉门，在黑弓跟前坐下，把方才采女大人吩咐的大概内容告诉了他。

“这样好吗，把这事告诉在下?”

“有什么关系，虽然时间不长，你好歹也算是伊贺的忍者吧，再说是去见常世，帮我想想办法。”

“不好意思，对于已经变为男人的常世大人，在下没有兴趣。”

“我说，你别说这么冷淡的话，不管外形怎么改变，常世就是常世，再说他现在不是又变回女人回大坂城当差了嘛，这样总可以了吧?”

不知道我这蹩脚的歪理是否打动了黑弓，只见他蓦地原地蹭起身，抱着胳膊注视起顶棚来。

“其实很简单。”

“简单？伊贺的守卫和大坂天守阁根本不在同一量级，从掩埋现场便一目了然了，对方可是认认真真地在守城。”

“没必要非潜入不可啊，走正门不就好了。”

黑弓转过头来，从怀里取出一个用布包裹的东西在我面前摊开。

“这啥啊？”

布包的中央，放着一把上好漆的梳子。

“这个是隔壁房间的武士拜托我的，他想送东西给茶屋的女子，要求必须入手上等货色，所以在下去堺时顺便买了回来。”

“哦，但这个梳子跟潜入大坂城有什么关系？”

“风太郎真是迟钝呢，如今大坂城内当差的女官将近三千，战争也刚刚结束，需要这个东西的必定大有人在。所以呢，我们假装进城里做梳子的生意，顺便再把常世大人找出来不就好了。”

我注视着黑弓的脸。

“你小子真行啊。”过了一会儿我拍拍那瘦弱的肩膀道。

次日，我和黑弓一起去了趟堺，买回不少梳子。在店里我打趣他说要不要挑一把给常世，哪知道黑弓这家伙还真的干劲满满地选了起来，不过很快他表情便显得无比悲痛，回想起来的确感觉挺对他不住，自己也稍微反省了一下。

*

城墙拆卸后，现成的瓦砾以及石块会被胡乱地填到护城河里，就因为如此，护城河畔时常弥漫着薄薄的尘土。

我和黑弓一前一后担着长方形箱子沿河畔向大坂主城进发，

走在六个长箱子最前方的是一个叫作清兵卫的大爷。听黑弓说这个清兵卫是他在战争期间结识的，是一个专注主城行商近二十年的老手，当我问及黑弓到底给了多少好处人家才让我们同行时，“他说只要帮他搬一天行李就带我们进去。”黑弓回答道。

“哪来这样的便宜可占。”我不禁嗤之以鼻。“我们可是一起上过战场的，这份感情风太郎是不会懂的。”黑弓语气非常强硬地回复道。总之没有好过不花钱的事了，这个话题我就此打住。

虽然我们一行打出了公事用的招牌，可首先在进入城中心的樱门，所有的行李都被检查了一遍，接着经过哨岗时又查一遍，然后在外侧府邸旁再查一遍，通过这三道关后我们才成功越过连接内侧府邸的铁御门。之后又再经过了两次检查，实际上我们踏入本丸后又花了近一刻的时间，才抵达内侧府邸厨房的玄关前。

这一路上，我担着长箱子的后端，自始至终一句话都没说，因为我完全被接踵而至的门扉和建筑物的恢宏气势所压倒。特别是在刚穿过铁御门时，便看见了犹如连绵不绝的山脉一般鳞次栉比的大殿。当其对面出现五层高的天守阁时，我不禁停下脚步呆站在原地远眺，害得担着箱子前端的黑弓整个人向后仰倒下去。

如今已消失不见的伊贺城天守的外墙是白色的，而大坂城的这座天守则用漆黑的板墙包裹着，外层应该是用黑漆涂装并加固过。我吃惊地仰望着天守阁，心想要准备如此规模的墙漆得花多少钱啊。这时，清兵卫说因为早先有炮弹砸中过天守阁的底部，所以建筑物有些许歪斜，不过我仔细眺望许久也没看出来到底歪向了哪一边。

虽然厨房玄关口还能看见其他的几个商人，但清兵卫不愧是出入这里二十年的老江湖。得知清兵卫来了，女官们都陆陆续续从屋内走了出来。清兵卫将绯红色的毛毡铺在地上，再将所有长方形箱子并排摆好，此时女官们已经将现场围得水泄不通，场面很是混乱。清兵卫操着清晰响亮的嗓音挨个介绍起贩售的商品，有绸缎、香料、茶碗、香囊、山茶油，甚至还有烟管和烟草。“这个可要向妈妈保密哦。”清兵卫指着烟草低声道，这话顿时在女官人群中招来一阵哄堂大笑，“妈妈”似乎指的就是大坂城中那位最位高权重的女人。

我们带来的箱子被放于跨越两间面积的毛毡上，清兵卫介绍完货物之后，人群中走出一个看上去像是女官主管的年长女人，她先选了正好十个物件。她选完后，一直等候在毛毡前的女官们纷纷手指物件，吵闹着要这个要那个，现场演变为你一言我一语的大合唱。巨大的横梁架在头顶高高的顶棚上，一片欢声笑语在这里回荡，我和黑弓惊得目瞪口呆，只得躲在清兵卫身后。商品很快便尽数售罄，女官们以与出现时相同的势头离散而去。

“这两人说是有点事儿。”清兵卫把毛毡垫子卷好放在一旁，向留在原地的刚才那个主管模样的年长女人搭话道。话音刚落黑弓便机敏地走上前，用流利的言辞招呼寒暄之后，便低下头询问常世大人是否在此处。

“你们找常世大人干吗?”

“之前受托准备的东西在下已备好了。”黑弓拿出准备好的梧桐木盒说道。

黑弓打开盖子，里面像模像样地混装着梳子。

“这事我可没听说过。”女人冷淡地回复道。

“那么，这个您请收下吧，全都是堺那边一等一的漆器工艺品。”黑弓将装在其他口袋里的梳子拿出几把装好递给女人。

“嗯。”女人稍稍查看了下口袋里面，接着面不改色地将口袋塞进自己的袖口。不过即便如此，她仍然摆出一副一码归一码的表情，始终不答应黑弓的请求。

“哎呀呀，您别这么说嘛，即便只帮忙捎个话也成。”黑弓不依不饶继续求情道，可女人也着实顽固。

“初来乍到就急着要求帮忙不太好吧。”恐怕如此纠缠下去会坏了对方的印象，清兵卫婉转地说道，同时向我们送来收手的讯号。

谈判全权交给黑弓，我只能焦急地在一旁听着却帮不上忙。眼见女人的态度毫无松动，仅仅这样果然不行，就在快要放弃的时候，黑弓从怀里取出一根用布匹包裹的细长物件。

“其实呢，是这么回事儿。”

女人满脸疑惑地接过那约一尺长的包裹，当她在眼前打开的时候，一下子表情突变，倒吓了我们一跳。

“请、请等一下！”女人甚至连语调都像变了个人一样，慌张地消失在屋子深处。在我所站的位置正好没能看到女人带走的布匹里包裹的东西。

“你给了她什么啊？”清兵卫也感到奇怪，于是问道，可黑弓只是笑而不语。

不一会儿女人回来了。

“我来带路，请进。”

女人特地促膝跪地，态度很是谦恭。就这样我和黑弓被带至厨房一旁平日用作与商人商谈的小屋。

“请一定，一定助大人们一臂之力。”退出房间之前，女人叩了下头，额头都快要碰到地板上了，说完后她关上拉门离开了。

女人的脚步声消失后，我与黑弓面面相觑。

“好像对方误解得很深啊。”

“嗯，是这样呢。”

“刚才，你给了她什么？是时候解释一下了吧。”

“之前在下也给风太郎看过一次哦，这次是为了以防万一才带来的，果然没错。”

“我也看过？啥啊？”我反问道，这时踩踏地板的声音在拉门前停下。

拉门顺畅地拉开，对面出现了常世的脸。

“果然是你们。”

相比刚才的女人，常世身着一眼便知其高贵地位的上等和服，在我与黑弓面前折膝而坐。与在高台院宅邸相遇时不同，常世官范十足，完全一副在大坂城内部当差的派头。在柘植屋时代，当我懂事起，常世便以女性的装扮示人，虽然祇园祭一时变回了男人，但我还是更习惯看到她穿成这样。

“刚才那个女人拼命求我们助大人们一臂之力。”我悄声道。

“我说你们是我悄悄从近江叫来的‘穴太众’的使者，她可能认为你们是来商谈主城防务的吧。”

常世将理由告知我们的时候，涂红的嘴唇基本没动。话说藩主大人也曾在筑城时雇用过穴太众，在本土垒石作业领域，他们的实力堪称行业翘楚。

“你们来这儿有什么事？你们要是被人怀疑，我也会有危险。”

常世双手置于膝上用忍语说道，丝毫不掩饰其带刺的语调。常世的举止虽然活脱脱一个美丽佳人，但其眼神散发着只有忍者才拥有的凶险。相比祇园祭时，他脸颊周围明显瘦了，皮肤本就白皙的他面色更加苍白。

“没办法，不出此下策根本见不到你，如果见不到你就是我的过失。”我用忍语回复道。

“谁派你来的？”

“明知故问，当然是采女大人。”

常世微微皱了皱眉头，向我投来试探的目光。

“你——做回伊贺忍者了？”

“嗯，大概……应该是吧，只是正式调令还没下来。”

“黑弓也是吗？”

“不，与这家伙无关，战争期间他一直被困在大坂城内。”

我打开腋下夹着的梧桐木盒说道：“这个是给你的。”我取出梳子放在常世面前，接着把空盒底部的布匹除去，再将两层结构的底板拆下，眼前便出现了采女大人在望楼时交付于我的大坂主城地图。

“这些也是。”

我将地图抛在常世大腿上，再把采女大人吩咐的内容告诉了常世。常世将折卷的地图在眼前稍稍展开，视线落在里面的东西上，他依然面不改色地听着我的话，末了我催促他给个答复。

“完成后我会送还至藩主大人阵中。”常世表示同意，爽快得甚至让我感到有一丝败兴。

“什么嘛，既然这么爽快一开始答应不就好了，听说之前你根本就没跟采女大人派出的使者好好谈吧，心里不痛快吗？你这样做只会招致采女大人的无端猜忌吧。”

常世无言地将梧桐箱子移至身前，只见他把地图放进底层，再将底板复原放回梳子，最后盖上盖子。接下来又从怀中取出细长的布匹放在盖子上，此物便是方才黑弓交给那女人的东西。

“这个是什么意思？”常世视线转向黑弓，静静地问道。

我轻轻地伸出手，抓住裹了好几层的布匹的一侧，接着一根烟管从里面冒了出来。

“这是，什么？”我不禁失声道。

“你不记得了吗？这个是祇园祭时，从瓢公子那里得到的烟管。”

“啊，所以——”

我终于明白了为何刚才黑弓说我也见过，但刚才那个女人为何一见这个就气色为之一变呢？

“之前我想如果事情进展得不顺利，只要亮出这个烟管，对方便应该会帮忙通报。”

“为什么你会这么想？”常世的语调丝毫未变。

“这个嘛——”黑弓如窥伺一般，视线转至常世的脸上，接着他又看了看我，最后将目光落在了梧桐木盒上的烟管上。

“实际上，在下听风太郎说过瓢公子被称作‘斋戒君’，在京城的时候，在下曾不露声色地向周边打听过有没有被如此称呼的公家子弟，可没人知道。然而来到这里之后，却时不时能听到这个名字呢。”

“这里？是指大坂吗？”

“对，在下与商人在闲聊时偶然听到的，所以如果将此物带过来，说不定就能见到常世大人，因为，瓢公子不就是——”

正要进入关键部分，只听“咔！”的一声，屋子里回响起刺耳的尖锐声响。

“到此为止！”

只见常世手执烟管，用力击打在梧桐木盒的盖子上。

烟管前端的金属部位在发白的铜质木纹上发出暗淡的光，这烟管的做工一看便知道是军阵中烟贩子之流根本无法比拟的。连金属部位都饰有浮雕的纹样，我的注意力一下子被其形状吸引。

“知道为什么采女大人将你叫来吗？”常世的忍语突然将我的注意力拉回。

“你突然间扯些什么啊?”

“因为在阵中，只有你一个人知道!”

“只有我? 知道什么?”

常世没有作答，长长睫毛下清秀细长且目光锐利的眼睛凝视着我。此时，御殿外响起一下阵鼓敲击声，紧接着又响起一声，敲击间隔渐渐变短，终于在第十响时戛然而止。

“跟我来。”

常世将梧桐木盒夹在腋下，突然站起身。

“我来告诉你为什么采女大人会将你召回。”

“到，到底怎么回事?”不等我说完，常世就拉开拉门走出屋外，沿着走廊前行，我和黑弓则慌张地紧随其后。

行至走廊途中，常世转身进入庭院，这家伙穿着鞋，可我和黑弓只穿了袜子而已。

砂砾与冰冷的泥土让我不禁皱起眉头，刚穿过庭院的时候，常世举手示意停下来。只见常世原地单膝跪地，我和黑弓也自然而然照他的样子跪了下去。

眼前正好是连接建筑物之间的桥廊，脚下又冷又疼，让人心里不由得犯起嘀咕，片刻之后我察觉到有人向着这边走了过来。

地板发出嘎吱嘎吱声响，当我看见从廊下拐角处出现的那个人时，不禁惊叹起来。

来人居然是瓢公子!

当然，今天瓢公子并没有涂粉，而是一身气派的公家扮相，和因心居士扮成其模样造访废屋时一模一样，数人跟随其后向我们缓缓走来。

我预感肯定有什么不得了的大事情将要发生，紧接着我用几乎颤抖的声音呼唤常世，那家伙的答复随即滑进了我的耳朵里。

不经意间，我脑海里蓦然闪过那个烟管的金属部分，为什么直到现在我都没能察觉出来呢？那雕刻在金属部分上的纹样不就是每天都飘扬在自藩主大人阵中遥望的城墙上，那以梧桐树叶为背景的，丰臣家的家纹吗！

我愣在当场一句话都说不出来，常世以为我没听清，扭过脑袋再重复了一遍刚才的话。

常世说，往桥廊走来的，就是那个我熟知的大个子，他便是已故太阁秀吉的儿子，也是这大坂城之主——丰臣秀赖公。

*

我回到兵营后并没有去给采女大人复命，而是回到营房睡了一觉。终于，脑袋的热度逐渐冷却下来，相比出城那阵，我的心情已经相当冷静。

事到如今，回想宁宁夫人谈论瓢公子时，其实处处都有暗示其真实身份的零散线索。首先那次护送任务是由宁宁夫人亲自下的令，再者常世被专程从大坂叫去京城，以及如果当时我拒绝委托便会被灭口等等，假如只是京城普通的公家子弟，丰臣家根本没理由关照到如此程度。也难怪我在祇园祭上抱怨方广寺的时候，受到了常世的斥责，要问为什么的话，因为方广寺的建造者就是瓢公子本人。

听常世说，四年前瓢公子为觐见大御所，曾离开大坂城拜访过二条城。也就是说，瓢公子有生以来确实只逛过一次京城，他是货真价实的“斋戒君”。当时，站在瓢公子身后保护其安全的，是伊贺的藩主大人。才短短四年，立场便由保护变为敌对，这同时也成为了常世痛苦的根源。

士兵们踏着响亮的脚步，吵吵嚷嚷地从掩埋现场收工回到兵营。他们将阵笠随意地抛到一边，气势十足地脱掉了护甲，有人还一边高喊着要吃饭一边再次冲出兵营。我呆呆地凝望着黑暗的顶棚，完全没有丝毫食欲，耳畔深处不断回响着先前在城内常世所说的话。

一切都是预先计划好的!

我一直可悲地被采女大人玩弄于股掌之中。

此事是我们再次见过瓢公子，又回到厨房旁边的小屋时，从常世那儿听来的。

“这不可能!”常世刚说完我便立刻反驳道。我回想起自己曾做过的一次次选择，怎么也无法相信那些全都是被谋划好的。然而，常世自始至终都以平淡的口吻，告诉我这一切都是按照安排好的剧本展开的，并用事实将我一一驳倒。话说一年前黑弓曾扛着装满葫芦的口袋造访过吉田山的废屋，按理说常世原本不知道此事，但他就像亲眼所见一般描述着那件事情的经过。接下来他还残酷地告诉我在那之后，缠绕在我周边的操偶吊线缓慢且周密地操纵着我，进而将我困在网中央。

常世揭晓真相之后，一度我也曾怀疑过。万屋的人在大街上“偶然”遇见了黑弓，并告知其废屋所在；接着黑弓带着葫芦袋子造访废屋后，我“偶然”开始在瓢六店铺帮工；后来瓢六店主委托我送货，于是在高台寺“偶然”邂逅常世；最后在某次前往高台院宅邸收货的时候，“偶然”听宁宁夫人提起祇园祭的话题——这一切也未免太过巧合了。

据常世所言，在高台寺与他远远望见那次确实事出偶然，但万屋的阴影时常紧随我左右，在我得知瓢六店主过去曾是忍者一事之后，居然未抱有任何疑念，这完全是由于自己犯傻造成的。

原本我就是被伊贺放逐之身，仅凭义左卫门的独断，是不太可能让我回归到像万屋这样对于伊贺忍者有着浓厚象征意义的地方的。这里面必定有采女大人无言的许诺，而我却被义左卫门一句“觉得我可怜”的戏言轻而易举地哄骗。

“这一切都是为了将瓢公子带至祇园祭。”

这句话在与常世的交谈中多次出现过。我被瓢六店铺所雇用，目的之一就是为了让我能够不受怀疑地出入高台院宅邸。进而在光天化日之下，安排我与宁宁夫人搭上线，并作为护卫陪同瓢公子游历祇园祭。

“为什么——是我？”

“因为你正合适。你有忍者的本领，却又已经与伊贺没有任何瓜葛，你为什么死以及死在哪里，都不会给任何人带来麻烦，正巧你又在京城游手好闲度日，不利用你利用谁？”

“哼，我被当作称手的弃子了吗？”

“我同样也是。”常世面不改色，对我的嘲讽毫不在意。

“不过，还在柘植屋的时候起，这种事早就司空见惯了吧。”

我抹去嘴角泛起的一丝苦笑，与常世四目相交，看见他的眼神深处跳动着昏暗的异色，我想在他的眼中，我此时应该也是同样的眼神吧。

“不过即便我是如此，和这家伙应该没关系吧。”

我挪了挪下巴指了指坐在一旁的黑弓，回到小屋后我与常世之间都是在用忍语交流，黑弓则在一旁一直仰望着屋子顶棚。

“我与采女大人商量过，为以防万一，需要多配备一人。当我提出让你再叫一人的时候，我就知道你多半会叫黑弓。”

“哦，这么说来一切都在你预料之中啊。也是啊，要是当时我没叫上黑弓，你我早就横尸祇园社了吧，瓢公子也不例外。”

我话中带刺，常世咬了咬嘴唇低下了头，长长的睫毛在脸颊上留下淡淡的拖影。如此看来，常世明显没预料到祇园社的袭击，要是他事先知晓我们会被那一大群人包围，单单黑弓一人，根本算不上“以防万一”。

“常世，你告诉我，当晚到底是怎么回事？瓢公子为什么只身一人进京，我们又为什么遭受袭击？”

常世低着头一动也不动，我只听见他发出压抑的声音。接下来常世不再使用忍语，应该是为让黑弓也听到吧，因为黑弓在祇园社同样拼了命保护瓢公子，自然有资格知晓真相。

不过，常世所说的真相简直单纯到让人扫兴。据说哪怕一次就好，瓢公子非常想亲眼见识一下祇园祭的盛况，想自由自在地在京城的大街上闲庭信步。瓢公子将这孩童一般殷切的愿望写作书信，夹藏在寄给宁宁夫人的礼物中，而读到此信的宁宁夫人便计划暗中帮助瓢公子实现心愿——这就是整件事的经过。

常世的任务则是带上书信，往返于大坂与京城之间，下达此命令的正是宁宁夫人。话说有一天，宁宁夫人将带着礼物前来拜访高台寺的常世叫进了房间。在那儿，将瓢公子信中的内容告知了常世。常世那时也吃了一惊，在此之前，他从未与宁宁夫人交谈过，可宁宁夫人为何会将如此重要的大事告诉自己？末了，宁宁夫人拿出一封书信要常世转交给和泉殿，话说这个和泉殿指的就是伊贺的藩主大人，也就是说关于常世的身份，宁宁夫人知道得一清二楚。宁宁夫人告诉常世为了招待瓢公子游历祇园祭，需要向和泉殿请求协助，常世便把这封信送回了伊贺。

“等、等一下，这么说来，藩主大人一开始就知道我们祇园祭的事？”

“不错。”

我惊愕不已，过了好一会儿才回过神来。

“那、那么藩主大人的答复是——”我吞了一口唾沫，催促常世往下讲。

“祇园祭当日必须保证瓢公子的安全，同时，藤堂家参与一事决不能走漏了风声。”

常世的话让我脑海中的迷雾急速散去。比我厉害且值得信赖的忍者要多少有多少，为什么会选择我呢？这个我一直以来都想不通的问题一下子迎刃而解了。我、黑弓以及常世三人，不论发生什么事，都绝不会连累到藤堂家，首先我和黑弓是在完全不了解内情的情况下参加了祇园祭，而当晚“变回”男儿身的常世，则等同于不存在于世。

“整件事都在暗地里进行着，宁宁夫人只把此事告诉了左门，她考虑到知道内情的人越少就越能保障瓢公子的安全，直到出发前夜，甚至连瓢公子本人都还被蒙在鼓里。”

“但我们还是被袭击了。”至此一直保持沉默的黑弓小声嘀咕道。

常世眼神凶恶，视线落在自己重叠放在膝盖上的手上。

“原来如此，所以你才会怀疑采女大人。”

常世将视线往上移，表情中混杂惊奇与疑惑。

“这是我从采女大人那里听来的，不过常世啊，你可别搞错了，如果真是采女大人下的手，他决不会让瓢公子逃走，并且我们所有人都会身首异处。”

那晚在祇园社埋伏我们的残菊一党，甚至连目标都不清楚，采女大人的话，在事前准备上不可能出现这样的疏漏。再说藩主大人早就下令要保证瓢公子的安全，按常理推断，很难想象采女大人会这样公然违抗主人的命令。

“话说回来，袭击我们的月次组有所司代做后台，你要怀疑也应该先怀疑他们。”

“所司代？此话怎讲？”

“喂，你不知道吗？不管你怎样隐藏，这些消息我早就已经知道了。”

我的话绝没有讽刺常世的意思，同时应该也是最有效的答复。常世接下来没再开口，像是准备晚饭的时间到了，屋外频繁地响起来来去去的脚步声。

“如果，当晚对方袭击得手，说不定就不会有这次的战事了吧——”

黑弓静静地自言自语道，让我觉得很是奇怪，最终，我们三人还是没弄明白受袭的原因。

“我送你们。”常世站起身道。

在玄关处穿鞋时，我用忍语询问常世：“刚才，你不是说要告诉我为什么采女大人会把我叫来吗，那话是什么意思？”

“你还不明白吗？你是藩主大人阵中唯一知晓瓢公子真面目的人，采女大人一定是看中了这一点，认为你会在攻陷大坂城时派上用场，才将你叫来的吧。”

“只有我吗？黑弓也知道啊。”

“刚才你不是说过战时黑弓在大坂城内吗？所以才把你从吉田山叫来的，不是吗？”

常世说得简单明了，驳得我哑口无言。是啊，原来是这么一回事，原来这次我又是因为黑弓而受到了牵连。

“二位，有劳了。”

常世故意作出一副凛然的表情，有意提高音量来引人注目，说完，他便转身拖着华丽和服的下摆消失在屋内深处。正当常世纤细的背影浮现在我眼帘，吃完晚饭的士兵们便陆续回到了兵营。他们围坐一团，把一个酒瓶放在正中央开始赌博起来。我起身走出兵营去上茅房，茅房没有顶棚，方便的时候我抬起头来仰望夜空，看见半空中有一轮稍显残缺的满月。凛冽的月光清晰地照亮了夜空，那满月的形状突然让我联想到用鹿皮缝制的鞠。

“再一起玩儿啊。”

我曾以为再也不会听到瓢公子的声音了，而此刻它却在我脑海里响起。

在本丸时，瓢公子轻而易举地便认出了等候在桥廊下的我和黑弓。

“百和千。”

为了不让身后的随从听明白，瓢公子有意像唱歌一样低声嘟囔着。对瓢公子而言，我依然是百成，黑弓依然是千成。记得当时瓢公子双手在胸前画着圆，还做了个踢腿的动作。

“再一起玩儿啊。”

瓢公子没有发出声音，只是动了动嘴唇，然后便微微笑了笑，率众离去了。

许久，我的身体都无法动弹。

“有时，我也搞不清楚真正该侍奉的到底是谁。”

正当我在茅房里方便完毕，甩了甩腰的时候，听见身前的常世口中传来痛苦的低吟，这句低吟与蹴鞠时发出的闷响声合而为一，在我的耳畔深处久久地回荡。

*

我向采女大人作了报告，报告之时气氛波澜不惊，甚至让人感到诧异。

我将常世答应制作地图的事汇报给采女大人的时候，他正手贴近火盆，一动不动地凝望着自己的指尖，我甚至不确定他有没有在听我讲话。

等我说完，采女大人微微转过头来看了我一眼，并询问我怎样入城的，我回复说自己假扮随从跟着一个做生意的老商人入的城。接着采女大人又问了关于本丸的事，我答复道除了守备森严以外，整个大坂城完全感受不到战争的气氛。

“嗯，也是啊。”采女大人十分不屑地冷笑了一声，搓揉着靠在火盆边的手。

今天清晨气温骤降，这是自入大坂以来最严重的一次，此地很少见地下起了雪。我所在的兵营平时应该是用作商谈军机要事的地方，周围都拉起了帐幕。采女大人坐在并排放着数张长凳的角落处，他两腿之前摆放着侍者端上来的火盆，帐幕之内只有我和他两人而已。

“护城河掩埋作业即将完工，终于能回伊贺了。”采女大人伸手拿起插在火盆里的铁筷，呼出一口白色的气。

“接下来你有什么打算，回京城吗？”采女大人用铁筷拨弄着木炭，突然开口问道。虽然他的语调极为平稳，但自进入帐幕便一直保持单膝跪地的我，不由得脊背发凉，呼吸也突然困难起来。

离开京城已有两个月，其间我一直在为藤堂家效力，说来把我叫来大坂的也是采女大人。我完全没法决定自己的行动，采女大人也丝毫不认为我有那种资格。如此一来，对方此问的本意让我难以理解。

“在、在下经过本次战争，斗胆认为自己是不是已经恢复了伊贺忍者的身份……因此，今后愿继续追随采女大人。”

“你说什么？”采女大人的嗓音低沉，毫无顾忌地打断了我，我大吃一惊，更为发拘地垂着脑袋。

“我怎么会让你恢复什么忍者的身份，你难道忘了吗，你早就淹死在伊贺上野城护城河里了。要是把你带回伊贺，藩主大人一问起来不就穿帮了吗?”

我几近屏住呼吸，注视着草鞋屐带上的星点雪花。采女大人那露骨的不快语调，模糊不清地回荡在我的耳畔。

“不过，在那间宅邸的窝囊废里，你还算能干的，祇园祭那时要是有个什么万一，也不会有这场战争了吧。”

因为话题关系到瓢公子，我情不自禁地抬起头来。自己与瓢公子再会的事还没通报给采女大人，因为我确实不知道该如何说出口，对方本来也没问起此事。不过，我内心强烈地自我暗示，就当作自己不知道瓢公子的真面目才是最好的选择。

“现今议和达成了，所以把你叫来大坂便没啥意义了，常世也因此捡回了一条命，倒也不是完全无益。不，等等，话说那家伙也是柘植屋出身吧？哼，你们两个窝囊废倒是互相帮助了一番啊。”

采女大人把铁筷插回火盆里，懒洋洋地说道，接着他轻轻地挥了挥右手，示意我可以离开了。

“这、这个，采女大人。”我明明还没想好怎么说，却竟然先发出声来。

“什么?”

“在、在下到底为何，为何被叫到大坂来的呢?”

连自己都不敢相信，我竟然一口气发出此问。我预感到这必定是最后一次与采女大人谈话，所以到底为什么？为什么我被唤至大坂？数以百计的士兵在我眼前死去，连自己的手上也沾染上了鲜血。到底，这一切都是为什么？无论如何，我都想听采女大人亲口告诉我理由。

“嚯。”采女大人将视线转向我，嘴角浮现一丝淡淡的笑意。

“是吗，你想知道为什么吗?”采女大人将手肘支在膝盖上，上半身向前倾斜，面带微笑且欢喜地凝视着我的脸。

“因为头颅啊。”

采女大人右手水平伸直，贴在自己的脖子上说道。

“攻陷城池之时，最重要的不就是想知道那最最重要的头颅的下落吗？由于联系不上常世，只好叫你来了。不过如今，有什么只要问常世就好，并且主城那边我也重新安排人潜入了——”

停顿片刻之后，采女大人才慢慢将搁在脖子上的手放下。

“我的话，你懂吗？”

我使劲摇摇头，越是不让对方读出自己的表情，脸上的肌肉越是僵硬。不过，我这样似乎反而给了对方自己不得要领的印象。

“是嘛，你不懂也好。”采女大人点点头，满足地笑道。

“这里没你的事儿了，藩主大人的军阵离开这里以后，回京也好留在这里也好，随便你。”

采女大人把身体转回正面，此时他的侧脸已经不再残留任何笑容。我低头退出帐幕，伸手拍拍脑袋，雪片落至肩头再掉到地上，我将残留在手上的湿雪含在嘴里，步履沉重地离开了兵营。

六日后，掩埋作业终于完成，我收到消息说是藤堂军将跟随藩主大人返回伊贺。从护城河返回的路上，杂兵们欢喜地嚷嚷着今晚去上町乐一乐，一旁的我却只是径直回到了兵营。

蝉独自一人站在兵营大门口。

“你在干吗？”我在他面前停下问道。

“我等你好一会儿了。”蝉无聊地吐出一句话，不等我回话，他摆了摆下巴示意让我跟上，接着便快速迈开脚步。

没办法，我只得跟在他身后，折回往兵营外走。蝉在一处四周布满木栅栏的地方停了下来，只见他弯腰坐在一根并没有用于战争，只是随意放置在这里的圆木上。

“拿着。”他忽然扔过来一个荷包，我慌忙接住。

“里面是酬劳，你的那份我帮你领来了。”

“是采女大人吗?”蝉无言地点点头，我打开荷包口往里瞧。

“你要跟藩主大人一起回伊贺吗?”我问道。

“是啊。”蝉仰视着我回答。

“你有什么打算?”蝉抓住泥鳅须子接着问道。

“我嘛，总之先回一趟京城。”

“觉得遗憾吗?”

“遗憾?”

“你不是想恢复忍者的身份吗?”

“唉——”我低声叹了一口气，“不知道。”

我在与蝉正好相隔一间的圆木上坐下。

“长久以来，内心深处到底是不是想回到伊贺，还是在什么地方已经放弃了这个念头，不，甚至最开始有没有真心想回去，连我自己也说不清楚。”

这就是我现在的想法，原以为一说完蝉便会立刻奚落我一番，但对方只是瞥了我一眼便没再说什么，只是自顾自地用屁股带动着圆木左摇右晃。最初我还能忍受，但一下子屁股突然失去支点让我非常不快，于是接下来每当圆木开动，我便腿部用力踩住地面。蝉察觉到我动作后则使出更大的力，如此一来两人的力量呈现均势，圆木保持微妙的状态微微地晃动着。

“话说，上次我们半夜攻入总构时，你说反正这场战争就是一出什么闹剧对吧，那究竟是什么意思?”

“哦，那个啊。”蝉停下屁股的动作。

“那是藩主大人为掩盖失败，装装样子攻城而已，不过同时也为了向其他大名展示武力。可出乎意料的是由于部队过于深入敌阵，死了百来号人，既然死了上百人，就不能说只是闹剧了。”蝉发出自嘲的笑声道。

我不解地询问蝉失败是什么意思。

“这事我是听说的。”蝉简单做了个开场白便开始低声向我讲述整件事。针对以真田丸为首的敌方发起总攻击，似乎原本就是藩主大人向大御所呈报的作战方案。其计策就是买通敌城一名守将，让他从内部将城墙破坏后，我方再一口气攻入，据说当时说好让藤堂军担任先锋领导总攻。

“但是呢，总攻失败了。由于敌城叛将手中的书信暴露，那人也很快被处死。得知策略失败，藩主大人便按兵不动准备静观其变，不过，这一方针没能很好地传达下去。事前已决定，藤堂家一旦出动，其他大名见状后也跟着行动，明明都说好了的，可谁都没有遵守。你也看见了吧，黎明之前，其他大名擅自开始行动，不论谁都只想自己立功而已。那些家伙，自作主张发起攻城，白白损失了一两千的兵力，之后又统一口径向一卒未损的藩主大人兴师问罪。于是不得已之下，次日藤堂家才执行了那次夜间强袭。”

忽然，蝉停顿了一下陷入沉思。

“怎么了?”我转过头问道。此时，蝉的表情像是欲言又止。

“当晚趁夜袭的机会，我们奉命去把将策略搞砸了的同伴的首级带回来。因为策略失败，采女大人被藩主大人狠狠地责问了一番。你应该明白，采女大人绝不会容忍手下人犯这种错误。”

蝉用非常低沉的声音说道。我脑海里随即回想起当晚夜袭的撤离途中，蝉腰里别着口袋弓着腰奔跑的背影。

此时不知从哪个寺庙传来了钟声，紧接着其他方向也接连传来钟声。

“对了，那之后你不是相当受器重了嘛，侍童干得怎么样了？”

为缓和气氛，我好心地将话锋一转，不过蝉立刻咂了一下舌，看上去就像在发泄不满。

“笨蛋，我早就不是侍童了。”蝉吐了口唾沫道。

“不是了？为什么？”

“另一个侍童不满我忍者的身份，把我当傻子。最初我一直保持沉默，可他实在太烦人，我便教训了他一顿。谁知第二天，那家伙居然叫来武士同伙偷袭了我。”

“怎么回事啊，后来呢？”

“那两个武士同伙的手臂被我砍断了。”

“侍童呢？”

“杀了。”

我抬头仰望突然变得昏暗的天空，虽说挑起事端的是对方，但既然已经断人手臂，就实在不该连那侍童也杀了。

“那你如今在伊贺干什么？”

“门卫。”蝉小声嘟囔道。他将手肘放在两膝之上，手指把玩着泥鳅须子，然后无力地发出一声叹息。

“即便我们为藩主大人豁出性命，上面也不会关注我们的能力，如今的职务很明显并不适合我。说不定你是在最正确的时候离开了伊贺，如今的伊贺已经沦落为不再重视忍者，反而把那些没用的武士当宝贝的国度了。”

蝉嘶哑的声线融入渐渐临近的夜晚气息之中，我只是静静地聆听着，因为我并没有任何反驳蝉的资格。

方才暂且停下来的屁股下的圆木再度动了起来。虽然这一点都不舒服，可我也索性摇起了屁股，陪对方度过了接下来的沉默时光。

*

藩主大人带着军队回伊贺之后，我暂时跑去黑弓下榻的客栈住下了，那之后什么也不做，整日无所事事，进入二月才终于回到了京城。

由于在大坂目睹了不少大到超出我常识的建筑物，回到吉田山才感到废屋看上去简直破旧到让人悲伤。自从入住废屋以来，我还是头一次出这么久远门，不知家里会有什么变化，怀着不安的心情我拉开了门，可除了闻到少许不通气的味道，其他的可以说没有任何变化，埋在土间边角的钱也没有被偷走。我感觉稍许有些败兴，将行李放在冰冷的地板上，趁天还亮着赶紧劈好柴，并在斜坡下的井口之间往返三四次打了水。

战争期间，因为士兵们普遍较为卖力，所以原则上顿顿都是白米饭。平时在伊贺务农的人曾半开玩笑地说这战争要是一直持续下去也不错，我一边想着有人给做饭实在是轻松，然后便久违地给自己做了顿杂烩粥。

喝粥的时候，我也背对着窗框盘腿而坐，话说回到废屋后，我还没怎么认真查看过窗户周围。其实我内心深处是有点小期待的，要是离开这段时间，挂在窗框上的葫芦消失不见就好了。不过，刚打开门往屋里瞧的时候，挂在窗框上的葫芦立即进入了我的眼帘。进屋之后，我一直避免将视线落在葫芦上，匆忙开始准备晚饭。

由于习惯了战场上的伙食，整个人完全变得奢侈了，于是我在杂烩粥里放了足够多的米。我一边小口喝着粥，一边不露痕迹地将视线转向窗框，在发黑的墙板前，葫芦的白色表面呈现出依然崭新的亮色。灶台里上层的木炭发出倒塌的声音，我将视线转回正面，将剩下的杂烩粥灌入喉咙里。就在我放下饭碗的时候，突然感到背后有人气，于是转过头去。

“哇！”我不禁将饭碗踢飞，光着两脚跳着退回土间。

瓢公子就坐在我身后，近得就快要触碰到我的身体了！

“这次你离开了相当久啊，风太郎。”

瓢公子饶有兴致地看着失声无语的我，抬头挺胸地说道。他紫衣乌帽，一身公家打扮，但不管他的姿态如何端正威仪，气氛都完全与废屋不协调。

“因，因心居士？”

“不错。”

“我说你别用这身打扮好不好。”

“为何？”

“我不想说。”

“嚯嚯嚯。”因心居士摇晃着肩膀笑道，“果然，相比武家，这个男人还是更适合公家扮相。”

因心居士脱下乌帽放在身旁，他上身稍稍前倾，背后正好露出窗户的一角，果然不出我所料，窗框那边的葫芦已不在。

“虽说你刚回家就来催促确实不太合适，可谁叫咱们时间紧迫呢，接下来该干啥你还记得吧。”

因心居士抚摸乌帽顶端，静静地问道。

“这还真不好说，现在我可完全顾不上那事儿，你那些莫名其妙的要求我早就忘了。”

“是嘛，那我再把你吞进肚子里，帮你回忆起来可好？十年也好、二十年也好，任你挑。”

我咂一下舌，捡起翻倒在地板上的饭碗。

“哼，我去本阿弥光悦那里不就好了。”

“很好。”

背后传来因心居士满意的回复，我把饭碗放回桶里，再放入了一些水。我始终认为对方以瓢公子的样子现身不太好，因为反驳他就像自己做了什么坏事一样。

“话说还真是危险啊，这次战争要是这男人死了，所有的计划就都泡汤了。”

我正从水缸里舀起第二杯水，听到这话，手上突然停了下来。对了，这妖怪第一次以瓢公子的样子登场时，不是说过什么自己的命运全仰仗瓢公子吗？并且我潜入高台院时，他还让我告诉宁宁夫人，说加工好的葫芦要送去给瓢公子。这家伙的目的明明是要找到另一半果心居士，可为什么会如此频繁地牵扯上大坂城城主？

我捡起飞到土间的筷子放回桶里，虽然还很模糊不清，但我感觉自己已经能慢慢看出因心居士所描绘的剧本的端倪了。

“如果，我是说如果瓢公子在战争中死去，会怎样？”

“是嘛，那恐怕果心居士就已经从这世上消失了吧。他一旦消失我便无法变回原来的姿态，所有计划都将化为泡影。”

“你的意思是说大坂城被烧毁的话，果心居士有可能也跟着被烧成灰烬吗？”

因心居士手执乌帽正往头上扣，听我这么说，他微笑道。

“嚯——你也开始会提一些相当刁钻的问题了嘛。”

“记得你之前说过，成对的葫芦曾被奉若至宝，即便只有你一个，也是被供奉在祠堂里。如此一来，想必另一半在和你分开之后待遇肯定也差不到哪儿去。”

居士又正了正戴在头上乌帽的位置，脸上依然挂着微笑。

“哦，所以呢？”

“过去发生过什么事我不知道，可如今另一个葫芦的主人就是瓢公子，所以大坂城被烧毁的话，果心居士也会被烧成灰烬。如此，便对你相当不利。”

“嚯嚯，不错喔，风太郎。”因心居士将乌帽的位置慎重地调整好，右手轻拍膝盖道，“诚然，大坂城是这个男人的，所以也可以说城中的一切都归他所有。但是呢，跟大坂城被不被烧毁没关系，这个男人一旦遭遇类似死亡等不测，果心居士便活不了。”

“为什么？如果果心居士也和你一样能随心所欲幻化成任何一个人的样子，那随随便便利用一下周围的人就能逃出城外啊。实际上，过去他也在民间引起过骚动吧？其名声甚至都传到了伊贺那种乡下地方。”

“如果可以的话，我也不会如此烦恼了，但现在那家伙动弹不得。”

“动弹不得？活了几百年时间太长，腰脚瘫软走不动路了？”

“他被封印了，困在葫芦里一步也出不来。差不多三十年了，他在大坂城中不过是一只普通的葫芦而已。”

因心居士终于明确承认另一半在大坂城内了，我冷静地压抑内心的兴奋，又接连提出其他疑问。

“封印？把果心居士封印？他不是相当厉害的幻术师吗？”

“他完全是个傻瓜，得意忘形地将自己的秘密随意透露，所以才被彻底封印了起来，这应该算是他过分戏弄人类的报应吧。”

对于本是一心同体的另一半，因心居士给予相当严厉的评价后，静静地发出一声叹息：

“风太郎啊，快带我到光悦那里去吧，一和你闲聊，就觉得时间越来越紧迫。”

“没必要这么赶吧，战争已经结束了，二之丸和第三层围墙的护城河都被掩埋，大坂城如今已无险可守了，所以已经不可能再起战端了吧，因为一旦打起来，大坂没有任何赢的机会。”

“这个嘛，就难说了，人这种东西就是能毫不在乎地干他人都想不到的事。仅仅在这京城，迄今为止有多少公家和武家主动挑起毫无胜算的战争，又有多少如晨露般短暂的生命白白逝去。对了，你不在的这段时间，有人常常来废屋观望，就是瓢六店铺里的那个黑黑的女人。”

这女人恐怕指的是芥下。

为掩饰自己的尴尬，我转过身背对因心居士，当前还不能见芥下。我无缘无故将手伸进水缸，掬起冷水泼在脸上清洗嘴巴周围。

“啊，光悦会怎么给我装扮一番呢，真是期待啊。可别在意花多少钱，当然掏钱的是高台院。不用担心，高台院是不会拒绝的，不管怎么说，她有愧于我们。”

“有愧是什么意思？而且我们又指的是谁啊？”我用肩头擦擦嘴，回过头问道。但此时巨大的身躯已经从地板上消失，我凝望着吊挂在窗框处的葫芦，那葫芦在夜晚的废屋里散发出淡淡的微光。接着我叹了一口气，拾起浸在桶里的饭碗把水甩干。

次日，我赶了个早去了趟本阿弥的住处，为的就是尽快与这个随意来去无影踪的葫芦妖怪说再见。我穿过住宅大门，看见一个男佣打扮的老人正在劈柴，我向他打听本阿弥是否在家，他回答说出门去工房了，一会儿就回来。我眺望着庭院落光叶子的枫树，在主屋外稍等半刻之后，看见一个猫着背的似曾相识的男人从大门处信步走了进来。

光悦发现我来了，突然停住脚步，眯着眼睛看了好一会儿。

“啊——”光悦发出低沉的声音，再次迈开步伐走了过来。

“你脸色变化很大啊，我原来就觉得你这张脸长得不好，现在又突然变化了，所以完全没认出来。”

我不知道对方在说些什么，便没有搭话。

“哦——你，杀人了吧，并且还参战了，不过也对，你曾经是忍者嘛。”

光悦骨节粗大的手指搓着下巴，在我跟前停下了脚步。

“原来如此，你可能还杀了孩子，真是狠心啊。”

光悦还用几乎毫无起伏的语调继续说道。

我无处可藏，感觉自己像被一刀劈成两段一样。

“进来。”光悦简短地催促道，等他消失在主屋之后，我仍然呆站在原地，许久动弹不得。

*

光悦凝望着葫芦。

我从走廊眺望着庭院。

庭院里三只鸡发出“咕咕咕”的叫声，急叨叨地晃着脑袋散步。

光悦虽然叫我随便坐，但毕竟这个男人太让人捉摸不透，为能在发生不测时随时跑路，虽然寒风凛冽，我还是选择待在走廊上。倒是光悦一开始就将拉门全部打开，丝毫不在意刮入屋内的寒风。只见他在屋内地板正中间盘腿而坐，凝视着我交给他的葫芦。

“哦，你要站着吗？”光悦问道。我转过头去，看见光悦把葫芦放在地板上，抱着胳膊稍稍放低姿态。

这个被因心居士选中的葫芦高约八寸，不胖不瘦，立起来的样子看上去十分美观。从煞风景的废屋中取出来，放在这宽敞舒适的地板上后，葫芦则呈现出另一种趣旨，我与光悦不禁看得出了神。

“话说，战争怎么样了？”光悦突然发问。

我无言地转回头去，没有回答对方的问题，这时我的注意力转到从布袜里冒出的脚指头上，看来应该要去买双新的袜子了。

“将军家今天也送来不少刀。”正当我伸出手探向布袜前端的破洞时，光悦自言自语说道。委托人明明是将军家，可他的字里行间却流露出厌烦与不悦。

“那些刀是要修理吗？”我不由得反问道。

“修理是刀匠的工作，这里虽然时而也磨刀，但我的工作是鉴定。”

我再一次扭头，看着在葫芦正面打坐的光悦。鉴定到底是个什么东西，靠那种莫名其妙的工作能吃饱肚子吗？貌似光悦也察觉到了我的疑惑。

“鉴定刀具，就是给每一把刀附上证明书，为其估价。最近战争刚结束，大名们会用这个做奖赏。”

光悦继续说明。他这样一说，我才终于理解到了些皮毛，这人貌似以给刀具做鉴定作为生计。如果是这样的话，我实在搞不懂为什么宁宁夫人会介绍光悦给我。

“口袋给我。”光悦将葫芦拿在手里，向我使了个眼色。于是我拾起身旁的口袋，按光悦下巴所指示的位置坐下，我与他对面而坐，伸手递出口袋给他。

“这个葫芦真是奇怪啊，相当罕见。”光悦接过口袋，稍稍歪着脑袋说道，“就像你一样，有时即便相隔很远，也能立刻认出自己讨厌的东西来。也有时就算看不出来，人也好、物也罢，花上些时间大致上都能弄明白。然而，这个葫芦却完全不是这么回事，不，虽然看也能看出来，但这口部黑咕隆咚的到底是什么啊？”

在主屋外相遇时，这男人就说些令人不快的话，而这次的话更加让人心情不畅。他该不会只要看上这葫芦儿眼便能识破这是妖怪之物吧。不过，这男人确实也曾一语言中我忍者的身份。难不成他真看出来了？我犹豫不决，不知该如何应答。

“那么，你想怎么弄呢？”光悦将葫芦举至眼前问道。

“怎么华丽怎么弄，钱不是问题。”说到钱这个字眼时，我特意加重了语气，但光悦并没有回应。

“彩画部分呢？”光悦骨节粗大的手指夹住葫芦的腰部，从下往上仰视着它。

“任由你处置。”

“我明白了。”光悦爽快地点点头道。

“彩画你也会画吗？”

“我只搞鉴定，不画画。”

“那你怎么做？”

“我来做安排。用油漆、用银还是用金，抑或是做彩画，委托哪位画师以及做成什么图案，都由我来决定。”

光悦对我投来冷漠的一瞥，看上去就像在说你连这些都不知道就来了吗，接着他打开袋口将葫芦放了进去。

“完工后直接送去高台院大人那儿吗？”

“不，不用。”

“那么，送哪里去？”

我盯着光悦，示意他不要多问，不过这人完全一副无动于衷的样子，手法娴熟地用绳子将袋口系好。

“不能说吗，哦，问一个忍者也是白问是吗？”

我想早点离开这个总让人不舒服的地方，于是接着又询问了完工日程。

“总之，我还有好多来自将军家的活儿。那些家伙一口气给了我上百把刀。由于仗打赢了，又没有土地给，只能送刀和钱来安抚手下。所以呢，你的葫芦只有在那之后处理了，个儿虽不大，但多半要涂漆，等漆干则更费时，你看三个月咋样?”

三个月也就是说要等到五月，我点点头站起身表示没问题，到时间会再来取。

“风太郎啊。”

自进入主屋，光悦第一次叫了我的名字。

“干吗?”

“到底要怎样，才能累积如此昏暗的东西啊。”

我正调整腰带的手突然停下，俯视着光悦的脸。

“我并没有参战。”

“我没说战争的事，你第一次来这里时，我还以为自己看到幽灵了。记得右府与太阁都还在京城的时候，我偶尔也会遇见像你这样的人，不过那也是二三十年前的事了。”

这家伙难道看到什么奇怪的东西了吗？光悦抬头仰视着我，只见他眯着细长的眼睛，嘴角奇怪地歪斜着。

“死亡这种东西如影随形，当然这并不是什么问题。要怎么活着是每个人的自由。只是上了年纪，不论谁都会恋生怕死。不过风太郎啊，你特别的昏暗，明明这么年轻，却实在太昏暗了。”

“你说啥啊，我完全听不懂，如果你要搞什么让人不快的占卜，别在我身上搞。”

我冷淡地注视着光悦的驼背上那张气色难看的脸，不过先移开视线的却是光悦。

“真是个可怜的男人。”

我没有回话，走回到走廊上，鸡被我踩踏地板发出的嘎吱音吓到，四处逃窜。

“葫芦就交给我吧。”背后传来光悦的声音。

我没有回头，径直离开了本阿弥宅。

我没有心情返回吉田山，于是便坐在鸭川河岸边打发时间。靠近岸边的地方寒冷刺骨，除了我没有人在这里漫不经心地坐着。我摆弄着布袜前端，抬头仰望被脏乎乎的乌云覆盖的天空。我在桥头一旁买了碗热气腾腾的乌冬面，将其狼吞果腹之后，终于踏上通往吉田山的归途。途中经过那口井时，我看见斜坡下的大娘手里提着桶，向我走来。

“你到哪儿去了啊？”对方一认出是我，便大声招呼着跑到我身旁。

我随便编了个理由，说自己一直在给大坂那边运送货物。

“你果然还是去战场了吗，那里不是像你这样不靠谱的人去的地方，太自不量力了。”

大娘一打照面就开训，接下来又自顾自地对我说教了一番。

“对了，还有葫芦的事儿没说。”大娘心满意足地将话锋一转。

“多亏你啊，让我又小赚了一笔。”

大娘豪爽地露出嘴里仅剩的一颗牙，张嘴哈哈大笑。

“什么？”我不解地问她小赚一笔是啥意思，对方解释说自己和曾孙一道帮忙完成了水车小屋葫芦的出种和干燥作业。

“到底是谁擅自让你们处理的啊？”我慌忙问道。

“你说啥呢。”

大娘怒目圆睁瞪着我，如枯枝一般纤细的手指轻戳我的胸口。

“水瓮里的水都腐臭成啥样了，你还有脸说呢！取出葫芦的时候老娘还以为鼻子臭得掉下来了，甚至可以说再从你这里收取一次报酬也是理所应当的吧。”

“话说是谁付钱给你的呢?”

“就是你帮工的葫芦店里的那位姑娘，你原本也是想卖给店里才种植葫芦的吧？她说不管啥时候去你都不在，所以就先把葫芦取走了。”

原来如此，果然是芥下啊。

我不禁轻轻地咂舌，同时想起了因心居士的话，芥下多次跑来窥伺废屋，原来是为了这事儿。但瓢六店铺早已关门大吉了，连店主都回伊贺去了，事到如今还进货是要干什么呢?

“这次真是让您费心了。”我抑制着无法释然的心情谢过大娘之后，回到了废屋。

可能是我的心理作用，没有了因心居士的废屋，总感觉四周稍微变得明朗了。不过，春天就快要到来了，可能也有这方面因素在里面。

接下来的每一天，我都无所事事地横躺在废屋度日。

我什么也不想干，因心居士不在以后，再没发生过奇怪的事。等我回过神来，日子已不知不觉进入三月。去井口打水的途中，我发现樱花花蕾还有两三天便开花了，这才回想起种植葫芦已经是一年之前的事，顿时对时光飞逝感到唏嘘不已。

从大坂回来之后，我经常会做同一个梦。

梦中的我杀了人，杀的是谁不清楚，总之我知道自己杀了人。中途发觉是梦的时候，我会想尽办法唤回自身意识，并试图从这不能自已的重压之下挣扎逃离。最终，我从梦中醒来，在时时刻刻都可能坍塌且溶解消散的梦之余韵中，我意识到原来自己谁也没杀，心里终于松了一口气，松开浸出汗水的拳头。然而，随着意识的恢复，过往的记忆又在心中复苏。于是，我接下来便会得出自己只是在梦中没有杀人这个不堪回首的结论。

“可能还杀了孩子，真是狠心啊。”

最后，光悦毫无表情的声音必定会在我的耳畔响起。

我会用力闭上眼睛。

为了不让自己想起右手握刀的感觉，我会手心朝下按在冰冷的地板上。对我来说，只要能吃到米饭就很知足了，我将在战争中得到的报酬全都换成了米，赶紧全吃了都变成屎粪吧。我脑袋里像念经一样，自言自语着“米米米”，如此我便再度坠入漫漫长夜的深处。

*

我种植葫芦以及从瓢六那里得到的帮工报酬，再加上义左卫门给的饯别礼，最后算上采女大人给的钱。按理说攒下来的钱当前吃饭应该不成问题，不过由于我一直吃白米饭，进入三月中旬，钱终于用光了。

随着春天的到来，土底下冒出不少山菜。我在山里四处乱逛，无所事事地思考着是否要再去找点力气活。我将采摘好的山菜装满小小的竹筐，回到家时猛地发现废屋一旁站着一个男人。

男人注意到我的存在，接着捋了捋泥鳅须子，剩下的一只手准确地手起斧落，将立在树桩上的柴火“啪”一下劈成两段。

怎么看这家伙都是蝉，不过，他如今应该在伊贺当他百无聊赖的门卫才对。

难不成是因心居士？我虽然怀疑，可还无法妄下判断，于是我准备试探一下。

“怎么了，今天你的胡须没什么精神啊。”我先冲对方搭话道。

“啥?”蝉慌张地放下斧子，将这只手也伸向胡子。

“是因为左右长短不一吗?”我继续胡诌道，可蝉还真的满脸严肃地将两边的胡须拉伸开来比较长度。错不了，这家伙就是蝉本人。

“你来干吗？你不是应该在伊贺吗？”

“风太郎，我给你带活儿来了。”蝉双手仍然留在胡须上，自以为是地以高高在上的语气说道。

“活儿？该不会是忍者的工作吧。”

“找你除了这个，就没其他的了。”

“你开玩笑吧，我拒绝。”

“我说你先把话听完。”蝉的手终于离开胡须，移开插在树桩上的斧头，坐了下去。

“活儿很简单，但佣金可不少。”

一听说报酬不少，我的心思又被蝉勾了回来。原本我正准备将山菜运回废屋，可踏出的脚步却自动停了下来，我在心中暗自咂一下舌，不露痕迹地转身正对着蝉。

“嗯——原来你住在这里啊。”蝉盯着废屋左看右看。

“你听说了吗，大坂那边要起兵攻过来了，据说他们还要火烧京伏见[1]。”蝉突然低声道。

“什么，什么时候？”这消息太过突然，我从喉咙里不由得蹦出尖叫。

“果然，一般来说都会这样反应。”蝉冷笑道，非常满足地点点头。

“我胡诌的，风太郎，没人会攻过来。”蝉接着又发出猥琐的笑声道。

“你、你啥意思，开什么玩笑！”

“这个就是我刚刚说的活儿，采女大人吩咐在京城内散布这个

---

①京伏见：位于日本京都府伏见区。

谣言。不用担心，这次不用烧村子。”

蝉喉咙深处积攒着笑意，抬头仰视我道。

“如今，仍然有数万名浪人逗留大坂城，这个谣言如果传开，自上而下必生大乱。”

“为、为什么要那么做？让京城陷入混乱有什么好处吗？”

“你不明白吗，关东还没准备就此罢手，总之需要一个再生战端的借口。”蝉嘴角的笑容一下子消失了。“不管怎样都需要制造一个由大坂方面先挑起战端的口实。”听对方继续说明，我感到脸颊周围不知不觉变得僵硬。要是再起战端，大坂方面必定挺不住，不管怎么说，除了主城，那边连护城河都没有。

“为什么……要来找我？”

“这活儿简单啊，痛痛快快赚一笔不是很好吗？”

“是采女大人吗？”

“不，这次是义左卫门。话说我两天前刚到这里，完全不清楚周边的情况。昨日见到这边的人时，我向他们大吐苦水，说这里东西南北一大堆街道的名称简直让人烦透了。结果义左卫门便指名推荐说可以找你带路，反正你也闲着没事。”

“笨蛋，我每天忙得很呐！”我咂舌还击道，接着俯视起蝉这一身颜色土气的衣服。

“采女大人也真是，事到如今居然把连路都不认识的你派到京城来。”

“如今就是这样人手不足，战后撤军时在大坂留下了不少人，听义左卫门说京城这边能用的也不足十人，正因为如此我才能放下无聊的工作到京城来。”蝉的嘴角泛起自嘲的苦笑，随即起身离开树桩。

“你不用今天就答复我，谁叫咱们风太郎大人这么忙呢。”

这种将大坂城的瓢公子再次逼入绝境的勾当，我决不能帮忙。再说我已经不再想接忍者的工作，正当我准备开口拒绝的时候，“对了，你知道祇园坊舍这地方吗？”

蝉突然话锋一转。

“怎么了，你突然问这个干吗？”

“还在伊贺的时候，就听说过这个地方，里面的女人一个个都美若天仙，美酒也可任意畅饮。虽说那地方跟你这样的穷人是无缘的，但名字至少听说过吧。”

我何止听说过，这个祇园坊舍，就是祇园祭当时我们和瓢公子一起蹴鞠的地方。

“那地方怎么了？”

“接下来去玩玩儿不？钱不用担心，我这里准备了不少。”

蝉露出非常猥琐的笑容，拍了拍腹部周围。恐怕这家伙所说的坊舍就是萦绕着动听三味线旋律，但被常世不留情面否决掉的那一边。原来如此，如果是那个地方，去去也无妨，我的心渐渐被吸引住。

“你要傻站到什么时候？接下来是要洗山菜还是跟我走，快决定！”

蝉指着我搅在身旁的竹筐，不耐烦道。

我将山菜放在地板上，决定出门。

自祇园祭以来，我还是头一次重返祇园社。院内的樱花正好盛开了，四处都铺着帐幕，回荡着酒宴的欢声笑语。虽然我小心谨慎地踏过神社的鸟居，但置身于充满欢乐气氛的人群，总是让人会放松警惕。

“哦，到了！到了！”

我们走近松林之前的梅坊与竹坊，两个相对而建的坊舍缓缓地出现在视线里，两者的区别显而易见，蝉毫不犹豫地走进传来悠扬三味线旋律的“梅”的那一边。

一进到包厢，蝉便气势十足地吩咐带路人，“阿市在吗？叫阿市来！”

“阿市是谁？”我在蝉耳边低声问道。

“就是这里最上等的女人，既然专程来一次，不见识一下头牌怎么行。”蝉微笑道。

“是吗，是要阿市吗？”正当我惊奇蝉居然调查得这么彻底时，带路人用低沉的声音说道，“这位客官实在对不住，阿市现在正好在其他客人那里——”

“钱的话，我们有。”蝉冷哼一声，从怀里取出什么东西扔了过去。

那是一两金币。

我有生以来还是头一次见识到金子发出的光辉。

“是！”金币几乎落在对方身上，带路男人立刻应承下来，并收下了金币，“请、请稍等片刻——”

目送带路人慌忙地关上拉门离去之后，蝉再次冷哼了一声。

“看到没，我喊出阿市名字时对方的眼神，那眼神简直就像在说乡下人乱吼乱叫些什么。”

我本想回他一句“那是因为你土里土气的胡子和衣服的缘故好不好”，不过我最终选择了沉默。不管怎么说，我身无分文，现在还是老老实实地待在蝉的旁边就好。

不一会儿，屋外传来明显与刚才那个带路人截然不同的脚步声，这就是蝉所说的阿市吗？毕竟踩踏走廊地板的动静就与众不同，那脚步声实在太安静了。不，这脚步声说不定比不少二流忍者还轻。我心里正纳闷，拉门就被顺畅地拉开了。

“不才小女子便是阿市。”

身着耀眼夺目、光鲜亮丽和服的女子双手支地，垂下头去。此时整个包厢轻飘飘地充满了迷人的香气，我咕咚吞下一口唾沫之后，女人缓缓抬起头。

“啊！”与她视线相交的瞬间，我不禁愕然失声。

“哎呀阿风，好久不见。你是傻乎乎地被蝉骗来这里的吗？”

百狩笑道，她涂着鲜艳口红的嘴角令人厌恶地往上翘起。

*

蝉和百小声私语着，计划接下来叫来一帮人大闹一番，我则在一旁抱着胳膊板着脸一言不发。不管他们如何用酒和美食诱惑我，我都一概不予回应。

我从心底感到厌烦。

一开始我就没有任何选择的余地，一点都没有！真是的，我真是傻得出奇了。被假冒黑弓的书信欺骗，自己跑到堺，这次又不吸取教训重复着悲剧。一如既往不知学乖的我固然不对，但每次都来欺骗我的蝉也堪称性质恶劣。不过，如果对方主张这就是伊贺忍者的行事风格，我也没啥好辩驳的，因为不管怎么抱怨都没有用。我内心郁愤不已，脸上的表情越发阴郁起来。

“难不成，你还真以为我第一次来京城？”蝉在一旁得意地窃笑道，我终于忍无可忍，愤然起身。

“喂，你还不能回去哦，接下来你必须要扮演我的随从。”

“开什么玩笑！我可没有义务配合你！”

“首先我和你将扮作来自大坂的商人，我会看准时机，说恰巧在大坂听闻了火烧京都的传言，你可要好好配合我哦。”

“谁管你，我回去了。”

我刚踏出一步，蝉便用力抓住我的衣服下摆。

“喂，不用说这么绝情的话吧，刚刚我不是才说过京城人手不足嘛。再说，你好歹也在这包厢里坐下了，要是实在想走，必须留下相当于刚才那枚金币一半的钱才能走。”

“简直岂有此理，我啥都没吃没喝好不好！”我唾沫横飞，据理力争。

“哎呀，阿风还不知道吗？这种地方即便你啥都不吃也还是要花钱的哦。好啦好啦，别一直傻站着了，既来之则安之。”百在一旁漫不经心地插嘴道。

“你吵死了，为什么你会出现在这里啊，你不是在当女官吗？”

“阿风好凶，人家好怕好怕的。女官嘛，如今休业，其他女官都早已返回伊贺了，只有人家奉采女大人之命留守京城。在这里每日弹奏三味线，替人斟酒，再者就是唱歌跳舞。人家主要的工作就是等那些大名家的武士喝醉后，如果吐露了什么有价值的东西，就报告给上面。”

说完，百两手伸向头顶两边，然后极富韵律地摆动着。

“祇园坊舍一梅坊，初春新暖如梦幻。”百抑扬顿挫地吟唱了一曲短歌。

我咂一下舌，重重地坐了回去。你动静比忍者还轻是怎么回事啊？“小女子是阿市”又是在闹什么啊？因为你是忍者，这些都是理所当然的好不好，而且你居然连名字都懒得斟酌一下。

“喂，风太郎，我叫的女人们差不多要来了。不用担心，今天我请客，咱吃饱喝足再回去。”

蝉过分亲昵地拍拍我的肩膀，我立马用力地将这家伙的手甩开。百站起身来，拉开与相邻房间之间的隔门，接着拿起立在墙角的三味线撩拨琴弦，然后歪着脑袋稍微调了调音。此时，身着华丽和服的女子一个接着一个悉数登场，酒宴很快开始了。合着三味线美妙的琴音，女子们格格地笑着舞着。也不知道是演技还是本意，蝉心情愉快地捋着泥鳅须子，发出粗俗的猥琐声音。蝉身旁的我则一个劲儿地只顾把送来的料理往嘴里塞，这些盛在精美套盒里的料理无不风味绝佳到难以形容，酒的滋味也甘美可口。等回过神来的时候，我已经合着百的琴声，身体开始左右摇摆起来。

酒宴途中百将三味线让给其他女子弹奏，自己则秀了一把舞技。虽然百身着的和服与其他女子并无二致，但她的站姿则明显与众不同。

蝉之前说过“她是这里的头牌”。说不定还真如其所言。从百涂满脂粉的后颈散发出的色香也好；弯下腰身膝盖弯曲的曲线也好；还有那清澈悠扬的歌声：简直女人味十足到让人把持不住。

包厢里的气氛热烈起来后，蝉吩咐店员再叫些人来，不一会儿两个手持太鼓和笛子的男人便占据了房间的角落。蝉站起身，开始与新加入的几名女子一起跳舞，这家伙的舞姿实在太有特色，引来了全场的热烈喝彩。虽然已准备了两个包厢，还拆去了相邻包厢的隔门。但如今即便两厢的空间都显得狭小，在场的所有人都围成一圈载歌载舞，也就是说最后连我也加入到了队列当中。

眼见气氛已如此热烈，站在众人中央的蝉不失时机地开口了。

“喂，阿风啊，京城这么宁静舒适，真好啊，跟我们昨天还滞留的大坂大不一样。”

直到蝉向我搭话，我才发觉自己完全忘记是因何目的展开这场喧闹的了。不知何时百又操回三味线并降低了演奏声音，笛子与太鼓也自然地随之变得平稳，蝉的声音在包厢内清晰地回荡着。

“阿风啊，话说那事儿到底是不是真的呀？”

蝉的声音如醉汉一般，可那盯着我的眼神依然锐利，就像要将我刺穿一般，让我无力抵抗。

“这个，不知您所言何事呢？蝉——大人。”

虽不情愿，我还是配合蝉扮演着随从的角色。

“就是那个嘛，传闻说大坂一干浪人们会打过来，他们居然还要火烧京城呢。”

“哦，是那件事吗——”

“不错，记得在二之丸那里，看上去四处都好像在做些什么准备，莫非是真的想要攻打过来吗。”

“这、这是真的吗？”蝉说到这里，敲太鼓的男人停下拨子[①]问道，似乎对此话题很有兴趣。

“哎呀呀，大叔啊，这只是传闻罢了。”

蝉迈着轻快的舞步，装腔作势地笑道。

“不、不，即便是传闻也请告知。”

“喂喂，鼓别停下，大家舞也别停了。”

男人慌张地再次开始敲鼓，蝉抬起一条腿继续忘情舞动着。

“其实呢，昨天离开大坂的时候，在大坂城附近偶遇一熟人。由于一路上瞅见不少身穿铠甲的人，于是我就询问到底怎么回事，结果那个熟人透露说大坂方面正在积极备战，那些身着铠甲的人似乎准备杀入京城，烧毁市街。”蝉以神秘兮兮的语调讲述着，编得绘声绘色。

“那、那么他们什么时候攻过来呢？”敲击太鼓的大叔面色苍白地问道。

“好像是说十四日吧……我看看，不就是后天吗？哎呀呀，大叔啊，我觉得这事儿不太靠谱哦。虽说我确实经常与那熟人有生

①拨子：弹奏琵琶或者三味线等弦乐器的道具。

意上的往来，不过那家伙很爱吹牛，结账的时候还总爱推推拖拖的，反正这次怕多半也是他在开玩笑罢了——”

话没说完，蝉忽然故意一个踉跄，扑通一声倒在榻榻米上。

“您、您没事吧，蝉大人。”我立刻跑到蝉跟前。

“嗯，看来我这是喝多了啊，阿风你带我去上一下厕所，大家接着跳。对了，刚刚我酒后失言，大家可别四处宣扬哦，我实在不想让大家担不必要的心，再说了，火烧京城这样大逆不道之举，神佛是绝不会原谅的。哎呀，快尿了快尿了，快！阿风，咱赶紧的。”

蝉一边说着，一边搭着我的肩膀匆匆忙忙地走出了包厢。我们在走廊上走动，片刻间还能听见屋内传出的歌声。我们在途中停下脚步，窥探包厢的状况。很快，突然听到一个较大的声响，不知是否是拉门被拉开了，接着又听见有人慌慌张张地在走廊上跑动的脚步声，这多半是要赶紧去给哪儿通报吧。

“干得漂亮、干得漂亮。”蝉不禁发出低沉的笑声。

与蝉一道上厕所方便完后，我们回到包厢，此时屋内的人数明显比刚才少。不光那个太鼓大叔，就连女子也少了三四人。

“今宵承蒙二位客官关照才让场面如此热闹，我们这里有几人去给其他包厢的熟客打招呼了，怠慢之处还请海涵。”百一副一本正经的表情说道。

“没事儿，没事儿。”蝉落落大方地挥挥手道。

“想做的事儿已经全部做完了，我很满足，哎呀呀，真是好开心。”

接下来优哉游哉地闲扯了近半刻，我们终于出了包厢。

“刚才的那些话，绝不能随便乱说哦。”最后蝉还不忘装模作样地向送行的女子们再次叮嘱道，结账的时候，蝉又给补上了两三枚金币，心情愉快地离开了坊舍。

天色已完全暗了下来，只百一人送我们到梅坊之外。

“为了你们两个土包子，又唱又跳的，哎，真像个傻子。”

百一改刚刚酒席上的亲切和蔼，一直抱怨个不停。听着她的牢骚，我还有点微醺的脑袋突然想起百接下来还会将蝉所说的再散布给其他客人吧。

“话说和你们闹得这么尽兴，还是柘植屋被烧毁以来的头一次吧。”走到左右坊舍之间的十字路口，蝉突然带出奇怪的话题。

“嗯，怎么了?”

“还怎么了，你不记得了?”

“记得什么?”

“那一天，藩主大人送来美酒，连大人们都很少见的闹腾了一番。上野送酒来的武士说我们也能喝，并悄悄地分给了我们一些喝剩下的酒和吃剩的馒头，那些东西我们不是平分了嘛。接下来那武士告诉我们大人们都喝醉了所以没人巡视，所以我们喝了酒，其他小孩子则吃了馒头，最后大家狂欢了一番，对吧。”

诚然，在柘植屋逃过大人的眼睛，做出如此无法无天的事儿，不可能记不住。但不知为何，我对此事毫无印象，一脸茫然地看着蝉。

“你是不是吸入太多烟气，这里不好使了？哎，话说你以前也不太灵光。”

蝉仿佛看出了我的一头雾水，指着自己的脑袋说道。

“这事儿，有给后来监察的武士们说过吗?”

“你傻啊，擅自饮酒这种事能说吗？恐怕火灾的时候，柘植屋里全都是烂醉如泥不能动弹的人。如果不是当晚而是次日发生火灾，至少得救的人还能再多一些，对吧，百市?”

我见蝉将视线转向百，自己也扭过头。

百站在稍稍远离我们的地方，目不转睛地凝视着我们，不知是不是因为月光洒在涂满白粉的脸上，她的脸色看上去有点泛青。

“那个地方的事，我全都忘记了。”

百冷冷道，接着她没有留下任何道别的话，便转身往回走，我和蝉只能默默目送着走回梅坊玄关的纤细背影。

“这家伙只要提起火灾的事，一直都是那副态度。也难怪，毕竟差点丧命，没办法。”蝉无聊地嘟囔道。

百是这么纤弱感性的女人吗？相反我还以为她一定会对那些烦心事嗤之以鼻。稍感意外的我再次向百的背影望去，那脑后扎起来的头发与玄关灯笼的光亮互相重叠，生出摇摇晃晃的影子。

“好了，该回驿站了，明儿一大早起来还得东奔西跑。对了，今儿个睡觉之前还必须在驿站那边散布一下谣言。”蝉说着率先迈出了步伐。

此时梅坊玄关出来一个大汉，他好像叫住了百，两人时不时朝这边回头，似乎在聊我和蝉的事。

那个大汉是个光头，在灯笼的光亮照射下，他的身侧显得耀眼夺目。交谈中光头冲着百轻轻点了两三次头，大概有跟他一起来的同伴，只见光头接下来朝玄关打了声招呼。

百与光头讲完话后，她的身影消失在了玄关。与百一进一出，一个人影从玄关信步走了出来，看见那个人影时，我还以为出来的是一个女人。

不过，屋前悬挂的灯笼的光亮，映出了一件黑色的长外褂，当灯光照射出那人的侧脸时，我清晰地听见自己的心脏撞击胸部内侧所发出的声音。

“喂，那边的二位。”光头明显向我和蝉挥手招呼道，此时我对今天来梅坊后悔不已。

“嗯，什么事啊？”蝉的声音在身后响起，长外褂领着光头，慢慢地从正面向我们走来。

“方才，我听到个有趣的传闻，说大坂要放火烧毁京城什么的，这消息可是出自你们这里？”

残菊在我们面前停下脚步问道，他的语气里稍稍含着笑意，不过那细长的眼睛却丝毫没有笑。

*

此时我完全没有工夫告知蝉眼前这两人的身份。

并且，我必须先弄清楚对方是否认出了我。

我记得残菊身旁那个剃光脑袋的大汉，他就是在眼睛周围勾着红色脸谱，当晚气势汹汹追杀我和常世的那个家伙。光头一张草袋子脸浮现在昏暗中，看来他今天的确没有化妆，只是残菊脸色看起来微微泛青，可能稍稍涂了点香粉。

“就因为你们，可是让姑娘们非常担惊受怕啊。京城真的将被烧毁吗？我特意打听了一下这事儿，恰巧方才在玄关得知两位刚出坊舍，所以才叫住了你们。”

残菊甚是平稳地搭话，光头为了不让我们多心，嘴角也挤出些许笑意。没事儿，我没被认出来，这次可得感谢要求我浓妆艳抹的常世，他办事果然谨慎。我虽放下心来，但蝉可不是一个让人省心的角色。

蝉这家伙千万别兴起什么奇怪的念头，但我这个念头却落空了。

“哦呀，怎么了？”

我听见背后传来折返的脚步声，急忙转回头。

“这两人是忍者，背后有所司代撑腰！”我用忍语将信息传递给蝉，只一瞬间，蝉与我视线交汇，表情没有任何变化。

“火烧京城的事儿当真不假?”这次换作光头发问了。

“对啊，确有此事。”

蝉在我身旁停下脚步，对于光头的提问，他十分夸张地点点头道。

我睁圆了眼睛，可不管我怎么瞪蝉，他都一脸佯装不知的表情。

“昨天，就在大坂——”蝉扬扬得意地将方才一边跳舞一边透露过的信息讲述了一遍，并且还任意地添油加醋。

就在他讲话的时候，我一下子察觉到了。

蝉这家伙，他是故意这么做的。

得知对方是忍者后，蝉便有意试探对方，看对方如何应对当前的事态，总之他就是想要挑衅。正因为我向其透露了对方的信息，这家伙不太灵光的脑袋才突然像点燃了一把火似的。我之所以这么说，是因为发现死盯着残菊与光头的那双眼睛里，散发出就像孩童一般的愉悦之光。

这可不是开玩笑的，由于我和蝉现在扮演着商人的角色，所以完全手无寸铁，就像赤身裸体站在刀刃面前一样。

“总之就是这么回事，我不过就是趁着酒劲儿，将在大坂听来的传闻说了出来而已。哎呀呀，真是惭愧，请千万别放在心上。”蝉脸上浮现出谄笑，低下头去奉承道。

之前残菊一直抱着胳膊默不作声，任由光头应对现在的局面。而现在他终于缓缓开口了。

“原来如此，那么你们是从大坂进京而来的商人吧。”

“正是。”

“做什么生意的?”

“绦带。”

“现在能给我看看你卖的绦带吗?”

“不好意思，不巧出门时行李全都放在旅店里了。”

“离开京城后去哪里?”

“准备去一趟近江。”

“战争结束后，生意怎么样?”

“年初的时候还有些萧条，不过托您的福，最近买卖已经恢复到战前时的水平。来到京城后，修理以及新置护甲的武士有很多，绦带卖得相当不错呢。”

蝉从头到尾都不改亲切和蔼的态度，流利地编着瞎话。

只听扑哧一声，残菊笑了。

“算了。”残菊放下抱着的胳膊，往前缓缓迈出一步。

“你这些小把戏就到此为止吧，你们是什么人，谁命令你们散布谣言的?”他的语气突然变得粗暴。

“哎呀。”蝉抓住泥鳅须子捋了起来，对于残菊的质问，他稍稍歪了歪头，其间全然不改商人做派。“这谣言所指何物呀?”

“我说过，你的这些小把戏已经结束了。哪个大名雇的你们?老实交代还可以饶你们不死。”

“这个，您是不是误会得有些离谱啊，如您所见我们只是贫穷的行商人而已啊。”

蝉用拇指和食指夹住胡子，缓缓地从鼻子下面轻轻地往右边捋。

“好可怕，好可怕啊。”蝉做作地晃动着身体，战战兢兢道。但他这样做反而激怒了对方，光头鼻子喘着粗气，宛如恐吓我们一般，手放到了刀柄上。

“好了好了，该回去了。”

我低声催促着蝉，并用力地拉扯他的衣服下摆，蝉明显是在挑衅二人，想要诱使对方先出手。当然，他这样做绝对是错误的，对手可是残菊，不是玩玩就能了事儿的。

“明天还要赶早，差不多也该——”

我再一次使劲拉扯蝉的衣服下摆，必须尽快离开这个地方才行。蝉依然杵在原地纹丝不动，没办法，丢下这个笨蛋赶紧一个人跑路吧。

“等等，谁说你们可以擅自离开的？”

正当我松开蝉衣服下摆之时，光头扯开充满杀气的破锣嗓子吼道。

“你吵死了，章鱼头！”

蝉一改方才彻底奉承对方的卑屈态度，以嘲讽对方的口吻回敬道。

“啥？”光头一个大跨步逼到近前，一下子揪住蝉的前襟，虽然我不知道章鱼是啥，但看对方如此火大，想必这东西的样子相当难看。

“对、对你客气你还蹬鼻子上脸了！”

光头没有拔刀是因为这里离坊舍的玄关不远，而且蝉还手无寸铁。不见蝉有丝毫抵抗，光头唾沫横飞地吼叫着，双手更用力勒紧蝉的前襟。

“喂，别用你那脏手碰我！”

即便被光头提起来后脚跟都快悬空了，蝉仍然面不改色地呵斥对方，现在他说话已经完全变回平日总爱挑衅他人的傲慢语气，只是我总感觉蝉口齿有些含糊不清。

“放手，琵琶！”残菊低声命令道。

光头猛地将蝉的身体提起，在听到残菊喊出“琵琶”的那一瞬，光头的动作突然停了下来。对了，这个名字在祇园祭当晚出现过！我刚刚回忆起来就听到一阵低沉的呻吟声，只见琵琶双膝跪地，一下子瘫倒在地上。

“不用担心，只是麻药而已，他一刻之后便会复原。”蝉俯视着手按脖颈，浑身剧烈痉挛的琵琶冷冷道。

“针吗？”残菊既没有赶到琵琶身边，也不见搭话问候，完全一副事不关己的表情冷眼看着倒地的琵琶。

“你可要感谢我没瞄准眼睛哦。”接着，蝉又装腔作势地将左边的泥鳅须子往上捋。

“还有什么事吗？”蝉动动下巴问道。

“原来如此，你是将针藏在胡须间，再用嘴射出的吗。”

“嚯嚯。”蝉肯定地感叹道，“眼力不错嘛。”

听到这话，唯一感到惊奇的应该就是我了，我做梦也没想到蝉摆弄胡子居然是有目的的。

“怎么样，你也想尝尝吗？”

“区区一个忍者，我奉劝你不要太嚣张。”

“嚯，我若不听会怎样呢？”蝉冷笑道。

当蝉的手离开胡须的时候，残菊脸上的表情一下子消失不见。我从他身上感受不到任何气势，残菊完全自然而然地往前迈出一步、两步，正在这时突然冲出两个高声放歌的醉汉，两人酒意正浓，虽然彼此搭着肩在往前走，可其中一人脚下拌蒜，两人大叫一声一起翻倒在地。

即便残菊已经进入自己的攻击距离以内，蝉也一动不动，脸上傻傻地浮现出淡淡的笑意，不知道他是在藐视对手还是准备直至最后看清残菊的出招。送客的女人们看着两个倒在地上大声喊叫的醉汉，不由得拍掌大笑，这样一来，我的忍语便无法传达给蝉了。

“小心，他是反手出刀！”

没办法，我竭尽全力压低声线告诉蝉。

残菊突然停下了脚步。

长外褂的边缘卷缩着，残菊的右手仍保持着正要搭在小太刀刀柄上的姿势，慢慢转过脸看着我。

“原来如此。”

那双细长的眼睛放出的视线就像搜遍我全身一样，从脚下往上爬，最后在我的脸正中间定住。

“我就想这声音怎么感觉在哪儿听过，你是那个时候的男人吗?”残菊笑了，他露出牙齿，一下子笑了出来，不过他只是在笑，并未出声。

“终于找到你了，风太郎！”

我以为自己听错了，但残菊清清楚楚地喊出了我的名字。

“常世还好吗?”残菊低声问道，那声音仿佛低语的歌声一般。

我往后退了一步。

难以想象就在方才我体内还残留些许醉意，而现在一股毛骨悚然的恶寒从脸颊到耳朵、接着到后脑勺、然后再窜动到后背上，带着令人厌恶的黏着感游走在我的肌肤上。

“哎呀呀，真是的。”一个走调相当严重的声音从侧面插嘴道。

“这里也有个人醉倒了呢，哎哟，这武士块头真大呀。”女人们发现了琵琶后都问道，“没事儿吧?”

蝉一阵碎步跑了过来。

“该走了。”蝉低声道，同时用手肘捅了捅我的侧腹。

“喂，长外褂，下次碰面我奉陪到底。”

直到最后蝉都是一副傲慢无礼的态度，留下这句话后，他便消失在通往松林的道路上。我正准备随其离开此处的时候，回过头去看了一眼，只见躺在地上的琵琶仍微微地抽搐着，而在其身旁的残菊则死死地盯着我。

“我记住了。”残菊的眼珠子盯着我这边，用冰冷的声音回答道。

我慌忙地转回视线，开始加速奔跑。这状况完全跟祇园祭当时一模一样，只是这次我不是在追赶瓢公子，而是在松林中追赶迈着外八字腿跑在前方的蝉的身影。

在四条大桥一旁，我与蝉分道扬镳。

“那个长外褂是什么人?”蝉极其自然地问道。

接下来，我一五一十地将祇园祭上发生的事告诉了他。只是在内容上稍作了调整，我把委托原本来自宁宁夫人这部分内容，简单地说成是受常世所托，且关于瓢公子，我也只说是个普通公家的公子哥儿而已。最后瓢公子的真实身份便是我被采女大人唤至大坂的原因这一点，我也按下不表。

蝉抓着泥鳅须子发出鼻音，满脸严肃地听我把话说完。

“公家名字里还有姓瓢的啊。”

片刻之后，蝉低声自言自语道，这就是他听完后唯一的感想。我一时还犹豫过该不该告诉他那明显是假名，但嫌麻烦便作罢了。

“你去产宁坂找义左卫门，只要说你也参与了任务就有钱拿，义左卫门之前也说很久不见想和你聊聊。我呢，明天会去各个寺庙极力散布谣言。”蝉留下这句话后，便迈着一如既往的外八字腿走过了四条大桥。

*

蝉离开十天后，我终于行动起来，决定去一趟产宁坂。只是如今我已得知所有的一切都是采女大人设的局，所以对去见其爪牙义左卫门这一事，实在提不起劲。另外，以身无分文为由，觍着脸前去瓢六，这在人家看来也会认为我没有丝毫长进。

一到产宁坂，让我吃惊的是店铺又开张了！

店铺屋前悬挂着葫芦，客厅边上放着大大的盆子，盆子里堆满了葫芦。盆子旁边立着一个招牌，招牌上苍劲有力地写着“清水名产音羽延命水”几个字。

以前放在客厅里的装饰柜没有了，也没有可供装饰的葫芦，有的只是盛在盆子里的二十来个普通葫芦而已。话说义左卫门先前预见大坂会战败，便已经决定关门了，可如今丰臣家还健在，所以才重新开张了吗？我从盆子里取出一个葫芦，从重量上断定这个葫芦肚子里装满了水，这时几个嗓门聒噪的参拜大爷走进店里。

“延命水，给来一壶。”大爷们像是把我当成了店里的人，纷纷吩咐道。

我正准备澄清事实，想要离开的时候，其中一人夺过我手中的葫芦，也不事先招呼一声就喝了起来，我根本没有机会去里屋叫人。也不知道对方是哪里来的乡下人，其他人也从盆子里一个个抓起葫芦。“这个可以长命百岁呀！”大爷们纷纷发出奇怪的感叹相视而笑。

“一共多少钱？”大爷们喝光六只葫芦，并排摆放在走廊前。没办法，我只得报出瓢六店主还在时候的价格，给大爷们结了账。

大爷们离开后，我将喝光的葫芦甩干净扔在一边，此时芥下从里屋走了出来。

“你干吗啊？”

芥下在土间停住脚步，略带责备地问道：“是你喝的？”

芥下察觉到盆子一旁摆放着的空葫芦，声音变得更加可怕。

“不、不是。谁都不在，我帮忙接待了顾客。”

芥下听完依然对我投来怀疑的目光，对此，我愤然将刚才收的水钱扔在榻榻米上。

“义左卫门大人在吗?”

芥下拿起钱币，点了一下数，接着无言地装入从怀里取出的钱袋中，这样看来，我并没有报错价。

“出门了。”

“啥时候回来?”

“再过半刻就会出现吧。”

芥下站在土间不耐烦地回答道。一段时间不见，她瘦了点，但眼睛却变大了，并且她站在土间显得白眼仁更加突出。如此一来，总让我感到自己老被瞪着，心情一下子变得很糟。

“那么，我到时候再来。”我早早地准备告辞。

“等等。”芥下声音尖锐地将我叫住。

“我要出去打水，店先交给你看，他很快就会回来吧。”

芥下走出店铺，只见她两手已经提着桶，就这样也不管我的答复，独自一人沿清水寺坡道攀爬而上。我注视着那身材矮小的背影，总觉得芥下是以跳跃的动作在攀爬石阶。没办法，接下来我开始接手照看店铺。

貌似因为刚才卖出去许多，接下来一下子没了顾客。好不容易来了三个老太婆，她们在店前停下脚步，看了看我之后，好像在交流什么秘密，不过那声音太大，连我都能听得清楚。

“坡下面还有一家，好像那里才有效果。”三人边讨论边顺坡道而下离开了。

一刻钟过去了，葫芦一个也没卖掉，这时从店铺里屋传出响动来。咦，有谁在吗?我扭过头看了看，不想义左卫门居然动作迟缓地来到了土间。

“呀，这不是风太郎嘛，你在那里干吗？”

我也同样感到意外，于是慌张地站起身，将受托芥下吩咐照看店铺的事告诉了他。

“你想什么呐，不到老夫这里来露一面反倒在外面看店？”

“不、不是的，那个，芥下那家伙说义左卫门大人出门了。”

“哈哈。”义左卫门点点头，从土间上来，与我分坐在葫芦盆子两边。

“老夫一直在里屋，正好在谈事情，芥下可能怕你误闯，就干脆说我出去了吧。”

“莫非是和蝉吗？”

“不，那家伙已经返回伊贺了。最近聚在这里，我基本上也只谈筹钱的事儿了，都是些行商的话题，跟忍者一点关系都扯不上。”义左卫门说完低声笑道，圆圆的肩膀上厚厚的肉不停摇晃着。

“话说，最近京城很是混乱啊。”

“混乱……您是说混乱吗？”

“难道说，你不知道？”

我含糊地点点头，不知为何，义左卫门一听说我不知道，便满脸惊奇地左右上下打量我的脸。

“就是你和蝉去散布谣言的那件事。”

“哦。”我不好意思说起此次便是为领取那次任务酬劳而来，只好口齿含糊地附和。

“真是的，你这家伙可真是悠闲啊。”看我模棱两可的态度，义左卫门轻轻咂舌道。

“在那之后，整个京城陷入一片混乱之中。不少人都将自家的东西打包寄存到公家，也因为这样事情闹得更大了，甚至还有人说要在东寺周边迎击从大坂攻过来的军队，一些大名甚至还出了兵。”

“不会吧！”

“怎么不会，你连这事都不知道吗，今天来就为了收钱？你这厚脸皮还是跟往常一样不见长进啊。”

“不、不是的，并不是——”

“我明白，不为这事，你也不可能露脸。”

义左卫门从怀里取出丁银，将之放在盆子后面，“拿去吧。”

“感激不尽。”我飞快捡起钱来塞入怀中，“蝉这次想必很得意吧。”

“恰恰相反，那家伙后来闹了起来，老夫这里也够受的。由于太烦人，老夫就将他赶了出去，让他提前返回了伊贺。”

“闹起来了？为什么？”

“因为月次组。”

“啊？”

“你们在松林坊舍曾遇见过月次组的人，对吧？”

义左卫门应该是听蝉说的，我脑海里浮现出当晚在坊舍玄关的灯笼的照射下，残菊与琵琶的脸，接着情绪突然变得不稳定起来。

“他们趁机参与了进来。”

“参与进来……您指的是？”

“就是我们制造的谣言啊，那些家伙也开始四处散布谣言。他们那才真的是，在街市十字路口处，毫不顾忌地大喊大叫。月次组上上下下包括小喽啰全算齐了有接近百来号人，就因为他们随心所欲地散布什么‘明天大坂那边就要攻过来了’，才给京城带来了巨大的混乱。蝉的功劳就此被盗取，他自然会不痛快。”

“为、为什么？月次组为什么要这么做呢？”

“以前老夫不是告诉过你吗，月次组的背后有所司代撑腰，所以谣言一旦扩散开，对所司代来说也是好事。”

话说到这里，店铺门前出现了数名参拜的客人，他们在门口停下了脚步。

“清水名产延命水，要来一壶吗？”义左卫门声音洪亮地招呼道，无奈对方无一不是爱理不理地走了过去。

“不过呢，事态居然扩大到导致一些大名出兵的地步，这一点即便所司代也应该没料到吧。”

义左卫门再次恢复到了低沉的语调，为一扫店里无人问津的窘境，他拍了两三下手。话说对于准备开张的瓢六店铺，我很想问问现在的情况。

“再次于祇园社和月次组相遇，风太郎，你和他们还真是孽缘不浅啊。但与祇园祭的时候不一样，你们的目的是一致的，所以这次他们才没有以你为敌吧。”义左卫门的话语中带着苦笑。

我凝视着义左卫门的侧脸。

“您是知道的吗？”

“祇园祭的事儿？”义左卫门瞟了我一眼，接着再次对着门外拍手。

“至少上次在你问起月次组的时候我是知道的，你也不清楚什么时候会再次与他们相遇吧。为以防万一，老夫才向你透露了月次组的信息。”

“常世说他不知道关于月次组的事。”

“嚯，你见过常世了？”

“对，在大坂。”

“原来如此。”义左卫门点了点头，接着他将双手合十放在肥硕的腹部前，轻揉肥厚的手掌。

“你，还是参战了吧？”

我无言地点点头。

“你其实很讨厌战争的吧。”义左卫门的声音似乎不是在问我，而是问向远方，我再一次点了点头。

“见到采女大人了吗？”

“嗯，在兵营里见到过两次。”

“这么说来，你已经知道自己为什么被叫去大坂了？”

我如果回答被叫去是为了在攻破大坂城时确认瓢公子的头颅，就意味着告诉义左卫门自己已知晓瓢公子的真实身份。我一时语塞，不知到底该如何回答，不过对方貌似把我的态度当作无言的肯定。

“那么，你必定埋怨过老夫吧。”

义左卫门停止揉手，眼睛眯成一条缝，眼神追随着路过店铺前的年轻女子的背影。

“将在吉田山过着平静生活的你强行唤至大坂，然后又擅自让你东奔西跑，最终还是没能恢复忍者的身份，一切又归于原点。”

“不、不会，我绝不会——”

“不过，虽说不上借口，老夫认为采女大人是打算让你恢复忍者身份的。所以老夫才会按他的命令，把你从吉田山叫至大坂，让你在瓢六帮工，甚至安排你进入高台院大人的宅邸。”

“义左卫门大人，我并没有生气。”

“是吗？但老夫可是气得不行。”

“嗯？”

“因为孙兵卫。”

义左卫门从盆子里拿起一个葫芦道。

“老夫还是忍者时便与孙兵卫长期共事，他本领高强，是忍者的典范，并且经商方面也才干卓绝，所以老夫才能放心将堺那边托付于他。虽然孙兵卫老早就引退了，但他豪言壮语地表示由于这次是久违的大规模战争，必须好好调教一下现在的年轻人，所以才重出江湖。可结果……哎！你说他们怎么能把那么正派的男人给杀了呀。”

我回想起已经渐渐模糊的孙兵卫的脸，身旁的义左卫门拔下手中葫芦的塞子，将里面的长命水一饮而尽。

“喝一壶，能延命多少年呢？”

“三年吧。”

“早该让孙兵卫也喝喝这延命水，如此，他便不会死得那么毫无道理。”

义左卫门喝干葫芦里的水，擦了擦嘴。

“大家都一个个死去，只剩下老夫一人。风太郎啊，你可要长寿啊！”

说完，义左卫门转过头面对往来街道，一边摇晃着手里空空的葫芦，一边高声吆喝道：“清水名产延命水，喝一壶可延命三载是也！”

*

义左卫门催促我也喝一壶，于是我从盆子里拾起一个葫芦，一边准备拔开紧紧的塞子，一边向对方询问接下来还会不会打仗。

“会吧。”义左卫门面露难色，抱着胳膊道。

“自你们去祇园祭那时开始，上面就一心只想干这事儿。”

我拔塞子的手一下子停住，不禁皱起了眉头，到底怎么回事？

“这事儿说来复杂。”义左卫门见状，捋了捋下巴上的赘肉。

“首先，祇园祭一事，你知道宁宁夫人为什么会向常世搭话吗？”

“这个，常世说宁宁夫人想得到藩主大人的协助。”

“不错，话说高台院大人与藩主大人，早在太阁还在信长手下当差那时便已相识。你应该也听说过，那时一直都遇不上伯乐的藩主大人终于开始侍奉太阁的弟弟，打那之后才打开了自己的武将鸿运。事到如今，即便与丰臣家刀刃相向，丰臣家对于藩主大人仍有特别的知遇之恩，所以即便是藩主大人，在高台院大人面前也抬不起头来。高台院大人正好看准了这一点才试探了一番。”

“试探？试探藩主大人吗？”

“不。”义左卫门轻轻地摇摇头道，“是那位地位更高的人。”

“更高……您指的是？”

“大御所！”

“大、大御所？就是那位大御所吗？”

话题开始向我完全无法理解的方向展开，我忘记自己手拿着葫芦，嘎声惊呼。

“如此重大之事，绝非藩主大人能够独断处理，毕竟大坂的玉将[1]将亲自出访京城。得到高台院大人的书信之后，藩主大人便快马赶往骏府城通报了大御所，然而高台院大人早已看穿了这一切，所以才将书信托付给常世。所有的事都不能公之于众，在这样的情况下要得到大御所的私下认可，只能出此下策。在高台院大人跟前抬不起头的藩主大人，自然会在大御所面前帮忙说情。能计算到这一步，高台院大人实在是太可怕了。”

“那、那么，藩主大人他，命令常世担当护卫的是？”

①玉将：日本将棋中的棋子，这里引申义指秀赖。

“对，这就是大御所的答复。”

我呆呆地凝望着义左卫门双下巴上的赘肉。

常世从在大坂指挥大规模作战的大御所那里接受直接命令，甚至连我也参与到其中，对此自己完全没有一丝实感。

“原本，这一切老夫也是在事后才被告知的。就算将你送至高台院大人的身边，老夫也只知道是因为常世要给贵人引路前去祇园祭，正好让你充当护卫，可那都已经是祇园祭结束三天以后的事了。如今回想起来，消息一定是从平安返回大坂的常世那里传来的。那时老夫被传唤至上野城中，收到采女大人的紧急命令，要老夫前往京城调查月次组。那时，老夫才得知祇园祭发生的事件。当时真是让老夫大吃了一惊，那个秀赖公，居然隐藏身份悄悄游历祇园祭……不管是提议者、执行者，还是袭击者，这所有的一切都太疯狂了！”

我已经好久没听到瓢公子丝毫不加掩饰的真名了，那名字直接叩击耳畔，让我的精神为之一振。听义左卫门再一次提起过往，让我再一次感到我们与瓢公子一同度过的那个祇园祭是如何的非同寻常。如此一来，我更加想弄清楚为何我们会被残菊等人袭击。

如果有大御所亲自下令，那就跟这次蝉的谣言行动一样，祇园祭当时，我们与月次组的目的也应该是相同的才对啊。因为完完全全奉大御所之命行事，本来就是所司代的职责所在。

“采女大人完全麻痹大意了，不管怎么说，连大御所都表示同意，所司代那边必定也应该通过气才对。”

“然、然而，月次组的背后——”

“不错，所以老夫才说这事儿复杂。”

义左卫门鼻子哼一声，貌似挺费劲地抚摸着浑圆突起的腹部。

“也就是说，大御所布下陷阱，将瓢，不，将玉将引诱了出来？”

“非也。”义左卫门轻拍一下肚子，轻易地否定了我的疑念。

“大御所毕竟位高权重，断不会使用如此下作的暗算手段，即便今次玉将如飞蛾扑火般自动送上门来，也必然不会出此下策。相反，大御所无论如何都应该希望玉将能平安无事，虽然由于之后双方打了起来，最终不再过问此事，可据说当大御所得知祇园祭事件始末之时曾勃然大怒。”

派月次组袭击我们，却还希望我们没事，这到底是什么意思？我越来越搞不懂大御所意图何在。

“风太郎啊，你知道大御所为何会接受宁宁夫人的委托吗？不，老夫换个问法，为何大御所没有在祇园祭之时除掉玉将呢？”望着我充满疑惑的脸，义左卫门用越发低沉的声线问道。

“这个嘛，毕竟还是看在高台院大人的面子上？”

“这方面的因素自然也有，不过大御所不杀玉将还有更深层的目的。”

“更深层的目的？”

“就是要在战争中堂堂正正地杀掉玉将！”义左卫门的回答简单明了。

“怎么会？”我不由得当场失声，手掌中塞子还没被拔开的葫芦一不小心掉落在地。

“大御所心中所想的是派遣大军包围大坂城，发动一场让天下人都知晓的灭亡丰臣家的战役。这样做虽然辗转了许多周折，可最终德川家将获得不灭不朽的地位，同样也可昭告世人接下来德川家将代替丰臣家掌管天下。”

我的视线呆呆地追随着榻榻米上划着弧线缓缓停住的葫芦。

“这样的事非一般人能考虑得到啊。”义左卫门低声自语道。

“当然，也有人无法理解大御所的意图，特别是现在的将军，也就是大御所的儿子。还有聚集在将军周围的人，他们的想法跟大御所不一样，他们简单地认为如果能在祇园祭杀掉玉将，便不用挑起战争就能铲除德川家最大的威胁，实在没有比这更省事的方法了。后来给所司代下达命令的也是这些在将军身边的人，虽然大御所也应该向所司代下了令，可平日所司代自己也倍感来自大坂方面的压力，如今眼前突然出现一个能立大功，且不用打仗就能解决问题的方法，他们自然无法拒绝。”

“于、于是，月次组便——”

“真是的，这些家伙也确实想到了便利的手段。他们并非当面违抗大御所的命令，而是设了一个局，让外人看起来顶多算是倾奇者之间发生了争执，顺带让玉将的死看起来像是一场意外。”

祇园祭当晚，藏匿在祇园社院内石灯笼阴影处的倾奇者现身的场面，伴随着华丽和服的色调，清晰地在我脑海里复苏。当时，残菊并不知道我们是谁，即便如此，他一上来就询问我们之中谁是老大。正好我们那时偶然扮成了倾奇者的样子，如果我们都死了，搞不好真的会被当作倾奇者之间的持刀械斗来处理。

终于，我一下子明白了为什么方才问义左卫门还会不会打仗时，他回答“上面一心只想干这事儿”的含义了。无论怎样掩埋大坂城的护城河都没有任何意义，只有将那座城与丰臣这名字一同烧成灰烬，大御所才会善罢甘休。

“你明白了吧，毕竟是如此复杂的事儿。战前老夫从采女大人那里得知此事时，简直觉得毛骨悚然。如果那时你们没能保护好玉将的话，藤堂家恐怕已经不在这世上了。靠卑鄙手段害死太阁后代的事要是传了出去，即便不再起战端，天下对德川家的评价亦会一落千丈。要真变成那样，藤堂家将会以任务失败为由，承担所有的责任。”

我捡起倒在榻榻米上的葫芦，一边抚摸它质地坚硬且光滑的表面，一边心不在焉地远望来往行人。在这个过于庞大的话题面前，我完全没有半点实感。我只明白一点，如今瓢公子与丰臣家的命运越发如同风中残烛一般。

我沉默不语，身旁的义左卫门为转换气氛拍了拍手，正在这个时候有人来了。

“啊，口渴了，喂，给我们来两壶。”

两个武家人出人意料地出现在店铺前，指着盆子里的葫芦吩咐道。只见二人中途连一口气都没换，将递过手中的葫芦一饮而尽后，一转眼就离去了。

“可算是卖出去了。”义左卫门轻叹一口气，将空葫芦放在盆子后面。

“那个，关于瓢六店铺，这样子是要重新开张吗?”

“啊。”义左卫门站起身，顺便调整了一下有些紧的腰带。

“芥下说她想继续开店，但现在还不好说。店一直关着反倒会招致怀疑，直到大坂那边安定为止，我打算让芥下再试试，看看情况。”

义左卫门这样说完之后，便走下土间说要去趟厕所，然后就跟出现的时候一样，动作迟缓地消失在了里屋。

接下来又只剩我一人，在我终于拔出葫芦的塞子，正准备要喝的时候，芥下两手提着桶，摇摇晃晃地从石阶上走了下来。话说要是在她面前悠闲地喝水，那才真是不知道会被说些什么，没办法，我将塞子塞回葫芦，然后悄悄把葫芦放回到盆子里。

“卖了两个。”

将桶放在土间后，芥下长出了一口气。

“哦。”芥下瞥了我一眼，兴趣索然地回应道，同时用袖子擦了擦额头的汗水。

“义左卫门大人来过了？”

“嗯，已经谈完了，他现在上厕所去了，我随便问了问，听说你想继续开店。”

芥下没有回答，从土间伸出手拿起盆子后面的空葫芦。包括一开始卖出的六个葫芦，芥下将八个用过的葫芦口部用布擦拭干净后，又把葫芦沉入桶中再次将水灌满。

“你——要做回忍者吗？”芥下注视着手中的桶，突然用忍语向我搭话。

虽然听义左卫门说过芥下打小也接受过忍者的修炼，但对于头一次在我眼前使用忍技的她，我有些不知所措。

“不，我不会。”我用忍语答复芥下。

“你知道采女大人吧，他明确告知说已经不需要我了，说是死了的人没办法复生。”

芥下应该听不懂这话吧。只见她疑惑地皱紧眉头。

“总之我绝无可能做回忍者了。”就像说给自己听一样，我再一次确认了自己的想法。

“那么，接下来就待在京城了？”

“嗯，应该是吧。”

“准备找啥活儿干呢？”

“对哦，我可能暂时会在哪个寺庙或者宅邸里帮工做做修缮吧。”

“要一起干吗？”

“什么？”

“我说要一起在这里干吗?”

“这里?做葫芦买卖吗?”

芥下把装满水的葫芦用塞子塞好，一边把葫芦一个个并排在榻榻米上，一边动作僵硬地点点头。

“店里需要有人干力气活儿。”

“这事儿你去找义左卫门大人好些吧，原本这里就是万屋。”

“大坂那边稳定下来后，万屋会转移到江户去，可我不想去江户，想在这里继续开店。我这样一说，义左卫门大人就提议让我试着一个人把这里搞起来。如果进展顺利的话，就把这店保留下来，但他表示不会援助一分钱。所以呢，我决定先这样卖卖水攒点钱再说。”

我想起刚刚武家人付的钱，于是把钱放在盆子一旁。只卖了两只葫芦，所以只有两枚铜钱而已。

“卖这么便宜的东西，到啥时候也攒不起钱吧。曾经放在柜子里的高价葫芦呢?哪儿去了?”

“瓢六店主全部处理了。”

“对了，我曾出过种的，那些放在水车小屋的葫芦呢?”

“由于你一直丢一旁，所以我全部接手了。晒干后全存放在背后的储物间里。等攒够了钱，外形好的准备拿去加工成装饰葫芦。”

“为什么?不把葫芦就这样卖掉吗?现在的话，在京城的那些士兵都会买的。之前瓢六店主不是靠这个狠赚了一笔吗?你在一旁都看见了吧!”

“把储物间里的葫芦全部装袋，拿到大名宅邸前游走贩售不是更好吗?”正当我说到这里时——

“我不会利用战争赚钱!”

芥下突然放弃忍语，语气强硬、掷地有声地吐出这句话。

我大吃一惊，一时间说不出话来。

我实在无法承受从土间投过来的，快要将皮肤刺穿一样的视线，于是低下头去，为掩盖自己的失言，我将盆子推向芥下。

“你这人虽然脑袋不好使，但知道怎么处理葫芦，即便记账什么的干不了，但力气活还是值得信赖。虽说我这里也给不了太多的酬劳，你看怎样？”

芥下用丝毫不像在拜托他人的冷淡口吻问道，接下来，她伸手搭在我推过去的盆子一边。

“我，不行的。”

“因为钱吗？”

“不，不是的。”

“你刚才不是说工作还没着落吗？”

“我，没办法和你一起工作。”

芥下正往盆子中放葫芦，突然她抬起头，动作也停住了。我刚撞上从对方圆睁的怒目中发射出的视线，芥下便手法粗暴地将葫芦摁到了盆子里。接下来她再没搭理我，虽然这个不善言辞的女人特意邀请我共事，但我却没能正面好好地回应她，我对此不由得深感后悔。

长时间沉默之后。

“好吧。”

芥下声音沙哑地嘟囔道。

“你走吧，我再也不想见到你！”

大脚趾的一半都快要露出来了，我没再触摸布袜脚趾尖的洞，慢慢站起身。我穿上放在土间的草鞋后与芥下擦身而过，可直至我走出店铺，芥下都一直注视着盆子没再抬起头来。

我站在店铺门口回望店内，看见那张毫无表情的侧脸依然俯视着盆子，一如既往黑色的皮肤就这样好像快要融入土间昏暗的阴影之中。

“打扰了。”

说完，我走出店铺来到大街上，顺石阶下行走过相邻的店铺，在经过第三家店铺时，我停下了脚步。凝视自己脚下的影子片刻后，我转身再次返回至瓢六店铺门前。

“喂，芥下。”我踏入土间，用忍语招呼对方。

“干吗?”芥下用忍语回复道，她还保持着刚才我离开时同样的姿势。

“我去大坂参过战了。”

“我知道。”

“我，我杀过人了。”

芥下正在将葫芦重新排列摆好，听闻我的话，她手上的动作停住了。

“在大坂，我参与了针对某个村落展开的纵火行动。当时有一对父女没来得及撤离便被我杀死了，父亲是个成年人，可那个小女孩大概只有四岁。我原本是可以放过他们的，但最终两人都死在了我的手里。”

芥下慢慢地转过身来正面对着我，那小小的个子向我投来越发严厉的目光。

“我等于是将关原之战时的你杀死了，所以我不能和你一起工作。”

我没有移开视线，一口气将话说完。

原以为芥下会对着我破口大骂，可意外的是对方只是呆站着一言不发，那白眼仁散发出异样的鲜明光亮，衬托出了土间的昏暗。诚然，一下子被告知如此烦心且自私的话，想回答也没什么好回答的吧。

“抱歉，我多言了。”就在我转身准备离开之时，居然听到貌似清嗓子，又好像冷笑一样的声音回荡在土间。

“可这不就是忍者吗？”

芥下的话让我大吃一惊，她没有使用忍语，而是直截了当地断言道。接下来，芥下不再注视我，而是将身体移回再次对着盆子，然后只见她将腰身放低，把盆子一口气推回原来的位置。

“今后，你去拯救某人不就好了吗？”

“什么？”

“关原之战时，是义左卫门大人拯救了失去家园和爹妈的我，然后就这样将我带回伊贺，抚养我长大。”

芥下曾说过自己被忍者所救，但我并不知道那人就是义左卫门。芥下脱下草鞋上到榻榻米，然后又走到店铺前，我也受其影响走到店外。斜射进店铺的阳光洒在我的侧脸上，站在走廊的芥下稍稍眯着眼睛。

“当时，把我家烧掉的是伊贺忍者。”

“唉？”

“下达命令的是义左卫门大人，所以杀死我爹妈的也是他，不过拯救我的人同样是他。”

在来往人群出现空当之时，芥下静静地俯视着我，用完全波澜不惊的口气说道。

“今后，风太郎只要有朝一日也去拯救某人就可以了。”

芥下轻轻触碰挂在店铺前的葫芦，如拂面微风一般低语道。说完，她又戳了戳葫芦溜圆的腰窝。

*

有这么一个男人，他总能在你快要忘记他的时候突然出现。果不其然，在我快要忘掉黑弓的时候，那家伙就顺着吉田山坡道爬了上来。

当时我正在井口边打水冲洗一身的臭汗。

“呀，风太郎，如今的季节在京城是最最宜居的呢。”黑弓走近后悠闲地说道。

明明气温已经相当炎热了，这家伙还是一如既往地用红色南蛮斗篷裹着身子。

“你这是刚上完工吗?”黑弓问道。

“对，今早一直在帮忙做插秧之前的准备工作。”我回答道。

我全身就一件围腰布，将衣服搭在肩膀上，回到了废屋。

进入四月后，我便开始在村子的田间务农。农家管饭，我帮忙在田间除草、翻土、重打水路桩子以及修筑预防野猪来犯的栅栏，总之人家叫干啥就干啥。原本想找个建筑修缮的活儿来糊口，可完全不见有地方招工，正当日暮途穷之时，村落的负责人邀请了我。

“在下从大坂一直走过来的，实在是累坏了，今晚就住下了哦。”

一回到废屋，黑弓就立即开口给我添麻烦。

“我拒绝，你的磨牙让人无法忍受，我绝对不干。”我一边穿衣服，一边立刻回绝了他。

“你这人还是一如既往的冷淡呢，在下是因为有东西要交给风太郎，才从大坂远道而来的。”

“有东西交给我?”

“就是这个。”黑弓脱下斗篷立马走上地板，从怀里取出一个包着布匹的东西。

“你打开看看。”

我正在缠腰带，黑弓把刚好用手掌能拿住的布包递到我面前。我接过来拿在手里，东西虽小可却出乎意料的重，我用手指夹住布匹的边缘确认里面的东西。

“这啥啊？”

揭开布匹，里面出现的是一根刚好切成两寸的细细竹筒，如果只是竹子的话不可能这么重，里面应该塞有什么东西，不过竹筒两端被泥土封住，即便用指甲挖也纹丝不动。

“这东西叫作竹流[①]。”

不知为何，黑弓相当得意地说道。

“竹流是什么啊？”

“唉？你不知道吗？”

“不知道。”我回答道。

黑弓将竹筒连同布匹一起从我手中夺了过去，在地板边缘上敲打竹筒的一端，塞在竹筒里面的泥土便开始一点点脱落。接着黑弓又在摊开布匹的地板上摇动竹筒，少量的土块掉出之后，一个重物落地的闷声响起，竹筒肚子里面有什么东西掉了出来。

我当场张口结舌，正在系腰带的手突然停了下来。

不合时宜的耀眼的光芒闪耀在这寒酸的废屋之中，我屏住呼吸放低腰身，小心翼翼拾起落在布匹上的块状物。我把那东西放在手中转了转，接着又在靠近废屋窗户的位置高举起来观察，错不了了，这是黄金！

“这种东西怎、怎么来的？”

“常世大人给的，传言说大坂城里这东西到处都是，但没想到

①竹流：室町末期至战国时代，人们会将竹子纵向劈成两块制成铸器模型，然后往里面灌入熔化的金银，从而制成的称量货币。

居然能亲眼目睹。”

“为什么常世要给我这个?”

“你真能说啊，不是你自己让给的吗?”

“我? 别开玩笑了，我从没跟常世谈过关于黄金的话题。”

“昨日，常世大人突然来到在下下榻的客栈，他说虽然迟了点，但这个是承诺过的报酬，于是就留下了两人份的这个东西。内幕常世大人都告诉在下了，祇园祭我们受袭之时，风太郎要求把报酬提升到十倍。真是的，在那种场面下，真亏你能抓住对方的弱点呐，这一点就连京城的商人都只能自叹弗如。”

黑弓的话让我模糊地回想起了祇园祭时与常世之间的交涉。在被追杀的时候，我记得确实有说过那样的话，但我同时也清晰地回想起在那之后，曾想抛下常世自顾自逃命。所以两相抵消，我并没有把当时的话当真。

“原来如此，常世这人也挺诚实守信嘛。”

为掩饰尴尬，我匆忙将黄金装回竹筒，然后用布匹包好塞入怀中。

“话说这一块金疙瘩值多少啊?”我随便问道。

“是啊，如果换成丁银的话——”接下来黑弓吐出一个我意想不到的数字，我心算了一下，那金额每天都吃白米饭足够吃两年，不，三年都绰绰有余。

最近尽遇上些倒霉事儿，不过渐渐呈现出好的趋势了。

“干得好!”我连拍了黑弓的肩膀好几下。

“啊，好想吃久违的米饭呀——”

腰间阔绰的安心感让人心情很是舒畅，我的嘴缓缓往下耷拉着，把脑袋里浮现的东西忠实地化作语言脱口而出。

“今晚咱们去吃点好的。”

“嗯，好啊好啊。”

“那么，就去祇园坊舍吧。不是蹴鞠那边，而是流淌着美妙三味线旋律的那边，话说在下在那之后，就一直想去见识一次。”

听黑弓这么一说，快活的气氛一下子冷却下来，取而代之的是蝉、百以及残菊等人不请自来的脸一个接着一个在脑海里浮现。

“梅坊那边的话，最好还是别去，否则你会遇上最不想遇上的家伙。”

“月次组吗？应该不会这么巧吧，毕竟京城里妓馆这么多。”

“不，肯定会。”我苦闷地回想起先前发生的意外，将前些日子蝉的事告诉了黑弓。

“唉，和蝉一起去的吗？你们这组合真是少见啊。”黑弓一开始还元气十足地插嘴，在百登场的时候，他突然发出奇怪的感叹，并坐立不安地挠了挠裆部。而到残菊和琵琶的对峙桥段时，黑弓不禁上身往后一仰，走嘴喊出一句南蛮语。

“在下明白了，梅坊就别再去了。拼了命才从瓢公子那里挣来的黄金，别有命挣没命花。”

“什么啊，从瓢公子那里是啥意思？”

“嗯？刚才我没说吗？上次进入本丸与我们相见之后，瓢公子亲自下令，命常世大人为祇园祭一事向我们道谢。”

黑弓的话让我感到怀中的竹筒一下子变得更加沉甸甸的。我跟着蝉散布谣言，协助对方将瓢公子逼入绝境，如今却又满不在乎地接受人家的黄金。

“不再打仗就好了……”

我已从义左卫门那里得知了大御所的打算，可即便如此，为稍微能够驱赶内心的负疚，我向黑弓搭话道。

“战争的话，已经开始了。”黑弓冷冷地答复道。

“你怎么知道？都还没出兵啊！”

“你在说什么胡话啊，藩主大人早已自伊贺出兵，如今在淀一带布阵呢。”

“淀？不会吧？”

“错不了的，方才我从大坂过来的途中，亲眼看到了藩主大人的军阵呢，淀的村里人都说三天前就到了。”

我发出一声叹息，呆呆地望着黑弓的脸。接着我呈大字横卧地板上，怀中的竹筒顺着肋骨滑落至腋下，撞击到地板发出重重的响声。

黑弓也叹了一口气，在我旁边以同样的姿势躺下。

“话说，在梅坊残菊一下子就叫出了我的名字。那个家伙甚至连常世的名字都知道，为什么？不，应该说他是怎么知道的？”

“那个，不是因为他看到你的脸吗？”

“不，一开始他并没有认出我的脸，是在我提醒蝉他反手握刀之后才被认出来的，残菊看上去就像刚刚想起来一样，你也小心点。”

“在下没关系的。”

“你为什么这么肯定？”

“因为残菊不知道在下的名字啊，话说残菊多半是在祇园祭听到你和常世大人喊彼此的名字，然后记下来的吧。”

“你说什么啊，你忘了那一日我们不是一直在使用千成、百成、十成这几个假名吗？”

“你还记得吗，在下向残菊扔出火药弹的时候发生的事？那时候在下一不小心喊出了你和常世大人的名字。”

“什么？”我挺起上身坐起来，俯视身旁双手枕在脑袋后面优哉游哉的黑弓。

“当时在下也心想糟了，不过火药弹爆炸的阵仗也不小，应该不太听得清楚才对。不过，果然在下还是大意了啊——”

黑弓一脸傻相满不在乎地道出真相，我目瞪口呆地注视着他的脸。记得那时我拼命逃窜，完全不记得烟雾那一头黑弓喊出了自己的名字。顿了一会儿之后，我的怒气不禁涌上心头。

“大、大意你个头啊，你这个笨蛋！可恶，怎么又是你啊！为什么你总爱多此一举！”

“没有办法啊，在下一心只想救风太郎和常世大人，在称呼上脑袋没转过来嘛。再说，你也太夸张了，又不是这里被袭击了对吧？如此看来，残菊除了风太郎这个名字以外还啥都不知道呢。只要不是在街市上突然遇见，什么都不会发生，一切都仍会跟从前一样。”

我鼻子哼了两声便没再开口，虽然感觉只不过是对方的自圆其说罢了，可黑弓的话也有他的道理。总之，只有小心谨慎避免再度碰上残菊那家伙，话说接下来我在京城碰见穿长外褂的人都会被吓破胆吧。我沉浸在郁闷的情绪中，再次躺回地板上。

“你还在大坂行商吗？”

“在下最近待在堺那边，来这里之后火药又会畅销起来。在下准备最后努把力再赚一笔。”

“以前就想问你了，你赚那么多钱都用在哪里了？”

“没啥特别的啊，顶多就是付房钱吧。”

“那么到现在为止积攒下来的钱呢？你看你又没建房、也没雇工人，并且这次又得到了竹流，你攒这么多干吗？难不成要买艘南蛮商船吗？”

面对我的咄咄逼问，黑弓沉默了片刻。

“南蛮商船吗，虽然没考虑过，不过也不错呢。”只见他低声嘟囔道。

“什么嘛，你就只是喜欢赚钱吗？并且还赚得这么顺利，真是个让人讨厌的家伙。”

“目的的话，在下也是有的哦。”

“所以说啊，你到底为了什么？”

“为了买回来。”

“买回来？把什么买回来？”

“把在下。”

我还以为接下来黑弓会接着说下去，可他没再开口，即便如此我还是等候了片刻，但黑弓仍然一声不吭。这家伙该不会就这么睡着了吧，我看了一下身旁，只见黑弓还保持着刚才双手枕在脑袋后面的姿势，呆呆地凝视着屋子顶棚。

“喂，为什么突然不说话啊，你要把什么买回来？”

“都说了，在下啊。”

“你到底在说些什么啊？”

“在下是奴隶，葡萄牙人的奴隶。”

我没能立刻理解飞入耳畔的话语，支起身体注视着黑弓的脸。

“你说你是奴隶？”

“嗯。”黑弓动动嘴巴回答道，他的视线依然注视着顶棚。

“但是，你不是随心所欲地到处跑吗，这算哪门子奴隶啊？”

“那是因为在下从吕宋岛的葡萄牙商船上逃跑了，乘上一艘前往明国的船才辗转来到长崎。可如果回到天川，如今在下仍是奴隶。”

“为什么？你怎么变成南蛮人的奴隶的？”

“因为家父生意上失败了，明明一直做个保镖就好，但他说想独自行商，之后便轻而易举被人欺骗，最终只剩下了从葡萄牙人那里借下的债。这是在下十岁的时候发生的事，后来家里所有人都成了奴隶，不过在天川那地方，这也并不是什么稀奇的事。日本人奴隶，那是要多少就有多少。女人耕田，男人被安排去筑城或者去帮工做建筑物的修缮。不过，打小家父就教会在下一些忍者的技艺，所以在下能够不在陆地上而是在商船上工作。”

黑弓宛如在述说他人的故事一样，淡淡地讲述着之后发生的事。父亲病故之后黑弓才决意来到这个国度，他想起父亲临死前告诉他，整个家族曾在伊贺行商，于是到达长崎后，便立刻前往了父亲的故乡。他期待着能够筹集足够的钱给自己和家人赎身。然而父亲的家族早已四处离散，在伊贺已经没有任何能够依靠的人。虽说父亲过去与采女大人是偶然的旧识，可毕竟采女大人不可能借钱给他。最终黑弓与我相遇，虽然过去所有的过错都是他引起的，但两人还是被从伊贺赶了出来，而出走伊贺之后的事便是故事的开头了。

“与风太郎出走伊贺，在京城分道扬镳后，在下曾自长崎回过一次天川。那时，在下悄悄地去见了家母，并且和她约好了——要存够足以从葡萄牙人手中赎回她的钱之后再回去。”

说到这里，黑弓停顿了一下，终于从顶棚转过脸，将视线转向我。他完全像换了个人似的，瞳孔中散发出坚定的光芒。面对这样的黑弓，我无缘无故地惊慌失措，为逃避他的视线，转而仰望顶棚。

“所以，你才一直辛勤地行商？”

“首先要赎回家母，接着是土地和房子，当然还有在下自己。不过自己把自己买回来什么的听起来有点奇怪吧，哈哈。”

“那么，已经攒够钱了吗？”

“家母的已经凑够了，只是由于在下是逃出来的，赎金应该会被很大程度地抬高，所以还需要再攒攒。虽然对不起瓢公子，但如今是最后的赚钱时刻了，在下在堺已经采购了大量火药。”

“真是的，在下本没打算说这些事的。”黑弓支起上身，接着吸了吸鼻子。我也从顶棚转回视线，打起盘腿与黑弓对面而坐。我把手伸进怀里，抓住位于腹部腰带上方沉甸甸的竹流。

“给你。”我把竹流扔到黑弓股间附近。

“呜！”黑弓发出短促的哼哼声，捂住要害。

“你干吗啊，这是？”黑弓吃惊道。

“给你。”

“你说什么啊？”黑弓急忙把竹筒扔回来。

“我拿着反正也只会去买米，然后吃了拉成粪便而已，你拿去就好。”

“吃了当然会拉出来，这样人才能活下去啊，这很正常，没什么好介意的。”

“我又没说给你，这是给你天川的令堂大人的。”

“照顾父母是当孩子的责任，不用风太郎插手。”黑弓找遍各种理由，坚决不收。

“是吗，我明白了。”

推来推去也需要有毅力来坚持，关键是挺让人害臊的，于是我装作若无其事的样子把竹流塞回怀中。

“那么，你小子今晚给我住下！”

“可以吗？方才风太郎不还彻底拒绝，说在下爱磨牙。”

“即便一晚上睡不好也无妨。话说晚饭咋办？最近上完工后，我都在坡道井口附近的大娘家里吃饭，你也来吗？一大堆人一起吃饭，虽说小鬼们比较吵，不过既热闹又开心哦，只是白米饭是绝对没有的。”

“在下突然去打搅好吗？”

“觉得不好意思带个菜去不就得了。”

“那么，去买条鱼吧。”

“那倒不必，大娘过去曾在武家宅邸做过饭，做炖菜相当在行。对了，干脆去买点酒吧，大娘曾说过自己很爱喝酒，咱多买点带去。”

二人立刻决定外出采购，就此从废屋出发了。下吉田山途中，我问黑弓南蛮语里父亲和母亲两个词怎么说。

“读作pa-i和ma-i呢。”黑弓立马回答道。突然间，我回想起在大坂的战斗中，士兵们临死前都不约而同叫喊着“妈妈”。那么南蛮人在战争中死去时，是否也会喊“ma-i”呢？当然，没有人会想死，但在临死前还能够唤出某人的名字，也许本身就是一件值得羡慕的事吧。我一边在心里想象这些与自己无缘的事，一边跟在黑弓身后沿坡道下了山。

*

我每日都在吉田山脚专心务农，但时刻紧逼而来的大战动态仍能如实地传到我的耳朵里。因为休息的时候，大家都会坐在田埂上闲聊，我从村人那里听到的全都是诸如哪里的大名率军到达京城之类的话题。

如此看来，开战也只是时间问题了。现阶段虽然还没有德川家的军队攻入大坂的动静，但谁都能看得出大御所与将军两人只是在等待东边各路势力集结完毕而已。其目的自然是等各路人马到齐后，像去年冬天的时候一样率大军一口气挺进大坂城。

很快，大御所进驻二条城的消息终于传到了吉田山。

我现在的生活就是每天浸在没过腰部的田间水路里，四处清除沟渠底部的泥沙。这天上完工，我在井口处打水冲洗满身的泥污，不经意间久违地想起那个葫芦妖怪。本阿弥光悦表示葫芦会在五月的时候完工，可距离五月还有十来日，纵然到时候回收了加工好的葫芦，如果正好在激战之中的话，我是不可能毫不介怀地前往果心居士所在的大坂城的。

不过，毕竟是那个因心居士。那人很有可能会满不在乎地命令我潜入大坂城，如果对方使出将我关进黑暗空间的大招，我自然是无从反抗的。总之在战争结束，一切平静下来之前，先把因心居士晾一边绝对是明智的选择。另外还有瓢公子，虽然我不太想考虑这方面的事，可如果战争中大坂城被烧毁，且果心居士也化为灰烬之时，我也只有劝因心居士放弃。不，不管时间到不到，我干脆就不去光悦那里取货得了，不过那样好吗？我心里盘算着，将装满水的桶从头顶浇下来，再擦了擦脸。

我一大早就光着膀子一直在干活，冲凉后感觉身体微寒，我揉搓着裸露出的胳膊，走回废屋前。我站在屋前时感觉气氛与平日有些许不一样，不过也有可能是因为在水里泡太久，已经感冒了也说不定，于是我毫不在意地把手搭在门口的席子上。

突然，随着一声暴喝响起，席子对面一个彪形大汉从屋内冲了出来。

我没能躲得过，正面受到对方一记重腿，我连同席子一起，被踢飞出老远。我后背触地的同时，立马一跃而起准备赶紧逃命，但不知何时已有人绕到了我身后，对着我的侧腹就是一脚。

我不住地咳嗽，想尽力远离这里，但接下来第二、第三下从四面八方连续袭来，准确地击打在我的手腕和后背上，于是我毫无悬念地脸朝下栽倒下去。不知谁伸脚踩在我头上，用力将我的脸沉入地面的沙石中。我从单眼视角里斜着看见了五个男人的脚，一边五人的话，我如今应该被约莫十人包围着。

接着，我的头发被扯住，脑袋被一下子提了起来，我睁开左边的眼睛，眼皮上的沙石稀稀落落往下掉。正面黑色长外褂的下摆进入我的视线里时，我已经预料到对手是谁了，于是慢慢将视线抬起。

"风太郎。"果不其然，残菊脸上浮现淡淡的笑容，俯视着我。

"我们，又见面了。"

不等我回答，我的身体就被拉起，然后像牵线人偶一样被人从背后倒剪双臂。我的视线落到脚下，看到站在身后的男人体毛浓密的粗壮小腿，此时我立刻察觉到在席子另一端向我踢出重腿的就是这人。

"抬头!"

身后传来不悦的吼叫，我勉强扭头察看身后，发现琵琶的脸出现在头顶。

"前面!"

琵琶充血的眼睛催促着我，于是我转过脑袋面对着残菊。

"有……什么事?"

尽管我只是发声，肋骨都感到剧痛。

"有些事情想问问你。"

"有事想问的话，麻烦来的时候安静些。"

"你们伊贺忍者逃跑的速度都快得惊人，不慎之又慎怎么行。"

"我、我可不是忍者。"

"哼。"残菊的嘴唇涂了淡淡的口红，他发出吐气一般的笑声。

"风太郎，你相当害怕啊，你看你脸色好差。"

这不废话吗？我很想就这样直接给他顶回去，但残菊身后站着一个身穿农服，一眼便知是忍者的男人。我忌惮这人凶恶的眼神，硬生生地将话咽了回去。我数了数对方人数，除去残菊和琵琶，另外还有七人。祇园祭时，与琵琶组队追杀我们的那个颧骨高突的男人也候在残菊的正后方。真是的，就为了抓我一个半吊子忍者，对方倒是准备了不少人。

“常世在哪里？”高颧骨从残菊身后突然靠近我，不容分说地给了我两拳问道。

“不知道，那家伙我管不了。”

“等一下，柳竹。”残菊用奇怪的平静语调制止道。原来如此，我终于回想起高颧骨的名字，接着气势十足地把口中的鲜血混着唾沫吐在地上。

“我再问一次，若不回答便要你的命。”

残菊用同样平静的语调说道。与将刀架在对方脖子上炫耀武力相比，这样平静的语调反而更能让人感到毛骨悚然。

“你、你怎么会，知道这里？”

“哼，我是从一个叫百市的女人那里听来的。”

对方嘴里冒出了一个意想不到的名字，不由得让我吃惊得瞪圆了眼睛，残菊像是以观察我的反应为乐一般，故意停顿了稍长的时间。

“在梅坊玄关，琵琶向女人搭话时，听她的口吻就像对待自己的熟客一样随意，这让我很是在意。之后一问坊舍的人，才知道你们是头一次去梅坊，这样一来，怀疑你们是同伙不是很自然吗。”

残菊油里油气地继续说道。

可恶！我心中咂了下舌。原来是百搞砸了，不，应该是蝉，他明知会造成纠纷，还故意去招惹残菊，不过事到如今我再起怨言也无济于事。

“关于你的信息以及住所，那女人轻而易举就招了。另外，我还得知另一个胡子男经常出入藤堂家宅邸，记得名字是叫蝉左右卫门。不过话说回来，伊贺忍者侍奉藤堂家也没什么好奇怪的。”

听残菊如是说，我的冷汗直往外冒。

我没能立刻领会到自己被百出卖，虽说这女人品行再怎么恶劣，她会轻而易举地出卖同伴吗？并且供出藤堂家就等于亮明自己的身份，做出这种事只有死路一条。

“这样的话，你不用问我，全问那个女人不就得了。”

“当然，我问过了，但没有证据证明女人说的话都是真的。藤堂家的那个胡子男我实在不好出手，所以只能向你打听打听。现在看来，至少在你的住处上，女人并没有撒谎。”

至此我依然无法完全相信百的背叛，我想要从残菊的表情中读出其话语是否真实，可对方的表情中只有嘲讽。

“你还不相信是那个女人出卖了你？据说在伊贺的时候你们就是旧识了吧？那女人还说了‘去告诉阿风叫他不要逞一时意气，早说早解脱’。”我耳畔传来的是残菊看透我内心的话语。

把我叫作“阿风”的这世上只有百一人，事到如今已经没有怀疑的余地了，残菊必定是从百那里得知废屋的所在才前来的。

“我最后问一次，常世在哪里？”

残菊往前迈出一步，手轻轻地搭在长外褂里露出的小太刀的刀柄上。身后倒剪我双臂的力道随之增大，勒得我肩膀都快要脱臼了。

“为什么，你这么想见常世？”

“祇园祭那晚，因为常世我损失惨重，不拿他来血祭我脸往哪儿搁？在那之后为找他，我寻遍了京城，终于才在坊舍找到了你。”

直至刚才还浮现在残菊嘴角的平静笑容，一下子消失了。

“常世，他人在哪儿？”

我不由得窥探起残菊的眼睛，那里面没有色彩、也没有言语，只有彻底冰冷的暗淡光芒在瞳孔的深处蠢动着。

我感到如果不回答，死亡会立刻降临。

我闭上眼，感到胸口内侧有什么东西被剥离下来，轻而易举地沉沦地狱。

“人在大坂。”我沮丧地回答道。

“大坂哪儿？”

“大坂城，在本丸。”

“本丸哪儿？”

“他在本丸当差，我只知道这些了，其他的你去问那个女人！”

“原来如此，你与那个女人说的一样。到底是藤堂家，居然能将忍者送入大坂城本丸之内，难怪不管我在京城内怎么找都找不到。”

残菊一脸满足地点点头，拍了拍腰间小太刀的刀柄头。

“但是，我已经没办法再去问女人了，即便想问，百市这个女人也已经不在这世上了。”

“什——”

我的眼皮像被弹开一样，瞠目结舌地将视线焦点聚集到残菊身上。

“你说什么！”

“这再正常不过了吧。”残菊狞笑道。

“即便是我们，也不可能与藤堂家正面对抗，要是她向藤堂家报出我们，事情就不妙了。所以，话问完之后我就把她杀了，你没听说今早四条河原浮起一具女尸吗？这事儿都造成轰动了。看来住在这种乡下地方，消息果然不太灵通吗？不用担心，我们早准备好男尸配成一对，弄成了殉情的样子，”

残菊笑道，脸转向候在一旁的柳竹。

“接下来要出门去一趟大坂了。”

柳竹无言地张开至此一直紧握的左手，他的手指少了三根，这是祇园祭之时被常世一记横向劈斩给砍掉的。只见柳竹露出牙，用充满憎恶的浑浊眼神盯着我。

“很好，风太郎，你没有撒谎，如此百市死也能瞑目了。话说那女人真是一点都不干脆啊，明明身为忍者还一个劲地求饶，即便手腕被砍下来也还哭喊着不消停。真是的，死得可是很难看啊。”

残菊的鼻梁根部挤出皱纹，用完全轻蔑的语调继续说道：“真是个丑女啊。”

正在此时，我大吼一声，看准琵琶的小腿使劲踹了一脚。

“啊！”随着惨叫声响起，钳着我双肩的手腕出现了松动，就在这一刻，我挣脱束缚，上前欲抓住眼前的残菊。

就在我快要碰到对方身体的时候，突然视线被黑暗笼罩，手伸出的前方没有任何触感。接着，我的后颈落下一记足以碎骨的重击，脚下也被绊倒，踩地的感觉消失了，我的脑袋随即撞在了地面上。

我的肚子被一阵猛踢，苦闷的窒息感让我连咳嗽都咳不出来，不过盖住脑袋的东西终于被掀开。

“真是个不懂礼貌的家伙。”

残菊手里拿着长外褂，眼神冰冷地俯视着我。四周包围着我的男人又往我脸上踹了两三脚，直到我不再动弹，琵琶又一次把我拖了起来，让我保持跟刚才一样的姿态与残菊对峙，此时我已经没有力气吐出嘴里的血了。

“是时候说再见了，风太郎。话说百市已经先去往那个世界了，你也去她就不会孤单了。”

“要杀、杀我吗?”

残菊一言不发地将长外褂递给柳竹。

“这、这跟约定好的不、不一样吧。”

我好不容易张开不利索的嘴巴说道，同时肿胀的眼睛死盯着残菊。

“我说过了，被藤堂家知道就不妙了。不管怎么说，接下来我可是要去大坂收拾他们的宝贝忍者啊。自然不能让与蝉左右卫门关系密切的你活着，所以不要怪我心狠——”

残菊说话的时候，右手已经移向小太刀。

接下来，我什么都没看清楚。只是，我感到有什么炽热的东西呈一条直线从我的胸口划过。

下一瞬，我的视线被染红，当我意识到那是从自己胸口喷射而出的鲜血时，琵琶手腕上之前支撑着我身体的力道消失了，我的脑袋不自觉地摇晃起来。

“再见了，风太郎。”

从已经开始变得朦胧的视线前方，传来残菊如歌般的声音。我手向前伸想要抓住他，不过并没有碰到任何东西。我注视着小小的黑色花纹渐渐从外侧至中心将视线覆盖，末了，我双膝跪地，扭曲着身体一下子瘫倒在地。

*

一睁开眼睛，我撞见了百的脸。

这家伙为什么在这里?

啊，对了，这里是那个世界。百比我先来一步，她这是在迎接我啊。我感到有什么沉重的不明物体混杂在一起，那东西像淤泥一般灌入我的脑袋，使我精神恍惚地胡思乱想。

“喂，阿风。”

我听到有声音叫我。

不知何时，我好像闭上了眼睛，再次睁开眼帘时，我看见百正准备把叠成四角形的布放在我的额头上。

眼睛周围传来冷飕飕的感觉，我简直就像个病人。

“别动！”

我正准备支起上身，百却尖声制止了我。

紧接着，我感到一阵惊人的剧痛不容分说地从胸前扩散至全身，不禁发出痛苦的呻吟，被迫又躺回原来的位置。

“所以嘛，都叫你别乱动了，缝好的地方都还没闭合，你暂时还是躺着吧。”

“这里是，哪儿？”

“你说什么哪，这里不就是你的破烂废屋吗？阿风流血过多变傻瓜了吗。”

“我……没死？”

“这个嘛，谁知道呢，搞不好是幽灵吧。”

“你呢？”

“什么？”

“残菊说你已经先一步去那个世界了。”

百淡淡地笑了笑，一言不发地站起身来。

“人家去做杂烩粥，你饿了吧？”百说完下到土间。

我全身上下的疼痛终于有所缓和，我的手臂沉重无比，感觉好像不再属于自己一样。我小心翼翼地伸手探向胸口，那里覆盖着一张布，中间部分纵向隆起，我猜想布的下方必定贴着草药。然后我又稍稍压了压那张布，然而一阵让人不敢再次尝试的剧痛袭来，我咬紧牙痛苦地呻吟了好一阵。

虽然创口随着心脏的搏动一跳一跳地疼，可也慢慢地一点点平息了下来。百已经开始做杂烩粥了，香甜的气息钻入我的鼻孔。

我还活着！

我仰望顶棚，呆呆地发了片刻的愣，不料眼角突然变得湿润，趁百回来之前我赶紧胡乱擦拭了一番。

“来，喝水，口渴了吧。”

我勉强将头抬起，小口喝着舀子里的水，每一次吞咽都会带来疼痛，但这也无可奈何。

“我睡了几天？”

“两天。”

“我是倒在废屋门前的吗？”

“鲜血夸张地喷洒了一地，人家原以为你已经不行了，不过好在还剩着一口气，就把你抬进屋了。”

我终于喝完了水，不过如果不依靠百，我连自己起身都困难。真是丢死人了。

“能吃杂烩粥吗？”

“嗯，可得补点血回来。”

“人家在屋后用罗网捕捉了黄莺，放了些在这粥里面，吃起来可能有点臭臭的。”

“没关系。”我一点点蹭起屁股，把背靠在墙壁上。记得还在柘植屋的时候，曾被强行赶进深山里，那时必须想尽办法寻找一切可以果腹的东西，以维持为期一个月的修行。黄莺比麻雀肉多，且味道还不错，我一边这样想着，一边目送百回到灶台前。

接下来我与百围着锅，把做好的杂烩粥吃了个干净。

“真好吃。”用餐时我用勺子小口小口舀着吃，同时还不忘小声嘟囔着发出感慨。

“话说，为什么你会在这儿?”

“阿风还需要补血，别去想这些复杂的事。”

“你该不会是幽灵吧。”

“哎呀，人家看起来像吗?”

看来百没有要认真对话的意思，接下来我没再开口，只是继续喝着粥。我喝完三碗后躺下休息，百帮我换了胸口的草药，其间我俯视伤口，发现长长的缝合痕迹就像蜈蚣的脚一样，一直延伸到腹部稍稍靠上的位置。

“幸亏没被砍断骨头，你才捡回了这条命。”百擦去渗出来的血，重新把布卷上。

多亏了杂烩粥，吃完全身都暖烘烘的，血液开始慢慢循环开去，我缓缓地闭上了眼睛。百在土间一边哼着小曲，一边收拾着锅碗，很快我便坠入深深的睡眠中。

又过去三日，我终于能自己起身并走出屋外晒太阳了，虽然需要依靠拐杖，但能随意走动确实是件值得高兴的事。只是有一件事让我感到心情不畅，那就是每当大小便的时候，我都必须搭着百的肩膀让她搀扶着才能去屋后解决。

我在劈柴台上坐下，一边仔细地一根根察看自己的肋骨。就疼痛产生的位置来看，大概有四处肋骨已经骨折。要恢复到原来的身体，照这样子还需要大约一个月。

百依然在照顾我的饮食起居。

晚上她会离开，但次日我必定会在充满香味的废屋醒来，此时百也必定站在土间做饭。不知何时，她还为我做了行走用的拐杖。我曾问她自己躺着的时候村子是否有人来过，百说是有人来问过为什么我没去帮工，她都回复是因为我从树上掉下来摔坏了。有人还问过百的身份，她就回答说是我老婆。话说这些内容是她在灶台前一边吸着烟管，一边满不在乎地告诉我的。

为什么百要收集草药，并且每日都帮我换药治疗伤口，这些关键的问题她依然没有告诉我。如果我缠着追问，她就威胁说再也不来了。虽然这状况让我非常不甘心，但由于如今只能依靠这个女人，所以我闭上嘴，持续过着奇怪的生活。

据百说，不光大御所，将军也终于到达了伏见，不过与大坂之间貌似还没开始打起来。话虽如此，但就好比双方在水坝决堤之前，等待水再稍微多积攒一点而已，并且藩主大人也从淀的军阵中策马前往二条城加入了军机会议。即便在大坂城只剩下内城的情况下，瓢公子也还是要一战到底吗？为什么就不能干脆投降呢？不管我怎么想象，瓢公子都不符合在战马上挥刀杀敌的总大将形象，相反击鼓吹笛，以及用那巨大的身躯表演猿乐[①]才更加适合他。

自被残菊砍伤已过去十日，疼痛虽还在，但我已经可以砍柴了，即便百不在，自己也能够勉强度日。

傍晚，和百吃完晚饭，我看准时机打开了话匣子。

“我想和你谈谈。”我开口道。

百敏感地察觉出我的语调与平日不同，饭后她坐在地板边缘吸着烟管。过了一会儿，百扭过脑袋，手拿烟管窥视着我的眼睛。

“什么？”百简短地问道。

“差不多该告诉我这是怎么回事了吧。”

“什么怎么回事？”

“首先关于残菊，他说他杀死了你，且尸体还浮在四条河原

①猿乐：古代曲艺杂耍。

上。但是，你现在活得好好的，这是为什么？”

百转过头，静静地吐出一口烟。与在坊舍相见的时候完全不一样，她身穿颜色不起眼的窄袖便服，我耐心地注视着百的后背，终于等她将烟吸完。

“因为我做了一笔交易。”百嘟囔了一声。

“交易？和残菊？”

“不错。”百点点头道，她啪的一声将烟管敲在地板边缘，将烟渣打落。

“为了配合藩主大人出征，我完全投入到准备工作中，坊舍那边也暂时休业了。在你受袭的三日前，我久违地去露了一次面，就在那时残菊与大个子突然来找我，叫我告诉他们常世的下落。一开始我想装傻瞒过去，奈何对方真动了杀心，于是我才提出了交易要求。那家伙想知道关于常世的事，以及常世是从属哪里的忍者，于是我全都告诉他们了。”

“全都——包括伊贺的事，以及连你自己是忍者也说了？”

“是的。”

“你、你知道自己在干什么吗？今后你再也不能在京城做忍者了。不，在此之前，这事儿要是暴露了，伊贺方面也不会放过你。”

“我不是说已经做过交易了嘛，所以我是不会死的。”

百站在土间，从水缸里舀起水注入空锅里，准备烧开水。

“本来我其实已经死了，刚刚你不也说四条河原浮起尸体吗。”

百嘴角浮现恶作剧般的微笑，言语中一股挑衅的意味，同时她将一根柴火塞进灶台。

“你说些什么盲目乐观的话啊，你不可能和男人殉情而死的吧，谁会相信那种小伎俩。”

“阿风也是个傻瓜呢，就因为如此才故意假装成小伎俩的啊。”

“什么意思?”我不解地皱眉道。

“为什么殉情的女人会没有手臂?对了，阿风并没看到，虽说不知道是在哪里发现的，可河原的浮尸确确实实少了一条手臂。记得在第二天早上，尸体被发现后很快就造成了骚动。为确认死者相貌，坊舍管理勤杂事务的大爷立刻被带到了现场，他躲在远处眺望了一下，但基本上没看清已经被毁容的脸，只确认了尸体穿着我的和服。后来大爷像逃命一样回去了，故事到这里也就结束了。之后，坊舍一个叫作阿市的女人死亡的传闻便一下子传开了。”

百仿佛说着与自己无关的事一般，当她说到“传开”的时候，还特意将眼前合上的手掌一下子张开。

“实际上，在浮尸出现的前一日，残菊便把传闻散布开了。那个传闻就是月次组杀死了一个伊贺女忍者，并砍下了女人的手臂，弃尸于河原。次日清晨，传闻里描述的尸体便出现了，由于我是在与残菊会面之后失踪的，藤堂家自然会怀疑搞不好百市已经被干掉了。之后即便他们想确认尸体身份，但在勤杂大爷看过之后，尸体便立刻被处理掉了，没有任何线索留下。有的只是围观人群所说的女人少了手臂，以及坊舍大爷所“证实”的死者叫作阿市这两点而已。当然，我以阿市这个名字出入坊舍，藤堂家是知道的。那么，阿风，如果你是藤堂家的人，你会怎么想?你应该会认为百市被砍掉手臂，然后被欺凌致死，最终假装成殉情被弃尸于河原吧。”

我好生费尽思量才让大脑思维跟上百的话，对方却只是瞥了我一眼，接着冷笑一声，将快要煮沸的锅端了起来。

“那个叫残菊的男人办事手脚相当利索，头脑也好，很快就准备好了我要求的尸体，确实挺能干的。”

“难道说，这剧本全是你想出来的？”

“多亏残菊大张旗鼓地散布谣言，连藤堂家都完全被骗了。”

百走上地板，在两个空茶碗里注入热水。

“为什么，要那么做呢？有什么必要让伊贺那边认为你已经死了呢？”

“这个就是交易的内容了，首先要让百市这个女人‘死去’，如此我才能说出所有关于伊贺的事。当然，其结果是出卖了你并将你的住处告诉了残菊，不过要这样说的话阿风不也是一样吗，一样珍惜自己的生命，把常世出卖了不是吗？”

“你、你说什么啊，我才不会——”

“别逞强了，那是放过你的条件。”

百坐在我正面，啜一小口水在嘴里，然后如同描摹一般，用手指沾上水涂抹到嘴唇周围。其间，她的视线一动不动地锁定着我的眼睛，我感到后背慢慢地渗出冷汗。

“到底……是怎么一回事？”我压低声线问道。

“我并不知道发生了什么，但在祇园祭你和常世联手，把那家伙愚弄了一番对吧？所以，当时残菊扬言说要杀了你，不过我恳求他如果阿风将常世的事如实相告，至少饶你不死，虽然当时那家伙没有立刻表态。”

百的手指离开茶碗，沿着我胸前的伤口顺畅地又划出一道直线。

“这一刀砍得确实精妙，只将皮肉部分斩断了。其实只要对方有那个心思，让你命丧当场简直易如反掌。并且要是我的治疗再晚一点，阿风怕是就这样暴毙自家门前了。”

残菊拔刀那一瞬间从我脑海中掠过，此时伤口突然隐隐作痛。我明明什么也没看见，如今能回想起来的只有刀停在半空的画面。

“自出现浮尸的那天起，我就躲在后山的神社里，想暂时观望一下，同时也很担心你。你受袭当日，我感到强烈的杀气在吉田山聚集，于是来这边查看情况的时候便发现你倒在血泊中。”

百的措辞听上去有奇怪的施恩求谢的意味，对此我只报以一声冷哼，接着一口气将茶碗里的开水灌进嘴里。

“常世的事你怎么给残菊说的?”

“什么怎么说?”

“残菊是把常世当男人看待的。”

百送往嘴边的茶碗突然停住，她的眼神浮现出一丝诧异。

“祇园祭结怨之时，常世是一身男人装扮，并且，我只说了常世在本丸当差而已。”

“那么，他们永远别想找到常世，我也只说了常世人在大坂本丸。至于在本丸哪里，我没进去过，所以不知道。”

百的话让压在我心口的石头稍稍减轻了些，轻叹一口气，我放下了茶碗。

“那群家伙，当真准备去大坂吗? 明明接下来就要开战了。”

“谁知道呢，对了，你的话还没说完呐。与残菊的交易导致自己失去栖身之所，弄不好甚至还会被以往的同伴追杀，你的目的到底是什么?”

“你还，不明白吗?”

“啥意思?”

“也是啊，这事儿你早就完成了。”

“完成了? 你在说些什么?”

“风太郎这个傻瓜。”正面投来的眼神一下子变得冷冰冰的，百像故意咂舌道。

“伊贺也好，忍者也好，我要断绝这一切的关系，成为一个独立的人。还在柘植屋的时候，我就一直在考虑这件事，所以才与残菊做了交易。”

突然，我回想起被伊贺放逐那天，百曾深夜独自守候在键屋的十字路口等待我和黑弓经过，那时她好像是对我说过什么“羡慕我”的话。

“你，认真的吗？”

“不然不会拼上这条命吧。”

我无言地凝视着百紧咬嘴唇的脸，这完全和我想象的不一样。长久以来我都以为百市这个女人是忍者的典范，自顾自地认为她正好也喜欢这样的生活。实际上，她确实以异于常人的狡猾与奸智，从柘植屋那严酷的修行中挺了过来。记得百甚至时而委身于大人们，换取不用参加修炼的特权，让本该传授他人忍术的大人们反而落入其桃色陷阱中。当然，我并不会谴责百的做法，因为不论使用什么手段，在柘植屋生存下去才是第一要务。

“今天是最后一次给阿风做饭了呢。”百把自己的茶碗重叠在我的茶碗上，淡淡笑道。

“我是不会感谢你的，就因为你害得我差点把命丢了。再说了，你为什么还一直赖在我这儿啊，要是被谁发现了，不就全完了吗。”

“因为我有话要对阿风说，再说，这次是第二次把阿风弄到半死了，照顾一下也是应该的吧。”

“第二次？”我不由得不解地反问道，谁料眼前的百无言地站起身，把手轻轻地放在腰上，过了一会儿，她的腰带就像缠绕在大腿上一样，顺畅地滑落在地板上。

“等、等等！你要干吗——”

百不顾慌乱的我，把手搭在便服的衣领上。她长长睫毛下的那双黑色眼眸一直凝视着我，眼眸中散发着强烈的光芒，那光芒妖艳地荡漾着。随着轻微的摩擦声，百的衣服缓缓落地，生出阵阵微风轻抚我的膝盖。此时已几乎入夜，窗外稀薄的月光照射进废屋，眼前百白色的裸体一下子浮现在我的眼前。

*

“你看。”百的声音安静地响起。

我低着头，视线上方是百脱下摞在脚边的窄袖便服。不知为何，衣服的影子让我想起了曾在鸭川河沿岸瞧见的盘踞成一团的蛇。

百从衣料的中央抽出腿来，缓缓踩在地板上向我靠近。

接着，她那两条腿在我的眼前停了下来。

“风太郎。”头顶传来百的声音。

我的后背贴着墙壁，脑袋没法动弹。

“住手，我、我不是——”

“看着我，风太郎！”

我的话被打断，对方不容分说的强硬语调直击我耳畔。

像被一根看不见的线吊起来一样，我抬起头，视线游移不定。

百站立在我面前，双手垂在腰部，没有丝毫的防备。我的视线沿着带有阴影的流畅曲线往上移动，终于到达了百苍白的脸，她正目不转睛地俯视着我。

“明白吗？”

“明、明白什么？”我口干舌燥，只能发出可怜的沙哑声音。

百抬起右手，突出食指触碰自己的左肩。接着，她的手指压在并排的两个乳房的根部附近，像划着缓和的弧线一样，手指又移动至右肩。

百仍然沉默着，转过身去背对着我。夜晚眼看着就要将废屋吞噬，微弱的光线从窗外射了进来，映出了女人侧腹和肋骨的阴影，只见百以熟练的动作，将后背下垂的直发往上撩起。

我茫然地注视着那后颈处淡淡摇曳的短发。

“为什么……没有呢？”我勉强挤出一句话。

百将绕到脑后的手放回，再次转身正对着我。

“明白了？”她开口问道，但那声音感觉特别遥远，我甚至无法确定百的嘴巴是否张开过，以及是否发出了声音。

“为什么……”我好不容易咽下一口唾沫道。

“为什么，没有任何烧伤的痕迹？”

记得当时我确实有听到消息，在柘植屋被烧毁的那个夜晚，有村人说百获救时烧伤比蝉还严重，接下来连续三天三夜都没有恢复意识。就在周遭都认为确实没救了，快要放弃的时候，百却奇迹般地保住了性命。得知这个消息的时候，即便我平时有多么讨厌她，可还是坦率地为伙伴的生还感到高兴。

火灾之后，再见到百是在上野城了。由于需要治疗烧伤，不知何时她已经离开了柘植屋，更加不知在何时，百又加入了女官团队。久未见她之时，外貌自不必说，就连举止动作也没有任何变化。我当时曾问她伤势如何，可对方的回复十分冷淡，火灾的话题也就没再提起过。在那一个月之后，我便与黑弓一齐被逐出了伊贺。

自柘植屋被烧毁以来差不多已经过去三年了，不过不论使用什么速效软膏或者草药，都不可能将烧伤不留痕迹地消除。

“回答我，百市！为什么你没有伤痕？”

我大声质问道，同时仍然锲而不舍地在这家伙身上找寻烧伤的痕迹。然而，即便我的视线扫遍对方身上每一个角落，眼前都只有彻底光滑的皮肤描绘着带有阴影的曲线。

“因为是我干的。”

“你干的？干的什么？”

在百回答之前，我好像已经察觉到对方所要表达的意思，但是要把它明确地说出来实在让人毛骨悚然。我等待着对方，在我面前的已经不再是女人的裸体，而是一个仅仅拥有百的声音的暗影。不真实的感觉侵蚀着我，不知不觉中，我紧咬臼齿的力道松开了。

“烧掉柘植屋的是我，我在收纳火药的堆房中洒了油，再放出火箭，将整间屋子烧毁了。那一天，在上野送来的酒里，我事先下了药，那酒大人们都喝了，所以才会醉得不省人事。你们也是一样，我让你们吃了一同送过来的馒头，那馒头里面也混入了同样的药，所以谁都没能起得来。后来，一转眼大家都死了。”

“你、你知道自己在说些什么吗？”

“还记得蝉在坊舍说过的话吗？你难道不想知道自己为什么不记得酒和馒头的事？我为验证药是否有效，曾先利用你做过实验。记得有一天晚饭的时候，我只把少量药溶进水里，你喝下后很快就不省人事了。我眼见有了效果，才放心地在酒中将手里所有的迷药全都放了进去，果真没一个起来的。”

百说完停顿了一下，寂静的废屋只听见彼此干涩的呼吸声。合着百呼吸的节奏，她的乳房微微地上下起伏。我伸出手掌擦了擦脸，不知道麻痹的是手掌还是脸颊，皮肤的触感恍惚不清。

“你在屋子临近烧塌的时候醒过来了吧，一定是因为我下的药太少。至于蝉，我也弄不明白为什么只有他起来了。”

在柘植屋，有强化身体抗毒能力的修行，但只限男性忍者参加，所以百并不知道蝉拥有异于常人的抗毒能力。百口中说的药其实就是毒药。回想过去在天守阁的顶端，那时在打倒蝉之后我还特意给他多打了数根毒针，可那家伙第二天居然安然无事，还能跑去藩主大人那儿打我的小报告。就好比我是靠强劲的肺活量在烟雾中逃生一样，蝉能从猛火中生还靠的则是出众的抗毒能力。

“但是，为什么呢？”

我勉强在干燥的嘴里积攒了一口唾沫吞了下去。既然没有伤痕，那么百当时人必定不在柘植屋内。但是为什么呢？百为什么要将柘植屋的人赶尽杀绝呢？即便从当事人那里直接听来真相，可我的心中却涌现不出一丝真实感。

“我受命将柘植屋的所有人杀死。”

“受命？受谁的命？”

“采女大人。”

我吃惊地凝视着百的脸，怎么会有那种事情？即便再怎么冷酷到底，采女大人不是柘植屋忍者的首领吗？

“你撒谎也要适可而止！接手柘植屋，并且把我们养育成人的可是采女大人啊。为什么他花了十几年来培养我们，到头来却要把我们一个不留地杀掉呢？”

“风太郎，你什么都不知道呢。”

百歪着嘴低声笑道，向我投来怜悯的目光。

“因为你们是负担，如今的时代已经不需要忍者了。就算不培养忍者那样危险的东西，如今也能简简单单守住封国。难道不是吗？只要藩主大人不顾体面，在大御所以及将军面前俯首献媚，就能国泰民安了。今后也是这样，藩主大人死后，下一任、再下一任藩主大人同样也是如此！只要大名向德川家叩头膜拜，就能保住封国。这次的战争虽然也使用了忍者，但谁都明白有没有忍者德川家都会获胜。所以，采女大人为了最大限度地节约今后的口粮才出此下策，即便是现在，随便找个理由他就会诛杀忍者。”

听完百的话，我回想起了大坂之战。在攻入总构那次夜袭任务的回程中，蝉腰里别着同伴的首级跑在我身前的背影，以及已经连相貌都渐渐淡忘的，被迫切腹而死的孙兵卫的音容同时在我的记忆中复苏。我还记得战后回京城之前，蝉曾在兵营之外悲怆地感慨过，他说伊贺已经不再是“忍者的国度”了。包括上次见义左卫门，他也为故友的死而愤慨不已。

“即、即便不那么做，随便找个理由把人都赶走不就好了吗？哪里有将柘植屋全员赶尽杀绝的必要啊？”

“不就是因为危险吗？如果你也去大坂参过战，应该能懂吧。没有经过任何训练的杂兵，那刀法慢得刀上甚至都能停下苍蝇。”百一下子点明了要害，我只好哑口无言。

“你明白了吧？所以说至今轻轻松松便脱离忍者身份的只有你，能在这种地方游手好闲度日的也只有你一人而已。你实在、实在是个让人讨厌的男人！”

百开始自说自话，渐渐变得歇斯底里，我本想就此给她吼回去，但现在还不是爆发的时候，我选择暂且控制住自己的情绪。

“为什么会选你？”我用带着颤抖的声音问道。

“哈？”百发出貌似愚弄我一般的声音。

“为什么选我？你问这个干吗？因为我从十六岁起就一直是采女大人的女人，仅此而已。”百带着自嘲的笑声回答道。

听到这话时，我心底深处仍残存着对这家伙的一丝希望之光，无声地消失了。

滑稽的是，虽然对方如此详尽讲述了自己的所作所为，可我内心深处还是希望放火的不是百，而是其他的人，我仍然固执地怀有这说不上怀疑也谈不上希望的念想。

百和采女大人的关系，我自然是不知道的。在柘植屋，百时不时会不可思议地被排除在危险的修炼之外，同时大人们也会意外地对她表现出奇怪的谦恭。百自己则在私底下吹嘘以上都是色诱大人们而得到的好处，原来这些都是她安排的障眼法吗？

归根到底，对于这个女人我根本一无所知。虽然从四岁的孩童时期就在同一屋檐下生活，但我对百一无所知。

苍茫暮色渐渐被黑夜所取代，而百的身体却越发苍白，像是聚集着光线一般，映出模糊的轮廓。我紧握拳头，注视着这个曾想要把我烧死的女人，百也没有转移视线。

“事到如今，你告诉我这些事有什么目的？”

“并没有什么目的，只是，想把这些事告诉阿风而已。百这个女人已经不在这个世上了，今后，我们再不会见面。”

“只、只是想告诉我？你开什么玩笑？”

我一拳捶在地板上，用尽全身力气怒吼一声，可随之而来的是胸口让人窒息的剧烈疼痛。那感觉席卷全身，我后背靠在墙壁上，摇摇晃晃地站起身。

“你、你知道自己杀了多少人吗？柘植屋那时还有一大堆七八岁的孩子，当中也有平日你十分疼爱的弟弟妹妹不是吗？”

“哈？你说什么糊涂话啊？不管发生什么事，必须保证自己活下来，这不就是那间屋子里唯一正确的东西吗？如果不干，死的就是我。还是说你想取代我被采女大人选中吗？”

我后背蹭着墙壁，一点点将身体抬起，终于能够平等地与一直仰视着的百对视。

“再说，你有什么资格说大话？在柘植屋要不是我事先让你尝过一次毒，当晚你会在死前醒来吗？还有这次的伤，要不是我飞快赶来，你早就死了!”

我的后背离开了墙壁。

我将向前倾倒的力量全部集中于右手，一巴掌刮在百的脸上。

“你这种人——”百话还没说完，就被我打飞了。而我就这样顺势向前倾倒，肩膀摔在地板上倒了下去。地板上的茶碗被踢飞，从土间传来破碎的回响。我的肋骨擦到地板上，疼痛使眼中的光芒炸裂开来，太阳穴贴在冰冷的地板上，我紧咬嘴唇忍耐着全身的剧痛。

两人都已躺在地板上。

过了一会儿，倒地的百把脸埋在臂弯中，缓缓地站起身来。

“滚，不准再出现在我面前!”

百散乱的头发一线垂下遮住了侧脸，我心怀憎恶地对她大吼。

百伸手擦了擦嘴角，站起身来。她拾起衣服背对着我穿好，我转过脸不去看她，保持躺着的姿态死盯着墙壁。

随着脑后传来捆扎头带的声响，百下到土间，无言地离开了废屋。

耳畔踩踏泥土的轻微脚步声渐行渐远，我只等痛楚慢慢过去。

百的气息消失了，不一会儿疼痛也消失了。

我轻轻地闭上了双眼。

第八章

回到一个人的生活之后，我既没有出门采集药草，也没有为了吃肉去张网捉鸟。

土间角落的箱笼里，整齐区分且塞满了足够当前使用的草药。不知何时捕捉的小野猪也被晒成肉干，用麻袋蒙着挂在屋后斜坡的杉树上。

百简直就像已知晓自己即将离去一般，准备得既充分又周到。话说每每外出小便时，这个把我出卖给残菊，过去又差点将我烧死的女人所留下的临别纪念都会出现在视野的角落，让我的膀胱四周产生一种难以言喻的不适感。不过，事到如今再怎么考虑百的事也无任何意义，我们再也不会见面，百市这个女人已从世上消失。

自受袭以来，为尽量避免撞见村里的人，我一直没去坡道的井口打水。这天我终于鼓起勇气去了一趟井口，还好没碰上其他也在打水的人。我用与以往不同的姿势拉起吊桶，一边往上拉，一边确认胸口的痛感，百准备的草药确实起到了作用，疼痛每天都在好转。虽说如此，在我拉起吊桶，腹部使力的时候，痛楚仍然会让我自鼻孔深处发出轻微的呻吟声。我掐指细数被砍伤之后的天数，心想很快就能拆除伤口缝线了。待我打完水，一张熟悉的面孔出现在我的视线里，只见黑弓自坡道下方缓缓地爬了上来。

“呀，风太郎。”黑弓在一脸惊讶的我面前停下脚步，他摘下草帽，夸张地叹气道：“啊，终于到了。正好，能给在下浇浇水吗？”

“怎么了，突然。”

“在下倒大霉了，连澡都没空闲洗。”

我仔细瞧了瞧，只见这家伙发髻前端像被火烧过一样打着卷，脸也黑乎乎脏兮兮的，并且他衣服上沾满尘土，与平日清爽整洁的装扮有很大出入。

“咋了，你终于放弃那个红色斗篷了吗？”

“哦，那个啊，在下很中意的，不过已经被烧掉了。”

“被烧掉了？”

“三天前，堺遭遇火攻，那之后在下几乎不眠不休，四处奔走做生意上的善后工作。”

“已经开战了吗？”

“嗯，一开始是在堺打了起来，只是烧毁堺的居然是大坂一方，真是让人难以理解。据在下所知，堺表面上虽然偏向德川一方，但也有不少商人是想站在大坂这边的。可结果堺还是不容分说地被大坂一方放火烧毁了，这种做法简直荒唐透顶！其实上次冬季大战时也稍微被烧掉了一部分，但这次完全不同，所有的一切，几乎整个城镇都被烧毁了。”

我发现黑弓脖颈上带有污垢，看上去就像火灾产生的黑烟。

很快，黑弓脱得只剩下一条束带，要我帮他冲凉。于是我再次提桶打水，自头顶往下给这家伙浇了不少水。

“话说你这身装扮相当轻便嘛，没带行李吗？”

“嗯，在下只在布袋中放了些零钱而已，这一路上到处都是士兵，带太多东西惹上麻烦就不妙了。”

“那你拼命行商攒的钱怎么样了，没被烧成灰吧？”

“啊，对，就是这里。”

我帮黑弓浇着水，他哗啦哗啦地洗着脸。

“再来点。”黑弓手指脑袋上方招呼道，“钱在下总算是带出来拿去大坂了，虽然暂时没受损失，但在下在天明之前就从大坂逃了出来，恐怕之后大坂也会很危险。”

“岂止危险，那里难道不会步堺的后尘吗？”

“很有可能。”

“你把钱藏在什么地方了吗？”

“这个嘛，在下可不能说。”黑弓脏兮兮的刘海贴在前额上，脸上浮现出无奈的苦笑。

“为什么尽要我给你打水啊，自己洗！”我狠狠地将水泼到他脸上，然后把桶硬塞给他。

黑弓在我一旁仔细地冲洗身体，我则询问了一些关于战争的话题。大御所和将军都还没有离开京城，而小规模的战斗貌似已经开始了。冲洗完毕，黑弓一边拭去手臂上的水滴，同时主张要在我这里住到战争结束。我回答说随他高兴，然后便提着桶走上了坡道。

“怎么回事啊，你咋这么好心啊？”

黑弓将衣服揉成一团夹在腋下，浑身湿哒哒地追上来问道。

“不白住的，这期间饭全由你来做，我现在可是病人。”我转头回复道。

“你身体不好吗？走路姿势挺僵硬的。”

“你这家伙可真够优哉游哉的，话说你即便和我遭同样的罪也不奇怪。”

虽然事到如今不想再回忆起来，但这事确实跟黑弓也有关系，于是在走回废屋的途中，我给他讲述了自己被残菊袭击的事。从被残菊砍伤开始，到百为我治伤，以及她与残菊之间的交易，最后我还告诉黑弓百现已离开了废屋，唯独柘植屋火灾那件事我没有提起。

抵达废屋的时候，我刚好把话说完。

“原来如此啊！”黑弓坐在地板上长出了一口气。

“残菊没提起在下吗？”

“没有，他没提起任何关于你的事。”

“为什么呢？”

“他多半没把你当回事吧。”

黑弓鼻子哼了一声，一脸不满地穿上衣服。

“话说回来，多亏百能及时赶来呢。”

“别再提那个女人了，我连她的名字都不想再听到。”

“她一定是为了救风太郎，所以才一直在近处守候着吧。”

“怎么可能，那家伙只是藏身在这里而已，救我不过是顺便。”

“不对吧，她要是真心想躲，早就离开京城了。再说她不是连日都在照顾风太郎吗？其间明明伊贺的人也有可能找来这里不是吗？”

“我才懒得管！”

我粗暴地打断黑弓后便走出了废屋，杉树林远处漫天浑浊的乌云缓缓地扩散开来，如今已进入五月，梅雨季节即将到来。我绕到屋后，把肉干连同麻袋一起卸下，我发现吊在树上的绳子的结扣是让人怀念的柘植屋系法，看着那结扣我又莫名地想起了百。我刚把沉甸甸的麻袋扛在背上，就在支撑起袋子的瞬间，胸口的疼痛又剧烈起来。即便很大程度上我是依靠那个女人才活了下来，但我到底还是不能原谅百，毕竟太多无辜的生命都葬送在她手里。

“喂，差不多该做饭了，由你来做哦。”随着一粒雨滴砸在鼻头上，我高喊着回到了废屋。哪知道黑弓那家伙已经像孩童一样蜷曲着身体躺在地板上，打着呼噜睡着了。

次日清晨醒来的时候，黑弓早已生好灶台的火，水已经烧开了。

“在下打水去了。”黑弓说完提着桶就出去了，我迷迷糊糊地目送他出门后起身下到土间，此时黑弓却从门口席子的间隙间探出头来叫我。

“干吗，水已经打回来了吗？”

“外面有人找风太郎。”

难道是残菊吗？黑弓见我身体一下子僵住，便笑道：“是瓢六的那个女人哦。”

我充满疑惑地将席子掀起来，果然芥下站在门口。

就算是芥下，也是正经八百的伊贺忍者，该不会跟百有关吧？我不禁开始探查四周的气息。

“你东张西望个什么劲儿啊，我一个人来的。”芥下发出尖锐的斥责声。

“哦，这么一大早的有什么事？”我瞅见黑弓挥挥手前去打水了，随即端正姿态，俯视芥下问道。

“就现在，你赶紧跟我走。”

“等等，你这么突然是要干吗？”

“高台院派人来叫你去，那人说是高台院大人亲自下令召唤你，像是有什么关于葫芦的事要说，而且必须要你去。到底怎么回事，瓢六那时的葫芦还没取回吗？”

“不，或许不是。”一听到葫芦这个字眼，因心居士便立刻浮现在我的脑海，被残菊砍伤之后我完全忘记了现在已是五月，早已过了该去本阿弥光悦那里取货的约定时间。

“你知道为什么高台院叫你去吗？”

“不知道，我完全没头绪。”我假装不知道，但对方锐利的目光仿佛就要将我刺穿。

“你怎么受伤了？”芥下低声问道。

“什、你说什么？”

“一目了然好不好，你一直护着那里，站姿也挺奇怪的。”芥下用手指在我的胸口周围画着圈提醒道。

我慌乱地瞅了瞅衣领周围，可缠在胸口的布匹并没有露在外面。

“这、这个，我从树上掉下来，被撞到了，身体有些不适。”我揉揉胸口道。

但芥下脸上并没有流露出认可的表情，只是冷哼了一声便转身迈步走出了废屋。

接下来我和她之间一句话都没有说，彼此保持着三间的距离，一道下了山。

行至祇园社附近，在正要横穿社内之前——

“别走那边。”我提醒道。

“为什么？”芥下反问道。

“祇园社是我忌讳的地方，所以我都不会靠近那里。”

“你这男人怎么老是这么麻烦啊。”芥下故意高声咂舌道。

我无视芥下的抱怨，飞快超过她，然后绕进一条小路。片刻后我仔细察看身后，发现那张黑色的脸一脸不满地跟在我后面。

“生意怎么样了?”我搭话道。

“还行。”隔了好一阵芥下才回答，我接着又问收获的那些葫芦是否派上了用场。

“得看今后的了。”芥下脸转向侧面回答道。

然后我又问她开店的钱筹措得如何了，这个问题芥下并未给出答复。之后我们再无交谈，一路直达高台寺后门。

“我可是把你带过来了。”芥下说完头也不回便转身离去了。关于之前邀请我去店里帮工的事她只字未提，我也没问。

我刚目送芥下矮小的背影远去，后门一旁的胜手门就打开了。

“什么人?”门内响起粗鲁的话语声，一个武家男子伸出头来。我告诉他所为何事之后，对方丝毫不掩饰自己怀疑的眼神，把我从头打量到脚。

“等一下!”武家男子扔下这一句话便把门关上了。

之前还在瓢六帮工时，时常会给高台院送葫芦，那时后门常常是敞开着的。如今由于时局的变化，后门紧闭着，从另一头听不到任何声响。我仰视着后门，但并未等很长时间，门便打开了。

“进来!”刚才那个武家男动了动下巴命令我道。

我跨过门槛，发现武家男身旁站着一个尼姑。

“这边走。”尼姑只飞快地看了一眼我的脸，便迈开脚步开始带路。

我们穿过庭院，绕到开着菖蒲花的巨大池塘后方。我跟随带路的尼姑，默默地沿着零碎的石阶往上攀登。这尼姑看上去年纪挺大的，走路时步伐很是缓慢。我眺望生满青苔的庭院，上到长长的石阶顶端，只见一座僧庵被高高耸立的竹子围绕着，孤零零地坐落在眼前。

“已将人带过来了。”尼姑靠近走廊说道。

“进来。”僧庵里传来简短的回复。

“请。”尼姑点点头道，同时用目光向我示意脱鞋台的位置，然后就再没其他动作了。

我脱去草鞋，独自上到走廊。

“在下风太郎。”我在拉门前跪地说道。

“不必拘礼。”

我一打开拉门，就看见宁宁夫人坐在屋子角落的书桌前，扭过头来看了看我。

“坐那边去。”宁宁夫人随意指了指榻榻米，于是我弯下腰走进了屋子。

“把拉门拉上。”我刚一进屋，宁宁夫人便厉声命令。四周的竹子随着清风摆动，发出恬静的沙沙声，我按照吩咐把拉门关上。

“风太郎啊，你欺骗了我吗？”宁宁夫人突然语气强硬地斥责道。

听闻此语，我立马跪地叩拜。

“那天夜里，你大胆潜入寺内叫醒我，要我帮忙写给本阿弥的介绍信。如今委托的东西做好了也不去取，你到底什么意思？据说光悦得知是我的亲自委托，紧赶慢赶终于如约加工完葫芦，可就因为你不现身，光悦居然派遣使者到这里来敦促了！”宁宁夫人说起话来滔滔不绝。

“为什么，对这事儿置之不理？”

果然，特意叫我来是因为因心居士的葫芦。

话说该不会要让我把葫芦送去战争旋涡之中的大坂城吧，我可是坚决不干的。如果可以，我这辈子都不想再搭理那个葫芦妖怪，但在宁宁夫人面前又不能如此回答。

“这、这个，光悦大人确实曾吩咐五月去取货，实则在下正准备明日造访——”

“哼！”宁宁夫人不愉快地打断了我的话。

“拿到葫芦后，自然会立刻做好前往大坂的准备吧？”

“这，这个还……”

为蒙混过关，我不把话说完，只是低着头含糊其词。

“瓢公子的事，你已经全知道了吧。”

听宁宁夫人这样说，我吃惊得抬起头来。我记得自己并没有在宁宁夫人面前谈起过有关瓢公子的事，当察觉到此话是对方下的套的时候，已经迟了。

“你这脑袋可是相当健忘啊，那晚你潜入的时候是怎么对我说的？我可是亲耳听你说过完工后的葫芦会送去给瓢公子的。既然如此，如今都已经再起战端了，你还在悠闲地等什么呐？我问过光悦的使者，别说催工了，你最近不是连看都没去看过一次吗？”

“十、十分抱歉，在下立刻去取回葫芦——”

“笨蛋，如今已没这必要了。”

“是。”

我跪在地上的姿势稍感局促，胸口随之产生锐利的疼痛，不过现在没有空闲在意这些事。我脑门儿放得越来越低，差点扣在榻榻米上。

“抬起头来，风太郎。”

“是。”

“快点，抬头！”

我胆怯地抬起头。

也不知何时，宁宁夫人跟前出现了一个四方形的木盒。

“本阿弥派人送来了这个。”

听闻宁宁夫人的话，我的视线稍稍从木盒往上方游走，这是这次会面以来我头一次正视宁宁夫人。

宁宁夫人变小了——这是我第一眼的印象。

上次像这样在明亮的地方与宁宁夫人照面，还是在高台院宅邸池塘的东屋，宁宁夫人与常世乘舟登场的那一次。虽然现在她富态的外形并未改变多少，但不知为何整个人看上去像缩小了一圈似的。原本就白皙的皮肤变得更为苍白，相比我夜访高台院那次，宁宁夫人不但颧骨更加突出了，眼睛下方也浮现出深深的阴影。话说在东屋时，我印象最为深刻的是宁宁夫人喜欢说话且爱笑，但如今在她的声音里，我感觉不出丝毫有力的回响，那眼神中时常以试探他人为乐的光芒也完全消失殆尽。

“钱我已经付过了，葫芦你带回去即可。”

因心居士曾说过不用担心加工费，不过我不明白宁宁夫人代替我付钱的理由。

“为、为何，您要——”对于我的疑问，宁宁夫人并没做出答复，只是将书桌上的木盒一下子往前推出。

“不愧是本阿弥，他明明不知内情，却能如此高明地将葫芦装饰成对。”

“成对吗?”

“不错。”宁宁夫人点点头简短命令道，“你打开看看。”

我跪着蹭到前面，双手端起木盒的盖子，只见盒底铺着一块黑布，里面收纳着一只葫芦。

葫芦被涂成清一色的银色。

葫芦的装饰总感觉有些粗糙，有些地方连黑色的底都露了出来，表现出一种难以形容的古朴韵味。葫芦腰部绑着细绳，绳子拴在口部的塞子上。我只依稀记得之前那个葫芦的大小，因心居士选中的这个葫芦已经完全脱胎换骨，我不禁呆呆地看出了神。

“风太郎啊，你的雇主可便是那葫芦？”宁宁夫人的声音突然在耳畔响起。

我大吃一惊，一下子抬起头来。

“就是那个鼠须。”宁宁夫人补充道。

“您是说……鼠须吗？”

“你连这个都忘了吗？真是个粗心的家伙。那天夜里你不是自称是鼠须的使者吗？”

“啊！”我喉咙深处不由得冒出一声惊叹，记得那晚潜入高台院之前，因心居士确实提起过关于鼠须的话题。

“这称号其实是殿下所赐。”

宁宁夫人嘴角泛一起一丝笑意，将双手重合置于膝盖上。已故太阁的名号突然登场，让我不由得慌了手脚。

“在我还是孩提时起，肚脐下方就长着一颗大黑痣，且上面又生着三根细细的硬毛。”

宁宁夫人并非炫耀，她指着自己的下腹部说道：“就是这周围。”同时，她还用手指模仿毛伸出来的样子比画着。此刻，在她的眼神中，似乎又恢复了一些以往以试探他人为乐的狡黠光芒。

“殿下发现之后便时常在卧室里取笑我，他说那毛简直就像老鼠的胡须一样，还称呼我叫什么鼠须大人。当然，没有其他人知道此事，这只是殿下与我之间的一个陈旧的秘密而已。记得当你提及此事时，我这个当事者自己都没能立刻反应过来。不过我后来又仔细回忆了一番，虽说只有一次，但自己确确实实被殿下以外的人用这个称呼戏弄过。”

话说到这儿，宁宁夫人停顿了片刻，视线落在盒子里的葫芦上。

“那个人叫作果心居士。”

宁宁夫人的话让我手中的盒盖差点落地。

“果然你是知道的。”宁宁夫人见状后呵呵地笑道。

“虽然如今有很多人都不知道他是谁，可大约在三十年前，那个男人曾轰动一时。记得曾有传闻煞有介事地说他由于在殿下眼前施展奇怪的幻术而激怒了殿下，结果被凌迟处死了，所以一度曾四处抛头露面的果心居士一下子便销声匿迹了。风太郎啊，你可知道果心居士为何下落不明吗?”

虽然我并不知道因何缘由，但按照之前因心居士所说，自从被封印之后，近三十年间果心居士就被当作一只普通的葫芦一直待在大坂城内。所以，当前我还不能肯定宁宁夫人口中的果心居士，是否就是因心居士的另一半。

不知宁宁夫人如何解读我的沉默，我只见她点了点头。

“好久不曾谈起了，我们来聊聊过去的事吧。”宁宁夫人仰望屋顶说道，之后她闭了一会儿眼睛。

“那是信长公死于本能寺的第二年发生的事。一个贵族公家因病去世，他儿子希望将父亲的遗物赠予殿下，便将一个葫芦送了过来。一问才知道那个葫芦是信长公进京之时，从町众那里征收上来的宝物之一。当时信长公将葫芦作为奖赏赐给了下面的人，后来又辗转更换了好几位主人，最后终于来到了殿下的身边。殿下曾开心地称赞那葫芦是个能兴旺家运的宝物，谁知事实也真如殿下所言，因为那葫芦里面寄宿着果心居士。”宁宁夫人的视线从屋顶转回，接着将木盒拉到近前，轻抚着里面的葫芦。

“果心居士的葫芦比这个还要大得多，记得第一次被葫芦搭话的时候可把我吓了一跳，因为他突然把我称呼为‘鼠须大人’。怎么样，风太郎？你能相信葫芦开口说话这样的天方夜谭吗？你会嘲笑我年老昏聩了吗？”

我一本正经地摇了摇头，错不了了，宁宁夫人口中的果心居士必定是因心居士的另一半。

*

时不时，宁宁夫人的语速会快到让人听不清楚，紧接着又会立刻转变为沉闷不顺畅的语调。可一旦再次讲得兴起，她又会独自发出呵呵呵的笑声，之后还会久违地沮丧叹息。宁宁夫人原本生来就是个健谈的人，她绘声绘色地将自己与果心居士的来龙去脉娓娓道来，让我专心倾听得甚至忘记了呼吸。

原来封印果心居士的就是宁宁夫人。

从那个公家那里进贡来的葫芦，后来就被装饰在了宁宁夫人的卧室里，果心居士也是在那里首次喊出“鼠须大人”之后，便粉墨登场了。

当时，果心居士在京城已是小有名气的人物，来到宁宁夫人这里之前，他就随心所欲地在四处抛头露面，以消遣人类为乐。

当听到葫芦突然说话，并且还自报家门说自己就是那个果心居士的时候，宁宁夫人还以为对方是幻术师之流，怀疑自己必定被施了幻术。但后来并没有花多长时间，她便察觉到对方并非此世之物。正好这些事我自己也曾经历过，所以宁宁夫人的话我感同身受。

果心居士幻化成人形之后，开始在太阁大人出门时堂而皇之地登堂入室。一日，果心居士告诉宁宁夫人说自己决定暂时留在这个家，如此必定会给丰臣家带来好运。那时，太阁还没取得后来的地位，虽然大坂城已开始修建，但正好与控制东海道的德川家康形成对峙之势，至于九州及关东方面，则连边都没沾到。宁宁夫人询问果心居士要是他离开这个家会发生什么事，对方回答由于灵力失效，自然会导致家运衰落。不过不用担心，自己还会再待上五年。不过在那之后，果心居士便会随时离开去往想去的地方，如同天空的天气一般，非人力所可及。

果心居士安居丰臣家之后，宁宁夫人也确实看到了家运看涨的效果，但当时丰臣家内部也并非坚如磐石，宁宁夫人比任何人都担心丰臣家的未来。要达成连那个织田信长都未能实现的一统天下之夙愿，恐怕还需要十年光阴，所以决计不能让只准备待上五年的果心居士轻易离开！

于是，宁宁夫人想出了个法子。

她利用果心居士极度贪酒好色的弱点，在祇园社大摆筵席，然后将果心居士邀至那里纵情畅饮了三天三夜。接着，宁宁夫人趁其不省人事之时，又用美人计将其弱点成功地刺探了出来。也就是说，唯一能够封印果心居士的方法，是用圆柏木塞住葫芦口，并在周围涂漆加固。得知此秘密后宁宁夫人把酒醉的果心居士带回宅邸，趁其返回葫芦之后，立刻塞上圆柏木做的塞子，然后在周边涂漆完成了加固。

令人吃惊的是，宁宁夫人后来又将葫芦赠给了丈夫。由于里面封印着大名鼎鼎的神仙果心居士，可谓是本土第一通神的葫芦。为武运昌隆，宁宁夫人建议太阁殿下时刻随身携带。

“殿下可是很爱嬉闹游戏的哦，如果有如此好玩的葫芦，断无不用的理由。他立刻就重新给葫芦加了工，镀了一层金箔装饰成了马标。”

听到这话，我脑海里突然重现出一个场景。虽然我从未身临过，也没亲眼见过，然而我却感到那个场景开始慢慢地呈现出其意义。

“太阁殿下他，将那个马标放置于何处了呢？”

为抑制自己颤抖的声线，我竭尽全力气沉丹田发问道。

“不知道如今是否还放在同一个地方，毕竟我都已经离开大坂城十五六年了。记得还在大坂城时，葫芦一直都装饰在主城本殿千畳敷[1]的正面。那里可是相当壮观哦，诸国大名前来登殿时，会一齐跪拜在马标前，此时爱耍花招的殿下会愁眉苦脸地登场，严厉地凝视周遭之后，他会突然来一句‘哎呀呀，天气真是热啊’之类的不拘小节的台词，惹得众人哄堂大笑。”

宁宁夫人说完后发出爽朗的笑声，我也同时看清了因心居士所描绘的“计划”的全貌。记得首次被因心居士拉入黑暗空间时，曾见过一个口部叼着木制棒子，摆放在榻榻米上的金色葫芦，原来那个葫芦就是因心居士期望与之再会的果心居士。

万万没想到果心居士竟然化身为丰臣家的马标。

难怪因心居士会指着瓢公子说什么“我的时运全仰仗这个男人了”，因为另一半果心居士被自己曾捉弄过的宁宁夫人封印，后来又被丰臣家奉若神明，所以丰臣家一旦覆灭，马标自然也难逃毁灭的命运。难怪因心居士会如此这般地警戒战争再次打响，那是因为自己的另一半会不容分说地陷入危险的境地。

“你接下来会带上这个葫芦去果心居士那里，对吧？”

宁宁夫人仿佛已读出我的内心，我不由得吃惊地抬起头来。

“果心居士曾说过，被信长公征收之前，在町众的宅邸里有另一个与自己成对，且同时被供奉起来的葫芦。如今虽然与之分开了，但对方是个踏实的人，总有一天会来接他回去。当时听到这

①千畳敷：看起来像是多层重叠起来的榻榻米一样的台阶，故得名。

话让我很害怕，成就大业之前决不能让这个葫芦被夺走，所以我将做成马标的葫芦置于大坂城，之后也决不让其接近京城。这件事常年以来，一直残留在我的脑海的某处。上次你夜半潜入高台院宅邸，提起葫芦的话题时，我心想那个另一半终于要前来取回果心居士了，所以没能拒绝你的要求。”

宁宁夫人眯着眼睛，平稳得不可思议的视线落在盒子里的葫芦上。

“高台院大人……这样好吗?”

“你是指果心居士的葫芦离开丰臣家吗?”

我动作僵硬地点点头。

“如果，把这个葫芦送往大坂，果心居士会怎样?”宁宁夫人平静地问道。

“恐怕，果心居士会从这世上消失。”

“是吗。”宁宁夫人微微点头回应道。

“如今的战事，仅靠一只葫芦的力量怕也无从扭转局势了。并且，因为我肆意妄为，也将人家囚禁了三十年。是时候结束这一切了。”宁宁夫人落寞地笑道。

“风太郎啊。”

“在。”

“我有一事要拜托你。”

“是。”

我连忙放下盒盖，双手支在榻榻米上。

“我有一件东西想要交给瓢公子，你能帮我送去吗?不可依托他人，一定要当面交付。”

我没能立刻做出回答，话说在交战正酣的战场上，给一军总大将送东西去，还不如前往本殿找马标来得轻松，不!送东西要远比找马标更为凶险，这并不是理智的行为。

“东西我寄存在本阿弥那里了，由于需要稍作修整，就在昨日，我已经委托送葫芦的人带回去了。我告诉对方需要加急后，本阿弥立刻又遣人来回复说修整需要三日。”

我脑袋前方忽然传来衣物摩擦地面的声响，抬头一看原来是宁宁夫人将盒子置于一旁，跪着蹭了过来。不等我想清楚到底怎么回事，宁宁夫人便抓住了我的手唤着我的名字。

“拜托了，风太郎！”我感到手被握得生疼。

“拜托——”宁宁夫人的额头抵靠在我的手上。

宁宁夫人的手很小很冰冷，她的后背缩成一团微微颤抖着，她的尼姑头巾后端露出了后颈发际，那里已尽生华发，几乎不见黑色。我感到自己全身僵硬，默默地将被宁宁夫人紧紧抓住的手抽回。

“我，明白了。”我只能如此回答。

“抱歉。”宁宁夫人俯着身子低声细语道。

“如果见到果心居士，帮我赔个不是，说十分抱歉囚禁他三十年。”

我不知该如何回复，只是将盒盖盖回盒子上。

“有劳了。”宁宁夫人站起身，走到拉门跟前。

“高台院大人，在下有一事不明。”

“什么事？”

“为什么大御所会允许瓢公子访问京城，游历祇园祭呢？”

虽然我明白大御所想在战场上一决雌雄的想法，可既然如此，祇园祭当晚的事件对于德川家的大计来说，只会带来不必要的混乱。所以一开始就拒绝不就好了吗？我始终不能理解大御所让瓢公子入京的意图。

宁宁夫人伸手搭在拉门的木框上，站在门前片刻无言。

“大御所过去曾与我有个约定。”宁宁夫人语气相当沉重，声音沙哑地说道。

“是约定吗？”

“那是在四年前，大御所与秀赖君在二条城会面时发生的事。当时大御所在我面前明确答应过：今后决不会怠慢丰臣家，也绝不会加害秀赖君。听他那样说，我打内心深处感到安心。然而，大御所后来却轻而易举地变了心。自战争打响以来，我没有从大御所那里收到过任何消息。哎，事到如今这些事多说也无益。”

言毕，宁宁夫人再次陷入了沉默，我微微抬起头来，瞥见了她的身影。只见有微光透过拉门照入室内，照亮了宁宁夫人苍白的脸，她注视着拉门，眼神中既没有愤怒，也没有绝望，只洋溢着无尽的哀伤。

“不过，最近我时常会想，祇园祭的时候，会不会是大御所已经决定食言，所以想要借实现瓢公子的愿望来向我致歉呢？同时也顺便制造一个机会，让我这个老婆子与儿子见上最后一面。”

“那、那么，高台院大人见到瓢公子了吗？”

“那天黎明时分，我在道意迎接了入京的瓢公子。虽然只有一刻的时间，可我们在一起共用了早膳。”

原来在我和黑弓抵达那家旅店之前，宁宁夫人就已经与瓢公子会过面了。

“要秀赖君当天自称‘瓢公子’这个假名的也是我。”

只有一瞬间，宁宁夫人面部浮现一丝笑意，接着她拉开拉门在走廊处坐下，打盹儿的老尼姑大吃一惊赶紧抬起头。我将木盒夹在腋下，穿上放在脱鞋台上的草鞋。

“风太郎，那就拜托你了。”宁宁夫人从走廊上回过头，笔直地俯视着我的眼睛说道。

这样简简单单的一句话，却比万语千言更让我感到心中的重压。

与来时一样，尼姑带着我走过庭院，返回后门。

“高台院大人的事就拜托了。”

也不知道这人知道多少，只见她恭恭敬敬地低下头嘱咐道，然后我便自胜手门离开了高台寺。

回吉田山的路上我也避开了祇园社。

我抵达废屋的时候，黑弓正在屋外劈柴。

“你回来啦，去哪儿了？”黑弓问道。

我回答说去了趟高台寺便钻进了废屋。我用舀子舀起水缸的水一口气喝干，明明只外出了不到一刻，但感觉浑身疲劳得像走了整整一天的路似的。我呈大字形躺在地板上仰望顶棚，直到肚子叫了一声才察觉到自己一大早起来啥也没吃。此时黑弓正好抱着劈好的柴火进屋，我便问他饭在哪里。

“哦，还以为你不需要了，昨天剩下的在下全都吃了哦。”黑弓一脸满不在乎的表情回答道。我站起身，无奈地叹了一口气。

“咦，这个是啥啊？看上去做工挺上乘的。”黑弓说着，伸手想触摸盒子，我立刻将他的手弹开。

“关于这次的战争，我有些事想问你一下。”我再次端坐好问道。

“什么事？”

“如果大御所亲自出阵，一口气直捣大坂的话，大概需要多久能够决出胜负？”

“对哦。”黑弓抱起胳膊，眼神游离地注视半空片刻后说道：“最多三日，不，两日吧。”

“这么短时间？不会吧。”

“大坂方面压根就没准备守城，即便对方什么都不做，他们自己也会孤注一掷攻出城来吧。所以呢，胜负很快就会见分晓。”

黑弓的回答让我大吃一惊，这样一来，对于我以及因心居士，甚至对于瓢公子来说，时间都已所剩无几了。

*

我取下缠在胸口的布，又拂落伤口上的草药，便看见了难看的肿胀伤痕。痛感已大大减轻，我挺起胸膛展开双手，虽然感到肌肉还有些许僵硬，但意外的是可以较为自然地转动肩膀了。

掰指头算算，被残菊砍伤以来已过去十七日。我想也差不多是时候了，于是便将百给缝的线拆除了。拆线的时候，细线在皮肉下滑溜溜游走时产生的疼痛不禁让我皱起眉头。我拆完线走出废屋，在五月似火的骄阳下，我低头瞅了瞅胸口，那里刻着一条长长的极其丑陋的疤痕。

我赤裸着上身开始劈柴，此时黑弓正好回到废屋。

“哇，仔细看看还真是很严重呢。”黑弓毫不客气地窥探我的胸口，夸张地皱着眉头说道。

“给你的。”黑弓扔一个粽子过来。

“还疼吗？”

“时不时的，不过我刚用力挥动斧子试了试，还不赖。”

“可别勉强哦。”黑弓坐在劈柴台上，大口咬着粽子。

“街市那边怎么样了？”

“月次组已经不在了，他们的人包括残菊最近像一阵烟似的从京城消失了。在下去他每两天必定会光顾一次的茶屋打听了一番，那里也说没见残菊去过。”

我把粽子整个塞进嘴里，默默地咀嚼着。这下可好，如果月次组还在京城，我还能借口说不能冒着生命危险前去本阿弥宅。可那些家伙现在不在了，我不去的话就等于欺骗了宁宁夫人。

“残菊他们，会不会已经去大坂了啊？”

已经开始啃第二个粽子的黑弓如是问道，他的话让我眉宇间的皱纹陷得更深。那个男人只一心怀着对常世的憎恨，就能做出这样那样的事，前去大坂也是绝对有可能的。

“那么，风太郎要去本阿弥宅吗？”

“不知道。”我啃着第二个粽子，没好气地回了一声。

我把去高台寺的事都告诉了黑弓，是因为这家伙看了我带回的木盒里的葫芦后，十分烦人地缠着我东问西问，我实在不胜其扰这才告诉了他事情的经过。在大坂城本丸中，黑弓已从常世那里得知祇园祭事件与宁宁夫人有关，所以我只向他说明了因为有东西要交给瓢公子，宁宁夫人将葫芦与寄存在本阿弥宅的某物托付给了我。至于因心居士和果心居士，我什么都没说。

“能潜入大坂城吗？”我将嘴里的粽子吞下肚子，不露痕迹地小声嘟囔道。

“不可能的。”黑弓仰望五月晴空，立刻摇摇头回答道。

“去见常世大人时你也看到了吧？城门的数量，还有那数不清的哨岗，大坂城不愧为天下首屈一指的名城，守备之森严可不是伊贺城之流所能比拟的。并且，即便你能进入本丸，关键是不知道瓢公子在哪里啊！再说了，以风太郎现在的身体状态，不是明摆着去送死吗？”

“用上次去见常世的方法不行吗？”

“不行，如今谁还敢留在大坂城啊，会发生什么事都不知道，话说清兵卫也早已离开了大坂，没有门路了。”

黑弓言之凿凿，句句在理，我不由得气急败坏地死死瞪着他。

“你既然都知道，还问本阿弥宅的事干吗?”

“风太郎不是约定好了吗?”黑弓冷淡地说道，驳得我哑口无言。

是的，虽说不管是多么位高权重之人向我提出了怎样的委托，我都没有必须接受的义务。然而，我却在宁宁夫人面前点了头，并且还口头上应承了下来。

吃完粽子后我继续劈柴，黑弓则提着桶打水去了。斧头劈开柴火的清脆回音悠扬地响彻山谷，周围时不时有鸟儿鸣啼，微风轻拂着我的后背。这份动辄便催人入睡的恬静，使我感到难以言喻的不舒坦，如今在这里过着风平浪静的日子总感觉心中有愧。胸口已消失的疼痛会随着我的斧子每一次落下，再次涌上心头。

我抱着劈好的柴回到废屋，从架子上取下擂钵[①]，再从土间的箱笼中抓出草药。百为我收集的药草就快要用光了，不过应该也不需要再作补充了吧。我一边心不在焉地思考着，一边用研磨杵将草药捣碎。

“风太郎!”此时席子突然被掀开，黑弓大叫着冲进了废屋，他手里提着桶，桶里的水洒了一地。

“终于开始行动了!”

“开始行动?什么开始行动了?”

“大御所离开了二条城。”

黑弓站在土间，与我视线相交。

记得在我被残菊砍伤的当天，虽非第一时间，确实也听说了大御所进京的消息，看来这次是做好了充分准备才出阵的。

“我该走了。”我极其自然地开口道，“先不说能不能把东西送

①擂钵：倒锥体容器，内侧有很多由钵底向钵口呈发射状的纹路，常用于捣蒜或其他香料。

到瓢公子那儿，总之，要先去本阿弥宅取宁宁夫人放在那里的东西才行。”

“风太郎不用事事都给在下报告。”

我没好气地瞪了黑弓一眼，开始做进城的准备。

“在下也一起去吧？”

“不，没必要。”

我说完飞快走出废屋下了山，继上次送因心居士的葫芦去光悦宅邸以来，这还是我头一次去京城，我决定一旦撞见月次组的人就立刻逃命。大御所已出阵，其他大名的军队也跟着一起出发了，我走在京城的街道上，路上除了守卫以外不见其他士兵。我没感到任何骚动不安的气氛，便安全抵达了本阿弥宅。

主屋前的枫树上，青翠的树叶生得郁郁葱葱，记得第一次来这里的时候，枫叶几近凋落，而现在看着眼前这棵枫树，我才知道原来它竟这般的大。

枫树下，一个男佣打扮的老者坐在砍伐好的圆木上吸烟。

“在下风太郎，请问光悦大人在家吗？”

老人默默地点点头，手拿着烟管指了指主屋内。

“就在最里边的房间里，你进去吧。”

“打扰了。”我向老人行了一礼便进入了主屋，最里边的房间应该就是光悦将葫芦立起来看了好久的那个宽阔的房间。凭着上次来访时还残留着的印象，我拐过廊下拐角，走进了走廊。果然，光悦就在那间房间里，他面朝书桌，正在写着什么东西。

“光悦大人，在下风太郎。”我在走廊上搭话道。

“进来。”光悦停下手中的笔，短促地命令道，“坐那里。”

光悦用目光示意我在那里坐下，接着又开始写东西。他写得如同行云流水一般，很快他写完后，将笔无声地置于砚台上。

“好久不见啊。”光悦转身面对着打着盘腿而坐的我寒暄道，突然他皱起眉头，瘪了瘪嘴。

“你又杀人了？不，这次是差点被杀吗，你这男人真是一如既往的血腥啊。”

我已经习惯了光悦的说话方式，因而表情没有任何变化。

“我来取高台院大人放在这里的东西。”我冷淡地直奔主题道。

“已经完成了，本来需要十天的，但听说很急，可总算是如期完成了。”

光悦从书桌旁拿起一个木盒，放在我面前。

“听说里面是什么了吗？”

我注视着这个看上去挺陈旧，且已经变了色的细长盒子，默默地摇了摇头。

“自己打开看看。”

“可以吗？”我不禁抬头问道。

“无碍，打开看看吧。”光悦平静地点头道。

我虽然怀疑光悦是否具备许可此事的权限，但迫于对方无形的压力，于是将木盒拉到近前，解开了中间的细绳。

我揭开盒盖一窥内里，突然感觉一股强烈的麻痹感直蹿头顶，同时脸颊也失去了血色，只是呆然凝视着盒子的内侧。

“拔出来看看。”光悦用庄严且冷静的语调说道，于是我将颤抖的手伸进盒子里。

收纳在盒子里的是一把小太刀，我伸手搭在刀柄上，从正侧方将刀从黑色刀鞘中拔了出来。出鞘的刀刃锋利得让我不禁倒吸一口凉气。即便只是乍眼一看，也能让人深深感到这绝不是一把普通的刀，那令人毛骨悚然的刀光游走于刀尖，就像幻化成言语无法形容之物，差点就钻进我的眼睛里。刀身映射出清澈的光芒，我默默地注视着刀身上浮现出的自己因折射而被“压瘪”的脸。

“恐怕，集齐整个京城的刀也敌不过这一把，我甚至不确定今后还能不能遇到如此美妙的刀。”

刀刃上的纹路无声地泛起波浪，弯曲的刀锋没有一丝游隙，仅把目光集中于刀锋一点，便不禁使人心潮涌动。我握着刀柄，感觉右手已经不再属于自己，如果没配上护手，刀仿佛会“咣当”一下子掉落地面。

我慌张地收刀入鞘，可不能被这把刀摄去了魂魄。

“想必，此刀是太阁之物吧。”

听光悦如是说，我不禁向他投去惊奇的目光，光悦没有逃避，同样目不转睛地看着我。

“宁宁夫人想怎么处置这把刀?”光悦低声问道。

片刻沉默之后。

“宁宁夫人要求把刀送去大坂。”我只如此回答道。

光悦抱着胳膊仰望屋顶，他大概已经推测出了自己被委任此工作的意义。突然，他的嘴里发出如吐息一般的呻吟声。

“真是把悲伤的刀啊。”光悦低声嘟囔道。

我盖回盒盖，重新系好细绳。

“是你送刀去吗?”

我无言地站起身。

“风太郎。”

我将木盒夹在腋下，走到走廊的位置时，又转回头去。

“那个葫芦也会一同带去大坂吧，它一定会指引你的。”

“你们说过话了?”

“不，我看见了。”

看见什么？我正准备发问，可就在开口之前我止住了声音。我看了看光悦的眼睛，他的眼神充满着深深的悲伤。

“你原来是个只会旁观的，无聊男人啊。”我突然脱口说出一句完全未经准备的话。

“你要活着啊，风太郎——”

果然，光悦的眼睛浮现出相同的色彩，紧接着他仿佛又说了些什么，可我已经转过身去，就此离开了主屋，我用力地踏在走廊上，阵阵脚步声在耳边回荡，掩住了光悦的声音。

*

我坐在糺之河原左右两条河流交汇处的一端，呆呆地仰望天空。身旁的黑弓低着头盘腿而坐，视线无言地追踪着川流，大腿上放着从本阿弥宅取回的木盒。这家伙算准了我必定会经过这里，才专程守候在河原，所以一打照面，他就吵吵嚷嚷地缠着我问宁宁夫人委托了什么东西。不过我把木盒给他，让其确认完里面的东西之后，他又一言不发地陷入了沉默。

战争还在继续。

但其结局已然明朗，十有八九丰臣家会落败。但即便如此，瓢公子也并非无路可退，就算城池被攻陷，仍然还可以出城投降。不过时至今日，我极力回避以这样的理由去纠结关于瓢公子今后的问题。从义左卫门处得知大御所的真实意图后，我只是在一味地逃避现实而已。

可是，宁宁夫人不是这样。隐含在陈旧木盒里的是宁宁夫人的决意，是来自一个母亲的极度精练简洁的话语。宁宁夫人给了儿子一个结局，而我承诺的是将这个结局送去大坂。

“怎么办呢？”黑弓问道，那声音几乎被急流冲走。

我双手枕在脑后躺在地上，看见天空中一只老鹰正在悠闲地盘旋着，我想要思考什么，但实际上却什么也没想。

老鹰展开翅膀滑翔之后在我视线里渐渐消失，我向其消失的方向叹了口气。

真是的，我真是个傻瓜。

宁宁夫人之所以会托付我这把刀，是看中了我作为一个忍者的实力。但我如今既不是忍者，技艺也差，且身上还带着伤。我本不是宁宁夫人的家臣，也没有任何其他的身份，怎么也找不到任何理由去接受这种豁出性命的工作，最关键的是连酬劳我都只字未提。可即便如此，我的内心深处一定早就决定要接下此任务了吧，自从在本阿弥宅得见木盒的内里之后，答案便早已定下。因为在从本阿弥那里回来的途中，我脑海里浮现的全都是曾为掩埋护城河，费好大劲行走过的二之丸和第三层围墙的地形结构。到底怎么才能到达本丸，我一直在记忆中摸索着这个问题。

“我要再去见一次瓢公子。”我仰望着空中一块被拉得细长的薄云，淡淡地说道。

“是吗。”片刻之后，黑弓如是说道。

“黑弓，你怎么办？”

“这还用问吗，在下当然是一起去咯。”

“这样好吗？”

“在下并不是为了风太郎，只是想见见瓢公子而已。”

黑弓的目光中满是热情，我不以为然地哼了一声。

“那么啥时候出发呢？”

“今天做好准备，明日动身，这样必定能先于行军较慢的大御所抵达大坂。”

“再之后呢？”

“还不知道。”

“这样的准备很不充分呢。”

“嗯。”我点点头坐起身，远望绿意日益渐浓的山体表面所浮现出的大文字。

“走吧。”我拿起木盒站起身道。

当晚，我们在斜坡下大娘那里吃了晚饭。我和黑弓在河原处垂钓的老者那里买了香鱼，还带了酒前去，大娘见我们来了，使出浑身解数做了一桌好菜。虽说喝酒的时候我们也不敢尽兴地一醉方休，可与黑弓一起将当晚郁闷的时间过得如此快活也挺值得庆幸的。

我们于深夜时分回到了废屋，实际上在前往大娘那里之前，出发的准备已经完成得差不多了。黑弓躺在地板上，转眼间便睡着了，很快便鼾声大作，我不胜其扰起身走出了废屋。为把掩埋的忍具挖出来，我提着斧子去了趟屋后。我将斧子靠在那棵埋着忍具的槐树下，便下到山道斜坡处解决内急。

“风太郎。”在我弯下腰就快要方便完毕之时，突然听见背后有人叫我。

如果是以前，我恐怕已经吓得跳起来了。不知为何，此刻我却出奇地沉着。

“是因心居士吗？”我淡然回复道。

“不错。”

这里是我与因心居士首次相遇的地方，我慢慢转过身，看见因心居士与首次出现在我眼前时一模一样，他穿着农服，以瓢六店主的外形站在我面前。

“你这次倒是相当老实啊，为什么我们回到这里之后，你一直都没露面？”

“每次我一出来，你不是都吵着要我赶紧消失吗？咋啦，想我了吗?”

“开什么玩笑，是因为我已决定明日前往大坂才这样说的。原本要追究起来，这些麻烦事不都是你给带来的吗。”

“我等了好久。”

“什么等了好久?”

“等你下定决心。”因心居士一边拨弄着下巴的胡子，一边外眼角聚起皱纹。

“那地方不是我单方面强求就能到达的，必须确认你自己是否想要前往，说白了就是觉悟吧。”

因心居士的语气像是早已把一切都看透，我丝毫不掩饰败兴的情绪，死盯着对方道：“我真该用圆柏棒和加固漆把你也封印起来，让你再也无法出来祸害他人。”

“真能说啊，但这只是果心居士的弱点而已，对我可是不奏效的。”

“谁管你。”

因心居士摇晃着肩膀，发出奇怪的笑声。

“风太郎，我有一事要拜托你。”因心居士突然一脸严肃地，用如纤细树枝一般的食指指着我。

“我拒绝。”

在对方开口之前，我不自觉地开口拒绝道。但因心居士毫不在意，用久违的瓢六店主的声音继续说道：“我们去大坂之前，有一件事必须完成。要不然即便与果心居士能够再会，我也回不了原来的地方。”

“关我什么事，自己的事自己去做。”

“就是办不到我才来拜托你的。”因心居士言辞强硬地说道。

我转过身不去理他，也不去看立着斧子的那棵槐树。

“能帮我一把吗，风太郎?”

“干吗，你啥时候变得这么谦恭了。”

“事到如今，我不会再把你关起来强迫你了。”

“要怎么做?”我转过身问道。

“去找点生火的工具来。”因心居士吩咐道。

“用来干吗?”我不解地问道。

“把我烧掉。”因心居士用非常严肃的语气回答道。

接下来，因心居士领着从废屋取来打火石等工具的我，往山上走去。

树林的间隙被黑暗笼罩着，但我们就像在白天一样毫不迟疑地前进。最后终于到达了供奉因心居士的祠堂。

“就是这里了，连同其中我的容器，一起烧掉。”因心居士静静地说道。

祠堂仍跟往常一样微微地倾斜着，在暗夜中变为一个黑影，矗立在石堆之上。

“可以吗?”

“就算我已经改换了新的容器，只要还在这里被供奉着，我就回不了原来的世界。”

貌似妖怪也有妖怪自己的一番道理，我打开祠堂正面的小门，往里面瞧了瞧。那个破旧的葫芦还保持着以前我放置的姿态，笔直地挺立着。虽说这祠堂小得可怜，虽说被供奉着的只是个葫芦，可要一把火将这祠堂烧掉，我还是有些心生畏惧。

“动手!”因心居士命令道。于是我终于拿出了打火石，先草草放下了一把火。转眼间石堆之上的祠堂便被火焰包围，木料在黑暗中燃烧，啪啪啪地发出爆裂的声响。祠堂顶棚很快便坍塌下来，迸发出火星，掉落在石堆下方。我用手中的粗树枝迅速扑灭了残火，祠堂化为灰烬，周围再次堕入黑夜的寂静之中。

“可以了。”耳旁传来因心居士的声音。

回程时我走在前面，因心居士跟在我身后。

“喂，要怎么到达果心居士那儿啊？你已经有办法了吧？”

“没有。”

“啥？”

“平时姑且不论，如今这大战的当头，至少进入本丸为止，都要靠你自己。”

“喂喂，一直以来你都爱逞威风，可现在怎么落到这个地步？”

“进入本丸后，你先去找果心居士，我会告诉你他的所在，这事儿远比给城主送刀要简单得多。”

因心居士口中理所当然地谈论着宁宁夫人的委托事宜。

“你的另一半还放在本殿那个叫作千畳敷的地方吗？”我扭头盯着他，将花了好长时间，才终于得知的目的地说出了口。

“不错，如今也和太阁在世时一样，那葫芦被当作丰臣家的神器，装饰在大厅的正面。”

“哼，你终于承认另一半的真面目了。”

“因为祠堂也给烧了啊，我如今只是个普通的葫芦而已。除了与你交谈，我没有任何力量。如果葫芦受到损害，我也会消失，用这个世界的话来说就意味着死亡。所以我已经无路可退了，我们是真正的休戚与共。”

“等等，谁要与你捆在一起啊？只要有危险逼近，我会立刻丢开你逃跑。”

“逃？逃了之后怎么办？单凭你个人之力，是无法到达那个胖子那里的。”

这家伙居然这样称呼瓢公子，不过如今我确实不知该如何反驳他的话。

“首先我们要去寻找果心居士，与之会合之后，想必那家伙会协助你达成高台院的委托吧。话说那家伙在马标里蹲了三十年，跟我不一样，可劲儿精神着呢，不管怎样都能够助你一臂之力吧。再说，他给我添了这么多麻烦，我会负责与之交涉，让他乖乖听话的。”

这话听起来简直就像在教训年幼的弟弟一样，不过在我看来，两人都只是活了几百年的老糊涂虫而已。

与因心居士回到废屋之后，我拿起靠立在槐树上的斧子，用带刃的一端将槐树树根挖开。其间，我问呆站在斜坡下的因心居士是否恨宁宁夫人。因为确确实实是宁宁夫人的计策，才让这个葫芦妖怪失去了另一半整整三十年。

“与其说恨她，还不如说被人类彻底打败对于我们来说是一种耻辱。并且正是由于囚禁了果心居士，也让那个女人非常痛苦，如果太阁没有取得那样的地位，那女人应该能走上一条更为平稳温和的路吧。”

我挖出了地下装忍具的盒子，听了因心居士的话，我手上的动作不由得停了下来。宁宁夫人为了丰臣家，不惜用尽一切手段，但最终她却在那空荡荡的宅邸和寺庙里一人孤零零地生活。话说斜坡下的大娘头脑并不见得有多灵光，但她子孙满堂尽享天伦之乐，可以吃着香鱼同时畅饮美酒，宁宁夫人的人生跟她比起来可以说充满了悲剧色彩。

我抱起装着忍具的漆箱子，心情肃然地沿斜坡下来。不知为何，因心居士一直跟着我到了废屋门口。

“总之向着本丸前进，切记不可蛮干。”

在我将斧子放回原位的时候，因心居士留下这句话就进屋去了。

“喂，被黑弓看见了好吗？”我慌忙地随其穿过席子，此时已不见因心居士的身影，只有一个葫芦孤零零地立在黑暗的地板上。

我用舀子在水缸里舀起水一饮而尽，接着准备休息，可即便是躺下后我也难以入睡。我听着黑弓的磨牙声，恍恍惚惚地回顾了自己三年前自出走伊贺以来所走过的路。

我向自己的脚下看去，此刻葫芦也静静地矗立在深夜的黑暗之中。

真是的，我居然走到了今天这一步，真是太不可思议了。

*

“我要去一个地方。”我告知黑弓半刻后将与他在五条大桥碰头，接着便独自一人踏上了前往瓢六的产宁坂坡道。

瓢六店铺里，芥下在客厅的书桌前托着腮，无精打采地盯着大街。当她察觉到我出现在石阶的身影后，手掌便离开了脸颊，然后毫不客气地向我投来可疑的目光。

店门口不知何时起又挂起了那张似曾相识的布帘，布帘上做过拔染的六只葫芦犹如划着弧线一般。

“这个是怎么回事？”我问道。

“大家都还把这里叫作瓢六，所以我决定沿用之前的店名。”芥下不耐烦地说道。

“义左卫门大人的话，就在里面。”芥下转过头朝土间看了一眼。

我点点头，在屋前坐下，将身后的行李放在屁股后面。

“义左卫门大人还在这边啊。”装有延命水的葫芦在眼前排成一排，我随手拿起一只问道。

“预定明天带着万屋全员出发前往江户。”

“全员？大坂的战争不是还没结束吗？”

不管多么热衷于经商，万屋归根到底仍是个忍者组织。只是义左卫门一个人还好，可要带着所有人过去意义就不一样了。我问芥下到底为什么，她不感兴趣地摇摇头说不知道。

“你不跟着去江户吗？”

“下个月为止我都会留在这儿，再之后……我也不知道。”

“不知道是啥意思？”

“这里的租金只交到了六月份，从七月起就必须由我来付了。”

芥下说完便不再开口，又回到手托腮的姿势，感觉像在说你问这么多干吗。

“义左卫门大人不帮衬一把吗？”

“他说一个人如果干不下去了，就去江户找他。”

我有点意外，应该说义左卫门吝啬呢，还是自始至终都要求严格呢，我心中半是惊讶半是钦佩。

“芥下啊，我想和你商量个事儿。”我话锋一转。

“什么？”

“你能雇我吗？”

听我这样说芥下突然睁大眼睛，那视线感觉下一秒就要冲上来咬我似的。

“你逗我玩吗？”

“我可没在逗你，虽然稍稍花了点时间，但这就是对你之前邀请我的答复。”

芥下的白眼仁铮亮，更加狠狠地看着我，当我撞上了她的视线时，她冷哼了一声，背过脸去。

“你傻啊，刚刚我不是说过吗，这个店搞不好只能撑到下个月，我哪有闲钱雇你。”

“如果有点资金的话，能想想办法吗？”

芥下没有作答，她眼神中映射出强烈的光线，紧咬着嘴唇。

“这个，我要两个，葫芦也一起买下。”我望着芥下的侧脸，手指眼前并排摆放的延命水葫芦说道，黑弓的那份我也准备一起买了。

“你拿去就好。”芥下爱理不理地回复道。

“喂，你可别自暴自弃啊，做生意哪能不收钱？”我把钱放在榻榻米边缘上。

我将两只葫芦摆在膝盖上，遥望着来往上下石阶的人群。片刻后，我心想差不多该开口了，于是把手伸入怀中。

“喔，真是稀客啊。”在我正好抓住怀里的东西时，声音从土间传来。

我慌忙抽出手来，再端正好坐姿。此时布帘被掀开，义左卫门挺着肚子走了出来。

“你已经听说了吧？明天我们要搬去江户，现在老夫正准备出门跟生意伙伴们挨个道别。实在是抽不出空去你那里，不过正好你自己来了，最近还精神吧？”

义左卫门从侧面拍打我的肩膀，因为力道很大，所以他每拍打一下，我的胸口都会感到疼痛。

“大坂那边仍在交战吧，大家要在这个时候搬过去吗？”

“不错，这是奉采女大人之令。大坂那边只要再使把劲便可，并不需要忍者出手。”

义左卫门在说“忍者”二字时特意压低了声线，听他的意思，大坂之战的结局已经没有任何悬念，我突然感觉到有什么模糊暗淡的东西渐渐覆盖我的内心。

“并不只是这次战争，今后怕也没有忍者出场的份儿了。采女大人那边已经明确告知老夫不再需要忍者了，藤堂家没法把忍者当作武士来供养，从此忍者都由万屋来照料。话说老夫这里转过来了不少人，到了江户那边如果不玩儿命地干，大家都得饿死。”

义左卫门说完伸手拍了拍肥胖的后颈，发出干涩的笑声。

“那么，蝉那家伙也要去江户吗？”

“不，那家伙还年轻，应该会留在藤堂家吧。其他的人但凡超过三十岁就只有两条路，要么去做平民百姓，要么被驱赶至江户。真是的，这世道可真是艰难啊。”

“那家伙如今在哪儿呢？”

“他人应该就在大坂，那家伙本领了得，一如既往地受采女大人器重。”

义左卫门话里“器重”二字带着特别的讽刺味道，不知是否因为蝉参与了谋害孙兵卫等同伴一事让义左卫门耿耿于怀，还是说仅仅是我太过敏感了？

“风太郎，你接下来准备咋办？”

“在下……准备前往大坂。”

“大坂？那边正打得热闹，你去干啥？”

我将手里的两个葫芦毫无意义地靠紧在一起，始终保持着沉默。义左卫门眉宇间的表情变得严峻起来，目不转睛地俯视着我。

“说起大坂，你听说百市的事没？”义左卫门的嘴巴几乎没动，低声问道。

这突然钻进耳朵的名字让我不禁失声叫了出来，同时我一抬头，看见了义左卫门下巴上的赘肉。

“你还都不知道么？”

“百……她怎么了吗？”

义左卫门从正面窥视着我，为不被察觉到内心的动摇，我拼命地控制自己的表情。

“百市从京城的宅邸消失了，大约是二十多天前发生的事。她貌似与月次组发生了纠纷，老夫听说就在百从宅邸消失的次日清晨，鸭川河浮起一具女尸，传言那就是百……不过我总觉得，那女人还活着。”

我倒吸了一口凉气，等待义左卫门的下一句台词，可对方却向走廊上并排着的葫芦伸出手去，轻轻地抚摸起葫芦的表面。

“有人在大坂看见了百市，她用布包着脸，但仅仅如此是无法骗过忍者的眼睛的。”

“在大坂吗？那、那是在什么时候？”

“上月月末，老夫派人去大坂收集滞纳的货款，那人在上町周围看到了百。虽然是个快六十的老忍者，但此人头脑好，在记忆他人相貌上能力相当出众，这项技能非常适合用在行商买卖上，话说那男人是在众女官之中发现并记住百市的脸的。”

“这事儿，采女大人那里……”

“给采女大人？为什么？”义左卫门装糊涂地说道，视线离开葫芦抬起头来。

“当家的已经说过今后不需要忍者了，什么事都上报只会让大人们烦心，对吧？”

义左卫门的口气略带讽刺，只见他摸了摸浑圆的肚子，嘴角浮现恶作剧般的坏笑。

“对了，最近你可有见过黑弓？”

“您说……黑弓吗？”

话题中极其自然地出现了黑弓的名字，不知道为何，我没能说出接下来会和他一同前往大坂，只是立刻摇了摇头。

“方才说看见百市的那个男人，他说当时黑弓也在场，且与百市交谈过。”

“是吗?”

“那个男人曾在伊贺上野的万屋与黑弓交谈过一次，如此一来，这信息应该错不了了。”

我傻傻地张着嘴却说不出一句话来，身旁的义左卫门吃力地将身体前屈，把葫芦放回了原处。

“我不知道你要去大坂干什么，但千万不要勉强自己。接下来，将会迎来一个没有战争的太平之世，让忍者舍身犯死的时代已经结束了，如今已经没有什么工作值得赌上性命。风太郎啊，长寿才是最最重要的，另外，你如果碰见百，记得叫她远走高飞，逃得越远越好。”

义左卫门微笑道:“保重，风太郎!”他再一次拍了拍我的肩膀，力道虽比方才见面时重，可我完全感觉不到痛楚。

义左卫门躬着宽大的后背，沿石阶往上走去。

“你要去大坂吗?”

芥下的声音让我突然回过神来，这才发现自己还没有和义左卫门好好地道别，但此时他已经踏入熙熙攘攘的参拜人群中无法辨别了。

“为什么?”芥下丝毫不掩饰责备的口吻，她的话再次让我感到刺耳。

“为什么，你要去参战?”

我转过头，正面迎着芥下的目光，她黑色的面部浮现出显而易见的愤怒神情，不知何时，她已起身站在书桌前。

“无论如何，我有一件不得不去解决的事。”

“你不是忍者，也不属于丰臣德川任何一方，怎么会有必须解决的事?”

诚如芥下所言，但我去意已决。

我背起行李，默默站起身。

“别去，你不可以去，风太郎！”

“为什么？你在担心什么？”

“我——我也不知道！”芥下突然大声喊叫道，恶狠狠地盯着我。

“我只是觉得你不可以去大坂，如果你去了，恐怕不是只受胸前那点伤就能了结的。你到底在隐藏些什么，去大坂究竟要干吗？”

芥下气势十足，她的态度大大出乎了我的意料。

“喂，你太夸张了吧，没事的，我会活着回来。并且刚才我的话并不是玩笑，我想在这里工作，想专研加工葫芦的技艺。我期盼有朝一日，自己的手艺能够入得了宁宁夫人的法眼。你不这样想吗？如果宁宁夫人能够一直成为这里的老主顾，对店里来说不是很值得庆幸的事吗？”

这件事是昨天夜里我辗转反侧的时候想到的，我下定决心，决定今后要在葫芦店工作。一边帮忙打理生意，一边学习专研加工葫芦的技巧，如果有必要，即便去光悦那儿低头恳求推荐名师也在所不惜。要花多长时间我不知道，总之要一直努力到能给宁宁夫人进献葫芦为止。这样一来终有一天，哪怕多么微不足道也好，我也许能够排解宁宁夫人心中的寂寞。话说这样一个与自己的身份不符合的决定，我是在身旁的磨牙声稍稍平静下来时想到的。

“哦，对了，差点忘记了。”我回想起造访这里的目的，把手伸进怀中。

“这个给你，就当作开店准备什么的，任你决定。”

“啥啊，这是?”

“竹子。”

“竹子?”

“嗯，竹子就是竹子，稍微重一点的竹子。果然，我不配使用它，因为我没有帮上赠送这东西的人哪怕一点点的忙。所以呢，你来使用最合适不过了。”

走廊上装有延命水的葫芦排成一列，只有被我买下的那两个葫芦的位置是空的，我将黑弓交给我时仍然缠着布匹的竹流放在那里。

“我该走了，对了，还是进一点装饰用的葫芦吧，你的身后太冷清了。”

芥下往前跨出一步，像是想要说些什么，但我已经转过身沿石阶下行。

“风太郎!”身后呼喊声追来，我没有回头。

“风太郎!”我已经走出了相当远的距离，声音再次传来，我稍稍转过头。

芥下站在店铺前。

她光着脚站在石阶中央俯视着我，即便从远处看，那白眼仁也异常的明亮，来来往往的路人都好奇地看着她。

“风太郎，说好了，你要活着回来!”

芥下如孩童一般矮小的身体挥了挥手。

这女人原来能发出这么大的声音吗?我一边回想着过往，一边也向对方挥了挥手。

然后我不再回头，沿石阶下行离开了产宁坂。

第九章

我一动不动，保持相同的姿势在木板上躺了近三刻左右，才静静地睁开眼，慢慢起身，身旁的黑暗像在配合我的动作一般安静地流淌着。

“像是结束了呢。”

黑弓的声音含混不清，我没有马上回应他，只是静下心来仔细倾听了片刻。

虽然周围充满并不安稳的气息，可也暂时没再听到士兵交锋时发出的如野兽般高亢的喊杀声。虽然，风中时而会传来战马的嘶叫，但战场似乎暂且恢复了平静。枪炮声渐渐远离，发炮者仅仅通过火药爆炸的声音，便能准确地传达其意图，让大家明白发炮的目的并非为了消灭眼前的敌人，而只是为了驱赶对方。真是不可思议。

“好，该行动了。”

我拆除脚下的木板，从阁楼上跃下，将落下的行李接住，紧接着黑弓无声地跃下至腐朽的地板上。扔下来的行李里包裹着护甲，我从破旧的墙板间隙处往外窥探，落魄的寺庙庭院仍是空无一人。

“赶紧穿上，我们马上出去。”

黑弓解开摆放在地板上护甲的细绳，迅速将护胸与护腿分开，话说我们两人的护甲都是昨夜从藩主大人的阵中得到的。

昨夜在五条大桥旁与黑弓会合后，我们便马不停蹄追赶着大御所，在经由奈良进入河内的一路上，最最让我烦恼的问题就是：该如何从藤堂家的足轻手里夺取护甲呢？

“嗯，总会有办法的，当务之急是要先追上藩主大人的军阵。”虽然黑弓完全一副悠闲的态度，但我已暗自下定决心，即便袭击杂兵也要把护甲硬抢过来，除此之外别无他法。

然而当我们发现位于八尾[①]的藩主大人的军阵后，不知是幸运还是不幸，还真如黑弓所言，事情轻而易举地就得到了解决，顺利得甚至让人败兴。我专门为潜入藩主大人军阵准备的计策失去了用武之地，黑弓与我从大批守卫士兵面前经过，毫无顾忌地成功潜入了本阵所在的地藏堂[②]。

之所以能如此顺利地潜入本阵，都是因为白天的战斗极度惨烈，我只粗略看了一眼院内，就发现里面有近两百具尸体。为将这些尸体掩埋在寺庙的墓地，附近村落的男人们都被召集来做苦工，我们只要加入苦工队列之中，按吩咐前往寺庙深处的墓地即可。

我们混进苦工之中，帮着他们掩埋死人，一直干到太阳落山为止。据身旁跟我们一起掘土的杂兵所说，战斗中大坂方面经常

①八尾：位于大坂府东部。

②地藏堂：祭祀地藏菩萨的佛堂，一般位于寺庙境内或者路边。

扔下数倍于我们的尸体不顾，败走逃窜。其证据就是地藏本堂跟前的地方本来就狭小，如今已经拥挤得再也放不下敌人的首级，空气中飘荡着血腥味，有无数的苍蝇和蚊子被这味道引来。监工的武士十分得意地告诉我们，所有其他的战场都是大坂方面败退，且连姓木村及后藤的名将都被击败了。

“明天大御所和将军都将抵达，那时便是最终决战了吧。”监工的武士敲击着自己沾满尘埃的护胸说道。

我们是在将尸体投入地坑时，从其身上拿到护甲的。掩埋尸体之前理所当然要卸下护甲，监工武士指示我和黑弓，将堆积的护甲运出寺庙之外，运送途中，我们便一人挑了套穿在身上。寺庙外布有杂兵的军阵，虽然亮堂堂地焚烧着篝火，可由于众人从黎明前起就一直在劳作，几乎所有兵将都犹如死人一般倒地酣睡，根本没人留意到我们。将护甲送往规定的地方后，我们装作返回寺庙，然后在行至半路时趁着夜色离开了军阵。

接着我们藏身于远离地藏堂的密林，顶着蚊虫的骚扰稍稍睡了会儿。还差一刻迎来次日黎明的时候，藩主大人的阵中升起了袅袅炊烟，大概是藩主大人正与附近布阵的其他大名商谈军机要事吧，我听到快马踏地的声音渐渐远去，心里料想着差不多快到该出发的时间了，便开始嚼起了干米饭。

“痒死了，真是的。”黑弓发牢骚道。我看见黑弓交替将手伸进同一个米袋子，他的侧脸呈现为一片黑影，话说从义左卫门那里听来的话是真是假，我还没向当事人确认过。正好是在十日之前黑弓说堺遭遇到火攻，他也因此逃到了大坂，而那一天的确也是百离开废屋的日子。如果之后百前往大坂，与黑弓在上町相遇在时间上是说得通的。

但是，我很难想象黑弓与百之间会有什么联系。回想我给黑弓讲述自己被残菊砍伤的经历时，感觉这家伙脸上的惊诧表情并不像是假装的，他是真正地显露出对残菊的厌恶，并且之后随着百的登场，黑弓才终于表现出了安心的神色。如果他见到百，先前就得知情况的话，应该不会有那样自然的反应。

最终，我还是没能问起关于百的事。黎明将近时，藤堂军脱离了本阵，于是我留下黑弓，独自一人摸出了密林。接下来的两刻，我一直紧紧地跟着藤堂军，跟他们保持着数町的距离，从陆续聚集的其他大名的军队的状况来看，我终于弄清楚大坂城以南是决战的场所。随后，我再次回到了负责照看行李的黑弓身边。

我们穿上藤堂军的护甲，装作身负传令，疾行前进的样子，与军队一起奔赴战场。当我追随在黑弓身后之时，才清清楚楚感受到自己的体力下降了多少。

“我说还能再慢点吗？”连预计距离的一半都还没跑到之时，我还是向黑弓提出了减速的要求。真是的，要是这个男人不跟着来，我一个人要怎样才能接近本丸啊。想到这一点，如今更不能随随便便就将百的事挑明。

枪炮声渐渐临近了，多炮连击时，炮声会在空中回响很久。大群士兵的呼喊声乘着风传来，当我们走到能远远看见扛着军旗的队列时，便停下了脚步。我们找到一处住民早已逃散的小型村落，在村落的尽头有一座废寺，于是我们决定就此潜入废寺本堂之中。

我和黑弓待在废寺顶部，躺下稍作休息，接下来只等战斗结束。

始终跟在取得胜势，攻入城中的军队的后方——这便是我们的策略。所以拿到藤堂家的护甲，便是为了要混入藩主大人的军阵。在冬季的战事中，我已完全掌握阵鼓的节奏与军令的传递，就算在阵中被人怀疑甚至被质问，只要报出采女大人的名字便可。因为采女大人使用来路不明的忍者的事儿，整个伊贺可以说无人不知无人不晓。

“喂，还没好吗？”我一边探查着四处的动静，一边向黑弓问道。

“不，你等等。”黑弓低声咕哝道。我咂了下舌站在黑弓身后，帮他系上护胸的细绳。昨晚在八尾阵中穿戴护甲的时候，黑弓就茫然不知所措，即便我催他赶紧穿好，那家伙仍然挠挠脑袋说自己从没穿过护甲。

我把宁宁夫人给的小太刀绑在背后，因心居士的葫芦则放入麻袋，挂在腰间。我们将地上的土满满地涂在脸上和头上，装扮成刚打完仗的杂兵模样。

“行动。”我敲了敲黑弓绘有藤堂常春藤图案的护胸表面，离开了废寺。

前方太阳被云层遮住，暗淡的阳光照耀着战场，四周飘荡着一股焦煳味儿。身穿盔甲的士兵尸体一个叠着一个，已经变为黑炭压在被烧尽的房屋下方。处处尸横遍野，即便特意将土抹满在脸上，我也能看出黑弓的脸在抽筋。

战斗以德川方面压倒性的优势而告终，这一切都是那么的显而易见。昨晚我们在阵中得知德川一方的军队全都在右肩缝上或纺上蓝布作标记，于是我和黑弓也同样在右肩缠上了相同颜色的布手巾。所有右臂染蓝的士兵会聚成一个集团，跟随突前的战马和战旗向城中挺进。现在几乎已听不见有枪声响起，我们仅在废寺本堂屋顶躺下歇息了三刻的时间，大坂方面的军队便全面溃败了。

通向主城的大路被德川方面军围了个水泄不通，现场气氛之热烈简直就像祭典一样。我终于在正前方找到了藤堂家军旗的所在，军旗上随风飘扬的三个白面饼纹样纵向排列着。我将半路从尸体上得来的长枪扛在肩上，与黑弓一同冲入一旁的岔道，赶超其他大名的军队之后，巧妙地混入了藤堂军阵中。

如今大坂方大势已去，藤堂方已经没必要向军队下达具体的指示了，只要向着城中进发便可，感觉队列有跟没有都一样。实际上，也并没有任何人注意到我们偷偷跟在队伍的后列。就在我暗地里安心地吁了一口气，终于放慢脚步之时，突感有什么锐利的硬物紧紧地贴上了我的后颈。

“哎哟哟，你可别回头，就这样保持前进。你是哪里的？采——”

耳边响起了苍老且沙哑的话语声，与此同时一个硬物死死地抵在了我的脖颈之上，接触感来判断，此硬物并非是刀。

“这个可是暗语，你说不上来吗？采。”

黑弓悠闲地往前走着，完全没察觉到我这边的状况。我居然忘记确认像暗语这样入门级中的入门级事项，懊悔的同时不由得紧咬了嘴唇。

“真是的，你这家伙真是笨到家了。我说‘采’你就该回答‘山’啊，那样的话立刻就知道你是忍者了，傻蛋！”

对方放出忍语的同时，陷入后颈的压迫感随之消失，接着我的后脑勺被敲了一下。我更加用力地紧咬嘴唇，缓缓转过头去，发现了一张溅满血迹的脸，只见蝉故意往地上吐了一口唾沫，然后将烟管插回了腰带。

*

“昨晚你和那边的黑弓在八尾阵中瞎转悠了吧？我昨天一大早打仗到处奔忙，累得筋疲力尽，才懒得管你们，不过之后问了一下其他忍者，都说不知道你们也加入阵中了。喂！你们到底在打什么主意？”

蝉仍然操着忍语，盯着我的脸问道，紧接着他发现我与周围士兵一样都穿着藤堂家的护胸。

“原来如此，你是为了这玩意儿。”蝉冷哼一声道。

当然，我也事先考虑过被蝉发现的可能性，只是想不到居然在才跟上大部队的关键时刻被他发现，可以说这倒是像极了他一贯的登场风格。不过我也不傻，就因为有可能出现这种情况，在废寺屋顶，我已经与黑弓商量过了碰上忍者时的脱身方法。

“其实呢，义左卫门委托了工作给我——”

我装作不急不躁的样子，竭尽全力以严肃的表情用忍语回复道。

“义左卫门？他那边的话，今天应该已经前去江户了啊，事到如今还会委托你什么？”

“葫芦。”

“葫芦？”

“义左卫门临走前我去给他道过别，他说大坂城内有太阁遗留的葫芦，据说那个葫芦价值不菲，只要我能将之带回，他愿意出高价买入。所以呢，我不会给任何人添麻烦的，顶多就这样跟在友军身后进入本丸，然后去寻找葫芦而已，我说你看在过去的交情上，就放我一马行不。”我伸出单手假作央求状道。

蝉听着我的话，不时向我投来蹊跷的眼神，捋着泥鳅须子盘算着。

“风太郎，要跟我联手吗？”蝉突然恢复到平时的语调问道。

“你说啥？”

“我帮你找葫芦，可作为回报，你也要在本丸帮我找一个人。”

“找人？找谁？”

“常世。”蝉的手指离开了胡子，此时，我确确实实察觉到他的眼神中散发出了招人厌恶的光芒。

“怎么回事？”

“采女大人命令忍者们如果自己一方突破本丸，首先要找到常世。先前已经吩咐常世让他寸步不离玉将身边，并将玉将的所在——不，在此之前我的工作是迅速确认玉将的生死，然后回报给藩主大人。”

虽然蝉使用的是忍语，可他特意留意到周遭，并小心谨慎地凑到我耳边说道。这家伙居然若无其事地把瓢公子的生死挂在嘴边，我气愤地伸手推他的护胸将之顶了回去。

“为什么找我？毕竟被派往本丸的不止你一个吧，不是还有其他同伴吗。”

“笨蛋，告诉那些家伙我还怎么独占头功啊？这事可是关系到我今后能否脱离无聊的门卫工作。”

蝉考虑到得胜回归伊贺之后论功行赏的事，所以企图独占功劳。

“喂。”我用长枪的枪柄敲了敲走在前面的黑弓的屁股。

“干吗？”黑弓扭过头发现了我身旁的人物。

“哇，蝉左右卫门，你啥时候——”黑弓发出憨傻的声音。

“虽然三年前只在上野的万屋见过一面，可现在你的相貌变得相当难看啊。”

“说啥？你这南蛮子！”蝉立刻逼上前吼道。

“吵死了！”我立刻阻止了蝉，同时也叮嘱黑弓要节制，然后将蝉的提案向黑弓耳语作了说明。不得不承认接下来潜入本丸如果有蝉的协助，毫无疑问会更加有利。虽然此人卑鄙无耻，但的确有真本事。

“挺好啊，他不是要找常世大人吗？正好和我们的目的一致。”黑弓轻松地点头答应下来。

至今我依然没告诉黑弓关于因心居士的事，只说此行是给瓢公子送葫芦和刀，如果常世受命不离瓢公子左右，黑弓会认为三人的目的地是一致的也不奇怪。

“我明白了，联手吧。”我好不容易给个回复，可蝉此刻却向黑弓投去厌恶的目光。

“这家伙真有本事吗？只会拖后腿的话我可不答应。”蝉故意用距离稍远的黑弓也能听到的声音说道。

“喂，你不愿意的话就自己干。”我回瞪蝉一眼道。

“快看！”蝉突然低声道，我的视线向他所指的方向望去，只见大概位于我们正面的天守阁像被尘土所覆盖一般，模糊得难以辨认。

“城中某处应该着火了。”蝉眯起眼睛确认城里的状态。

“是本丸那边。”蝉又低声补充说明道。

“等、等等，本丸那边？那就是说军队已经进入内城了？”

“不，还没。”

“那么，到底为什么？”

“是对方自己放的火。”

“难道说——这仗明明还有得打啊。”

“对方可不这么想，可能现在已经没有人在尽力守城了。话说我们不能再慢慢悠悠地排队进入本丸了，得赶紧绕到前面去。”

部队终于察觉到前方的异常，稍后嘈杂的人声便扩散开来。我和黑弓脱离了队列，跟随着蝉穿过民舍间的缝隙一路向北，途中我们停在一间比周围高不少的屋顶眺望远方时，看到天守阁跟前斜向飘起清晰的黑烟。另一方面，德川的旗帜如聚团羽蚁一般，争先恐后地蜂拥至二之丸城门处。城门已然被突破，源源不断的士兵一举涌入城内。

“我们跟着一起冲进去！”屋顶边缘的蝉回过头，瞥了一眼无言对其点头示意的我与黑弓道。

“风太郎，你身体不舒服吗？”蝉转回头之前，视线停在了我的身上，“你为什么出这么多汗，呼吸也很急促？”

“你吵死了。”我并未理会视线中带着责备的蝉，率先跳下民舍，倔强地飞奔在最前列。进入城中，眼前出现了一番你争我夺的景象。城门处根本就没有秩序可言，各路大名的旗帜蜂拥而至相互挤靠在一起，身穿藤堂家护甲的我们即便混入其中，也没有任何人在意。无数士兵拥至城门前，被挤到两端的队伍甚至发出了悲鸣。我们三人毫不在意地往前挤，终于来到一处稍微开阔的位置。

“风太郎。”突然被人叫住，我不由得转回头去，可身后并不见蝉与黑弓的身影。

“风太郎。”

我把挂在腰间的麻袋取下，为证实心中的预感，我放低视线往袋口内窥探。

“干得漂亮，都已经到这里了。”

布袋里的葫芦用高高在上的口气说道，不知何时，塞在其口部的塞子已然脱落。

“居然这么多人，这下情况严重了。”此时，我终于和稍晚到来的蝉和黑弓会合。

“哇，起火了，这边也是，那边也是——”

不需黑弓多说，烟味已将二之丸笼罩。火应该是先行入城的士兵们放的，左右连绵的围墙早已被火焰包围，火星四溅。领头的武士手持长枪发号施令，陆续进入的杂兵们听从其指令，队伍渐渐分为左右两队。根本没有空闲让我们商议究竟加入哪一边，突然护城河对面一声枪响，本方一人应声倒地。看来即便本丸冒起烟雾，但城池还并没被攻陷。

“动作快点，风太郎！城池里倒戈的家伙们已在主殿的厨房放了火，风势也很强，火已经蔓延到千畳敷附近，没时间磨磨蹭蹭了。”我手里的麻袋中传来了葫芦的声音。

“都听到了吧？”

“嗯？什么？”黑弓一脸惊讶地反问道。

“不，没什么。”我摇摇头道。

“不用担心，就这样前往樱门，照我说的做就没事。”

所谓樱门，即是指上次我们假扮商人前往本丸主殿造访常世时所经过的本丸正门，不过现在那个地方枪炮齐鸣，交战正酣。

“等等，你也听到了吧，要怎么突破正门啊？难道还能用神力把炮弹弹开不成？”

“没工夫给你解释了，我会使上所有的余力。听好了，你们中途绝对不能停下，就这样一口气跑到底。只要按我所说的行动，保你们平安抵达本丸。”

布满旗指物[1]的远方一端，樱门渐渐进入视野，空气中飘荡着浓烈的硝烟气味。几百名士兵于最前列将木盾排成一列，将樱门远远围住。他们一边一点点地往门前蹭，一边为牵制铁炮接连射出火箭。此时，为撬开门扉，抱着圆木的士兵们正在做着冲锋的准备。

---

①旗指物：插在盔甲后背上，在战场上作为记号使用的小旗。

我们刚刚走过的一间房屋发出被碾压的声响后轰然倒塌，火焰就像在伸展弯曲的身体一样，往上蹿到半空中，甚至连脸庞都感受到了火焰的炽热，可我没有时间多做考虑，前排士兵一齐发出呐喊，他们将竹盾举过头顶掩护在圆木的左右，包围城门的军阵分为两拨，在两侧抬着圆木向着巨大的铁门撞了过去。

“黑弓、蝉——跟在我身后！跑起来！”

正当我大喊的时候，突然从本丸传来一阵枪炮的齐鸣，守军貌似配备了比种子岛威力还大的重火器，前排的竹盾被弹飞，撑着竹盾的士兵们的头无声爆裂。

“不行！果然还是不——”就在我想要停下脚步的时候，背后突然刮来一股强风，就像在催促我快跑一样。

熊熊燃烧的二之丸房屋自不待言，甚至连强风都带着火焰的热气，化为一股旋风袭击了樱门。旋风自上而下地刮着，再加上四周浓烟密布，眼前一片模糊，什么都看不清楚。周遭的人们不得已吸入烟尘，不停地咳嗽着，发出阵阵痛苦的声音。

“风太郎，前面！”正当我屏住呼吸的时候，听到了一声尖锐的呼喊。

我抬头一看，前方竟然出现一条笔直的路！

左右明明被浓烟所包裹，但不知为何，只有我的正前方宽约一间的通道没有一丝硝烟，这条通道形成了一条畅通的笔直道路。我向正上方望去，只见被云层所覆盖的天空变成一条带状物，出现在烟雾之间。

“奔跑吧，风太郎！”

我的双腿就像被弹开了一般，又开始飞奔了起来。我回过头，发现蝉和黑弓虽然满脸不解的样子，但仍然紧随我身后。我时不时会将视线里出现的友方士兵撞倒在一旁，在烟雾中这条似有似无的道路上忘我地一阵猛冲，直到后来我的正面出现了一堵石墙。

“把长枪从正面投出去！”

我不解为何要这么做，不由得有些犹豫。

“快投！”

不等我犹豫不决，催促声再次响起，于是我狠狠地将长枪投出。长枪刚一离手，却乘着风飞得更高，接着就像长了眼睛一样深深地插入石墙的缝隙之中。

“再来一根！”

听见因心居士的声音后我迅速回过头去，只见一颗弹丸惊险地擦过黑弓的脑袋，他拼命向我这边跑了过来。

“长枪！”我伸手对黑弓大叫一声。

黑弓递过长枪，我一把抓了过来，将枪拉到身旁。

“飞起来，风太郎，瞄准堞口[①]！”

我的视线从插在石墙里的长枪往上移的时候，便完全理解了因心居士的意图。接着我用力脚蹬地面，跳上从石墙伸出的长枪把儿，而后又更加高高地跃起，围在石墙之上的白色加固城墙便出现在了我的眼前。我的正面正好就是一个圆形的堞口，在堞口的另一端，我清楚地看见有一个把炮口搭在堞口边缘，托着铁炮的士兵的身影。

对方一见我从空中闪现，便慌忙地将炮口向我瞄准，不过我投出的长枪早已抢先刺穿了他的喉咙。那个士兵应声靠墙倒下，他的身体起到了秤砣的作用，长枪正好卡在堞口边缘。我开始往下落，而黑弓的身影就像与我相交替一般，他踩着第一根长枪跳

①堞口：为架起枪炮防守，在城墙上挖的孔。

上来，然后又脚蹬卡在堞口边缘的第二根长枪，轻松跃至瓦砾屋顶，蝉紧随其后也跟着跳上了屋顶。

我着地的同时又站起身来，胸口传来阵阵痛楚，让我不由得隔着护胸紧紧按住胸口。果然还是太勉强了吗，最近许久没再体会过的疼痛让我的身体感到僵硬。但我没空闲等待疼痛减轻，为追赶黑弓他们，我拉开距离完成助跑，然后接连脚踏第一、第二根长枪高高跃起，接着向城墙的屋顶伸出了手臂。然而，起跳的劲头没有想象的充分，在城墙瓦跟前我的速度急速下降，在这千钧一发之际，一条手臂伸出将我抓住。

“原来拖后腿的不是南蛮子，而是你啊。”我好不容易爬上了屋顶，蝉放开手冷冷道。

我紧咬嘴唇，站起身来。只见我跟前两名士兵已经断气，其中一人面门被长枪刺穿，另一人则已经身首异处。

“真狠啊。”从黑弓紧皱眉头的样子看来，两人明显都丧命于蝉之手。

此时四周均被滚滚浓烟所笼罩，从我们所处的高点上看，地面上自不必说，连正下方可能存在的士兵影子都看不见。这里已经是本丸的内侧，不能再穿着藤堂家的护甲了，于是我立刻伸手绕到后背，想要解开护胸上的细绳。

“风太郎，你并不是为了什么义左卫门的委托而行动的吧？”突然一把小太刀架在我的喉咙上。

“你刚才那是什么忍术，在哪里习得的？”蝉发出忍语厉声质问道，我怒目圆睁狠狠地瞪着他，眼睛由于烟雾已经开始充血。

“要继续跟着或者动手杀我都随你的便，但是你不要忘记是谁帮你超越其他同伴，先行进入本丸的。”我默默地将脱掉的护甲放在脚边。

蝉没好气地盯了我一眼，哼了一声便将小太刀收回。

“别磨磨蹭蹭的！”蝉见黑弓在一旁慢吞吞地摆弄着防具的细绳，便粗暴地一下子将其护胸剥了下来。

我把刀绑在后背，将仍然塞在麻袋里的宁宁夫人的小太刀插在腰间。虽然扔掉护甲感觉一身轻，但我仍在衣服的下面穿着薄薄的一层锁甲，然后我伸出手去，隔着麻袋摸了摸葫芦的圆弧部分。

“风很快会停，你们往右边跑，目的地是主殿。”因心居士的声音听起来像是有些难受。

“有劳。”我慰劳一句后便先行跑了起来，行至立脚点尽头后又沿着城墙的瓦屋顶攀缘而去，枪炮声离我们越来越远。终于风停了，烟雾也一下子变得稀薄，我们从屋顶跃下，着陆于本丸的地面。

“就是那个像山一样的东西。”

我们着陆的地方是比主殿正面位置高一间左右的石垒，正好面对着主殿的玄关，可以从更高的位置看清重叠起伏的联排屋顶。也能一眼认出千畳敷的屋顶，一座巨大的三角形屋顶建筑格外醒目地坐镇于本丸正中央，那外形无不让人联想起方广寺大佛殿。主殿正面的一半已经燃了起来，从屋顶四处升起的烟雾浓度看来，宛如烧荒①的景象一般。

“赶快，风太郎！”

“明白。”

我充分助跑之后，从石垒的边缘起跳，越过石垒下方东逃西窜的士兵、妇女以及和尚的头顶，总算在连接主殿的狭长房屋建

---

①烧荒：春天到之前，为使庄稼长得更茂盛，先将地上的枯草烧尽。

筑的屋顶落脚，接下来我像青蛙一样趴在瓦砾上，着地的冲击让我不禁发出呻吟。我一边在心中咒骂着为什么自己必须为那个葫芦妖怪做到这个地步，一边用手隔着锁甲按在伤口上。很快另两人静静地在比我更远的地方落地，蝉俯视着姿态笨拙的我，像是想要说些什么，在他正要开口之前我便起身推开了他，我的周遭弥漫着火星和烟雾，但我却毫不在意地往主殿的屋顶飞奔而去。

“喂，答应我！让你见到果心居士后，立刻告诉我瓢公子的所在。”

“嗯，当然。你从那边下去，穿过庭院，尽头就是千畳敷了。”

从屋顶边缘跳下，前方是铺满砂石的庭院，池塘对面有一株枝繁叶茂的巨松。数名貌似女官的身着华丽服饰的女子蹲坐在松树根部，虽然看到对方我也感到吃惊，但眼见从天而降的我们，女人们都发出悲鸣四散逃窜。

“嚯嚯，个个都是上等姿色啊。”

蝉稍感遗憾地感叹道，接着我们横穿过庭院，此时面朝庭院的千畳敷入口已经被火焰覆盖，烧焦的拉门喷射出火星倒在走廊边缘。

“就在那里。”黑弓在我身旁手指前方说道。

“瓢公子在吗?”

“不，不是瓢公子。”

黑弓听闻我的话后，向我投来不解的目光。也难怪，无论谁只要先前见我心无二念直奔此处，必定会认为我是有什么线索才到这里来的。

“喂。”身后的蝉伸手搭在我的肩膀上。

“你是不是被什么附身了？话说从刚才起，你就一个人老嘀嘀咕咕些什么?”

"之后再跟你解释，现在跟着我走就是了。"

我甩开蝉的手，不知道是由于火焰的热度，还是由于自己正喘着粗气的缘故，我的额头与脖颈都是汗水，我伸出手去擦干汗水。接着我跟他们二人一同进入走廊，把未着火房间的杉板门拆下，一人抱着一块门板沿走廊前往千畳敷的入口。

"就在这对面了吧？"

"对，终于找到了！"

我听见腰里的葫芦发出像泡在水里一般的模糊声音，于是便在千畳敷入口前停下了脚步。我把门板立在火焰之前，像架桥一样气势十足地将门板往入口里面推。火苗一瞬间随风倾倒，随即一望无际的千畳敷大厅出现在了我们的前方。

*

黑弓和蝉继续将自己的门板放倒，三枚门板纵向排列制造出一条通道。脸颊忍受着炙热火焰的灼烧，我们以冲入火海之中的气势，滚进了千畳敷。

大厅四处还有人在，但全都趴在榻榻米上一动不动，有人切腹之后，将自己的内脏夸张地洒在榻榻米上。另外有两人像是母子，年老的尼姑倒在地上，她的儿子趴在她身上，脑袋被刺穿，已经断了气。还有一个大个子武士，他身着看上去就挺昂贵的铠甲，脑袋被砍下，身体倒在了地上。一瞬间我心想不会是瓢公子吧，差点就跑到尸体旁边确认，不过看见那武士满脸茶褐色的胡子，完全不像瓢公子，才终于松了口气。

"以前听说过武士切腹，但真正看到这还是头一次，哇，看着就疼。"黑弓摆出一副苦涩的表情，我不去管他，继续往大厅深处走去。

我来到过去太阁端坐在上接见大群诸侯的地方，看见正前方高出地面一段的位置处随意地摆放着一只葫芦。

我眼前的场景与第一次被吸入葫芦肚子里时所见的画面一模一样，一只金色的葫芦口部塞着圆柏棒子，横在榻榻米上。我脚下的榻榻米的柔软触感也与当时一致，于是我在葫芦面前停下了脚步。

“这就是你的另一半，对吧？”

“嗯，不错。”

跟随太阁驰骋沙场，并给丰臣家带来无上荣耀的马标，如今却如此这般落寞地被遗弃在这里。

“为什么被放在了这里？”

“应该是逃亡时的混乱所致，虽然贵为马标，恐怕谁都没有察觉到这个忘带了吧。”

因心居士毫不掩饰轻蔑的口吻，静静地吐出这句台词。我拾起金色葫芦，确实不愧为昭示全军大将所在的马标，个子很大。虽然足足有两尺高，可仍然只是一个葫芦，肚子里空空的，双手举起来轻得甚至让人感到败兴。

“接下来该咋办，要把棒子拔下来吗？不好，这口部加固得可真牢，根本拔不下来。”我铆足劲拉拔圆柏木棒，可葫芦口部却纹丝不动。

“恐怕只有打碎了。”

“笨蛋！那样的话就全完了，你别伤着葫芦，带上它一起走。”

“带走？带去哪儿？”

“天守阁。”因心居士郑重其事地说道。

“天守阁？你说啥呐？这和约定的不一样吧。我已经按你的愿望，找到了果心居士，你赶紧带上另一半回到那个世界去啊，当然在此之前你还要完成和我的约定。”

“我们要回的不是那个世界，而是原来所在的地方。为此，火是必需的，就像让你烧毁吉田山的祠堂一样。”

“火的话，这里不就有吗？”

“笨蛋！谁会在这种到处都是死人的地方完成心愿啊？你可要搞清楚，我们葫芦都是清净的存在，再说这种程度的火根本不够，必须要更旺的火才行。”

“更旺的？”

“没错，所以才叫你带我去天守阁。”

这个葫芦妖怪像是寻思着把整个天守阁当柴火用，诚然，那座巨大的木结构建筑物一旦起火，火势的规模不是这里可以比拟的。

“风太郎，瓢公子不在这里呢。”我正不知所措地呆站在原地，黑弓跑到我身旁说道，“哇，真大啊，要种出这么大个的葫芦可不容易呀。”

黑弓注视着我手里的葫芦，漫不经心地抚摸起葫芦表面的金箔，那上面正不可思议地映出千畳敷入口附近的火光。

“喂，这个就是你说的太阁葫芦？”蝉捋着泥鳅须子，走近我身边问道。此时，我发现他腰间多出了一把刀。

“这把刀可是价值不菲，就这样烧掉未免太可惜，所以我就收下了。”蝉察觉到我的视线，脸上泛起猥琐的笑容，伸手放在刀柄上说道。

“这样一来，再找到玉将老子就能正式晋升为武士了。届时，我就配上这把刀登城——哈哈哈！”蝉此刻的心情极佳。

我告诉他接下来我们要前往天守阁。

“哼，你这个家伙又开始说些奇怪的话。”蝉的手离开胡须，目不转睛对比着看了看葫芦和我的脸。

“嗯，这样也好，到头来还是一回事啊。”

“一回事？什么意思？”

“据说半刻之前玉将与常世都还在这里，得知二之丸被攻陷，便慌慌张张地往天守阁方向逃去了，所以，归根到底我们的目的地是一致的。”

“你为什么知道这事儿？”

“在那边听说的。”

“听说？从谁那儿？”

“你看，那边不是有低级武士在切腹吗，那人还留着一口气，我问他他就告诉我了。为答谢他，我给了他一个痛快，身旁没人担任介错[①]就独自切腹是很危险的哦，死不了的话还徒增痛苦。”

我正再次朝着蝉所说的那个武士的尸体凝视望去的时候，入口附近的屋顶突然发出巨响轰然坍塌。紧接着一股猛烈的热浪向我们涌过来，我们三个不禁同时用手臂挡住面部，火星像撒豆子一样，在所掉落的榻榻米上一齐生成细小的火苗。

“该走了，这里撑不了多久。”蝉说。

我点了点头，穿过以往太阁专用的上座，接着踢翻了深处的拉门。屋外走廊的烟雾明显变浓了，我将马标像长枪一样扛在肩上，一路飞奔穿过了走廊。

我们一行从主殿出来时，天空已彻底被烟雾笼罩，火星在头顶周围飘荡着。建筑物之间女人和老人四处乱窜，武士们毫不留情地破口大骂并将慌乱的人群撞倒在一旁。一个疯癫的半裸女人伸出舌头，跨坐在松树上唱着歌。一个男人盘腿坐在石垒之上，看上去他似乎准备切腹，可就在刺刀快要刺进肚子的时候，那人

①介错：协助他人完成切腹的人。

突然停了下来，接着这个过程又重复了多次，每次他都会高声喊叫。

“这，简直太可怕了。”蝉不由得感叹道。

沾满土灰的脸不知何时冒出了汗水，我抬手擦了擦汗。飘向空中的滚滚黑烟让眼前的视线变得模糊，巨大的天守阁俯瞰平地，耸立在我们的正前方。

“那个，是不是冒烟了？”黑弓手指前方惊讶地说道。

只见有少量烟雾从远处天守阁的第二、三层紧闭的格子窗里漏了出来，从外面看不出来失火是因为火是从内侧燃起来的，也就是说，应该有人已经在里面放了火。我心中升起不祥的预感，猜想放火的可能就是瓢公子本人，于是我调整姿态重新扛好马标，再次行至瓦屋顶的丘陵之上。虽然胸口的疼痛丝毫没有减轻，相反疼得更厉害，不过现在我没有空闲在意这些事。

我们被浓烟包围着，沿着屋顶径直冲向主殿的边缘，然后在一处宽敞的庭院落了地。这里也是同样，只见人群涌向连接主殿外面的大门，将这里挤了个水泄不通。虽然我扛着马标，但根本没有一个人留意到我。仰望使用黑漆裹身的天守阁，感觉整栋建筑好像就要从头顶上压下来似的，我们越过围墙，连接通往天守阁入口的石阶便出现在眼前。

“很好，终于抵达了。风太郎，赶紧从石阶上去！”

“喂，瓢公子到底怎么样了？”

“我不知道，你问这个家伙。”

我抬头看看扛在肩上的马标，发现已经沾满了不少土灰。我将葫芦夹在腋下，擦去附在上面的土灰，接着走上石阶。

天守阁玄关跟前，两个武士用刀捅穿了彼此的胸膛，已经断了气。

“真是的，到处都被随随便便地当作墓场。”因心居士相当不痛快地嘀咕道。

“就这样进去吗？”

“对，发现有火就先将马标放进去。”

“是吗？突然放进火里吗？可是会燃的哦。”

“无碍，要是被封印住的那个家伙被放了出来，再度任性而为起来可怎么受得了，这次我可是非带他回去不可。”因心居士语气强硬地说道。

我轻手轻脚从敞开的大门玄关处进入天守阁，刚一进门，浓烟的味道立刻扑鼻而来。窗子全都关得紧紧的，光线从入口射了进来，映照出摆放在四周的长方形箱子的影子。

“喂，玉将在这里吗？”蝉无声地靠近我身边，用忍语问道。

“不知道。”我刚用忍语回复，蝉便走近通往二楼的阶梯之下。

“常世大人，常世大人在吗？”蝉突然大声呼喊道。

没有回应，也没有任何响动传来。

“人全都死了吗？”

蝉满不在乎地嘟囔道，接着便登上阶梯，我跟在他身后也踏上了阶梯。途中我抬起头，发现上层的顶棚因火光而产生了摇曳。果不其然我们刚上到二楼，就发现通往三楼的阶梯堆积着长枪、木盾以及长箱子，那些东西已经着了火并发出噼噼啪啪的声响，这里连个人影都见不着。

“火应该才刚点燃不久，搞不好是刚才死在入口那两人干的好事。”

蝉一边不停咳嗽，一边将一扇扇四方形的格子窗打开。但或许是平时就没怎么使用，半数左右的窗子即便使劲拉拽也纹丝不动。

我走到一团火焰跟前停下，将马标的前端一下子敲打在地。

“开始了。”

“嗯，拜托。”因心居士简单地回复道。

我配合陡急阶梯的倾斜度，将马标夹放在燃烧着的长箱子与屏风之间。只一瞬间，火焰避开了葫芦，呈圆弧状的包金部分散发出耀眼的光辉，紧接着一下子被火焰覆盖。

啪叽——放入火里的葫芦某处迸裂开来。

“远道而来辛苦了，你是叫作风太郎对吧？”我感觉有人从背后轻轻敲我的肩膀。

“哇，从哪儿冒出来的？”

身旁的黑弓突然尖叫道。

在我与黑弓之间，出现了一个让人察觉不到任何气息的男人。只见他走上前来，将我似曾见过的麻袋一下子放入火里。我大吃一惊地往腰间看去，不知何时，因心居士的葫芦连同麻袋一起消失了！

“你，是什么人！刚才躲在哪里？”蝉的声音中充满了杀气。

我回头望了望蝉，只见他已手中执刀摆好了姿势，眼中投射出愤怒的目光。

必须得赶紧阻止蝉，可我还没来得及阻止他——

“你说我吗？”男人轻轻地转身问道。

我不禁欲言又止，凝视着男人的脸。

我的近前站着一个异国男子，他的皮肤是褐色的，眼窝往下凹陷，尖尖的大鹰钩鼻，嘴与下巴周围那一根根粗硬的胡子正剧烈地上下起伏着。他身穿一件色彩鲜艳的南蛮衣装，他的脑袋用我未见过的方式拿布巾包裹着。

男子身板虽小，但面容精悍，手掌中托着一个银色的葫芦。

无须多言，男子手中的就是我委托本阿弥光悦加工的因心居士的葫芦！

男子不知从哪儿发出呵呵的笑声，接着用空着的另一只手打了个响指。

“我就是果心居士。”突然，男子身后的火焰像张开翅膀一样往左右飞散，宛如在油面上游走一般，火焰沿着地板生出一根火柱直抵顶棚附近，猛烈的火焰转眼间便将我们四周笼罩。

*

果心居士再次打出一个响指。

这次他身后着火的屏风蓦地立了起来，纸质的部分已经被烧掉，只剩下框架的屏风像是被水冲刷过一样一下子将火焰驱散，眼看着便渐渐恢复了原来的模样。另外，阶梯处重叠堆积的东西哗啦啦地散开，六块横向排列的大屏风无声地自火焰中现身，我们三个都不由得看呆了。

其间，火柱毫不留情地逼近，我的发梢眼看就要被烤焦。我的身体动弹不得，视线根本无法从屏风上挪开。屏风上绘有河川，有一条宽阔的河流横渡六枚屏风的大半，左端一块屏风上则画着水车，并且我确实听到了嘎吱作响的声音。屏风中的水车在我的视线前方开始慢慢转动，叶轮每次击打河面都会溅起水花，屏风外不断有水被引出。

当我回过神来，发现明明刚才还在眼前的果心居士却离我远远的，伫立在一处陆地上，而我的脑袋以下都被大水淹没。下一瞬间，我溺水了，水没过我头顶，我的眼珠子不停打转，好不容易从水面伸出脑袋，身旁是脑袋同样浮在水面上的蝉。

“那里的中洲[1]——”蝉拼命地用手指向远方，只见河流前端有一处陆地，我们尽全力游了过去。

“别去！”终于在二人快要到达陆地的时候，我突然听到了黑弓的叫喊声，但奇怪的是四周都不见他的身影。

“喂，快停下，风太郎，还有蝉左右卫门，你们不想活了吗？”

我感到手臂被人粗暴地拉拽着，眼前猛然升起一股烈焰。

“哇！”蝉一下子身子后仰，整个人瘫软下去，紧接着我的脚被绊了一下，猛地摔倒地。

“干、干吗啊，你们两个！”

我的眼前出现两条破旧的护腿，我往上瞧去，看见黑弓目瞪口呆地俯视着我和蝉。

“水呢？”

“水？说什么呐？你们两个突然步履蹒跚地并排向阶梯着火的方向前进，不管在下怎样叫喊，可你们就像完全没听到一样——”

黑弓吵吵嚷嚷地高声道，我环视了一下四周。

根本就没有什么水，从四周逼迫而来的火柱也不知去向。只是阶梯处的火焰噼噼啪啪地燃烧得更加猛烈起来，甚至向三楼方向延伸而去。刚才涌出大水的屏风连最后的外部框架也被烧毁，发出瑟瑟的声响倒塌在马标之上。

“果心居士在哪儿？”

我大叫一声，站起身来。刚才完全中了对方的幻术，我和蝉溺水之后逃往的陆地实际上是火焰的正中央，一个不小心便会身负重伤，这幻术的性质相当恶劣。

“刚才那个南蛮男人？咦，对哦，他去哪儿了呢？”

---

①中洲：河中沙洲。

“这里!”黑弓话音未落，阶梯的火焰便有所动静。只见那团火焰向斜上方延伸而去，紧接着断掉一截吧嗒一下掉落在地，从那里蓦地形成一个人形的轮廓。很快与刚才一样，褐色皮肤的果心居士头上裹着奇怪的布巾，若无其事地出现在我们面前，他的掌中依然托着银色的葫芦。

“你们还是稍微陪我玩玩儿啊，不管怎么说，我也在那憋屈的葫芦里被关了三十年啊，浑身的劲儿正愁使不出来呢，喂，接下来玩什么?”果心居士微笑道。

熊熊火焰映在果心居士的脸上，他的眉间挤出让人感到不快的皱纹。

“都怪你把葫芦放进火里，这下我横竖都只能被这家伙带走了。好不容易重获自由，转眼间就要道别真是让人心酸。好歹最后也要让世人知道我果心居士的存在才行啊！对了，干脆我利用外面的护城河发一场大水，将聚集在这城中的数万人都冲进海里也不失为一种乐趣啊。”

“喂！你还不给我住手!”果心居士话音刚落，就被自己手中的葫芦大声训斥道。

“发个头啊，你这混蛋，要是没有这个男人，你如今早就在千畳敷被烧得灰飞烟灭了。”

因心居士的话让果心居士忍不住默默发笑，接着他又打出第三次响指。

我猜不明白这家伙又要干什么，不由得整个身体都突然僵硬起来，果心居士居然把自己的脸像能面一样揭了下来。那张带着笑容的脸吧嗒一下落在脚边，像陶器一样裂开，被揭开的脸之下又出现一张新的脸。

“哼，哎呀，可能是吧。”果心居士板着脸无聊地嘟囔道。

“喂，这家伙是什么人？”蝉缓缓站起身，察觉到手中的刀已不在，他吃惊地四下张望。

“在这里。”果心居士张开那张边上满是胡须的鲜红大嘴，从他嘴里冒出来一把刀，他握住刀柄一口气将刀身从咽喉深处拔了出来！

“什么人？刚才不就说了嘛，我叫作果心居士，这名号你们至少是听说过的吧。”

果心居士粗鲁地将刀扔到蝉面前，蝉立刻捡了起来，又再次摆好姿势。

“收刀吧，蝉左右卫门！”因心居士葫芦厉声命令道。

这一嗓子，喊得握刀的蝉肩膀哆嗦了一下。

“什么，你听到了？”

蝉迅速将视线转向我，低声应承。我转身看了看黑弓的脸，那家伙也表情僵硬地点了点头。

“是我让他们听见的，因为我与这家伙不同，可以和人类无障碍沟通，我将力量稍微分给了他，所以后面两人才能听得出来。”果心居士将手指插入下巴充裕的胡子之间揉了揉，装模作样地说道。

“没事的，蝉。”我抬手制止道。

虽然蝉的眼神带着疑惑，可还是默默地把刀收了起来。只是他像是挺在意刀从果心居士的喉咙里拔出来似的，故意将刀身夹在腋下，擦干净之后才收回刀鞘。

“喂，风太郎。这是谁啊？你说叫什么果心居士，难道你们认识吗？”黑弓在我身后毫不客气地问道。

黑弓出生在遥远大海彼端，自然不知道果心居士的名号，而对于这个问题，果心居士一瞬间表露出不知所措的神情。

“我、我怎么可能认识这小子，是他擅自把我带到这里来的。”

果心居士眼睛睁得格外的大，举起手中的葫芦抗议道。

“你们听好了，这个葫芦是我的另一半，很久以前自我们从京城失散，这家伙就被一直塞在了吉田社的角落里。不过他盯上了这小子，为了把我带回去，还专程追到了这个地方。快看，你们带来的马标快要燃尽了，那个就是我，我会回到原来的世界去。你们这些乡巴佬知道吗？我可是名震天下的果心居士，就连那个太阁也远不如我，想不到离开这个世界之前遇上的是你们几个无知之辈，简直让我的心情非常不愉快！”果心居士像是突然发起了脾气，激动地一口气说出好长一段话。

“吵死了，那不全都是你自作自受吗！”因心居士冷淡地扔出一句话。

“没时间闲聊了，风太郎，快把我拿起来。”

我与果心居士视线相交，对方鼻子冷哼一声道：“这事儿只有人类才能办到。”果心居士伸出手来，我无言地抓过表面映着火光的银色葫芦。

“扔进火里。”葫芦简短地命令道。

“可以吗？”

“无妨。”

我将因心居士的葫芦放在几乎变为残骸的马标之上，垫在下面的灰烬由于受到葫芦的压力，开始往下坍塌。稍稍倾斜了一下之后，葫芦转眼间便被火焰吞没，此时我突然想起关键的约定还没提及。

“我知道，风太郎，是这个吧？”

不知何时，果心居士身旁出现了一个人，那人身穿似曾相识的有多个葫芦滚落图案的和服，只见他调整了一下腰带的位置。

那个人是瓢公子！

他脸上精心地涂满了香粉，样子跟祇园祭的时候一模一样。

“喂，这个男人如今在什么地方？”

扮成瓢公子的因心居士已顾不得说明自己的身份，便俯视着身高只到自己胸口的异国男子问道。

“怎么回事啊，你这张脸？”

果心居士吃惊地仰望着对方，目不转睛地注视着涂得白白的脸。

“哦，原来是那个善良的傀儡。”果心居士终于察觉到对方的真面目。

“这个小鬼小时候就只会贪吃，所以才长成这副熊样。”果心居士轻轻地捅了捅瓢公子突出的腹部道。

“我答应过风太郎，把我带到你这里之后，就告诉他这个男人的下落。”

“原来如此。”果心居士眼窝凹陷，眼珠子睁圆了盯着我看，“事到如今，还问这个干啥？难不成追上去取其首级吗？诚然，那颗头颅相当值钱，运气好的话，搞不好能抵得上一个小国。”

听到这话，我不禁对眼前这个发出怪笑，嘴角丑陋扭曲着的男人怒目而视。

“我代人保管了一把刀，要将此刀送去。”我态度生硬地回复。

“啥？送刀？给那个只有死路一条的城主送刀？你真是个不可救药的怪人。”

这个男人完全把人当猴耍的口吻让我火冒三丈。

“这刀是从宁宁夫人那里得来的。”我不由得说漏了嘴，当发觉失言之时已为时已晚，果心居士的表情瞬间凝固了。

“嚯——好久不曾听到这名字了。”

果心居士发出低沉的声音叹道，镇静沉着地看着我。此时阶梯处堆积的长箱子已燃烧尽，灰烬开始坍塌，火星四处飞舞，火焰就像被吸入一般蹿上了三楼。

“自从被封印以来，我的力量最多只能覆盖至本丸以内，其他的消息一概不知，话说那女人还好吗?”

“太阁死后，宁宁夫人出家为尼，在京城为亡夫吊唁。”

“她还像以往一样，常常聒噪地大笑吗?”

“战争之前是的，现在……她看上去非常孤独，一个人住在一处巨大的寺院里。”

事到如今也没有必要隐瞒了，我索性如实相告。果心居士听我说着，脸上所有的表情都消失了。我看着那张被埋在胡子里的异国面容，却完全猜不出其此刻的想法。

“果心居士啊。”我搭话道。

“干吗?”

“宁宁夫人要我传话给你，她说‘囚禁了你三十年，十分抱歉’。”

终于，果心居士的眼神发生了变化，褐色皮肤上的那双眼睛里说不出是愤怒还是悲伤，抑或是嘲讽，我无法看清他的表情。

“居然要接受一个寡妇老尼的廉价同情，我果心居士也名声扫地了啊。”果心居士紧紧拧住自己下巴上的那团胡子说道。

瓢公子伸出手啪一下拍在他的肩膀上，发出巨大的声响。

“喂，你不要勉强。”

“勉强什么?”

“你不就是因为看上了她，才会被彻底封印起来的吗？名震天下的果心居士丢脸也丢到家了。”

“你、你胡诌个啥，谁会看上人类的女人!”果心居士像孩童一样抡起纤细的胳膊，一把甩开瓢公子的手。瓢公子纵声大笑，果心居士扭过脸去低声自语道："那个浑圆的家伙藏在谷仓里。"

"什么？"

"你要找的这座大坂城的主人带了约三十人离开了，他们方才穿过山里曲轮①，刚进入了朱三望楼。那里说是望楼，但实际上只是个储藏干米饭的谷仓而已。"

我询问谷仓的位置，果心居士说在天守阁以东，建在靠近山里曲轮的边缘上。

"你们，准备赶往那里去吗？"

"对。"

"算了吧，你们是进不了谷仓的。"

为什么？不等我反问。

"等等，我们都听到这份儿上了，不可能你一句话进不去就打道回府。怎么着，那里有重兵把守着吗？"蝉从身后插嘴道。

"没有什么人把守，只有女人和一些亲信，冷清极了。"

"这样的话，不可能到不了啊。"

"不，凭你们的力量是到不了的。"

"凭我们的力量？哼，说得好像你都一清二楚似的。那么，如果我们硬要前往又会怎样？"

只见果心居士轻轻抬起右腕，伸出骨节突显的手指指着我们。

"你们，全都会丧命！"果心居士毫不犹豫地断言道。

*

烟味渐渐变浓，看来此地不宜久留，我不停地驱赶着眼前的烟雾。

---

①山里曲轮：在战国动荡的乱世结束以后，城郭的战争作用日益减少，有的城主为了自己的风雅爱好而在城里建设了庭院、水池、茶室等等，这些区域就被称作山里曲轮。

“这下可伤脑筋了。”瓢公子打破现场持续的沉默，发出悠闲的声音。

“我与风太郎约定过的，把我带到大坂城之后，就让你协助他们前往这个男人的身边。如今这个约定要是无法实现，那我不就食言了吗。”

“关我啥事，要怪就怪你自己擅自做主。”

“那么，就连果心居士也无能为力啊。”

“所以我不是说了嘛，靠他们的力量是不行的。”

瓢公子色彩鲜艳的涂红嘴唇渐渐绽开，爽朗地笑道：“就是这么回事儿，风太郎。”

“怎么回事？到底什么意思？”

“你真是个脑袋迟钝的男人。”果心居士往前跨出一步咂舌道。

“只要我果心居士赋予你们神之力，到达那里简直易如反掌，就是这个意思。”

不等我反应过来，果心居士紧接着又打了个响指。

本以为接下来会发生什么，我身体不由自主地戒备了起来，不过并没有发生什么。

“这么一来，你们就能不被任何人发现，安全抵达望楼了。好了，已经没你们什么事儿了，想去哪儿赶紧去，快。”

“等一下，你对我们做了什么？”蝉立即尖声质问道。

“我把你们的气息消除了，现在你们就算在哨兵跟前走过也不会被盘问，即使在军犬跟前通过，同样不会被察觉，甚至赤身裸体站在上千人的军队面前，也断然不会被任何人发现。”

果心居士扬扬得意地发出几声怪笑，我望着他的脸，刹那间回想起这话似曾听过，接着我的脑海里闪现出竹子行走于柘植屋走廊上的纤弱身姿。对了，就是竹子告诉我的！他说过果心居士曾将气息完全消去，泰然自若地从门卫跟前走过潜入城内，没想到今天居然会从当事人这里听到同样的话。

“可是，那个男人除外。”

“唉？在下吗？”突然被果心居士指中，黑弓发出憨傻的声音回应道。

“只有你，没有像其他两人一样得到我足够的神力。虽然此刻你跟他俩一样消除了气息，但能撑到什么时候就不知道了。”

“为什么呢？”我不解地问道。

“因为语言不一样。”瓢公子的方向传来回答。记得当我一再追问关于黑弓吸入死蛾粉却没受任何影响一事时，对方也这样回答过。

“对，所以刚才这个男人才没中幻术。嗯，当然也跟我没有使劲儿有关系，下次用力再试试。”

果心居士的话让我不禁回过头望着黑弓。

“你没有溺水吗？”

“溺水？在哪儿？”黑弓脸上浮现出惊讶的表情。

“喂，怎么破除这幻术？快说！”一旁蝉也加入进来。

“我说你们啊，现在没时间说这些莫名其妙的话题了。”瓢公子郑重其事地打断了我们的对话，“风太郎，这下没问题了吧？”

我转回头望着这两个妖怪。

“哼，虽然你说帮我们消除了气息，可实在没办法确认。”

“我可是名震天下的果心居士，听好了，你们现在已经变成了石头，那种随意一放任谁都不会在意的石头。但是，千万别去触碰活物，直接摸、用刀砍以及拿石头扔都是同样的效果。如果碰到人，你们身上的神力将瞬间消除。”

果心居士举起纤细的胳膊，用手指触碰了一下，接着手肘到手掌便化作一股烟消失了！但是，不一会儿工夫烟雾再次聚集，像什么都没有发生过一样，胳膊和手腕又从烟雾中出现。

“等等，这样一来即便进入谷仓，不是任谁都看不见我们了吗？”

“在想以真面目示之的人跟前，吟唱这个咒语，如此一来只有那个人才能看到你们的存在。”

接着，果心居士长满胡子的嘴发出不知所谓的奇怪声音。

“那是啥？完全没听清楚。”我催促对方重复一次。

“难道说刚才那句话是‘快睁开眼’的意思吗？”背后突然传来黑弓的声音。

“嚯，居然能在这里遇上懂天竺语的人。原来如此，你本就不是这个国度的人吧，从哪儿来的？”异国男子眯着眼问道。

“天川，不过在商船所到之处，在下经常与天竺的商人交流。”

“这样啊，那要不要用汉语或者天竺语给你施法？不，你信仰的对象不同，所以无论如何，我的话语都不能充分传达给你。这倒也无所谓，话说天竺音真是让人怀念啊，我和这个家伙像这样分成两个身体差不多快千年了。记得我们还住在同一个葫芦里的时候，一路上优哉游哉花了大概两千年的时间，才从天竺经由唐土到达这个国度的吧。”

果心居士捋着下巴上茂密的胡须，诉说着过去的经历，这时瓢公子静静地把手搭在他的肩膀上。

“嗯，时间差不多了。”

“哦，我明白了。”男人长长叹一口气，走向阶梯处的火堆。那边马标自不待言，就连因心居士的葫芦也已经燃烧殆尽不留一丝痕迹。

“这么简简单单就烧掉的话，完全没必要专程去本阿弥光悦那里加工好不好？”

“你们看到的火焰都是假象，我是为了你们才将其活动停了下来，实际上是这个样子的。”

果心居士刚一打出响指，被压抑的东西一口气得以解放，火势急剧猛涨。仿佛满缸的水倒在地面上一样，火焰爬上顶棚，覆盖头顶上的一切建筑，转眼间便蔓延至周围的墙壁。

“风太郎啊，感谢你陪我走到这里，你做得很好。”

瓢公子缓缓走上前来，迫于头顶的火势，我不由得放低腰身，此时瓢公子伸出大大的手掌温柔地放在我的头上。

“承蒙你们照顾了。”

瓢公子用眼神向蝉与黑弓道谢后，便转身往回走，就刚才还熊熊燃烧的烈焰，突然间连同堆积的长箱子和屏风一道消失了。木板表面甚至丝毫不见烧痕，不仅如此，连铺在地上的毛毡也恢复了原样，阶梯途中出现一金一银两只摆放整齐的葫芦，它们映射出顶棚的火焰，散发出耀眼的光辉。

“你们尽量远离天守阁，现在火势还远远不够，接下来我们会华丽地烧上一把，就当作是回到原来世界的祝火。”

“你们保重，那个天川人可不要忘了我啊。”果心居士笑道，接着轻巧如孩童一般，一边蹦跶着，一边沿阶梯往楼上走去。途中，果心居士将自己的金色葫芦抱在胸前，瓢公子手拿银色葫芦缓缓跟在他身后，在熊熊燃烧的顶棚跟前转过身。

“你把刀送去给这个男人后，一定要平安地回去，然后在京城好好活着。同时我也预祝你的那个葫芦店生意兴隆，如果碰到光悦替我给他道声谢，说葫芦加工得非常好。”瓢公子把葫芦举至眼前道。

“再见了，风太郎！”

瓢公子难为情地笑了，然后他转过身去，和服后背上的那只倒逆着的巨大葫芦刚一消失在通往三楼的阶梯，顶棚的烈焰便沿着阶梯扶手舐着毛毡往二楼窜了下来，骤然间吞噬了整条阶梯。

“喂，该出去了。”

我一回头，发现蝉已经移动至阶梯处，他探出头来，点了点头招呼我和黑弓跟上。我拭去从额头掉落的汗水，顶着头顶的高温追赶着蝉前往阶梯。我们刚下到一楼，突然听闻二楼传来顶棚坍塌的巨响，紧接着一股强烈的热浪刮将下来，我们迅速飞奔逃出了玄关。

外面的状况也好不到哪儿去，呛人的味道弥漫在空气中。蝉毫不停顿，脚蹬墙壁沿着通路轻而易举地跳上了连接城墙的屋顶。

“话说望楼在天守阁东侧吧，那么翻过这道围墙是最快的。现在火还没烧到天守阁，我们就这样移动至天守阁屋顶，再从那儿找寻望楼的所在吧。”

“喂，要是杵在那么显眼的地方，从下面可是看得一清二楚，会被当成活靶子的。”

“所以，那两个妖怪才给我们施了法不是吗？”

“我说，难不成你还相信了？”

蝉无视我的反问，开始迅速沿屋顶行走。

“等，等等！”

黑弓背靠墙壁俯下腰身，我踩着他的膝盖爬上了屋顶。此时，蝉已经移动至天守阁的屋顶瓦之上。

“看看他会不会中枪。”随后爬上来的黑弓带着恶作剧的口吻说道。

蝉步调毫不减缓地爬上从黑色外墙上伸出来的巨大破风，他在顶端无所顾忌地暴露自己的行踪，还同时向下方窥探。我和黑弓在一旁观察了片刻，不见有火炮瞄准蝉并发射的迹象。

“能看到望楼吗？”

不知蝉是不是没听见，那家伙一直保持相同的姿态一动不动。

“喂，蝉！”我再一次叫喊道。

“吵死了，我听得到。”蝉转过脸来，不可思议地轻声说道，同时慢慢地捋起了泥鳅须子。

“石墙下方有另一段城郭，它的对面可能就是望楼，虽然从这里看不到，但可以看到其他东西。”

“其他东西？什么东西？”

“自己来看。”

我和黑弓面面相觑。

“怎么了，走去看看啊。”黑弓率先往蝉的方向小跑而去，我还未确信自己是否已经消除了气息，弓着腰跟在黑弓身后。一到达破风，黑弓便蹲在蝉脚边，从屋顶边缘探出脑袋。

“喂，看见什么了？”

黑弓什么也没回答。

实在受不了这两人故弄玄虚，我手杵在覆盖着灰尘的瓦砾上，摆出与黑弓同样的姿势，小心翼翼地向下方观察。

诚如蝉所说，宽五间左右的狭窄城郭，完全围绕在支撑天守阁的石墙根部附近，有大概二十来人身着黑色装束聚集在此。另外，在围绕城郭的围墙之上，还有一个男人身着与瓦砾同色的装束。那男人完全融入了背景之中，趴在那里观察下方的动静。

那是忍者！我倒吸了一口凉气，就在这时，匍匐在瓦砾上的男人蓦地支起上身。

“难道说……”话说到一半，我打住了。

我咬紧嘴唇，凝视着残菊的那张在黑色瓦砾背景下被清晰映出的白皙脸庞。

*

“糟透了。”黑弓嘟囔道。

果心居士说光靠我们自己无法进入望楼，指的就是这个意思吗？

诚如蝉所说，残菊被隐藏在房顶的围墙挡住，从这里看不到对面。但是只要越过那道围墙，前方必定是那个什么朱三望楼，不然如此数量的忍者聚集于此，我想不出还有什么其他的理由。

“那个男人，是在祇园社碰上的家伙吗，不知啥时候居然混进来这么多人。”蝉捏着泥鳅须子，不愉快地说道。

“那是残菊，周围的人应该是月次组成员。”

我发现一个体格巨大的光头站立在围墙跟前，应该是琵琶，话说那个叫柳竹的男人也必定在这队伍中。

“月次组吗？从我手中抢走功劳，最终还杀死百的就是这群家伙吧。”蝉的声音十分阴沉。

我抬起头来向蝉的方向看去，也看清了他身旁黑弓的表情。不过黑弓对百的名字没有任何反应，他甚至连眼睛都不眨一下，只是窥探着下方的动静。不光对蝉，他甚至在回避我的视线，这反而传递出确切的答案——这男人，果然在我不知道的地方见过百。

“早知如此，在坊舍时就该杀了那家伙。”

“少来了，搞不好被杀的会是你哦。”

“什么？我会被那种家伙？开什么玩笑。”

“蝉可能还不知道，风太郎差点就送命了。”

“送命？啥意思？”

黑弓从屋顶边缘缩回脑袋，突然开始与蝉展开对话。

“喂，你闭嘴。”我急忙戳了戳黑弓的后背。

“在吉田山的废屋，风太郎被月次组的人伏击了。他的胸前被那个残菊砍了一刀，受了重伤，好容易才保住性命。”

听完黑弓的话，蝉摆弄胡子的手指停住了。

“喂！此话当真?”蝉向我投来严厉的目光质问道。

我正摇着头，一股强烈的冲击越过黑弓脑袋向我袭来。由于闪躲不及，那股冲击直击我胸口正面，我无法出声，当场蹲伏了下去。

“你、你突然干吗呀？不是说了他身受重伤吗！”

“开什么玩笑！这样的身体就跑来战场了？你要是出了什么纰漏，必定会拖累我好不好！”

“话不能这样说吧，风太郎是不为任何回报，毅然决然地来到了这里。”

我伸手按住胸口，抬起头。黑弓不知何时已站起身与蝉对视着，我使劲拉了一把他的腰带。

“快住手，蝉说的没错。”

“可是——”

我抓住黑弓的腰带站起身来，再次观察了一下下方的状况。残菊一干人等所在的城郭并没有什么变化，即便我们如此激烈地争执，可声音完全没有传下去。

“对啊！从刚才起就净发生一些非同寻常的事，我完全都忘记了。风太郎啊，你说自己是为了那两个妖怪才专程潜入大坂城的对吧？哼，那样不是没有任何好处吗？再说了，他们到底是什么人？说叫什么果心居士，难道我们三个都在做梦吗?”

对于擅自跟着来的蝉，我原本没有义务为其一一说明，但黑弓则不一样，他正以同样坚定的眼神看着我，而且让他跟着来大坂的也是我，是时候把一切告诉他了。

“抱歉，黑弓，有些事我还没对你说。还记得吗，你第一次造访废屋时的事，万屋的人交给了你一袋葫芦对吧？一切都是从那时开始的。”

射入本丸的枪炮声明显变得更加激烈，二之丸的屋顶全都着了火，被滚滚浓烟覆盖。在这交战正酣之际，我心中不禁感叹我们三人居然能毫不顾忌他人视线，在天守阁屋顶瓦上回顾过往。我将在废屋背后首次被因心居士搭话，接着由于吸进死蛾粉被葫芦缠上，包括因心居士和果心居士的由来，还有因心居士身体移往新的葫芦之内，然后我被迫带着葫芦前来大坂，而最终目标果心居士竟然过去被宁宁夫人封印成为马标等内容一一作了交代。虽然我叙述途中相当走马观花，但仍然将这些围绕葫芦所经历的不可思议的体验毫无保留地和盘托出。

“那两只葫芦说接下来会大肆焚烧天守阁，以此回到原来所在的世界，所以此处不能久留。”

蝉抬头仰望渐渐变得昏暗的天空，而黑弓则沉默地注视着浓烟对面，城外被芦苇覆盖的沼泽地。再过一刻，天会完全暗下来，此刻我并不确定自己是否已将所有的事都说了出来。

“想不到那个大鼻子家伙就是真正的果心居士，可恶，让他教我几招幻术就好了。”

片刻后，蝉终于不甘心地嘟囔了一句，我心想这家伙不管他也无所谓。

“黑弓啊，一直瞒你到现在我很抱歉，但我确实无法跟你解释，因为当时我们两人都吸入了死蛾粉，但你没有发生任何变化对吧。”

我用手指擦了擦被灰尘弄脏的鼻头道：“虽然不太清楚是什么缘由，可的确是多亏了那两只葫芦，我们才能安然无事到达这里。”我接连点了两三下头，像说服自己一样总结道。

“其实，在下也有事瞒着风太郎。”黑弓突然结结巴巴地说道。

难道他是指百的事？我不由得咽了口唾沫。

“我知道，你是切支丹[①]对吧？”蝉从旁随意插嘴道。

“你冷不丁地说些什么啊。”

“你看，这表情被我说中了吧。”

看蝉动了动下巴，我视线回到黑弓身上，只见黑弓一脸窘迫的表情看着蝉。

“是真的吗？”

黑弓动作僵硬地点点头，我突然想起冬日战事结束之后，黑弓入住的上町客栈旁曾建起一所南蛮寺庙。

“难道说，你在上一次战争期间被困在大坂城，是因为那里有南蛮教堂？”

“那里有一个葡萄牙人神父，因为在下懂葡萄牙语，于是便在那里帮了不少忙，后来干着干着就出不来了。”

原来如此，所以远在吉田山的我才会被唤至大坂，至此我被采女大人召唤之谜终于得以解开。

“你突然说这事儿干吗？不管你是切支丹也好，红牡丹也罢，我完全无所谓。”

我抱起胳膊回望黑弓的脸。

“服了，你这家伙真是迟钝。”蝉再次从一旁插嘴道，“你还不明白吗，所以啊，那两个妖怪的幻术才对这家伙无效。”

“啊！”我不由得从喉咙深处迸出一声。

“妖怪说黑弓的信仰对象不同，这家伙原本就是个生在天川的南蛮子，所以一般都会怀疑他是切支丹吧？”

---

①切支丹：天主教，天主教徒。

我终于一下子明白因心居士曾说过黑弓“语言不一样”这句话的含义，也就是说，被供奉在那落魄祠堂的葫芦的力量对于信奉异国之神的黑弓鞭长莫及。

“黑弓啊，你啥时候开始信奉切支丹的?”

“自出生时起就开始了，如今天川的日本人差不多都是如此。毕竟在那边不与葡萄牙人保持信仰一致，是找不到活儿干的。”

“但是，你脖子上并没挂着切支丹常有的信仰凭证啊，上次在井口旁冲凉的时候，也没见你带着。”

“哦，你说十字架吗?我把它缝在这里了，要是被他人看见恐有诸多不便。”黑弓指了指衣领周围道。我伸手试着摸了摸，确实有小小的金属触感。

此时，我瞧见残菊开始行动了！

残菊从围墙上跳下，向待机的同伙下达指示，他嘴巴只稍稍动了一下，忍者便飞奔四散而去。其中十来人爬上屋顶，剩下的人开始准备火把。大概是因为天马上就会暗下来的缘故吧。

“调教得挺不错嘛。”蝉挖苦道。

从我这边看过去，残菊等人实在是抢得了一块让人嫉羡的好地方，因为他们正好占住城郭尽头的位置。原本有十几个士兵驻守在这里，可如今他们已经变为尸体被弃置在城墙根处。从我们到达这里开始，还没看到哪怕一个守卫的影子。也就是说，残菊等人已经堵死了城郭入口，筑起了完全不会被周围察觉，且全是自己人的阵地。

“风太郎啊，朱三望楼就在围墙对面吧?”

“应该错不了。”

“这些碍眼的家伙怎么办?”

“如果我们的气息完全消去了，就这样沿着石墙滑下去也不会有人察觉到吧？如此一来，我们就能从这群人身边穿过，径直前往望楼了。”黑弓漫不经心地提议道。

“要试试看吗?”蝉目光锐利地盯着黑弓问道。

“不，在下就免了。”黑弓连忙摇摇头。

我们在他们头顶上如此喧闹，下面都没有任何反应，那么即便从其身旁走过也必定不会有什么问题吧——虽然我这样想，可一旦被发现就是死路一条，要试也是豁出性命去试。

“记得果心居士说过，瓢公子一行人穿过山里曲轮进入了望楼。虽然有点绕道，我们也走相同的路前往吧。”我正向另外两人说明着，蝉却一下子绕到黑弓身后，咚一声顶了下对方的后背。

随着一声短促地惨叫，黑弓从我的视线中消失了。

“黑弓!”

我立刻沿屋顶边缘往下窥探，但刚一见着忍者们的身影，我便慌张地把话咽了回去。黑弓正往正下方坠落，放任不管的话必定会冲入在准备火把的人堆儿里。为避免这种情况，黑弓在下落途中伸出手去，勉强挂在了石墙之上，然后他连续脚蹬天守台的石墙，最后又来了一记大幅度跳跃，才终于安全着地。

到底是黑弓，落地时几乎没发出声响。落地后，黑弓立刻如脱兔一般奔跑了起来，跑开数间后才转过头来。此时他整个人彻底暴露在城郭通路上，可即便如此，周围也没有任何人注意到他的存在。

“你们看，没事的。”

蝉手抓泥鳅须子，一脸得意地说道。我气愤地抓住了他的前襟。

“哼，我们哪还有时间绕路？你也看到了吧，不少人在城内大喊大叫着四处乱窜，要是途中一个不小心被他们误撞上，幻术可就消失了，那时候可就更没办法接近望楼。再说在我们绕路的时候，万

—残菊等人攻入望楼把玉将等人全杀光的话，你打算咋办？”

蝉的语气虽然傲慢无礼，但他的话却让我完全无从反驳，接着他又故意吐了一口唾沫，将我的手弹开。

“先走一步了。”蝉沿着来屋顶的路返回，爬上围墙后轻巧地一跃降至城郭。我跟在蝉身后从屋顶瓦上跃起，连续脚蹬围墙陡急的斜面，着地的时候我硬生生地咬紧牙关，忍耐着胸口的痛楚。

此刻，蝉正在身手敏捷地跨越下一道围墙。

“再撑一下就好，风太郎。”

看着蝉从自己一侧一言不发地径直通过，黑弓向蝉投去冷漠的目光，同时向在围墙之下的我伸出手说道。

对啊，再撑一下就好，只要到达望楼将刀交付给瓢公子，我的任务就结束了。

我先助跑了几步，接着再猛蹬墙壁，黑弓在上面适时地抓住我的手臂，把我拉了上去。此时我突然察觉到了，自己即将首次完成被授予的工作。

*

我与黑弓一道跳下围墙，穿过面前宽约三间的狭窄城郭，我从围墙上被射穿的枪眼往外窥探，看见了正下方的护城河，而对岸的二之丸已然变为一片烟雾之巢。

“就是那个了吧。”蝉手指前方说道。

只见在城郭的尽头，建有一处与道路一致的小型望楼。确实如果心居士所言，那地方与其说是望楼不如说是谷仓更为贴切。从天守阁方向应该看不见这里，相比残菊等人刚才原地待机的城郭围墙，这里的屋檐更低。

“这么小的地方当真有三十人在里面？”黑弓的问题提得理所当然。

“应该有所纵深吧。”蝉毫无防备地靠近望楼说道。

我记得应该有月次组的忍者趴在左面石墙的围墙屋顶上待机才对，可奇怪的是感觉不到任何人气。

望楼正面设有一扇贴有铁板的拉门，拉门关得严丝合缝，听不到里面任何声响。到底要不要打开门呢？就算我们三人消除了气息，但望楼入口如果自动打开，里面怎么也会察觉到吧。

“咋办，风太郎？”

“从这里进去的话太乱来了，如果要躲的话，不会从里面把门封死吗？”

“那么，我们登上房顶，拨开瓦砾进入如何？”

“这个望楼可没有二层，掀开瓦砾突然在正上方顶棚开个洞吗？这样只会造成内部更大的骚动吧。”

我抱着胳膊，与黑弓并肩而站，鼻腔里发出低沉的哼哼声。

“一直想来想去也不是个办法，先打开门试试看，之后再作考虑。”蝉强行推开黑弓，站在门前。

“笨蛋，快住手！”

在我制止蝉伸手拉开拉门之时，突然头顶发生了剧烈爆炸。我不知发生了什么事，抬头一看发现天守阁的侧面猛然飞起，从那里迸出巨大的火块，火块不断地起伏翻腾，我们眼前的破风正上方一下子破开一个大口，漆黑的烟雾同火焰一道向上方蹿起，我不由得用胳膊挡住脸来抵御下行的热浪。

紧接着，木料碎片哗啦哗啦往下掉，掉到望楼的屋顶发出硬质撞击声响后弹落四处。

“哇、哇！”

黑弓一边高声叫喊，一边旋转着躲避朝这边飞来的大块木板上脱落的碎屑。

这时，没有任何预兆地，望楼的拉门发出重重的声响被打开了。

“怎么了?”声音逼近的同时，两个身着铠甲的武士从望楼里冲了出来。

蝉站在拉门外敏捷地躲开了那两人，可黑弓眼看就要跟对方相撞，还好蝉眼疾手快地拉住了黑弓的前襟，用力拖至身旁。

“啊!”黑弓发出奇怪的叫声，摔倒在地。

“天守阁着火了!”其中一个武士大喊着报告道，此时，我与在其身后的蝉一瞬间视线对上了。

“该走了!”没有时间犹豫了，我踢了一脚黑弓的屁股，接着往望楼拉门处跑去。

我的身体滑入半开的拉门中，此时已不见先行进入的蝉的身影。我脚蹬堆积在眼前的草袋子，伸手搭在房梁上，已待机在上面的蝉抓住我的腰带使劲往上提。两个武士激动地叫喊着从门外返回，再次将门关上。二人架好门闩的时候，蝉、我以及黑弓沿着房梁，前进在通往望楼深处、构造细长的顶棚上。

望楼的一侧，草袋与箱子堆积如山。靠护城河一侧，淡淡微光从窗外射入，将这个昏暗的场所映照在我们面前。身着铠甲的武士大概有十五人，他们都肩并着肩相互倚靠着。

望楼内侧的房梁处吊有帷幕，将下方空间分隔为三部分。入口附近与最里面分别为武士和女官们，中间隔段墙上的窗户完全封闭着，瓢公子就坐在里面。他面前的烛台一旁，有一个女性垂着头，那人应该就是传闻中瓢公子的生母了，只见她一脸无精打采地注视着相邻隔段吵吵嚷嚷的男人们。

“修理[1]!”女人突然发出尖锐的叫喊声，相邻隔段立刻变得鸦

---

①修理：这里的修理指大野修理大夫治长。

雀无声。

“是！”一个男人掀开帷幕走了出来。此人年近半百，颈部缠着布将手腕吊着，貌似负了伤，他脚步踉跄地走到女人近前。

“出什么事儿了？”

“火似乎已经波及天守阁，想必是内部的火药被引爆所致。请放心，这周边还没有敌兵的身影。”

听到这里，我突然想起刚才天守阁的爆炸不是因心居士他们策划的吗？话说那爆炸就像预见到我们何时到达望楼一般，实在是太及时了。天守阁内侧的火原本就烧得猛烈，在我们位于破风之前时，只有些许烟雾从天守阁的窗户漏出。从这一点上看来确实奇怪，如果天守阁内部当真存在火药，在那样的火势之下，应该早就引爆了。

接着，这个叫作修理的男人以让对方充分理解的语调，继续絮絮叨叨地为女人进行说明，每逢句尾他必定会加上一句“没问题的”。不知道他说没问题指的是什么，我从顶棚竖起耳朵收听片刻，貌似这人将“大家都会得救的”这样的意思传达给了对方。

这不睁眼说瞎话么。

发动如此规模的战争，为什么会认为自己没事？我完全无法理解。大御所为什么拖着衰老的身躯特意率军亲征大坂？仅有一墙之隔的门外传来的不曾停歇的枪声又是向谁而发？这些连京城五岁的小孩子都懂。

可是，女人听着男人的话，还一本正经地一一点头回应对方道：“是嘛，是嘛。”

谈话中我发现修理自始至终都仰望着女人，唯独没有看瓢公子一眼。

“请大人们再稍作忍耐。”最后修理低下头如是说道。

“是嘛。”瓢公子到头来也只开口说了这一句话。

此时，去向相邻隔段观察状况的蝉回来了。

“常世在里面的隔段里，他混在女官之中，目前没啥动静。”

对了，我这才想起来，原本这家伙的目的就是来寻找常世。

“原来如此，那个就是总大将吗，跟葫芦妖怪装扮的样子一模一样嘛。喂，刚才的对话你们都听到了吗？傻了吧，那人。”蝉尖刻地低语道。

我并没有否定蝉的话，只是注视着一身戎装的瓢公子。相比祇园祭之时，那张脸的确变得相当精悍，但却仍如从前一般总让人感觉心不在焉。瓢公子仿佛就像一个身穿铠甲的葫芦端坐于帐幕之中，实在不像一军之总大将。

修理退了出去，瓢公子与其母再加上两名老尼姑守候在一旁，中间隔段重回沉默。

“黑弓。”我看准时机招呼身后的黑弓，他正跨在房梁上观察下方动静。

“你能吟唱出刚才果心居士的咒语吗？”我问道。

“当然。”

“一定要对着玉将吟唱，别搞错对象。”蝉毫不客气地从顶棚指着女人的脑袋告诫道。

“明白了。”黑弓点点头道。

黑弓轻轻地从房梁上落地之后，立刻沿着老尼姑与帷幕之间的空间前进。就在穿过尼姑正后方时，黑弓紧张得像葫芦一样噘起嘴巴，憋足气用力过猛的他满脸通红。此时我屏住呼吸，手指情不自禁地用力抓住房梁。

“果心居士这老小子，虽然他说用在那家伙身上不知道能不能奏效，可到底为什么啊，这幻术实在太厉害了。”

黑弓一点一点地安全靠近瓢公子的正侧方，此时蝉反倒抢在我之前长出了一口气。

“开始了，风太郎。”

“拜托。”

黑弓慢慢凑近瓢公子的耳朵，低语了几句。

但是，不见对方有任何变化。

“喂，你吟唱错了吗？”

“不可能，在下就是按照所教授的天竺语吟唱的。”

此时，瓢公子眼珠里映射出的烛光突然产生了晃动，我可以确认自己绝没有看错。

“瓢公子——好久不见，在下风太郎，不，在下百成，您身旁是祇园祭时曾一起行动的千成。如果您听到了，不用回答，只需抬起右手就好。”我心想黑弓的咒语会不会已经传达到了，于是自房梁上呼唤道。

瓢公子的脑袋依然一动不动，只是将放在膝盖上的右手稍稍往上抬了一点。

虽然在梁上，身旁的蝉见状立刻端正了坐姿，黑弓也慌张地后退了几步低下头去。

“瓢公子——请原谅在下斗胆在此处和您讲话，实在事出有因我们才会使用忍术，这忍术能仅让瓢公子看到我们，其他人既看不到也听不到。请就这样听在下说，我们绝不是您的敌人，今次来访实为奉高台院大人之命才——”

“嗯。”我话还没说完，瓢公子突然发出含混不清的鼻音。

我不由得停了下来，此时中间隔段内响起铠甲的声响，原来是瓢公子站起身来。

“您、您怎么了？”

总大将可谓身长越六尺之伟丈夫，此时一直如地藏一般，沉默不语并排候在一旁的两名老尼姑的其中一人高高抬起头询问道。

“小解。”

接下来，整个谷仓发生了小小的骚动。

武士们所在的地方响起了翻动东西的声响，首先他们准备好了一个装过干米饭的空罐子；接下来，身着华丽和服的女子们全部转移到中间的隔段；最后，罐子被搬入了最里面的隔段之中。

一切准备就绪后，瓢公子迈着悠然的步伐前往相邻的隔段。

当他站在罐子前的时候。

“这样可以了吧，百成?”瓢公子抬头询问道。

我这才明白原来瓢公子是为了制造与我们谈话的时间及场所，才说自己要小解的。我们急忙从房梁上下来，一起跪拜在瓢公子跟前。

“好久不见啊，百成。”

为了不让隔壁的人听见，瓢公子静静地瞧着我的脸说道。

“千成也是。”

即便瓢公子此时的口吻与祇园祭时完全相同，时光也无法再将我们送回到那天。我们已经知晓，对方是一国之主，是一军之总大将，还是太阁秀吉的遗子，更是无人不知无人不晓的“丰臣秀赖”这个名字的主人。

我感到口干舌燥，无法立刻回上话。

“好久不见，瓢公子也别来无恙，啊——”黑弓无意识地脱口说出“瓢公子”这个旧称，可瓢公子并不在意，仍然点点头回应了黑弓。

“这位未曾谋面的朋友，感谢你来到如此狭小不便的地方。”瓢公子对蝉说道。

蝉静候在瓢公子面前，他与我和黑弓稍稍隔开了一段距离。

“对了，把常世也叫来吧。”

此时，我发现蝉吃惊地张大嘴巴仰望着瓢公子。

“怎么了？”我看着蝉问道。

“叫常世过来。”蝉还没闭上嘴，瓢公子便开口下令道。此命令并非针对某人，看上去就像自言自语一样。

“另外，把大助也叫来。”

隔段对面忽然产生响动，不一会儿，常世身着与战争毫不搭调的鲜艳和服出现了。刚钻进帷幕，常世那双锐利的眼睛就盯着我们所在的位置周围，我心想这家伙是不是看得见啊。

“你看不见那三人吗？”正当我站起身来的时候，瓢公子开口问道。

“是。”常世一脸惊讶地回复道。

“孤跟你说不清楚，你们让常世也能看见。”

与蝉眼神交汇后，那家伙无言地点点头。相比冬日在本丸相见那次，常世的样子看上去更加消瘦，不过我总感觉黑弓注视着常世的时候很是光彩夺目。

“再吟唱一次，拜托。”我向黑弓搭话道，于是黑弓步伐僵硬地靠近帷幕前的常世，然后在对方耳边吟唱了数语。

“喂，常世，听得到吗？”

看常世的举止刚开始像是没听到声音似的，不过接下来的一瞬间，他突然满脸惊讶地望着我们。

“你们，什么时候！”常世大吃一惊道，不过话说一半他立刻停了下来，因为他发现我慌忙地将食指贴在嘴上。

“常世，这个是幻术，只要我们不解除咒语，其他人就看不见我们的样子，也听不到声音。现在能看见我们的只有你和瓢公子而已，你安静地听我说，我是奉高台院大人之命前来此处的。”我如是说道。

常世毕竟是忍者，理解得很快，虽然其眉间还残留着疑惑，但还是无言地点了点头。

“您叫我吗?”此时，一个个子相当矮小的武士掀开帷幕进来问道。他的声音像呛了嗓子一般沙哑，我略感奇怪，便瞅了瞅对方的脸，这才发现对方竟然是个仅十二三岁的孩童。

“大助，这副铠甲又重又热，小解很不方便，给孤脱下来。”

瓢公子颇感拘束地将外褂脱下，双手向左右两侧举起，那个叫大助的少年武士心领神会地迅速靠上前，开始解腋下的扣子。

“那么百成啊，政母大人都说了什么?”

我先是一愣，然后才想起宁宁夫人过去被叫作北政所，所以瓢公子才称其为“政母大人”。

“是。”我慌张地低下头道。

我现在深深地感到困惑，话说像这样与瓢公子打上照面，我才发现自己虽然在因心居士的引导下，最终决定潜入本丸，可见到瓢公子之后该咋办，自己当真没做好准备。到底应该如何将宁宁夫人的心思传达给瓢公子，这是我完全没有考虑过的。

“怎么了，你不是受命于政母大人远道而来的吗?”

我注视着瓢公子硕大的草鞋前端，依然说不出话来，只是急忙将插在腰间的皮口袋取下。

“高台院大人吩咐在下将此物送至这里。”我将皮口袋举至眼前，一口气说道。

除了这句话，我竟没能再多说一句，此刻我彻底感到自己的懦弱。

瓢公子凝视着我举起的双臂，被唤作大助的少年武士时不时向瓢公子投去疑惑的目光，同时将不见半点污垢、闪闪发亮的铠甲卸下。在他看来，自己的主人必定对着没有任何人在的地方说话吧。

瓢公子转动了两三下肩膀，长出了一口气，接着缓慢地行至我正面，一口气坐下来。

亲手交给对方的话，唯恐果心居士的幻术会消失。我虽知失礼，但在那只不胖不瘦且在昏暗中也白皙如玉的手伸过来之前，我便将皮口袋置于地板上。

“有劳。”瓢公子毫不在意地说道。

“政母大人别来无恙?”瓢公子将拾起来的皮口袋恭恭敬敬地举起来，然后询问。

“是的。”我如是回答。

“终于赶上了啊。”瓢公子心满意足地说，关于详细内容，瓢公子一个字也没问，但从他手触摸皮袋子的动作来看，我不可思议地感到他多半已料到此为何物。

“恐怕，这是已故太阁大人的御刀吧?”我自然而然地脱口而出道。

“是嘛。”瓢公子抚摸皮口袋的表面微微笑道，“如果在那个世界得见太阁大人，想必孤会被痛骂一顿吧。”

是啊，已经没办法了啊。

如果瓢公子还能以如此善良的笑容示人，便不可能在这场惨绝的战争中胜出。

*

一声接着又一声，稍停片刻之后，突然枪声再次响彻四方。相比之前听到的，这次的枪声更近，每当枪声响起，中间隔段都会涌起女人们发出的悲鸣。

“常世啊。”瓢公子唤道，他的声音融入女人们的叫喊声中。

至此，常世一直呆站在帷幕前，表情僵硬地注视着我与瓢公子之间的对话。

“是。”常世以女人的举止弯腰行礼道。

“你的使命已经结束了，同他们一道离去吧。虽然母亲大人精神上还未做好准备，但孤很早便心意已决，孤要在此处做一个了断，政母大人也曾说过如此便可。”

瓢公子解开手中的布口袋，小心翼翼将内里取出。

“主公，常世誓死追随主公！”

“不需要。”瓢公子摇头淡淡道。

“一直以来，孤就是个独自一人便成不了事的男人。就连现在，穿戴铠甲需要大助帮忙，不拜托常世甚至连小解都办不到。”

“唉！”身旁的黑弓发出极其无礼的声音。

“孤连腰带都不会系，因为自己从来没系过。”瓢公子皱起眉头，表情困惑地说道。

瓢公子拔出手中的小太刀。就像要将周围的微暗都吸引过来一般，刀身一下子从刀鞘中浮现而出，发出凛冽而耀眼的光芒。

“不过，孤至少能给自己一个了断。常世啊，去向冥府的只能是无路可退的人。孤其实都知道，你的任务就是见证孤的死对吧？但是，如果你见证了那一刻，自己也将无法活着离开这望楼，枉送性命毫无意义，你还有可以回归的地方！”

“不！主公，不肖常世并没有那样的地方，常世一定陪伴主公到——”

常世悄声诉说着衷肠，只见他怒形于色，跪在地上往瓢公子跟前蹭。他的眼神让我感到这家伙已决心随君赴死，即是说，其心之所向早已不在伊贺。

“大助也已经回来了，你不用担心。哦，对了，话说孤并非一事无成，孤不是与你们结伴游历过祇园祭嘛，虽然这事儿至今还瞒着母亲大人。”瓢公子将小太刀无声地收回刀鞘里。

“那时真是痛快啊，孤有生以来第一次那么开心。”瓢公子做了个蹴鞠的动作说道：“六百八十下。”

那让人总感觉挺自豪的语调，让我稍隔片刻才想起那是我们曾在坊舍连接数鞠的次数。

“大助，你去把那扇门拉开，别用奇怪的表情看孤，孤并不是在跟幽灵讲话。”

果然这望楼就像埋在城郭中一般，建筑物的两端都设有拉门。在为伺候瓢公子小解端来的空罐所放置的墙边，有一扇架着巨大门闩的拉门，那扇拉门与我们进入望楼时通过的拉门有着相同的构造。

“主公，常世是不会走的！”常世前额再次叩在地面上，低声诉说道。

“哎，也许这样比较好吧。”突然，身旁蝉的忍语传入我的耳畔。

“这家伙，把采女大人送入大坂本丸的忍者全杀了！即便出去也活不长久，能死在这里最好不过了。”

“难道说，你来找常世的真正目的是？”

“不错，确认玉将身亡之后再解决掉常世——这就是采女大人的命令！”

蝉的手指捏住泥鳅须子，向常世投去冰冷的眼神，这家伙终于透露了自己跟来这里的目的。

“喂，常世，你为什么要做那种事？”

“想必，是害怕他们趁其不备要了这人的性命吧？”

蝉冷哼一声，视线从常世转向瓢公子。

“这家伙如今已经不是忍者了，什么都不是，忍者是不会为他人而死的，我才懒得去杀一个一心寻死的傻蛋。即便是我，要杀了这家伙也会寝食难安，所以根本没这个心思。”

前额叩在地上的常世缓缓抬起头。

“抱歉，蝉左右卫门。”

“啊？我没有接受你道歉的理由好不好。”蝉站起身咂舌道。

“嗯？常世大人怎么了？”听不懂忍语的黑弓不安地询问。

“他要留在这里，这家伙背叛了伊贺，即便出去了也活不了。”蝉低声回复。

“这、这样好吗？风太郎？”

黑弓凝视着我的脸向我求救，但我却不知该怎样答复他。如果蝉所言非虚，常世在行动之前必定已做好了赴死的觉悟。其结果，他并非为伊贺，而是为了瓢公子选择赌上自己的余生。

“该走了。”我切断黑弓投来的视线，站起身来。

“常、常世大人，我们一起走吧。”

突然，黑弓膝盖转向，蹭着地面靠近常世说道。

“只要出去了，怎么都能逃过伊贺的追捕，我们没有任何理由将自己束缚在那个郁闷且狭小的地方，这世间明明有更多宽广和明亮的地方不是吗？常世大人，和在下一起出海吧。你知道吗？不光你，百市其实也离开了伊贺，战争结束后，她会与在下一起乘船出海离开这个国度，所以，常世大人也一起——”

就像决堤的洪水一般，黑弓用过度思虑的声色倾诉道。

“喂，你这话是什么意思？”百的名字突然登场，没有任何征兆，蝉立刻不依不饶地质问黑弓。

“侍奉主公出自我本愿，我并没有被任何东西所束缚哦，黑弓。”

常世彻底平稳的声线将黑弓的话打断，就连身为男人的我都惊奇地发现，此刻的常世的表情是那么的美丽动人。

瓢公子听着我们的交谈，始终保持着沉默。

“仅仅只是小解而已，不能花太长时间。”终于，瓢公子站在拉门前说道，“你如果在京城遇见政母大人，请代为转告她，孤会和太阁殿下在那个世界耐心等待，请她一定慢慢地来——慢性子的阿瓢敬上。”

“必定转达。”我声音沙哑地答道。此时我依然凝望着瓢公子巨大手掌中宁宁夫人的小太刀。

“终于完成任务了！”我不禁叩问着自己的内心，不过却没有任何回响。如今我身处这个远离主战场的望楼，接下来即将与瓢公子道别，这一切就像远在朦胧之中看不真切，无论什么都让人感到虚幻和空洞。到底，我是来这里干什么的？

“大助。”瓢公子召唤道，少年武士随即伸手搭在门闩上。

此时，相邻隔段突然传来哭声，仔细一听，竟然是婴儿的哭声。

“啊，孩子醒了。”帷幕另一端女人们嘈杂的声响扩散开来。

婴儿就像宣告整个望楼自己刚睡醒一样，开始大哭大闹，女人们则频繁重复地发出哄逗孩子的声音。

黑弓沮丧地站起身，也不知谁先看到谁，我与黑弓的眼神对上了。

“哎呀，吵死了，快让孩子闭嘴！”突然响起一个尖锐的女声。

“对、对不起。”一个女人连忙道歉，接着，我感觉周围的女人们都加入了拼命哄孩子的行列。不过，这样反而惹恼了婴儿，望楼里的哭声变得越来越大。

“我不是说赶紧让孩子闭嘴吗！”尖锐的喊叫声再次爆发。

“常世。”瓢公子低声唤道，“把孩子带到这里来，没关系，孤原本就没想要小解。母亲大人也累了。”

我感觉瓢公子的嘴角泛起一丝凄凉的微笑，常世迅速起身消失在相邻的隔段中。

不等片刻，常世跟随抱着孩子的侍女回来了。侍女表示会赶紧设法让孩子停止哭泣，不过她自己也是一脸快要哭出来的表情。

“无碍。”瓢公子瞅了瞅侍女怀中孩子的脸说道。

孩子裹在相当高级的毛毯子里，双手吧嗒吧嗒地拍打着，精神饱满地扭动着身子。

“是个女孩儿呢。”黑弓看着孩子，轻声低语道。

黑弓的声音传到了瓢公子那里，瓢公子转过身来面对着我们。

“是孤的孩子。”就像没发生任何事一样，瓢公子嘟囔了一句。

“啊！”我与黑弓惊诧地异口同声道。

“战争之前孤才知晓的，要是早知道还可以打掉，真是的，太可怜了。”

瓢公子上身前屈，从侍女手中接过孩子，虽然他动作生疏，可一抱起孩子，哭声便停止了。

“嚯——”大概是连他自己都感到惊讶，瓢公子微笑感叹。

被揽在巨大的前胸和粗壮臂膀中的孩子，看上去显得十分娇小。

不知为何，我的眼帘内侧突然浮现出那天发生的事。虽然当时我眼见着那些建筑物被凄惨地燃尽，不幸坍塌的，但直到现在我连一次都没再回想起过。在那昏暗潮湿的空气中，茶臼山山脚被我与蝉烧毁的红色村庄，那景象与四处逃窜的村人所发出的悲鸣在记忆中被同时唤醒。此刻，干燥木料燃烧所发出的声响，以及烈焰被风吹动所带来的灼热感，眼看着就要鲜活地传进耳朵，扑打在脸上。一个男人倒在地上，就是那个被蝉用手里剑切断咽喉，并由我给予最后一击的那个男人。男人跟前，一个女童仰望着我，熊熊燃烧的火影在她的眼中跃动着。

“喔，她在看百成。”

突然，瓢公子的声音传入耳畔，我吃惊地转头望去，发现瓢公子怀中的孩子正仰望着我。

孩子的眼睛非常美丽，那白色眼仁就像微暗中的光明一般鲜明，引人注目。

如此明亮的眼睛，我似曾相识！

“去拯救某人不就好了吗？”恍惚间，我的耳畔深处回响起芥下的声音。

不知何时，芥下已身在茶臼山的村子中，她身后的房屋坍塌，轰隆作响，任意肆虐的烈焰火星四溅。

“风太郎只要有朝一日也去拯救某人就可以了。”芥下如是说道。我看见她的白眼仁闪闪发光。

*

至今为止，我从未抱过孩子。

也从未想过要抱孩子。

所以我也不知道自己为什么会有这种想法，当我的视线离开孩子抬起头的时候，又撞上了凝神俯视我的瓢公子的眼神。我们之间没有任何言语的交流，可我却极其自然地迈步向前，而瓢公子也宛如早已做好准备一般，轻叹一声将怀里的孩子递至我跟前。

我把孩子抱在怀里，孩子很小，很轻。

“这，你，你疯了吗？”

身后传来蝉刻意压低声线的惊诧声，微暗中，我的身影想必已经浮现而出了吧，只见那个侍女把手放在嘴边，自喉咙深处发出不成声的悲鸣。

“什么人!”大助大喝一声，手迅速搭在腰间佩刀上。

“不可无礼，此人是政母大人派来的使者。”瓢公子抬手制止了惊惶失措的两人。

“怎么，他们也能看得见吗?”

“因为这幻术一碰到人就会失效。”

瓢公子睁大眼睛，视线转向我问道：“这样好吗?”

“是的。”我不知道该如何回应，只是低头应承了一声。说不定，此时瓢公子眼中映出的是一副快要哭出来的表情。

我眼前是孩子的脸，她头发浓密，虽然一动不动地注视着我，但对于自己的脸并不讨孩子喜欢这一点我很有自知之明。四周昏暗，我怀疑在孩子的眼中，自己看上去也并不那么真切。孩子的嘴巴吧嗒吧嗒地开合，发出搅动唾液的声响，同时鼻子突然往我的胸口蹭了过来。

侍女见状，坐立不安地摇了摇身子，接着对常世耳语了几句。

“怎么了?”我问道。

“要吃奶了。”常世简洁地回答道。

隔着我的衣服，孩子的脑袋一个劲地往连环甲上蹭，我连忙将找奶吃的孩子还给了侍女。侍女丝毫不掩饰眼神中的畏怯与责备之色，接过孩子后，立刻敞开衣裳让孩子吃奶。孩子把脸埋在膨胀的乳房里，五根小小的手指触摸着乳房压在侍女胸前，同时脸颊忙碌的一抽一动。

安静的隔段内侧回响着孩子精神十足的吞咽声，在场的人都无言地注视着。

大家都知道，这孩子活不过明天!

可是，孩子要吃奶，肚子饿了要吃奶，为了活下去。

“百成。”瓢公子静静地说道。

“是。”

“能带着一起走吗？”

这句话我还未听完，便感到一阵麻痹窜过全身。瓢公子并没有说带什么一起走，但其视线前方，孩子仍然气势十足地吃着奶。

“让她像你们一样，自由自在地去想去的地方，随心所欲地在街上漫步，当然，如果还能蹴鞠就更好了。让她穿上心爱的和服，涂上香粉，每一天都过得像祇园祭一般就好了。孤听说有一种叫作乌冬的面食极为美味，让她也能任意享用就好了。哦，对了，女孩子的话就不能蹴鞠了吧。”

我总感觉瓢公子的话不对劲，原本自出生以来，瓢公子就是个绝大部分时光都在大坂城内度过的贵胄子弟。他真的希望孩子像自己所说的那样成长吗？还是仅仅把自己想干的事说出来了而已呢？我不得而知。

“她不必知道关于孤的事，孤希望她只是作为一个普通人活下去。”

当我听到瓢公子如此低语之时，他心中所渴求的东西一下子便浸入了我的内心深处。作为这个巨大城池的主人，虽说生来就获得了至高无上的地位，可此刻却只能在这个狭窄苦闷的地方低声细语，瓢公子此刻的身影，反而讽刺地将他心中所想明确地传达了出来。

孩子的嘴巴离开了乳房。

孩子凝望半空片刻，轻轻地打了个饱嗝，接着像被挠了痒痒一样，柔软地笑了。

楼外传来无休止的枪炮声，那始终柔软的笑声穿插其中，在隔段内侧快活地回响着。

我不知道这侍女是孩子的生母还是乳母，可当她一擦拭孩子的嘴唇，对方便发出更加水灵灵的笑声。瓢公子被这场景打动，一脸愁云的表情缓缓地舒展开来。大助的嘴角跟着露出了笑容，侍女身旁的常世也向女婴注入温柔的目光。只是让我吃惊的是，居然连蝉眼角的表情都稍稍变得柔和，不过当他注意到我的视线时，便立刻变回一张臭脸。这里面，唯独黑弓向我投来担忧的目光，那双眼睛明显在说："别答应！"黑弓知道我想干什么，我朝他点点头，然后走到瓢公子跟前跪下。

"百成。"

"是。"

"这孩子就拜托你了。"

"得令。"

仅此而已。

瓢公子再次从侍女手中接过女婴，方才还浮现在脸上的笑容一下子消失了。

"交给这些人你不用担心，他们曾经豁出性命保卫孤的安全。"瓢公子对眼睛通红的侍女解释道。

虽然我们被称呼为"这些人"，但侍女只能看到我一人吧，当然，我并不认为对方会在意这样的说法。侍女放手之后，依然以眼神空洞地追随着孩子的去向，接着她突然低下头，头发遮住了她的脸，我听到她开始悄声抽泣。

我将缠在后背上的刀卸下，重新插在腰间。此时，身旁一直保持沉默的蝉终于开口了。

"为什么要干傻事，你这家伙！"蝉低声用忍语埋怨道。

"我明白。"

“错，你不明白！”

蝉语气强硬，我不由得转过头去。

“你！会送命的。”蝉的眼中浮现出清晰的怒色，“你该不会已经忘了吧？外面有大把月次组的人在守株待兔。如果带着孩子，再加上你现在的身体状态，如何能逃出生天？”

“蝉啊，我已经决定了。”

“这种事，本来就不是忍者该做的！”

“这样的话，我原本就不是忍者。”我说。蝉无言地死盯着我。

“你这笨蛋！”蝉咬紧臼齿吐出了这句话，说完之后，他扭过头去不再搭理我。

我重新拴好草鞋鞋带，站起身来。

我比任何人都清楚自己做了件傻事，外面等候着我的不只是月次组，我还必须避开包围大坂城数以万计的军队，平安无事地从城里逃离。

我没有任何行动计划。

然而，我的心却出奇地踏实。

“风太郎。”

我回过头去，不知何时常世已抱着孩子站在我身后。刚才还裹在孩子身上的高级毛毯，如今已经换为颜色暗淡的布毯。布毯严严实实地包裹着孩子全身，只将头部露在外面。孩子方才刚吃了奶，一脸呆呆的表情，视线游走在半空中。接下来，常世便将如今还算老实的孩子放在我的后背上。

“孩子没哭呢，她可能喜欢百成。”瓢公子低语道，我勉强挤出一个笑容以作回应。

常世手脚麻利地将女婴固定在我的后背，并尽量将绕回到我胸前的布毯端部紧紧系上。孩子虽然很轻，可我如果持续跑动起来就是另外一回事了，动作决计不能过大。话说我自己胸前的状况也不好，我试着按了按系在胸前的结扣，不知道是否是因为愈合的伤口又裂开了，稍稍施压便会产生尖锐的疼痛感。

“百城。”瓢公子的召唤将我涌上心头的阴郁情绪打断。

“你真名叫什么?”

这意料之外的提问让我忘却了胸口的疼痛。

“在下，叫作风太郎。”我回答道。

“你呢?”

“在下叫作黑弓。”

“还有你呢?”

“在下蝉，蝉左右卫门。”

“是嘛。”瓢公子点点头道。

常世为防止火星飞溅，在我身后为孩子的脑袋蒙上罩子。

“常世。”瓢公子唤了隔段内最后一个忍者的名字，“你与他们一道离开这里。”

常世手上的动作突然停止了，他立刻压低声线回复道：“主公，常世直到最后都会陪伴在主公身——”

“不需要。”瓢公子冷冷地打断了常世。

“这是孤的命令，你去帮助风太郎他们。”

瓢公子不容分说，语调强硬地命令常世道，这样的他我还是首次见到。

“风太郎，黑弓，蝉左右卫门——”

我的身体不自觉地动起来，来到瓢公子跟前跪了下去。一瞬间我忘记自己身后还背着孩子，忍不住打了个寒战，不过背后并没有任何动静。

“孤的孩子就拜托各位了，没有父母虽然可怜，但请诸君助孤一臂之力，至少让孩子过上平静的生活，”

瓢公子勉力地蜷曲身体，动作非常生疏地低下头说道。

我还不清楚能不能从大坂城脱身，孩子今后的人生也根本没办法保证。常世如今仍然保持着沉默，瓢公子恐怕还不清楚接下来带着孩子出逃的其实只有我一人而已。

“在下必定不负所托！”虽然存在众多不确定，我还是不自觉地脱口说出了这句话。

“一定保千金平安！”出乎意料，另一个声音从我的斜后方传来。

我转过头，吃惊地发现不知何时，蝉与黑弓也并排着跪在我身后。

我不明白那人为什么要这么说，只见那人缓缓站起身，从腰间拔出在千畳敷拾得的刀。

“拿去用。”那人将刀扔向常世，接着那张泥鳅脸靠近我后背上的孩子。

“真是个小美人儿啊。”蝉轻抚女婴的头，用忍语说道。

“蝉，你！”

“干吗？”蝉面色不快地抓着泥鳅须子，回瞪了我一眼。

“一旦离开望楼，我们必定会引起对方的注意。他们认得你的样子，多半会穷追不舍，弄不好的话，没走几间距离对方便会从高处发起攻击，顷刻间咱们全完蛋。”

“对方？什么意思？”常世不解地用忍语询问。

“傻瓜，屁股后面明明一直都有尾巴，你都没察觉到吗？这个望楼早已被德川家的忍者包围了！”

蝉没好气地回复道，常世一脸不可思议的表情将视线转向我。

“是月次组，残菊也在。”我将这个非常不愿提及的名字告知常世。

“并且，这次对方全是忍者，祇园祭时遇见过的杂鱼一个都没有。”

“有多少人?”

“大约二十来人吧。”

“二十三人，你好歹还是数一数啊，笨蛋。”蝉不悦地立刻纠正了我的错误。

“蝉啊，这是什么意思，你的任务不是杀我吗?”常世注视着手里的刀，眯着眼睛问道。

“哼，我改变主意了，比起杀你，如今已经出现了更加有趣的对手。并且，我刚才触碰了孩子，你明白吗？施加在我身上的幻术已经消失了。真是的，名扬天下的果心居士也靠不住啊，一旦杀人就会消失的幻术，战场上根本就起不到任何作用嘛。所以，就算你是叛徒，只要能利用的东西我都是不会客气的，光靠这个窝囊废，根本不可能突围。”

无须多言窝囊废指的应该是我，但对此我并没有感到气愤，自方才蝉触摸孩子的时候起，让我感到意外的事从蝉的嘴里说出来这一点，反而更加让人震惊。

“蝉，你、你知道自己在说什么吗？月次组可是所司代的爪牙，今后要是被采女大人知道了——”

“啥？所司代？那种事我根本无所谓。”蝉脸上露出冷笑，手指从胡须根部轻轻地捋向前端。

“我已经决定要任性而为了，看着你们这群家伙，我打心眼儿里觉得一个比一个傻。不光你，黑弓也好，常世也罢，对了，百也没死吧？你们都活得自由自在，就我一个人还傻傻地在伊贺忍耐着，这不是完全蠢到家了吗？并且上次在祇园坊舍，我已经与那个残菊约定下次见面时奉陪到底了，能在大坂城内如此华丽的舞台做一个了结，正合我意。”

蝉的手指捋至胡须前端，然后他的手离开胡须，接着往手掌中吐了一口唾沫。

“从昨天起，对手尽是些像木偶一样的傻瓜，这早已让我厌倦了。要是换作忍者的话，至少还能让人提起一点兴趣。”蝉搓了搓手掌，将手置于刀柄之上说道，“那些家伙，在京城抢去我的功劳，看我不将他们赶尽杀绝！”

蝉的喉咙深处发出粗俗的怪声，脸上浮现出极度残酷的笑意。

*

常世把刀立在腰间，从袖子里取出一根绦带，麻利地解开头发，再用绦带重新在后脑勺打了个结，将头发绑住。接下来，常世又解开腰带，将和服与腰带一起脱掉扔在一旁，而那和服下面的竟然是一身忍者装束！

“常世。”瓢公子貌似吃惊地叹道，此时的常世已经不再固执己见。

“常世愿舍命，保护公主之安危。”常世拿起刀低声说道。

大助和侍女愣在一旁，呆呆地望着他。常世解开鞘口查看刀刃，在与我视线相交之后，他对我报以淡淡的微笑，将刀插回了腰间。

“你怎么办?”我们用忍语进行沟通的时候，蝉突然向沉默着呆站一旁的黑弓询问道。

我注视着在进行作战准备的常世，同时等待着黑弓的回答。

“在下……”黑弓欲言又止。

“在下，不能同行。”片刻之后，我听到像蚊子鸣叫一样的声音。

我后背上的孩子稍稍蠕动了一下，接着又不自在地扭动身子，本以为她要哭了，不过却像是找到了舒服的姿势，接下来孩子便老老实实地不再动弹。

“怎么？因为你是切支丹吗？”蝉忽然问出奇怪的问题，我不由得转头望向他，“伊贺曾经展开过搜捕切支丹的行动，当时我听说切支丹教徒是不能自杀的，所以你才无法和我们同行对吧？祇园祭时你与月次组也交过手，然而这次你却说不行？是因为对方比我们多二十人，有再多的命也不够用吗？”

我的视线从蝉转移到黑弓身上之前，黑弓便如逃避一般低下了头，貌似心事已被对方说中，这家伙还是一如既往地简单易懂。

“一开始我就没打算带黑弓去。”

我对蝉说道。黑弓一脸吃惊的表情抬起头来，但刚与我视线相交，他又再次低下头。

“为什么？相比难以动弹的你，他更派得上用场好不好？”

我对蝉的话充耳不闻，转向忐忑不安、眼神在脚下游走的黑弓说道：

“黑弓啊，接下来你必须回天川与令堂相见对吧？令堂也早已伸长了脖子等待着你的归期，你和她已经约定好了要赎回奴隶之身。这样的话，我便不能带你同去。只是，我希望你告诉我有关百的事，你应该知道一些我还不清楚的事。”

黑弓虽然一直保持着沉默，可他纤弱的手腕前端，拳头攥得紧紧的。

“在下与百……约定战争结束后碰头，然后一道前往长崎，在那里乘坐南蛮商船出海。”

黑弓发出难以听清的、叽叽咕咕的低语，那声音混入墙外传来的枪炮声中。

“在下也……话说当时她刚从风太郎那儿来到这里，还有关于月次组的事，在下之前都不知道。”

黑弓突然慌张地抬起头，拼命抑制自己无意中变得激动的语调。

“在下在上町偶然遇见百，可刚一打招呼她就突然用毒针抵着在下的脖子，说是脸被看见了要杀了在下……但在下拼命叫她等一下，问她为什么人在大坂，她便说自己刚逃出伊贺。然后在下邀请她一起出海离开这个国度，如此她才答应跟在下一起走。所以，所以方才在下也对常世大人说了，离开这里总比白白送死要强。”黑弓一脸无可奈何地转向常世说道。

“喂，等一下，百还活着是真的吗？真是的，你们就爱在我不知道的地方胡搞瞎搞——”

蝉正欲从旁插嘴，我赶紧抬手制止。

“那么，现在百在哪里？”我窥探黑弓的眼睛询问。

“不知道，但在下已经与百约定战争结束后碰头的地方。还记得吗？之前冬日战事结束之后，在下与风太郎久别重逢的地方，那里长着一棵树。”

“是那棵唯一残留下来的孤零零的槐树吗？一旁还紧挨着一个小小的祠堂。”

“对，在下与百约定在那附近碰头后，就立刻前往长崎。”

“但是为什么要选那个地方？那里不是总构内侧吗？在离大坂城更远的地方，或者干脆在大坂范围之外碰头不是更好吗？”

“因为在下将所有的财产都埋在那个巳的下面了。”

“哦。”我的声音如叹气一般，从喉咙深处冒了出来。对了，原本黑弓由于堺被烧毁，便带上至今行商所有赚得的积蓄逃进了大坂，所以他应该是在那里偶然遇上百的吧。

“黑弓，能拜托你件事吗?”

“嗯。”黑弓虽然口里答应，但感觉这家伙的眼神非常紧张，目光快速地在我的脸上扫来扫去。

“我如果成功突围，也会前往那个巳，所以，你先去那里等着我。以我这副模样逃不了多远，而且德川方面应该很快就会开始搜捕败走的武士，我希望你能帮我准备点换装用的衣物，这事儿能拜托你吗?”

“当然没问题。”黑弓点点头说道，语气听上去像松了一口气似的。

“那个地方在哪里?”蝉问道。

我一边用忍语回复蝉，一边回想起端坐于祠堂的白蛇供品，脑海中突然闪过浮现在昏暗中的百那苍白的裸体。连自己都感觉不可思议的是我希望能再次见到百，不过百毕竟是百，她随时都有可能改变心意，所以如今她即便离开了大坂也不是没有可能的。只是现在的话，我至少能发自内心地感谢她对我受伤以来的悉心照料。

“差不多该动身了吧，毕竟孤也不能一直小解。”瓢公子见我们仍然在做准备，便缓缓开口说道。

在瓢公子跟前，四名忍者跪着排成一行。

“最终，孤一个人还是什么都做不成，连保护自己孩子的性命都办不到，只能这样拜托你们。说来让众多同伴丧命的孤，本没有资格提出这样的要求。但是，这个世道是为活在当下之人，以及拼命求生之人而存在的，请务必让这个孩子活下去!”瓢公子恭恭敬敬说道，一字一句都说得掷地有声。

瓢公子转过身。

“大助，开门!”瓢公子再次命令，少年武士行至门闩跟前。

“你先走吧，可得赶紧逃。”蝉挖苦地对黑弓说道，于是黑弓走在了最前面。

我与蝉并排着跟在黑弓身后，而常世负责殿后。大助腰部使劲，在他取下门闩的当头，我不露痕迹地瞅了瞅蝉的侧脸。

“你可别搞错了。”蝉转过身来面对着我，用忍语说道，“我绝不是为了你才这么做，也没觉得孩子有多么可怜。”

“那么，你到底为了什么？这事儿要是让采女大人知道，毫无疑问你项上人头不保。”

“这种事不用你废话。”蝉冷哼一声道，“是因为那个总大将。”

蝉向瓢公子巨大的身躯望去。

“他对于我这样来历不明的区区忍者，刚一见面就给予犒劳的话语，甚至还低下头给我行礼。真是的，刚才我简直不敢相信自己的眼睛和耳朵。迄今为止，不管我怎么拼死拼活地卖命工作，采女大人也从来没有对我说过哪怕一句慰劳的话。不仅如此，他甚至连瞧都没正眼瞧过我，那位大人根本没把我当人看，从柘植屋时代起，我就只是一颗棋子而已。”

听蝉这么说我才回想起来，方才这家伙在与瓢公子搭话之时，确实跪着不动且满脸惊诧地张着嘴巴。

“我好开心，风太郎，被当作人看，我真的好开心——仅此而已。”

蝉发出沙哑的声音，同时捏住泥鳅须子，我不由得把手搭在他肩上。

“对了，趁此机会我告诉你吧。所有的一切，都是我干的。”蝉突然话锋一转。

“所有的一切？什么意思？”

“为了将你逐出伊贺，所有的事都是我暗地里策划的。那个桥上的守卫也是，他是否因你而死我不清楚，但那人原本就曾患过严重的心病。为将你这碍眼的家伙赶出伊贺，我用尽了一切手段，不！在把你赶走之前，按照我的计划，你早该被铁炮击中身亡了。”

“等、等一下，之前你不是说交给藩主大人的铁炮都挪过准心的吗?”

“那是骗你的，相反当时我还在心中不停地祈祷一定要射中，奈何一炮接着一炮，连擦都没擦到一下，要是换我来早就一发送你上西天了。想不到藩主大人枪法出奇的臭，当时我焦急地一边将铁炮递给他，同时只能在心中暗自咒骂他真是个蠢蛋。”

我对这家伙萌生的冰释前嫌的想法，一瞬间消失了。

“喂，蝉。”

“干吗?”

“之后让我揍一拳。”

听闻此话，蝉十分猥琐地笑了起来。

“我来背。”蝉拍拍我的肩膀说道。

不知道是否是蝉的动作吓到了孩子，小东西的身体突然动了起来。

“抱歉!”蝉神色慌张地探出头靠近我的后背。

“退下!”身后的常世冷冷地呵斥道。

大助将门闩无声地卸下后，立在一旁的墙壁上。

“自从去年冬日战事开始以来，孤就再没能给政母大人写过信。不过这样一来，终于可以毫无眷念地告别了，最后让孤再次谢过诸君。”

瓢公子把手放在腰间的小太刀上。

“出发吧!”瓢公子挺起胸膛庄严地说道。

即便在这狭窄阴暗的望楼中，瓢公子其形象装束也不愧为一军之总大将。虽然还不知道这望楼之外有什么在等待着我们，但瓢公子到底还是瓢公子。

我方三人，不，背负着孩子的我应该只能算半个。相比之下对手有二十三人，质量上也与祇园祭时不同。以这样的人数还能轻而易举地从城外潜入本丸，就此看来其实力已毋庸置疑，并且对方还有残菊这张王牌在。我不知道能否与背上的孩子一起平安突围，虽然蝉和常世没有开口，但黑弓却明确从中嗅到了死亡。

尽管如此，我却并不感到恐惧。虽然本次委托没有一分钱的回报，实在是极不划算，但在宁宁夫人、因心居士以及果心居士的引导之下，如今我终于不可思议地理解到自己站在这里的理由。就像宿命的安排一般，我因着一些难解之缘才又回到了战场，自己仍一如既往地走在从栢植屋延伸而出且早已注定的道路上。

“黑弓。”

“是。”

“请善待令堂。”瓢公子说道。

他应该是方才听到了我们之间的对话才这样说的吧。瓢公子的话让黑弓的脸一下子扭曲了，但黑弓勉强维持着表情，深深低头一礼。

瓢公子亲手搭在拉门上，拉开刚好能通过一人的宽度。

“风太郎，在下在巳那里等着你。”我与转过头来的黑弓一瞬间视线相交。

哭个啥，不等我回他这句话，黑弓便从拉门的另一侧消失了。我之所以没能把话说出来，是因为在瓢公子的身后，大助的视线不知为何看上去像在追随着黑弓一般。

“我们需要时常保持三人共进退，一到外面，只管撒腿就跑。”不等我想明白，蝉的声音强行将我的意识拉回。

“拉门的前方连接着山里曲轮，要出本丸的话，只能穿过城郭再渡过极乐桥才能前往二之丸。”

常世语速飞快地向我们说明大坂城的构造，为不让火星落下，常世用布毯包裹住孩子的头，我们三人也用布将面部下半部遮住。

“不害怕吗，这孩子真坚强。”听了常世的话，立在墙边的侍女蹲了下去，她的肩膀无声地抖动着。

“蝉左右卫门，多多珍重。”

“是。”蝉仰望着瓢公子，语不成声地应承道。

“风太郎啊。”

“在。”

“很高兴能再见到你，不过遗憾的是这次没能玩成蹴鞠。”瓢公子嘴角泛起平静的微笑，“常世也是，感谢你迄今为止的悉心照料，辛苦了。”

瓢公子温柔地隔着布毯把手放在我后背的孩子头上，对常世说道。

“好了，去吧！”

蝉第一个冲了出去，接着我也滑入拉门的缝隙中，常世则护着孩子紧跟在我身后。

“再见了！”

走出望楼时，我听到微弱的道别声。

我转过头，看见拉门缓缓关闭，向我投来坚定眼神的瓢公子的脸从视线中渐渐消失。

*

随着我奔跑的步调，后背上的孩子也跟着摇晃，我只管注视着跑在前方蝉的膝盖内侧，绝不将视线移向我左面的石墙。就算被墙上上百门铁炮的炮口瞄准，我们也只能逃跑，直到月次组开始行动为止，能够拉开多远的距离是左右一切的关键。

我们三人穿过狭窄的城郭通道，虽然不知道有什么在等待着我们，不过鼻子却先于眼睛嗅了出来。

我们被浓烟与焦煳味所包围，明明还不到傍晚，但天空却异常昏暗，整个本丸都笼罩在烟雾之中。

眼前的视线突然变得开阔，蝉像是快要停住脚步，而我则是完全停了下来。

“风太郎！”我身后立刻传来常世的呵斥，于是我再次奔跑起来。

这里不愧被命名为山里曲轮，感觉就像完全照搬祇园社院内景致一样，庭院中树木花草繁茂，实在让人难以想象本丸内侧竟会有如此广阔的庭院。不过视线所及之处几乎都燃烧着如红莲般的烈火，左右及正前方的火焰也形成粗大成行的带状，宛如巨蛇在尽情地跃动，那幅骇人的景象仿佛要将一切都吞噬一般。从浓烈的味道上明明已得知了状况，可眼前的烈焰一旦化为浊流将视线所及之物全数烧尽，两腿还是会发软。

平日这里应该四处耸立着巨大的松树，但现在这些松树彼此重叠着倒下，与熊熊燃烧的建筑物一道将我们的前路封锁。如果哪怕被重度烧伤也在所不惜，那么或许还能有突破重围的办法，比如说钻过火海或者说从上面过去等等。但我后背上有必须小心对待且比任何东西都重要的小小行李。

虽然火焰确实棘手，但我却稍微松了一口气。只要烈焰还在四处肆虐，我们既不会被埋伏，也不必担心月次组从头顶袭击过来。我察看了一下来时路，也不见有人影追来，难道我们正好趁虚而入，让对方错过了追击的时机吗？还是说对方的目标仅仅只是瓢公子，根本没把我们放在眼里？

“走右边，绕到建筑物背后，向极乐桥前进。”

为了避开眼前的大火，常世下令让我们按新路线前进，收到信息后，蝉猛然跑了起来。就算是为了孩子，也要尽早穿过城郭，但就像在拒绝我们往深处前进似的，新路线的前方，一棵巨松被烈焰缠绕着横向倒下，奉告我们此路不通。

“糟糕！”蝉停下脚步转过身来，他的眼中浮现出一种凛冽的光芒。

“闻到气味没？”

“气味？”

“我闻到了油味儿。”

蝉看着我，他的眼神微微摇晃着，这家伙如此的表情我还是第一次见到。我感觉到了蝉内心的动摇。

“你想说什么？”我低声问道。

“我们可能中了圈套。”

“圈套？”

“这里四处都是倒掉的松树，将道路封堵上了对吧，那些松树全都是根部被折断，一开始我就觉得奇怪，直到刚才闻到油味儿，我才终于明白了是怎么回事。”

过了一会儿。

“难道说，这是——！”我的语调不由得升高了。

“就是那些家伙干的，他们把树砍倒后，再洒上油连同建筑物一口气点燃。之前准备那么多火把就是为了干这事儿，应该是我们还在望楼内部时就布置好了。”

在天守阁往下方观察时，我看见对方在接受残菊的指示之后，便开始准备火把。我本以为他们是为天黑之后做准备，便没怎么在意，但忍者原本就不需要什么光亮！月次组的目的很简单，就是为了不放望楼里的任何人逃走，即是说宁愿多费周折也要将我们困住。

如果这里不再行得通，便只有原路返回，但即便折回也没有新的路。无论如何，是不可能再次逃回望楼了，因为温度的提升，孩子开始蠕动起来，于是我伸手绕到背后。

“乖，没事的。”这话一半像是在安慰自己一般，我摇了摇孩子的屁股。

“蝉，风太郎。”身后的常世压低声音说道，“他们来了。”

我大吃一惊，转过头去，却无法察看来时路上的状况，因为虽然方才通路还没有烟雾，但现在却有浓烟乘风而来，将视线密密实实地遮住了。

“什么都看不到啊，你确定吗?”

“嗯，对方有五人。”

“没办法了，动手吧。”蝉伸手搭在后背的刀上说道，可常世抬手制止了他。

“不可，我们即便打赢，也没有路能通往极乐桥。”

“那该怎么办啊?”

“我去交涉。”

“交涉？咋交涉？难道对对方说你想出本丸，请他们把着火的松树给挪开吗?”

蝉一度放下的手又再次回到刀柄上，常世冷冷地瞥了一眼把刀拔出一半的蝉。

“我去跟对方说我们是藤堂家的忍者，此次乃是奉藩主大人之命，带着议和的密信送往望楼，如今正在回程途中，此任务私底下也出自大御所的意思。当然，对方断然不会轻易相信，届时我们再报上残菊的名字。只要说残菊也认识我们，并拜托其带路前去晋见，对方至少不会对我们出手。接着与他们一同沿来路返回，等能看见城墙你们就往墙那边逃。”常世用异常冷静的语调说道。

“逃？往哪儿逃啊？城墙对面可是护城河啊。”

“对，你们就往河里跳。”常世抬头看着我的脸，干脆地点头道。

“等、等一下，这太乱来了吧，你不知道我背上的是——”

“要么跟月次组火拼，要么冲进火里，还有就是往河里跳，能选的就这几条路。”

常世的眼睛从包裹着脸部的织布上方露出，那目光太过炯炯有神，我不由得避开了他的视线，再次晃了晃孩子的屁股。

不管哪种方法都不可能让人放心。

我脑海里有太多的理由能说明常世太过乱来，如果被月次组追踪，便没有空闲摸着石墙下河，这里的石墙恐怕比伊贺上野城的高石墙更高，所以只能一口气跳进护城河里。不过，如果落水瞬间的冲击造成孩子受伤咋办？即便能顺利跳入护城河之中，如果不潜水的话能安全渡河吗？游水的时候，要是被对方从上方狙击的话不是就完蛋了吗？

孩子像是对我的触摸有了反应，不自在地扭动了一下身体。不知是膝盖还是脚，我背后感觉到小小的触压。没时间考虑了，笨蛋！常世的眼神向我发出无言的斥责。可我是明白的，除了跳入护城河，再没有其他能够从本丸逃脱的方法。

“我明白了，就这么办。”我干涩的嘴里勉强挤出一句话，接着我点了点头。

常世拔出腰间的刀，将手上准备的布头一下子贴在刀刃上。我发现布头内侧浮现出泛白的东西，是蕌头！且毒药恐怕已深深渗入其中。此刻我回想起许久以前潜入伊贺上野城时，黑弓那傻瓜就是没买这东西而去买了大蒜回来。

我身旁的常世手持布头，配合刀刃的幅度快速从根部抹至刀尖。

“你竟然还准备了这个。”

“原本是用来自我了结的。”

我大吃一惊，瞅了瞅常世的脸。

“你，这样好吗？”

“什么？”

“其实，你是想留下的吧？”

常世瞥了一眼我的脸。

“这倒没什么，我是一个忍者，只会奉命行事而已。叫我扮女人我就扮，叫我作为忍者而死我也会去死，我仅仅只是这样一个角色而已。”

常世的语调让人难以窥其内心，紧接着他将刀插回腰间。

“啥，你少胡扯！”这时，蝉就像故意做给常世看一样，冷哼了一声。

“你这叫哪门子奉命行事？有人命令你把潜入本丸的同伴都杀了吗？有人命令你真心侍奉那位总大将吗？别逗笑了，你早已不再是忍者，你什么都不是！真是的，从柘植屋幸存下来的人脑袋都秀逗了，不光风太郎、百市，还有你，你们之中哪有一个像模像样的忍者？你们全都是笨蛋，最终连我也被你们传染，沦落成为一个无可救药的笨蛋！”

常世什么也没回答，只一瞬间，他的眼角浮现出轻微的笑意，随后，他警惕地朝烟幕的方向望去。蝉眼见常世不来气，又再次冷哼了一声。

“喂，那个也给我用一下。”蝉手指常世手上的布头道。

“别碰里面，只要沾到一点皮肤就完蛋了。”

“嗯。”蝉草草回复道，从后背拔出刀，将布头贴上前端一口气往下拉。蝉喂完毒后把刀收入刀鞘，接下来又将藏在衣领周边的针隔着布头逐一插入蕌头之中。

随着风的吹动，前方的烟雾终于变稀薄了。

有五个人影正从我们对面向这边靠近，从其步法上看，一眼便知是忍者。

对方的步伐从容不迫，像是从一开始就清楚我们受困于前方火焰进退两难般似的。并且，他们自信满满，甚至都没有用布遮住脸，似乎早已把这个城郭视为自己的囊中之物。

相隔二十间左右的距离时，五人停下脚步，前后摆出一个阵形。我刚一认出对方位于最前列的男人，便立刻叫住了蝉。

“常世不行，你上去交涉。”

“为什么？”

“最前面的那个瘦高个名叫柳竹，他认得我和常世的脸。并且常世在祇园祭事件中很是得罪过他，你切记留神。”

对方像是在等待我们的回应一般，保持着一定的距离，并未拔刀。

“交给我吧。”蝉向对方投去冰冷的眼神，低声道。只见他向前走出一步、两步，然后高高举起双手。

“喂，我们是自己人！你们是德川大人的部下吧？我们是藤堂家的，你们听我说——”蝉高声向对方搭话道。

前不久才发生过百的事，所以声称自己是藤堂家的人存在一定风险，不过如今仍然还在使用忍者的大名已屈指可数，实在是没有办法。

蝉按照常世的剧本，用洪亮的声音编着瞎话。果不其然，我们一提到大御所的名号，对方的态度明显发生了动摇。

“请带我们前去晋见残菊大人。”蝉又趁热打铁地加上这句话，连自己头领的名号都被提了出来，对方更加无法拒绝我们的要求。总之，如果能让对方无从判断当前的状况，目的就达成了。蝉说完后，柳竹对身旁的忍者低声耳语，接下来对方两三人头挨着头开始商量意见。

“怎么回事啊？”就连蝉的语气里也带着紧张的情绪。为尽量遮住面部，我将罩在嘴上的布往上拉起，接着握紧了拳头，手掌中不由得渗出了让人不快的冷汗。

“你，叫什么？”对方像是商量完了，柳竹发出像嗓子被呛到一样的声音问道。

“小介。”蝉立刻回复道。

“另外两人呢？”

“佐助和才藏。”

“过来。”柳竹招手道。

蝉转身对我和常世点点头，我们也无言地点头回应，接着跟着他迈步往前走。随着我们走近，对方慢慢地往侧面后退，把路让了出来。双方没有拔刀，但都做好了随时拔刀的准备，空气中弥漫着杀气。

“你们走前面。”柳竹动了动下巴催促道。

“风太郎，你走前面。”听见蝉传来的忍语，我不动声色地往最前列走去。

当我行至对方眼前时，常世配合我的步伐走在我旁边，从柳竹等人身旁走过后，蝉与常世在一起挡在了我的身后。这样做的目的，当然是为了让对方的注意力从孩子身上转移开。

我暗自祈祷着，在到达面向护城河的白色城墙之前，小家伙千万要老老实实的。

*

我不光手心冒出汗来，连腋下也有汗水沿着肋骨往下滴落。我们与柳竹等人沿来路返回，前方依旧浓烟笼罩，能见度相当低。在场的所有人到底都是忍者，我身后听不到任何脚步声，传入耳畔的只有干燥的树木被火焰烧尽的声音。月次组五人自不待言，连常世和蝉的脚步声都消失了，我简直就像独自一人行走在被野火肆虐过的原野上一样，心中划过一丝不安。

不知我的不安情绪是否传递给了孩子。

“呜。”背上的孩子发出哭啼的前奏。

我立刻伸手绕到孩子的屁股上，蝉为了掩盖哭声，也用草鞋鞋底摩擦泥土，发出夸张的声响。

“哎，真是的，我算是服了，到处都在着火，差点就给烧死了。藩主大人还伸长了脖子等我们回去呢，要是在这里磨磨蹭蹭浪费时间，回去之后可要吃苦头了。我们藩主大人的传言你们应该也听说过的吧，那位大人的脾气可是出了名的暴躁，不赶紧离开本丸，我们脑袋不保。”

蝉故意扯开嗓子，向身后柳竹等人搭话。好在接下来孩子不再发声，我心想总算勉强蒙混过关了。

“刚才，是什么？”果然柳竹还是察觉到了。

“我听到，有婴儿的，哭声。”

“婴儿？你说什么啊，这种地方怎么可能有婴儿，你该不会把树木燃烧开裂的声音听错了吧。”

蝉竭尽全力地装糊涂，却仍是白费功夫。

“喂，最前面那个男人，你叫佐助对吧？你背上的行李，是什么？”

柳竹的声音变得更加低沉，锐利地穿透我的后背。

就在我不由得快要停下脚步时，“就这么往前走！”常世间不容发地用忍语命令道。

“你说这个吗？这个筐里放着我们的忍具，至于里面嘛，实在不方便打开给你看，只是一些潜入城中的必要装备而已，跟你们使用的忍具并没有什么区别。”蝉以巧妙的理由搪塞道。

孩子的手脚和脑袋都被布毯和罩子包裹着，并没有露在外面，如蝉所说，看上去应该就像一个竹筐一样。

“那么，你们就是使用那个，将密信什么的送进望楼的？”

“嗯，就是这么回事儿。”蝉轻快地顺着对方的话回答道。

“站住！”柳竹简短地命令道。

“怎么啦？你们不用早点带我们去残菊大人那里吗？藩主大人还——”

“站住，不然，我就斩了你！”

柳竹发出低沉的声音打断蝉的话，与此同时，我听到其身后的忍者向左右散开的脚步声。

“我明白了，我明白了。喂，佐助、才藏你们停一下。”

我紧咬嘴唇，停下脚步转过身，在火光的照射下，柳竹只有右半边身体朦胧地浮现在蝉的正面。

“你们，不对吧。”

“不对？什么不对？”

“你说使用那个进入的望楼，可自从玉将一行人，进入望楼之后，我们一直，在上方监视着。那之后，再没有任何人，进入望楼。你们到底是什么人？从什么地方，潜入望楼的？”

“所以不是说过嘛，我们是藤堂家的使者。”

“回答，我的问题，你们从什么地方，进入望楼的？”

柳竹这个男人本是个结巴，说话总是磕磕绊绊的。蝉像是认为这家伙不足为惧，与之交谈的时候，语气明显变得轻视起来。就因为这样，才反被对方下了绊子，出乎意料地完全落入柳竹设下的言语陷阱中。这只笨蛋泥鳅一直以来都是如此，老是爱得意忘形地去招惹不必要的麻烦，这次最终也栽了个跟头。我一边在心中狠狠地咒骂着蝉，一边迅速确认了向左右分散开的对方五人的位置。

“你，嘴巴上的布，取下来！”柳竹盯着蝉，歪嘴命令道。

蝉冷冷哼了一声，将覆盖着嘴巴的布下拉至下巴处。

柳竹从没跟蝉打过照面，他毫不客气地以可疑的眼神死盯着蝉。

“那两人，也取下来。”柳竹指着我与常世道。

原本对方只是伸出手指了指我们而已，但我的注意力完全放在柳竹几乎被砍掉的左手上。

“怎么办？”我用忍语问道。

“左边两个我来，常世对付右边两人，风太郎，你只管跑！”

蝉迅速用忍语做出了决断，接下来，他缓缓地扭过头来看向我，我看见他捏住了终于出现在我面前的泥鳅须子。

“喂，佐助，还有才藏，给这位疑心重的仁兄看看你们一表人才的容貌吧。”

蝉用漫不经心的语气说道，同时在柳竹正好看不见的位置，将藏在胡子里的毒针滑到嘴唇上。

“快取下来！”柳竹藏不住焦躁，唾沫横飞地发出高亢的叫喊声道。

“不一个个取下，就看不出来吗？”至此都保持着沉默的常世静静开口道。

“什么？”

“那手指不疼了吗？你不大吵大闹说就是我夺去了你们的前程吗？”

常世说完，将遮住嘴巴的布往下一拉——那便是行动的信号！

在柳竹失声喊叫的同时，左端的男人已经被蝉射出的毒针击中面部，他身旁的另一人也没能完全避开蝉的拔刀闪击。虽然那人肩部的肉将刀尖弹开，但这样已经足够。常世的毒药立刻奏效，二人发出异样的呻吟一块儿倒在了地上。同时常世也早早地用隐藏的手里剑结果了右端的男人，紧接着挥刀向其身旁的另一人砍去。

“快跑，风太郎！”我与竖起眉梢的蝉眼神相交后，立刻转身拔腿就跑。

背上的孩子貌似被我这突然的动作吓了一跳，像被火烧到一样开始哭了起来。但是现在顾不上这许多，要想活着与孩子一起逃离这里，我只能任凭孩子哭泣，自己继续奔跑。我单手托着女婴的屁股，尽量减少摇晃，跑出二十来间以外之后，我转头往回望去。

常世正与柳竹对峙！

月次组其他四人全都倒在地上，其中一人已身首异处，蝉正离开了现场追赶着我跑了过来。

“快跑！”

蝉挥动着手中的刀大叫道。

我知道如果跑起来，一刻都不能左顾右盼，但我根本无法将视线从常世身上挪开。

柳竹并没有执刀摆好姿势。

恐怕柳竹的手已经没办法好好握刀，取而代之的是其拿在右手的镰刀，以及失去手指的左手中用锁链连接起来的秤锤。柳竹将秤锤在身旁转来转去，秤锤上应是涂了油，被一团火焰包围着。柳竹算准时机，发出野兽一般的吼叫，同时将划着弧线转动的秤锤往正前方投出，火团划出一道直线攻了过来。常世用刀将火团弹开，可在他快要重新摆好姿势的时候，另一边的镰刀却逼至眼前。

常世朝后方跳去，但镰刀的刀刃却先刺入那矮小的身躯，我看见常世的胸口周围飞溅出鲜血的飞沫。

“常世!”

我不由得停下脚步，高声叫喊着常世的名字。我突然想起来常世虽然在女装和服下穿有忍者装束，但他本已决心一死，所以并未装备锁甲!

蝉追至我身旁，强行拽着我的胳膊。

“笨蛋!”蝉在我耳边大声斥责道，“快跑，风太郎!”

就在此时，暂且拉开一段距离的柳竹再次放出秤锤。但常世并没有闪避，而是生生接住往面门飞过来的火球——虽然看上去如此，可接下来被弹开的却是秤锤!

常世将刀刃朝后，刀柄朝前，利用刀柄的端部将飞向自己的秤锤顶了回去。

紧接着，常世极其自然地举起刀顺势往下劈斩。

镰刀与长刀之间，胜负不言自明。

柳竹正准备举起镰刀攻来，但其右腕却在头顶被切断，飞至半空。

常世身上沾满了回溅的鲜血，嘴角浮现出冷笑。对于已经乱了姿势的柳竹，常世毫不留情一刀刺向其腹部。刀刃从柳竹的后背刺出，露出来的部分在火焰的映照下发出奇异的光彩。

“哼，常世这家伙，干得漂亮。”蝉拽着我胳膊的力道渐渐变弱。

不知为何，柳竹诡异地笑了。

虽然失去了手腕，肚子也被刺穿，但柳竹依然一脸满足的可怖表情。只见柳竹举起完好的左腕拉动手中的锁链，地上的秤锤轻轻地滑动着，就这样慢慢地，带火的块状体回到了主人的身旁。

常世放开刺穿柳竹腹部的刀，轻巧地躲开了秤锤。

柳竹再一次笑了，他露出了牙齿。

那份喜悦就像来自心底深处一般，柳竹张开嘴朝常世吐出舌头。

紧接着，柳竹一下子空手抓住被火焰包裹着向自己滚来的秤锤，然后当着常世的面把秤锤紧紧地贴在胸口上。

下一瞬，轰鸣声响彻城郭。

猛烈的气流席卷而来，敲打在我的脸上，我与蝉不由得趴在了地上。一度完全染白的视线渐渐恢复到原来的色彩，恍惚中，后背上孩子的哭喊声变得越来越大。

我呆呆地注视着前方。

方才常世与柳竹所在的地方，已不见任何人影。

我四处寻找常世的踪迹，同时高声呼喊着那家伙的名字。我的眼珠呆滞地转动着，心里祈求着那纤弱的身体能在什么地方蓦地站起身来。

“该走了。”蝉首先站起身来，把刀插回后背低声自语道。

“起来!”

后背上的孩子发出迄今为止最为激烈的哭喊声。

“等等，常世一定还在什么地方——”

“刚才的爆炸声对方肯定也察觉到了，再来第二波我们就完了。”

“可、可是，常世他!”

蝉手绕到我下巴的衣领处，强行将我拉起来。

“跑起来，风太郎!”

我摇摇晃晃地站起身来，蝉伸出手搭在我的肩上，将那张满面尘灰的脸凑到我跟前。我刚一开口说出常世的名字，立刻被蝉狠狠地甩了一嘴巴。

“振作起来!”蝉嗓门沙哑厉声道，“跑起来!”

“快跑!”他用那双通红的双眼再次向我示意道，“你不是和总大将之间约定过，要保护孩子平安的吗?”

蝉话音刚落，孩子仿佛在强调自身顽强的生命力一般，再一次发出格外尖锐的哭喊声，她的哭声是那么猛烈，以至于我的耳朵又一次被震得恍惚不清。

我最后回头看了一眼常世刚才所在的地方。

我在心中无声地默念常世的名字，然后便拔腿跑了起来，蝉与我齐头并进，在烟雾低垂笼罩的道路上狂奔。四周涌来烧焦的树木所发出的痛苦呻吟，或许是热气生出了风，隆隆作响的异样轰鸣声响彻整片天空。

城墙出现在了我们的正面。

我一辨识出堞口成行的白色城墙，便自然而然地加快了脚下的动作，蝉也跑得更快，渐渐与我拉开了距离。

然而，在相隔城墙约十间的位置时，蝉突然停住，我也用草鞋猛地铲了一下地面，停了下来。

天空中的轰鸣声越发大了，孩子也发出丝毫不落下风的哭喊声，而我们则无言地注视着城墙。

约莫十人身着黑色的忍者装束，在城墙瓦砾上竖起单膝而坐，等候着我们。

“可恶!”

蝉发出低沉的咒骂声，空中的轰鸣声一下子变为呐喊。这时，接连响起惊人的爆炸声，我不禁扭头确认声源。

烟雾缓缓地流动着，巨大的天守阁就像突然站起身子一样，在烟雾之间浮现出来，出现在我们的眼前。

不知何时整个天守阁都已经熊熊燃烧起来，它不断地咆哮着，像是与天空和城郭一同轰隆作响一般。虽然夜幕早已降临，可火焰已然侵蚀到了最顶层，它以其惊人的气势压倒了黑夜，用那绚烂如晚霞般的不祥光亮将本丸笼罩，包围纯黑色天守阁的火焰仿佛也被染成了黑色。接着巨大的爆炸声再次响起，同时有火块从天守阁的中部喷射出来，虽然远在此处，我仍能感受到热浪袭来。飞弹出的木片和瓦砾碎片被火焰照射着，一齐飘落，我用目光茫然地追逐着眼前的一切，却突然被一个影子所吸引。

支撑天守阁的石墙下方，有一处城郭，此城郭比我们所在的山里曲轮还要高出一段。那是从天守阁往正下方窥视时，先前被月次组的人傲然占领的城郭。

有一个男人正站在城郭的围墙上。

爆炸喷射出的碎片带着小小的火星变作细雨落下，就算只能看见那张脸的影子，但仅凭伫立在火雨中的那个男人的身段，我便轻易地做出了判断。

“是残菊！”我从嘴里勉强挤出这句话，蝉则静静地将后背上的刀拔了出来。

*

在我与蝉的视线被天守阁吸引的当头，对方已快速从城墙上跃下，无声地逼近我们的身后。

“怎、怎么办？”

“还能怎么办，动手。”

蝉放低腰身，手执刀摆好姿势，已经没时间再去做无谓的思考了。我一边不自觉地清点起对方的人数，一边右手握着刀柄，右脚往前迈出一步，就在我用手指解开鞘口之时，排成横列向我们逼近的忍者们突然停下了脚步。

对方还没有拔刀！

对方正好十人，其中七人与我一样，将手搭在刀柄之上，其余三人则口中含着发射吹箭的竹筒。

这些家伙一直在等着我们！

我迅速转身确认，可城郭围墙之上已不见蝉的身影。

我往正下方望去，只见从飘荡着火星与薄薄烟雾的前方，有一个人影迈着沉着的步伐向我们靠近。与此同时有四人从朱三望楼方向赶了过来，四人中跑在最前方的，是个头比其他人高出约莫一到两个头的琵琶。待机的忍者们悄无声息地左右分开，残菊则率领着琵琶，在我与蝉前方三间的位置停了下来，我们就这样被包围在了月次组摆出的圆阵之中。

直到刚才，四周仍如白昼一般明亮，可现在却一下子被笼罩在了一片阴影之中，天守阁被熊熊大火所包围，被从城郭的树林涌起的块状烟雾所吞没。随着烟雾的流动，黑夜白昼交替出现，光线明灭。其间，残菊纹丝不动，用冰冷的眼神注视着我们。相比抽刀以刀尖指着自己的蝉，残菊的视线更频繁地向我投过来。或许是我背上的女婴哭个不停的缘故。因为我用布遮住了脸，露出来的部分也必定沾满了尘灰，所以残菊似乎还没察觉出来是我，可即便如此，每当我的视线与之相交，胸口总会不停地上下起伏，胸口的伤痕也刺痛不已。

像是对我呆站在原地，也不哄逗自己的行为提出抗议一般，孩子的哭声更加激烈。同时就像与之呼应似的，天守阁与四周的风声也轰隆作响地咆哮着，只有忍者变作石头保持着沉默。在火焰的照射下，众人的影子被拉得老长，在地面上摇曳晃动着。

以残菊为首，围着我们的圆阵有十五人，没有任何人遮着脸。在望楼时蝉曾说对方有二十三人，即便从中减去柳竹等五人，数字上仍稍有出入。剩下的人还在继续监视着望楼吗？当然，即便不算那些零头，我与蝉如今也是毫无疑问地深陷于绝境之中。

“喂，风太郎。”在我们与对方无言对视的空当，蝉的忍语滑进了我的耳畔。

“我们按照常世的剧本继续演，能走到哪儿算哪儿。”

蝉突然瞥了我一眼用忍语道。

“当心，这家伙知道你的名字，也知道你是藤堂家的人，百全都说了，多余的话千万——”

不等我用忍语说完，这家伙已经放下了刀。

“哟，残菊，好久不见啊。”蝉用非常随意的口吻向残菊搭话道。

突然被人叫出名字，残菊的脸上猛地浮现出诧异的表情，可当蝉将方才拉回到鼻子根部的布随手扯下，露出满是汗水的泥鳅脸后，残菊这才从嘴里发出恍然大悟的声音。

“哎呀哎呀，想不到会在这里遇上你啊，蝉左右卫门。”

残菊立刻变回平时从容不迫的表情，薄薄的嘴唇一角微微上扬。

“你可是在相当奇怪的地方照看孩子啊，怎么？迷路了吗？”

“倒是你，在这闷热的地方跟一大堆男人聚在一起散步，真是好兴致啊。”

蝉用鼻子冷哼了一声，接着又用往常傲慢无礼的语调反击道。

“哇啊！”此时站在残菊身旁的琵琶大叫一声，挥动起扛在肩上的十字长枪。由于在祇园坊舍与蝉之间产生过过节，琵琶已经执枪摆好姿势，眼看铆足了劲就要往前踏出一步冲将过来。

“等等，琵琶！”残菊厉声制止道。

枪头在还差一寸碰到蝉的刀时停了下来，琵琶十分不甘地解除战斗姿态，愤然将枪屁股狠狠地往地上戳。他发出的咬牙切齿的声音连我这边都能听到。接下来琵琶猛地瞪大了眼睛，像是要向蝉扑上去一般，他死死地盯着蝉，视线一瞬都不离开对方。如果是以往，蝉被如此死盯着的话，应该会放出几句挑衅对方的话语，不过现在他居然保持着沉默。

“你在这里干什么，蝉左右卫门？”

“挥洒汗水辛勤工作啊，你看不出来吗？”

“身后的男人背的是什么？”

“当然是婴儿了，你听不出来吗？”

对于蝉满脸不耐烦的冷淡答复，残菊的眉宇间明显挤出一道不快的阴影。

“奉劝你还是不要这么嘴硬，我只需要打一个响指，就能立刻让你们变成尸体。”

“哼，你可以尽管动手。不过你别忘了，我们是藤堂家的忍者，接下来陆续会有其他同伴潜入本丸，一旦我们下落不明，之后倒霉的可是你们。”

“原来如此，这样一来就更应该在你的同伴到达之前除掉你了，要是被藤堂家的人得知玉将的所在，我们的功劳可就不保了。再说如今忍者在战场上失踪又不是什么稀奇事儿，你就跟你的同伴们去那个世界相见吧。”

残菊那双丹凤眼的眼角浮现出残酷的笑意，就在他单手抬起之时。

“我说，等一下，残菊。”

蝉将刀飞快插回后背的刀鞘中，动作滑稽地举起双手向对方示意。

“刚才我开玩笑的，我还没蠢到同时跟这么多人交手。”

蝉就像在享受现场的气氛一样，兴奋地环视四周，我毕竟跟这家伙打了这么久的交道，我的耳朵能敏感地听出其话语深处潜藏着像小小砂砾一般的，非同寻常的僵硬感。蝉又在冒险走钢丝，我完全猜测不出他到底从哪里发现了突破路线，只能把所有的希望都寄托在他那不大靠得住的机智上。

“那么你回答我的问题，方才从望楼跑出来的三人就是你们吧？”

“嗯，不错。”

“看上去少了一人，那人哪儿去了？另外，柳竹怎么了，他应该迎击你们去了。”

“柳竹？哦，是那个使用秤锤的家伙吗？爆炸的响声你应该也听到了吧？那家伙一下子把着火的秤锤贴在胸前，结果就被炸得灰飞烟灭了。不过话先说在前头，我们并没动手，都是那家伙自己擅自——”

对于蝉彻底的信口胡诌，残菊举起的手臂一动不动，脸上的表情如能面一般呆板，只微微抬起了细细的眉梢。

“原来如此，果然是常世吗。”

常世的名字突然登场，我的身体不自觉地微微一哆嗦，身旁的蝉也没能立刻作出答复。

“哼，我说中了吧，柳竹这家伙，居然带着常世一起上了路。”他继续往下说道。

虽然我实在不认为残菊连上战场都会涂口红，但在火光照射下，残菊的嘴唇被染成如抹了口红般的妖艳红色，露出白色的牙齿，他说话的语气完全不像失去了同伴，倒像是一种回荡着喜悦的语调。

“柳竹这家伙，他全身都缠满了火药，你们看到那家伙的手了吗？他连刀都拿不稳，在战场上已沦为根本派不上用场的废人。他跟来这里的唯一目的就是和常世同归于尽。是嘛，他终于找到常世并与之一起上路了吗？想必，柳竹那家伙，也算是夙愿得偿了。”

记得当时柳竹右腕虽然被砍断，但仍然露出一副甚至可以说是愉悦的表情，我那时还认为他是不是疯了。不过或许对于当事人来说，祇园祭时起便积累起来的怨念，在那一刻终于得以消解了吧。

“原本，常世这家伙，我是想亲手送他去那个世界的。祇园祭那家伙让我丢人丢到了家，可没少吃他的苦头。”

残菊嘴角的冷笑消失了，接着他用右手打出一个响指，紧接着包围我们的忍者一齐拔出了刀，琵琶也已经等得不耐烦，手执枪摆好了姿势。不过残菊自己并未拔刀，平时那把小太刀仍放在他的腰际右侧，并且他背上还斜插着一把倾奇者总爱插在腰间的长大刀。

“蝉左右卫门，那孩子是什么来头？你们在望楼里都干了什么？不说就斩了你，连同那孩子一起。”

“这样好吗？你要是如此性急，近在眼前的成功之门，恐怕就这样眼睁睁地关上了哦。”

“什么意思？”残菊微微开口问道，他的眼神依旧沉着冷静。

“不温不火的功劳是根本不行的，即便你工作勤勉，勉强被提拔为最底层的武士，但归根到底仍然只是个忍者而已。不管什么时候，你还是会因为你的忍者出身而被人嘲笑。而嘲笑你的是那些嘴上能说会道，可一到战场上就一无是处的窝囊废。其实我也都明白的，如今忍者的工作跟你的能力完全不相称，所以你心底一直在忍耐对吧？就算赌上性命拼死工作，可换回的都是与付出不成正比的回报，你还没厌倦吗？哼，我不必细问，你的脸上都写得清清楚楚。不过呢，对我们来说，这东西可是唯一的活路。”

蝉始终不改傲慢的态度向对方发表着长篇大论，可残菊的表情却毫无变化。

“所以呢？”残菊冷冷地回复道。

“所以你如果带着这孩子返回阵中的话，那可就大不一样了。即便你取得上百个叶武者[①]之流的头颅，也比不上将这小鬼一人带回的功劳。”

蝉露出微笑，嘴角上扬，手指向我的后背。

蝉的话大大出乎我的意料，我不禁大吃一惊，转过头去看着蝉，但他却一脸佯装不知的表情。

“不是我吹牛，这小鬼一人便可抵俸禄千石，不，说不定得万

①叶武者：也称端武者，指杂兵、步卒。

石再加上一座城池吧。”蝉继续煽动对方。

月次组的忍者们不知何时起，开始被蝉的话所吸引，一个一个都听得入神。就连琵琶的视线也死死地盯在我的后背上，手中长枪的枪头完全向下方倾斜。

“那、那孩子是谁的？”残菊还未开口，琵琶竟然抢先开口问道。

“闭嘴！琵琶。”残菊立刻厉声呵斥琵琶道。

“你问是谁的孩子？我们可是专程从望楼里带出来的，不说你也明白吧。”

残菊与琵琶的身后，有浓烟如怪物一般膨胀着自城郭升向天空，中途又突然分成两路，远方天守阁也得以再次慢慢地浮现出来。

“是这大坂城城主的。”蝉呵呵笑道，正对着被火焰侵蚀的天守阁。蝉的脸脏兮兮的满是尘灰和汗水，他的容貌在火光的映照下就像恶鬼在哄笑一般，让人心惊胆战。

“做个交易吧，残菊。”蝉傲然挺胸，声音铿锵有力。

“我把这小鬼给你，而你，则必须要放过我们，毕竟功劳不能跟命比。”

“等、等等，你要干吗？擅自做——”蝉却似乎完全没有听到我的忍语一般。

“话说我们啊，受人所托要把这孩子送去大御所那儿。由于是女孩子，所以希望大御所能够放过她，明白了吗？我这可是把本该归我们藩主大人的大功劳让给了你哦，你应该不会拒绝，对吧？”

蝉进一步以煽动的口吻挑逗对方。

高空的风向变了，浓烟全都拖得又薄又长，大坂城的全景渐渐变得清晰可见。光亮轻而易举地取代覆盖天空的黑夜，将城郭包裹，四周仿佛白昼降临一般。由于残菊在京城时一直都穿着长外褂，所以不大看得出来，我这才发现他的体形实在是出乎意料的纤细，天守阁在他的背后熊熊燃烧，他的身形在火光的映衬下显得格外的清晰。

“如果我拒绝呢？”过了足够长的一段时间后，残菊声调平稳地问道。

“那我们只有拼个你死我活了，当然，最先丧命的必定是这个小鬼。”

蝉揪住我的前襟使劲往自己跟前拖，另一只手伸向盖在女婴头上的布毯说道。

“住、住手。”我不禁失声叫道。

虽然我转过头去看不到孩子，但突然响起的清晰哭啼声说明孩子的脑袋已经露了出来。

“你怎么选择？是要一座城池，还是要我们分文不值的尸首？喂，你们也别傻站着，说点啥啊！要一跃成为高高在上的武士，享受富裕的生活，还是一辈子被叫作忍者，被人轻视，今后悲惨地度过余生？你们选哪一边？”蝉恶狠狠瞪着周围的圆阵，粗暴地向对方大声叫喊。

蝉环视四周，他的视线就像一股无形的压力，迫使指着我们的刀尖零零星星地晃动着。

蝉环视完一周，脸转回正面，此时残菊静静地开口了。

“蝉左右卫门，你怎么证明这孩子是玉将的遗子？”

“我这里有刀和书信。”

我完全不知道蝉在说些什么，不等我从惊奇中反应过来，他已从包裹着女婴的布毯中取出一把小刀。

“这把刀是方才在望楼秀赖公亲赐给我的，据说是已故太阁的铭刀[1]。随后你大可拿去找人鉴定真伪，恐怕只这一把刀也不会低于十枚大块儿金币。其实要证明身份，交予大御所的书信便已足够，如此一来，这把刀你可以随意处置，明白吧？我想表达的意思——”

当蝉说出“十枚大块儿金币”时，周围林立的刀尖产生了剧烈晃动，我也不由得大吃一惊，将手绕到孩子屁股的下方。记得我在望楼将宁宁夫人的小太刀交给瓢公子之后，曾将藏在怀里的另一把小刀移至腰间，不过此时却感觉不到其存在。

“快做决定吧，残菊。哎呀，这里好可怕哦，你看孩子一直哭个不停。”

蝉太阳穴上的汗水沿着一条线缓缓滑落，我口干舌燥，一边在嘴里聚集着唾沫，一边盯着我之前在京城粪小路购买的便宜小刀，那把小刀正被蝉攥在手中！

蝉这家伙，仍然在拼命走钢丝。

*

残菊身后天守阁的一侧轰然倒塌。

火星如同红色暴风雪一般四处喷射，在空中激烈地打着旋。粉碎的木屑和瓦砾纷纷落下，沉入从城郭向上涌起的烟雾中。在这极短的时间内，我十分不合时宜地想起了那两只葫芦妖怪，担心他们是否已平安启程。

片刻之后，从天守阁方向传来地动山摇的声响，残菊往身后瞅了一眼稍作确认。

“好吧。”残菊简短地回应道。

---

①铭刀：刻有刀工姓名的刀。

“放下孩子，你们想去哪儿就去哪儿，只是，永远别再出现在我的面前。管你是藤堂家还是什么家，下次再让我看见你那难看的泥鳅胡子，我要你的命！”

之前蝉不管怎样与对方交涉，都没有表现出任何被动的反应，可在残菊说出“泥鳅胡子”这几个字时，我发现蝉的肩膀微微抖动了一下。

“嗯，那是当然。”

蝉喉咙深处迸出了这句生硬的台词，让我不由得打了个寒战，毕竟还在柘植屋的时候，这男人就曾在修行途中杀死取笑自己胡子的人。我正担心这家伙会不会一气之下做出奇怪的举动，可他似乎完全不在意一般。

“哼，我也不想看到你们让人烦心的脸。”蝉伸手做出驱赶的手势，状若戏谑一般。

“但在那之前，麻烦你们先把刀收起来，我可不想刚把小鬼交出去就被捅穿。”

蝉举起手上的小刀，晃动刀尖指向残菊左右并排的刀刃说道。

残菊仿佛不喜欢被人发号施令，鼻梁处浮现出浅浅的皱纹。

“琵琶。”残菊小声唤道。

“收刀！”琵琶的破锣嗓音立刻响彻四周。

“那边的吹箭也是。”

蝉敏锐地看向身后，动了动下巴示意三个手执竹筒摆好姿势的忍者放下武器。琵琶俯视着残菊的脸等待指令，见对方点头后，便命令手下将吹箭收了起来。

“那么，我们就赶紧闪人吧。”蝉环视四周见敌人都放下了武器，便站在了孩子的正后方。

“喂、喂！”这家伙该不会真要把女婴送出去吧，我掩饰不住惊慌失措，连忙出声唤蝉。

“快跑!”突然耳边传来蝉的忍语。

“啊?”我正想转过身去。

“笨蛋，你还看不出来吗？这些家伙已经中了我的圈套了，现在即便你逃跑也没人能出手拦截。不管怎么说，毕竟你背上背着的可是一座城池啊。”

蝉用忍语快速说明道。他的话夹杂在孩子的哭声之中。

“快跑，风太郎!”

蝉两手从身后放在我的双肩上，猛地改变了我身体的朝向。

“你、你呢?”

“我？我要杀了残菊那个混蛋。不，光杀还不够，我还要把他腌起来当作鱼饵撒在护城河里喂鱼。居然敢说我是泥鳅胡子！泥鳅胡子明明还要长很多好不好!”

我背对着残菊，正前方是面向护城河的联排城墙，虽然隔着月次组的人，但距离仅约莫十间而已。

“乖乖，不要哭哦，热吧，现在就给你松开，等一下啊。”

蝉故意站在阻挡残菊视线的位置。

“面前两人之间。”蝉对我低声耳语道。

“啊，不好不好，对了，残菊啊，有件重要的事我忘记告诉你了。”

蝉冒冒失失地高声道，他猛烈地挥手就是行动的信号！当蝉将对方注意力都集中在自己身上之时，我猛踩地面跑了出去。月次组的家伙愣了一下，等他们反应过来的时候，我已经从眼前的两人之间高高跃起。多亏蝉刚才让对方收起了吹箭和刀，我才能轻易地突破圆阵。白色城墙很快靠近我的眼前，还不知道跨越城墙之后会发生什么，但如今只要能逃离本丸跳进护城河就好。我沿着城墙根部修筑的石阶往上方跑，脚搭在墙上挖开的堞口边缘，一口气便跳上了屋顶。

当我看见屋顶瓦砾的对面，被火焰笼罩的二之丸屋顶群的时候，不由得大吃一惊，视线回到跟前。

不知为何，前方居然有人！

此时，趴在屋顶上待机的三名忍者蓦地站起身来。

“你以为能逃得掉吗?”对方发出低沉的声音道，其中一人拔出刀飞身上前向我劈斩过来。

我根本来不及摆好姿势，虽然面部勉强避开了刀刃，可胸部隔着锁甲受到了强烈的冲击，最终被击落跌至地面。落地前我心想绝不能压着孩子，于是拼命扭转身体，胸口就这样重重地摔在了地面上。我立刻觉得呼吸困难疼痛不已，那份痛楚甚至让我觉得像是已经失聪一般，但为了避开敌人来自上方的致命一击，我只得抓了一把泥土，赶紧爬着站起身来。

意想不到的是，后背上的孩子突然滑落下来，我连忙托住其小小的屁股，低头看了看胸口，由于刚才敌人的那一击，背孩子的扣带和她身上的罩子几乎都被切断。我迅速扔掉罩子，解开扣带，把用布毯包裹的孩子抱至胸前。孩子的脸上，嘴巴周围沾满了鼻涕、眼泪和唾液，同时还在可怜地哭泣着。上方的刀刃还未降下，胸口的疼痛便让我不住地咳嗽起来，我抱紧孩子，抬起头观察蝉那边的状况。

视线前方，一个头颅飞了起来。

蝉将那具正在喷血的尸体当作护盾，与包围自己的约莫十人的月次组成员缠斗。地上已有两具尸体，另外还有两人貌似中了毒针，一人抱着脸，另一人摁着脖子，在地上痛苦地打滚。在这么短的时间之内，竟然能独自一人解决如此数量的敌方忍者，蝉的实力果然非同一般。蝉已经顾不上我这边，只顾打倒挡在身前的对手，并向着在另一侧等候自己的残菊前进。

虽然对手早已准备好吹箭，绕到蝉的身后，却被蝉巧妙的走位所迷惑，无法展开阻击。突然，蝉将作为护盾的尸体向前方投出，对手为了闪躲同伴失去头颅的尸体，不由自主地往后退去。蝉便趁机向其大腿放出了手里剑。那人被射中后发出痛苦的呻吟蹲了下去，蝉对着此人的面门就是一下肘击，然后向前跳起，一口气拉近与残菊的距离。

残菊没有使用后背上的长刀，而是迅速拔出了腰间的小太刀，接着反手一击。

蝉将这一击正面挡了回去，对着残菊的脚下就是一记扫堂腿，趁对方乱了姿势的当头，又使出一记突刺。不过，残菊就用右手一敲，便轻易将这一击弹开，同时用闲着的左手戳向蝉的眼睛。蝉飞快地扭过头向侧方躲闪，而同一方向的琵琶则大喊一声，手执十字长枪冲上前来增援。

乍看之下十字枪头像是准确地刺到了蝉的侧腹，但实际上却并没有碰到蝉，只见蝉高高跃起，脚蹬琵琶的长枪，再次起跳落到后方。

蝉在空中扭转身体，落地时背朝着琵琶和残菊。紧接着，蝉立马摆出拔腿开跑的姿态，我这下才终于明白虽然这家伙扬言要腌了残菊，但一开始他就没准备要战到最后，一切抵抗都只是为了削减敌方有生力量，以及为我们的逃亡争取时间而已。

直到这个时候，蝉才注意到我。

你在那儿干吗？蝉的眼睛仿佛这样说道。

忍者在我左右悄然落地，冰冷的触感贴至我后颈的同时，散发着暗光的刀尖出现在我的视野边角。

我的双手不自觉地将女婴抱得更紧。

蝉看着我，他的行动停顿了一瞬间。对方没有放过这个机会，一齐施放吹箭，蝉立即抬起手腕护住眼睛，与此同时，我看见他的身体突然剧烈地晃动起来。

正在这时，琵琶的脸突然出现在了蝉的身后，他满眼血丝却又目光炯炯，发出一怪叫，将十字长枪刺向蝉的大腿内侧，枪头刺穿了蝉的大腿，从另一边露了出来。

“蝉！”我正脱口高声呼喊之时，后脑勺却受到重重一击，在我拼命维持渐渐远去的意识之际，腰间的刀被夺走，藏在小腿上的手里剑也全被抽去。

“孩子交出来！”

敌人杀气腾腾地吼叫着，我越发蜷曲着身体将孩子拥在怀中，可紧接着耳朵周围又被踢了一脚，即便如此，我也断然没有放手。不知何时，孩子已经停止了哭泣，我还以为自己已经失聪，但应该是天守阁又开始发生了坍塌，地面再次产生震动，轰鸣声烦心地传入耳中。

后颈从身后被揪住，我被强行拉了起来。我意识恍惚的被人架着，步履蹒跚地往前行走。我把孩子抱在怀中，胸膛紧贴着小孩子，我感觉胸口的疼痛不可思议地得到了缓解，不过，我也不清楚这是否是因为我已经有些意识不清的缘故。

“停下！”我后颈再次被使劲拉住，抬起头一看，蝉出现在我的眼前。

他像我一样，被琵琶从身后倒剪着双臂，耷拉着脑袋。蝉手中的刀已不在，他大概中了毒箭，手腕痉挛，一直抖个不停。

“慢吞吞的家伙，你、搞什么？”

蝉貌似还有意识，他埋着头用忍语断断续续地说道。

“你吵死了……我被埋伏了。你那……拙劣的演技，早、早就被看破了。”

我像醉汉一般，用语气不稳定的忍语回敬道。

“孩子呢？”

“没事。”

“是嘛。”蝉抬头道。

这时我才发现蝉被对方打得已不成人形，鼻梁歪了，眼睛也肿了，脸上沾满的血污已经分不清是敌人的还是他自己的。

“哦，哭累了，睡着了吧。”蝉的视线停留在我胸前嘟囔道。

此时，一个男人突然闯入视线，给了蝉一个肘击。

“这个，还给你！”男人将手中的手里剑插进蝉左边的大腿。眼前的蝉顿时鼻血喷涌不止，但他咬紧牙关，决不吭一声。最后男人又狠揍了蝉一拳，这才拖着腿退到了一旁。被琵琶刺穿的右腿的窟窿里流出赤黑色的血液，将蝉的裤子染得通红，蝉注视着深深插在左大腿上的手里剑，鼻子冷冷地哼出一声。

“抱歉……呐。”蝉发出细微的忍语。

“为、为了什么？”

“看来，已经……没法让你揍了。”

一瞬间，我没听懂蝉此言何意，但很快我回想起离开望楼之前，曾要求这家伙让我揍一拳。我不由得发出了无声的干笑。

“都结束了，蝉。”

“风太郎！”蝉沾满鲜血的脸朝向我，叫喊着我的名字。

“你这傻瓜，这里由我来……解决，你赶紧……想办法逃。结束？啥？你别忘了，我和常世，到底为了什么把，把性命托付给你的？”在蝉肿胀的眼睛深处，我看到还有光芒在闪动。

“再见了，风太郎。”

我听到轻微的忍语传入耳畔，蝉的身体微微抖动了一下，接着又口吐白沫激烈地痉挛起来，最后他的脑袋耷拉下去终于不再动弹。

“哇，这家伙真脏。”

“死了。”在蝉身旁窥视的琵琶瞅了瞅站在身后的残菊，兴奋地报告道。

“话说回来，我还是头一次遇见吃了十几发毒针能撑到现在的人，伊贺忍者果真名不虚传。在祇园社我也由于大意中过此人的针，不过最后这家伙居然命丧在自己的毒针之下，真是太愚蠢了。”

琵琶张开大嘴笑道，同时放开了蝉被倒剪双臂的手腕，蝉像一具损坏的木偶一般瘫倒在地上。

忽然，我注意到倒在地上的蝉的手指上夹着白色的小东西，紧接着本不再动弹的手腕忽地弹起，将指间的小东西分毫不差地放入仍然张嘴大笑且身子后仰的琵琶的嘴里。

琵琶发出如野兽一般的悲鸣，扭曲着身子，将嘴里的东西吐了出来。

此时我才发现，琵琶吐出来的东西里有一小片藠头。

“命丧在剧毒之下的是你吧，死光头!”

蝉间不容发地从左大腿上拔下手里剑，于正下方射出。那手里剑正好扎入捂着嘴巴、发狂吼叫的琵琶的咽喉。然后蝉奋力拍击地面，弹起来给了琵琶最终一击。也就是说，蝉倒立着一脚踢向扎在琵琶脖子上的手里剑，让武器深深地插入了咽喉。刀刃一下子将琵琶的咽喉切开，血潮喷射不止，琵琶巨大的身躯原地转了一圈、两圈，然后咕咚一声倒了下去。

蝉踢出那一脚之后，在其屁股着地的同时，又拾起琵琶扔在地上的十字长枪。蝉趁着被敌人包围之前，将长枪当作拐杖迅速站起身，紧接着使出一记横扫，占得先机的他趁周围喽啰们不敢上前的空当，手执长枪向前方突进。

蝉的眼中只有残菊一人而已！

蝉踏过琵琶的身体，将长枪正面投出。残菊自腰间拔刀，将尺寸分毫不差飞向自己面门正中的长枪弹落。就这样还没完，蝉手执从琵琶身上拔出的小太刀，又向残菊猛扑过去。

残菊发出尖锐的叫喊，挥刀向正侧方横扫。我的目光根本无法追踪刀身的轨迹，只看到什么东西被砍掉了。

蝉握着小太刀的右手，飞向了半空中。

两腿都被贯穿的蝉已无力支撑身体，我意识模糊地注视着蝉前倾的后背。

蝉双膝跪地，用仅存的左手按住地面勉强站了起来。他扭过头望着我，嘴角微微上翘笑了起来。

下一瞬，喽啰们从四面八方冲上去，数把刀同时贯穿了蝉的身体。

残菊从身体还在微微痉挛的琵琶身旁走过，慢慢靠近蝉，在蝉的跟前停下脚步，没好气地在他脸上吐了口唾沫，然后残菊收起小太刀，从后背上拔出长刀。

刺穿蝉的数把刀同时被抽出，蝉的上半身漫无目的地摇摇晃晃。

残菊挥动长刀往下劈斩，随着“咚”一声响，蝉的头飞了起来。

*

我俯视着蝉趴在地上的躯体，突然感到有什么从眼前越过。我的嘴唇感觉到有风，惊愕间，我一边更加紧紧地抱住孩子，一边将手指探向脸颊。遮住鼻子的布已被切开，我伸手摸了摸下巴，发现指尖内侧沾着血迹。

残菊保持自下往上提斩的姿态，凝视着我的脸。

“风太郎，原来是你吗。”

感情这种东西，并不存在于残菊的表情以及语调之中。

我没有移开视线，径直回望对方的脸。

残菊摆出举刀过头顶的上段[①]姿态。

残菊那柄长刀远端，直指着天守阁。自天守阁中层开始破风部分已完全脱落，往下崩塌坠落。坠落途中，每当残骸发生碰撞，都会产生亮堂堂的火光与漫天飞舞的火星将夜晚点亮。不知何时，天守阁最上层的建筑物只剩下原来的一半，早已失去了原先的形状，而且还有巨大的火柱从内侧喷射出来。二之丸涌起密集的枪声，枪声震动着空气敲打我的后背，紧接着，破风跌落地面产生沉重的鸣动，震感从正面顺着膝盖传导至我的上半身。

绝命的时刻一步步逼近，我仰望着映射出城郭火焰的刀尖，弯下腰尽量把孩子的身体往手腕内侧揽。

忽然，残菊解除了举刀的姿态，他的脑袋转向斜后方，远望仰面倒下的琵琶。此时琵琶的咽喉被自己的血堵住，发出激烈的咳嗽。

“给他个解脱。”残菊低声命令道，一个男人立刻上前蹲在琵琶身旁。接下来只见琵琶伸长粗腿哆嗦了一下，而手执小太刀的男人则静静地站起身。

“风太郎，原来你就是我的丧门星啊。原本我以为你不过就是个没用的落魄忍者，运气好的话说不定能活下来，所以那时才出

---

①上段：日本剑道中握刀的姿态，分上段、下段、中段、八相等。

于同情没有下杀手，如今看来是我多此一举了啊。”残菊俯视不再动弹的琵琶，冷冷地低语道。

这时孩子稍稍动了动，于是我便往自己的臂弯看去。孩子此刻睡得正香，那修长的睫毛在远方火光的照射下，倒映出宛如梳齿一样的阴影。孩子从包裹身体的布毯中伸出手来，那手指实在好小，我发现那手中抓着什么黑色的东西，那是方才蝉长篇大论之后放回原位的小刀刀鞘。

“最后问一次，这孩子是玉将的吗?”耳边传来残菊的质问。

我抬起头，发现残菊再次摆出上段握刀的姿态。

我无视残菊的问题，确认了下周遭的状况。只见地上躺着六具敌人的尸体，包括残菊，将我团团围住的月次组成员有十二人，加上已死的柳竹一行五人，总数与蝉所说的数字正好吻合。但我要面对的远远不止这些，即便能从本丸逃出，我还必须突破二之丸数之不尽的攻城军队，以及昨晚在藤堂家阵中听说的，候在城外将大坂城团团围住的不下十万人的包围圈。总之，我需要以一敌十万。再无其他选择。

“风太郎，回答我，刚才蝉左右卫门的话是真的吗?”

我既不具备常世与蝉那样，凭借三寸之舌便能渡过如此难关的才智，也不像那两人一样拥有能斩杀对手的过人刀法。

我深深感到自己是个没用的忍者。

身边常世已不在。

蝉也不在。

一直以来都飘忽不定，看上去总能跨越一切险境的常世，却如此简单地与敌人同归于尽。同样，即便死了也能轻易复活的那个我曾认为无所不能的蝉，如今也身首异处，再也无法回到这人世上。

即便如此，我却不可思议地认为自己并没有失去他们。或者更准确地说，我觉得自己差不多已单脚踏入了二人所在的地方。

残菊身后的天守阁再度猛烈地坍塌，地面也随之震动起来，带动整个本丸轻微地摇晃。残菊挥下长刀，直指我抱着孩子的手臂。

“不回答的话，我就这样刺死你，连同孩子一起。”

刀刃已经陷入我的手臂，我向残菊的眼睛窥探过去，他的瞳孔暗淡得惊人，没有愤怒、没有悲伤，没有其他任何东西，有的只是一片彻底的空洞和虚无。

“孩子，是玉将的吗？”刀刃更进一步扎入手腕的皮肉。

我毫不退缩，看着自己的鲜血流成一条线滴在刀身上。

“啊，对了。”

再要逞意气，刀刃就要碰到孩子了！蝉说过叫我不能忘记他和常世将性命托付于我的理由，可是，在这样的状况下我又能干什么？手里抱着孩子再仅仅外加一把小刀，能干什么？

“孩子交出来！”

“不。”

我还没来得及思考，便说出了这句话。我感觉残菊施加在刀上的力道更重了，我咬紧牙关，心想手腕会不会就这样一口气被刺穿之时，残菊却意外地收回了刀。他看上去就像发现了什么奇怪的东西似的，凝视着我的脸。

“你，是被什么人所雇用吗？”

“没人雇我。”

“那么，你应该没有死抱着婴儿不放的理由。难道说，你要以孩子为筹码，让藤堂家再雇你吗？”

“我没有要做回忍者的想法，我只想回到京城，开一家葫芦店。”

“葫芦?”残菊嘴巴微微一动，他一定认为我说了什么奇怪的话，但这的确是我的真实想法。

“风太郎啊，你该不会以为自己还能活着离开这里吧?你想利用这个孩子换取赏金的打算已经不可能实现了。”

“不是的。”我摇摇头道，“我已经跟人许下约定了。”

“约定?”

“是的，我答应要将这个孩子平安带出城外，所以，我不能交给你，也不能交给大御所。至于今后的事，我还不知道。”

听着我的话，残菊的眼中第一次浮现出可以称之为色彩的东西。那眼神像是对我的怜悯，也像是觉得我傻得不可理喻，似乎他一开始就没把我当作对手看待。

“你应该比谁都清楚，那个约定已经无法实现了，风太郎——”

突然，一阵轰隆声响彻四方，不光地面，甚至天空也随之震动起来，一下子将残菊的声音抹消。这声音应该是从这里看不见的天守阁背面传来的吧，地表鸣动平息之后，大坂城上空传来恸哭般的轰鸣，就像是整座城迎来了临终一般。风向貌似变了，先前往深处缓缓流动的密集云团开始骤然上升，天守阁很快就被烟幕所笼罩。

“留下婴儿老老实实去死，还是用婴儿做挡箭牌，挨到最后窝囊地死去，你自己决定。”

残菊正面握刀静静地摆好姿势，周围的人也随之一齐将刀尖和竹筒对准了我。

我俯视着孩子小小的手指所触碰的刀鞘，自问是否应该做最后一番挣扎。如果是蝉，如今怕早就放下孩子，毫不犹豫地朝残菊砍将过去了吧。但是，这孩子的触感那样的千真万确，我早已无心放手。

果然，我确实是个彻底没用的忍者，不，我应该是在想正儿八经做忍者之前就被逐出了伊贺，连没用都算不上。到了那个世界见到蝉，我必定会被他狠狠地唾骂吧，我心中一边喃喃自语，一边跪了下去。以我现在的姿势，即便下一瞬间脑袋被砍飞，女婴从手臂里滑落，也不会被摔坏。

“哼，随你们的便。”

我将女婴置于大腿上，抬起头，看见残菊对我轻轻一瞥之后，缓缓地举起了刀。

为了至少不让血弄脏孩子，我用沾满尘灰的手掌遮住她的脸，然后闭上了双眼。

不可思议地，我的眼帘内侧浮现出芥下黑色的脸。对，仅仅在一日前，我还专程去产宁坂打搅工作中的她，要求她雇我开店，哪知道自己次日却是这般光景。真是的，再怎么荒唐无稽也该有个限度吧！我与芥下约定过要活着回去，也答应过瓢公子守护孩子直到最后，可这些约定我都无法遵守了。

我的手掌微微触碰孩子脸颊，那触感温馨柔软，但却比手腕被刀扎都更让我感到痛苦。

“抱歉。”我向孩子道歉，然后更加使劲地闭上了眼睛。

但是，该来的久久不来。

对手可是残菊，难道我在意识到之前，脑袋已经被砍掉了，我也已经死了吗？我的心里一边冒出荒唐无稽的想法，一边睁开了眼睛。

果然，残菊举着刀，站立的姿势并没有改变。

奇怪的是，他并没有看我。

他左右的同伙也都执刀摆着姿势不动，只有眼珠子望向我的身后。

我扭过头，追随残菊等人的视线望去，但眼前的景象却让我一时没有反应过来。

“为啥，你还在这里?”顿了一下，我终于得出了结论。

在面向护城河的城墙瓦屋顶上，也就是我方才想要跨越却被敌人击落的地方，黑弓猫着腰缓缓地走了过来。他只顾低头注视自己的手，全然未觉这边已经察觉到了自己的存在。

“那家伙，是祇园祭时也在场的另外一个人吗?”

残菊低沉的声音让我大吃一惊转过头去。

竟然能看见！记得离开望楼时，在瓢公子身旁那个叫作大助的少年，曾如在目送黑弓离开一般望着他的方向。不过，在望楼外监视的月次组成员曾表示只看见常世、蝉和我三人，难道当时正值果心居士的幻术快要消失的关头吗?

“干掉他！我们没有空闲时间浪费在多余的人身上。”

残菊毫不犹豫地下达了命令，他左右有三人立刻脱离了团队。

“你，脑袋转过来！”

正在我注视着对方的行动之时，残菊突然一边冷冷地道，一边将刀靠在我的脖子上。然而，就在这千钧一发之际，黑弓忽然抬起了头。

“快跑啊，风太郎！”

黑弓毫无防备地傻站在屋顶上大叫道。

“笨蛋！还回来干吗?你的幻术早就消失了！”

我迫不及待地高声回复他，可黑弓那傻瓜却傻傻地张开嘴，一副不可思议的表情。很快，当他理解到对方忍者为何向自己所在的城墙赶来时，三名忍者放出的手里剑已急速飞了过去。

黑弓扭转上半身，高高跃起，用让人惊叹的华丽身法轻松躲过了对手的暗器。接着他屈膝落地，又立刻站起身来，手里还攥着一个又黑又圆的东西。当我察觉到那是火药弹时，立刻伸出手指塞住了孩子的耳朵。

黑弓朝逼近城墙跟前石阶的忍者们，随意投出火药弹，随着眼前一道闪光掠过，巨大的爆炸声震耳欲聋，由爆炸产生的气流甚至冲击到我的脸上。

前方城墙飘起白色烟雾，我发现正好在石阶附近，三名忍者中有两名身体扭曲着一动不动，剩下一名则失去了身体右侧膝盖以下的部分，那人并没有死，仍然在地上痛苦地翻滚着。他们大概万万没有料到黑弓会在四周都是火焰的环境下使用火药，月次组的人明显太小看黑弓了。不，等等！如果是这样的话，方才在主殿以及天守阁之内时，我们三人都彻底暴露在明火之下，黑弓那家伙难道从那时候起身上就一直藏着火药弹吗？

“这边，快逃啊，风太郎！”

我的听觉渐渐恢复，整个人就像潜入深深的水中，听到恍惚不清的声音传过来一般。黑弓站在屋顶上，手中高举着准备好的火药弹。

下一瞬，黑弓的动作却突然停止了。

黑弓与方才一样，嘴巴微微张着，一副难以置信的表情，接着他低头向下方望去。他的视线前端，失去一条腿的男人撑起上半身，像是投掷了什么东西的样子。黑弓僵硬地歪着脑袋，瞧了一眼自己的腋下，正在此时，我看见一枚手里剑从那家伙举起的右臂上飞过。

“哼，耍小聪明！”

突然间，我听到有什么东西飞快移动的声响。下一秒，我看见残菊铆足劲将什么东西投了出去，他腰间的小太刀刀鞘已经空空如也。

“黑弓！”我用尽全力呼喊道。

小太刀从残菊手中飞出之后，反射着火光发出像血一样的光芒。在黑弓听到我的声音之前，小太刀便分毫不差地扎中了他。

黑弓的身子像被什么东西弹开一样往后一仰，用双手摁住了咽喉，他手中的火药被抛向半空，自射出手里剑的忍者正上方落下。就在这极短的时间内，黑弓的身体扭曲着，可他的目光确实捕捉到了我的脸。

我捂住孩子的耳朵，大声疾呼黑弓的名字，眼前的视线被再次爆炸所产生的白色强光覆盖。

*

等我回过神来的时候，发现自己已经站起身来。

怀里的孩子哭泣着，不知道是我捂得太用力，还是受到了爆炸冲击的惊吓，她扭动着身体，一脸不悦的表情，我赶紧把手从孩子脸上移开。

城墙周边，除了飘动的薄薄硝烟，再没有其他会动的东西。尸体又增加了一具，但不管瓦屋顶还是地面上，都不见黑弓的身影。

“又死了一个。”

我转过头，发现残菊毫无表情地直瞪着我，他的眼神就像是已经将我刺穿一般。

为什么？我搞不懂黑弓为什么要回来？这样的情况，可不是他那种连正经拔个刀都不会的人能应付得来的，这一点大老远看见便能轻易知道。到底为什么呢？话说黑弓那家伙现在又在哪儿？掉进护城河了吗？还活着吗？他要有什么三长两短，还在天川等着他回去的母亲该怎么办?

“三个人都死了,来换一个无关紧要的人。”

残菊的语气让我难以忍受,常世和蝉死时,我一再抑制自己决不能发作。可现在,怒火如决堤的水坝一般,一下子从胸中喷涌而出。

“残菊!”

我向前迈出一步,叫喊着残菊的名字。残菊不容分说地用长刀刺穿了我的左腿。

我的眼前迸出一道闪光,感觉有粗大的异物在我的身体里绽开。即便如此,我的视线也断然没有从残菊脸上移开,同时我紧握着拳头,手放在孩子脑袋旁。

“哼,蝉左右卫门也是这样,你们都受过忍痛的特训吗?不愧是伊贺忍者,了不起啊。”

残菊脸上浮现出一丝冷笑,把刀从我的大腿上拔出。

一瞬间,疼痛超出了我所知疼痛概念的极限,我甚至感觉左边大腿已不再是自己的。与此同时,剧烈的耳鸣涌了上来,我的脸颊变得苍白,一味地拼命顶住就快要站不稳的膝盖。孩子的神情看上去明明很困,但又无法入睡,只是难受地紧闭双眼哭泣着。

“不哭,不哭。”为保持清醒的意识,我晃动着孩子的身子,并低声安抚道。

“风太郎,首先我要把你的耳朵削下来。接着是鼻子,然后是嘴巴。就因为你一人,你知道死了我多少弟兄吗?可不能便宜了你。”

残菊将长刀的刀尖贴在我的右耳上,接着缓缓地举起了刀。

“别动,要不然我便斩了孩子。你知道我现在最想干什么吗?我只想赶紧杀掉孩子,再来欣赏你痛苦的表情。”

孩子就像听懂了残菊的话一般，一下子就不哭了，嘴边嘟嘟囔囔的，小脸蹭着我的手臂。我刚一扭动身子，孩子就像在暗示我一般，小手攥着刀鞘使劲推至我面前。

我凝视着黑色刀鞘的前端，终于察觉到了自己所犯的错误。我，是个忍者，自打三岁起就进入了柘植屋，只为成为一名忍者而修行不殆。即便再怎么没用，即便早就被伊贺所抛弃，我也还是个忍者。就算活着不能做一个忍者，我也有作为一个忍者死去的自由！

此时我觉得全身疼痛不已，疼痛合着脉搏的起伏向全身扩散，就像被人痛殴了一顿似的。我屏住呼吸，手滑进包裹女婴的布毯中。虽然左腿受伤已经派不上用场，可我丝毫没有要奉陪残菊消解郁愤的意思。虽不知道能不能奏效，不过运气好的话，说不定我能跟这家伙同归于尽。

我抬头仰望高高举起的长刀刀尖。

要是我能更早做出决断，在黑弓回来之前便可处理完毕，那家伙也不用毫无意义地将性命置于危险之中。我咬紧牙关，隔着布毯解开了鞘口。对于残菊来说，长刀往下挥动的瞬间也是他最有可能露出破绽的时机，只付出一只耳朵的代价就能干掉这家伙的话，我并不亏本。

“风太郎——”

恍惚间，我听到有人在唤我的名字。本以为那是风声。

“是我，因心居士。”

万万没想到，第二次我确确实实听到了对方的呼唤。

一瞬间，我忘却了大腿的疼痛，向正前方望去。就像在等候我注意到一般，笼罩天守阁前方的烟幕裂成两股。从厚厚烟幕的另一端，天守阁已化身为一团巨大的火焰，变为一个让人无法直视的强烈光源。话语声仿佛是从天守阁传过来的，可同时我又总感觉正侧方有谁在向我低语着。我心中遗留不可思议的感触，因心居士熟悉的声音再次在耳边响起。

“就是现在!”因心居士说道。

忽然间，视线前方的天守阁折断了!

实际上，是只剩一半的天守阁最上层建筑由于无法维持自身重力，从外侧倒塌下来，看上去就像脖子被砍断一样。

巨大的火团吐着数不清的火舌，往我们所在的一侧落下。这阵势明显与之前几次地面震动不同，月次组的人见状不住地往后退缩，连残菊也忍不住举着刀确认身后。

“快跑！风太郎!”

这次，因心居士的声音直接在我的脑袋里响起，仅仅在相隔一町的前方，也就是方才残菊站立着等待我和蝉前来的城郭方位，最上层的火团发出激烈的声响与震动砸了下来。与此同时，一股强烈的灼热感席卷而来，使人不禁要转过头去避让，火团就如同碎裂开来一般，化作成百上千的小团火团，如齐放的花朵一般漫天飞舞。

“终于做好回去的准备了，不久我们就会离开这个世界，剩下的时间已经不多了。风太郎啊，让我把这阵风当作饯别礼送给你吧，接下来就看你自己的了。”

飞散的火焰一齐说出因心居士的话语，紧接着如其所言的那般，一阵强风刮了下来。大风吹动着烟雾，砸在城郭上的天守阁最上层的残骸所涌起的烟雾，以及徘徊于城郭上空的烟雾都同时受大风所压制，如泛滥的大河一般蜂拥而至，看着这眼前的一切，我终于领悟到了因心居士想要表达的意思。

我用那只尚能动弹的右腿尽全力往身后一跃。

残菊察觉到我的行动，一脸吃惊地重新摆好架势，同时向正侧方使出一记横扫，不过其刀尖从差一寸就碰到孩子额头的地方有惊无险地掠过。我屈膝着地之时，我们所在的位置猛地被厚厚的烟幕所笼罩，几乎像太阳一样绽放光辉的天守阁的烈焰从头顶消失，月次组的人全都变成了一个个模糊的阴影。

“别让他跑了！”我听到残菊尖锐的喊叫声。

我进一步放低腰身，潜行于烟雾之中。正巧面前撞见一名化作一团阴影的敌人，我静静地用手中的小刀利索地切断了他的跟腱，紧接着一声悲鸣响起，那团阴影一下子扭曲起来，我在他身旁站起身，顺手将小刀刺入他体内，解决一人。

“他在那里，没必要在意婴儿，杀无赦！”残菊的语调带着明显的怒意。

“走这条道，风太郎。”我听到有人郑重其事地说道，那声音的方向与残菊声音传来的方向正好相反。

刺鼻的烟雾一下子消失了，我的正面再次出现突破樱门时曾见过的风之道，这通道直通往城墙，只是变得非常狭窄，宽不到一尺，状若细带一般。眼看身后残菊的长刀随时都可能刺中我的后背，被这样的恐惧感所紧逼，我连滚带爬地往前猛冲。左脚每一次踏地，眼前都会闪现因剧痛而产生的错觉，并且胸前的刺痛感也紧随而至。

天守阁还在持续倒塌，强烈的摇晃让我的脚不听使唤，终于在石阶跟前摔倒了。我抱着孩子，脸栽倒在地面上，我顾不得拍土，立刻站起身来。正好在我的视线前方，城墙跟前的石阶崩塌了，我发现那些石块背面裂开了一个洞。大概是黑弓最后放出的火药弹将整个石阶炸毁，原有的洞便显露了出来。

我的右侧传来数人在浓厚烟幕里奔跑的气息。其中一人貌似没憋住气，不停地咳嗽着。话说不管如何磨炼忍者的本领，也找不出一种忍术能让人长时间毫发无伤地待在烟雾中。这人应该捂着嘴巴，因为我的耳朵捕捉到了他发出的含混不清的咳嗽声，此刻，我终于下定了决心。

我如果就这样跳进护城河，到底能否安全逃离？如果月次组的人中就算只有三个也跟着跳进护城河，以我抱着孩子再加上现在的身体状况，无论如何也无法与之对抗。

“喂，因心居士。”我在脑海中向因心居士求助。

“干吗？”因心居士回应我道。

“你能将这一带全部用烟雾覆盖吗？”

“如果你平安逃入护城河，自然会变成那样。”

“不，我不走护城河。”

“不走护城河，你打算怎么办？”

“解决对方所有人，在那之后再逃走。”

接下来迎来片刻沉默。

“你这人真是爱乱来。”

因心居士的话语声中既有责难，也有惊讶。

我将孩子连同布毯一起塞进石块背面，那个洞简直像知晓孩子的大小，事前就挖好了一样，正好能塞进孩子的身体。

“我只有一个请求，能帮我保护这个孩子吗？”

“那怎么行，原本干预人类的生死对我们来说就是不可触碰的禁忌。所以呢，不管你们处在怎样的困境中，我什么都做不了，我和你彼此存在于不同的世界。”

因心居士这家伙，以前让我为他四处跑腿，干预我的生死，事到如今真亏他说得出口，不过我还是将就要脱口而出的话使劲咽了回去。

“那么，我不要求你保护她。只是，你能防止她吸入烟尘吗？我你不用在意。”

我解开腰间的绳扣，将大腿牢牢绑住。从裤子的湿润程度上看，大腿出的血相当多，不管要干什么，我所剩的时间都不多了。

“拜托！”

因心居士仍然保持着沉默。

“你用尸体把洞堵住，我会让风转起来不让烟雾接近此处。当然，我最多也只能帮你到这里了。”

因心居士语调带着叹息回答道。

“足够了。”我点点头道。满是烟雾的墙壁处露出了一条腿，我将这具被黑弓解决掉的尸体拉至洞口。

由于刚发生了如此大的混乱，孩子早就睁开了眼睛，不过我不可思议地确信这孩子不会哭泣，会乖乖地等我回来。

“真是个聪明的孩子。”

孩子一声不吭地从洞口内侧聚精会神地注视着我，我伸出手指沿着轮廓轻抚孩子的额头，然后用尸体塞住了洞口。当然，尸身腰际的大刀和小刀，被我直接从刀鞘中拔了出来。

我铆足劲吸了一口气将肺部充满。

“很好。”

左右墙壁已被熔化，烟雾一下子涌了进来，转眼间周围的视野开始变得模糊。我将没有刀鞘的小太刀插入腰间，凭记忆再次计算了一下月次组剩余的人数。从十二人时起，黑弓解决三人，我刚解决了一人，也就是说，对方还剩八人。我这个没用的忍者必须解决的人数，比蝉和常世的都多，并且，其中还包括残菊，就连蝉都没能伤到其分毫的那个残菊。

想想这确实有够滑稽的，我不由得歪了歪嘴角笑了，接下来我手执刀摆好了姿势。相比眼睛和鼻子，我的皮肤先行感受到了烟雾的浓度，貌似因为身体受到彻底严重的打击，如今所有的感官都反常地敏锐起来。我听见左侧传来不停咳嗽的轻微声响，仅凭这声音，我便确切地判断出那里并排站着两个人。

我猜想那两人应该是站立着的，于是我移动至与对方相隔一间的位置，将拾起的石子射出。

石子“啪”的一声落地，那两个气息老老实实地做出了反应。

在视线如此糟糕的情况下，我基本上无法正确地瞄准对手的脖子下手，但是他们谁都没有遮脸，这一点帮了我大忙。我举起刀往前跨出一步，不容分说地向其中一人脑袋上劈了下去。接着我把刀收回，又刺进另一人锁甲没能覆盖到的下腹部。这人刚发出呻吟，我立刻抓住他的脑袋，准确快速地拔出腰间的小太刀，割断了他脖子。

一切都在黑暗中完成，我再次融入烟雾之中。不知是因为兴奋，还是将伤口绑得过紧，我几乎感觉不到来自大腿的疼痛。接下来只要我的肺还扛得住，就要把这群混蛋全宰了！

*

我感觉自己就像回到柘植屋那最后一晚一般。

那时，我也在连光也射不透的烟雾中屏住呼吸、匍匐前进。

作为忍者，跟他人相比我不具备任何出类拔萃的天赋。我使刀平平，嘴笨手不灵，脑子也很迟钝。这样的我之所以能在柘植屋烧毁之前得以生还，全靠比常人更强大的肺活量，理由仅此而已。

这片被烟幕封锁的黑暗中，月次组还有六人正在某处屏住呼吸，随时准备伏击我。我向城墙方向前进，手中握着从刚解决的敌人身上夺来的刀，那两人的小太刀我也携带在腰间。因为如果要逃离这里，只有跳入护城河这一条路，所以先绕到我前方的敌人应该已经布下了天罗地网。我脚尖触碰到石阶，确认自己的身体面对着城墙，然后猫着腰，几乎爬着登上了石阶。烟雾渐渐变浓，我皱起了眉勉强眯着眼睛，前方连一尺之内都看不真切。

我握着刀，摆好了姿势。

对方一名忍者憋着气，蹲在城墙跟前。我从其侧方毫不留情地使出一记突刺。要问我为什么知道对方的所在，就连我自己也搞不清楚，但随着确切的手感与短促的悲鸣响起，我抓住对方的后颈，将其身体作为盾牌挡住了迎面一击。砍过来的刀刃陷入盾牌的肉里，可怜的家伙一边喘息着一边不住地抖动着上臂，而烟雾的另一端，又一个身影清晰地出现在我眼前。那个影子欲将同伴体内的刀拔出，却由于发力过猛吸入了烟雾，开始止不住地咳嗽起来。我放开盾牌，手伸向腰间的小太刀，在对方想要抬起左手捂住嘴巴的瞬间，将小太刀刺了过去。刀身从腋下的正下方直直地插了进去，传来削到骨头的坚硬手感，影子的咳嗽忽然停止了。我的手刚离开牢牢深入心脏的小太刀，影子便倒了下去，之后只留下了鲜明的血腥味。还剩四人！

由于这次的动静较大，对方应该清楚地掌握了我的位置，我随即察觉到左右各有一人，带着强烈的杀气向我靠近。

“风太郎啊。”

突然，从天守阁方向，距离这里差不多七间开外的位置响起残菊的呼喊声。

“为什么不赶紧带着婴儿逃走？难不成你还想跟我们决一死战吗？”

残菊的嘴里好像塞进了什么东西，他的声音听上去含混不清。我探了探方才解决掉的男人的手掌周围，又重新捡起一把刀。四周就像被因心居士关在葫芦里一般，充满着不安定的黑暗。对方肺里残留的气息应该快要见底了，原本在激烈运动的影响之下，就连我也是没办法从容应对的。

“看来，我仿佛小看你的能力了。你的目标是我对吧，那么就别兜圈子了，我就在这里，堂堂正正出来决一胜负吧!”

残菊这家伙有两件事还没意识到。

首先我现在并没有抱着女婴，其次在分出胜负之前，烟雾绝不会散去。诚如这家伙所言，我没有空闲去绕圈子，当我知晓烟雾就这样保持不动，城郭方向也无处可逃之时，对方也同样不得不从本丸逃离。然而，如果先让他们跳入护城河，相反遭受伏击的就是我了。也就是说，我必须在对方到达极限之前，结束这一切。

我仔细留意着左右两侧敌人渐渐逼近的气息，不过在我正欲跨过脚下的尸体时，却突然被其绊倒了。当我发现被废掉的左腿抬不起来，握刀的感觉也很奇怪的时候，一种不寒而栗的强烈的麻痹感从脖颈直往脸上蹿。关键时刻，开什么玩笑！我感觉到意识正急速地离我远去，不禁在心中斥责起自己来，但还是无法彻底坚持住，跪倒在地。不知是因为已经受伤的大腿失血过多，还是闭气过久，虽然我的膝盖深陷砂砾之中，但那触感是那么的不真切。我用另一只闲着的手擦了擦脸，尽管脸上沾满汗水，但摸上去却是冷冰冰的，紧接着耳鸣开始从冰冷触感的深处向我袭来。我察觉到自己的意识正愈发模糊起来，于是立刻挺起胸使劲往后仰。当我弓着背的时候，胸前的疼痛多少能有些缓解，但被残菊刺伤的伤口好像裂开了，剧痛强烈地抵抗着我的意识。突然我的眼前闪过一道强光，一根针刺入了我的身体，令我疼痛不已，但我拼死咬紧牙关决不吭一声。

我的意识被强行拉回。

“风太郎，孩子怎么样了？”

此时，黑暗中再次传来残菊的叫喊声，这家伙竟然故意向我暴露自己的位置，看来他也开始心急了。时间越来越紧迫了，我将刀插入土里，想以此为支点站起身来，不过左脚却完全不听使唤。我暂且先稳了稳屁股，把手放在被鲜血浸湿的大腿上。我感觉眼皮下面像是有什么东西在闪烁，首先浮现出了常世临死前的站姿，接着是蝉脑袋被砍掉之前的表情，最后来到的是以咽喉接下小太刀的黑弓的眼神。我的手从大腿回到刀柄上，同时发抖的手腕使劲用力，高声呼喊着那三人的名字，接下来伤腿竟然听使唤了！我拔出尸体腰间的小太刀，抬起屁股伸直膝盖。因为我的腰际已经携带了一把刀，若是再插一把实在太过麻烦，于是我索性就这样用牙齿叼住刀身的根部。现在还剩四人，我的左右侧各一人，不过残菊以及那最后一人的气息我还未感知到。

“婴儿在这烟雾中没事吗？她为什么没发出痛苦的哭喊？”

相比刚才，残菊声音的位置往左边移动了。

“难不成，孩子已经死了吗？”

残菊的声音进一步往左边偏移，有关孩子，如今我除了相信因心居士也别无他法。对面浓烟密布，丝毫也透不出光亮来，我一边推测烟雾彼端残菊移动的路线，一边把脚搭在石阶上。在我下到石阶底端之时，身后一下子传来猛烈的咳嗽声。首先是右边的男人在不停咳嗽，然后在与之相隔无几之处，左边的男人也开始咳个不停。城郭已经被烟雾笼罩了相当长的时间，这两人应该已经忍耐到极限了。接下来如同决堤的洪水一般，对方被烟雾呛到之后，貌似又再度吸入了浓烟，两人一边发出呻吟声，一边倒在了地上。我转过头去，自然是看不见两人的身影了，但却能隐约听到前方的黑暗中传来的忍者装束摩擦地面发出的痛苦声响。随着呻吟声越来越弱，摩擦音也急速平静了下来，我将渐渐消逝的生命抛在身后，一步步继续往前走。其实我就在此处不动，等待残菊肺里存量变空也不失为一种战法，不过，如果那家伙放弃这个地方逃入护城河的话，我便再无胜算。

我完全忘记了胸前和大腿的疼痛，全神贯注地搜寻残菊的气息，甚至连自己正屏住呼吸都已忘记。那家伙应该就在不足数间的前方，我每踏出一步，总感觉烟雾对面会不会突然刺过来一把长刀。这样的感觉不停在我的心中涌现，也曾几度步履犹疑。我的双手紧紧地拧住刀柄，激励自己振作起来，我猜想残菊同样也不知道我的所在，也正因为不知道，他才会高声唤我。

天守阁的残骸貌似一点不剩全都掉落下来了，远处传来巨大的地鸣之声，余响久久不散。

“风太郎。”

耳边传来呼唤我的声音，我的身体不由自主地抖动了一下，刀尖一瞬间向上弹起。

相比我的预估，残菊那家伙的位置相当靠右，我与他距离三间开外，且并没进入他长刀的攻击范围。为避其正面，我准备抄其身后杀他个措手不及，当我改变身体的朝向时，脚尖感觉捅到了什么东西。我再次伸腿捅了捅，那东西稍稍滚动了一下，由于光靠触感无法分辨轻重，于是我蹲下伸出手探去。

原来是个人头。当我摸到隆起的鼻子下方胡子似的触感时，便立刻明白了这是蝉的人头。

不是这边，笨蛋！

我感觉人头像是想向我传达这样的信息。

这时，我终于明白了。

明白了残菊为什么会呼唤我的名字。

当然，残菊的终极目的是为了杀死我。然而，他发出声音的同时，理所当然会暴露自己的位置。如此一来，那家伙同样将自己置于了险境之中，但他这样做也许是对自己的刀法充满了自信。

不对！

我的手触碰蝉的人头，同时紧紧咬住嘴里的小太刀。残菊正在引诱我现身。那么，要把我引出来杀掉，他会怎么做呢？如果是我，一定会利用仅存的一名手下做诱饵，自己绕到对手后方攻其不备。

“抱歉，蝉左右卫门。”

我在心中默默地向蝉道歉，然后抓住头发将人头提了起来。话说要是在那个世界碰见了蝉，我毫无疑问会被他一刀捅死吧，想着想着，我静静做好准备，等待对方下一次发声。

“我不会再向你保证婴儿的安全了，我要将你连同她一起杀死。”

终于，我听到了残菊那含混不清的声音，像是用什么东西将嘴巴覆盖住所发出的。我假想如果自己站在那里，将在什么位置抄对手后路，找好位置后，我便朝着那个方向将蝉的人头轻轻抛出。

人头着地时，我清楚地察觉到了人的动静。我终于辨别出了在烟雾的彼端有一个与声音的主人不同的另一个气息，我如果继续前进，那么这一个气息的主人将可以轻松从背后将我拿下。

我开始行动了。

我穿过烟雾，毫不犹豫地潜行至另一个气息的正后方，使出浑身力道猛然往前突刺。

手上确实有感觉！

不过刀的重量骤然变轻了，对方明显已经挣脱逃开。如果让那家伙重整旗鼓的话就完了，于是我再向前踏出一步。当我向下劈出第二刀之时，有什么东西飞快地从眼前掠过。

刀剧烈摇晃着，突然变重了。

瞬间我察觉到自己的右手已经不在，却一点儿都不觉着疼，完全没有任何感觉。我用握刀的左手支撑着身体，插在地上的刀尖也耷拉了下来。

“什么？我居然被你……这样的，没用的家伙……干掉……怎么可能！”

残菊痛苦地喘息着，声音时断时续，当他的身影在我正面的烟雾中站起身时，我向前方跳了出去。

对方的刀间不容发地向我提斩过来，偶然触碰到我无力地提在手上的刀后被弹开，我整个身体向残菊扑了过去。

我叼在嘴里的刀切开了烟雾，在烟雾的尽头出现的是那家伙的脸。在接近对方鼻尖的刹那，我猛然甩了一下脑袋。

就这样，我倒在了地上。

我本想伸手支撑起身体，却忘了自己已经没了右手，于是脸拍在了地上。刚摔在地上，我便吸入了浓烟，剧烈地咳嗽起来，正在这时，一股巨大的狂风自上方刮了下来。

风从我的鼻子刮了进来，瞬间将体内的浓烟赶走。我猜想这大概是因心居士所为吧，即便我止住了咳嗽，但风还是不停地往下刮来。我抬起头，瞧见微暗的半空中浮现出云朵，同时也能远望在赤焰中熊熊燃烧的天守阁。

残菊站立在我的面前，他的身影被火焰映得通红，虽然他手摁着脖子，可血还是溢了出来。我迟缓地站起身，我的右手因为受到残菊一击失去了手肘以下的部分，而我现在握在左手的刀上，还残留着我握着刀柄的右手。难怪先前会骤然感觉刀变重了，我皱起眉头，把刀扔掉。

残菊正看着我，他在流泪，而凝望着这家伙的我也在流泪。因为两人的眼睛都受到了浓烟的刺激。

这男人到底经历过什么才走到今天这一步的，我全然不知。残菊充血的眼中泛起泪光，他那双丹凤眼凝视着我，那眼神深处仍然找不到可称之为色彩的东西。我不可思议地认为这男人自幼时起，必定与我、蝉以及常世一样，被迫接受残酷的修行才长大成人的，不过如今都已无从考证了。我正准备摆好姿势用小太刀给残菊最后一击，但在我动手之前，那家伙眼中的光芒便消失了。残菊两眼中流淌出的泪水在沾满尘灰的脸颊上划出两道痕迹，摁着颈部的手也无力地耷拉下来，就像根部被斩断倒塌在地上的树木一般，残菊倒在地上，成为并排在地上的尸体中的一员。

我一回头，发现最后一人站在我的前方。

那男子的手中，握着个大大的皮口袋，原来是靠这个东西，他才撑到了现在。此时，那男子脚下颤抖着，脸色苍白，虽然他也在流泪，但貌似跟烟雾并没有关系。

男子很年轻，年龄大概十五岁。我不禁回想起冬日那场战事，当时自己曾经给一个后来在夜袭时脑袋中弹悲惨死去的年轻人绑过护腿。

我拖着腿慢慢靠近那个男子。

“饶、饶了我吧，我、我不是忍者，只是被叫来帮忙的。平日我在京城为成为放下师[①]而修行，这次是他们邀约说这工作酬劳相当丰厚。仅此而已。方才也是那人命令我模仿他的声音，喊你的

①放下师：街头艺人。

名字的。”

如果饶过这个男子，我带着孩子出城一事便会暴露。

“抱歉。”我在男子跟前停下脚步说道，接着小太刀一闪而过，切开了男子的脑袋。

终章

孩子在呼唤我。

我一脚将堵住石阶洞口的尸体踢翻，然后将孩子从洞中取了出来。

“乖、乖。”见孩子号啕大哭且脸上浮现出大颗泪珠，我急忙向她搭话哄她，然后将包裹着蝉的人头的布匹放进洞口深处。我本想双手合十为其祈求冥福，无奈没了右手，于是我只以单掌稍作叩拜后便站起身。

如果叫我现在就这样站着睡一觉，极度疲惫的我甚至能立刻睡着。我缠了好几层布才终于止住了右手创口的血，但身上就像挂着个秤锤一样，手脚很是迟钝。疼痛就像与生俱来一般，全身各个部位都毫不客气地向我发出罢工的信号。

我接下来需要抱着孩子从石墙上下来，然后渡过溢满河水的护城河，最后悄悄地穿越攻城部队离开大坂城。但这无论如何都是不可能的了，只要我还把孩子抱在怀里便无法使刀，失去了右手确实诸多不便。

“风太郎。”身后有人招呼我。

我转过头，眼前过度的强光让我不禁低下头去，用手臂遮住孩子的脸。我眯着眼睛远眺前方，只见两股烟雾从本丸向上空涌起，被一团火焰带着飞向了天际。

“真是的，你这事儿干得简直彻头彻尾的血腥，连只是旁观的我都感觉心情不佳。”

天守阁表面已被烧尽，光着的建筑物骨架被当作薪柴焚烧着，火势越发猛烈了，火柱从天守阁内部喷涌而出，眼看着就像要触及天际一般。

“终于到了该动身的时候了，我们与人间世界也就此告别了。风太郎啊，以你这样的身体状况，是根本无法渡过护城河的。你登上城墙去，我给你最后的饯别礼。”

就像在等候因心居士把话说完一般，始终笼罩在头顶的轰鸣声一下子消失了。在这短短的奇妙且寂静的时间内，前方的城郭以及天守阁的框架再一次发出被火焰焚烧的悲鸣。

“不是这样，不要背着孩子，就抱在胸前，快，不然就没有临别纪念了。”

因心居士见我正准备解开扣带将孩子背在背上，便立刻制止道。

“从现在开始你数到二十，数完后就从城墙上往下跳。”

“跳？我可是抱着孩子的，怎么可能做这么危险的事！”

“没时间闲聊了！”

因心居士的语调粗暴且严厉，我不得已将扣带搭在肩上，然后把孩子绑在胸前。我的眼前尸横遍地，一片凄惨景象。我将视线转向倒在一旁的蝉的无头尸体，接着是呈扭曲状态倒下的残菊，我拖着腿走到呈大字仰卧在地的琵琶身边，拾起在他沾满血污的脑袋旁的十字长枪。

“还剩十下。”

因心居士的声音再次响起，此时天守阁内侧就像与其话语声相呼应一般，发出了低沉的爆炸声。这爆炸声明显与火药爆炸产生的声响不一样，听上去并非是从外侧破裂，而是向着内部发出的像是在蓄积什么力量般的离奇声响，我不自觉地加快了去向城墙的脚步。

“还剩五下。”

我拄着十字长枪攀登石阶，胸前孩子的重量甚至让我每走一步都举步维艰。即便如此，我还是气势十足地做足助跑，将长枪柄头插在白色城墙跟前，只用左手支撑着长枪蹬地跃起。中途我脚踏在白色城壁上，再加上腕力的作用，一口气跃至屋顶。

我肚子朝下，就像挂在晾衣竿上的衣物一样落在屋顶瓦上。为了不把女婴垫在下面，在快要着地之际我扭转身体，不想左侧大腿却承受了全身体重，一时间疼得屏住了呼吸。

“只剩三下了，快跳，风太郎!”

因心居士毫不客气的叫喊声让我不由得抬起头，正在这眼前天守阁的横侧面突然被剧烈地刮飞，向四处吐出火焰，整个天守阁一边发出吱吱嘎嘎的声响，一边猛地开始倾倒。

“跳？往哪儿跳啊?”

“当然是护城河了，铆足劲儿往里跳。”

孩子被巨大的噪声吓到，发出猛烈的哭声，我抚摸孩子的后背咬紧牙关站起身来。护城河的对面是二之丸，满布二之丸的房屋全都被烈焰烧尽，守城一方应该已经完全被压制住了。攻城部队从容不迫地高举火把，在护城河边缘开始筑起阵地，不过此时不论谁都停下了手上的活，茫然地仰望着天守阁。

“就是现在！风太郎——”

因心居士大喊一声，随即又一声猛烈的爆炸响起，让人怀疑是不是整个都即将坍塌了，可我没有空闲去理会天守阁是怎样崩塌的。我只稍稍回头望了一眼，看见一大团烟雾被爆炸的气浪推着，以难以想象的气势向我这边袭来。

“跳！”

我两脚使劲稳住脚下，可先行到达的暴风已将我左右的瓦砾掀起。我感到比起跳入护城河，待在这儿更加危险。于是我抱紧孩子，拼命向半空跳了出去。

震耳欲聋的剧烈爆炸声持续在身后响起。

从城郭蜂拥而至的团状烟雾越过城墙将我笼罩。不，并不只是笼罩着我，而是利用风压将我的身体一下子举了起来，并且就这样往护城河上空刮了过去。

我的身体自顾自地旋转着，天与地已然颠倒，我在空中看见护城河漆黑一片，被火焰照射的厚厚云层在脚边扩散开来。为了不让孩子掉下去，我一边用力抱着她，一边正视着前方。此时，天守阁发出最后的咆哮，向四面八方喷着火星，巨大的木结构框架一下子崩塌。随着两三声爆炸响起，天守阁放出比任何绚烂的夕阳都刺眼的光亮，像被压碎一般渐渐沉没了。

“再见了，风太郎！”

说不定果心居士与因心居士一道，此时也同样在呼喊着我的名字。那甚至让人感到不快的哄笑声响起的同时，方才天守阁所在的位置嚣然喷射出一根火柱。那火柱四射出火星，势头丝毫不见减弱地直达天际，最后消失在云层之中。

我的身体一下子失去了风的依托，开始往下坠去。我慌忙转过头，发现二之丸被火焰笼罩的房屋正迅速向我靠近。

“呜、喂！”我不禁发出惊慌失措的叫喊声。

不等喊出下句话，我便以手臂护住孩子，紧紧闭上了眼睛。

随着一声巨响，我感到自己的后背撞上了什么东西，一种猛烈的撞击感清晰地向我袭来。我还以为身体会被撞个粉碎，可不知为何，撞击几乎没有带来任何疼痛，竟然什么事都没有发生。一股麦秆的味道扑鼻而来，我小心翼翼地睁开眼睛，正好对眼前折断的麦秆行了个礼。

我缓缓抬起脑袋，发现自己深深地埋在堆积成山的麦秆堆里。

当我发现头顶上木板修葺的屋顶空出一个大洞时，正侧方突然传来激烈的喘息声。

不等我摆好姿势，后颈就被什么冰冷的东西触碰了一下。

我想要一跃而起，奈何身体却动弹不得。不仅如此，我连随意支起上半身都办不到，只得勉强依靠手肘改变身体姿态，此刻，一个黑影闯入我的视线中。

原来是匹马。

我再次察看四周，发现这里相当宽敞，应该是个马棚。那匹马的鼻子靠近仍在哭泣的孩子，嘴搭在孩子的额头上舔了一下，小家伙立刻就不哭了。我将睁大眼睛一动不动的孩子从马跟前挪开，挣扎着站起身。

这匹马背上装着马鞍，被拴在了这个马棚里，马棚入口处可见外面的主屋正熊熊燃烧着，房子的主人多半早已逃难去了。

马目不转睛凝视着我的脸，鼻子发出“叶噜噜”的叫声。

这匹马很高大，全身乌黑，只有马蹄是白色的。仅从反射主屋火焰的马屁股上的光辉来看，其优良的血统便一目了然。

马棚内柱子上安装着铁轮，我解开从上面垂下的绳索，站在马旁。

我把手放在马脖子的鬃毛上，马也没表现出不愿意的样子。我一拉缰绳，马便乖乖地随我走出了马棚。

忽然，我想到这一切该不会都是来自因心居士的临别纪念吧，不过如今也无从确认了。我刚走出庭院，覆盖本丸的云层被照射成火红的颜色，几乎就像被血染红了一般。那两个葫芦妖怪在离去时发出那么开心的憨笑，想必他们已经心情愉悦地踏上通向某个世界的旅途了吧。

我脚踏马镫，爬上马背。

我没有携带任何武器，也许本该从本丸的尸体上拾取一些，不过如今我左手握着缰绳，反正右手也派不上用场，结果还是一样。

我刚跨在马鞍上，马突然前蹄跃起，我见势立刻勒紧缰绳，大腿夹紧马鞍。不过由于左脚使不上劲，为尽量支撑住身体，我上身往前倾倒紧紧抱住马脖子，接着马叫唤了一声便开始跑了起来。

我骑着马钻过迸发出火星，眼看就快要被烧垮的宅门，一口气加速穿过了一条细长的小巷。我不知道要往哪儿去以及该怎么前进，只是拼命拽住马脖子，突然马冲到一条大道上。

正面一群杂兵排起盾布好了阵，杂兵们一副大吃一惊的表情看着我这边，对方慌张地准备握枪摆好姿势，可那时黑马已经高高跃起跳过了那一排盾，轻轻松松破阵而去。

四处都喷射着火焰，马沿着已经倒塌了一半的房屋飞奔，右侧能看见护城河以及对面本丸的石墙。我紧紧贴在马背上，如果脑袋里描绘的地图没有出错的话，接下来会去到一个不得了的地方。如同我所畏惧的一样，马没有任何犹豫，冲进了我、蝉以及黑弓曾一同通过的去往二之丸城门的道路。

士兵的数量远远多出我们进入本丸的时候，将前路堵了个水泄不通。对方一见着我和马的身影，便全都变成了追捕者，“别让他跑了!”“快追，杀了他!”各种粗暴的叫声从四面八方传来。然而人是无法阻挡全速前进的快马的，实际上一旦马逼近跟前，对方都争先恐后地将道路让开。动作慢的家伙被马的前蹄毫不留情地踢中后背，然后发出钝响被踩死。我在身后留下一串蹬地的马蹄声，丝毫没有减速便突破了城门。

第三层围墙处燃着晃眼的篝火，到处都有大量士兵在活动。一个武士大将果敢地想要挡住我的去路，却被马不容分说地撞飞。黑马甩了甩披散的鬃毛，发出高声的嘶叫。

马的这一叫，就像发出了某种讯号一样，驮运货物的马突然开始暴躁起来，甩开手握缰绳的工人，一齐发出兴奋的嘶叫。紧接着，城外木栅栏旁边拴着的数十匹马也同时骚动起来，其中一匹自己切断绳索跑了起来，也不知道为何，接下来其他的马也纷纷跟着离开栅栏。马儿们将上前阻拦的人或用后蹄踢飞，或撞倒，甚至还随意将篝火踢翻，场面转眼间陷入巨大的混乱中。

我穿过场景正中央，黑马如离弦之箭一般奔离现场，一刀未沾便钻进篝火火光照射不到的黑暗之中。黑马就像知晓目的地一样不停地奔跑着，时而穿过草丛，时而横跨田间，时而不停遭遇路上的杂兵。我深深地伏在马背上，听见杂兵的叫喊声刚一发出便瞬间远去，我时不时闭上眼睛，虽然危险迫在眉睫，但我实在是困得不行。

只有一小会儿，在我闭上眼睛的空当，似乎真的睡了过去。

我感到下方有什么在顶我，于是赶紧起身，吃惊地抬起头。我刚想自己的皮肤已经感觉不到风吹，却发现原来是马已经停了下来。我支起上半身查看孩子的动静，孩子也蠕动着伸出手臂回应着我。

眼前出现一棵似曾相识的树，我摇摇晃晃地下了马。

“真厉害啊你。”我抚摸长长马脸的正中，对方也用鼻子靠近我的脸。黑马得意地“卟噜噜”将气息喷到我脸上，短促地嘶叫着。我目送黑马以愉悦的轻快步伐离开，直到它融入黑暗之中。

我调整了一下姿势重新抱紧孩子，缓缓地向前走去。

树根处摆着一个小小的祠堂，一盏佛灯摇摇晃晃地发出柔弱的光亮。在光亮深处，有一个嵌有镜子的白蛇雕塑，我背靠着大树坐了下去。

我抬头仰望，发现天空中云层低垂，眼看就要下起雨来，槐树枝叶高高地伸向天空。我的耳朵追随着远去的马蹄声，不禁感叹那匹马脑袋比我好使啊。

我将孩子放在自己与巳的祠堂之间，终于自心底深处长出了一口气。

*

我又再次睡去了吗？

还是单纯的意识模糊不清吗？还是说，实际上只是眨了三四下眼睛？我努力想要追溯已经逝去的时间，却发现它就像滑落指间的砂石一般无从探究。

不过，我可以确定自己已经完全丧失了注意力，不知何时，连正面出现个人都没察觉到，我瞬间下意识地向一旁的孩子伸出手腕。

“风太郎！”头顶传来熟悉的声音。

我向上看去，发现身着格子花纹窄袖便服的百露出僵硬的表情俯视着我。

“为什么你会在这里?”

为什么，其实我也想问问这个问题，但却没法立刻把这一切说个明白，实际上我也说不出话来。我几度清了清嗓子后，终于能开口发出嘶哑的声音。

“为什么……你知道我来这里了?”我问道。

“我突然听到马的嘶叫，过来看看情况，就发现你坐在这——”

话说一半的百忽然停住，凝视起我的身体。

“怎么了?你的右手。”过了一会儿，百低声问道。

“啊。”我稍稍抬起右腕，注视着已经渗出黑血的布头。

“被残菊，砍掉了。”我气息不顺地回答道。

一听到残菊的名字，百的身体微微一哆嗦，视线快速扫了扫左右。

“不用担心……那家伙已，已经不在了，我，我杀了他。”

“杀了?你把残菊杀了?”

“不光残菊，月次组的人，全都……干掉了。但是，常世死了，蝉死了，黑弓也——”

我的话变得不再流利，暂且闭上了嘴。由于吸入了不少烟尘，我的鼻子和嘴巴周围夹杂着尘灰，每一次呼吸都感觉有一股焦煳味儿灌进肺里。

“我听……黑弓说过，他和你约在这里碰头，可好像我比他先来了啊。再稍微……等等，那家伙，一定会来的。”

我回想被大风刮着越过护城河之时，河面上是否浮起过看似黑弓的人影，却没有任何印象。可黑弓毕竟是黑弓，他一定能想办法保住性命，不，那家伙必须得回来才行，要不然这世上再没有人能正确地传达这孩子的身世——

“百。”我用左臂将身旁安安静静的孩子抱起，放在大腿上。

“能把这个孩子，托付给你吗？”

从祠堂透出的佛灯的光亮微微照射着百的膝盖周围，但她并没有要动身上前的意思。

“那是什么啊？”百冷淡地反问道。

“我跟人约定过。”

“约定？”

“嗯……约好要将这个孩子安全带出城，你能去找个奶妈来吗？孩子差不多肚子该饿了。”

百的视线从女婴身上移开，无言地凝视着我的脸。

“所以说啊，常世和蝉都死了吗？你也遭到袭击了吗？”

百仍然没有改变位置，站在原地小声地问道。

“百。”槐树枝叶的影子下，模糊地浮现出百那张苍白的脸，我对着她的脸开口说道，“救救这个孩子，她没有……父母，所以，你可以把她带到任何地方。如果……接下来你要乘船去南海，就算这样……也行，一起，带上一起走——”

我直视着百的眼睛说道，但总感觉焦点对不上。我眨了眨眼睛，晃了晃又开始闹腾起来的孩子的屁股，此时百突然将视线转向身后。

“喂——这里有个女人！”

前方黑暗中传来压低的声线。不一会儿，又响起杂乱的脚步声，两个端着枪的杂兵从阴影中现身。我不由得伸手探向腰间，当然什么都没摸到。

“当心，树根那里还有个人。”

不凑巧的是，孩子像是被尖锐的声音吓到，一下子哭了出来。

“果然，不就是个婴儿吗，刚才就觉着听到了这声音。”

二人将百夹在中间，两杆长枪越靠越近。

“错不了了！这家伙，是城中守军，你看他脸好脏，到处都是尘灰。”

“女人！不想死的话赶紧走过来，我们要先把那个半死不活的家伙干掉。”

其中一人的枪头摆在百胸前，威胁她赶紧远离我。

“呜，喂！把婴儿放一旁！”

另一人的声音充满兴奋，正当他向孩子伸出手时，之前一动不动的百横向跳出，进入持枪男人的攻击范围内，接着她在对方眼前一拂袖子，转动着身体描绘出一个半圆，同时从身后抹了一下逼近我跟前的男人的后颈。

两个杂兵的动作都停止了。

惨叫声响起的同时，两人脖颈处喷射出黑色的飞沫，接着就倒了下去。

百就像什么事都没发生过一样，一脸若无其事地将小刀收回刀鞘里。

“过分的家伙。”我低声嘟囔道。

“没时间在这里磨叽了，他们的同伴说不定会来。”

百伸出手掌将佛灯扇灭。

“那么，这事要优先处理。”我将左臂里的孩子伸到百跟前，可百却怎么也不伸手来接。

我从槐树根上支起上半身，将孩子强推至接触到百身体的位置。

貌似被我的动作所刺激，孩子做出求抱的动作，她的小手伸至半空，发出慵懒的撒娇声。

“女孩？”

“对。”我点点头道。百这才跪下来，动作生硬地接过了孩子。

百一动不动地低头看着怀里的孩子，我注视着百的脸，过了一会儿，又再次将头靠在树干上。

这一切，还没有结束。我们如今还身处战场之中，可即便如此，将女婴转交他人让我感到像放下了一件大事一般，心里变得非常安稳。可同时就好像为了让我体会到自己至此都做了些什么荒唐事一般，全身上下开始剧痛起来。

我屏住呼吸，一边等待痛楚过去，一边仰望着天空。

原本，不该是这样。

到底在哪儿出了什么错，才会落得这般进退两难的地步啊？

我再一次在记忆深处探寻自己到底在哪里选错了路，可不知为何，最先浮现我脑海的却是一颗大蒜的画面。啊！对了，黑弓那家伙曾购买大蒜替代藠头回到伊贺上野的客栈，那才是一切凶兆的开端啊——我回想起过去种种，突然脸上挨了一巴掌。

“你在这地方睡个什么劲儿啊！”

我认为自己完全没有睡着，可挨巴掌之后才睁开眼睛，方才我一定不知在什么时候又闭上了眼睛。

“这是回敬你当时的那一下，你真能对女人下得去手啊，而且，还那么狠心。再说你都说了叫人家别再出现在你面前，真是个只图自己方便的家伙。”

百单手抱着孩子，又毫不留情地给了我另外边脸一巴掌。

“阿风——你不能睡！”

百在我耳边粗暴地大叫道，接着随着夸张的声音响起，我脸上又被刮了一巴掌。

“为什么——你可知道为什么，我会救你两次吗？”

“救我？你确定没有说错？把杀我说成救我？”

脸上火辣辣的感觉极度不真切，我回望一眼这个曾想要杀死自己的女人。

“不对，因为是阿风的缘故。”

百的声音奇怪地摇摆不定，只见她举起右手，我以为自己又会挨打，不由得紧闭双眼，可这次降临在脸上的却是轻轻碰触的微弱触感。

“人家不想让你死，所以，柘植屋那时也是饭前专门给你喝下了稀释过的药，就是为了让你能先醒过来。”

“你……骗人！你不是说那只是先利用我试药吗？”

“唯独阿风，人家不想让你死。但从上野来的耳目一直在身边监视，人家不得已才那样做的。”

“为什么……啊？”

“为什么？那种事不用说也懂的吧？”

“不懂。”

“那好！你这样的呆瓜一辈子都不用明白！因为照顾被残菊砍得半死不活的阿风很快乐——很快乐。”

直到最后，这女人都还要欺骗我吗？想着想着，我抬起重重的眼皮，伸出左手放在自己的脸颊上。我感到百的手仍然还放在我脸上，也察觉到自己脸上的触感渐渐在消失。

“百。”

“嗯？”

“不，没什么。”我摇摇头道。

“什么嘛。”

“怎么，你……在哭吗？”

“才没有。”

“代我，成为这孩子的……爹妈好吗？”

我感到百紧紧地握着我放在她手背上的手，她的手很温暖，但我的脸却非常冰冷。

“风太郎这个笨蛋。”

“怎么?”

“人家可能会带这孩子去遥远的南海之国。”

“嗯，没关系。”

“今后她可能只会说些稀奇古怪的异国语言。”

“嗯……没关系。”

“但是，虽然不知道要等到何时，人家一定会回到这里的，带着这个孩子，再次回到这里。那个时候人家会告诉她阿风的事，会告诉她自己是在这个地方被一个无可救药的呆瓜交到手中的。”

我本想告诉百不用担心，黑弓应该会回到这里的，但嘴巴已经不听使唤了。

我与瓢公子之间的约定，总算快要完成了，不过，另一个约定看来是无法实现了。我回想起芥下黑黑的皮肤，以及正中间会发光的漂亮白眼仁。我仅仅在一天前才和她交谈过，但感觉久远得就像一年未见似的，今天芥下是否也会在书桌前托着腮，懒洋洋地看店呢。因心居士那家伙在天守阁里道别时，还预祝过葫芦店生意兴隆，而我能办到的，恐怕只有祈祷这句不太可靠的祝福最终能灵验吧。

留在店门前的竹流还真成了最后的临别纪念。

“抱歉，芥下，原谅我回不了京城了。”我在心中默默地致歉。

“喂，百。”

“怎么了。阿风?”

我听声音的感觉，百应该把脸凑得相当近，虽然我明明睁着眼睛，却只看见一片模糊的白色。

“百。”

我再一次呼唤百的名字却不知道她是否回应了我，我只是觉得在最后时刻自己还能唤出某人的名字实在是件很棒的事。话说回来，最终我还是没有见过大海这东西啊！事到如今，在我意识到这个问题的同时，终于充分理解到此刻从身体深处慢慢上涌的温暖之物。原来如此，是这么回事啊！接下来未被任何人察觉到，我静静地闭上了眼睛。